HEYNE<

Jeanine Krock

FeuerSchwingen

Roman

Originalausgabe

WILHELM HEYNE VERLAG
MÜNCHEN

Verlagsgruppe Random House FSC-DEU-0100
Das für dieses Buch verwendete FSC®-zertifizierte Papier *Super Snowbright*
liefert Hellefoss AS, Hokksund, Norwegen.

Originalausgabe 01/2013
Redaktion: Catherine Beck
Copyright © 2013 by Jeanine Krock
Copyright © 2013 dieser Ausgabe by
Wilhelm Heyne Verlag, München,
in der Verlagsgruppe Random House GmbH
Printed in Germany 2013
Umschlaggestaltung: Nele Schütz Design, München
Satz: Christine Roithner Verlagsservice, Breitenaich
Druck und Bindung: GGP Media GmbH, Pößneck

ISBN: 978-3-453-52835-2

www.heyne-magische-bestseller.de

www.twitter.com/HeyneFantasySF
@HeyneFantasySF

www.heyne.de/Facebook

I

»Grundgütiger! Wer hätte gedacht, dass ich in diesem Nest einen solchen Fund machen würde!« Mila ging in die Knie und nahm die schwarze Lackschatulle vorsichtig in beide Hände, um sie näher zu betrachten.

»In der Tat!«, sagte eine dunkle Stimme über ihr.

Erschrocken sprang sie auf. »Oh!«, war alles, was ihr beim Anblick des Mannes einfiel, der sie nun musterte, ohne eine Miene zu verziehen. »Ich dachte …« Ihr fehlten die Worte, und sie räusperte sich, um Zeit zu gewinnen. Woher war er so plötzlich gekommen, und warum stand er so nahe bei ihr?

»Sie haben nicht zufällig Florence gesehen?« Nervös sah sie sich nach ihrer Freundin um, die eben noch hinter ihr gestanden hatte.

»Meinen Sie die …« Hier machte er eine Pause, als müsste er über eine passende Beschreibung nachdenken. »… die *Blondine*, die soeben den Laden verlassen hat?«

Die arrogante Stimme klang verdächtig nach einer teuren Schulbildung und passte so gar nicht zu der brodelnden Energie, die Mila unter der glatten Oberfläche zu spüren glaubte.

In ihrem Hinterkopf schrillten Alarmglocken. Dieser Fremde war keiner, in dessen Gesellschaft sich jemand wie sie aufhalten sollte. Obwohl sie nicht den geringsten Hauch von Magie fühlte, hatte sie das unbehagliche Gefühl, dass er ohne Mühe bis auf den Grund ihrer Seele blicken könnte, wenn er es darauf anlegte. Das durfte niemals geschehen.

Bisher war sie immer gut damit beraten gewesen, ihrer Intuition zu vertrauen. Unauffällig vergewisserte sie sich, dass ihre mentalen Schutzschilde unversehrt waren. Dann richtete sie sich zu ihrer vollen Größe von einhundertsiebenundsiebzig Zentimetern auf und war nun dank ihrer für einen Ausflug in die Provinz zu hohen Absätze auf Augenhöhe mit dem unangenehmen Fremden.

Vielleicht sogar etwas größer, dachte sie zufrieden. Mit einem kühlen »Entschuldigung!« versuchte sie, sich in dem engen und vollgestellten Laden an ihm vorbeizudrängen.

Doch er wich keinen Millimeter zurück, sondern sah sie nur mit unergründlichen waldgrünen Augen an. Behutsam und nicht ohne Bedauern stellte sie die kostbare Lackdose auf einem gut erhaltenen Regency-Sekretär ab und duckte sich unter dem ausgestreckten Arm einer Marmorstatur links neben dem Mann hindurch. Ohne sich noch einmal umzudrehen, verließ sie den Antiquitätenladen und lief den steilen Weg zur Main Road hinauf.

»Mila!« Florence winkte ihr von der gegenüberliegenden Straßenseite zu, wo sie unter einem weißen Sonnenschirm auf einer Terrasse vor dem Pub saß, das bereits bei der Ankunft ihr Interesse geweckt hatte. Sie hatte die Füße hochgelegt, als wäre sie hier zu Hause. Mit wohldosiert zur Schau gestellter Langeweile fächelte sie sich mit der Speisekarte Luft zu. Ihre Augen waren hinter einer übergroßen Sonnenbrille verborgen.

»Da bist du! Ich habe dich schon überall gesucht.« Kaum hatte Mila einen Fuß auf die schmale Hauptstraße des klei-

nen Küstenorts Ivycombe gesetzt, ließ sie ein Warnton zurückspringen, der Ähnlichkeit mit dem Gurgeln einer strangulierten Ente hatte. Einer erschreckend lauten Ente. Das Cabrio, das Sekunden später an ihr vorbeischoss, hatte allerdings nichts mit einem watschelnden Federvieh gemeinsam. Ärgerlich ließ sich Mila am Tisch ihrer Freundin nieder.
»Hast du das gesehen?«
»Ein neues Jaguar Cabriolet, sehr schick! Nur das Kopftuch der Fahrerin – eine Spur zu klischeehaft, findest du nicht auch?« Florence nickte der Kellnerin zu, die zwei große Salatteller vor ihnen abstellte. »Das sieht gut aus. Und ganz frisches Brot, vielen Dank!«
Lachend griff Mila nach ihrem Besteck. »Wenigstens ein Designer-Kopftuch, hoffe ich?«
»Burberry«, murmelte Florence. »Ein göttliches Dressing!«
»Ja, wunderbar.«
Milas Freundin, die genau genommen ihre Chefin war, besaß zwei Obsessionen: Essen und Stil. Während man Ersteres beim Blick auf ihre schlanke Gestalt nicht unbedingt vermutet hätte, fiel dem Betrachter die Leidenschaft für stilvolle Garderobe sofort ins Auge. Mila fand zwar, dass sich Florence eine Spur zu konservativ kleidete, war sich aber nicht zu schade, hier und da einmal ein teures Accessoire auszuleihen. Zum Dank sorgte sie dafür, dass sich ihre Freundin zumindest privat modischer stylte, was diese ihr mit Einladungen zu exklusiven Partys oder gelegentlich einem unbezahlbaren Kleid aus dem schier unerschöpflichen Fundus ihrer großzügigen Schwester dankte.

Als Florence ihr kleines Unternehmen gründete, hatte ihr kaum jemand den geschäftlichen Erfolg zugetraut, auf den sie inzwischen stolz sein durfte. Doch sie bestand auf ihre Unabhängigkeit, und der untrügliche Sinn für geschmackvolles Ambiente und Design, der zu ihren großen Stärken gehörte, setzte sich allmählich auch ohne das Kapital der einflussreichen Familie durch.

Mila und Florence waren sich mehr oder weniger zufällig begegnet. Mila suchte eine bezahlbare Unterkunft, und Anthony, damals ein flüchtiger Bekannter, vermittelte ihr ein Zimmer bei seiner Nachbarin. Schnell stellte sich heraus, dass sich die jungen Frauen bestens verstanden. Eines Abends vertrauten sie sich gegenseitig ihre Sorgen an. Florence brauchte dringend Unterstützung, um Aufträge nicht ablehnen zu müssen, Mila suchte bisher vergeblich einen neuen Job.

»Warum arbeitet ihr nicht einfach zusammen?«, erkundigte sich Anthony, der ein leidenschaftlicher Hobbykoch war und sie gern als Testesserinnen, wie er es nannte, einlud. Wahrscheinlich wollte er Mila aber vor allem unter die Arme greifen, denn er verdiente sehr gut, während sie jeden Cent umdrehen mussten.

»Ich weiß nicht. Eine Innenarchitektin bin ich nicht gerade. Oder brauchst du vielleicht einen Leibwächter?«, hatte Mila gefragt.

»Eher eine Inkassofirma. Lässt du mir bitte etwas von dieser köstlichen Soße übrig?«

Nachdem sie sich ebenfalls noch einen Nachschlag genommen hatte, sammelte sie allen Mut zusammen. »Mit Zahlen kann ich ganz gut umgehen«, hatte Mila leise gesagt und beinahe entschuldigend hinzugefügt: »Jedenfalls ist mir noch nie jemand etwas schuldig geblieben.«

Aus dem Augenwinkel glaubte sie zu sehen, wie Anthony ihr einen langen Blick zuwarf. Sicherlich täuschte sie sich. Ein so gut aussehender Mann interessierte sich nicht für eine Exsoldatin, die sich mit schlecht bezahlten Jobs über Wasser hielt.

Von diesen Zweifeln bekam Florence zum Glück nichts mit. »Wirklich? Ich wusste gleich, dich schickt der Himmel!«

Unwillkürlich zuckte Mila zusammen. Das Erwähnen unirdischer Mächte ließ sie nervös werden. Doch natürlich konnten ihre neuen Freunde nicht wissen, dass dies ein heikles Thema für sie war.

Ohne eine Antwort abzuwarten, fuhr Florence fort: »Wunderbar! Lass es uns einfach ausprobieren: Du kümmerst dich um alles Schriftliche und verschickst die Rechnungen. Wenn die dann auch beglichen werden, brauchen wir uns über unsere Zukunft keine Gedanken mehr zu machen. Das Geschäft läuft inzwischen richtig gut.« Sie sprang auf, ihre Augen glänzten erwartungsvoll.

»Einverstanden!«, sagte Mila schüchtern.

Während sie sich zur Bekräftigung ihrer Geschäftsbeziehung umarmten, öffnete Anthony eine Flasche Champagner. »Gut, dass ich die für besondere Gelegenheiten aufbewahre. Natürlich müsst ihr einen Arbeitsvertrag schließen.«

»Ja, ja! Keine Sorge, das regeln wir schon.« Lachend hob Florence ihr Glas und prostete Mila zu. »Auf eine erfolgreiche Zusammenarbeit.«

Das Schöne wusste Mila ebenso zu schätzen wie ihre Geschäftspartnerin. Doch im Gegensatz zu Florence besaß sie ein außerordentliches Organisationstalent und genügend Bodenständigkeit, um Mahnungen schreiben zu können, wo sich die talentierte Innenausstatterin mit einem freundlichen Lächeln hätte abspeisen lassen.

»Über Geld spricht man nicht«, hatte Florence verlegen gesagt, als wieder einmal eine scharf formulierte Zahlungserinnerung des Vermieters ins Haus geflattert war.

»Richtig«, entgegnete Mila, »man schreibt Rechnungen.«

Längst waren die Aufgaben des ungleichen Teams verteilt: Florence lebte ihren Traum, Mila organisierte ihn. Das funktionierte inzwischen so gut, dass sie heute zu einem *unfassbar fantastisch genialen Job*, wie Florence unentwegt geschwärmt hatte, unterwegs waren: Ein Herrenhaus an der Westküste sollte neu eingerichtet werden. Die Grundrisse hatten sie zwar bereits gesehen, aber keine von ihnen war bisher in Stanmore House gewesen.

Irgendetwas an diesem Auftrag beunruhigte Mila, doch weil es keinen vernünftigen Grund dafür gab, behielt sie ihre Bedenken für sich.

Und so waren beide gestern von London aus aufgebrochen, hatten in einer hübschen Bed & Breakfast-Pension zwei Zimmer mit Blick aufs Meer gemietet und am Vormittag das Küstenstädtchen Ivycombe erkundet, dessen Bürger sich bemühten, den liebenswürdigen Charme des Ortes trotz der alljährlich einfallenden Touristenschwärme zu erhalten.

In einem von Ivycombs exklusiveren Pubs saß Mila nun ihrer Freundin gegenüber und stärkte sich für den entscheidenden Moment, in dem sie der Auftraggeberin das erste Mal gegenüberstehen sollte. Doch zuerst musste sie Florence von der merkwürdigen Begegnung erzählen. Sie setzte ihre Sonnenbrille ab, presste die Hand auf die Brust und seufzte theatralisch. »Stell dir vor, was mir eben passiert ist!«

Lächelnd legte Florence die Gabel beiseite, tupfte sich mit der Serviette den Mund ab und trank einen Schluck. »Was mag das wohl gewesen sein? Lass mich raten ...«

Normalerweise liebte Mila dieses Spiel, bei dem die Spannung so lange gesteigert wurde, bis auch unangenehme Erlebnisse am Ende vergleichsweise harmlos klangen und sie gemeinsam darüber lachen konnten. Doch heute hatte sie keine Geduld dafür und platzte heraus: »Hast du den Mann drüben im Antiquitätenladen gesehen?«

»Den Verkäufer?« Die Enttäuschung war Florence anzusehen. »Was ist mit ihm?«

»Den doch nicht – den anderen!«

»Ach, du meinst diesen hochgewachsenen, zum Niederknien attraktiven Kerl mit den Lippen eines Engels und ...«

»Genau den! Er ist dir also aufgefallen.«

Ohne auf die Unterbrechung einzugehen, fuhr Florence fort: »... und den dunklen Locken eines sinnlichen Latin Lovers?«

»Er war blond.«

»Wirklich?«, fragte Florence schelmisch.

»Spielverderberin! Du hast ihn gar nicht gesehen.« Mila lehnte sich zurück und verschränkte die Arme vor der Brust. Bevor Florence widersprechen konnte, erzählte sie von ihrem merkwürdigen Erlebnis und schloss mit den Worten: »Dem möchte ich nicht im Dunkeln begegnen!«

Belustigt sah Florence in den wolkenlosen Himmel, als hätte sie nur Augen für die Seeschwalben, die über ihnen ihre Kreise zogen. »Aber du sagst doch, dass er dir gefiel.«

»Das habe ich nicht gesagt!«

»Natürlich nicht, Liebes. Wahrscheinlich war dieser schreckliche Mensch nur scharf auf deinen außergewöhnlichen Fund.«

Lachend gab sich Mila geschlagen. »Genau. Was ausgesprochen schade ist, weil diese Schachtel hübsch aussah und sicher einigen Wert hatte.«

Im Laufe der vergangenen Monate hatte Mila ein Gespür für Antiquitäten entwickelt. Sie musste die Dinge manchmal nur berühren, um zu erkennen, ob es sich um ein Original oder eine Replik handelte. Dabei hatte sie sich zuvor niemals mit Kunstgeschichte oder Ähnlichem befasst und gerade eben oft genug in entsprechende Fachbücher gesehen, um grob die Epochen auseinanderhalten zu können. Dennoch gelang es ihr immer häufiger, einzelne Stücke exakt zu datieren. In die kleinen Lackdosen hatte sie sich aus einem unerklärlichen Grund verliebt. Sie besaß bereits zwei Schnupftabaksdosen aus der bekannten deutschen Manufaktur.

Florence, die zwischen historischen Möbeln auf einem jahrhundertealten Adelssitz aufgewachsen war, hatte kürzlich spaßeshalber vorgeschlagen, Mila solle sich bei einem der großen Londoner Auktionshäuser bewerben. Doch Mila wollte davon nichts hören – ihr gefiel der Job hinter den Kulissen besser, und vielleicht war dies auch die Ursache dafür, dass sie sich auf die bevorstehende Aufgabe nicht besonders freute. Denn in Stanmore House würde sie die Ansprechpartnerin vor Ort sein, während Florence herumreiste, um die besten Materialien für ihre anspruchsvolle Hausherrin zu beschaffen.

So hatte diese es gewünscht, und Anthony, der ihnen den Auftrag im Landsitz seines Arbeitgebers verschafft hatte, tröstete sie: »Ich werde so oft wie möglich dort sein.« Dabei zwinkerte er Mila verheißungsvoll zu, und die junge Frau durchströmte ein warmes Gefühl. Warum sich dieser Mann ausgerechnet in sie verliebt hatte, blieb ihr ein Rätsel. Sie waren sich in dem Pub begegnet, in dem sie damals arbeitete, und er hatte ihr auf liebenswürdige und zurückhaltende Art beinahe altmodisch den Hof gemacht.

Als sie mit Florence darüber sprach, hatte die nur gesagt: »Glück sollte man nicht hinterfragen. Du magst ihn doch auch, und wenn ich mich nicht täusche – und in solchen Dingen tue ich das selten –, dann stellt er dir irgendwann *die* Frage.«

»Zeigst du mir das Kästchen?« Florence' Worte rissen Mila aus ihren Gedanken. Sie hatte bezahlt und stand nun erwartungsvoll lächelnd am Tisch.

»Er wird es mir weggeschnappt haben«, unkte Mila, als sie wenig später gemeinsam den Laden betraten. Dennoch ging sie geradewegs auf den Regency-Sekretär zu, auf dem sie die kleine Antiquität abgestellt hatte. »Siehst du, es ist fort!«

»Kann ich Ihnen helfen?« Der Verkäufer war aufgetaucht. Mit einem Tuch tupfte er sich den Schweiß von der Stirn und sah sie hoffnungsvoll an. Offenbar hatte er vergessen, wie Mila vor kaum einer Stunde grußlos hinausgestürzt war.

»Vorhin ist mir eine Schatulle aufgefallen. Stobwasser, wenn ich mich nicht täusche. Ich würde sie mir gern noch einmal ansehen.«

»Davon habe ich zwei. Sie stehen dort drüben in der Vitrine.«

Mila verschwieg ihm, dass sie die Schatulle bei ihrem

ersten Besuch ziemlich versteckt in einem Regal weiter hinten im Raum entdeckt hatte. Ein Blick in das Glasschränkchen, auf das er nun wies, bestätigte ihren Verdacht.

»Hier ist sie nicht. Auf dem Deckel befand sich ein schlichtes Ornament, und auf der Innenseite war Aphrodite abgebildet, wie sie gerade den Fluten entsteigt.« Zu Florence gewandt sagte sie: »Der Typ ist mir zuvorgekommen.«

Nachdenklich kratzte sich der Verkäufer am Kinn. »Ich weiß leider nicht, was Sie meinen, Miss. Ein solches Stück hatte ich noch nie. Glauben Sie mir, ich könnte mich daran erinnern. Sind sie sicher, dass es nicht eine dieser beiden Schnupftabakdosen war?«

Jetzt mischte sich Florence ein: »Aber an diesen enorm gut aussehenden dunkelhaarigen …«

»Blond, Flo. Er war blond«, sagte Mila lachend.

»Sie sind heute meine ersten Kunden.« Er hob kraftlos die Schultern, was wohl Bedauern ausdrücken sollte. »Bei diesem Wetter interessiert sich niemand für Antiquitäten.«

»Nichts für ungut. Bitte entschuldigen Sie …« Weiter kam Mila nicht, denn Florence holte eine Visitenkarte hervor und drückte sie ihm in die Hand.

»Wenn es Ihnen noch einfällt, dann melden Sie sich einfach. Wir sind in den nächsten Wochen in Stanmore House zu finden. Komm, meine Liebe, ich will Lady Margaret nicht warten lassen.« Damit drehte sich Florence um und rauschte hinaus.

Mila schenkte dem verdutzten Mann noch ein schnelles Lächeln und folgte ihrer Freundin, die erst stehen blieb, als sie ihr Auto erreicht hatte.

»Was war denn los?«, fragte sie.

Während sie einstieg, schimpfte Florence vor sich hin.

»Das ist mir schon so oft passiert. Diese Händler tun so, als wüssten sie nicht, wovon man redet, und verscherbeln dann die schönsten Stücke an irgendwelche Banausen …«

»Anstatt sie dir zu verkaufen, um sie in den Wohnungen irgendwelcher anderer Banausen aufzustellen.«

Sie sahen sich an und lachten.

Nachdem sie in Ivycombs idyllische Hauptstraße eingebogen war, fuhr Florence fort: »Tut mir leid, Liebes. Ich fürchte, dein Traummann hatte es wirklich nur auf Antiquitäten abgesehen. Aber was soll's, du bist ohnehin gebunden … das bist du doch?«

»Noch hat er mich nicht gefragt.« Mila bemühte sich um einen gleichgültigen Gesichtsausdruck.

»Das wird er, glaube mir! Ich kenne die Männer. Er wartet nur auf die passende Gelegenheit.« Sie kicherte. »Und was würde sich wohl eher eignen als ein verwunschenes Herrenhaus?«

»Florence! Ich weiß noch gar nicht, ob ich das will.«

»Natürlich willst du. Was kann dir Besseres passieren, als von einem ordentlich verdienenden Angetrauten bekocht und begehrt zu werden?«

Mila mochte Anthony, aber von der *großen Liebe* hatte sie andere Vorstellungen als nur eine freundschaftliche Interessensgemeinschaft. Bedingungsloses Vertrauen, eine Art Seelenverwandtschaft und selbstverständlich auch unwiderstehliche Anziehungskraft gehörten dazu. Doch davon träumte ein Mädchen wie sie nur.

Vielleicht hat sie recht, dachte Mila, dabei kam ihr ein neuer Gedanke: »Hast du etwa deshalb dafür gesorgt, dass ich dort wohnen muss, während du nach Belieben kommen und gehen kannst?«

»Wo denkst du hin? Ich habe nur dein Wohl im Auge.«
»Aha?«
»Natürlich. Und jetzt sag mir bitte, wo ich langfahren soll. Mein Navi bildet sich ein, dass hinter der Brücke dort vorn die Welt zu Ende ist.«

Zwanzig Minuten später, zwischen Steinmauern und mannshohen Hecken, war Mila geneigt, der unverändert freundlich klingenden Stimme aus dem Navigationsgerät recht zu geben. Sie hatten tatsächlich das Ende der Welt erreicht – wenn auch ein besonders ansehnliches. Gerade wollte sie vorschlagen, in Stanmore House anzurufen, um sich eine Wegbeschreibung geben zu lassen, da öffnete sich plötzlich die schmale Straße vor ihnen und führte sie eine Anhöhe hinauf. Oben angekommen, blickten sie über eine sanft geschwungene Landschaft, die sich weit nach Westen erstreckte. Mila kniff die Augen zusammen und konnte in der Ferne das Meer erkennen. Auf einem Hügel, eingebettet zwischen Wiesen und Pferdekoppeln, die von Buschwerk, Steinmauern und weiß gestrichenen Holzzäunen getrennt wurden, thronte ein elisabethanisches Herrenhaus im gleichen Steingrau, das auch die historischen Gebäude von Ivycombe prägte. Stanmore House. Sie erkannte es sofort. Ein ähnliches Motiv hatte sie im Internet gesehen.
Dahinter, nicht weit von der Küste entfernt, sah sie einige kleinere Gebäude sowie die landesweit bekannten Stanmore Stables, deren edle Pferde weltweit einen hervorragenden Ruf besaßen. Landeinwärts, zwischen hohen Bäumen versteckt, war eine Reihe von Cottages zu sehen – mit ziemlicher Sicherheit das Zuhause der zahlreichen Angestellten,

die Lord Hubert zweifellos beschäftigte, um seinen Besitz in diesem gepflegten Zustand zu erhalten.

»Da soll ich wohnen?« Milas Herz klopfte auf einmal schneller, und die verrücktesten Bilder schossen ihr durch den Kopf. »Keine üble Bleibe für ein armes Immigrantenkind.«

»Hu! Jetzt kommt *die* Nummer.« Florence schüttelte den Kopf. »Erstens hast du seit deiner Geburt einen britischen Pass, und zweitens leben wir inzwischen im einundzwanzigsten Jahrhundert.«

Und immer noch in einer Klassengesellschaft, dachte Mila. Doch sie sagte nichts dazu, sondern sah zum Herrenhaus: »Heißt es denn nicht, Pünktlichkeit sei die Höflichkeit der Könige?«

»O verflixt!« Florence sah auf ihre Armbanduhr und trat aufs Gaspedal.

Zum ersten Mal war Mila froh über den kürzlich erworbenen Geländewagen, für den sie beide in London extra eine Garage hatten anmieten müssen. Nun gaukelte ihr eine beachtliche Menge Blech um sie herum zumindest eine gewisse Sicherheit vor. Florence' Bruder, der irgendwo im Norden Englands eine Land- und Forstwirtschaft betrieb, hatte den Wagen unter – wie Mila fand – fadenscheinigen Gründen ausrangiert und ihnen zum Spottpreis, aber komplett überholt, überlassen.

Die Geschwister ihrer Freundin, das hatte sie bald herausgefunden, umgingen immer wieder höchst kreativ die Kontaktsperre, die Florence' Vater – die Mutter lebte nicht mehr – über sie als das schwarze Schaf der Familie verhängt hatte. Die Schwester brachte bei Besuchen ihren halben Kleiderschrank mit, und der Bruder ließ gelegentlich Präsentkörbe aus seinem Hofladen schicken, deren Inhalt man auch bei Harrods hätte finden können. Inzwischen beglichen ihre Kunden zwar die Rechnungen pünktlich, Florence konnte sich selbst recht gut versorgen und Mila sogar ein passables Gehalt zahlen. Aber die älteren Geschwister hatten es sich in den Kopf gesetzt, ihren *Floh* beschützen zu müssen.

Als sie nun die elegant geschwungene Zufahrt hinter sich gelassen hatten und vor dem Haus hielten, schlug die Uhr im Giebel dreimal. Noch etwas mitgenommen von der rasanten Fahrt stieg Mila aus und sah, wie sich die mächtige Eingangstür öffnete. Florence hatte den Wagen umrundet und flüsterte ihr zu: »Entspann dich. Das ist nur der Butler!«

»Meinst du?«, fragte sie belustigt zurück.

Anstelle eines distinguierten Hausangestellten im dunklen Anzug stand eine Blondine in der Tür und sagte mit heller Stimme: »Pünktlich. Sehr gut.«

Je näher sie kamen, desto stärker wurde der Eindruck, dass hier jemand außerordentlich bemüht war, dem Bild einer britischen Landadligen zu entsprechen und dabei ein wenig übertrieben hatte: das Haar eine Spur zu blond, die Figur bis hin zum Dekolleté ein bisschen zu betont. Florence hätte eine Liste sämtlicher Fauxpas aufzählen können, doch natürlich war sie viel zu wohlerzogen, um sich ihr Erstaunen anmerken zu lassen.

Mila war da nicht so zurückhaltend und imitierte leise den nicht zu überhörenden amerikanischen Akzent. »Du hast mir gar nicht gesagt, dass sie Ausländerin ist.«

»Pst!« Florence sah sie vorwurfsvoll an und lief schnell die Stufen zur Haustür hinauf, um ihre Gastgeberin zu begrüßen. »Lady Margaret. Wie nett, dass Sie Zeit für uns haben!«

Die überraschend junge Hausherrin bat sie herein. Mila gönnte sie dabei nur einen kurzen Blick, der klar verriet, was sie von rothaarigen, hochgewachsenen Frauen hielt.

Na toll! Mit dieser Zicke muss ich jetzt also wochenlang zusammenarbeiten, dachte Mila. Wie hieß es so schön? *Für Volk und Vaterland!* In diesem Fall allerdings arbeiteten sie für die britische Finanzbehörde, die demnächst eine schwindelerregende Zahlung von ihnen erwartete. Und Florence hatte natürlich versäumt, ausreichend Geld zurückzulegen. Also biss Mila die Zähne zusammen und nahm es wortlos hin, wie eine unbedeutende Angestellte behandelt zu werden.

Lady Margarets Stimme riss sie aus ihren finsteren Gedanken. »Wir sollten mit der Führung beginnen, bevor Lord Hubert zurückkehrt. Hubsie schätzt keine Fremden in seinem Haus, und wir wollen ihn nicht in seiner Ruhe stören, nicht wahr?«

Das klang in Milas Ohren beinahe wie eine Drohung und angesichts der bevorstehenden Umbau- und Renovierungsarbeiten zudem ziemlich absurd.

Sie sah sich in der harmonisch gestalteten Eingangshalle um. Hier gab es nicht viel zu tun. Die Farben sahen frisch aus, und wenn sie sich auch nicht mit dem klassischen Stil anfreunden konnte, so musste sie zugeben, dass das Herrenhaus von fachkundiger Hand entworfen worden war. Die Halle wirkte längst nicht so einschüchternd wie in anderen Anwesen, sondern einladend. Ein stilvoller Leuchter schien in der Luft zu schweben und tauchte die dunkel glänzenden Stufen der geschwungenen Treppe in warmes Licht. Problemlos konnte sie sich vorstellen, wie die Familie nach einem langen Tag gern hierher zurückkehrte.

Ihre Freundin beeilte sich zu versichern, man werde so

rücksichtsvoll wie möglich arbeiten, um Lord Hubert nicht zu behelligen. »Gewiss hält er sich um diese Zeit ohnehin meistens in London auf«, sagte sie höflich.

»Warum sagen Sie das?« Lady Margaret blieb so abrupt stehen, dass die Freundinnen erschrocken zurückprallten. Dann lachte sie und wedelte mit der Hand, als wollte sie unliebsame Gedanken vertreiben. »Natürlich. Hubsie trägt eine große Verantwortung, und es ist – wie nennt ihr das hier? – Saison, oder?«

»Genau, wer wäre dieser Tage nicht lieber in der Stadt? Aber man hat nicht immer die Wahl, nicht wahr?«, flötete Florence.

Mit *Stadt* meinte sie zweifellos London. Mila fragte sich, ob der britische Adel wirklich noch den alten Rhythmus lebte, der das Jahr in eine große und eine kleine Saison teilte. Demnach wäre jetzt der Höhepunkt der großen Saison erreicht.

»Kommen Sie, meine Damen, ich zeige Ihnen die Zimmer«, unterbrach Lady Margaret ihre Überlegungen.

Und damit tauchte Mila in eine Welt ein, deren vornehme Wohnlichkeit von Meisterhand komponiert worden war. Sie vermisste die in ihrer Vielzahl oftmals erdrückende Pracht mehr oder weniger wertvoller Gemälde und Antiquitäten nicht. Doch es war auffällig, dass die üblichen Dekorationsgegenstände eines Adelssitzes hier fehlten. Äußerst erstaunlich für den Wohnsitz einer Familie, die ihren Stammbaum mindestens bis zu den Normannen zurückverfolgen konnte. Als sie sich danach erkundigte, erzählte die Viscountess von dem Feuer, das vor einigen Jahren Stanmore House heimgesucht und es fast vollständig zerstört hatte. Was nicht den Flammen zum Opfer gefallen sei, das habe das Löschwasser verwüstet, erklärte sie. Die Bibliothek war vernichtet, von den Familiengemälden existierten nur noch wenige, und einzig die Räume des Viscounts im Ostflügel hatte man rekonstruieren können.

Die Tour endete in einem hübschen Salon, wo ein gedeckter Tisch mit Erfrischungen bereitstand. Offenbar wurde von Florence erwartet, dass sie den Tee einschenkte, was sie auch mit beneidenswerter Geschicklichkeit tat.

Mila nahm ihre Tasse entgegen, trank einen Schluck und spürte, wie große Ruhe über sie kam. Durch die hohen Fenster sahen sie einen herrlichen Garten, der in der Ferne unauffällig in die naturbelassene Landschaft überging, die dann allerdings überraschend früh den Horizont traf. Als sie gerade überlegte, ob man aus der oberen Etage das Meer hinter der Steilküste sehen würde, riss Florence' Stimme sie aus ihren Gedanken.

»Und wann werden Sie uns die zu renovierenden Räume zeigen?«

Porzellan klirrte. Lady Margaret stellte ihre Teetasse ab und sah gekränkt auf. »Das habe ich doch gerade getan. Sagen Sie nicht, dass Ihnen diese primitive Einrichtung auch …« Sie verstummte.

»Aber ja!«

Eilig schaltete sich Mila ein, der ein Blick ins Gesicht ihrer Freundin genügte, um zu ahnen, wie deren Entgegnung ausfiele. Es wäre nicht das erste Mal, dass sie einen lukrativen Job sausen ließ, weil ihr der Geschmack des Kunden nicht zusagte.

»Da kann man noch viel machen, nicht wahr, Florence?«, sagte sie mit Nachdruck.

Sicherheitshalber setzte sie zusätzlich ihr spezielles Lächeln ein, von dem Anthony behauptete, es sei geeignet, seine Knochen schmelzen zu lassen.

»Bestimmt haben Sie die eine oder andere Idee, in welche Richtung sich diese Veränderungen bewegen sollen. Mondäner ...«? Hier legte sie eine Kunstpause ein.

Das Wohlwollen im Gesicht der zierlichen Lady Margaret bewies, dass sie sich auf dem richtigen Weg befand.

»Selbstverständlich ist das Haus ganz zauberhaft«, wagte sich Mila weiter vor. »Was hier fehlt, ist einfach nur ein bisschen mehr Glanz. Gold.« Sie machte eine theatralische Geste und nahm befriedigt das hungrige Glänzen in den Augen ihrer Auftraggeberin wahr. »Kostbare Auslegware und natürlich eine stimmungsvolle Beleuchtung.«

»Mila! Darf ich Sie Mila nennen?« Lady Margaret sprang auf, und ihren Gästen blieb nichts anderes übrig, als sich ebenfalls zu erheben. »Sie sind ganz nach meinem Geschmack. Ich muss ja zugeben, zuerst dachte ich – Sie werden es mir verzeihen, aber mit Ihrem unenglischen Aussehen ... Ach, Schwamm drüber! Ich bin Maggy.« Damit fiel sie ihr um den Hals und anschließend auch der verdutzten Florence. »Ich weiß genau, wir werden Freundinnen!«

Während Mila noch versuchte, die sprunghafte Art ihrer Gastgeberin zu verdauen, fasste sich Florence erstaunlich rasch. Scheinbar herzlich erwiderte sie deren Umarmung und flötete in bestem Englisch, das sie für solche Situationen problemlos aus dem Ärmel schüttelte: »Zauberhaft, meine Liebe. Ganz zauberhaft. Ich bin so froh, Ihre Bekanntschaft machen zu dürfen.«

In Milas Kehle entwickelte sich ein ungesunder Lachanfall, doch bevor er ihre neu geschlossene Allianz ruinieren konnte, öffnete sich die Tür, und ein Butler trat ein. »My Lady ...«

»Ja ja, Jeeves! Ich bin hier gleich fertig.«

Nicht einmal für den Bruchteil einer Sekunde war ihm anzusehen, was er über Lady Margarets herablassenden Ton dachte. Unbeirrt zeigte der Mann ein unverbindliches Lächeln. Mila lief es unwillkürlich kalt den Rücken hinunter.

»Für den Rest des Tages gebe ich euch frei. Morgen sehen wir uns um zehn Uhr, dann besprechen wir alles.« Offenbar ohne eine Antwort zu erwarten, drehte sich Lady Margaret um und verließ den Raum.

»Hu!«, rief Florence, nachdem sie ihr eine Weile verblüfft hinterhergestarrt hatte, und es war ihr anzusehen, dass auch sie gern laut herausgelacht hätte.

Doch der Butler mit dem vielversprechenden Namen betrachtete sie beide so lange mit ausdrucksloser Miene, bis der Wunsch erstarb. »Janet wird sie zu ihrer Unterkunft bringen«, verkündete er schließlich blasiert.

Als hätte sie auf das Stichwort gewartet, betrat eine Frau mittleren Alters den Salon. Alles an ihr wirkte mittelmäßig. Das braune, gerade Haar, die durchschnittliche Größe, die Figur und das ebenmäßige Gesicht, von dem man mit voller Überzeugung behaupten konnte, dass es nicht besonders hübsch geraten war. Als hässlich hätte man sie allerdings auch nicht bezeichnen können, ohne ihr unrecht zu tun.

»Wenn Sie mir bitte folgen wollen ...« Die Stimme war das einzig Bemerkenswerte an ihr. Warm und melodisch weckte sie sofort Milas Sympathie.

Gemeinsam verließen sie wenig später das Haus durch den Seitenausgang und überquerten einen staubigen Hof. Die Haushälterin erklärte ihnen, dass hier die Handwerker zu parken hätten. »Auf dieser Seite stören sie die Herrschaften nicht.«

Ein Blick nach oben veranschaulichte, warum. Lediglich die schlichten Fenster eines Treppenhauses waren von hier aus zu sehen.

»Der Weg ist gekennzeichnet. Vielleicht haben Sie die Hinweisschilder am Torhaus gesehen? Nach rechts geht es zum Lieferanteneingang und zu den Personalhäusern. Biegen Sie einfach links ab und folgen sie dem Weg bis zur Kreuzung. Bitte benutzten Sie in Zukunft diesen Parkplatz. Lord und Lady Dorchester wünschen nicht, dass Fremde ihre Fahrzeuge vor dem Haus abstellen.«

Sie folgten Janet zu einem hölzernen Tor, das sie ebenso sorgfältig hinter sich schloss wie zuvor die Hintertür. Ihr Weg führte weiter durch das angrenzende Wäldchen, über eine breite Holzbrücke und an eine Wegkreuzung. »Sehen Sie, rechts geht es zu den Ställen, hier links nach Ivycombe, und geradeaus liegt Rose Cottage.« Ein geschnitzter Wegweiser bestätigte das.

Die Wege waren von hohem Buschwerk gesäumt, das sich über ihnen nahezu schloss. Bei diesem warmen Wetter war das von Vorteil, aber nachts? Eine Beleuchtung war nicht zu entdecken.

Als Mila eine entsprechende Bemerkung machte, meinte sie, ein Flackern in Janets Augen zu erkennen.

In der Tat hatte ihre Stimme den warmen Klang verloren, als sie sagte: »In der Dunkelheit bleibt man besser zu Hause!« Nach kurzem Zögern fügte sie hinzu: »Ich werde dafür sorgen, dass eine Laterne am Seiteneingang hängt. Die können Sie für den Heimweg nehmen.« Damit schritt sie weit aus und schien es plötzlich eilig zu haben, die beiden Neuankömmlinge in ihr vorübergehendes Zuhause zu bringen.

Florence schnitt hinter Janets Rücken eine Grimasse und grinste, aber Mila lief ein eigentümlicher Schauer über die Haut. Dieser Hohlweg hatte eindeutig etwas Bedrohliches an sich, und sie nahm sich vor, beim nächsten Besuch in der Stadt eine Taschenlampe zu kaufen. Was ohnehin keine schlechte Idee war, wenn man in einem abgelegenen Haus wohnte, fand sie.

Der Weg führte nun in leichtem Bogen auf eine kleine Anhöhe, und nach einer scharfen Biegung sahen sie das Häuschen. Mit tief gezogenem Reetdach und den typischen Sprossenfenstern entsprach es bis aufs letzte i-Tüpfelchen dem Bild, das nicht nur Touristen von einem englischen Cottage pflegten. Sogar die malerischen Rosen, die sich um die frisch gestrichene Holztür an der Wand aus Feldsteinen emporrankten, fehlten nicht. Ein Windstoß wehte den Geruch von Heu und warmen Pferdekörpern herüber, und zwischen den Weiden lief ein schmaler Pfad den Hügel zu den Ställen hinab.

In der Ferne glaubte Mila, das Meer rauschen zu hören, und sie verspürte große Lust herauszufinden, wie weit es von ihrem neuen Zuhause entfernt war. In diesem Moment erklang ein Motorengeräusch, und wenig später knirschte der Kies unter den dicken Reifen ihres Rovers. Am Steuer saß ein Mann undefinierbaren Alters.

»Du hast den Schlüssel stecken lassen!«, entfuhr es ihr.

»Ja, und?«, gab Florence zurück. »Wir sind hier auf dem Land und nicht in London, meine Liebe.« Sie streckte die Hand aus, um den Autoschlüssel von dem dunkelhaarigen Fahrer mit verschlossenen Gesichtszügen entgegenzunehmen. »Und es ist überaus nett, dass …« Fragend sah sie ihn an.

Doch es war Janet, die antwortete: »Das ist Boris. Er leitet die Stanmore Stables und wohnt auch unten bei den Ställen.«

»Danke, Boris!«, sagte Florence.

Dieser Pferdewirt, so kam es Mila jedenfalls vor, starrte sie eine Spur zu lange finster an, um nur schlechte Laune bei ihm zu vermuten. Plötzlich erwachte er aus seiner Erstarrung, rückte die Mütze gerade, murmelte etwas Unverständliches und wandte sich zum Gehen.

Hastig schloss Janet die Haustür auf, einen zweiten Schlüssel drückte sie Mila in die Hand. »Sie kommen zurecht? Ich muss zurück zum Haus.« Mit einem entschuldigenden Nicken machte sie ebenfalls kehrt und lief hinter dem Gestütsleiter her. »Boris, warte auf mich!«

Erstaunt sahen sich die beiden jungen Frauen an. »Seltsame Leute«, entfuhr es Florence. »War das Russisch?«

Mila nickte. »Aber frag mich nicht, was er gesagt hat. Ich habe kein Wort verstanden.«

Das stimmte nicht, doch sie wollte ihrer Freundin nicht die Laune verderben. *Baba Jaga* hatte er in ihre Richtung gemurmelt. Hexe. Vielleicht war es doch keine so gute Idee gewesen, sich die Haare rot zu färben.

Florence hatte sie vor acht Tagen zu ihrem Friseur mitgeschleppt. *Der Einzige, der mein Blond perfekt hinbekommt!* Der Haarkünstler und Flo hatten lange auf sie eingeredet, bis Mila zustimmte, sich *runderneuern* zu lassen, wie Florence frech verlangt hatte.

Das Ergebnis gab ihr allerdings recht. Natürlich – in Styling-Angelegenheiten blieb ihre Freundin einfach unübertroffen.

Milas heller Teint strahlte, und nachdem die Augenbrauen zum ersten Mal in ihrem Leben in Form gezupft worden waren, – was sie ziemlich schmerzhaft fand –, wirkten die von dichten Wimpern umrahmten grünen Augen noch größer. Mit den hohen Wangenknochen hätte sie eine exotische Prinzessin von der Seidenstraße oder aus den Tiefen des russischen Reichs sein können.

Das jedenfalls behauptete der Friseur, als er ihr zum Abschied die Visitenkarte einer Modelagentur in die Hand drückte. »Ein paar Kilo weniger, und die nehmen dich mit Kusshand! Ich schwöre es dir!«

Mila wollte aber nicht abnehmen. Sie mochte ihre Kurven, die etwas runder geworden waren, seit sie nicht mehr so intensiv trainierte wie damals beim Militär. Modeln wollte sie schon gar nicht.

Von Florence, die früher drei-, viermal vor einer Kamera gestanden hatte, wusste Mila genug über diesen Job, um sich sicher zu sein, dass sie nicht in diese Welt gehörte. Doch in die Welt des britischen Adels gehörte sie ebenso wenig. Und was in London kein Aufsehen erregte, war vielleicht für die Landbevölkerung hier draußen ein bisschen zu schräg. *Nun ja*, dachte sie und strich sich das leuchtende Haar aus dem Gesicht. *Die Leute werden sich damit abfinden müssen.*

Kaum war die Tür des Häuschens hinter ihnen ins Schloss gefallen, verflogen alle Zweifel daran, ob es richtig gewesen war, diesen Auftrag anzunehmen.

»Ist das toll hier!«, riefen Mila und Florence beinahe gleichzeitig. Sie fassten sich an den Händen und tanzten wie kleine Mädchen im Kreis, bis ihnen schwindelig war.

Dass sich Florence, die in ihrem bisherigen Leben vorwiegend die glänzenden Seiten der Welt gesehen hatte, immer noch für die einfachen Dinge begeistern konnte, freute Mila. Wobei, dieses Cottage war beim besten Willen nicht als *gewöhnlich* zu bezeichnen.

»Sieh doch nur! Dieser fabelhafte Kamin! Das Parkett! Und auf der Galerie das riesige Bett!« Mila wäre am liebsten gleich hinaufgelaufen, um sich dort umzusehen.

Innen wirkte das Haus erstaunlicherweise geräumiger, als man von außen vermutet hätte. Nach oben gab es reichlich Freiraum, die weiß gestrichenen Balken der Dachkonstruktion erlaubten den Blick bis in den Giebel. Eine geschwungene leichte Holztreppe führte zu einem lichten Zwischengeschoss, das etwa ein Drittel des Hauses einnahm. Darunter befand sich ein weiteres Schlafzimmer. Es gab eine offene Küche und gemütliche Sofas, von denen aus man durch hohe Sprossentüren bis zu den Klippen sehen konnte. Sie hatte sich nicht getäuscht. Das Meer war ganz nah.

Gemeinsam schleppten sie ihr Gepäck herein. Florence hatte entschieden, dass Mila auf der Empore schlafen sollte, während sie sich in dem kleinen Zimmer einrichten wollte, in dem es nur ein schmales Bett gab. »Keine Widerrede! Ich werde viel unterwegs sein, und diese Zeit musst du intensiv mit Anthony nutzen.« Sie zwinkerte ihr zu, was Mila erröten ließ.

»Warte, ich habe da noch was …!« Die Freundin lief hinaus, bevor Mila nachfragen konnte, und kehrte kurz darauf mit einem riesigen Picknickkorb zurück.

»Von deinem Bruder?«

»Nö, Sainsburry's!« Florence lachte. »Na gut, das eine oder andere hat er vielleicht beigesteuert. Der Gute.«

Sie füllte rasch den Kühlschrank, röstete Brot und öffnete

eine Flasche Wein, während Mila das Gartenhäuschen inspizierte, das dicht ans Cottage geschmiegt allerlei Gerätschaften beherbergte. Unter anderem Sitzkissen und einen Sonnenschirm.

Eilig zogen sie bequemere Kleidung an und setzten sich schließlich auf die hölzerne Terrasse hinter dem Haus. Nur die niedrige Natursteinmauer trennte sie von einem gepflegten, hübschen Bauerngarten, der am Ende in eine blühende Wiese überging.

»Britischer Landschaftsgarten im Miniaturformat«, sagte Florence anerkennend und goss schwungvoll den mitgebrachten Rotwein in die rustikalen Gläser.

»Wie im Urlaub!«, seufzte Mila nach einem Schluck und legte die Füße auf den gegenüberstehenden Teakholzsessel. »Aber Lady Margaret ist schon ein bisschen seltsam, findest du nicht auch?«

»Du meinst doch nicht etwa die gute *Maggy*?« Florence lachte. »Stimmt. Ich sollte meine Schwester nach ihr fragen. Die hat den halben Adelskalender *Burke's Peerage* im Kopf und notfalls immer die neueste Ausgabe in ihrer Bibliothek. Wart mal ab, bestimmt weiß sie mehr als unser *korrekter und verschwiegener* Anthony.« Verschmitzt lächelnd zog sie ihr Telefon aus der Tasche. »Ach, Mist! Kein Empfang. Hat Anthony nicht gesagt, ihm steht ein eigenes Büro drüben in Stanmore House zur Verfügung?«

»Warum fragst du?«

»Weil ich hier im Cottage keinen Telefonanschluss gesehen habe. Irgendwie müssen wir ja den Kontakt zur Außenwelt aufrechterhalten.«

»Du willst doch nur wieder dein hungriges Blog füttern.« Florence bemühte sich um einen harmlosen Gesichtsausdruck. »Wo denkst du hin? Ich muss Lieferanten kontaktieren und wissen, was in der Welt passiert. Und außerdem hat uns meine Rubrik *Wöchentliche Wohntipps* schon lukrative Kunden eingebracht, oder etwas nicht?«

»Auch wahr.« Damit griff Mila in den Brotkorb, und beide genossen den herrlichen Sommertag und die Ruhe, die nur gelegentlich von der einen oder anderen Biene unterbrochen wurde, die auf der Suche nach Nahrung die Reste ihrer Mahlzeit inspizierte.

Als es langsam dunkel wurde, sahen sie sich erneut die Pläne des Herrenhauses an, um für den morgigen Tag vorbereitet zu sein. Florence wirkte auf einmal niedergeschlagen.

»Was ist los?«, fragte Mila.

Ihre Freundin ließ sich schwer in einen Sessel fallen. »Womöglich war es doch keine so brillante Idee, den Job anzunehmen. Es ist ja nicht zu übersehen, dass die Räume vor nicht allzu langer Zeit meisterhaft renoviert wurden, und ich wüsste nicht, was man, außer hier und da einen neuen Anstrich vorzunehmen, daran verbessern könnte. Ich habe selten eine so geschmackvolle Einrichtung in einem dieser Adelssitze gesehen wie in Stanmore House.«

Insgeheim stimmte Mila ihr zu, doch sie hatten für Lady Margaret andere Aufträge abgesagt oder verschoben, und das Finanzamt wartete nicht. Sie brauchten das Geld. »Dann war das Fix-Honorar, das Anthony ausgehandelt hat, doch eine gute Idee. Wenn nicht viel zu machen ist, umso besser. Wir bekommen unseren Lohn, und mit etwas Glück können wir anschließend doch noch das Stadthaus in Ealing machen. Die Kundin war so enttäuscht, als ich ihr sagte, dass du frühestens im Herbst Zeit für sie haben würdest.«

»Er hätte uns wenigstens vorwarnen können. Ich verstehe das nicht …« Ärgerlich runzelte sie die Stirn. »Vor allem: Wie stehen wir denn da? Stell dir mal vor, es gibt Vorher-Nachher-Fotos. Die Leute werden denken, jemand hat die Reihenfolge verwechselt!«

»Du hast Vorurteile! Bloß weil sie Amerikanerin ist …«

»Das ist es nicht. Die Frau spielt eine Lady, sie ist aber keine.«

Normalerweise hätte Mila widersprochen, wie immer, wenn Florence zu *adelig* wurde, wie sie es insgeheim nannte. Doch in diesem Fall hatte sie denselben Eindruck, der sich während der Besichtigungstour noch vertieft hatte. *Irgendetwas stimmt da nicht*, warnte ihr Unterbewusstsein. Nichts an dieser Lady wirkte echt, die Stimme, die aufgesetzte Freundlichkeit, sogar ihre Kleidung. Bis auf die schon an Unhöflichkeit grenzenden Stimmungsschwankungen, die sie heute Nachmittag miterlebt hatten. Flo hatte recht. *Warum hat Anthony uns nicht vorgewarnt?*

Weil sie ihre Freundin jedoch nicht zusätzlich beunruhigen wollte, stand sie auf und sagte: »Du siehst Gespenster! Komm, lass uns schlafen gehen. Morgen müssen wir fit sein.«

In dieser ersten Nacht, so hatten sie beschlossen, wollten sie sich das Kingsize-Bett auf der Empore teilen. Mila hatte nichts dagegen. Man wusste nie, welche Geister in so alten Gebäuden hausten.

2

»Lucian!«

Der zierliche Engel faltete die Flügel hinter dem Rücken zusammen, und damit ging eine Wandlung einher, nach der selbst einer der Ihren sie nicht ohne Weiteres als ein himmlisches Geschöpf erkannt hätte. Mit einer fließenden Bewegung, die einige Praxis verriet, ließ sie das Schwert zurück in die verborgene Scheide gleiten. Danach bemühte sie sich weniger erfolgreich, ihre vom Flug zerzauste Frisur zu glätten. Das weiße Haar stand in interessantem Kontrast zur lässigen Kleidung, die man eher bei einer noch nicht ergrauten Frau erwartet hätte.

Als sie sich wieder zu ihm umdrehte, sah Lucian, dass sie keinen Tag älter wirkte als bei ihrer ersten Begegnung. Und damals war sie noch sehr jung gewesen.

»Du wirst immer schöner!« Schneller als das menschliche Auge folgen konnte, war er aufgestanden und hatte seine Hände auf ihre Schultern gelegt.

Sie reagierte keineswegs überrascht, sondern drehte sich rechtzeitig um, sodass beide nun gemeinsam aus dem Fenster über die Klippen blickten. Schaumkronen tanzten auf dem aufgewühlten Meer und streckten die weißen Finger der Gischt nach den Möwen aus, die im graublauen Himmel schwebten, um nach Strandgut Ausschau zu halten.

»Warum zum Teufel kannst du dich nicht anmelden wie

jeder anständige Besucher?« Auch wenn ihre aufrechte Haltung Wachsamkeit verriet, versuchte sie nicht, sich ihm zu entziehen.

Er raunte ihr zu: »Was fragst du noch? Du hast dir doch selbst die Antwort gegeben.«

»Ach komm, seit wann redest du dich mit deinem höllischen Background heraus? Soll ich dich etwa bemitleiden?« Ihre Stimme klang streng, aber er hörte das Lachen darin. Sie genoss es, mit ihm zu flirten.

Genau deshalb besuchte er das Cottage am Rand der einsamen Steilküste mit Vorliebe eben dann, wenn ihr Seelengefährte anderweitig beschäftigt war. Natürlich dauerte es nie lange, bis dieser erfuhr, dass sich der Abgesandte des Lichtbringers in seinem Haus aufhielt.

Arian und Juna waren untrennbar miteinander verbunden. Doch er vertraute ihr nahezu blind, und darüber hinaus waren die beiden Männer in den letzten Jahren wenn auch nicht zu Freunden, so doch zu Verbündeten geworden. Eine wertvolle Allianz wie diese hätte Lucian niemals gefährdet. Es gab wichtigere Dinge als eine Affäre, so leidenschaftlich die mit Juna auch hätte sein können.

Seine lackschwarzen Flügelspitzen bebten bei der Erinnerung an vergangene Tage, und es wurde höchste Zeit, Abstand zwischen sich und den verführerischen Engel zu bringen. Nach mehr als einem Millennium Ennui war sie es gewesen, die etwas wie ein Gefühl in ihm wiedererweckt hatte. Als Liebende waren sie nicht füreinander bestimmt – dennoch besaß dieser neu geschaffene Engel größere Macht über ihn, als er es sich eingestehen wollte.

»Ich war zufällig in der Gegend«, sagte er leichthin und schlenderte zum Kühlschrank. »Etwas zu trinken?«

Kopfschüttelnd sah sie ihn an. »Nicht für mich. Aber bedien dich nur.«

Daraufhin stellte er den Wein zurück und nahm eine Flasche Bier heraus, die in der Sommerluft sofort beschlug. Der Kronkorken sprang ohne sichtbares Zutun ab und landete direkt im Abfallkorb. Aus dem Augenwinkel beobachtete er ihre Reaktion: Der sinnliche Mund öffnete sich leicht, und ihre Augen nahmen eine intensivere Färbung an, während sie zusah, wie er seine Lippen befeuchtete, bevor er die Flasche anhob und den Kopf in den Nacken legte.

»Was wird das hier? Eine Getränke-Werbung?« Das unterdrückte Lachen in der dunklen Stimme nahm den Worten die Schärfe. Hundekrallen klickten über das Parkett. »Finn, du treulose Kreatur!«

Ein schwarzer Blitz stürzte sich auf Lucian, doch er beugte sich unerschrocken herab, um den aufgeregten Hund zu begrüßen. Ebenso wie seine jetzige Besitzerin hatte der Setter einen besonderen Platz in seinem Herzen erobert und damit das Recht verdient, bei jeder ihrer Begegnungen ausgiebig hinter den Ohren gekrault zu werden. Normal war das nicht. Tiere spürten instinktiv seine dunkle Seite und hielten sich von ihm fern. Aber an Finn war nichts normal. Angefangen von den wissenden Augen bis zum halben Ohr, das sich nie entscheiden konnte, ob es herabhängen oder hochstehen wollte.

Allerdings unterschied sich Finn nicht von seinen Artgenossen, sobald es ums Spazierengehen ging. Deshalb überraschte es Lucian nicht, dass ihm, als er sich aufrichtete, Arian mit einer Lederleine in der Hand gegenüberstand. Die Augen des Engels verrieten das Missvergnügen über Lucians dreistes Spiel.

Juna ernsthaft in Versuchung zu führen, wäre jedoch selbst für ihn eine Herausforderung. Sie war Arians Seelengefährtin und für Tricks dieser Art nicht anfällig.

Amüsiert stellte Lucian fest, dass Arian und er sich ähnlich kleideten. Sie beide trugen ihre Jeans tief auf den Hüften, und ihre Shirts ließen keinen Zweifel daran, dass, wer auch immer ihre Körper einst geschaffen hatte, es gut mit ihnen gemeint haben musste.

Doch da hörten die Gemeinsamkeiten auch schon wieder auf: Arian war eher der mediterrane Typ, nur die Augen leuchteten dunkelblau wie der Himmel eines warmen Sommerabends. Lucians blonder Schopf besaß zwar die gesträhnte Unordnung einer Surferfrisur, aber ihm fehlte der dazugehörige gebräunte Teint, und sein Blick erinnerte mehr an die Gletscher der Eismeere als an das Grün irdischer Wälder und Wiesen.

Arian schien diese Inspektion nicht zu gefallen, und die Atmosphäre im Raum verdichtete sich zu einem dunklen Grollen.

Juna sah von einem zum anderen und seufzte. »Setzt euch.« Sie machte eine einladende Geste. »Ich komme gleich nach«, sagte sie vorsichtshalber, als die beiden zögerten. Irgendetwas lag in der Luft.

Es dauerte nicht lange, und Juna erschien mit gekühlten Getränken. Finn kam hinter ihr hergetrottet und rollte sich unter dem Tisch zusammen. Arian legte einen Arm um sie und gab ihr einen liebevollen Kuss. Es war unübersehbar, dass er nicht nur sein Revier abstecken wollte, sondern sie zärtlich liebte.

Schweigend trank Lucian einen Schluck und lehnte sich zurück. Er wollte diesen Beweis gegenseitiger Hingabe kitschig finden, doch ganz leise sehnte sich ein winziger Teil in ihm nach dieser Seelenharmonie, die ihm für immer verwehrt bliebe.

Die himmlischen Engel hatten ein Einsehen, rückten ein wenig voneinander ab und blickten ihn erwartungsvoll an. Hierherzukommen, war eine spontane Entscheidung gewesen, die er nun beinahe bereute. Alles deutete darauf hin, dass der Grund seines Besuchs nur eine unbedeutende interne Angelegenheit war. Doch eine innere Stimme warnte ihn, auf der Hut zu sein, und auf diese Vorahnung hatte er sich – wenn auch auf sonst niemanden – in seinem Dasein, bisher verlassen können.

Dass er dennoch hier und da einmal in Schwierigkeiten geriet, war einzig und allein ihm selbst anzulasten. Wie der Flirt mit Juna beispielsweise. Nicht wenige Bewohner Gehennas, des sogenannten Reichs der Finsternis, legten es Lucian als Schwäche aus, dass er sich nicht einfach genommen hatte, wonach ihm der Sinn stand. Aber er gehörte nicht ohne Grund zu den wenigen handverlesenen gefallenen Engeln der ersten Stunde, die keinem Geringeren als dem Lichtbringer persönlich unterstellt waren. Er dachte langfristig und war als exzellenter Stratege bekannt. Wer ihn besser kannte, wusste, dass *Der Marquis* nichts dem Zufall überließ. Und Juna ernsthaft zu nahezutreten wäre in dieser Hinsicht ein nicht wiedergutzumachender Fehler.

»Ist euch in letzter Zeit etwas Besonderes aufgefallen?«

»Nein«, sagte Arian eine Spur zu schnell.

»Ja«, widersprach Juna sanft und legte ihm die Hand auf den Arm. »Erzähl es ihm.«

»Da gibt es nichts zu erzählen.« Arian schüttelte den Kopf. »Nur so ein Gefühl.«

»Was?« Lucians Stimme klang schärfer als beabsichtigt, und Finn setzte sich auf. Beiläufig kraulte er den Hund hinter den Ohren und vermied es, die beiden direkt anzusehen.

Es war Juna, die ihm schließlich antwortete. »Wir haben nichts gesehen, wenn du das meinst. Aber die Atmosphäre hat sich verändert. Es ist«, sie blinzelte entschuldigend, »als wäre die Luft irgendwie nicht mehr so sauber wie zuvor.«

Die Arme vor der Brust verschränkt, lehnte sich Arian zurück. »Was an den Touristen liegen kann, die bei diesem Bilderbuchwetter hier einfallen wie die Heuschrecken.«

»Stimmt«, sagte Juna, »auf der Straße nach Ivycombe gibt es inzwischen jedes Wochenende regelrechte Staus. Es wird Zeit, dass dieser Lord Dingsda …«

»Viscount Dorchester. Ihm gehört die gesamte Gegend, und er hat der Gemeinde einen Parkplatz vor der Stadt versprochen. Mit halbstündlichem Shuttle.« Arian grinste, und Lucian wusste, warum. Juna, obwohl selbst Tochter eines britischen Adligen, hatte wenig Verständnis für die althergebrachten Herrschaftsstrukturen.

In diesem Augenblick fühlte er sich Arian auf sonderbare Weise verbunden. Sie lebten in einem Feudalsystem, dessen Komplexität kein Sterblicher je erfassen würde. Und anders als sie beide gehörte Juna erst seit kurzer Zeit zu dieser Welt.

»Himmel, wie soll ich das erklären?«, unterbrach sie seine Gedanken und hob ratlos die Hände. »Früher hätte ich vermutet, dass sich deine Kollegen hier herumtreiben.«

»Dämonen?« Nur zu gut erinnerte er sich an die Zeit zurück, als Juna alle Bewohner der Unterwelt als Dämonen bezeichnet hatte. Dann hatte sie gelernt, worin der Unterschied zwischen einem *Gefallenen*, einem *Dunklen Engel* und den ursprünglichen Herrschern des Hades bestand, wie Luzifer ihre Welt lieber nannte.

Sie zog die Nase kraus und lächelte entschuldigend. »Das war nicht böse gemeint.« Jetzt kicherte sie. »Aber ja. Wäre es nicht nahezu ausgeschlossen, hätte ich schwören können, dass sich Dämonen in der Gegend aufhalten.«

»Schon in Ordnung.« Womöglich war er tatsächlich milde geworden. Früher hätte er sie so lange befragt, bis sie – auf die eine oder andere Weise – alles gesagt hätte. In diesem Fall war er jedoch ohnehin überzeugt, dass sie genau dies getan hatte. Er stand auf. »Kann sein, dass ich eine Weile in der Gegend bleibe. Irgendwelche Vorschläge für eine angemessene Unterkunft?«

»Leider ...« Juna lächelte verräterisch sanft. »Leider gibt es hier weder Serails noch diabolische Paläste. Du musst dich schon mit dem begnügen, was die britische Landschaft zu bieten hat.«

Lucian schwieg.

Abrupt erhob sich Arian. »Ich habe etwas für dich.«

Kurz darauf kehrte er mit einem Schlüsselbund zurück. »Wenn es Schwierigkeiten gibt, lass es mich wissen.« Damit reichte er ihm die Schlüssel und faltetet eine Wanderkarte auseinander. Eine Stelle nicht weit von Junas und seinem Zuhause war markiert. »Das Haus dürfte nach deinem Geschmack sein. Es liegt direkt an den Klippen. Im letzten Jahr ist ein Teil des Gartens abgebrochen und in die Tiefe gestürzt. Dummerweise während der Sommerferien, und die Bilder waren im ganzen Land und in jedem Internetportal zu sehen. Dann fand der Besitzer keine Mieter mehr und hat es uns kürzlich günstig verkauft.«

Spöttisch lächelnd nahm Lucian die Hausschlüssel entgegen. »Alle Achtung, das hätte ich dir gar nicht zugetraut.« Ohne eine Antwort abzuwarten, öffnete er seine Schwingen. Danach drehte er sich aber doch noch einmal um. »Dieser Viscount wohnt nicht zufällig in Stanmore House?«

»Allerdings. Wieso …?«

Den Rest der Frage hörte er nicht mehr, und wenig später ließ sich Lucian vor dem Ferienhäuschen nieder, hinter dem keine zehn Meter entfernt die Steilküste hinabfiel. Der Rand wirkte immer noch wie von einer geheimnisvollen Macht brutal abgerissen. Belustigt fragte er sich, ob hier die Natur oder magische Kräfte am Werk gewesen waren. Für Letzteres fand er jedoch keine Beweise. Arian gehörte eben trotz allem zu den Guten.

Ein Sturz in die Fluten – ob mit Haus oder ohne – brachte Lucian gewiss nicht um, und so schloss er ohne zu zögern die Tür auf. Im Nu hatte er ein Portal in seine Privatgemächer geschaffen, um ein paar persönliche Gegenstände zusammenzupacken, auf die auch ein gefallener Engel nicht gern verzichtete. Anschließend versiegelte er den Weg sorgfältig. Je seltener er die Grenzen zwischen dieser und seiner eigenen Welt überschritt, desto unwahrscheinlicher war es, dass andere ihn ausfindig machten.

Am Horizont versank die Sonne allmählich im Meer, und Lucian setzte sich mit einem Glas Rotwein aus seinem gut gefüllten Keller auf die steinernen Stufen, um ihr dabei zuzusehen. Anders als viele seiner Art mochte er *Mutter Natur* – er pflegte sogar Beziehungen zu den wichtigsten Vertretern der Feenwelt. Nicht dass er ihnen jemals freiwillig den Rücken zugekehrt hätte. Ebenso wie Luzifer wusste er, dass sie eine Macht darstellten, die man nicht unterschätzen durfte. Doch nur weil sie sich seit Beginn dieses Jahrtausends weitestgehend in ihr eigenes Reich zurückgezogen hatten, bedeutete das keineswegs, dass es für immer so bliebe.

Die Gegend wirkte für seinen Geschmack allerdings eine Spur zu idyllisch. Obwohl, und da irrten die Wächterengel Juna und Arian mit ziemlicher Sicherheit nicht: Es lag etwas in der Luft.

Wäre er nicht mit der Annahme hierhergekommen, genau dies vorzufinden – die hauchzarten Anzeichen wären leicht zu übersehen gewesen. Lucian ahnte den dunklen Puls meisterhaft gewobener Magie mehr, als er ihn fühlte. Lokalisieren ließ sich die Quelle nicht, doch das war auch nicht zu erwarten. Was sich hier zusammenbraute, war höchstwahrscheinlich sorgfältig vorbereitet und würde sich erst allmählich offenbaren. Seine Rivalen glaubten, er verbringe zu viel Zeit mit himmlischen Wächtern und Sterblichen und sei dabei milde geworden und unaufmerksam. Doch sie irrten sich, das Gegenteil war der Fall. Zu lange Zeit hatte er, der zu den Ersten gehörte, die dem Lichtbringer gefolgt waren, nur noch Langeweile verspürt. Kein noch so raffiniertes Liebesspiel, kein Kräftemessen, keine Katastrophen und auch nicht die gemeinsten Qualen vermochten, ihm mehr als ein kühles Lächeln zu entlocken. Selbst Sex war wie ein Spaziergang an frischer Luft, zuweilen notwendig, aber inzwischen leider wenig erregend.

Seit jenem Tag jedoch, an dem er mit eigenen Augen am Beispiel von Juna und Arian gesehen hatte, dass es Seelenverwandtschaften wahrhaftig gab – seit diesem Tag war Lucians Interesse am Zauber dieser Welt zu neuem Leben erwacht. Befreit von der Last des Zweifels, fühlte er sich seither so frei, als sei ein Stück seiner einstigen Engelsseele in ihn zurückgekehrt. Und das war zu seinem Verdruss nicht unbemerkt geblieben.

»*Lucian*«, das hatte der Herr der Unterwelt bei der letzten Begegnung seinem Sohn Arian, dem neu ernannten geheimen Kurier zwischen den Sphären, zugeflüstert, »*war nie gefährlicher als heute.*«

Ein anderer wäre bei dieser Lobpreisung möglicherweise überheblich oder sogar leichtsinnig geworden. Doch Lucian wusste nicht nur, wie schnell man die Gunst des Lichtbringers verlieren konnte. Ihm war auch klar, dass ein solches Kompliment Neid weckte.

Deshalb ging er seinem Job weiter gewissenhaft nach. Als einer seiner dunklen Wächterengel meldete, er habe merkwürdige Veränderungen in der magischen Struktur der Membrane entdeckt, wurde er hellhörig. Diese Grenze zwischen den Dimensionen trennte die Welt der Schatten vom Diesseits und verhinderte, dass alles menschliche Dasein von zerstörerischen Dämonen überflutet wurde.

Vergleichbare Anomalien kamen immer wieder vor und waren im Grunde nichts Besonderes. Die Magie ließ sich niemals vollständig beherrschen, denn sie stellte eine Macht für sich dar.

Doch obwohl es keine Anzeichen dafür gab, hatte er sofort das Gefühl gehabt, in diesem Fall könnte mehr dahinterstecken. Ein Gefühl, das ihn offenbar nicht trog. Anderenfalls hätte man nicht auch im Diesseits Auswirkungen spüren können, selbst wenn sie noch so unauffällig daherkamen.

Mit grimmiger Zufriedenheit beobachtete er, wie die übrig gebliebene Glut der Sonne im Meer zerschmolz. Erfolg war auch immer eine Sache des richtigen Timings. Loszuschlagen, wenn sich der Gegner schon am Ziel wähnte, gehörte zu seinen Spezialitäten, und der Spieler in ihm liebte es, bis zum letzten Augenblick verdeckt zu agieren.

Als sich mit der Dunkelheit ein kühler Wind erhob, zog er die Lackschachtel aus der Tasche und öffnete sie. Wie vermutet befand sich im Inneren eine weitaus erotischere Malerei, als die äußere Verzierung vermuten ließ. Sie passte gut in seine Sammlung. Zufrieden schloss er den Deckel und verzog das Gesicht. Die Erinnerung an das feenhafte Wesen, dem er die erlesene Beute abgenommen hatte, hätte er gern mit einer ungeduldigen Handbewegung beiseitegewischt. Vergeblich versuchte er, sich an ihre Augen zu erinnern, bis ihm einfiel, dass sie eine Sonnenbrille getragen hatte. In dem dunklen Laden nicht ganz ohne Exzentrik. Irgendetwas Unerklärliches reizte ihn an der Kleinen. Vielleicht sollte er ihr einen nächtlichen Besuch abstatten?

Wenn er sich recht erinnerte, war ihre Figur reizvoll genug, um sogar den Anforderungen eines Connaisseurs wie ihm zu genügen. Sie hatte sich unerwartet spröde gezeigt und ihren wertvollen Fund nur widerwillig aufgegeben. Frauen, die über ausreichend Entschlossenheit verfügten, um dem leichtfertigen Charme eines geborenen Verführers zu widerstehen, gehörten seit Anbeginn der Zeit zu seinen Schwächen.

Mit geschlossenen Augen berührte er den Deckel der Schatulle und versuchte, die Spur zu finden, die ihre schlanken Finger darauf hinterlassen hatten. *Nichts.*

»Bemerkenswert!« Seine Fingerspitzen prickelten, doch es gab keinerlei Hinweise auf ihre Identität. Jedes Lebewesen, sogar die vermeintlich untoten Vampire, besaßen eine individuelle Signatur. Sobald diese fehlte, war garantiert

Magie im Spiel. Bei ihrer flüchtigen Begegnung in Ivycombe hatte er nichts davon bemerkt. In einer solchen Situation gab es keine Alternative: Lucian musste der Sache nachgehen.

Behutsam öffnete er ein magisches Fenster der Erinnerung. Was war geschehen? Rote Haare leuchteten in der Dunkelheit. Sie hatte ihn nicht kommen hören, was für eine Sterbliche nicht weiter überraschend gewesen wäre. Für jemanden, der seine Identität so meisterhaft zu verbergen wusste, allerdings schon. *Florence.* Der Name ihrer Freundin, die sie an seiner Stelle zu sehen erwartete.

»Aha!« Magische Funken, so winzig und schwach, dass er sie übersehen hatte, waren geflogen. Nur sein Unterbewusstsein hatte wie immer zuverlässig funktioniert und die hauchzarte Energie wahrgenommen, die diese irritierende Antiquitätenliebhaberin umgab.

Sie hatte sich ihm entzogen, war am Ende regelrecht geflohen. Nicht verwunderlich – sensible Menschen spürten seine dunkle Seite.

Ein Lächeln schlich sich in seine Mundwinkel. Lucian liebte Rätsel dieser Art, und merkwürdigerweise hoffte er, dass diese Begegnung nichts mit seiner derzeitigen Mission zu tun hatte. Es wäre schade um sie.

Wie auch immer, ihm blieb nichts anderes übrig, als dem Antiquitätenhändler in Ivycombe morgen einen zweiten Besuch abzustatten, wollte er die Spur dieser aparten Schönheit wieder aufnehmen.

Ah, die Versuchung. Sie hatte sich schon so oft als seine beste Gefährtin und gleichzeitig gefährlichste Verbündete erwiesen.

3

Träume sind überbewertet. Das galt vor allem für jene, die einen in der ersten Nacht in einem neuen Zuhause heimsuchten. Von Flitterwochen auf der italienischen Insel Volcano hatte Mila geträumt, von einem nächtlichen Ausflug auf den Kraterrand des Stromboli, dem Fauchen windgetriebener Glut und von rot glühenden Lavafontänen. Und immer an ihrer Seite ein dunkler Schatten, halb Erretter halb Verführer. Von wegen prophetisch! *Alles Humbug.*

So leise wie möglich schlug sie die Bettdecke zurück und warf einen Blick auf Florence. Die Freundin lag eingerollt wie ein kleines Kätzchen in dem riesigen Bett, ihr Atem ging unüberhörbar regelmäßig.

Der Morgen gehörte Mila ganz allein. Sofort hob sich ihre Laune. Die Sorge, enttarnt zu werden, quälte sie und nächtliche Heimsuchungen geflügelter Wesen waren durchaus nicht ungewöhnlich. Doch in dieser Nacht war ein Paar grüner Augen hinzugekommen, das ihr überallhin zu folgen schien. Allerdings hatte sie den Eindruck, dass, wer auch immer hinter ihr her sein mochte, weit davon entfernt war, sie aufzuspüren. Dennoch, ein Hauch von Unsicherheit blieb, und sie überlegte, ob sie Gabriel um Unterstützung bitten sollte. Ob der allerdings auf ihre Kontaktversuche reagieren würde, stand in den Sternen. Ihr vorübergehender Schutzengel hatte sie mit den Worten verabschiedet: *Mehr kann ich nicht für dich tun. Solange du dich an die Regeln hältst, wird dir nichts geschehen.*

Dabei hätte er sie im Laufe seines Trainings gut genug kennengelernt haben sollen, um zu wissen, dass Mila nicht viel von Vorschriften hielt. Ein Grund, die Army trotz brillanter Karriereaussichten wieder zu verlassen.

Weil sich Entscheidungen größerer Tragweite am besten mit klarem Kopf treffen ließen, stieg Mila aus dem Bett, schlich die Treppe hinunter und öffnete die Terrassentür. Die Luft war noch kühl. Vom Meer kam feuchter Nebel herüber, den die Julisonne aber bestimmt bald auflösen würde. Schnell kehrte sie noch einmal ins Haus zurück, schrieb eine Nachricht für Florence und schlüpfte nach einer Katzenwäsche in eine bequeme Hose, T-Shirt und Sportschuhe. Bereits gestern, als sie den schmalen Weg gesehen hatte, der hinter dem kleinen Cottage-Garten in Richtung Küste führte, wäre sie ihm am liebsten gefolgt. Doch Florence fand, sie beide hätten genügend Aufregung gehabt. *Lass uns lieber faulenzen. Morgen wird kein leichter Tag, fürchte ich.*

Nach einigen Aufwärmübungen lief sie los, und es dauerte nicht lange, bis sich ihre Laune hob. Egal wie nervig der Job vielleicht werden würde, das Laufen gehörte ihr allein. Schon als Kind hatte sie diese Stunde kurz nach Sonnenaufgang geliebt. Damals nutzte Mila sie zum Balletttraining, und auch später behielt sie diese Vorliebe bei.

In der Militärakademie war es von Vorteil gewesen, so früh fit zu sein. Das gelang nicht vielen ihrer Mitschüler, und ihr hatte es wertvolle Bewertungspunkte eingebracht.

Die eingezäunten Koppeln lagen bereits hinter ihr, als sie nach langer Zeit unerwartet an ihren Vater dachte. Ob er stolz wäre, wenn er wüsste, wie weit sie es trotz aller Widrigkeiten geschafft hatte?

Milotschka Morgenstern hatte er sie manchmal genannt. Ihre Mutter mochte das nicht, und deshalb war dieser Kosename bis zu seinem Verschwinden ein wunderbarer Scherz zwischen Vater und Tochter geblieben. Inzwischen lebten ihre Eltern nicht mehr, und die Erinnerung verblasste allmählich.

Während sie die Gedanken fliegen ließ, hatte Mila fast unbemerkt den Küstenwanderweg erreicht, auf dem so früh zum Glück noch niemand unterwegs war. In der Tiefe schlugen die Wellen an den Strand, und sie fragte sich, ob man hier baden konnte. Das Wasser wäre kalt, doch ihr machte so etwas nichts aus. Sie war Härteres gewöhnt als ein erfrischendes Bad im Meer.

Weiter hinten, halb verdeckt von einem Wäldchen, hatte die Gemeinde oder wer sonst für die Sicherheit der Wanderer verantwortlich sein mochte, Schilder aufgestellt. Als sie näher kam, sah sie, dass sich dort ein ordentlich angelegter Aussichtspunkt mit Sitzbank und Geländer befand. Sie nahm die Sonnenbrille ab und kniff die Augen zusammen. Nun konnte sie sogar den Kirchturm von Ivycombe sehen, und im Norden, also in der anderen Richtung, glitzerten die Scheiben eines weiß gestrichenen Leuchtturms in der Sonne. Aber das Beste: Es gab eine Treppe hinunter zum Strand. Die war zwar durch eine Kette gesichert, doch die Konstruktion sah recht stabil aus. Entschlossen hob Mila ein Bein, um hinüberzusteigen, als hinter ihr ein lauter Pfiff ertönte. Jemand kam im scharfen Galopp den Sandweg entlanggeritten, und als sich Pferd und Reiter näherten, erkannte sie Boris von den Stanmore Stables.

»Sie darf nicht auf Treppe!«, rief er ihr zu, bevor er aus dem Sattel sprang und Mila fest am Arm packte.

Mit einer geschickten Drehung befreite sie sich und hob beschwichtigend die Hände. »Schon gut«, sagte sie nach einem Blick in sein besorgtes Gesicht freundlicher, als ihr zumute war, und ging zurück auf den Weg, an dessen Rand das Pferd mit gesenktem Kopf genussvoll den Grassaum kürzte.

Als sie zu ihm ging, sah es auf und schüttelte die Mähne. Doch Mila hatte keine Angst. Sie streckte die Hand aus und hielt sie dem Tier unter die weiche Nase. Es blähte die Nüstern, schnaubte und wandte sich wieder seinem zweiten Frühstück zu.

»Ist nicht gut«, sagte Boris noch einmal mit einer Stimme, die klang, als benutzte er sie viel zu selten.

Mila war sich nicht sicher, ob er nun die Treppe oder das Pferd meinte, denn während ihrer kurzen Begegnung mit dem Tier hatte er sie keine Sekunde aus den Augen gelassen. Fast so, als erwarte er, dass es sich umdrehen und nach ihr treten würde.

»Warum ...« Sie wollte fragen, weshalb niemand einen Hinweis angebracht hatte, der arglose Wanderer vor dem Betreten warnte, unterbrach sich aber, als sie direkt neben sich ein Warnschild sah. *Na gut*, wahrscheinlich sollte sie sich jetzt bei dem Mann bedanken. Doch der saß schon wieder auf und ritt grußlos davon.

»Vielen Dank!«, rief sie gegen den Wind hinter ihm her. Es klang jedoch eher, als wünschte sie ihn zum Teufel. *Komischer Kauz. Kein Wunder, wenn die Leute uns Russen für unfreundlich halten.*

Mila hatte mit Vorurteilen reichlich Erfahrung machen

dürfen, als sie vor einigen Jahren ins Land gekommen war und anfangs mit starkem Akzent gesprochen hatte. Der britische Pass half da gar nichts. Die konsequenten Übungsstunden mit einer Lehrerin für Stimmbildung, Atemtechnik und Modulation lösten das Problem allerdings erstaunlich schnell, und niemand käme heute auf die Idee, sie hätte nicht eine der besten Privatschulen des Landes besucht. In Wirklichkeit aber war sie an einer ganz normalen *Comprehensive School* unterrichtet worden, weil diese mit ihrer Ballettschule kooperierte und häufige Fehlzeiten der Schülerinnen nicht nur tolerierte, sondern sogar dafür sorgte, dass die Mädchen zusätzlichen Unterricht erhielten, sobald Zeit dafür war. Gabriel hatte das professionelle Training bezahlt, obwohl er ihr von Anfang an eine akademische Laufbahn nahegelegt hatte.

In der Schule und auf der Straße lernte sie ein ganz anderes Englisch, mit dem sie Florence manchmal foppte, weil die dann nur die Hälfte von dem verstand, was Mila sagte. Die Schulzeit hatte sie trotz allem gehasst, und ihr Abschlusszeugnis war entsprechend erbärmlich anzusehen – nur in Französisch und Englisch hatte sie gute Zensuren; das Lernen fremder Sprachen war ihr nie schwergefallen.

Ein Blick auf die Uhr zeigte, dass es Zeit war zurückzukehren. Leicht außer Atem, aber bester Laune kehrte Mila ins Cottage zurück. Florence kam gerade aus dem Bad.

»Ich dachte schon, du wärst weggelaufen!« Sie räkelte sich und gähnte. »Ab unter die Dusche, du verrückte Frühaufsteherin.«

Als sie wenig später mit handtuchfeuchten Haaren die Treppe der Empore hinunterlief, zog bereits der Duft frisch gebrühten Kaffees durchs Haus. Sie bückte sich, um ihre Sandalen zu schließen, die den gleichen Blauton besaßen wie ihr ärmelloses Sommerkleid, da klopfte es an der Haustür.

»Frühstücksservice«, rief eine bekannte Stimme, und kurz darauf stellte Anthony einen gut gefüllten Brotkorb, Marmelade und Butter auf den Tisch. »Komm mal her, mein Moppelchen!«, sagte er und schloss Mila in die Arme.

Gegen solche Zärtlichkeiten war nichts einzuwenden, und der Kuss hätte auch durchaus länger ausfallen können. Doch Mila durfte sich nicht beschweren. Die Nähe der wenigen Freunde, die sie hatte, zuzulassen und gleichzeitig ihr Geheimnis zu wahren, glich einem anstrengenden Balanceakt. Dabei half es auch nicht, dass sie sich immer wieder sagte, die Grenzen wären unbedingt notwendig, um Anthony nicht zu gefährden. Eigentlich hätte sie froh sein müssen, dass er ihre Wünsche respektierte. Stattdessen war sie enttäuscht, als er sie schneller als gedacht aus der Umarmung entließ und zur Tür ging.

»Frühstückst du nicht mit uns?«

»Leider geht das nicht. Ich habe ein Meeting mit Seiner Lordschaft, danach begleite ich ihn zu irgendeinem Bauernhof. Keine Ahnung, wie lange das dauern wird, aber wenn ich rechtzeitig zurückkomme, könnten wir drei doch später nach Ivycombe fahren. Was meint ihr? Das Hounded Hangman ist ein ziemlich gutes Pub für diese Gegend.«

»Tüdelü!« Florence winkte ihm zu. »Man wird sehen, ob wir dann Zeit für dich erübrigen können …«

Seine Miene wurde kühler.

Doch bevor er etwas entgegnen konnte, sagte Mila: »Natürlich, wir kommen gern. Und wenn es heute nicht klappt, dann eben morgen.« Sie schenkte ihm ein strahlendes Lächeln, bis er die Tür hinter sich zugezogen hatte.

Florence lachte. »Hast du das gehört? The Hounded Hangman – das klingt, als wären wir mitten im Dartmoor. Neuerdings denken sich die Pub-Betreiber immer verrücktere Namen aus.«

»Anthony kann doch nichts dafür, dass der Laden so heißt. Vielleicht haben sie ja hier in der Gegend wirklich einmal einen Henker zu Tode gehetzt.« Vorwurfsvoll fügte sie hinzu: »Sei doch nicht so gemein.«

»Ich? Und was war das gerade mit dem Moppelchen?« Florence verdrehte die Augen. »*Das* lässt du dir gefallen?«

»Wenn ich Figurprobleme hätte, würde ich es auch nicht so lustig finden, aber er meint es doch nett.« Mila tat betont gelangweilt. Gäbe sie sich jetzt eine Blöße, würde ihre Freundin nicht aufhören, sie mit diesem dämlichen Kosenamen aufzuziehen.

Mit gequälter Miene legte diese demonstrativ das duftende Schokomuffin zur Seite, in das sie gerade noch beißen wollte. »Da sagst du was. Wenn ich nicht aufpasse, dann erbst du bald meinen gesamten Kleiderschrank.«

»Ach was! Du siehst toll aus.« Mila zeigte mit dem Messer auf Flos Bluse. »Nur den Knopf da würde ich vielleicht ein bisschen fester annähen.«

»Du Hexe! Du findest diese Bluse auch zu eng, stimmt's? Weißt du, was mir dein feiner Freund neulich zugeflüstert hat? Ich sollte mich dezenter kleiden, sonst nähme mir Lady Margaret meine gute Herkunft womöglich nicht ab. Hat man dafür Worte?«

Gelassen butterte Mila ihre vierte Brötchenhälfte und bestrich sie anschließend mit der Orangenmarmelade, die von Anthony direkt aus der Schlossküche entwendet worden war, wie er mit verschwörerischer Miene behauptet hatte. *Kein großer Verlust für seinen Arbeitgeber*, stellte sie fest, als sie das Preisschild unter dem Glas entdeckte. Zwei Pfund neunundneunzig weniger in der Haushaltskasse würde man im Herrenhaus wohl verschmerzen können. »Was ist?«, fragte sie, als Florence einen empörten Schrei ausstieß.

»Du schlägst dir da den Magen voll und sagst nichts?«

»Das war bestimmt nur ein Scherz von ihm.« Eine so kritische Bemerkung passte überhaupt nicht zu dem feinfühligen Mann, der sich mehr als einmal über den rauen Ton beklagt hatte, mit dem sein Lord Hubert ihn zuweilen bedachte.

»Ein ausnehmend schlechter, möchte ich behaupten.«

»Na ja, Anthony ist eben kein Morgenmensch.«

»Offensichtlich!« Jetzt lächelte Florence wieder; sie konnte niemandem lange böse sein. »Aber er hat ja recht. In letzter Zeit habe ich wirklich zugenommen. Vielleicht sollte ich dich demnächst auf deinen Jogging-Touren begleiten.«

»Gern, falls ich mal abends laufe …«

Florence sprang auf und schlug mit der zusammengerollten Morgenzeitung nach ihr.

Lachend wehrte Mila den Angriff ab. »Kein Wunder, dass man zunimmt … bei den üppigen Care-Paketen, die dein Bruder immer schickt. Was meinst du, warum ich mich jeden Tag mit diesem verdammten Training quäle?«

»Weil es dir Spaß macht«, entgegnete ihre Freundin trocken. »Und jetzt auf mit dir, wir sollten allmählich losfahren. Ich möchte auf keinen Fall unpünktlich sein.«

Das wollte Mila auch nicht.

Und weil es schon spät war, fuhren sie mit dem Auto bis zum *Personaleingang*, wie Florence lachend bemerkte, und standen beim zehnten Schlag der zierlichen Kaminuhr vor ihrer Auftraggeberin.

4

Drei Wochen später war das gemeinsame Frühstück auf der Terrasse zu einer lieb gewonnenen Gewohnheit geworden. Anthony leistete ihnen zuweilen Gesellschaft, doch meist war er anderweitig beschäftigt oder wirkte so angespannt, dass Mila an diesen Tagen gern auf seine Besuche verzichtet hätte. Nur die Zärtlichkeiten, die sie austauschten, wenn Florence einmal nicht hinschaute, erinnerten sie daran, dass ihre Beziehung über eine bloße Freundschaft hinausging und Anthony keinen Zweifel aufkommen ließ, dass er sich mehr wünschte als heimliche Küsse.

»Wir gehören zusammen!«, hatte er ihr gestern ins Ohr geflüstert und sie danach so hungrig geküsst, dass der Funke übergesprungen war und sie sich ihm so weit geöffnet hatte, wie sie es nur wagte. Anthony war ein gut aussehender Mann, und seine Hände lösten ein Sehnen in ihr aus, das sie schwindelig machte. Dass er sie begehrte, war nicht zu übersehen. Aber sein Job ließ ihm wenig Raum für private Wünsche, und Mila war sich immer noch nicht sicher, ob ihre Libido, ihr Herz oder ihr Verstand sprachen, wenn sie zusammen waren.

Müssten sich nicht alle drei einig sein, bevor man über eine gemeinsame Zukunft nachdenkt? Jemanden, der ihr diese Frage beantworten konnte, kannte Mila nicht.

Heute allerdings fiel das Frühstück aus, denn Lord Hubert erwartete Anthony in London. Er würde gleich kommen, um Florence abzuholen, die Geschäftliches in der Stadt zu regeln hatte. Auch Lady Margaret war bereits am frühen Morgen abgereist, weil sie am Wochenende in einem Fünf-Sterne-Plus-Hotel am Hyde Park die größte Wohltätigkeitsveranstaltung des Jahres ausrichten wollte, mit der sie sich endgültig in der Gesellschaft zu etablieren hoffte. Jeeves, der im wahren Leben Paolo De Odorico hieß, wie Janet ihnen grinsend anvertraut hatte, und Anthony sollten ihr dabei zur Hand gehen.

Von Lord Hubert hatten die beiden Innenausstatterinnen bisher nicht viel gesehen. Er war an ihrem ersten Arbeitstag kurz aufgetaucht, um sie zu begrüßen, und danach unsichtbar geblieben. Wäre Janet nicht gewesen, sie hätte nicht einmal gewusst, ob er sich in Stanmore oder in der Londoner Wohnung aufhielt.

»Lady Margaret hat bei der Einrichtung des Hauses freie Hand«, hatte er bei jener Begegnung das Gespräch eröffnet und weiter erklärt, ausgenommen seien sein Arbeitszimmer und die privaten Räume des Ehepaars. Ihre eigenen Gemächer richte sie selbstverständlich so ein, wie es ihr gefiele. »Die Gästezimmer werden im nächsten Jahr renoviert. Wir haben darüber gesprochen, Liebes«, fügte er schnell hinzu, als Margaret etwas dazu sagen wollte. »Handwerker sind unzuverlässig, und wir brauchen die Räume unbedingt.«

»Natürlich, Hubsie. Wie du wünschst!« Sie schenkte ihm ein süßliches Lächeln.

Mila warf Florence einen kurzen Blick zu. Dass Lady Margaret einen eisernen Willen besaß und normalerweise keinen Widerspruch gelten ließ, hatten sie inzwischen selbst erfahren.

Bevor Anthony also an jenem Morgen auftauchte, um Florence in die *weite Welt* mitzunehmen, während Mila hier auf dem Land mit eigenwilligen Handwerkern und ohne Fernsehen oder eine Internetverbindung nach Feierabend festsaß, fragte sie, als sie sich wieder an diese Szene erinnerte: »Meinst du, Maggy hat ihn nur geheiratet, um an sein Geld zu kommen?«

Florence biss in cinen Apfel – sie hatte wirklich mit einer Diät begonnen, nachdem sie vergeblich versucht hatte, sich zum Frühsport aufzuraffen – und schüttelte den Kopf. »Es ist wohl eher der Titel. Dafür nimmt man schon mal einen doppelt so alten Mann mit Glatze in Kauf. Meine Schwester hat sich umgehört. Maggy soll bereits einmal verheiratet gewesen sein und von ihrem letzten Ehemann eine beachtliche Summe geerbt haben. Öl oder Internet, das wusste sie nicht so genau. Außerdem sagt sie, es gäbe Gerüchte, die Gute hätte sich extra in St. Andrews eingeschrieben, als Prinz William dort studierte.«

»Wirklich?«

»Du glaubst gar nicht, wie viele amerikanische Studentinnen plötzlich dort aufgetaucht sind.« Sie zuckte mit der Schulter und legte das abgenagte Kerngehäuse zur Seite. »Besprochen haben wir ja alles. Wenn du noch Fragen hast, ruf mich einfach an.«

»Mach ich. Zum Glück dürfen wir Anthonys Büro mitbenutzen.« Mila lächelte. »Hast du mitgekriegt, wie er sich gewehrt hat, als Maggy auch diesen Raum umgestalten wollte?«

»Ja. Ein geschickter Schachzug zu behaupten, dass sich Lord Hubert in vertrauter Umgebung bewegen wolle und deshalb eine Veränderung nicht wünsche.«

»Glücklicherweise hat *Hubsie* später nicht widersprochen«, imitierte Florence Lady Margarets Südstaaten-Akzent, der manchmal durchkam, obwohl sie sich bemühte, *British* zu sprechen.

Beide kicherten.

»Sie hat ihren Mann gut im Griff. Aber so stelle ich mir eine Ehe nicht vor …«, sagte Mila mit zusammengezogenen Augenbrauen und beobachtete, wie der Honig zusammen mit der schmelzenden Butter in ihrem noch warmen Toast versank.

»Apropos Ehe. Hat sich Anthony dir schon erklärt?« Neugierig sah Florence sie an.

»Rechne besser nicht damit. Falls er fragen sollte, wüsste ich ja nicht einmal, was ich ihm antworten würde. In jedem Fall wärst du die Erste, die davon erfährt.«

»Was gibt es denn da zu überlegen? Du wirst gefälligst *Ja* sagen! Ich liebe Hochzeiten.« Leise summte Florence den Hochzeitswalzer.

»Ach, hör schon auf! Mal was anderes: Anthony hat mich gefragt, ob ich nach seiner Londonreise einen Ausflug mit ihm machen möchte. Wir wollen wandern und vielleicht auch picknicken.«

»Hu, wie romantisch! Na, hoffentlich geht es nicht so aus wie diese desaströsen Landpartien bei Jane Austen.«

»Zu einer Kutschfahrt habe ich ihn jedenfalls nicht bewegen können. Dabei hat Janet erzählt, dass es eine schöne Kutsche gibt, die wir sogar benutzen dürften.«

»Wahrscheinlich hat er Angst vor Pferden.«

»Ich fürchte, damit könntest du recht haben. Zumindest habe ich ihn noch nie bei den Ställen gesehen. Sonst macht er aber alles mit, was das Adelsvolk so an Sportarten betreibt.«

»Stimmt nicht, er spielt kein Crocket«, gab Florence zu bedenken.

»Das ist doch eher was für alte Damen.«

»Mag sein, aber sie sind äußerst gut darin«, kicherte Florence.

»Es ist eine Schande, diese einmalige Gelegenheit nicht zu nutzen. Wenn man sich erst an dem grimmigen Boris vorbeigetraut hat, sind die Stanmore Stables das Paradies für jeden Reiter. Willst du nicht wieder mal auf einen Ausritt mitkommen?«

»Ehrlich gesagt würde mir das Fahren mehr Spaß machen«, sagte Mila und dachte an den Muskelkater, den sie nach ihren ersten Reitstunden gehabt hatte.

»Sehr romantisch! Ich sehe es bereits vor mir: ein Sommertag auf dem Land und Picknick mit Heiratsantrag. Mit oder ohne Pferd, das ist dann auch schon egal, wenn man so einen starken Hengst …«

»Florence!« Mila spürte, wie ihr die Röte ins Gesicht stieg. »Denkst du eigentlich auch mal an etwas anderes als an Sex?«

»Selten. Man lebt ja hier wie in einem Kloster. Es ist mir ein Rätsel, warum du den armen Tony nicht ranlässt. Dass er es will, ist ja kaum zu übersehen.« Lachend stand sie auf und wollte das Geschirr abräumen.

Doch Mila nahm ihr die Tassen aus der Hand. »Lass nur, ich mach das.« Sie sah zur Tür. »Wo bleibt er bloß? Ich muss gleich rüber zum Haus. Der Maler kommt um sieben.«

Da hörten sie das Knirschen breiter Reifen auf dem Kies vor ihrer Tür.

»Wenn man vom Teufel spricht ...«

»Was soll das heißen?« Anthony stand in der Tür und wirkte auch nicht besonders fröhlich, als er schnell hinzufügte: »Eine Redensart aus deiner russischen Heimat, nehme ich an.«

Mila blinzelte irritiert, umarmte dann aber ihre Freundin zum Abschied, die ihr noch zuflüsterte: »Du hast recht, er ist ein Morgenmuffel!«

Bevor sie die Tür hinter den beiden schloss, hörte sie Florence sagen: »Ich hoffe, du fährst heute besser Auto als du flirtest. Mila hat etwas Erfreulicheres verdient als einen übellaunigen Langweiler.«

Ein Blick auf die Uhr zeigte Mila, dass keine Zeit mehr blieb, sich umzuziehen. Jeans und T-Shirt nähmen ihr die Handwerker bestimmt nicht übel. Im Gegenteil, es war sogar ganz gut, wenn sie mal nicht im schicken Hosenanzug und auf hohen Absätzen durch die Baustelle stöckelte. Bisher kam sie mit ihnen zwar bestens klar, es konnte allerdings nicht schaden, wenn die Männer sie als das sahen, was sie wirklich war: eine junge Frau, die mit anpacken konnte und dennoch die notwendige Autorität besaß, um zu vermeiden, dass ihr irgendwann alle auf der Nase herumtanzten.

Bei der Army hatte sie manch einen Vorgesetzten verblüfft, wenn sie mit ruhiger Stimme Aufgaben verteilte und ihre Leute sich regelrecht überschlugen, um diese in Rekordzeit auszuführen. Auch ein Talent, das sie zur wertvollen Geschäftspartnerin für Florence machte, die sich wohl große Mühe gab, jedermann höflich zu behandeln, aber oft unabsichtlich ein wenig dünkelhaft klang. Es war, als klebte ihr das Label Hochadel auf der Stirn.

Rasch bürstete Mila ihr inzwischen trockenes Haar, band es zu einem Pferdeschwanz zusammen und verließ das Cottage. Wenn sie sich beeilte, konnte sie sogar noch ungestört die Malerarbeiten inspizieren. Dafür war gestern Abend nicht mehr genügend Zeit gewesen. Und weil der morgendliche Lauf ausgefallen war, entschied sie sich, den Rover stehen zu lassen und zu Fuß zu gehen.

Ein warmer Wind ließ die Blätter rascheln, und Sonnenstrahlen zeichneten helle Muster auf den Weg. Nach einer Reihe von kühleren Tagen mit unbeständigem Wetter war nun der Sommer zurückgekehrt. Das Herz wurde ihr leicht. *Allein!* Mila atmete tief durch und fühlte sich an das Märchen vom Froschkönig erinnert, in dem der treue Diener des Prinzen am Ende – vom sorgenvollen Druck auf seiner Brust befreit – endlich wieder glücklich durchatmen konnte. Auch als sie sich dem Herrenhaus näherte, blieb die Atmosphäre heiter und gelassen.

Woran es lag, dass sie sich auf einmal so viel unbeschwerter fühlte, konnte sie nicht sagen. Das Cottage war hübsch, das tägliche Laufen an frischer Luft tat ihr gut und machte bedeutend mehr Spaß als in den Londoner Straßen und Parks. Arbeiten musste man überall, und es war auch vorher nicht immer ein reines Zuckerschlecken gewesen, die häufig exzentrischen Wünsche ihrer Kunden zu erfüllen. Selten ließen die Auftraggeber ihnen beim Einrichten einer Wohnung oder eines Hauses komplett freie Hand. Das war also nichts Neues.

Bestens gelaunt und nicht willens, länger darüber nachzudenken, schloss sie die Hintertür auf und wäre im Treppenhaus beinahe mit Janet zusammengestoßen. Auch die Wirtschafterin wirkte entspannter als sonst. Außer ihnen beiden, erzählte sie, sei niemand vom Personal in Stanmore geblieben. Allen anderen habe man für das Wochenende freigegeben.

Die Maler allerdings waren heute besonders früh gekommen. Mila würde dennoch genau hinsehen, ob die Arbeit ordentlich gemacht worden war.

Als sie den langen Gang entlangeilte, ertönte ein anerkennender Pfiff hinter ihr. »Mein lieber Scholli, was für ein Hintern!«

Erstaunt fuhr sie herum. »Bitte?«

Der junge Maler hätte fast den Farbeimer fallen lassen. »Das ... das tut mir leid, Miss!«, stotterte er und lief bis unter die Haarwurzeln rot an. »Ich dachte, es wäre eines der Hausmädchen.«

Um nicht zu lachen, biss sich Mila kurz auf die Unterlippe und brachte schließlich in halbwegs strengem Ton heraus: »Und da glaubst du, dir solche Frechheiten erlauben zu können?«

Nun wurde er blass. »Nein. Ja, also Kris ist doch meine Freundin ... ich habe Sie wirklich nicht erkannt!«

Mila fühlte sich geschmeichelt. Dieser Kris war sie schon begegnet. Sie sah niedlich aus und war höchstens siebzehn Jahre alt. Mit so einem Mädchen verwechselt zu werden – wenn auch nur von hinten –, durfte sie mit Mitte zwanzig getrost als Kompliment auffassen. »Schon gut!«, sagte sie deshalb und schenkte ihm ein Lächeln, das die Röte gleich wieder in sein Gesicht zurücktrieb.

Gemeinsam betraten sie den Salon, dessen Decke heute gestrichen werden sollte. Statt auf dem Gerüst, standen die

Handwerker allerdings in einer Ecke des Raums und sahen erleichtert auf, als sie Mila bemerkten.

»Was ist los?«, fragte sie und näherte sich ihnen. Die Farbe in den geöffneten Eimern ließ sie erstarren.

»Das muss ein Irrtum sein«, sagte der Meister, bevor sie ihre Stimme wiedergefunden hatte, und fügte unnötigerweise hinzu: »Das ist Zyklam!«

»In der Tat!«

Nun fiel ihr der entsetzte Gesichtsausdruck wieder ein, den Florence gezeigt hatte, als sie von der *geringfügigen* Änderung sprach, die Lady Margaret kurzfristig angeordnet hatte. Nach einem langen Tag hatte Mila aber nichts mehr von weiteren Geschmacksverirrungen hören wollen und nur gesagt: »Schick mir einfach das Protokoll, ich seh's mir morgen an. Jetzt muss ich raus an die Luft, sonst fange ich an zu schreien!«

Das war also die Stunde der Wahrheit. Noch während sie auf ihrem Smartphone die Dokumente aufrief, wusste sie bereits, dass diese neuerliche Änderung an Florence' Entwürfen kein Zufall war.

Gold und Zyklam. Die Farben der Könige!, hatte Maggy kürzlich geschwärmt, und weil sie auf Widerspruch zuweilen ausnehmend heftig reagierte, hatte selbst Anthony darauf verzichtet, sie zu korrigieren. Trotz Milas flehentlichem Blick war er stumm geblieben und hatte nur nervös gezwinkert. Dabei schien er kurioserweise einer der wenigen, wenn nicht gar der einzige Mensch zu sein, der zumindest ein Minimum an Einfluss auf die exzentrische Viscountess besaß.

Etwas flau im Magen wurde Mila schon, als sie nun in ihren Unterlagen las, dass Wände und Decke in diesem kräftigen Brombeerton gestrichen werden sollten. Obendrein hatte Florence einen Vergolder bestellt, der sich demnächst des Stucks annehmen würde.

»Leute, was soll ich sagen? Die gnädige Frau wünscht es so, also ran an die Arbeit.« Damit die Handwerker ihr Lachen nicht bemerkten, drehte sie sich eiligst um und verließ den Raum. *Was rege ich mich auf? Das Gold habe ich ihr doch am ersten Tag selbst vorgeschlagen.*

Der Malermeister kam ihr nach und holte sie in der Halle ein. »Das ist furchtbar!«

Von oben hörte sie ein Knacken und antwortete mit gedämpfter Stimme: »Nicht hier!« Laut sagte sie: »Wir müssen den Plan für die kommende Woche noch besprechen. Wenn Sie so freundlich sein könnten, mit mir ins Büro zu kommen?«

Mit einem Grunzen folgte er ihr, und während Mila die Tür schloss, sah er sich in dem Zimmer um. Auf dem ovalen Konferenztisch lagen verschiedene Entwürfe ausgebreitet, dazu Musterbücher und Farbproben. Am Fenster stand Anthonys Schreibtisch, den sich Mila und Florence für die Dauer ihres Aufenthalts mit ihm teilten. Allerdings hatte sie ihn bisher kein einziges Mal in diesem Raum arbeiten sehen. Weil es hier tagsüber oftmals wie in einem Taubenschlag zuging, hatte er sich in sein Apartment unter dem Dach zurückgezogen. Um sich besser konzentrieren zu können, zumindest nahm sie das an. Dort oben war sie noch nie gewesen.

Der Maler stand vor ihr und sah sie erwartungsvoll an.

»Nehmen Sie bitte Platz!« Mila wies auf einen der bequemen Stühle, setzte sich ebenfalls und schlug ein Bein über. Ihr war bewusst, dass der Mann sie genau musterte. Ihre

Jeans hatte einen Riss in Kniehöhe, sie war aufgekrempelt, und man sah die schlanken Fesseln. Das T-Shirt saß ziemlich eng, und ausgewaschen war es auch noch. Würde er sie jetzt nicht mehr ernst nehmen?

Doch die Sorge war offenbar unbegründet. »Ich möchte nur sagen, dass Sie meine volle Unterstützung haben«, sagte er.

»Danke sehr, ich weiß das zu schätzen.« Herzlich erwiderte sie sein schüchternes Lächeln.

»Es wird Gerede geben, wenn die Leute diese …« Er suchte sichtbar nach Worten, und der Begriff *Scheußlichkeiten* hing sekundenlang unausgesprochen zwischen ihnen in der Luft.

Schnell sagte Mila: »Gewiss, Lady Margaret …« Sie wusste nicht, wie sie ihre Auftraggeberin in Schutz nehmen sollte.

Als hätte er sie nicht gehört, redete er weiter: »Man wird es Ihnen und Miss Florence anlasten.«

Natürlich hatten sie das auch schon diskutiert. Aber Mila war der Meinung, die bisher von ihnen gestalteten Objekte trügen eine so eindeutige Handschrift, dass niemand auf die Idee kommen konnte, die geschmacklosen Veränderungen in Stanmore House gingen auf ihr Konto. Plötzlich jedoch kamen ihr Zweifel. Sie hatten in diesem Jahr einiges in die Firma investiert und brauchten das Geld, das dieser Auftrag einbringen sollte, dringend. Dieses Argument hatte Florence am Ende überzeugt. Und wenn sie sich irrte, wie es ihr Bauchgefühl schon die ganze Zeit signalisierte?

»Das wäre nicht wünschenswert, könnte allerdings passieren«, stimmte sie dem Malermeister schließlich zu.

»Es wird passieren«, sagte der trocken. »Aber wenn man

mich fragt oder meine Leute, werden wir sagen, wie es wirklich war.«

»Danke!«, sagte sie leise und blickte den Mann über den Rand ihrer Sonnenbrille an, wobei sie darauf achtete, dass er nicht allzu viel von den hellen grünen Augen sah, die schon so viele Menschen in Erstaunen versetzt hatten.

»Ich könnte Ihr Großvater sein. Deshalb möchte ich Ihnen einen Rat geben: Erfüllen Sie Ihre Verträge, so schnell es geht, und dann nichts wie weg von hier.« Er erhob sich. »Stanmore House ist nicht mehr das, was es einmal war.« Abrupt wandte er sich ab und ging zur Tür. Dort sah er sich, die Hand bereits auf der Klinke, noch einmal um. »Wir sind im Zeitplan. Der zweite Anstrich wird am Montag gemacht, und wenn nichts schiefgeht, sind wir bald fertig. Ich wünsche Ihnen alles Gute.«

Man konnte nicht behaupten, dass sich Milas Laune nach diesem Gespräch gehoben hätte. Sie lehnte sich zurück, schloss die Augen und gestattete sich zum ersten Mal seit der Ankunft vor drei Wochen einen genaueren Blick auf ihre Umgebung. Dabei half ihr ein besonderer Sinn, der ausgesprochen nützlich sein konnte, aber auch gefährlich – zog er doch unweigerlich die Aufmerksamkeit anderer magischer Geschöpfe auf sich, wenn er nicht äußerst besonnen eingesetzt wurde. Mila ging dieses Risiko nur selten ein, und in letzter Zeit hatte sie es so gut wie gar nicht mehr gewagt. Doch nun öffnete sie sich behutsam und versuchte sich daran, die Schwingungen aufzunehmen, die jeder Ort besaß, ob Haus, Feld oder Straßenkreuzung.

Es dauerte eine Weile, bis sie etwas wahrnahm. Trainiert, ihre Magie zu verbergen, als normaler Mensch durchzugehen und einen großen Bogen um diesseitige Wesen zu schlagen, schien sie ihre Begabungen allmählich zu verlieren. Wahrscheinlich war genau dies Gabriels Plan. Der Wächterengel und himmlische Lehrmeister hatte die magischen Kräfte so tief in ihr versiegelt, dass sie selbst dann kaum noch darauf zugreifen konnte, wenn es zu ihrem eigenen Schutz geschah. Natürlich hatte sie versucht, mit ihm darüber zu sprechen. Anstatt ihr jedoch zu antworten, war er einfach davongeflogen. *Es sind schwierige Zeiten. Keine Sorge, ich komme wieder.*

Bestimmt war dieses Versprechen ernst gemeint, nur vergingen die Jahre für Unsterbliche eben in einem anderen Tempo als für sie, die durchaus sterbliche Tochter zweier Engel. Sie war eine Abnormität, die Frucht einer verbotenen Liebe. Jahrelang waren ihre Eltern und sie verfolgt worden, selbst nach der Flucht aus Sankt Petersburg, die sie zurück nach England geführt hatte.

Mila hielt den Kopf in beiden Händen und beschwor die Erinnerung herauf. Eine glückliche Kindheit, plötzliche Armut, die ständige Angst, entdeckt zu werden – all diese Gedanken waren nur noch in Fragmenten vorhanden.

Der Traum von der Tanzkarriere, ein kleiner Junge, ein Engel mit bunten Tattoos. *Mutter?* Allein in der Dunkelheit.

Ihr wurde übel.

Eilig bemühte sie sich, an etwas anderes zu denken, und setzte sich auf. Diese Bilder ließen sie niemals ganz los, beschatteten sie bis in den Schlaf hinein. Blut, Schwerter und immer wieder Engel. Das Schlimmste aber war, dass sich die Dämonen der Vergangenheit neuerdings wieder häufiger in ihren Träumen breitmachten ...

Inzwischen war es ein Uhr, und nach einem letzten halbherzigen Versuch, die Abrechnungen zu kontrollieren, gab sie auf.

Draußen schien die Sonne, und Mila würde tun, was sie schon lange vorgehabt und sich bloß nicht getraut hatte. Sie wollte die weitläufige Gartenanlage erkunden. Vorher ging sie noch einmal in den Salon, wo die Maler bereits die Decke und zwei Drittel der Wände mit einem Farbton versehen hatten, der eine einzelne Wand in der passenden Umgebung veredelt hätte, in der georgianischen Architektur von Stanmore House aber eher an ein Blutbad erinnerte.

Sie besprach kurz mit dem Maler, der nun wieder ganz neutral wirkte, dass er und sein Team ins Wochenende gingen, sobald die erste Farbschicht aufgetragen war. Danach floh sie durch eine der hohen Terrassentüren in den Garten. Wie erwartet beruhigten frische Luft und Vogelgezwitscher ihre Nerven, und bald schon schlenderte sie zwischen gestutzten Buchsbaumhecken und sorgfältig bepflanzten Blumenbeeten entlang. Für eine Weile setzte sie sich auf eine der Gartenbänke, um den Enten zuzusehen, bevor sie schließlich in einem weiten Bogen zum Haus zurückkehrte.

Auf der Terrasse war ein Tisch gedeckt, und ehe sie sich fragen konnte, für wen das wohl sein mochte, erschien Janet mit einem Tablett in den Händen. »Ich habe einen kleinen Imbiss für Sie vorbereitet. Die Köchin hat heute leider Ausgang.«

»Für mich? Und was essen Sie?« Sie hatte gefragt, ohne zu überlegen, und wusste nun nicht so genau, was sie tun sollte.

»Ich habe schon gegessen.« Der Haushälterin sah man an, dass sie sich amüsierte. Bestimmt wusste sie längst, wie schwer sich Mila zuweilen mit den Regeln der konservativen Oberschicht tat, und vermutlich war es ihr hoch anzurechnen, dass sie darüber hinwegsah, statt sie dafür zu verachten.

»Also gut, erlauben Sie …« Mila wollte ihr wenigstens das Tablett abnehmen.

Janet erschrak, und am Ende lief rote Himbeersoße über Milas T-Shirt. »Tut mir leid!« Schnell griff sie nach einer Serviette und wischte sich das klebrige Zeug vom Bauch, bevor es im Hosenbund verschwinden konnte. *Noch mal gut gegangen.*

Das Shirt allerdings war nicht mehr zu retten. Mit dem schmutzigen Tuch in der Hand überlegte sie. Der Imbiss duftete verführerisch, ihr Magen knurrte. So schmutzig wollte sie aber nicht bleiben, und ins Rose Cottage zu laufen, kam nicht infrage. Das Essen würde unterdessen kalt werden. »Ich ziehe mich nur kurz um. Anthonys Zimmer ist im Dachgeschoss, oder?«

Sekundenlang starrte Janet sie regungslos an. Dann nickte sie. »Ja, die Gesindestiege hoch und dann gleich links.«

Während des gesamten Wegs dachte Mila über das Wort *Gesindestiege* nach und über die Tatsache, dass sie sofort gewusst hatte, was gemeint war. *Ich bin schon genauso versnobt wie Lady Margaret.* Der Gedanke brachte sie zum Lachen. Waren es nicht immer die Außenseiter, die sich besonders um Symbole der Dazugehörigkeit bemühten? Die Texanerin Maggy gab sich als Lady aus, und Mila versuchte verzweifelt, die Regeln dieser Gesellschaftsschicht zu begreifen, zu der sie niemals gehören würde. So weit auseinander, wie sie bisher gedacht hatte, waren sie beide womöglich gar nicht.

Falls sie geglaubt hatte, die oberste Etage wäre kalt und zugig, hatte sie sich getäuscht. Der Korridor war zwar fensterlos, wirkte aber dank der geschickt platzierten Beleuchtung überhaupt nicht düster. Janet und der Butler Jeeves besaßen eine kleine Wohnung auf dieser Etage. Mila gefiel es, dass sie offenbar ordentlich untergebracht waren. Lady Margaret erweckte nicht den Eindruck, als sorgte sie sich besonders um das Wohlergehen ihrer Angestellten. Neben diesen Wohnungen gab es eine Reihe Zimmer sowie ein Bad, jedenfalls hatte sie das gehört. Wahrscheinlich für das mitreisende Personal wichtiger Hausgäste. Außerdem wohnte Anthony hier.

Mit dem Schlüssel, den Janet ihr anvertraut hatte, öffnete sie seine Tür und verharrte. »Alle Achtung!« Sie hatte ein schlichtes Zimmer erwartet und für Anthony auf ein eigenes Bad gehofft, aber dass er dieses elegant und wertvoll eingerichtete Apartment bewohnte, von dem aus man einen herrlichen Blick in den Garten und weit übers Land genoss, damit hatte sie nicht gerechnet.

Neugierig ging sie zu den Terrassenfenstern und stellte fest, dass er sogar einen Balkon besaß. Winzig, aber von unten nicht einzusehen, mit zwei Stühlen, einem Tisch und ein paar Pflanzen, war es sehr gemütlich. *Hier kann man es aushalten!*, dachte sie. *Und falls es mal wieder brennt, gibt es sogar eine Feuertreppe.*

Der begehbare Kleiderschrank war auch nicht übel, von so etwas konnte sie nur träumen. Rasch griff sie nach einem weißen Hemd, von dem sie annahm, dass Anthony es nicht so schnell vermissen würde. Im Hinausgehen streifte sie versehentlich einen Anzug. Die Jacke glitt zu Boden. Als sie wieder ordentlich auf dem Bügel hing, fiel Mila ein eiförmiges, mit schwarzem Samt bezogenes Kästchen auf, das dabei herausgerutscht sein musste. Fast hatte sie es schon zurückgesteckt, als die Neugier sie übermannte.

Welche Frau wollte nicht wissen, was sich in einem Schmuck-Etui im Design des bekanntesten Bond-Street-Juweliers befindet, wenn es ihr direkt vor die Füße plumpste? Noch dazu im Kleiderschrank ihres Freundes?

Es ist ja nicht so, als hätte ich danach gesucht. Ihr Gewissen war dennoch strikt dagegen, doch die Finger drückten wie von selbst den kleinen Knopf an der Vorderseite, und der Deckel sprang auf.

»Nein!« Schnell hielt sie sich mit der freien Hand den Mund zu, um nicht laut loszuschreien.

In der Hand hielt sie einen Ring von mindestens drei Karat. Der Diamant schimmerte zart rosa und war offensichtlich von lupenreiner Qualität. Behutsam nahm Mila ihn heraus und schob ihn auf ihren Finger. Er passte wie angegossen. Draußen knarrte eine Diele. Hastig zog sie den Ring wieder ab und legte ihn in sein samtenes Bett. Mit leichtem Bedauern schloss Mila die Box und steckte sie in die Innentasche der Jacke zurück, aus der sie gefallen sein musste. In Windeseile tauschte sie ihr schmutziges T-Shirt gegen das vorbildlich gebügelte Hemd, das allerdings so groß war, dass sie es in der Taille zusammenknoten musste. Danach sah sie durch den schmalen Türspalt. Nichts. Mit schlechtem Gewissen verließ sie das Zimmer.

Während sie die Treppe hinunterrannte, machte Mila auf dem ersten Absatz einen Luftsprung. *Anthony will mich heiraten! Er will mich wirklich heiraten!*

Auf dem dritten blieb sie stehen. Nein, das konnte nicht sein. Bisher waren sie doch nur Freunde. Nicht viel mehr jedenfalls, dafür hatte sie mit ihrer spröden Reaktion auf Anthonys Zärtlichkeiten gesorgt, sobald er mehr begehrte als einen Kuss.

Irgendetwas stimmte nicht. Zweifellos bekam er ein großzügiges Gehalt, aber bestimmt nicht genug, um eine solche Kostbarkeit zu kaufen. Soweit sie wusste, stammte er auch aus keiner wohlhabenden Familie. Selbst wenn der Viscount sein Pate war, wie er ihr im Vertrauen erzählt hatte, hieß das noch nichts. Viel wahrscheinlicher schien ihr, dass er diesen wertvollen Ring in dessen Namen für Lady Margaret besorgt hatte. Aber warum steckte er in seiner Jackentasche, anstatt sicher im Safe zu liegen?

Den restlichen Weg zur Terrasse legte sie langsamer zurück. *Hoffentlich,* dachte sie, *bringt er sich damit nicht in Schwierigkeiten!* Zum Glück war Janet nicht in Sicht, und als sie nach dem Essen auftauchte, um das Geschirr abzuräumen, hatte sich Mila längst wieder im Griff. Was würde Florence dazu sagen?

Um sich abzulenken, machte sie sich an die ungeliebte Arbeit, zu der sie sich am Vormittag nicht hatte aufraffen können. Erst ordnete sie die Stoffmuster und Zeichnungen, danach befasste sie sich mit der Buchhaltung. Während sie Belege prüfte, kam der Malermeister, um sich ins Wochenende zu verabschieden. Später klopfte Janet an die Bürotür.

Sie servierte Tee und Sandwiches und blieb danach verlegen mitten im Raum stehen. »Ich wollte fragen, wie lange Sie noch arbeiten.«

»Ich weiß nicht.« Mila zeigte auf die verschiedenen Stapel, die den Schreibtisch bedeckten. »Es hat sich doch mehr angesammelt, als ich dachte, und Anthony wartet schon darauf. Ich meine Mr. Khavar«, korrigierte sie sich hastig, denn Anthony war daran gelegen, dass im Haus niemand erfuhr, wie nahe sie sich standen.

Aber nachdem sie ihm gerade ein Hemd stibitzt hatte, brauchten sie zumindest Janet nichts mehr vorzumachen.

Die Haushälterin sah sie wissend an und räusperte sich. »Ich wollte heute gern ins Pub nach Ivycombe. Es wäre mein freier Abend.«

»Aber natürlich! Gehen Sie nur. Oder brauchen Sie jemanden, der Sie hinbringt? Ich könnte …«

»Nein, das ist nicht nötig. Vielen Dank.«

»Aber es sind mindestens sechs Meilen, fährt denn nachher überhaupt ein Bus?« Erst jetzt fiel ihr auf, dass Janets Gesicht eine feine Röte angenommen hatte. »Ach, ich bin unmöglich, oder? Es geht mich schließlich nichts an. Bitte verzeihen Sie mir.«

»Aber nein. Es ist nett, wenn sich mal jemand Gedanken macht …« Janet räusperte sich erneut. »Boris will auch in die Stadt.«

»Oh, wirklich? Ja dann … Lange werde ich nicht mehr brauchen. Ich schließe einfach ab, wenn ich nach Hause gehe.«

Ein wenig unentschlossen sagte Janet: »Wenn das für Sie in Ordnung ist? An der Hintertür hängt eine Laterne. Bevor ich gehe, sehe ich noch einmal nach, ob Streichhölzer bereitliegen. Sie werden sich doch nicht fürchten, so allein in dem großen Haus?«

Mila dachte an ihre Nahkampfausbildung bei der Armee und schüttelte den Kopf. »Keine Sorge, ich kann gut auf mich aufpassen.«

»Sie sind ein Engel.« Die Wirtschafterin bedankte sich überschwänglich und verschwand.

Zehn Minuten später steckte sie noch einmal den Kopf durch die Tür. Das Herz schlug Mila bis zum Hals, doch sie versuchte, sich den Schreck nicht anmerken zu lassen.

»Fast hätte ich es vergessen. In einigen Zimmern sind Zeitschaltuhren installiert. Wundern Sie sich also nicht, wenn hier und da Licht angeht.«

»Ja, danke. Das ist gut zu wissen.«

Sie sah Janet nach, bis sich die Tür hinter ihr schloss, und blickte dann zum Fenster. Noch war der Himmel hell, und sie nahm sich vor, ihre Arbeit so rasch wie möglich zu beenden. Ein altes Haus besaß womöglich ein Eigenleben, und so ganz geheuer wäre es ihr doch nicht, zu später Stunde darin allein zu sein.

Als Mila allerdings das nächste Mal aufsah, war die Lampe auf ihrem Schreibtisch die einzige Lichtquelle, und die Konturen des Büros verschwanden vor ihren müden Augen in den undurchdringlichen Schatten. Außerdem fror sie, und der Magen knurrte ihr trotz der reichlichen Teemahlzeit.

»Den Rest mache ich morgen.« Viel blieb nicht mehr zu tun, und sie hatte ohnehin das ganze Wochenende Zeit, um diese langweiligen Arbeiten zu erledigen. Zu Hause im Cottage wartete ein spannendes Buch auf sie. Es gab also keinen Grund, heute noch länger hierzubleiben.

Mila knipste das Licht aus und wartete kurz, bis sich die Augen an die Dunkelheit gewöhnt hatten. Ihre getönte Brille steckte sie sich ins Haar und wollte gerade zur Tür gehen, da vibrierten plötzlich all ihre magischen Alarmsysteme: Jemand hatte das Haus betreten.

Das Training für den Ernstfall versagte. Ihr Herz klopfte so laut, dass sie glaubte, nichts anderes mehr hören zu können. Ihr Verstand setzte vor Furcht aus … bis sich Mila schließlich zusammenriss und lautlos zur Verbindungstür zwischen diesem und Lord Huberts Büro schlich, in dem sie den Eindringling vermutete. Merkwürdigerweise war sie sich sicher, dass es sich um eine einzelne Person handelte.

Keine Magie, meldete ihr Unterbewusstsein. Zwar behauptete es das seit ihrer Bekanntschaft mit Gabriel so gut wie immer, aber was blieb ihr übrig, als sich auf ihre Intuition zu verlassen?

Sie hätte natürlich weglaufen können, doch das entsprach ihr nicht. Wer auch im Raum nebenan sein mochte, er wusste offenbar von den Zeitschaltuhren im Haus, nicht aber davon, dass sich direkt nebenan eine kampfbereite Exsoldatin befand. *Wäre ja gelacht, wenn ich einen Zivilisten nicht im Handumdrehen ausschalten könnte*, dachte Mila und bedauerte es, nicht wenigstens einen Schlagstock oder Ähnliches zur Hand zu haben.

Ein Blick durch das Schlüsselloch enthüllte nichts. Im Nebenraum war es ebenso dunkel wie bei ihr. Kein Geräusch klang zu ihr herüber. Sollte sie sich geirrt haben? Aber nein, ihr Instinkt verriet ihr, dass sich eine fremde Person nicht weit entfernt auf der anderen Seite befand. Entschlossen drückte sie die Klinke herunter. Mit Schwung stieß sie die Tür auf, presste sich sofort danach flach an die Wand und rief: »Stehen bleiben!«

Nichts geschah. Nach einer Weile sah sie vorsichtig um die Ecke. Kaum sichtbar zeichneten sich die gegenüberliegenden Fenster ab. Ansonsten herrschten Dunkelheit und gespannte Stille. Wer auch immer sich in dem Büro befand, schien zur Statue erstarrt zu sein. Dennoch wusste sie, er war nicht fort.

»Machen Sie das Licht an, und kommen Sie heraus!«

Wieder erhielt sie keine Antwort. Es war, als hielte das gesamte Haus erwartungsvoll den Atem an. Mila rang um Geduld. In einer Situation wie dieser gewann oft derjenige, der die besseren Nerven hatte. Doch nach einer gefühlten Ewigkeit wurde es ihr zu dumm. Vorsichtig fasste sie um die Ecke, um das Licht einzuschalten und dabei trotzdem nicht ihre Deckung aufzugeben.

Ein Fehler!

Sie hatte den Schalter noch nicht erreicht, da packte jemand ihr Handgelenk und zog sie mit enormer Kraft herein. Mila wäre gestürzt, hätte der Angreifer sie nicht mit eisernem Griff an sich gepresst gehalten.

Trotz des Schrecks gab sie keinen Laut von sich, ihr Gehirn funktionierte wieder. Kühl registrierte es Details, die zu kennen schon bald überlebenswichtig sein könnte. Er war etwa zehn Zentimeter größer als sie, eher athletisch gebaut. *Kein Bodybuilder,* entschied sie. Aber zweifellos trainiert. Nichts an diesem Körper wirkte weich oder gar nachgiebig. Er roch gut. Doch das tat nun wirklich nichts zur Sache. Gute Nerven hatte der Kerl obendrein, denn er schwieg ebenso hartnäckig wie sie, als stünde ihm alle Zeit der Welt zur Verfügung, bevor er den nächsten Schritt machte. Ein ahnungsloser Beobachter hätte glauben können, sie seien Liebende, so dicht standen sie voreinander. Doch ein Liebhaber hätte ihr kaum die Arme auf den Rücken gedreht, was äußerst unangenehm, wenn auch nicht allzu schmerzhaft war.

Um sich besser konzentrieren zu können, schloss sie die Augen. Sich im Raum zu orientieren, bevor ihr Gegner etwas unternahm, war enorm wichtig, und sie sandte ihre

Gedanken so behutsam wie möglich in die Nacht hinaus. Dort drüben war der Schreibtisch des Viscounts, links von ihr stand eine kleine, aber schwere Bronzefigur im Regal – leider zu weit entfernt, um sie als Waffe in Betracht zu ziehen. Was nun? Dieses Mal musste es *quick & dirty* gehen. Für Raffinesse war keine Zeit. Leise stöhnend drehte sie den Kopf, um ihn abzulenken.

Es funktionierte.

Er gab ihr etwas mehr Bewegungsfreiheit, und Mila zögerte nicht. Mit aller Kraft biss sie ihm in den Arm. Als er daraufhin den Griff weiter lockerte, zog sie mit einem Ruck das Knie hoch.

Der Laut, den er von sich gab, signalisierte eher Überraschung als Schmerz. Dennoch ließ er für den Bruchteil einer Sekunde ihre Handgelenke los.

Ohne auf eine bessere Gelegenheit zu warten, duckte sie sich aus der Umklammerung und sprang zurück, jedoch nur, um sofort anzugreifen. Seine Proportionen hatte er ihr durch die innige Umarmung ja verraten. Mit nur einem gezielten Kampftritt konnte es ihr gelingen, ihn auszuschalten.

Sie hechtete nach vorn, trat kräftig zu und traf ihn mit nahezu tödlicher Präzision. Glaubte sie jedenfalls, bis kurz vor dem Ziel irgendetwas die Stoßrichtung ablenkte, was sie das Gleichgewicht verlieren und seitlich zu Boden stürzen ließ. Der Atem explodierte in ihren Lungen, doch Mila rollte sich trotz der Schmerzen sofort zusammen und war im Nu wieder auf den Beinen. Der nächste Angriff wurde ebenfalls versiert abgewehrt, und auch alle anderen Bemühungen, den Gegner mittels lange trainierter Kampftechniken zu überwältigen, waren erfolglos. Inzwischen ging Milas Atem schneller, während der andere weiterhin keinen Laut von sich gab.

Obwohl ein normaler Mensch in dieser Dunkelheit ganz sicher weniger gut sehen konnte als sie und es selbst ihr schwerfiel, seine Konturen auszumachen, ahnte dieser Kerl offenbar jeden ihrer Tricks voraus. Besonders ärgerlich fand sie, dass er ihre Versuche zwar abwehrte, ansonsten aber nichts unternahm. Fast so, als amüsiere er sich über sie. Vielleicht war es das, was ihr noch einmal genügend Kraft gab, um einen neuen Angriff zu starten. Sie fingierte einen Tritt und ließ sich in letzter Sekunde fallen. Den Schwung nutzte sie geschickt aus, schlitterte auf Knien über das blanke Parkett auf ihn zu und riss ihn beim unvermeidlichen Zusammenprall regelrecht von den Füßen.

Sofort stürzte sie sich auf ihn, doch er war schneller. Ehe sie sichs versah, hatte er sie auf den Rücken gedreht. Die Arme hielt er mit einer Hand über ihrem Kopf zusammen, und sein Gewicht reichte aus, um sie bewegungsunfähig am Boden zu halten. Diese Haltung hatte etwas ungeheuer Intimes, und dann beugte er sich auch noch zu ihr herab, wie es ein Liebhaber täte, wenn er … Erschrocken hielt Mila den Atem an. Der Einbrecher wollte sie doch jetzt nicht küssen? *Wenn er das tut, beiße ich ihm die Zunge ab!*

Zum Glück passierte nichts dergleichen.

»Es ist lange her, dass ich eine so stürmische Begegnung hatte«, sagte er schließlich und zog sie geschmeidig auf die Füße. »Wer bist du, wenn ich fragen darf?« Ihre Handgelenke hielt er dabei immer noch locker zwischen den Fingern.

Mila war klug genug, keinen weiteren Versuch zu starten, sich loszureißen oder ihn gar überwältigen zu wollen. Es würde ihr nicht gelingen. Seine außergewöhnlichen Reflexe hatte er bereits eindrücklich unter Beweis gestellt, und ihr Unterbewusstsein warnte sie, dass es ein Fehler wäre, diesen Gegner zu unterschätzen oder gar zu verärgern. Also musste sie eine andere Strategie ausprobieren. Er wollte sich unterhalten? Prima!

»Ich wohne hier. *Du* bist eingebrochen. Lass mich los, und wir können über alles reden.«

»Lügnerin!«, sagte er, aber seine Stimme klang amüsiert.

»Das war kein Einbruch?« Sie verstand ihn absichtlich falsch.

»Nein, nur ein Besuch. Und du wohnst auch nicht hier, sondern drüben im Rose Cottage.«

Woher wusste er das? Und was noch viel wichtiger war: Warum hatte er sich die Mühe gemacht, dieses Detail herauszufinden? Ihr wurde heiß.

Als spürte er ihre Furcht, ließ er sie los. »Wenn ich dir etwas antun wollte, wäre das längst passiert. Ich will mich nur umsehen. Können wir es dabei belassen?«

Nur zu gern hätte sie *Ja* gesagt und ihn fortgeschickt. *Ich darf ihm nicht trauen!* Je weiter er von ihr entfernt war, desto besser. Langsam versuchte Mila, Abstand zwischen sich und den Fremden zu bringen.

Abermals schien er zu wissen, was sie vorhatte. »Vergiss es! Ich bin schneller.«

Sie wagte es dennoch, und im Nu war er bei ihr. Obwohl er sie nicht berührte, glaubte sie für einen kurzen Augenblick, sich nicht mehr bewegen zu können. Bevor sie sich vergewissern konnte, indem sie möglichst unbemerkt ihre Hand zur Faust ballte, war es schon wieder vorbei. Mit diesem letzten Fluchtversuch hatte sie sich in eine denkbar ungünstige Position manövriert. Mila stand mit dem Rücken zur Wand. Direkt vor ihr der Einbrecher. Viel zu nahe.

Er lachte, als gefiele ihm ihre ausweglose Situation, und beugte den Kopf, bis seine Lippen ihren Hals beinahe streiften.

Mila spürte seinen warmen Atem auf der Haut. Anstatt jedoch vor Entsetzen zu erstarren, bekam sie weiche Knie, und ihr Puls schlug seltsame Kapriolen.

»Wer bist du?«, fragte er erneut.

Gern hätte sie ihm die gleiche Frage gestellt. Stattdessen tauchte sie unter dem Arm durch, mit dem er sich an der Wand abgestützt hatte, und atmete erleichtert auf, als er sie nicht zurückhielt. Dafür sollte er eine Antwort bekommen, fand ihr Unterbewusstsein. Ohne weiter nachzudenken, sagte sie: »Ich arbeite für eine Innenarchitektin. Lady Margaret möchte einige Räume umgestalten.«

Mit einem unverschämten Lachen antwortete er: »Nun wundert mich nichts mehr: Zyklamfarbene Wände im Salon sind kaum die richtige Wahl für eine altehrwürdiges Manor House wie Stanmore.«

Das Stöhnen war ihr entschlüpft, bevor sie etwas dagegen tun konnte. »Wir hinterfragen die Wünsche unserer Auftraggeber nicht«, entgegnete sie so gefasst wie möglich.

Der Fremde trat in den Halbschatten, den das Mondlicht durch die hohen Fenster warf, und Mila sah, wie er sich nachdenklich mit der Hand übers Kinn strich. Dabei erklang ein leicht kratzendes Geräusch wie von einem Dreitagebart. »Für eine Innenarchitektin beherrschst du ein paar bemerkenswerte Tricks.«

Wenn sie sich nicht täuschte, schwang in diesen Worten

Anerkennung mit. Möglicherweise war er doch nicht so gefährlich, wie sie geglaubt hatte.

»Wer zur Hölle bist du?« Die befehlsgewohnte Stimme klang scharf.

Zu gehorchen, war beinahe ein Reflex. *Sag es ihm!*, flüsterte ihre innere Stimme geradezu verängstigt. »O nein, so läuft das nicht!« Mila widersetzte sich all ihren Instinkten, hob das Kinn und sah ihn direkt an. »Ich habe bereits gesagt, wer ich bin. Jetzt bist du dran.«

Vielleicht war es die Art, wie er den Kopf hielt, oder das gepflegte Oxbridge-Englisch, das er sprach – auf einmal wusste Mila, dass sie sich gerade nicht zum ersten Mal begegneten. »Warte, irgendwoher kenne ich dich …« Plötzlich fiel es ihr wieder ein. »Du bist der Typ aus dem Antiquitätenladen!« Die Worte klangen nicht nur wie eine Anschuldigung, sie waren auch so gemeint. Der nichtswürdige Kerl hatte ihr dieses hübsche Kästchen abgeluchst! »Wenn du glaubst, hier gäbe es wertvolle Sammlerstücke, dann muss ich dich enttäuschen. Lord Hubert und seine Frau haben keinen Sinn für derlei *Kinkerlitzchen*«, zitierte sie Maggy mit verächtlichem Unterton.

»Also gut«, lenkte er zu ihrer Überraschung ein. »Was gibst du mir, wenn ich deine Frage beantworte?«

»Willst du mich auf den Arm nehmen?« Ungläubig versuchte sie, aus seinem Tonfall zu schließen, ob es ein Scherz gewesen war.

»Natürlich nicht!« Er legte sich die Hand auf die Brust als wäre er schwer getroffen, und Mila hatte den Eindruck, dass dieser Mann nichts von dem, was er sagte, wirklich ernst meinte. *Spielt er etwa nur mit mir?*

»Keine unanständigen Sachen?«, fragte sie dennoch. Neugier gehörte zu ihren vergleichsweise stark ausgeprägten, wenn auch leider selten nützlichen Charaktereigenschaften.

»Nicht unanständiger als … sagen wir, ein gemeinsames Mittagessen in Ivycombe. Bei meiner unsterblichen Seele, ich schwöre.«

Keine Sekunde lang nahm sie ihm diese Worte ab. Mila überlegte. Sie musste verrückt geworden sein, hier herumzustehen und Verabredungen mit einem Einbrecher zu treffen. Andererseits … wenn es half, ihn loszuwerden, bevor Janet womöglich zurückkehrte, war ihr jedes Mittel recht.

»Also gut«, sagte sie schließlich. »Lunch gegen Informationen. Aber nur, wenn du jetzt auf dem gleichen Weg verschwindest, auf dem du eingebrochen bist. Sollte dich jemand erwischen, kommen wir beide in Teufels Küche!«

»Ein furchtbarer Gedanke.« Wieder war da dieser amüsierte Unterton in seiner Stimme. Dann schob er sich eine Haarsträhne aus dem Gesicht und trat zögernd einen Schritt zurück, als müsste er sich von ihrem Anblick losreißen.

Da spielte ihr natürlich nur ihre lebhafte Fantasie etwas vor. Bestimmt sah er nicht einmal die Hälfte dessen, was sie erkennen konnte, und das war wenig genug.

Nachdem er eine Weile wortlos dagestanden hatte, sagte er schließlich: »Es ist ein Versprechen.«

Etwas Kaltes legte sich um ihren Hals, als hätte sie mehr getan, als nur einer Verabredung zuzustimmen. Einer Verabredung, die sie auf keinen Fall einhalten wollte.

»Bis zum nächsten Treffen, meine schöne Amazone.« Damit drehte er sich um und war verschwunden.

Himmel!, formten ihre Lippen lautlos. Reichte es nicht, dass er umwerfend aussah, wie sie bereits bei ihrer ersten

Begegnung festgestellt hatte? *Muss dieser Typ auch noch eine geradezu magische Stimme haben?* Allein deshalb lohnte es sich glatt, auf den Deal einzugehen. Ganz gleich, wie geheimnisvoll er in dem schwach beleuchteten Büro gewirkt hatte – bei einem Mittagessen am helllichten Tage könnte er ihr wohl kaum gefährlich werden.

Natürlich, Mila. Er ist hier eingebrochen, schon vergessen? Bei deinem Glück mit Männern besitzt dieser Kerl vermutlich zum Ausgleich für seinen verführerischen Charme die schwärzeste Seele, die ein Sterblicher haben kann.

Aufmerksam lauschte sie den leiser werdenden Schritten in der Halle, statt weiter auf ihre innere Stimme zu hören. Als plötzlich die Eingangstür zuschlug, zuckte sie zusammen. Eine Weile blieb sie noch regungslos in der Dunkelheit stehen, aber außer dem entfernten Brummen eines Motors hörte oder spürte sie nichts mehr. Er war fort.

Sorgfältig zog sie kurz darauf die Tür von Lord Huberts Arbeitszimmer hinter sich zu, durchquerte die Eingangshalle und eilte den Dienstbotengang entlang bis zur Hintertür. Janet hatte ihr Versprechen gehalten, auf der Laterne lag eine Schachtel Streichhölzer. Das Letzte, was sie nach dieser merkwürdigen Begegnung gebrauchen konnte, war ein Heimweg ohne Licht und mit unheimlichen Geräuschen, die sie bei jedem Schritt erschreckten. Sie hätte heute früh doch mit dem Auto kommen sollen.

Mit fliegenden Fingern entzündete sie die Kerze, drückte das Laternenfenster zu und trat auf den von der dünnen Mondsichel erhellten Vorplatz hinaus. Bevor sie sich auf den Weg machte, schloss sie sorgfältig ab und überlegte dabei, wieso sie das nagende Gefühl nicht loswurde, etwas vergessen zu haben. »Ach, verdammt! Die Haustür.« *Ein zweites Mal wird heute Nacht kaum jemand einsteigen*, dachte sie und drehte sich um.

Sie hatte noch nie zu den Schreckhaften gehört, doch als plötzlich ein Dunkler Engel vor ihr auftauchte, schrie sie so laut wie vermutlich niemals zuvor in ihrem Leben.

»Ruhig, ruhig! Niemand will dir was tun.« *Du hast nichts Ungewöhnliches gesehen!*

Allmählich drang die Stimme zu ihr durch, und Mila ließ zu, dass ihr Retter sie in den Armen hielt. Was auch immer sie zu sehen geglaubt hatte, es war fort. Der Duft von Sandelholz und einem Hauch Pfeffer hüllte sie ein, eine fremdartig aufregende Note regte ihre Sinne an, und alles zusammen wirkte ungeheuer männlich und erotisch auf Mila. Der Einbrecher war zurückgekehrt.

Wahrscheinlich nur ein Schattenspiel der Laterne. Mühsam versuchte sie, einen klaren Kopf zu bekommen. »Was ist passiert?«

»Aha, Mademoiselle geht es besser. Sie stellt schon wieder Fragen.«

Behutsam löste er sich aus ihrer Umklammerung und hob die Laterne auf, die sie offenbar in ihrer Panik fallen gelassen hatte. Zum Glück brannte die Kerze darin noch.

»Das hast du verloren.« Er reichte ihr die Sonnenbrille, die ihr, wie sie sich jetzt erinnerte, beim Kampf abhandengekommen war.

»Wie ...?«

»Komm, ich begleite dich zum Cottage«, unterbrach er sie.

Immer noch zittrig schob sie sich die Brille ins Haar und ließ ohne Widerspruch zu, dass er sie bei der Hand nahm und den Weg entlangführte. Nach einer Weile beruhigte sich ihr Herzschlag, und eigentlich hätten sie sich nun loslassen müssen – aber die Hand, in der ihre schmalen Finger fast vollständig verschwanden, versprach Geborgenheit, und seine Nähe ließ sie glauben, dass es von all den unheimlichen Nachtgeschöpfen, die womöglich am Wegesrand lauerten, kein einziges wagen würde, ihr etwas zuleide zu tun, solange er sie nur festhielt.

Als sie das einsame Häuschen erreicht hatten, nahm er ihr behutsam den Hausschlüssel ab, öffnete die Tür und hielt sie galant auf, bis sich Mila wohlbehalten im Haus befand.

»Gute Nacht!« Ohne sich noch einmal umzudrehen, ging er den Weg zurück.

Mila stellte die Laterne auf den Tisch, das warme Kerzenlicht hatte etwas Tröstliches. Normalerweise hätte sie mehr Licht gemacht. Schon aus Gewohnheit, denn die Menschen fanden es befremdlich, wenn sich jemand mit schlafwandlerischer Sicherheit durch die Dunkelheit bewegen konnte. Doch im Moment gab es einen weiteren Grund: Wer könnte nach einer solchen Begegnung schon sagen, ob dort draußen nicht jemand lauerte? Hier wie auch im Herrenhaus waren die Gardinen nicht zugezogen, und sie hätte sich wie ein Fisch im beleuchteten Aquarium gefühlt. Nichts, worauf sie nach den überstandenen Abenteuern besondere Lust hatte.

Wenig später blies sie die Kerze aus, zog die Bettdecke höher und genoss die Geborgenheit, die ihr die Wärme in ihrer gemütlichen Schlafhöhle vorgaukelte. Heute war wirklich nicht ihr Tag. An ihrem Körper gab es keine Stelle, die nicht schmerzte, und sie konnte froh sein, sich nichts gebrochen oder verstaucht zu haben. *Morgen sieht alles schon viel besser aus*, versuchte sie sich selbst zu beruhigen. Dann würde sie auch über den Dunklen Engel nachdenken. Was hatte er von ihr gewollt, und warum war er verschwunden, als der Einbrecher aufgetaucht war?

Aufmerksam lauschte sie in die Nacht hinein. Doch es blieb alles ruhig, und obwohl sie damit nicht gerechnet hatte, schlief sie bald ein.

5

Zu lange hatte sich Lucian nicht mehr für die Entwicklungen außerhalb seiner Welt interessiert. Seine Untergebenen bildeten eingespielte Teams, in deren Arbeit er nur selten eingreifen musste. Doch dann hatten unglaubliche Ereignisse ein Umdenken erfordert und ihn zurück ins Leben geführt, sofern man diese Formulierung für einen Fürsten der Unterwelt verwenden konnte.

Später war er befördert worden, hatte zusätzliche Aufgaben übernommen und beschlossen, seinem Zuhause einen frischen Anstrich zu verpassen. Verschwunden waren Serail und Lotterbett, stattdessen herrschte nun eine neue Sachlichkeit nach dem Vorbild des Lichtbringers, der schon vor ein paar Jahren auf das kühle Design einer modernen Führungsetage setzte, was Dämonen wie Traditionalisten missfiel. Die Katzendämonin ZinZin und ihre jüngere Schwester Bébête hatten sich als talentierte Ausstatterinnen erwiesen und Lucians Palast – zumindest oberflächlich betrachtet – in einen lichten, geradezu freundlichen Ort verwandelt. Natürlich war nicht jeder in seinem Haushalt begeistert von diesen Veränderungen. Einige Bedienstete hatte er auf ihren Wunsch hin an andere Herren Gehennas verkauft. Sogar der Lichtbringer hatte einen guten Preis bezahlt. Lucians Personal galt als bestens ausgebildet und war begehrt. Ein halbes Dutzend war gegangen, selbstverständlich keine Geheimnisträger. Einzig dem Haushofmeister gestand er ein gewisses Mitspracherecht zu, und der hatte darauf gedrängt, dass der Gerichtssaal unangetastet blieb, der irgendwann im Mittelalter oder während der Renaissance – er konnte sich nicht mehr so genau erinnern – das letzte Mal neu eingerichtet worden war.

Und so saß er nun auf einem venezianischen Scherenstuhl, der seinerseits auf einem Granitpodest thronte. An seiner Seite zwei Dunkle Engel mit geöffneten Schwingen, die ihm seit Anbegin der Zeit treu ergeben waren. Dahinter die zuverlässigste Sekretärin, die sich ein Herrscher mit einer vergleichbaren Verantwortung, wie er sie trug, wünschen konnte, und direkt daneben ihre Gefährtin. Eine Dämonin erster Ordnung, die ihr Erbe zugunsten eines Lebens in Freiheit und mit ihrer großen Liebe aufgegeben hatte. Lucian war der einzige Höllenfürst, der eine solche Verbindung nicht nur tolerierte, sondern sogar förderte. Was ihm gleichermaßen Kritik und Bewunderung einbrachte.

Einst hatte das Schattenreich allein den Dämonen gehört, doch irgendwann waren einige von ihnen zu machthungrig geworden. Sie versuchten, Menschen und selbst magische Wesen zu versklaven. Dabei hatten sie in der Anderswelt ein schreckliches Massaker unter den Feen angerichtet. Eine Gruppe von Engeln, die seit Längerem mehr Freiheit auch in Elysium gefordert hatte, erklärte sich schließlich bereit, das sensible Gleichgewicht zwischen den Welten wiederherzustellen. Seither regierte Luzifer die Unterwelt mit eiserner Hand.

Obwohl sich die meisten Dämonen im Laufe der Zeit mit der Situation arrangiert hatten, bemühten sich andere, seine strikten Regeln zu unterlaufen, wo es nur ging. Eine der Ursachen für ihre Expansionslust war darin zu finden, dass nur noch wenige in der Lage waren, Nachkommen zu zeugen. Um diese alte Nation aber nicht aussterben zu lassen, gestattete man ihnen, Menschen zu rekrutieren. Allerdings nur diejenigen, die bereit waren, ihre Seelen zugunsten einer solchen Karriere für immer aufzugeben. Und so waren es nicht die edelsten Charaktere, die ihren Weg ins Schattenreich fanden.

Als sich in den zahllosen Aufständen die Reihen ihrer Wächter ebenfalls zu lichten begannen, versuchten diese zuerst vergeblich, weitere himmlische Bewohner für ihre Arbeit zu interessieren. Doch Michael, der mächtige Erzengel, hatte das Seinige dazu getan, die Dunklen Engel in Verruf zu bringen. Erst unter den Gefallenen, also den Engeln, die Elysium verlassen mussten, weil sie gegen eines der vielen Gesetze dort verstoßen hatten, wurde Luzifer fündig. Inzwischen war das Gleichgewicht wiederhergestellt, selbst wenn sich beileibe nicht jeder für eine Karriere als Dämonenwächter entschied.

Lucian war einer der wenigen Bewohner Gehennas, der seine Herkunft niemals vergessen hatte. Dass er nun ausgerechnet an einem Engel ein Exempel statuieren musste, mochte politisch die richtige Entscheidung sein, es tat ihm dennoch in der Seele weh. Eine Seele, die er entgegen anderslautenden Gerüchten ebenso besaß wie Einfühlungsvermögen, oder einfacher ausgedrückt: Luzifers rechte Hand hatte ein gelegentlich sogar mitfühlendes Herz.

Vor ihm standen die sechzig Generäle seiner Legionen, Lilith als Vertreterin der Sukkubi und Inkubi, das gesamte Management der Todesengel und etwa einhundert Portalwächter. Einziger Grund dieser Zusammenkunft war die Verurteilung und Hinrichtung eines jungen Wächters, der Bestechungsgelder angenommen und einer Reihe von nicht legitimierten Dämonen das Verlassen der Unterwelt gestattet hatte.

Normalerweise überließ Lucian die Gerichtsbarkeit Dunklen Engeln seines Vertrauens und zeichnete die Urteile nach genauer Prüfung nur ab. In einem so riesigen Regierungsbezirk wie dem seinen konnte er sich unmöglich selbst um jeden unbedeutenden Seelendieb kümmern.

Ein Geheimnis seiner Macht war die zeitnahe Bestrafung. Wer sofort die Konsequenzen seines Tuns erlebte, überlegte sich, ob er noch einmal gegen die Regeln verstoßen wollte. Gestern war der Wächter erwischt worden, heute würde man ihn hinrichten.

Lucian konnte durchaus Gnade walten lassen – den Übeltätern eine zweite Chance zugestehen. Auf diese Weise hatte er einige seiner treuesten Gefolgsleute gewonnen, und seine Untergebenen hatten die Anweisung, bei kleineren Vergehen in seinem Sinne zu verfahren oder Rücksprache zu halten. In diesem Fall allerdings hielt er es für angebracht, hart durchzugreifen. Und deshalb waren sogar Berichterstatter zugelassen, die diese Verhandlung nicht nur aufmerksam beobachten, sondern das Ergebnis auch in die Welt hinaustragen würden.

Ein Signal ertönte, der Delinquent wurde vorgeführt, und man sah ihm an, dass die Befragung nicht zimperlich gewesen sein konnte. Beifälliges Gemurmel war zu hören, und die Korrespondenten kritzelten eifrig in ihre Blöcke. Moderne Technik funktionierte hier nicht oder nur höchst unzuverlässig.

Geschmeidig erhob sich Lucian und ging langsam die Stufen hinunter, bis er vor dem Angeklagten stand. Schlagartig war es im Saal so still, dass man es vermutlich gehört hätte, wäre eine Feder zu Boden geschwebt.

Jeder seiner nun folgenden Schritte war Teil einer wohlbedachten Inszenierung. »Weißt du, welcher Tat man dich beschuldigt, Marius?«

»Ich habe nichts Unrechtes getan!«

Lucian schlug ohne Umstände zu. Das laute Knacken im Genick des Beklagten hallte noch durch den Raum, während er dem Engel bereits unters Kinn fasste und dessen Kopf exakt so lange aufrecht hielt, bis der Bruch dank seiner Magie verheilt war. Den Schmerz jedoch ließ er ihm.

»Vergiss nicht, mit wem du sprichst! Sag mir, warum bist du angeklagt?«

»Mein Fürst, ich weiß es nicht.«

Man musste nicht seine Gedanken lesen können, um zu wissen, dass er log. Doch bei der kurzen Berührung hatte Lucian etwas gespürt, das seinen Wächtern offensichtlich entgangen war, sonst hätten sie ihn informiert. Den Engel umgab eine alte, längst vergessen geglaubte magische Kraft. Es gab nicht mehr viele Dämonen, die sie anzuwenden wussten.

Lucians ursprünglicher Plan war damit hinfällig. Eine Strafe musste er erhalten, aber ihn hinzurichten, könnte ein Fehler sein. Jeder Zauber konnte entschlüsselt werden, und genau dies hatte Lucian im Sinn, als er Quaid ein Zeichen gab.

Sein Assistent hob den Kopf, vermied es aber, ihn direkt anzusehen. Es hatte Zeiten gegeben, da war er weniger vorsichtig gewesen. Doch er hatte erfahren müssen, dass es

Furchtbareres gab, als für den *Marquis* zu arbeiten, der, wiewohl unnachsichtig und eiskalt, doch als jemand galt, der zu seinem einmal gegebenen Wort stand. Nachdem Quaid seine Lektion, und dazu noch einiges andere, gelernt hatte, war er kürzlich zum Viscount ernannt worden und kontrollierte seither einen Großteil der regulären europäischen Portale. Bisher machte er seine Sache gut. Wirklich wichtig war jedoch, dass er sich wie kein Zweiter unter den Engeln mit Dämonenmagie auskannte.

Bring mir jetzt die Seelen und bleib in Marius' Nähe.

»Mein Fürst«, sagte er und fügte in Gedanken hinzu: *wie Ihr wünscht.*

Wenig später brachte er einige Gefäße, die verdächtig nach Einmachgläsern aussahen, und stellte sie auf einen dafür vorbereiteten Tisch. Jeder konnte sehen, wie die Schatten darin aufgeregt hin- und herflatterten. Es war eine hübsche Sammlung in den Farben des Regenbogens, für die fast alle hier im Raum Anwesenden ein kleines Vermögen geboten hätten.

Unauffällig zog Quaid sich danach zurück. Er übernahm heute ausnahmsweise die Aufgabe eines anderen Wächters, der Lucian normalerweise bei Gericht assistierte. Derzeit jedoch war dieser mit einem Spezialteam unterwegs, das die Portale im Nordwesten der USA kontrollierte, um die flüchtigen Dämonen wieder einzusammeln. Ausgerechnet Chicago, wo ohnehin eine hohe Konzentration magischer Energien herrschte und die Übergänge in die Welt der Sterblichen aus bisher unerfindlichen Gründen besonders instabil waren.

»Kommt dir das bekannt vor?« Lucians Ton blieb trügerisch ruhig, dabei wies er auf die Seelensammlung.

Ratlos blickte ihn der Angeklagte an. »Nein ... mein Fürst.«

»Du lügst!«

»Ja, mein Fürst. Bitte richtet mich hin. Ich bin Eurer Gnade nicht würdig.«

Ein Lächeln erschien auf Lucians Lippen, das denjenigen, die ihn besser kannten – und das waren fast alle hier im Saal – eine Gänsehaut des Grauens den Rücken hinunterjagte. Einige sogen hörbar die Luft ein, nicht wenige wischten sich den Schweiß von der Stirn oder zeigten andere nervöse Regungen. Plötzlich wurde es beinahe unerträglich heiß. Zufrieden mit der Reaktion des Publikums, winkte er einen hochgewachsenen Dämon mit milchig grüner Haut und einem Paar hässlicher Keilerzähne herbei.

»Unser kleiner Freund hier ist viel zu bescheiden. Bambus!«

Sein Scharfrichter – das war der Job dieses Dämons – verbeugte sich, und im Nu war Marius an allen Extremitäten gefesselt und zwischen vier Pfosten gespannt. Dies allein wäre bereits eine unangenehme Folter gewesen. Doch unter ihm wuchs nun in wenigen Sekunden ein Feld aus Bambus empor. Genauso weit, bis die obersten Blätter den Körper berührten.

Ohne ihm einen zweiten Blick zu gönnen, kehrte Lucian zu seinem Scherenstuhl zurück. Nachdem er ein Zeichen gegeben hatte, schwebte ein Heer weiß gekleideter Engel herein, um Erfrischungen zu servieren.

Als Lucian sah, dass sich die Gäste zufrieden daran labten, rief er einige der Torwächter zu sich. »Kehrt auf eure Posten zurück und behaltet die Portale im Auge. Ich erwarte, über die geringste Unregelmäßigkeit informiert zu werden. Quaid wird eure Nachricht umgehend an mich weiterleiten.« Während er diese Worte sprach, sah er jeden von ihnen durchdringend an. »Was hier heute geschieht, ist nur der Anfang. Denkt daran!«

Gehorsam verbeugten sich seine Wächter, und einer nach dem anderen zog sich zurück. Der erste Schmerzensschrei gellte bereits in ihren Ohren, bevor der letzte die Tür hinter sich geschlossen hatte.

Es gab Leute unter seiner Gefolgschaft, die genossen die folgenden Stunden, in denen der Bambus den Körper des nahezu unsterblichen Engels durchbohrte. Die wenigen anwesenden Dämonen zeigten sich gleichgültig; sie waren mit Strafen dieser Qualität vertraut. Die meisten Zuschauer hätten sich allerdings nur zu gern abgewandt. Doch Lucian hatte es verboten, und er ging so weit, sich von den Katzendämoninnen Schultern, Hände und schließlich sogar die Füße massieren zu lassen, während Marius' Schreie allmählich zu einem stimmlosen Wimmern wurden.

Dass er selbst diese Grausamkeiten nicht mochte, spielte keine Rolle. Am Ende jedoch nahm er sein Schwert, schritt erneut die Stufen hinab und setzte die spitze Klinge auf den Solarplexus des Leidenden. »Soll ich ihn erlösen?«, fragte er das Publikum. Ein Stich in diesen zentralen Punkt magischer Existenz, eine Drehung, und die Qualen wären für immer beendet.

Beinahe alle seine Leute stimmten zu. Die Gesichter der Unentschlossenen und Sadisten prägte er sich genau ein.

Dabei sprach er zu Marius, meinte aber die gesamte Versammlung. »Ich meine, das wäre eine zu geringe Strafe für Verrat.«

Der Scharfrichter kehrte mit seinen Assistenten zurück.

Gemeinsam schnitten sie den nahezu Leblosen frei und stellten ihn auf die Füße. Die blutverkrusteten Wunden hatten bereits begonnen, sich zu schließen.

Mit einer geübten Drehung des Handgelenks ließ Lucian sein Schwert niedersausen, dann zuckten die dunklen Schwingen des Engels ein letztes Mal auf dem Boden, bevor Helfer sie davontrugen. Ein kollektives Aufstöhnen ging durch die Reihen. Jeder im Raum, selbst die Dämonen, spürten den Schmerz am eigenen Leib. Die Flügel auf die Weise zu verlieren, war für einen Engel die schrecklichste Strafe. Schrecklicher noch, als aus Elysium verstoßen zu werden, denn sie wuchsen nicht von allein nach.

»Marius. Ich will Gnade walten lassen.«

Der letzte Akt nahte, und er streckte den Arm aus, auf dem ein gewaltiger Greifvogel landete. Der Adler war ein Geschenk Luzifers, der mit hintergründigem Lächeln erklärt hatte, sein Name sei Ethon.

Nun wusste Lucian, welche Aufgabe das Tier erfüllen sollte. »Du sollst an den Turm gekettet werden, und deine Innereien sollen meinem gefiederten Freund hier täglich als Frühstück dienen.« Er streckte die freie Hand aus und zwang Marius, ihn anzusehen. »Hast du mich verstanden?«

»Ja, mein Fürst«, sagte Marius laut genug, damit es jeder hören konnte.

Erst nach dieser Antwort erlaubte Lucian, dass den Gequälten eine gnädige Ohnmacht zumindest vorübergehend alles vergessen ließ.

»Die Versammlung ist beendet«, verkündete der Haushofmeister, und jeder, der den Saal verlassen wollte, musste Lucian mit einer Verbeugung einen respektvollen Gruß entbieten und an dem nun aufgebahrt daliegenden, geschundenen Körper vorbeigehen, dessen weit aufgerissene Augen vom Entsetzen erzählten, das er in den letzten Stunden erfahren hatte. Sogar einigen der härtesten Krieger war anzusehen, was sie von den Grausamkeiten hielten, doch keiner wagte es aufzubegehren.

Mit Ausnahme von Lilith, die kaum das Knie beugte und ihn entrüstet anfauchte: »Wenn das deine Vorstellung von Gnade ist, möchte ich nicht wissen, was du unter einer *gerechten* Strafe verstehst.«

Hier und da war zustimmendes Gemurmel zu hören.

Sofort hatte er ihren Arm gepackt und sagte mit tödlichem Ernst: »Bete, dass du es niemals herausfinden musst, *Lilītu!*« Damit drehte er sich um und verließ mit seinem Gefolge den Saal, ohne sich noch einmal umzusehen.

»Das war nicht nett, mon chère Marquis«, schnurrte eine weibliche Stimme. Lautlos schritt die Katzendämonin über die dicken Teppiche der Bibliothek, dem zweiten Raum, der von Veränderungen verschont geblieben war. Mit einem Lächeln stellte sie ein Glas Cognac vor ihm ab. »Ich werde die Flügel gut aufbewahren.«

»ZinZin!« Lucian leerte das Glas in einem Zug.

»Du hast die lächerlichen Gerüchte gehört?« Missbilligend fauchte sie: »Alors! Niemand, der einigermaßen bei Verstand ist, wird dich jemals für *verweichlicht* halten.« Nachdem sie das Glas aufgefüllt hatte, stellte sie sich hinter ihn und massierte seine Schultern. »Es sind solche Idioten! Nicht wahr, mon cher, du wirst sie lehren, was Respekt bedeutet.«

Vogelgezwitscher kündigte einen warmen Tag an. Müde räkelte sich Mila, als sie plötzlich erstarrte: Was, wenn es in Stanmore House deutliche Einbruch- oder Kampfspuren gab oder jemand bemerkte, dass die Haustür nicht verschlossen war?

Im Nu sprang sie aus dem Bett, zog nach einer eiligen Katzenwäsche schnell an, was gerade greifbar war, und fuhr mit dem Rover zum Herrenhaus. Unbewohnt, sogar regelrecht verwaist kam es ihr vor, als sie durch den Hintereingang eintrat. Es konnten doch nicht alle Angestellten frei haben. Zumindest Janet sollte in ihrer Dachwohnung sein.

Vielleicht auch nicht, dachte Mila schmunzelnd, als sie sich an das von der Vorfreude auf einen gemeinsamen Abend mit Boris leicht gerötete Gesicht der Wirtschafterin erinnerte. Kurz darauf atmete sie erleichtert die Luft aus, die sie angehalten hatte, während sie Lord Huberts Arbeitszimmer betrat. Außer einem umgefallenen Stuhl wies nichts auf ihre nächtliche Auseinandersetzung hin, und die große Eingangstür stand zum Glück auch nicht offen. Eilig nahm sie den Schlüssel vom Haken und drehte ihn zweimal in dem alten Schloss um.

Wenn ich nun schon einmal hier bin, kann ich ebenso gut die Buchhaltung fertig machen.

Kurz vor acht klingelte ihr Handy. Auch ohne auf das Display zu sehen, wusste sie, wer dran war. »Aljoscha, erzähl mir nicht, du bist schon wach?«

»Alex«, korrigierte der junge Mann am anderen Ende. »Und ich bin *noch* wach«, fügte er hinzu. »Ich habe mir Sorgen gemacht. Alles in Ordnung bei dir, Schwesterherz?«

Sie waren keine leiblichen Geschwister, aber nach ihrer Flucht aus Sankt Petersburg und dem schrecklichen Tod der

Mutter waren sie sich gegenseitig alles, was ihnen an Familie blieb. Obwohl sich die Pflegeeltern, die Gabriel unbürokratisch für sie organisiert hatte, bemühten, den entwurzelten Kindern das Gefühl zu geben, in ihrer neuen Heimat willkommen zu sein und dies bei der acht Jahre älteren Mila geklappt hatte, tat sich Alex deutlich schwerer damit.

Vom Leben als Straßenkind gezeichnet, machte ihn nicht nur seine außerordentliche künstlerische Begabung zum Außenseiter. Das Stehlen hatte er zwar glücklicherweise aufgegeben, aber er besaß, was andere als das *Zweite Gesicht* bezeichnen würden. Er selbst nannte es seine *beschissene Bürde*.

Wahrscheinlich deshalb wirkte er verschlossen und manchmal geradezu feindselig auf Fremde, die sich selten die Mühe machten, ihn näher kennenzulernen.

Leider waren die Pflegeeltern finanziell nicht in der Lage, ihnen ein Studium zu finanzieren. Gabriel hatte Hilfe angeboten, doch noch mehr von seiner Unterstützung anzunehmen, das ließ Milas Stolz nicht zu. Aus diesem Grund hatte sie sich für eine Ausbildung bei der Armee entschieden und es sich in den Kopf gesetzt, die Studienkosten zu übernehmen, nachdem Alex sein Stipendium verloren hatte. Da war ihr gemeinsamer Schutzengel allerdings ohnehin längst aus ihrem Leben verschwunden gewesen.

Den Professoren war Alex' künstlerische Begabung nicht entgangen, aber sie wollten es nicht dulden, dass ein Student Vorlesungen schwänzte und nur das tat, was ihm gefiel. Für undiszipliniert und zuweilen regelrecht asozial hielten sie ihn, erklärte man Mila, als sie nach den Ursachen für die Aberkennung der Förderung fragte. Eine schwierige Jugend, so sagte man ihr, habe manch ein anderer auch gehabt.

Das könne man nicht gelten lassen, und er solle froh sein, nicht der Hochschule verwiesen worden zu sein.

Von seinen magischen Fähigkeiten wusste niemand außer ihnen beiden – und natürlich Gabriel. Es hätte wenig geholfen zu erklären, wie aufreibend es sein konnte, sich mit düsteren Zukunftsvisionen herumschlagen zu müssen.

Dass er jetzt anrief, bedeutete nichts Gutes. »Bist du rausgeflogen?«

»Was?« Seine Stimme klang zunächst irritiert, dann besorgt. »Mir geht es bestens, ich frage mich nur, was gestern Abend mit dir los war.«

»Nichts, ich …« Warum sollte sie ihn anlügen? Er würde es ohnehin bemerken und so lange weiterbohren, bis sie ihm alles erzählt hatte. »Ein Einbrecher. Ich musste mich mit einem Einbrecher rumschlagen.«

»Hast du ihn umgebracht?«

»Alex! Selbstverständlich nicht. Wofür hältst du mich?«

»Für eine Frau mit verdammt gruseligen Talenten«, erwiderte er kühl. »Er wäre nicht der Erste, den du ins Jenseits beförderst.«

Zugeben würde er es zwar nicht, doch Alex hielt viel von Milas Kampftechniken. Trainieren wollte er deshalb aber beileibe nicht mit ihr. Er habe inzwischen seine eigenen Methoden entwickelt, um sich zu verteidigen, versicherte er jedes Mal. Und so hatte sie es aufgegeben, ihn weiter zu bedrängen.

»War es ein Engel?«, fragte er nach einer langen Pause so leise, dass sie ihn kaum verstehen konnte.

»Was hast du gesehen?«

»Nichts.« Natürlich sprach er nicht über seine Visionen. Das tat er nie.

»Der Typ hat mit mir geflirtet. Glaubst du, ein Engel täte so etwas?«, fragte sie auf Russisch, und es klang fremd in ihren Ohren.

Die Erleichterung war ihm anzuhören, als er ebenfalls in seine Muttersprache wechselte. »Unsere britischen Landsleute würden sagen: Eher friert die Hölle zu, als dass so einer Gefühle zeigt.«

Es kam selten vor, dass er versuchte, einen Scherz zu machen. Allein deshalb fiel Mila ein Stein vom Herzen, und sie lachte. Wahrscheinlich war er nur besorgt und hatte überhaupt keine Vision gehabt. Warum auch? Der Einbrecher tauchte gewiss nicht mehr auf. Von der Begegnung mit dem Dunklen Engel, der ihr auf dem Parkplatz von Stanmore aufgelauert hatte, mochte sie dennoch nicht erzählen. Alex hätte sich bloß wieder unnötig Sorgen gemacht und wäre womöglich hergekommen. Aber er sollte studieren und nicht auf seine erwachsene Schwester aufpassen.

Sie unterhielten sich noch eine Weile, und nach dem Gespräch packte Mila eilig ihre Sachen zusammen. Wollte sie ihren Plan verwirklichen, bevor es zu warm dafür wurde, musste sie sich beeilen.

Normalerweise blieb ihr morgens allenfalls eine Stunde Zeit zum Laufen. Für heute hatte sie sich deshalb etwas Besonderes vorgenommen. Eine neue Strecke auszuprobieren, reizte sie seit Tagen, und längst hatte Mila den Verlauf auf der Karte eingezeichnet. Der Weg führte sie an den Ställen vorbei durch den Park von Stanmore. Der war zwar privat, doch nachdem Maggy sie ins Herz geschlossen zu haben schien, durfte nicht nur die standesgemäße Florence alle Annehmlichkeiten des Anwesens nutzen. Danach ging es ins Landesinnere, wo der Wanderer an einer frischen Quelle rasten und seinen Durst löschen konnte, wie es in einer Broschüre über diese Gegend hieß. Anschließend führte sie der Weg im großen Bogen wieder zurück, bis sie unterhalb des Leuchtturms die Küste erreichte. Von dort aus war es nicht mehr weit bis zum Cottage.

Schon bald merkte sie, dass die Strecke nicht ohne Tücken war. Hier und da war der Wanderweg mit grobem Schotter befestigt, und ein paarmal ging es steil bergauf oder bergab. Aber der Quellbrunnen erwies sich tatsächlich als gepflegt, und das Wasser hätte köstlicher nicht sein können. Unterwegs passierte sie unvermutet einen reizvollen Gasthof. Anstatt nach Ivycombe könnte sie mit Florence und Anthony bei gutem Wetter doch auch einmal dorthin fahren.

Überhaupt gewann sie allmählich Geschmack am Landleben. Die Uhren schienen auf Stanmore anders zu gehen. Was in der Zusammenarbeit mit den Handwerkern gelegentlich ein Problem darstellte, bedeutete in ihrer Freizeit einen Gewinn. So gern sie Florence auch hatte, heute fehlte ihr deren quirlige Städtermentalität kein bisschen. Bestimmt hatte sie schon längst einen Plan für das kommende Wochenende: Shoppen in der nahegelegenen Kleinstadt, womöglich Freunde auf einem Landsitz besuchen, Kino, Ausritte – ihr fiel immer etwas ein.

Unternehmungslustig konnte Mila ebenfalls sein, allerdings brauchte sie zwischendurch Phasen der Ruhe, um ihre Akkus aufzuladen, wie sie es nannte. Und dies war auch erforderlich. Das ständige Verbergen ihrer wahren Natur mochte ihr in Fleisch und Blut übergegangen sein, es war dennoch kräftezehrend, in keinem noch so kurzen Augenblick die Kontrolle aufzugeben. Nur das Laufen gestattete ihr eine gewisse Freiheit.

Die Silhouette des Leuchtturms wurde schnell größer, bis der Weg einen Bogen machte und am Ende in den Küstenwanderweg einmündete. Von hier aus lief sie höchstens noch eine Viertelstunde bis zum Cottage.

Etwas stach in ihrer linken Fußsohle, deshalb blieb sie schließlich stehen, um nachzusehen. Zuvor erlaubte sie sich einen langen Blick über das dunkelblaue Meer. Diese Weite war Labsal für Milas Seele, und sie versuchte sich wie jeden Tag vorzustellen, wie es wäre, eine der Möwen zu sein, die an der Küste entlangflogen und nach Futter Ausschau hielten. Doch das war nur ein Traum, den sie am besten ganz schnell wieder vergaß.

Nachdem sie ihren Schuh ausgeschüttelt und neu zugeschnürt hatte, richtete sie sich auf.

»Ein erhabener Anblick«, sagte eine männliche Stimme hinter ihr.

Erschrocken drehte sie sich um und erkannte den Einbrecher der letzten Nacht, dem es irgendwie gelungen war, sich ihr unbemerkt zu nähern. Gestern hatte sie ihn nicht so genau sehen können. Heute stellte sie fest, dass er anders aussah, als sie ihn nach der ersten Begegnung im Antiquitätenladen in Erinnerung hatte.

Damals war er ihr wie ein Londoner Schnösel aus der City vorgekommen: die dunkle Hose aus sichtbar teurem Tuch, ein Hemd bester Qualität, blank geputzte Schuhe und nicht zuletzt das arrogante Verhalten hatten den Verdacht nahegelegt. Nun wirkte er auf eine beunruhigende Weise verwegen, obwohl ihn auch jetzt eine Aura der Unnahbarkeit umgab. Die blonden Haare waren vom Wind zerzaust, der Dreitagebart verbarg keineswegs das entschlossene Kinn, sondern betonte vielmehr die geraden Linien seines Profils.

»Du läufst?«, fragte sie. Ganz sicher war sie nicht, ob ausgewaschene Jeans und ein T-Shirt, das mehr hervorhob als verhüllte, als Sportkleidung anzusehen waren. Aber die Laufschuhe sahen einigermaßen abgetragen und ebenso staubig aus wie ihre eigenen.

»Wenn es sein muss.« Ein Mundwinkel zuckte, und die zarten Fältchen um seine Augen vertieften sich.

Dieses Schmunzeln, als amüsiere er sich über alles und jeden, berührte Mila. Obwohl er ihr eine Spur zu routiniert erschien, konnte sie sich seinem Charme nur schwer entziehen.

Zu ihrer Überraschung reichte er ihr die Hand. »Ich bin Lucian. Und du …?« Erwartungsvoll sah er sie an.

»Mila.« Mehr brauchte er nicht zu wissen, entschied sie.

Die Berührung war nur flüchtig, hastig entzog sie ihm die Finger. Doch es genügte, um tausend Flügelschläge in ihrem Bauch auszulösen. Danach kostete es sie eine Menge Disziplin, sich nichts von dem warmen Aufruhr in ihrem Körper anmerken zu lassen. Unkonzentriert zupfte sie den Zopf zurecht, der nach ihrem Lauf bestimmt unansehnlich aussah. Höchstwahrscheinlich glich sie einer verschwitzten Windsbraut.

Sie wusste, dass er sie betrachtete, und schaffte es schließlich, seine Musterung mit ausdrucksloser Miene zu erwidern. Wie ein begeisterter Sportler kam er ihr wirklich nicht vor. Aber das war natürlich Unsinn, irgendwoher mussten seine exzellenten Reflexe und die einwandfreie Figur ja kommen. *Es sei denn … Quatsch!*, rügte sie sich selbst. Dieser

Lucian konnte keiner von ihnen sein, sie hätte es fraglos bemerkt. *Engel flirten nicht!* Hatte sie das nicht erst heute Morgen ihrem Bruder erklärt?

Klar, so wie du, schien ihre innere Stimme zu raunen.

Ich bin eben anders.

Und weil ihr der Gedanke unangenehm war, sagte sie, was ihr gerade noch in den Kopf kam: »Ich würde so gern fliegen können.«

»Tatsächlich? Komm bloß nicht auf seltsame Ideen!« Mit dem Kopf wies er in Richtung der Klippen, die wenige Meter von ihnen entfernt steil in die Tiefe fielen.

»Unsinn!«

»In der Nähe ist ein Flugplatz«, schlug er vor.

»Nicht so.« Sie streckte ihr Gesicht dem Wind entgegen. »Einfach die Flügel öffnen und losfliegen, wie diese Seeadler.« Sie zeigte auf ein Raubvogel-Paar, das weit oben unter dem blauen Firmament seine Kreise zog. Natürlich verstand er sie nicht. Rasch ließ Mila die Arme sinken. Was war nur in sie gefahren, diesem Lucian ihre geheimen Wünsche anzuvertrauen?

Er sah ebenfalls in den Himmel. »Du musst gute Augen haben, wenn du die ... Vögel dort oben erkennen kannst.«

»Ganz im Gegenteil. Ohne meine Brille sehe ich fast nichts.«

»Erzähl mir nicht, dass du kurzsichtig bist.«

Es kam ihr vor, als betrachte er sie prüfend, und sie sagte schnell, was sie immer erzählte, wenn jemand sie auf ihre getönten Gläser ansprach. »Nein, ich bin hyperlichtempfindlich.« Mit einem Schulterzucken versuchte sie, weiteren Fragen vorzubeugen. »Eine Erbkrankheit.« Meistens funktionierte der Trick, und die Leute ließen sie in Ruhe.

»Davon bin ich überzeugt«, sagte Lucian. »Ich war erstaunt, wie treffsicher du gestern warst. Doch das erklärt einiges. Wenn du in der Helligkeit wirklich so schlecht siehst, dann sind deine anderen Sinne vermutlich besser trainiert.«

»Mag sein. Ich habe noch nie darüber nachgedacht.« Sie winkte ab und begann auf der Stelle zu laufen, um nicht auszukühlen.

»Wo hast du gelernt, so zu kämpfen?« Er ließ nicht locker.

»Army – und du?«, war ihre knappe Antwort.

Im gleichen militärischen Ton warf er ein *Auch!* zurück. Die kleinen Fältchen in seinen Augenwinkeln erschienen wieder und verrieten seine Belustigung. Er wusste ganz genau, dass ihr das Thema nicht behagte.

»So übel ist deine Nachtsicht aber auch nicht.« Fröstelnd zog sie die Schultern zusammen. »Hör mal, ich muss weiter, sonst habe ich morgen eine Erkältung.«

»Lädst du mich zum Frühstück ein?«

Überrascht hielt sie inne. »Ist damit unsere Essenverabredung abgegolten?«

Seine offenkundige Enttäuschung stimmte sie milde. »Meinetwegen.« Um ihn nicht ansehen zu müssen, joggte sie los. »Komm schon!«

Noch nie zuvor hatte sie jemanden mit dieser Leichtigkeit laufen sehen. Er wirkte, als könnte er die gesamte Welt umrunden, und obwohl sie das Tempo absichtlich erhöhte, war er am Ende kein bisschen außer Atem. Ganz anders als sie selbst.

»Warte bitte hier«, sagte sie und schickte sich an, ums Haus zu laufen. »Ich mache von drinnen auf, wir können auf der Terrasse frühstücken. Kissen findest du da.« Sie zeigte auf die Tür des Geräteschuppens, der sich windschief an die Hauswand lehnte.

Sofort bereute Mila ihren Leichtsinn und wollte Lucian, der immerhin ein Fremder war, nicht auch noch ins Cottage einladen. Außerdem sollte er nicht wissen, dass sie den Hausschlüssel unter dem Blumentopf aufbewahrte.

Als sie kurz darauf die Türen gerade weit genug öffnete, um den Kopf hindurchzustecken, hatte Lucian es sich schon bequem gemacht. Er trug jetzt ebenfalls eine dunkle Brille und streckte sein Gesicht in die Sonne. Auf den ersten Blick wirkte er vollkommen entspannt. Doch sie hätte schwören können, dass er sehr genau wahrnahm, was um ihn herum geschah.

»Ich will nur schnell duschen, danach werde ich nachsehen, was Küche und Keller für ein gepflegtes Frühstück hergeben«, sagte sie leise.

»Viel Spaß!« Dabei wandte er sich zwar nicht um, dennoch konnte sie das Gefühl nicht abschütteln, dass er jede ihrer Bewegungen sorgfältig registrierte.

Ich bin paranoid!, schalt sie sich, suchte eilig ihre Sachen zusammen, lief ins Bad und drehte den Schlüssel zweimal um. Es war seltsam beunruhigend, sich hier drinnen auszuziehen, während draußen ein höllisch attraktiver Mann auf sie wartete, der es mit seinem Charme geschafft hatte, sich in ihr Zuhause einladen zu lassen.

Ich werde auf keinen Fall mit ihm flirten, nahm sie sich in einem Anflug von schlechtem Gewissen vor. Kaum war Anthony ein Wochenende weg, gabelte sie einen anderen auf. Noch dazu einen Gesetzesbrecher!

Endlich erwärmte sich das Wasser. Als es einem Amazonasregen gleich ihren Körper umschmeichelte, war Anthony bereits vergessen.

Eingecremt, mit einem weiten Lieblings-T-Shirt und Boyfriend-Jeans, fühlte sie sich stark genug, um in die Welt hinauszutreten, auch wenn das auf bloßen Füßen geschehen musste, weil sie die leichten Espadrilles nicht mitgenommen hatte. Was daran lag, dass diese vermutlich wie immer unter ihr Bett gerutscht waren.

Mila öffnete die Badezimmertür, bog um die Ecke und prallte mit einer harten und doch äußerst lebendigen Wand zusammen.

»Mhm, du riechst gut!«, sagte die Wand mit Lucians Stimme. Er tippte ihr mit dem Zeigefinger auf die Nase.

Froh, dem Lächeln immerhin so weit zu widerstehen, dass sie nicht auf der Stelle in Ohnmacht fiel, hielt sie ganz still. Glücklicherweise war sie ohne Schuhe geschätzte vier Inches kleiner als er und musste ihm nicht ins Gesicht sehen.

»Creme!«, sagte er und verrieb den Tupfen Lotion von ihrem Nasenrücken zwischen den Fingern, was eigentümlich sinnlich wirkte. Seine Stimme klang etwas rauer als zuvor.

Der Gedanke, dass sie nicht die Einzige war, deren Hormone vergessen zu haben schienen, dass sie sich überhaupt nicht kannten, gab ihr Selbstvertrauen. Rasch setzte sie ihre Brille auf und hob den Kopf. Täuschte sie sich, oder stand da für einen winzigen Augenblick der Wunsch in seinem Gesicht, sie zu küssen? Ein rumpelndes Geräusch ertönte. Leise, aber unüberhörbar. Ihr Magen.

»Es ist serviert!« Mit einer galanten Verbeugung wies Lucian in Richtung Terrasse, und der magische Moment war vorüber. Nicht minder fantastisch fand sie jedoch, dass er nicht nur den Tisch gedeckt, sondern darüber hinaus Kaffee gekocht und von irgendwoher frisches Obst und einige andere Leckereien hervorgezaubert hatte.

Während sie eine zweite Toastscheibe mit gebeiztem Lachs belegte, sagte sie beiläufig: »Der war aber nicht in unserem Kühlschrank.«

»Schmeckt er dir nicht?«

»Lucian!« Demonstrativ legte sie das Besteck beiseite und griff nach der Senfsoße. »Die hier übrigens auch nicht.«

»Erwischt. Ich habe beides mitgebracht.«

Nachdem sie sich Kaffee nachgeschenkt hatte, musterte sie ihn kritisch. »Aber hoffentlich nicht in der Hosentasche?«

Lachend schüttelte er den Kopf. »Ich gebe es zu, mein Auto steht nicht weit entfernt. Bist du mir jetzt böse?«

»Ja. Du hast mir also aufgelauert?« Das furchtsame Flattern ihres Herzens konnte sie nicht ignorieren. Mila wollte aufstehen, doch seine Worte ließen sie innehalten.

»Ich wollte die Frau wiedersehen, die alles darangesetzt hat, mir mindestens ein blaues Auge zu verpassen.«

»Ach wirklich? Dafür siehst du aber recht frisch aus.«

»Du auch!«, konterte er, doch dann wurde sein Blick ernst: »Mila, ich brauche deine Hilfe. Gestern Abend ist mir bewusst geworden, dass ich allein nicht weiterkomme. Mein Chef hatte recht, dieser Job ist eine Nummer zu groß für mich.«

So richtig konnte Mila sich nicht vorstellen, dass es etwas gab, das dieser Lucian nicht souverän und mit einem Lächeln bewältigte. Noch weniger traute sie ihm zu, dass er eine Schwäche so einfach zugab. Der Mann war ein Macho, wie er im Buche stand – wogegen sie im Prinzip und zur passenden Gelegenheit nichts einzuwenden hatte, wenn diese Spezies auch zuweilen im Alltag recht lästig werden konnte. Also schwieg sie und wartete gespannt darauf, was er noch zu sagen hatte.

Schließlich erklärte er: »Ich recherchiere im Fall Dorchester.«

»Bist du Polizist?«

»Journalist. Ich arbeite für verschiedene Zeitungen, den *Guardian*, *Le Monde* …« Er machte eine Handbewegung, die wohl zeigen sollte, dass er nur für die besten Blätter schrieb.

Als Mila nicht reagierte, sagte er: »Das ist schon alles. Den MI5-Agenten nähmst du mir ohnehin nicht ab, oder irre ich mich?«

»James Bond? Keine Chance!«, murmelte Mila, lauter sagte sie: »Es gibt einen *Fall Dorchester*? Das hört sich beunruhigend an. Ich kann mir nicht vorstellen, was man Lord Hubert vorwerfen könnte.«

»Darüber kann ich nicht sprechen, das verstehst du bestimmt.«

Mit vor der Brust verschränkten Armen lehnte sie sich zurück. »Nein, versteh' ich nicht. Du bist eingebrochen, als du annehmen durftest, dass niemand im Haus ist. Und jetzt willst du mir erzählen, dass du für eine seriöse Zeitung arbeitest? Eher wohl für die Sorte, die auch nicht davor zurückschreckt, private Telefongespräche abzuhören.«

»Also wirklich, so billige Tricks habe ich nicht nötig.« Die Ellbogen auf dem Tisch aufgestützt, fuhr er sich mit gespreizten Fingern durchs Haar. »Wenn du willst, sprich mit meinem Chefredakteur. Er wird dir meine Identität bestätigen.«

Überrascht sah sie auf das Smartphone, das er ihr in die Hand drückte. Er hatte bereits gewählt, ein Freizeichen erklang.

»Ja?«, fragte eine grimmige Männerstimme.

»Hallo, ist dort der *Guardian*?«

»Wer will das wissen?«

Ohne auf die Frage einzugehen, sagte sie: »Lucian ...« Weiter kam sie nicht.

Der Mann am anderen Ende lachte. »Lucian Shaley? Geben Sie ihn mir!«

Wortlos reichte Mila das Telefon zurück.

»Sie will mir nicht glauben, dass ich mit dem *Guardian* zu tun habe«, sagte er. »Würdest du ihr das bitte bestätigen?«

Danach konnte Mila nichts mehr verstehen, weil ausgerechnet jetzt ein Hubschrauber tief über dem Strand in Richtung Ivycombe flog.

Das muss die Küstenwacht sein. Hoffentlich ist nichts Schlimmes passiert, dachte sie und sah ihm nach.

Plötzlich hielt sie das Handy wieder in der Hand, und der Mann am anderen Ende sagte: »Sie können ihm glauben. Nur wenn er behauptet, Ihnen die Sterne vom Himmel holen zu wollen, dann werden Sie lieber misstrauisch. Da hat er nämlich keinen Zutritt!« Nach diesen merkwürdigen Worten war ein Klicken zu hören, und das Freizeichen ertönte.

Dieser Chef war mindestens so schräg drauf wie sein Mitarbeiter, vermutlich musste man das für diesen Job auch sein. Ganz geheuer kam ihr die Sache nicht vor, aber sie konnte sich nicht vorstellen, dass sich jemand diese Geschichte ausdachte, um sie davon abzuhalten, zur Polizei zu gehen. Ein Frösteln lief über ihre Haut, und sie zog unwillkürlich die Schultern hoch.

Lucian sah sie prüfend an. »Alles in Ordnung?«

»Natürlich.« Mila schüttelte den grauen Schatten ab, der sich durch ihre Gedanken schlich. »Gut«, sagte sie gefasster, als ihr zumute war, »du bist also Journalist, recherchierst am Fall Dorchester und möchtest vermeiden, dass ich dich wegen Einbruchs anzeige.«

Entsetzt sah er sie an. »Das hattest du vor?«

»Lucian, was willst du von mir?«

»Gar nichts, ich … du hast recht«, sagte er, plötzlich sehr ernst. »Ich komme nicht weiter und könnte deshalb eine Verbündete im Haus gebrauchen.«

»Mich? Auf gar keinen Fall schleiche ich durch dunkle Zimmer und spioniere meinen Auftraggebern nach.« Empört wollte sie aufspringen, aber er hielt sie zurück.

»Ich werde dir sagen, warum mir diese Story so wichtig ist.« Eindringlich sah er sie an. »Deine Entscheidung akzeptiere ich, ganz gleich wie sie ausfällt.«

»Erzähl!«

»Der Viscount sitzt im Oberhaus, und er hat weitreichende Verbindungen. Unter anderem gehört er zum Vorstand eines Rüstungsunternehmens, das Kriegswerkzeug für die britische Army herstellt. Damit verdient er ein Heidengeld. Dagegen ist auch nichts einzuwenden. Aber wir haben kürzlich einen anonymen Hinweis erhalten, dass diese Firma ihre Ware in Krisengebiete liefert, und das keineswegs nur an die dort stationierten NATO-Truppen.«

Als Mila an ihre ehemaligen Kameraden dachte, von denen einige inzwischen ihr Leben bei Auslandseinsätzen verloren hatten, ballte sie die Hände unwillkürlich zu Fäusten.

»Das ist eine Schweinerei! Bist du sicher, dass er davon weiß?«

»Unser Informant behauptet es zumindest. Natürlich hast du recht, ich brauche Beweise.«

»Sollte man das nicht der Polizei überlassen? Solche Leute sind gefährlich. Wenn er wirklich in illegale Waffengeschäfte verwickelt ist, wird er nicht der Einzige mit einer schmutzigen Weste sein.«

»Du meinst den Staatsschutz? Ich fürchte, MI5 oder MI6 zu involvieren, wäre ohne konkrete Belege keine so kluge Entscheidung. Der Innenminister war sein Trauzeuge.« Mitleidig sah Lucian sie an.

»Ich hatte keine Ahnung.« Kaum hörbar fügte sie auf Russisch hinzu: »Von wegen freier Westen. Genau so war es in Санкт-Петербург.«

»Sankt Petersburg?«, fragte er.

»Ich habe eine Zeit lang dort gewohnt. Glaube mir, es gibt bessere Orte in dieser Welt.« Als sie sah, dass er etwas sagen wollte, unterbrach sie ihn rasch: »Einverstanden. Ich helfe dir. Aber wie? Spionieren werde ich jedenfalls nicht.« Ratlos sah sie ihn an, bis ihr auf einmal Peter einfiel, ein Bekannter, der als Chefredakteur einer Wohn- und Lifestyle-Zeitschrift arbeitete. »Warte, ich habe eine Idee. Was hältst du davon, einen Artikel für *Castles & Landscapes* zu schreiben? Die Umbauarbeiten wären ein geeigneter Anlass.«

Peter war ihr ohnehin noch einen Gefallen schuldig, denn ohne ihre Hilfe wären ihm einige Türen verschlossen geblieben. Die wohlhabenden Wohnungs- oder Hausbesitzer, die sie und Florence als diskrete und zuverlässige junge Frauen kannten und ihre Arbeit zu schätzen gelernt hatten, reagierten üblicherweise aufgeschlossen, wenn Mila sie bat, Peter zu empfangen, weil er eine Reportage über ihre Häuser plante. Davon profitierten alle, denn selbstverständlich dankte er es ihr, indem er gelegentlich auch den Namen von Florence' kleinem Unternehmen erwähnte.

Mila fand ihre Idee so vorzüglich, dass sie übermütig hinzufügte: »Natürlich nur, wenn das dein journalistisches Selbstverständnis nicht erschüttert.« Dabei spürte sie ein nahezu diabolisches Entzücken in sich heranwachsen. Es geschähe Maggy recht. Zyklamfarbene Wände, lila Auslegware über dem kostbaren Parkett und vergoldeter Stuck unter der Decke, *also wirklich!*

»Damit habe ich kein Problem«, versicherte ihr Lucian. »Nenn mir deine Bedingungen.«

Plötzlich fühlte sie sich, als säße sie mitten in einer knallharten Geschäftsverhandlung. Ihre innere Stimme warnte: *Denk nach, bevor du antwortest.*

Nach einer kurzen Pause hob sie die Hand und begann an den Fingern abzuzählen: »Der Artikel darf keinerlei Zweifel am *Vorher* und *Nachher* lassen. Florence und ihrer Firma soll auf keinen Fall Schaden entstehen. Du kannst niemandem, hörst du, niemandem von diesem Deal erzählen. Auch nicht deinem *Guardian*-Freund.« Zufrieden lehnte sie sich zurück.

»Und was ist mit dir?«

»Was soll mit mir sein?«

»Hast du wirklich nicht an dich selbst gedacht?« Er sah aus, als könnte er daran nicht glauben. »Was ist, wenn ich Lord Hubert nicht überführen kann, aber herauskommt, dass du von Anfang an über meine wahre Identität Bescheid wusstest?« Ernst sah er sie an. »Ich will offen sein: In diesem

Land gäbe es dann kaum mehr eine Zukunft für eure kleine Firma. Er würde dich und deine Freundin ohne mit der Wimper zu zucken ruinieren. Aber mach dir keine Sorgen. Ich verspreche dir, von mir wird niemand etwas erfahren.«

Daran hatte sie nicht gedacht. Aus seinem Mund klangen die Worte wie ein wertvolles und seltenes Geschenk. »Danke«, sagte sie und hoffte, Lucian würde hören, dass es keinesfalls so dahingesagt war.

»Wann?« Er räusperte sich, setzte noch einmal an und war dabei hörbar um einen freundlicheren Ton bemüht: »Wie lange wird es dauern, bis du …?«

»Vorher muss ich natürlich mit Florence sprechen.«

»Selbstverständlich.«

»Und mit jemandem vom *Castles & Landscapes*, der deine Identität notfalls bestätigt.«

»Das kannst du?« Er klang beeindruckt.

»Würde ich es sonst behaupten?« Sie hätte noch mehr gesagt, aber seine Ungeduld war deutlich zu erkennen. »Ist es eilig?«

»Mila, je eher wir der Sache auf den Grund gehen, desto früher ist Schluss mit diesen Machenschaften. Meinst du nicht auch?«

»In Ordnung. Wie erreiche ich dich am besten?«

Lucian wies auf das Handy und schob ihr eine Visitenkarte zu. Er stand auf. »Ruf mich einfach an.« Eine Spur von Bedauern schwang in seiner Stimme mit, als er sich verabschiedete: »Ich muss jetzt leider los. Du meldest dich, so schnell du kannst, okay?«

»Versprochen!« Wieder war da diese Enge in ihrem Herzen. Kurz nur und kaum zu fühlen, aber dennoch beunruhigend, als hätte ihre Zusage eine besondere Bedeutung, wäre auf unheimliche Weise verbindlich. Da sie aber ihre Versprechen nie leichtfertig gab und vorhatte, auch dieses einzuhalten, wischte Mila den Gedanken rasch beiseite.

In der Tür blieb Lucian stehen und bedachte sie mit einem langen Blick.

»Ein ausgesprochen nettes Frühstück ...« Fast schien es, als hätte er noch etwas sagen wollen. Dann war er fort.

Milas Knie fühlten sich so weich an, dass sie froh war, auf einem soliden Stuhl zu sitzen.

6

Den folgenden Montag verbrachte Mila in friedlicher Eintracht mit den Handwerkern. Nachmittags fuhr sie nach Ivycombe, um einige Einkäufe zu erledigen. Als sie aber am Dienstag gegen acht Uhr morgens Stanmore House betrat, erkannte sie an der eigentümlichen Stille, die sie empfing, dass etwas nicht stimmte.

Lord Hubert stand in der Tür zum Salon. Die Hände in die Taille gestemmt, leicht nach vorn gelehnt und auf den Zehenspitzen wippend, hätte er eigentlich nichts mehr zu sagen brauchen.

»Miss Durham, das ist doch gewiss ein Missverständnis?«

»Gestatten?« Behutsam nahm sie den Hausherrn am Ärmel und dirigierte ihn durch die Halle in Richtung seines Arbeitszimmers. »Lord Hubert, wie war die Reise?« Dabei machte sie hinter seinem Rücken verzweifelte Gesten, um dem Malermeister zu signalisieren, dass sie nicht gestört werden wollte.

Zum Glück hob der gleich den Daumen zum Zeichen, dass er verstanden hatte.

»Sir«, sagte sie, nachdem die Tür geschlossen und er in einem sehr alten Ledersessel untergebracht war. »Lord Hubert, es tut mir leid, aber wir arbeiten strikt nach Lady Margarets Vorgaben.«

»Cognac!« Er wies auf ein Tischchen.

Mila beeilte sich, ihm die gewünschte Stärkung zu bringen.

»Sie auch«, sagte er mit festerer Stimme, nachdem er einen Schluck genommen hatte.

Sie wollte ablehnen, überlegte es sich aber anders, als ihr schwante, dass der gute Mann überhaupt nicht ahnte, welche Pläne seine Frau für die Umgestaltung des Hauses hatte. Mit dem Glas in der Hand ließ sie sich ebenfalls in einen Sessel gleiten. Die Flasche hatte sie gleich mitgebracht. Nach einem winzigen Schlückchen wollte sie zu einer Erklärung ansetzen, doch Lord Hubert schüttelte den Kopf.

»Maggy liebt das Moderne. Ich hätte wissen müssen, dass diese Farbe nach ihrem Geschmack ist.« Er schenkte sich nach. »Wissen Sie, nach dem schrecklichen Feuer habe ich überlegt, das ganze Haus abreißen zu lassen. Aber Vivienne, meine erste Frau, Gott sei ihrer Seele gnädig, war dagegen. Die Möbel, die Tapeten und Bilder waren verloren, und wir beschlossen, sie nicht durch Neuerwerbungen zu ersetzen. Natürlich gibt es schöne Antiquitäten, und wir haben ein Vermögen dafür ausgegeben, aber sie gehören doch nicht zur Familientradition.« Gedankenverloren schwieg er eine Weile, bis er endlich sagte: »Vivienne besaß Stil. Das Häuschen, in dem Sie jetzt wohnen, hat sie eingerichtet.«

Höflich nickte Mila, um ihn nicht zu unterbrechen. Der Viscount hatte recht, diese Lady Vivienne hatte bei der behutsamen Farbwahl und den wenigen, erlesenen Möbeln einen exquisiten Geschmack bewiesen – und auch das Cottage ließ nichts zu wünschen übrig.

»Eigentlich fand ich diese schlichte Lösung sehr ansprechend und habe sogar darüber nachgedacht, mein Arbeitszimmer ebenfalls zu entrümpeln. Es hat die Katastrophe fast als einziger Raum des Hauses überstanden. Aber hier ist alles so voller Erinnerungen, ich konnte es nicht übers Herz bringen.« Lord Hubert leerte sein Glas, stand auf und ging zum Schreibtisch. »Maggy soll ihren Willen bekommen, es ist schließlich ebenso ihr Zuhause wie meines.« Mit einer Handbewegung entließ er sie, setzte sich und blickte wortlos aus dem Fenster.

Leise schloss Mila die Tür hinter sich und kehrte zu den Handwerkern zurück.

»Und?«, fragte der Malermeister kaum vernehmlich.

»Weitermachen. Wenn die Farbe trocken ist und sie gleichmäßig gedeckt hat, können Sie beginnen, die Lilienblüten aufzumalen.«

Als er noch etwas sagen wollte, zuckte sie nur mit den Schultern, sah ihn entschuldigend an und wandte sich dem Klempner zu, der ihr mitteilte, dass die gewünschten Armaturen nicht vor Ende der Woche geliefert werden könnten. Was nicht weiter schlimm gewesen wäre, hätten die Fliesenleger heute wie geplant mit ihrer Arbeit begonnen. Doch die waren bisher noch nicht aufgetaucht, und es wurde Zeit herauszufinden, was sie von ihrem Plan abgebracht hatte.

So vergingen die nächsten Stunden damit, kleine und mittlere Katastrophen zu verhindern, und als eines der Hausmädchen verkündete, im Wintergarten sei Tee für sie serviert, beendete Mila bereitwillig ihre Arbeit. Die Handwerker hatten sich verabschiedet, im Herrenhaus war Ruhe eingekehrt. Müde streckte sie die Beine aus und sah den Regentropfen zu, die ihre Spuren auf den Glasscheiben hinterließen. Zu ihrer Erleichterung blieb Lord Hubert wie üblich unsichtbar. Doch der Frieden hielt nicht lange. Kaum hatte Mila ihren Tee ausgetrunken, klang Lady Margarets helle Stimme durch das Haus, und schon stürmte die Viscountess herein, im Schlepptau und deutlich langsamer einen blassen Anthony.

»Siehst du! Ich habe dir gleich gesagt, dass wir uns keine Sorgen zu machen brauchen. Unsere reizende Innenarchitektin hat alles im Griff und kann sich ohne Weiteres eine gemütliche Teepause erlauben.«

Die Röte schoss Mila in die Wangen, sie sprang auf. »Ich ...«

»Schon gut, meine Liebe! Es kann ja nicht jeder so fleißig sein wie der selbstlose Anthony.« Dabei berührte Lady Margaret seinen Arm, woraufhin er zusammenzuckte.

Mila konnte es ihm nicht verdenken. Die Viscountess hatte eine Art, mit ihren Angestellten umzugehen, die besser zu einer älteren Dame gepasst hätte. Aber nicht zu dieser Frau, die möglicherweise sogar jünger war als Mila. *Zumindest sieht sie aus, als hätte sie gerade erst die Schule hinter sich*, dachte sie nicht ohne Bewunderung. Eine Spur davon musste sich wohl in ihrem Gesicht abgezeichnet haben, denn Lady Margaret lachte glockenhell, drehte sich schwungvoll, wobei sie reichlich Bein zeigte, und rief über die Schulter: »Wir haben heute Abend Gäste, du kannst jetzt Feierabend machen.« Als sich Anthony ihr nicht gleich anschloss, blieb sie in der Tür stehen. »Kommst du? Ich will dir rasch den Text für die Dankschreiben an unsere großzügigen Spender diktieren.«

Lautlos formte sein Mund die Worte: »Ich melde mich nachher, okay?« Und fort waren sie.

Gerade wollte Mila das Geschirr hineintragen, da erschien der Butler in der Tür. »Bitte sehr«, sagte er nur und verschwand mit dem Tablett in den Tiefen des Hauses.

Zwei Stunden später, Mila bereitete sich ein Abendessen vor, kam er. Mit einem Gebinde aus Gerbera in der Hand und einem schiefen Grinsen im Gesicht. Zur Begrüßung gab Anthony ihr einen leichten Kuss auf die Lippen, und sie konnte nicht umhin, an den Ring in seiner Jackentasche zu denken.

»Ich mache mir Bliny, möchtest du auch welche?«

»Für mein Leben gern«, sagte er, legte theatralisch die Hände auf die Brust und zwinkerte ihr zu. »Leider werde ich gleich drüben im Herrenhaus erwartet.«

Erst jetzt fiel ihr auf, dass er einen eleganten Abendanzug trug. Anthony legte immer besonderen Wert auf gepflegte Kleidung, aber heute sah er formidabel aus. Sie pfiff durch die Zähne.

»Nun sieh sich einer das an. Pass bloß auf, dass du Lord Hubert nicht in den Schatten stellst.« Als hätte sie Ahnung von wertvollen Anzugstoffen, befühlte sie den Ärmel. »Edel. Ist der neu?«

Kurz erstrahlte sein Gesicht voller Stolz, doch schnell legte er die Stirn in Falten, was ihm einen sympathisch zerknirschten Gesichtsausdruck gab.

Manchmal kam er ihr vor wie ein kleiner Junge. »Also, raus damit: Was hast du angestellt?«

»Nichts, ich … Ach, du willst mich auf den Arm nehmen.«

Immer noch hielt er das Gebinde in der Hand, und sie nahm es ihm sanft ab. »Für mich?«

Die Stiele waren inzwischen warm geworden. Im Küchenschrank fand Mila eine Vase, füllte sie mit frischem Wasser und steckte die Gerbera hinein. Das Ganze stellte sie möglichst nahe ans Fenster. Vom Duft dieser Blumen wurde ihr immer ein wenig übel, was wahrscheinlich nur daran lag, dass Mila sie nicht mochte.

»Was ist los, Anthony?«

»Ich weiß, dass ich mich in letzter Zeit wie ein Idiot benommen habe. Es tut mir leid, Mila.«

Erstaunt drehte sie sich um. Er wollte sich entschuldigen?

Jetzt, da er den Anfang gemacht hatte, sprudelte es aus ihm heraus. »Maggy, ich meine, Lady Margaret, kann mitunter ziemlich anstrengend sein, und sie plant doch dieses Fest am Ende der Saison.« Er verzog das Gesicht zu einer komischen Grimasse. »Lord Hubert hat mich ihr ausgeliehen, kannst du dir das vorstellen?«

Lachend strich sie ihm über die Wange. »Du hast es nicht leicht.«

»Stimmt. Nein, im Grunde geht es mir gut. Es ist ja mein Job.« Er fasste nach ihrer Hand und legte sie auf seine Brust. »Du bist mein Anker in dieser Welt, weißt du das eigentlich?« Er sah in die Ferne, und als spräche er zu sich selbst, sagte er kaum hörbar: »Hin und wieder frage ich mich, worauf ich mich eingelassen habe.«

»Wie meinst du das? Lord Hubert ist doch ganz in Ordnung.« Sie dachte an ihr Gespräch mit dem Viscount am Vormittag. Da lachte sie und entzog ihm ihre Hand, weil ihr Anthonys Pathos etwas zu heftig erschien. »Es ist ja nicht so, als hättest du einen Pakt mit dem Teufel geschlossen.«

»Was sagst du da?«

Kurz glaubte sie, Panik in seinem Blick aufblitzen zu sehen, aber das war natürlich Unsinn. Die dunklen Ringe unter seinen Augen bewiesen, wie erschöpft und überarbeitet er war. Sanft sagte sie deshalb: »Kann ich dir irgendwie helfen?«

»Nein. Ich fürchte, da kannst du wenig tun. Aber ich weiß deine Hilfsbereitschaft zu schätzen.«

Nun klang er schon wieder wie der alte, selbstbewusste Anthony, der, wie sie plötzlich erkannte, ebenfalls eine Art Anker in ihrem Leben war und dessen Nähe ihr Ruhe und Geborgenheit gab, etwas, nach dem sie sich mehr sehnte als nach allem anderen. *Mehr noch als nach der großen Liebe?*, wollte die kritische Stimme in ihrem Inneren wissen. *Vielleicht*, dachte Mila.

Zu ihrer Überraschung griff Anthony in seine Brusttasche und zog ein cremefarbenes Couvert hervor. »Du träumst doch immer vom Fliegen, und da dachte ich, dies hier könnte dir Freude machen.«

»Was ist das?« Hastig riss sie den Umschlag auf und zog einen Gutschein hervor. »Ein Tandemsprung!«

Als sie in sein erwartungsvolles Gesicht sah, brachte sie es nicht fertig, ihm zu sagen, dass sie ausgebildete Fallschirmspringerin war. Hatte sie ihm niemals davon erzählt? Wahrscheinlich nicht. Mila sprach nicht gern über sich selbst.

Also schlang sie die Arme um seinen Nacken und küsste ihn. Dieses Mal ausgiebig und voller Leidenschaft, und seine Reaktion ließ nicht auf sich warten. Seine Hände glitten über ihren Körper, bis ihr Herz schneller schlug. Hingebungsvoll schmiegte sie sich an ihn und schwelgte in dem Rausch, den das Begehren in ihr auslöste. Freundschaft und sexuelle Anziehung. Waren dies nicht die Elemente, die eine Beziehung länger am Leben erhielten als bloße Verliebtheit?

»Mila!« Behutsam schob er sie schließlich von sich. »Du weißt, wie gern ich hierbliebe, aber ich bin ohnehin spät dran. Darf ich nachher wiederkommen?«

Beinahe hätte sie dieses Mal zugestimmt.

Aber Gabriels Warnung klang klar und deutlich in ihren Ohren: *Du darfst dich auf keinen Fall mit einem Sterblichen einlassen. Du möchtest doch nicht, dass dein Liebhaber am Ende womöglich für dich* brennt?

Nein, das wollte sie nicht.

Damals war es seine einzige Antwort gewesen. Später hatte er dann gesagt, sie habe große Fortschritte gemacht. Gegen eine einmalige Begegnung mit einem Mann sei – außer natürlich vom moralischen Standpunkt aus betrachtet, aber das nahm sie ihm nicht so ganz ab – nun nichts mehr einzuwenden. Woher der plötzliche Sinneswandel kam, hatte sie nicht herausgefunden. Vermutlich hatte er erkannt, dass man einer jungen Frau wie ihr ohnehin nicht verbieten konnte, sexuelle Erfahrungen zu machen, sofern man sie nicht auf irgendeine Art einsperrte. Manchmal hatte sie sich gewundert, warum er genau dies niemals in Betracht zog. Aber ganz bestimmt wollte sie nicht diejenige sein, die ihn durch eine entsprechende Frage womöglich auf dumme Gedanken brachte.

Eindringlich hatte Gabriel sie jedoch gewarnt: *Nur dein Herz darf niemals beteiligt sein. Ich verlasse mich auf dich.* Und dann hatte er sie an ihren Schwur erinnert, das Geheimnis notfalls auch mit ihrem Leben zu bewahren.

Es wäre hilfreich gewesen, wenn sie gewusst hätte, was genau sie da eigentlich schützen sollte, aber Mila hatte sich nicht getraut, ihn zu fragen. Gabriel war ein himmlischer Wächter, und er konnte ziemlich einschüchternd sein. Vielleicht aber war es auch Furcht vor dem Unerklärlichen gewesen, das sich in ihrem Inneren verborgen hielt und sie vor der Wahrheit zurückschrecken ließ.

Ihrem guten Ruf hatte Mila allerdings keinen Gefallen getan, als sie sich an seine Anweisungen hielt. Außer ein paar lieblosen Begegnungen in Clubs oder fremden Wohnungen war nie etwas gewesen. Herzlos hatte man sie genannt, und das diffamierende Wort *Schlampe* konnte sie mehr als einmal hinter ihrem Rücken hören.

»Mila?« Anthonys Wangen waren gerötet, seine Augen glänzten, und es war offensichtlich, dass er sich Hoffnungen machte, sie würde dieses Mal endlich einwilligen.

Ohne ihn anzusehen, schüttelte sie den Kopf – um die Erinnerungen loszuwerden und weil sie fürchtete, längst zu viel für ihn zu empfinden, um wenigstens eine gemeinsame Nacht riskieren zu können. »Du weißt doch …«

»Und gegen solche Kleidung hat deine orthodoxe Kirche nichts einzuwenden?« Er wies auf ihr T-Shirt, unter dem sich Milas Figur deutlich abzeichneten. »Irgendwann wirst du dich entscheiden müssen. Eine Freundschaft oder mehr.«

Einen nicht vorhandenen Glauben vorzuschieben, war ihr immer falsch vorgekommen, und wieder hörte sie Gabriels Stimme: *Erzähl den Männern, was du willst. Es spielt keine Rolle, solange die Alternative ihr Verderben wäre.*

Er war nicht nur einschüchternd, sondern ganz anders als die wenigen Engel, denen sie bisher begegnet war. Hätte sie nicht mit eigenen Augen seine schneeweißen Flügel gesehen, sie hätte ihn für einen Zyniker halten können. Ein geeigneter Lehrmeister für jemanden, der wie Mila damals durch ihre Lebensumstände außerordentlich verunsichert gewesen war, sah gewiss anders aus.

»Mila?« Alles an Anthony signalisierte, dass er ihr widersprüchliches Verhalten missbilligte.

Hastig zog sie den hochgerutschten Saum herunter, sodass der dünne Stoff ihre samtene Haut wieder vollständig bedeckte. »Es tut mir leid.« Sie stellte sich auf die Zehenspitzen und küsste ihn auf die Wange. »Bitte sei mir nicht böse. Wir reden ein andermal darüber, in Ordnung?«

Nun wirkte er eher verzweifelt als ärgerlich. »Du machst mich noch wahnsinnig. Also gut, ich muss jetzt los.« Immerhin erwiderte er ihren freundschaftlichen Kuss. »Schlaf schön und träume nur von mir!« Mit einem verlegenen Lachen, als wäre ihm diese Vertraulichkeit plötzlich peinlich, winkte er ihr zu und ging.

Erleichtert ließ sich Mila auf den Küchenstuhl fallen. Es war ein großes Glück, dass Anthony einen solch gutmütigen Charakter besaß. Und natürlich hatte er recht – irgendwann müsste sie sich entscheiden. Ohne die Zustimmung ihrer himmlischen Wächter durfte sie ihm nicht einmal ihre weniger desaströsen Geheimnisse anvertrauen.

Warum ich?

Kurz angebunden wie meistens hatte Gabriel *Schicksal* geantwortet und sich dann doch zu einem wenig aufbauenden Kommentar hinreißen lassen. *Finde dich damit ab, Miljena. Deine Erzeuger haben es verbockt, und du darfst die Sache ausbaden. Das ist doch in den Familien deiner Freunde sicher auch nicht anders.*

Da musste sie ihm zustimmen. Wie oft hatten sich ihre Mitschülerinnen über die Eltern beklagt. *Aber zwei Engel kann man doch nicht mit Sterblichen vergleichen.* Es gefiel ihr ganz und gar nicht, wie er über ihre Eltern sprach. Noch heute ärgerte sie die Erinnerung daran.

Engel? Er hatte sie starr angesehen und dann den Kopf geschüttelt.

Tagelang war sie wütend gewesen. Was bildete er sich eigentlich ein? Die gefallenen Engel waren doch nicht schlechter als die *Herrschaften dort oben* mit ihren weißen Flügeln, von denen viele immer noch glaubten, dass Gefühle zu besitzen eine Schande war.

Jedenfalls war es das, was ihre Mutter ihr erzählt hatte. Gabriel antwortete meistens nicht einmal, wenn sie ihn nach dem Elysium, der Welt, in der er zu Hause war, fragte.

Er wird mir nie erlauben, jemandem meine Abstammung zu offenbaren. Sollte er es ihr doch gestatten, dann waren die Chancen dennoch verschwindend gering, dass ein Sterblicher jemals akzeptierte, wer sie war. Im Grunde wusste sie das selbst nicht einmal mehr. Es hatte eine Zeit gegeben, da waren sie eine glückliche Familie gewesen, das wusste sie ganz genau. Aber dann musste irgendetwas passiert sein. Plötzlich waren sie arm gewesen, hatten mitten in Sankt Petersburg in einer verfallenen Hütte gehaust, und die Mutter hatte sich immer mehr zurückgezogen. Das Ballett war ihre einzige Freude gewesen.

Irgendwann kam die Flucht nach England. Wie alt war sie gewesen, und warum hatten sie schon wieder fliehen müssen? Mila konnte sich nicht genau erinnern. Trug sie die Schuld am Unglück ihrer Eltern? Das Leben meinte es nicht gut mit ihnen. Der Tod der Mutter hatte sie erschüttert, und es dauerte lange, bis wenigstens Milas äußere Verletzungen vollständig verheilten. Geblieben war ihr ein Bruder, der keiner war und doch alles, was sie noch an ihre Vergangenheit erinnerte. Und dann das Wunder. Der beängstigende Wächterengel Gabriel, der ihr half, die verstörenden Kräfte in ihrem Inneren zu zähmen, hinter einer Mauer aus Stein und Rosendornen zu verbergen, die niemand durchbrechen würde, wenn sie sich genau an seine Anweisungen hielt.

Schenkte sie ihm Glauben, so entsprach ihre Natur eher der eines mörderischen Drachens als der eines sanften Engels. Die Welt vor diesem Ungeheuer zu schützen, das sei nun ihre Aufgabe, hatte er ihr zum Abschied gesagt.

Mama. Ihre Mutter war so früh gegangen. Nach all den Jahren, in denen Mila geglaubt hatte, selbst auf sich aufpassen zu können, war der Verlust ein Schock gewesen. So groß, dass sie darüber mit keinem Menschen sprechen mochte. Ich bin eine *Abnormität*. Dieses Wort hatte einstmals einer der mächtigsten Engel benutzt, dem sie je begegnet war. Sie würde es niemals vergessen.

Mit jemandem näher befreundet zu sein, war unter diesen Umständen nicht immer einfach, aber Anthony gab ihr die Sicherheit, nach der sie sich hin und wieder sehnte. Seine Wärme, der Geruch nach würzigem Rauch, der ihn umgab, die Stimme – all das erinnerte sie an ihre Kindheit. Wie der Vater manchmal an ihrem Bett gesessen hatte, um ihr Geschichten zu erzählen, die Eltern ihren Kindern seit Anbeginn der Zeit erzählten. Spannende, lustige und nicht selten auch gruselige Begebenheiten, von Himmel und Hölle, Feen und anderen mysteriösen Geschöpfen, an deren Existenz sie zu glauben nie aufgegeben hatte.

Warum auch? Sie war ja selbst ein Teil der magischen Welt, auch wenn sich diese seit Gabriels Besuchen nicht mehr offenbarte, weil sie Mila nicht als eine der ihren erkannten. Im Grunde sollte sie dankbar dafür sein, und dennoch erschien ihr der Verlust bisweilen nahezu unerträglich.

Sobald Anthony sie in seine Arme schloss, kehrte das Gefühl von Geborgenheit jedoch zurück, das sie in Gesellschaft ihres Vaters, mehr noch als in der Nähe der Mutter, empfunden hatte. Das unheimliche Ding in ihrem Inneren, das mit ihrem Leben zu schützen sie Gabriel geschworen hatte und das ihr wie ein Schatten auf der Seele lag – in Anthonys Gegenwart war es nicht zu spüren. Fast so, als zöge es sich weiter zurück, um ihm nicht zu schaden. Diese Beobachtung war es auch, die den Wunsch nach einer gemeinsamen Zukunft geweckt hatte, und nur deshalb hatte sie ihn überhaupt so weit in ihr Leben hineingelassen.

Mila erinnerte sich genau daran, wie Gabriel einmal angedeutet hatte, dass sie mit viel Glück eines Tages ihren Seelengefährten finden könnte, der gegen die gewaltige Gefahr, die ihre verborgenen Kräfte bedeuteten, immun wäre. Als sie ihn später darauf angesprochen hatte, wirkte er, als bereute er es, dazu etwas gesagt zu haben. *Vergiss es, die meisten Geschöpfe suchen jahrhundertelang vergeblich nach ihrem Seelenpartner.*

Und diese Zeit habe ich nicht einmal, hatte sie entgegnet und sich über seine Antwort gewundert. Denn Gabriel, der sonst immer alles wusste, hatte sie lange angesehen und schließlich gesagt: *Ich weiß nicht, wie viel Zeit dir bleibt, Miljena.* Er hatte sie immer bei ihrem vollständigen Namen genannt.

Wenn er doch nur endlich wieder einmal zu ihr zurückkehrte, um all ihre Fragen zu beantworten. Vielleicht hätte er ihr auch sagen können, ob Anthony wirklich der Richtige für sie war. Aber Engel konnte man nicht einfach anrufen, und so musste sie wohl oder übel darauf warten, dass sich Gabriel wieder an sie erinnerte.

Tränen tropften auf den Tisch. Ungeduldig wischte sie

mit der Hand darüber und stand auf, um die Pfannkuchen zu backen, auf die sie sich eigentlich schon den ganzen Tag gefreut hatte. Trotzig aß sie die Hälfte auf, obwohl ihr der Appetit vergangen war. Sie fror, und sie fühlte sich allein. Schließlich ging sie hinaus, um Holz für den Kamin zu holen. *Ein warmer Ofen und eine ordentliche Tasse Suppe hellen die Seele auf,* hörte sie ihre Mutter sagen. Häufig genug hatten sie beides nicht gehabt.

Anstelle der Suppe gönnte sie sich heute ein Glas Rotwein, aber Streichhölzer konnte sie nirgends finden. Es überraschte sie nach einem verkorksten Tag wie diesem kaum. Der Wind heulte im Kamin, als wollte er sich über sie lustig machen. Vom Meer war inzwischen Nebel aufgestiegen und über die Wiesen weit ins Festland gekrochen.

Niemand ist hier, was zögerst du noch? Die Versuchung war ihre ständige Begleiterin.

Kurz entschlossen streckte sie die Hand aus und konzentrierte sich. Ein klein bisschen musste sie wohl aus der Übung sein, denn es dauerte einige Sekunden, bis das helle Licht ihrer geheimnisvollen Energie dem Ruf folgte. Erleichtert atmete sie auf. Es tat so unvorstellbar gut, als das ererbte Engelsfeuer ihr Inneres erwärmte und die magische Kraft sie umschmeichelte. Mila spürte die Erde unter den Sohlen, als wüchsen ihr Wurzeln, die sie fest in dieser Welt verankerten. Die Luft flirrte, schickte einen warmen Wind, der ihr Haar sanft anhob und ihr zuflüsterte, sie brauche nur die Schwingen auszubreiten und sich in den Himmelsdom zu erheben, um mit den Elementen einen fantastischen Reigen zu tanzen – die Welt läge ihr zu Füßen. Wie zur Bestätigung flammten die Kerzen auf, und bald prasselte auch im Kamin ein Feuer.

Behutsam, wie Gabriel es sie gelehrt hatte, sandte sie die Magie zurück in ihr Versteck, wo sie sich wie eine Katze zusammenrollte, den Kopf senkte und mit dem geflüsterten Versprechen *Ich komme wieder* die Augen schloss. Wenn doch nur alles so einfach zu beherrschen wäre. Doch wenigstens fühlte Mila jetzt keine Trauer mehr.

Befreit und mit sich selbst im Reinen setzte sie sich und zog die Füße aufs weiche Sofa. Aufmerksam hielt sie ihr Weinglas gegen das Licht, um die Geschichte des edlen Tropfens zu erfahren.

Regen hatte den sonnenverwöhnten Boden getränkt, in dem die Reben tief verwurzelt wuchsen und sich nährten, während der Wind sanft die Blätter hob, damit Sonnenwärme die Trauben wachküssen konnte. Zum Dank trug der tiefrote Wein nun von jedem seiner Paten ein kostbares Geschenk in sich. Mila nahm einen Schluck und atmete tief durch. *Das sollte ich viel öfter machen*, dachte sie und schlug ihr Buch auf.

Der nächste Tag brachte die Sonne zurück. Mila wählte zum Laufen den Weg zum Leuchtturm. Dort auf der Klippe, so hatte sie festgestellt, funktionierte der Handyempfang. Als sie die Stelle passierte, an der sie Lucian getroffen hatte, konnte sie sich die Frage, ob es wirklich eine gute Idee gewesen war, ihn als Reporter einer Einrichtungszeitschrift einzuführen, immer noch nicht beantworten. Dafür kam ihr ein anderer Gedanke: *Wieso funktioniert sein Telefon eigentlich im Cottage und alle anderen nicht?* Als ihr keine Antwort einfallen wollte, dachte sie: *Vielleicht nutzt er einen besonderen Provider*, und nahm sich vor, bei Gelegenheit nachzufragen. Nur im Herrenhaus oder hier draußen telefonieren zu können, war mitunter recht lästig. Zufrieden mit der Erklärung zog sie das Handy hervor, und sofort ertönte der Signalton, mit dem sich neue Kurznachrichten bemerkbar machten.

Florence schrieb, sie hätte ganz in der Nähe eine fantastische Quelle für antike Möbel aufgetan und käme bald zurück. Mila antwortete, dass sie gespannt sei, und wählte danach Peters Nummer. Nicht zuletzt, weil er zwar ein strenger Kritiker war, dabei aber stets fair blieb und ihre Arbeit schätzte, hatten sie sich mittlerweile angefreundet. Sie wartete nur auf eine passende Gelegenheit, ihn endlich auch Florence vorzustellen.

»Guten Morgen, Peter! Schon vom Laufen zurück?«, fragte sie, als er sich meldete.

»Du musst einen immer antreiben, nicht wahr?« Die Antwort kam mit einem Lachen. Seit er diesen attraktiven Freund hatte, joggte er einmal pro Woche mit ihr. Mehr, so hatte er nach der ersten gemeinsamen Runde behauptet, würde sein Herz nicht mitmachen. Mila besaß einfach die bessere Kondition.

Nachdem sie die wichtigsten Gerüchte ausgetauscht hatten, wozu Mila wenig beisteuern konnte, fasste sie sich schließlich ein Herz. »Peter, ich habe eine Frage.«

»Du machst es aber spannend, Liebes. Erzähl schon, was liegt dir so auf dem Herzen, dass du morgens um sieben mit mir telefonierst? Oder hast du mich so sehr vermisst?«

»Selbstverständlich vermisse ich dich.« Ermutigt von seiner Frage erzählte sie eine Version von Lucians Geschichte, die sie sich zurechtgelegt hatte: »Er arbeitet als freier Journalist für den *Guardian* und recherchiert das Leben des britischen Adels. Für diesen Gefallen würde er eben auch eine kleine Story für dich schreiben«, fügte sie am Ende hinzu.

»Sieht er gut aus?«

Mit der Frage hatte sie nicht gerechnet. »Wie kommst du darauf?«

»Mila, du solltest dich mal hören. Den Mann würde ich gern kennenlernen, der dir so den Kopf verdreht hat.« Er lachte, wurde dann aber schnell ernst. »Bist du sicher, dass du deinen guten Ruf für eine Liebelei aufs Spiel setzen willst?«

»Ich habe keine Affäre, wenn du das meinst. Lucian Shaley hat mich um einen Gefallen gebeten, weiter nichts.« Doch schon als sie die Worte aussprach, klangen sie äußerst lahm. War es ein Fehler, Lucian zu helfen? Aber wenn seine Geschichte stimmte, klebte dann nicht das Blut der Kameraden an ihren Händen? Verunsichert dachte sie: *Sag Nein, Peter. Lehne es einfach ab, bitte.*

»Wenn das so ist ...« Es war nicht zu überhören, dass er ihr kein Wort glaubte.

»Ich mache das nicht ganz uneigennützig. Diese Lady Margaret hat einen ziemlich seltsamen Geschmack, Florence hätte den Job beinahe hingeschmissen. Aber wir brauchen das Honorar dringend.«

Peter pfiff durch die Zähne. »Jetzt verstehe ich. Besser, es erscheint eine hübsche Geschichte, als dass die lieben Freundinnen zu tratschen beginnen und ihr am Ende nur noch trashige Aufträge bekommt.«

»Genau«, sagte sie, erleichtert, dass er den Köder geschluckt hatte. »Wenn ihr die Story nicht gefällt, kannst du deine Hände in Unschuld waschen.«

»Ich hatte ja keine Ahnung, dass du so ein raffiniertes

kleines Biest bist.« Sein meckerndes Lachen klang anerkennend. »Ich wüsste gern, was dein Anthony dazu sagt. Er arbeitet doch für Lord Hubert, nicht wahr?« Wieder lachte er und fuhr fort: »Das ist köstlich. Du wusstest, dass ich nicht widerstehen kann, gib es zu! Sag diesem Shaley, er soll sich bei mir melden, und dann sehen wir weiter. In Ordnung?«

»Das sage ich ihm, vielen Dank!« Sie schluckte. »Und Peter ...«

»Ja, Liebes?«

»Anthony ist ein Freund, nicht mehr.«

Auf keinen Fall würde sie ihm etwas von dem Ring erzählen – er würde sie anschließend täglich löchern, wann die Hochzeit stattfinden sollte.

»Selbstverständlich, ein Freund!« Nun hörte es sich an, als schlüge er sich vor Vergnügen auf die Schenkel.

Einen Seufzer unterdrückend verabschiedete sie sich hastig: »Ich muss jetzt los.« Als sie auflegen wollte, hörte sie ihn noch sagen: »Ich muss verrückt geworden sein.« Danach ertönte das Freizeichen.

Mila seufzte nun doch, drehte sich um und zuckte zusammen. An der Mauer, die den Leuchtturm umgab, lehnte mit verschränkten Armen Lucian und betrachtete sie schweigend. Sofort zog sie den Mantel der *Unberührbarkeit* enger um ihre Schulter und sah demonstrativ auf die Uhr. »Tut mir leid, heute habe ich keine Zeit.«

Lässig stieß er sich von der groben Steinwand ab und kam auf sie zu. »Warte!«

Mila war spät dran und hätte sich längst auf dem Heimweg befinden sollen. Stattdessen blickte sie wie hypnotisiert auf einen schmalen Streifen Haut, den sein nachlässig geknöpftes Hemd über dem tief sitzenden Bund der Jeans freigab.

Irgendjemand räusperte sich. Sie sah auf und blickte Lucian direkt ins Gesicht. Die küssenswerten Lippen verzogen sich zu einem wissenden Lächeln, und sie wünschte, der Erdboden täte sich auf, um sie zu verschlingen, bevor er etwas zu ihrem peinlichen Verhalten sagen konnte. Weil damit nicht zu rechnen war, meldete sich ihr Fluchtinstinkt. Sie trat einen Schritt zurück und wollte sich wegdrehen.

»Warte!«, sagte er noch einmal, griff nach ihrem Handgelenk und sah sie mit nun wieder ernster Miene an.

Unter dem unverschämten Blick fühlte sie sich ausgeliefert, fast als könnte er tief in sie hineinblicken. Schnell stellte sie sich eine bis in den Himmel hinaufragende Mauer vor, die um ihre innersten Geheimnisse errichtet war. Daran ließ sie sicherheitshalber Rosen hinaufwachsen, deren Blüten von den langen Dornen ablenkten, die ein Erklimmen dieses undurchdringlichen Schutzwalls unmöglich machten. Nicht einmal einem Engel gelänge es, ihr Inneres zu erblicken, und Dämonen nähmen nichts anderes wahr als ein Blütenmeer. Etwas, das die Höllenwesen ob seines lieblichen Dufts irritierte, wenn nicht gar abstieß, wie Gabriel behauptete.

Mein!

Ein überwältigendes, ihr gänzlich unbekanntes Gefühl durchströmte Mila, als ihre innere Stimme eine Antwort flüsterte, die nicht weniger beunruhigend war. *Bis ans Ende der Zeit.*

Als hätte er sich verbrannt, ließ Lucian ihre Hand los und sah sie fassungslos an. Doch ebenso rasch kehrte das ungemein verführerische Lächeln in seine Mundwinkel zurück. Die Augen erreichte es dieses Mal allerdings nicht.

Er spielt mit mir, dachte sie betroffen.

Beide sagten sie kein Wort.

»Ich habe mit dem Chefredakteur von *Castles & Landscapes* gesprochen«, brach Mila schließlich das Schweigen, nachdem sie ein paarmal geschluckt hatte, um ihre Stimme wiederzufinden. Vollständig war es ihr dennoch nicht gelungen, sie klang wie eine heisere Krähe. »Er will dich kennenlernen, bevor er zusagt.«

Als Lucian nicht sofort antwortete, ratterte sie die Nummer von Peters Büro herunter.

»Gut. Wir sehen uns in Stanmore House«, sagte er, drehte sich um und ging einfach davon.

Bedanken hätte er sich wenigstens können, dachte Mila verärgert, bevor sie auf dem Absatz kehrtmachte und zum Cottage zurücklief. Plötzlich wehte ein warmer Wind durch ihren Kopf, der Lucians Stimme wie aus weiter Ferne herantrug. *Danke, Milotschka.*

Beinahe wäre sie gestolpert. Seit Ewigkeiten hatte sie diesen Kosenamen nicht mehr gehört. Aber natürlich war das nur Einbildung, Gedankenlesen gehörte nicht zu ihren Talenten. Vielleicht hatte Peter doch recht, und sie war dabei, viel mehr Interesse an Lucian zu entwickeln, als es ihrer Beziehung zu Anthony förderlich war. Denn natürlich hatten sie eine Beziehung. Gute Freunde küssten sich nicht, und gute Freunde müssten auch kein Gespräch über *Sex vor der Ehe* führen. Was für ein Schlamassel!

Die letzten Meter rannte sie, so schnell sie konnte.

»Nur fünf Minuten!« Der Anblick seiner neuen Uhr entlockte ihm ein zufriedenes Grinsen. Der Schweizer Chronograf war ein kleines Vermögen wert, und er wusste das Funkeln in ihren Augen richtig zu deuten.

»Soll ich ...?«

Sie war wie eine Elster.

»Später!«, unterbrach er schroff, öffnete das Portal und trat in die Dunkelheit.

Wenige Sekunden darauf atmete er erleichtert auf. Magpie mochte ihm manchmal auf die Nerven gehen, aber sie war eine ausgezeichnete Navigationshilfe. Nur eine Fackel wies ihm den Weg zur Zelle. »Durival, hörst du mich?«

»Glaubst du, ich bin taub?«

Erschrocken fuhr er herum. Doch da war niemand. In seinem Kopf entstand ein allzu bekannter Druck, und nicht zum ersten Mal dachte er darüber nach, warum er sich das eigentlich gefallen ließ. Mit dem Schicksal hadern, das konnte er auch später noch. In der kurzen Zeit hätte der Dämon ohnehin wenig Gelegenheit, ihn zu quälen. Besser, er brachte es schnell hinter sich.

»Es läuft alles so, wie Ihr es vorhergesagt habt.«

»Natürlich. Um mir das zu sagen, bist du hierhergekommen?«

Durival wusste ganz genau, dass er die Dunkelheit verabscheute.

»Ich sollte doch jede Woche ...« Wie er es hasste, sich so hilflos zu fühlen.

»Zeig mal her, ist das eine neue Uhr?«

Nicht ohne Mühe gelang es ihm, dem Impuls zu widerstehen, seinen Arm hinter dem Rücken zu verbergen. Tapfer, aber ein Fehler. Im Nu schloss sich eine Fessel um sein Handgelenk. Lange Klauen drangen in das Fleisch ein. Das Knirschen kam von seinen eigenen Zähnen, die er aufeinanderpresste, um sich keine Blöße zu geben.

»Verschwinde, die Wächter kehren gleich zurück.«

Nach einer gefühlten Ewigkeit spie ihn die Dunkelheit wieder aus.

»Alles gut gelaufen?«

»Was sonst?« Ihm wurde übel, und er tastete Halt suchend nach der Stuhllehne.

Die Elster lachte. »Das hätte ich dir gleich sagen können. Durival nimmt alles, was einem lieb und teuer ist.«

Blut tropfte auf den Boden.

»Ach, sieh dir diese Schweinerei an. Warte, ich binde das ab!«

7

Lucian sah ihr nach. *Bedanken hätte er sich wenigstens können!*, wehten ihm Milas Worte wie eine schmeichelnde Wüstenbrise durch den Kopf. Vielleicht war es die für ein so zerbrechliches Geschöpf ungewöhnliche Stimme, die ihn dazu verführt hatte, eine Antwort zu geben. In seiner Welt hätte jeder gewusst, dass sich jemand wie Lucian niemals freiwillig für etwas bedankte. Doch was konnte es schon schaden, wenn er sich einmal eine Ausnahme von dieser Regel gestattete? Sie würde ohnehin nichts damit anzufangen wissen.

Milotschka. Der Name war ihm spontan in den Sinn gekommen, und er passte viel besser zu ihr als das schlichte *Mila.* Bereits bei der zufälligen Begegnung in Ivycombe war ihm die hauchfeine Magie, die sie umgab, keineswegs verborgen geblieben. Nachfahren von Verbindungen zwischen gefallenen Engeln und Sterblichen besaßen eine vergleichbare Aura.

Nichts Besonderes also und für die meisten seiner Art nicht einmal spürbar. Normalerweise hätte ihn diese Entdeckung also kaum beschäftigt, doch seine Mission war heikel, und so musste er jeder noch so winzigen Anomalie nachgehen.

Überrascht hatte ihn allerdings das nächtliche Geplänkel im Herrenhaus. Mila wusste sich erstaunlich geschickt zu wehren, und wenn sie gegen ihn auch keine Chance hatte, so besaß sie durchaus ein Kämpferherz.

Während des gemeinsamen Frühstücks, das er aus einer Laune heraus arrangiert hatte, zeigte sie sich fröhlich und schlagfertig. Zwar flirtete sie mit ihm, benahm sich ansonsten aber erfreulich selbstbewusst und sogar ein klein wenig selbstironisch. Es gefiel ihm, wenn sich jemand nicht so furchtbar ernst nahm. Frauen, die seinem Charme einfach so erlagen, langweilten ihn.

Ungerecht? Selbstverständlich, denn es lag in der Natur eines gefallenen Engels der ersten Stunde, dass seiner Anziehungskraft kaum ein Sterblicher und nur wenige magische Wesen widerstehen konnten, wenn er es darauf anlegte. Macht, ein wohldosierter Hauch von Gefahr und Arroganz – das war der Cocktail, der viele nahezu um den Verstand brachte. Dazu noch ein passables Gesicht oder Geld, und sie verloren in Windeseile den Kopf. Mila dagegen hatte eher zurückhaltend reagiert, als wisse sie es besser, als mit dem Feuer zu spielen. *Reizvoll.* Da war es fast schon keine Überraschung mehr, als er ihre mentalen Schutzwälle entdeckte. Lückenlos und unbezwingbar – vorerst.

Er liebte diese Art von Rätseln. Mutige Kämpferinnen wie Mila waren ihm die liebsten Bettgefährtinnen. Auch sie würde zu den Amazonen gehören, hätte Lucian erst einmal ihre Dornröschen-Festung erobert. Wahrscheinlich hätte ihn eine so junge und unerfahrene, wenn auch exquisite Schönheit dennoch nicht lange fesseln können.

Andererseits, seine Jagdlust hatte die Kleine immerhin angefacht, und er hätte es vergnüglich gefunden, das Geheimnis, das sie so gut geschützt in sich verbarg, Stück für

Stück aus ihr herauszulocken. Für derlei Zerstreuung fehlte ihm aber leider die Zeit.

Seit gestern Abend jedoch gab es eine vollkommen neue Situation. Da hatte er als heimlicher Beobachter gesehen, mit welcher Leichtigkeit sie ihr Feuer einzusetzen verstand. Ein erstaunliches Talent für jemanden, der zuvor kaum mehr als einen Hauch von Magie preisgegeben hatte. War sie leichtsinnig genug, sich auf ein tödliches Spiel mit ihm einzulassen? Lucian fragte sich, was er übersehen hatte. Was es auch war, er musste alles über sie erfahren. Die Vorsehung schlug manchmal seltsame Kapriolen, und Mila konnte durchaus eine der Schlüsselfiguren in dem Spiel sein, das sich ganz langsam vor ihm zu entwickeln begann.

Deshalb stand er nun mit verschränkten Armen im Wohnzimmer seiner himmlischen Kollegen und beantwortete ungeduldig ihre Fragen: »Natürlich kann ich sie lesen. Aber es gibt ein Geheimnis, und ich will wissen, was es ist.«

Arian schüttelte den Kopf. »Warum fragst du sie nicht einfach selbst?«

»Weil ich vermute, dass sie gar nicht weiß, was sich in ihr verbirgt.«

Mila wirkte auf bezaubernde Weise unschuldig, und er empfand beinahe Skrupel, ihr die Wahrheit brutal zu entreißen. Etwas, das er selbstverständlich niemals laut ausgesprochen hätte – nicht einmal in dieser Gesellschaft.

»Brich sie auf!«

»Arian!« Juna sah ihren Gefährten entsetzt an. »Wie kannst du das sagen?«

»Weil er es längst getan hätte, gäbe es nicht einen guten Grund, behutsam an die Sache heranzugehen. Habe ich recht?« Dabei wandte sich Arian ihm wieder zu. »Warum kommst du damit zu uns?«

»Die Handschrift der Siegel und Labyrinthe kann nicht ihre eigene sein. Sie kommt mir verdammt bekannt vor, und ich wüsste gern, ob ihr sie identifizieren könnt.«

»Und das ist alles?« Argwöhnisch sah der Engel ihn an, und der silberne Streifen an seinen imposanten, dunklen Schwingen glitzerte.

»Ja.«

»Habe ich dein Wort darauf?«

»Ja!« Lucian ging Arians Misstrauen manchmal mächtig auf die Nerven.

Ausgerechnet dieser selbstgerechte Engel war jedoch eines der wenigen Geschöpfe, mit dem er auf Augenhöhe reden konnte und die danach nicht sofort mit dem Dolch zustießen, wenn er ihnen in einem unbedachten Moment den Rücken zudrehte.

Juna verstieg sich sogar zu der Behauptung, sie wären Freunde – das war natürlich Unsinn. Immerhin, wenn auch nicht freiwillig, so doch durch seine Herkunft gezwungen, tat Arian nichts, was dem Gleichgewicht der Mächte schadete. Was nicht hieß, dass er sich außergewöhnlich kooperativ verhielt. Doch das überraschte Lucian im Grunde kaum. Arian war schließlich der leibliche Sohn des Lichtbringers, der ihn in einer schwachen Stunde mit Nephthys, einer der mächtigsten Engel des Elysiums, gezeugt hatte. Ein Umstand, den keiner der Beteiligten an die große Glocke hängte.

Arian nicht, weil er ein Wächterengel mit besonderem Auftrag war, und Lucian noch viel weniger, denn als Luzifers Sohn wäre der zumeist höchst undiplomatische Himmelsbotschafter ihm gegenüber theoretisch weisungsbefugt.

So lief das eben in der Unterwelt – nicht auf Leistung oder Loyalität kam es an – am Ende gewann meist derjenige mit den besseren Beziehungen.

»Du hast mein Wort«, sagte er abermals und ließ sich nicht anmerken, wie schwer ihm dieses Versprechen fiel. »Es sei denn, es gibt wichtige Gründe ...« Bevor Arian ihn unterbrach, hob er die Hand. »Schon gut, ich unternehme nichts in der Richtung, ohne noch einmal mit dir gesprochen zu haben.«

Abschätzend betrachteten sich der Dunkle Engel und sein nicht minder finsteres himmlisches Pendant. Die Luft knisterte, Flammen sprangen auf, und Juna klatschte in die Hände.

»Was soll das? Wollt ihr mein Haus abbrennen?« Das Feuer verlosch, und zurück blieben kleine schwarze Flecken auf dem blütenweißen Teppich. »Seht nur, was ihr angerichtet habt.« Beherzt fasste sie Lucian am Arm und schob ihn hinaus in den Garten. Als Arian sich anschickte, ihnen zu folgen, schüttelte sie den Kopf.

Ihr Seelengefährte blieb am Fenster stehen und beobachtete sie mit gerunzelter Stirn. Die Hände hatte er zu Fäusten geballt.

Sie ignorierte ihn. »Wessen Handschrift glaubst du erkannt zu haben?«

»Wenn ich es nicht besser wüsste, tippte ich auf Nephthys oder einen ihrer Lieblingswächter.«

Erstaunt sah sie zu Lucian auf. »Du glaubst, Arian hat damit zu tun?«

»Warum nicht? Er mag nicht der beste Liebhaber sein«, er zwinkerte ihr zu, »aber seine Magie ist völlig in Ordnung.«

Juna verdrehte nur die Augen. »Bleib doch mal ernst.«

»Du ahnst nicht, wie ernst mir die Sache ist. Ich glaube zwar nicht, dass die Kleine einen dämonischen Zauber in sich trägt, aber es ist kein gutes Zeichen, dass sie in der Lage ist, überhaupt etwas vor mir zu verbergen.«

Bei jedem anderen hätte Juna eine passende Bemerkung zu so viel Selbstbewusstsein gemacht, aber in diesem Fall musste sie ihm zustimmen. Lucian galt nicht ohne Grund als ein enger Vertrauter des Lichtbringers.

»Wir sehen sie uns an. Willst du ein Treffen arrangieren, oder sollen wir uns darum kümmern?«

»Ich gebe euch Bescheid.« Mit seinen dunklen Schwingen nahm er Arian die Sicht und nutzte die Gelegenheit schamlos aus, um Juna einen flüchtigen Kuss auf die Lippen zu drücken. »Du schmeckst so süß. Bist du sicher, dass du nicht doch einmal von den verbotenen Früchten kosten möchtest …?«

»Hast du das mit Eva genauso gemacht?«

»Damit hatte ich nichts zu tun, Darling.«

»Verschwinde!«, sagte sie vorwurfsvoll, doch ihre Augen funkelten übermütig.

»Wir sehen uns«, versprach er lachend und stieg hoch auf, bis die Wolken weit unter ihm dahinzogen wie wollene Schafe auf dem Weg in ein grüneres Weidegebiet.

Milas Freund Peter zu finden war nicht schwierig. Ein kurzes Gespräch mit der Pförtnerin, und er wusste mehr über den Mann, als für seine Pläne erforderlich war. Einschließlich einer detaillierten Beschreibung seiner Garderobe und des Namens seines Lieblingspubs, in dem er regelmäßig zu Mittag aß.

Wenig später betrat Lucian das Pub und hielt nach einem mittelgroßen Mittfünfziger mit schütterem Haar und hellblauem Halstuch Ausschau. »Das trägt er immer, egal, wie heiß es ist«, hatte die Frau gehaucht und sich mit laszivem Augenaufschlag Luft zugefächelt.

Zufrieden, den Umweg über sein Londoner Apartment gemacht und die Jeans gegen einen Anzug getauscht zu haben, registrierte er die Gäste, von denen ihm nicht wenige einen interessierten Blick zuwarfen. Hier trafen sich die Angestellten aus den umliegenden Büros, und jedes neue Gesicht wurde sofort bemerkt. Lucian war das gleich; sie hätten ihn ohnehin in Kürze vergessen. Jemand wie er legte keinen Wert darauf, den Menschen im Gedächtnis zu bleiben. Lässig navigierte er zwischen den anderen Gästen hindurch, direkt auf die weiß gedeckten Tische zu, die, durch eine halbhohe Glaswand von Hauptraum abgetrennt, den Restaurantbereich bildeten. Peter saß allein in einer ruhigen Ecke und blickte gedankenverloren aus dem Fenster.

Du liebes Armageddon, ein gefallener Engel, dachte Lucian, als er an den Tisch trat. »Peter Warwick?«

»Wer will ...« Die Antwort hatte unwirsch begonnen, doch als der Mann hochsah, veränderte sich seine Haltung. »Ja, das bin ich«, brachte er schließlich heraus. Die Augen leuchteten, als Peter genussvoll den Anblick des vermeintlichen *Störenfrieds* in sich aufnahm.

Lucian setzte sein Lächeln wohldosiert ein. Zu groß war die Gefahr, den Gefallenen versehentlich zum Sklaven zu machen, für den er am Ende die Verantwortung trug.

Dieses Talent besaß er erst seit ein paar Hundert Jahren – es vor Luzifer geheim zu halten, war ihm leider nicht gelungen. Als der kürzlich dahintergekommen war, hatte er ihm gnadenlos auch noch die Herrschaft über Inkubi und Sukkubi übertragen. Lilith, der diese Aufgabe traditionell zustand, war überhaupt nicht davon begeistert, ihm zukünftig Rechenschaft schuldig zu sein. Das Verhältnis zwischen ihnen hatte sich seither bedauerlicherweise deutlich abgekühlt, obwohl sie immerhin mit dem Titel einer Marquise belohnt wurde und ihr Amt weiterhin ausüben durfte.

Todesengel, Dunkle Wächter und nun eben zusätzlich die Abteilung der Seelendiebe zu koordinieren, war eine gewaltige Verpflichtung, die ohne zuverlässige Lehnsleute niemand bewältigen konnte. Kaum jemand wusste, dass Lucian zwar ursprünglich *Lord of The Marches*, also ein Marquis, gewesen sein mochte, seit einiger Zeit jedoch den Titel eines Herzogs von Luzifers Gnaden trug. Topmanagement nannte man das heute.

Trotz seiner großen Verantwortung ließ er es sich nicht nehmen, gelegentlich *undercover*, unerkannt von Untergebenen wie auch seinesgleichen, zu arbeiten. Eine Fähigkeit, die Luzifer ihm dankenswerterweise zusammen mit dem neuen Titel verliehen hatte und die er für sich zu behalten gedachte. Ein kurzer Blick in Peters Gedankenwelt bestätigte ihm, dass dieser nicht ahnte, mit wem er es zu tun hatte.

Höflich stellte sich Lucian vor.

»Bitte nehmen Sie doch Platz, Mr. Shaley!« Warwick winkte einer Kellnerin, die sofort herbeieilte. »Möchten Sie etwas trinken?«, fragte er und gab gleich darauf Lucians Wunsch nach einem Glas Wasser weiter.

»Ich hatte nicht vor, Sie hier beim Lunch zu überfallen, Mr. Warwick. Aber da ich in der Gegend zu tun hatte, dachte ich, so können wir ungestört Einzelheiten besprechen«, sagte Lucian und fügte hinzu: »Es ist sehr freundlich von Ihnen, dass Sie sich bereit erklärt haben, mich zu treffen.«

»Peter. Bitte nenne mich Peter!« Dabei fuhr er sich mit der Hand über die hohe Stirn und fügte leicht verlegen hinzu: »Als der Ältere von uns beiden erlaube ich mir die Freiheit, das Du anzubieten.«

Hast du eine Ahnung, dachte Lucian amüsiert und sagte: »Sehr erfreut, Peter.«

Die Anspannung verschwand aus dem Gesicht seines Gegenübers. »Mila sagt, du recherchierst für einen Artikel über *Unsere oberen Zehntausend*. Sind die Dorchesters da der richtige Ansatzpunkt?«

Dieser Peter war scharfsinniger, als er gedacht hatte. »Es gäbe andere Wege, aber ich möchte ungern auf meine Verbindungen aus Studienzeiten zurückgreifen.« Er erlaubte gerade so viel vom Oxbridge-Akzent der gebildeten Oberschicht in dem Satz mitklingen zu lassen, dass kein Zweifel bestand, wo er diese Kontakte geknüpft hatte.

»Verstehe. Aber warum ziehst du Mila da mit rein? Das Mädel könnte in ihrem Job Schwierigkeiten bekommen, wenn die Sache auffliegt.«

»Sie wird keinen Schaden nehmen. Dafür bürge ich.«

Ein verschmitztes Lächeln zeigte plötzlich den einst jungenhaften Charme seines Gegenübers. »Du magst sie.«

»Ich …« Lucian wollte widersprechen. Es gab kaum jemanden in dieser oder einer anderen Welt, von dem er das behaupten konnte. Doch dann wurde ihm bewusst, dass er diese verletzliche und gleichzeitig rätselhafte Amazone in der Tat mochte. »Stimmt«, sagte er leichthin und nahm überrascht ein zartes Flattern an der Stelle wahr, an der sich ein Herz befand, von dem man allgemein annahm, es wäre aus Granit. Der Klingelton *Stairway to Heaven* lenkte seine Gedanken in eine andere Richtung.

Peter zog sein Handy hervor, sah kurz auf das Display und nickte. »Gut. Ich bekomme einen exzellenten Artikel über die geschmacklosen Scheußlichkeiten, die diese amerikanische Nackttänzerin in Stanmore House verbrochen hat, Mila und ihre Firma nehmen keinen Schaden, und wir haben einen Deal.«

»Nackttänzerin?« Erstaunt hob Lucian eine Augenbraue.

Doch Peter wedelte nur mit der Hand und sagte: »Das findest du selbst heraus. Wenn du einen Fotografen brauchst, dann gib mir Bescheid. Ich schicke jemanden.«

»Einverstanden.« Lucian stand auf.

Peter erhob sich ebenfalls und kicherte. »Ich hätte nicht übel Lust, selbst vorbeizukommen und die Aufnahmen zu machen. Schließlich habe ich als Landschaftsfotograf angefangen.«

Es kostete Lucian eine Menge Selbstdisziplin, nicht die Augen zu verdrehen.

Das Gespräch hatte sich als höchst aufschlussreich erwiesen. Über sie wachte also ein Engel, der, aus welchen Gründen auch immer, die Garde der Wächterengel verlassen hatte, um unter den Sterblichen zu wirken. Bis vor Kurzem wurden diese sogenannten Gefallenen gnadenlos von einer Einheit der Himmlischen Heerscharen verfolgt, die unter dem Kommando des Erzengels Michael stand. Zurzeit herrschte allerdings Waffenstillstand. Das Gleichgewicht zwischen den Mächten war sensibel, und es aufrechtzuerhalten, bedeutete für sie alle eine ständige Herausforderung.

Auf Wegen, die den Herrschenden der Schattenwelt vorbehalten blieben, kehrte Lucian in das Cottage nahe Ivycombe zurück. Dort bestieg er am späten Nachmittag ein dunkelgrünes Cabriolet, das er sich angeschafft hatte, um das Flair des Bohemiens zu unterstreichen, und das er inzwischen trotz einiger technischer Macken liebgewonnen hatte. Die Fahrt nach Stanmore House dauerte zwanzig Minuten. Grober Kies knirschte unter den Reifen, als er sein Ziel erreichte, und bevor das blubbernde Motorengeräusch verstummte, öffnete sich die schwere Haustür, die er bereits einmal durchschritten hatte. Er hüllte sich in eine Aura von Bescheidenheit und trug sein Anliegen höflich vor.

»Ich werde Lady Margaret in Kenntnis setzen.« Der Butler führte ihn in den Wintergarten. »Wir renovieren«, lautete seine Erklärung. Dabei nahm er Lucians Visitenkarte entgegen. Seine Haltung signalisierte jedoch, der Besucher sollte sich keine Hoffnungen machen, empfangen zu werden. Eine Erfrischung oder gar Tee bot er nicht an.

»*Castles & Landscapes*, wie aufregend!«

Lucian brauchte sich nicht umzudrehen, um zu wissen, dass diese Stimme keiner Sterblichen gehörte. Er erlaubte der Schimäre, sich weiter auszudehnen. Sie schützte ihn davor, erkannt zu werden, während er eine freundliche Miene aufsetzte und sich der Hausherrin zuwandte.

»Lady Margaret.« Elegant beugte er sich über ihre ausgestreckte Hand und deutete einen Kuss an. Als er aufsah, verbannte sie eilig den berechnenden Ausdruck aus ihrem Gesicht, doch ihre Gedanken wehten klar und deutlich zu ihm herüber: *Diese hübsch verpackte Seele werde ich mit Vergnügen vernaschen.*

Höflicher klang da schon ihre Frage: »Was kann ich für Sie tun?«

Diese Mission wurde immer interessanter. Erst Mila, dann ein besonderer Schutzengel und nun Dämonenvolk?

Was kommt als Nächstes? Laut sagte er: »Wir möchten eine Reportage machen. Über Stanmore House, die Gärten, die Pferde, Ihre Umgestaltungen und natürlich über die bezaubernde Viscountess und ihre Familie, wenn Sie erlauben.«

Einen Sukkubus als Hausherrin zu finden, damit hatte Lucian nicht gerechnet. Er schenkte der teuer gekleideten Seelendiebin ein interessiertes Lächeln. Sollte sie ruhig glauben, ein neues Opfer an der Angel zu haben. Die Euphorie machte sie möglicherweise leichtsinnig. *Noch leichtsinniger*, war er versucht hinzuzufügen. Selten hatte er einen Dämon getroffen, der seinen Gedanken so freien Lauf ließ. Entweder fühlte sie sich hier in ihrem Territorium sicher, oder sie war ganz besonders dumm. Was er außerdem in ihr las, ließ ihn annehmen, dass beides zutraf. Bei Gelegenheit würde er mit Lilith über ihr Personal sprechen müssen.

Der Butler erschien und erkundigte sich nach ihren Wünschen.

»Tee?«, fragte sie.

Lucian lehnte dankend ab. »Sehr freundlich, aber ich möchte nichts.«

Mit einer Handbewegung entließ sie den Angestellten. »Wirklich? Ihr Briten seid doch sonst so versessen auf das Zeug, und Sie sind Brite, oder? Shaley, warten Sie, wo habe ich den Namen bloß schon mal gehört?«

Wie alle gefallenen Engel besaß er keinen Nachnamen, und diesen hatte er vor etwa fünfhundert Jahren das letzte Mal verwendet. Die Frage war nicht mehr als ein durchschaubarer Versuch, ihn in der gesellschaftlichen Hierarchie besser einordnen zu können. Die Lady war ein Snob.

»Da muss ich Sie enttäuschen, Madame. Meine Familie stammt aus Frankreich.«

Wie erwartet reagierte sie begeistert. »Wirklich? Wie romantisch!« Sie klatschte in die Hände wie ein junges Mädchen. »Dann sind wir ja Geschwister im Geiste.«

Alles, nur das nicht!, dachte Lucian und fragte dennoch höflich nach.

»Ich komme aus den Vereinigten Staaten, dem schönen Las Vegas, um genauer zu sein.«

»Jetzt verstehe ich.« Offenbar hatte dieser Umstand das Gerücht befeuert, sie sei vor ihrer Heirat Nackttänzerin gewesen. »Es ist bestimmt nicht einfach für Sie, so in der Fremde …« Dabei verlieh er seinen Worten einen kaum hörbaren französischen Akzent und lehnte sich vor, um ihre Hand zu ergreifen. »Und dann das englische Wetter!«

»Allerdings. Aber für einen Franzosen muss es ja noch schrecklicher sein. Stammen Sie aus Paris?«

Eines musste er ihr lassen, ihr Ziel verlor diese Dämonin nicht aus den Augen. »Ich habe dort gelebt«, sagte er mit einer Handbewegung, die ausdrücken sollte, wie selbstverständlich dies für einen Mann von Welt war. »Aber zurück zu Ihnen, Madame. Wäre es Ihnen – und Ihrem Gatten selbstredend – überhaupt recht, wenn wir über Stanmore House berichteten?«

»Meinen Mann lassen Sie mal meine Sorge sein.« Hungrig sah sie ihn an. »Wann können Sie anfangen?«

Lucian sah sich demonstrativ um. »Nun, ich müsste mir erst einmal ein Bild machen. Sollte es günstig ausfallen, und daran habe ich keinen Zweifel«, sagte er rasch, als eine Falte zwischen ihren strichdünnen Augenbrauen auftauchte, »so könnte ich in den nächsten Tagen mit den Gesprächen beginnen.«

»Gespräche?« Die Falte vertiefte sich.

Um nicht zu lachen, hätte er sich am liebsten auf die Lippen gebissen. »Gewiss. Wir legen großen Wert auf die Lebensnähe unserer Artikel.«

»Selbstverständlich.« Ein Gedanke schien ihre Laune deutlich aufzuheitern. »Dann wäre es ohne Frage praktisch, wenn Sie hier im Hause wohnten, Monsieur Shaley.«

»Das ist zu großzügig von ihnen, aber ich habe bereits eine Unterkunft in der Nähe gefunden.«

Man sah ihr an, dass ihr diese Antwort nicht gefiel. *Du wirst dich noch danach sehnen, in meiner Nähe zu sein!*, schwor sie lautlos und erhob sich.

»Bienvenue à Stanmore House!«, sagte sie mit einem irritierenden Südstaatenakzent.

Galant entgegnet er: »Zu Ihren Diensten, ma chère«, und ließ sich nichts von der Abneigung anmerken, die er gegen den Sukkubus gefasst hatte.

»Hach, ihr Franzosen wisst einfach, wie man mit Frauen umgeht! Wo wollen Sie mit Ihrer Vorbesichtigung beginnen?« Die Hand auf der wohlgeformten Brust, schenkte sie ihm einen schmachtenden Blick, der keinen Zweifel daran ließ, welche Räumlichkeiten *sie* ihm am liebsten gezeigt hätte.

»Ich sähe mir gern die Ställe an und Ihre Gärten. Mein Chefredakteur hat darum gebeten.«

Verlegenheit zu heucheln, fiel ihm nicht leicht. Weil er jedoch allmählich Gefallen an diesem Spiel fand, senkte er die Stimme, bis sie genau das erwünschte Timbre verheißungsvoller Sinnlichkeit erreichte. »Und ich selbst habe auch nichts gegen einen wilden Ritt einzuwenden.«

Mit niedergeschlagen Lidern gab sie vor, die Anspielung nicht verstanden zu haben. »Es tut mir so leid, aber ich habe eine Allergie ...«

»Wie bedauerlich.« Selbstverständlich wusste Lucian, dass sie nichts für Pferde übrig hatte.

Besonders Fluchttiere spürten die geheimnisvolle Kraft, die in Dämonen lauerte, was in früheren Zeiten ein echtes Handicap für das höllische Personal bedeutet hatte. Sie mussten oft weite Strecken zu Fuß zurücklegen, während die dunklen Engel einfach ihre Schwingen ausbreiten und losfliegen konnten, oder eben auch reiten, sofern es aus Gründen der Tarnung angebracht war.

So schnell wie möglich die nähere Umgebung zu erkunden war ihm wichtig. Dabei konnte er den seelenhungrigen Sukkubus nicht gebrauchen. Der Duft der Rosen, die vor ihm in einer Vase standen, brachte ihn auf eine Idee.

»Wie wäre es, wenn mich ihr Innenausstatter begleiten würde? Dann könnte ich bei der Gelegenheit gleich mehr über den Verlauf der Umbauarbeiten erfahren. Sie, Madame sind doch sicherlich zu beschäftigt, um sich mit technischen Details zu langweilen.« Ein wenig half er nach, damit sie dieses keineswegs wasserfeste Argument nicht durchschaute.

Dennoch zögerte sie kurz, bevor sie ihm zustimmte. »Eine glänzende Idee. Es ist zwar momentan nur die Assistentin hier, aber sie kann Ihnen alles zeigen. Ich bin in der Tat schon spät dran.« *Meine Privatgemächer zeige ich dir bald ganz in Ruhe, mein Schnuckelchen.*

Bloß nicht! Dass er so gut wie jede Frau haben konnte,

hieß nicht, dass er sie auch wollte. Dieser Sukkubus war überhaupt nicht sein Typ.

Ahnungslos, was ihr neuestes *Projekt* dachte, nahm Lady Margaret eine Handglocke vom Tisch, um zu läuten, doch der Butler stand bereits in der Tür.

»Ah, Jeeves. Monsieur Shaley hat meine Erlaubnis, sich in den Gärten und Stallungen umzusehen. Miss Durham soll ihn begleiten.«

»Sehr wohl.« Der Butler verschwand so lautlos, wie er gekommen war.

Wenn Mila überrascht war, ihn schon so schnell in Stanmore zu sehen, dann ließ sie sich jedenfalls nichts davon anmerken. Die Ärmel hochgekrempelt, ihre Jeans voller Farbkleckse, erschien sie wenige Minuten später und wirkte ungehalten.

Lucian betrachtete sie wachsam.

Dieses rätselhafte Mädchen hielt einen Lappen in der Hand, der streng nach Terpentin roch und den zarten Rosenduft, der sie sonst umgab, vollständig überdeckte, was ihn erstaunlicherweise betrübte.

»Wie sehen Sie denn aus?«

Unter dem abschätzenden Blick der Viscountess straffte sich Mila und wirkte, als läge ihr eine scharfe Entgegnung auf der Zunge.

Aufmerksam nahm Lucian jede ihrer Gefühlsregungen wahr ... und davon gab es eine ganze Menge. Er hatte sich nicht getäuscht – dieses exquisite Geschöpf war es wert, die eine oder andere Regel zu brechen. Gespannt wartete er darauf, wie sie auf diese offene Provokation reagierte. Zuerst spürte er Verärgerung, was ihr nicht übelzunehmen war.

Doch schließlich antwortete Mila mit kühler, emotionsloser Stimme: »Tut mir leid, Mylady. Der Malerlehrling ist krank geworden, und der Salon sollte heute fertig werden, da habe ich eben ausgeholfen.« Sie schob sich eine leuchtend rote Haarsträhne aus dem Gesicht und hinterließ dabei, ohne es zu bemerken, einen goldenen Streifen auf ihrer Wange.

Lucian bekam große Lust, sie zu küssen, setzte aber stattdessen seine arrogante Miene auf und warf ihr einen angemessen irritierten Blick zu, um zu signalisieren, dass er sie ausgesprochen merkwürdig fand. Besser, der Sukkubus kam nicht auf die Idee, Mila als mögliche Konkurrentin zu sehen.

Sein Protegé schien zu dem gleichen Schluss gekommen zu sein und hielt den Mund.

»Mädchen, du siehst aus wie eine Vogelscheuche.« Die Hausherrin nahm nur Lucians offensichtliche Ablehnung wahr. Erfreut stellte sie die beiden einander vor. »Sie werden Mr. Shaley das Anwesen zeigen. Die neuen Räume übernehme ich.«

»Sehr wohl, Mylady.«

Anders als Lucian bemerkte Margaret die zarte Ironie in Milas Worten nicht. »Wunderbar. Ich muss jetzt zum Flughafen, Lord Hubert denkt darüber nach, eine kleine Maschine zu kaufen. Mach dich sauber, bevor ihr losgeht.« Und an Lucian gewandt sagte sie im Hinausgehen. »Tut mir leid, das Personal ...« Mit einem Schulterzucken fügte sie hinzu: »Sollten Sie Fragen haben, können Sie sich jederzeit an mich wenden. *Au revoir!*« Dabei zwinkerte sie ihm unübersehbar zu.

In Lucians Ohren klang dies beinahe wie eine Drohung. Dennoch entgegnete er mit einem sinnlichen Timbre in der

Stimme: »Ich freue mich darauf, Sie wiederzusehen. *Au revoir*, Madame.«

»Dann wollen wir mal mit unserem Rundgang beginnen.« Ohne ihn eines Blickes zu würdigen, öffnete Mila die Tür zum Garten. Nachdem er ihr hinausgefolgt war, drehte sie sich allerdings um und sagte akzentfrei: »Vous êtes français, Monsieur?«

»Marquis de l'Ardeur, Duc Gris-Beuvray de Bourgogne zu Diensten, Mademoiselle.«

Dämonen verfügten nicht über das Sprachtalent, das den Engeln zu eigen war, seien sie nun himmlischer Natur oder gefallen. Umso erfreulicher fand er es, dass Mila beinahe wie eine Französin klang. Fasziniert beobachtete er, wie sich ihre Lippen zu einem vollendeten O öffneten.

»Im Ernst? Ein echter Marquis!« Völlig unerwartet lachte sie. »Du willst mich auf den Arm nehmen. Die Franzosen haben doch allen Adligen den Kopf abgeschlagen, damals, während der Revolution.«

»Wenn Sie das sagen, Mademoiselle.«

Mit einer Geste bedeutete er ihr, dass er den Rundgang nun gern beginnen würde, und erst als sie ein paar Meter gegangen waren, sagte er: »Genau genommen ist das ein Herzogstitel, aber du darfst mich weiter Lucian nennen. In der Öffentlichkeit bin ich Shaley.«

Lachend schüttelte sie den Kopf. »Ich werde es mir merken, Euer Durchlaucht.«

»Hoheit.« Als sie zweifellos etwas äußerst Despektierliches sagen wollte, winkte er ab. »Egal. Es gibt Wichtigeres.«

Inzwischen waren sie weiter in den Park hineinspaziert und vom Herrenhaus aus nicht mehr zu sehen.

Lucian blieb stehen und sah Mila ernst an. »Du musst

vorsichtig sein mit dem, was du sagst oder denkst. In diesem Haus haben die Wände Ohren.«

»Meinst du den Butler? Stimmt, es ist mir schon ein paarmal aufgefallen, dass er nie weit zu sein scheint, wenn man ihn ruft. Für einen Gedankenleser habe ich ihn allerdings nicht gehalten.«

»Da magst du recht haben. Sieh dich einfach ein bisschen vor, ja?«

Solange der Sukkubus Mila nicht als Konkurrenz empfand, müsste sie sicher sein, und mehr konnte er auch nicht sagen, ohne sich verdächtig zu machen. Dennoch machte er sich Gedanken und nahm sich vor, sobald wie möglich herauszufinden, welches Geheimnis sie so meisterhaft vor aller Welt verbarg.

»Meinetwegen. Wie kommt es, dass du so schnell hier auftauchst? Ich habe frühestens in ein paar Tagen mit dir gerechnet.« Für seine Warnung hatte sie nicht mehr als ein Schulterzucken übrig.

War sie sich ihrer Schutzwälle so sicher, oder war sie einfach nur eine gute Schauspielerin? Eine Rolle spielen, das konnte er ebenfalls. »Ich habe mit deinem Chef gesprochen.«

»Und?«

»Wir duzen uns jetzt.«

Diese Bemerkung brachte sie zum Lachen. »Typisch Peter.« Sie stutzte. »Warte mal, warst du etwa in London?« An den Fingern zählte sie die Stunden ab.

Lucian unterbrach die Kalkulation seiner Reisezeit. Besser, sie dachte nicht zu genau darüber nach. »Ich bin geflogen.«

»Beneidenswert«, sagte sie mehr zu sich selbst. »Dann wundert es mich allerdings nicht, dass Peter zu allem *Ja und Amen* gesagt hat. Sobald er einen gut aussehenden Mann trifft, ist es um ihn geschehen. Dabei ist sein Freund ein Schatz, den man nicht ohne Weiteres aufs Spiel setzen sollte.«

Auf ihren leichten Tonfall eingehend sagte er: »Du findest mich also attraktiv.«

Den Kopf schräg gelegt, die Hände auf den Hüften, sah sie ihn an. »Mhm, lass mal überlegen ...« Provokant umrundete sie ihn.

Lucian blieb mit gesenktem Kopf stehen, als erwarte er demütig ihr Urteil. Es fiel ihm nicht leicht, den Blick von den elegant geformten Fingern loszureißen, die ihre schmale Taille auf geradezu unbekümmerte Weise betonten. Erstaunlicher aber fand er die Erkenntnis, dass ihm ihre Antwort mehr bedeutete, als er jemals freiwillig zugegeben hätte.

Ohne etwas davon zu ahnen, lachte sie herausfordernd und sagte schließlich: »Doch, ganz passabel, würde ich sagen!« Geschickt tänzelte sie davon, als er nach ihr greifen wollte. »Was rede ich da? Als müsste man deinem Ego noch Futter geben!«

»Peter hat sich Sorgen um dich gemacht.« Lucian beschloss, den Flirt abzubrechen, bevor er außer Kontrolle geriet. »Deshalb dachte ich, es wäre eine gute Idee, mich mit seinem Einverständnis selbst bei deiner Chefin vorzustellen. Damit bist du aus der Verantwortung raus.«

»Das ist nett von dir, danke!«

Am liebsten hätte er sie geschüttelt und gefragt, wer ihr Lehrer gewesen war, dass sie nicht einmal die wichtigste Regel der magischen Welt kannte. »Sag das nicht! Hörst du? Niemals!«

Es war lange her, dass er so die Contenance verloren hatte, doch er weigerte sich, jetzt darüber nachzudenken, was das bedeutete. Stattdessen sagte er mit ruhigerer Stimme: »Mit jedem Dank gibst du ein Stück von dir aus der Hand. Überlege gut, wem du dieses wertvolle Pfand anvertraust.«

Sichtlich erschrocken schwieg sie einen Augenblick, bevor sie leise sagte: »Genau die gleichen Worte hat mein Vater auch immer verwendet. Ich hatte es vergessen.« Dann drehte sie sich um und lief zum Haus zurück.

Lucian folgte ihr nicht. Er besaß viele Fähigkeiten. Jemandem Trost zu spenden gehörte nicht dazu.

8

Die Handwerker packten gerade zusammen. Schnell wischte sich Mila mit dem Ärmel übers Gesicht, bevor sie zu ihnen ging. Der Malermeister kam ihr entgegen.

»So schlimm?«, fragte er leise.

»Etwas Privates.« Sie nahm die Schultern zurück und hob das Kinn. »Es gibt Neuigkeiten: *Castles & Landscapes* will über Stanmore House schreiben, auch über die neuesten *Verschönerungen.*«

»Oha!« Mehr musste er nicht sagen, um ihr sein Mitgefühl auszusprechen.

»Der Redakteur macht einen vernünftigen Eindruck. Ich glaube nicht, dass er uns Schwierigkeiten bereiten wird.«

Peter druckte bestimmt keinen negativen Bericht ab oder schadete ihr auf anderem Wege.

»Dann ist es gut. Sie melden sich, sobald Sie uns wieder brauchen?«

»Auf jeden Fall. Und Mr. Jones … danke!«, sagte sie schließlich ungeachtet Lucians eindringlicher Warnung, die sie so sehr aufgewühlt hatte. *Sterblichen werde ich ja wohl kaum ein Stück meiner Seele übereignen, bloß weil ich höflich bin.*

In ihrem Büro fand sie einen Umschlag, der gegen die Schreibtischlampe gelehnt und nicht zu übersehen war.

Anthony hatte, das verrieten die hastig hingekritzelten Zeilen, die Nachricht offenbar in Eile verfasst.

Er sei mit Maggy zu dem kleinen Privatflughafen gefahren, der sich ganz in der Nähe befand. Dort sollte er sie beim Kauf einer Cessna beraten. Anschließend werde er nach London reisen und im Anschluss einige Tage mit Lord Hubert in Brüssel verbringen. Den versprochenen Wochenendausflug müssten sie leider verschieben. Quasi als Entschuldigung ließ er Papiere und Schlüssel seines vollgetankten Sportwagens zurück.

»Sei mir nicht böse, Moppelchen«, schrieb er. »Ich bringe dir auch eine große Schachtel belgischer Schokolade mit.«

Erbost knüllte sie die Nachricht zusammen und warf sie in den Papierkorb.

Weil sie sich während der kurzen Fahrt ins Cottage immer noch über das *Moppelchen* ärgerte, streckte Mila dem Rückspiegel, der als Ersatz für Anthony herhalten musste, die Zunge raus. Hatte sie Florence gegenüber nicht behauptet, es machte ihr nichts aus? Grüne Augen blitzten sie über den Rand ihrer Sonnenbrille an, und schließlich musste sie über sich selbst lachen. Doch es blieb ihr in der Kehle stecken, als von links ein schwarzer SUV herangerast kam. Er hupte einmal und bog, ohne sich um die Vollbremsung zu kümmern, die Mila geistesgegenwärtig hinlegte, vor ihr in den Weg ein.

»Idiot!«, schrie sie und folgte ihm. Als sie ihr Gästehaus fast erreicht hatte, wurde sie Zeugin, wie der Wagen durch den Kies schlitterte und auf einen Zaun zurutschte, bevor er gefährlich nahe davor zum Stehen kam.

»Wer zum Teufel …?« Mitten im Satz verstummte sie

und beobachtet sprachlos, wie die Beifahrertür aufgestoßen wurde und Florence heraussprang. Noch zittrig von diesem Schreck, stieg Mila deutlich langsamer aus und ließ sich von ihrer Freundin umarmen.

»Sag nichts! Du kennst doch Sebastian. Er fährt schrecklich, aber er hat die göttlichsten Antiquitäten der Welt, und ich habe ein Vorkaufsrecht!«

»Sofern du bei der nächsten Fahrt mit dem Leben davonkommst.«

»Bitte! Er ist ansonsten wirklich in Ordnung.«

Diesen Tonfall kannte Mila. Florence interessierte sich garantiert nicht nur für seine alten Möbel. Wollte sie ihre Affäre mit Sebastian etwa wieder zum Leben erwecken? Der Mann war auf eine schnöselige Art durchaus attraktiv, fand Mila, die ihn heute zum ersten Mal persönlich traf. Gehört hatte sie allerdings schon so allerhand von ihm.

»Später wirst du mir alles erzählen«, verlangte sie und wischte rasch ihre Hände an den Jeans ab, um ihn zu begrüßen.

Als sie in Sebastians zerknirschtes Gesicht sah, fiel es ihr nicht mehr ganz so schwer, den Wunsch ihrer Freundin zu erfüllen. »Schnittiger Fahrstil«, sagte sie und streckte ihm die Hand entgegen, während Florence sie einander vorstellte.

Stolz, als hätte sie ihm ein ehrliches Kompliment gemacht, sah er sie an. »Tut mir leid! Ich wollte dich nicht erschrecken.«

»Hier laufen Hühner und manchmal auch Schafe herum«, sagte Mila.

Er winkte ab. »Nicht schlimm, unseren Pächtern muss ich ständig irgendwelches Viehzeug ersetzen.«

»Kommt herein!«, rief Florence, die inzwischen die Haustür aufgeschlossen hatte.

Mila behielt für sich, dass ihre Sorge den Tieren galt und nicht ihm.

Diese Gedanken wurden abrupt von Motorgeräuschen unterbrochen, und Sekunden später hielten nacheinander drei weitere Wagen vor dem Cottage. Nicht einmal mehrere ihrer vollständige Jahreseinkommen hätten ausgereicht, um sich wenigstens einen davon leisten zu können.

Die Türen sprangen auf, laute Musik durchschnitt die ländliche Stille, bis ein Song nach dem anderen verklang, während das Gelächter und Geschnatter der Neuankömmlinge anhielt.

»Hat jemand Willy gesehen?«

»Da kommt er.« Ein offenes Cabriolet fuhr vor und quetschte sich in die letzte freie Lücke.

»'tschuldigung, hab die Abzweigung verpasst«, murmelte der Rothaarige hinter dem Steuer und kletterte über den Kofferraum hinaus, als er sah, dass kein Platz mehr war, um die Tür zu öffnen.

»Und wo ist das Meer?« Diese Frage kam von der Brünetten, der er galant aus dem Wagen half.

Sie sah aus, als befände sie sich mitten in einem Burberry Fotoshooting. Heller Trenchcoat, ein seidenes Kopftuch zum Schutz gegen den Wind, große Sonnenbrille und Beine, die so lang waren, dass sich Mila unwillkürlich fragte, wie die Frau eine längere Fahrt in diesem kleinen Sportwagen überstanden hatte. Tatsächlich war sie das *Gesicht des Jahres* dieser britischen Modefirma, und ihr Begleiter ließ seine kostbare Eroberung keine Sekunde aus den Augen.

Auch andere kamen Mila bekannt vor – es waren ehemalige Schulfreunde von Florence darunter sowie ihr Cousin Henry, der irgendwo zwischen Platz zehn und zwanzig der britischen Thronfolge rangierte und sich benahm, als wäre es nur noch eine Frage weniger Wochen, bis alle anderen Anwärter den Weg für ihn frei gemacht hätten.

Mit anderen Worten: Es drängten genau die Leute mit Körben voller Leckereien in ihr kleines Cottage, deren Gesellschaft Mila am allerwenigsten ertragen mochte – und das nicht nur heute.

»Ich habe sie nicht davon abhalten können«, sagte Florence direkt neben ihr. Sie zuckte mit der Schulter. »Es ist so eine Art Solidaritätskundgebung für Sebi, schätze ich.«

»Sprichst du von mir?« Sebastian tauchte neben ihnen auf. »*Nebukadnezar* braucht Eis. Und Salz. Haben wir so etwas?«, wandte er sich an Mila.

»In der Küche, falls eure Freunde es nicht schon in ihre Cocktails gekippt haben.«

»Liebelein, sei doch nicht so streng mit uns!« Lachend ging er ins Haus. In *ihr* Haus. Jedenfalls für den Moment.

Es war ihr gleich, ob der Mann sie für spießig oder ungehobelt hielt. Durch besonders höfliches Verhalten hatte er sich bisher auch noch nicht hervorgetan. Sein Gesicht kam ihr bekannt vor, und plötzlich fiel es ihr wieder ein. Er war nicht nur Florence' Bettgefährte, wenn ihr *mal danach war*, wie sie es formulierte. Es war der Sebastian, der kürzlich Schlagzeilen gemacht hatte, weil in seiner Wohnung eine junge Frau gestorben war. Die Gäste hatten munter weitergefeiert, angeblich ohne etwas zu bemerken. Die Putzfrau fand das Mädchen am nächsten Tag, während der ahnungslose Gastgeber in den Armen einer Unbekannten seinen

Rausch ausschlief. Danach war er klugerweise vorerst aus London verschwunden, und bisher ahnte offenbar niemand, wo er sich aufhielt und wer die Frau in seinem Bett gewesen war. Erschrocken fragte sich Mila, ob Florence etwas damit zu tun hatte.

»Ich dachte, der säße im Gefängnis«, zischte sie ihrer Freundin zu.

»Sei doch keine Spielverderberin«, sagte Florence pikiert. »Wir wollen nur ein bisschen feiern. Später fahren sie ohnehin nach Ivycombe weiter. Henry hat dort ein Haus gekauft.«

»*Später* sind alle volltrunken.«

Florence sah sie nur ausdruckslos an, drehte sich wortlos um und ging ins Cottage. Die Tür ließ sie einen Spalt offen.

Immerhin, dachte Mila, *schmeißt sie mich nicht direkt raus.* Langsam stieg sie die drei Eingangsstufen hinauf und wappnete sich gegen das Bild der Verwüstung, das sie zweifellos erwartete.

Ganz so schlimm war es allerdings nicht. Ruhiger Lounge-Sound wehte durch die offenen Terrassentüren herein. Einige der unerwünschten Gäste standen in ihrer Küche und packten Schüsseln aus, jemand hatte die riesige Champagnerflasche in einen Eimer mit Eis und Wasser gestellt, daneben lag das leere Salzpaket. Der Esstisch fehlte, und mit ihm waren auch die Stühle verschwunden. Nichts Gutes ahnend ging Mila hinaus und staunte über die Veränderungen, die in der kurzen Zeit stattgefunden hatten. Unter pagodenförmigen, reich bestickten Sonnenschirmen lag ein weicher Teppich. Zwei Mädchen kamen gerade mit einem Stapel großer Sitzkissen um die Hausecke, die sie offenbar darauf verteilen wollten. Der schlichte Küchentisch war weiß gedeckt, silbernes Besteck und geschliffene Gläser glitzerten im Licht der Abendsonne.

Wenn dies eine Hausbesetzung sein sollte, dann jedenfalls eine mit Stil, musste sie zugeben. Von den anderen unbemerkt setzte sie sich auf die niedrige Mauer, die ihre Terrasse umgab, und sah dem Treiben zu. Erstaunlicherweise agierten alle wie ein eingespieltes Team, ganz so, als fielen sie öfter irgendwo ein, um zu picknicken oder eine mehr oder weniger spontane Party zu feiern.

Von den Wortfetzen, die Mila hier und da bereits bei früheren Partys aufgeschnappt hatte, wusste sie, dass sich *der harte Kern* aus der Kindheit und Schulzeit kannte. Mit ziemlicher Sicherheit waren ihre Familien bereits seit Jahrhunderten befreundet oder verwandt. Eine eingeschworene Gemeinschaft, ein Freundeskreis, zu dem Mila niemals richtig gehören würde. Also vermied sie es, Florence zu den Wochenenden zu begleiten, die diese Leute regelmäßig miteinander verbrachten. Stattdessen besuchte sie ihren Bruder, ging sonntags mit Anthony ins Pub oder saß in seiner Küche, während er neue Rezepte ausprobierte. Dabei waren sie sich nähergekommen.

Er allerdings hätte gern *dazugehört*. Aber ihn hatte Florence, die ihn doch als Freund bezeichnete, niemals eingeladen.

Als Mila sie eines Tages darauf ansprach, hatte sie gesagt: »Anthony ist nett, und ich würde ihn auch nicht von der Bettkante stoßen, aber für die meisten meiner Bekannten ist er einfach *NuL*. Tut mir leid, Schätzchen. Sie würden es mir übelnehmen, wenn ich ihn mitbringe.«

Immerhin hatte sie den Anstand, ein wenig verlegen zu wirken, als sie auf Nachfrage erklärte, dass *NuL* für *Nicht unsere Liga* stand. Milas Einwand, sie gehöre auch nicht dazu, wischte sie mit einer Handbewegung fort. »Das ist etwas anderes. Erstens bist du eine Frau, und zweitens siehst du gut genug aus, um dir unter unseren Jungs«, sie sagte doch wirklich *unsere Jungs*, »einen der besten auszusuchen.«

Nichts hätte Mila ferner gelegen, als mit einem dieser Schnösel anzubändeln, aber sie widersprach nicht, denn Florence hätte es wahrscheinlich nicht verstanden.

Nun saß sie, wenn auch gewissermaßen in der ersten Reihe, so doch wie eine unsichtbare Zuschauerin, auf dem Mäuerchen und fragte sich, womit sie diese Heimsuchung verdient hatte.

»Deevie, euer Häuschen!« Jemand, dessen Gesicht ihr vage bekannt vorkam, wenn sie auch den Namen vergessen hatte, drückte ihr ein Glas in die Hand und setzte sich neben sie.

»Ben«, füllte er ihre Gedächtnislücke auf.

Ihren Blick interpretierte er richtig und erklärte grinsend. »Divine, im Sinne von: göttlich! Ich vergesse manchmal, dass du nicht …« Er machte eine unbestimmte Handbewegung und verstummte.

Vermutlich hatte er die Bemerkung sogar als Kompliment gemeint.

Über Manieren verfügten Florence' Freunde – auch wenn sie nicht immer Lust hatten, sie auch zu zeigen. Seine offensichtliche Verlegenheit machte ihn Mila unerwartet sympathisch.

»Lady Vivienne, die erste Frau von Lord Hubert, hat dieses Cottage renoviert und eingerichtet. Wir hätten es mit unserer Unterkunft schlechter treffen können.«

»Ich weiß, sie war meine Tante.«

»O natürlich! Du bist Benedikt Dorchester. Wir sind uns bei dieser verrückten Ruderregatta begegnet«, sagte sie. »Bitte entschuldige, dass ich dich nicht gleich erkannt habe.«

Er kam nicht mehr dazu, ihr zu antworten, denn ein anderer sprang auf den Tisch, offenkundig in der Absicht, etwas zu verkünden.

So viel zu den guten Manieren, dachte Mila und beobachtete, wie einige der mitgebrachten Gläser bei diesem Stunt unbemerkt vom Tisch rollten.

»Señoras y señores!« Sofort wurde es still. »Hochverehrte Freunde«, fuhr er fort und hob sein Glas. »Wir haben uns heute hier versammelt, um dem verehrten Sebastian die Treue zu schwören. Selbstverständlich hat er nichts mit der unangenehmen Entdeckung in seinem Londoner Zuhause zu tun, und deshalb soll es unsere heilige Pflicht sein, ihn vor dem Pöbel zu schützen.«

»Hört, hört!«, riefen einige, andere lachten.

»Erheben wir nun das Glas: Nihil verum nisi mors. *Nichts ist wahr, außer dem Tode!*«

Alle erhoben sich, und Mila stand schließlich auch auf. »Für immer treu!«, klang es wie aus einem Mund.

Die Gläser wurden geleert, und jemand drehte die Musik lauter. Offenbar war auch das Büfett mit dieser Rede eröffnet worden. Ben war verschwunden, aber bald darauf kehrte er mit zwei Tellern zurück, auf die er recht wahllos Kostproben der mitgebrachten Köstlichkeiten gestapelt hatte. Bevor er sich zu ihr setzte, zog er eine Weinflasche aus der Sakkotasche und schenkte erst ihr, danach sich selbst ein.

»Auf die zauberhafte Gastgeberin!«

Sie hätte wetten können, dass er genau wusste, wie sie sich fühlte. Eine Spielverderberin wollte sie aber auch nicht sein. Mila, der schon *unfreiwillige Gastgeberin* auf der Zunge lag, überlegte es sich anders und schenkte ihm ein Lächeln. Ben gab sich wirklich Mühe. Er plaudert charmant über die neuesten Filme, sie entdeckten eine gemeinsame Leidenschaft für das Fliegen, und er zeigte sich angemessen beeindruckt, als sie ihm von ihrer Begeisterung fürs Fallschirmspringen erzählte. Ihr Glas schien nie leer zu werden, und wenn die merkwürdigen Blicke der anderen sie anfangs gestört haben mochten, so beachtete sie diese inzwischen längst nicht mehr. Stattdessen beobachtete sie interessiert, wie Ben eine Art Puderdose aus der Tasche zog und sie fragend ansah. »Willst du?«

»Die Nase pudern?« Verwirrt sah sie sich um, aber das alberne Kichern gehörte tatsächlich ihr.

Anstelle einer Antwort öffnete er die Dose und nahm ein Papierbriefchen heraus, das er bedächtig auseinanderfaltete.

Als sie das weiße Pulver sah, begriff sie endlich, was er ihr da anbot. »Nein, danke. Das ist nichts für mich.« Ihr Blick fiel auf die leere Champagnerflasche zu ihren Füßen. »Ich glaube, ich bin betrunken.« Das Aufstehen fiel ihr nicht ganz leicht, und sie schwankte etwas, als sie zu guter Letzt stand.

Ben machte sich offenbar nichts aus ihrer Ablehnung, und Mila beobachtete fasziniert, wie er mit ruhiger Hand die Droge auf den Spiegel der Schminkdose streute, sie behutsam zu einer Linie zusammenschob und dann lässig eine Art Strohhalm aus der Brusttasche seines Sakkos zog. Alle anderen konnten sehen, was er da tat, doch niemand schien sich daran zu stören.

»Ich brauche frische Luft!«, sagte sie schließlich ein bisschen unlogisch, denn über ihr spannte sich nichts als ein dunkler Sternenhimmel. Was sie wollte war, einen klaren Kopf zu bekommen, und das gelänge am besten so nahe wie möglich am Meer.

»Warte, ich begleite dich!«

Ben war ihr gefolgt, und als er den Arm um ihre Schultern legte, hatte sie nichts dagegen einzuwenden, dass er ihr Halt gab. Eine Weile gingen sie wortlos Seite an Seite, bis Mila sagte: »Wer war dieses Mädchen, das in Sebastians Apartment gestorben ist?«

Für einen winzigen Augenblick versteifte er sich. »Niemand«, sagte er schließlich, und seine Stimme klang plötzlich hart. »Nur ein kleines Flittchen, das geglaubt hat, sie könnte es mit uns aufnehmen.«

Ihr war nicht ganz klar, was er damit sagen wollte. *Verdammt, ich hätte nicht so viel trinken sollen!*, dachte sie. Höchstwahrscheinlich wäre es besser, das Thema fallen zu lassen, aber anstatt den Mund zu halten, hörte sie sich sagen: »Sebastian und seine Freundin müssen den Schreck ihres Lebens bekommen haben. Mit wem …«

Sie hatten die Klippen erreicht, und Ben blieb abrupt stehen. »Diese Frage solltest du lieber nicht stellen. Warum interessiert dich das überhaupt?« Seine Stimme war tiefer geworden. »Florence hat gesagt, du bist loyal. Sag bitte, dass sie sich nicht getäuscht hat.«

Obwohl sie keine Ahnung hatte, wovon er sprach, folgte sie dem Rat ihrer inneren Stimme. »Natürlich bin ich loyal.« Der Versuch zu salutieren missglückte, und sie unterdrückte rasch ein weiteres Kichern. »Schließlich gehöre ich zu den Reservisten der königlichen Streitkräfte. Ihre Majestät die

Königin ist meine Chefin!«, sagte sie ernsthafter und verspürte unvermittelt Stolz bei diesen Worten.

Nachdem er lässig ihren Salut imitiert hatte, entspannte er sich. Die Lider halb geschlossen, griff er nach ihr und zog sie näher zu sich. »Flying Officer, haben Sie Lust auf einen privaten Rundflug?« Dann nahm er ihr die dunkle Brille ab und küsste sie.

Weil Mila so überrascht und immer noch ein bisschen schwindelig war, ließ sie es geschehen. Ben war ihr nicht unangenehm, und er wusste, was er tat. Ganz kurz war sie versucht, es darauf ankommen zu lassen. Waren sie nicht beide erwachsen?

Aber nicht ungebunden!, erinnerte eine mahnende Stimme. *Du kannst Anthony nicht monatelang hinhalten und dann mit dem erstbesten Mann Sex haben.* Der Seufzer, mit dem sie diese Erkenntnis quittierte, ermutige Ben dazu, seine Hände unter ihr T-Shirt zu schieben. *Himmel, es war so lange her!*

»Nein«, sagte sie schließlich bedauernd. »Ich kann das nicht.«

Doch statt loszulassen, umarmte Ben sie fester. »Keine Sorge, ich zeige dir, wie es geht ...«

»Ben, bitte!«

»Was?« Er hielt sie immer noch fest, hörte aber auf, an ihrem Ohrläppchen zu knabbern. »Es ist doch nicht wegen dieser *NuL*?«

»Wen meinst du?« Mila versteifte sich. »Etwa Anthony?«

»Schätzchen, der Typ ist ein ehrgeiziger Aufsteiger. Er benutzt dich nur.«

»Aber wofür sollte er mich benutzen?« Behutsam befreite sie sich aus seiner Umarmung. »Ich bin doch nur die ungelernte Assistentin einer Innenarchitektin.«

Er ließ sich auf die Bank fallen, die hier aufgestellt worden war, um Spaziergängern und Wanderern die Gelegenheit zu einer kurzen Rast zu geben.

»Komm, setz dich zu mir.« Als Mila zögerte, sagte er: »Keine Sorge, ich beiße nicht.« Einladend klopfte er auf das Holz.

»Also gut.« Mit genügend Abstand setzte sie sich ebenfalls. »Und?«

»Du magst ihn echt, stimmt's?« Seine Augen, die vorhin dunkel vor Leidenschaft gewesen waren, leuchteten nun bernsteinfarben im milchigen Mondlicht. Ben gab ihr die Brille zurück und nickte, als sie sie ohne nachzudenken aufsetzte.

Das Meer lag schwarz und geheimnisvoll tief unter ihnen, und als Ben keine Anstalten machte weiterzusprechen, lauschte Mila dem gleichmäßigen Wellenschlag, der sie allmählich ruhig werden ließ.

»Ich sollte das nicht tun«, Ben sah sich um, als erwarte er, dass sie jemand belauschte, »aber ich weiß nicht weiter.« Irritiert starrte er auf Milas Finger, bis sie aufhörte, auf der Rückenlehne der Bank zu trommeln.

»Gut. Dann also die Kurzfassung: Als meine Tante ums Leben kam, haben mein Bruder Konstantin und ich ein kleines Vermögen geerbt. Weil sie aber nicht gerade begeistert von unserem Lebensstil war, hat sie dafür gesorgt, dass Lord Hubert das Erbe bis zu unserem dreißigsten Geburtstag treuhänderisch verwaltet. Wir sind Zwillinge«, fügte er erklärend hinzu. »Dass er so schnell wieder heiratete, hat die Familie schockiert. Zumal er den Ruf eines Langweilers hat. Tante Vivienne hat sich oft darüber beschwert, und schließlich ist sie ausgezogen.«

»Ins Rose Cottage.«

»Genau. Vor etwa drei Monaten hat Konstantin dann erfahren, dass eine unserer Immobilien zum Verkauf steht. Er war wütend und wollte Hubert zur Rede stellen. Offenbar hat er aber nur dessen neue Frau angetroffen, und als er zurückkehrte, war er wie ausgewechselt. Er sprach von nichts anderem mehr als vom Charme dieser Frau. Wie herzlich sie sei und wie liebevoll. Wenige Tage später fuhr er wieder nach Stanmore. Ich war in London, aber als meine Mutter mich anrief und sagte, sie habe Konstantin seit über einer Woche nicht erreichen können, fuhr ich hierher, um herauszufinden, was los ist. Ich habe ihn in einem Ferienhaus ganz in der Nähe gefunden. Er sah verwahrlost aus, abgemagert und krank. Aber als ich ihn nach Hause bringen wollte, hat er sich total dagegen gewehrt.«

Die Geschichte berührte Mila, und ohne darüber nachzudenken, nahm sie Bens Hand. »Wie geht es ihm jetzt?«

»Unverändert. Schließlich war er so schwach, dass es mir gelungen ist, ihn in einem Sanatorium unterzubringen, aber er spricht nur von seiner *wunderbaren Maggy* und wie sehr er sie vermisst.«

»Das ist schlimm. Aber was hat Anthony damit zu tun?«

»Als ich ihn fragte, ob er wüsste, was geschehen ist, hat er behauptet, Konstantin sei nur einmal hier gewesen. An dem Tag, als er Margaret das erste Mal getroffen hat. Danach nicht mehr.«

»Vielleicht sind sie sich nicht begegnet«, gab sie zu bedenken. »Er arbeitet für Lord Hubert und ist meistens in London.«

Ben zog sein Smartphone hervor, suchte ein bisschen und zeigte ihr dann die Fotos. »Sieh selbst.«

Anfangs sah Konstantin gesund aus, die Ähnlichkeit war nicht zu verkennen, obwohl die beiden offenbar keine eineiigen Zwillinge waren. Doch Bild für Bild wurde er blasser, magerer und sah schließlich aus, als könnte er kaum noch ohne Hilfe stehen. Auf dem letzten Schnappschuss war, wenn auch nur im Hintergrund, jemand zu sehen, der Anthony glich. »Wer hat die Aufnahmen gemacht?«

»Ich weiß es nicht. Irgendwer hat sie mir gemailt, aber über den Absender habe ich nichts herausfinden können.«

»Was sagt er dazu? Wenn Anthony gemerkt hätte, dass es deinem Bruder nicht gut geht, hätte er bestimmt irgendwas unternommen. Einen Arzt gerufen oder so.«

Ben lachte bitter. »Ehrlich gesagt habe ich sie ihm nicht gezeigt. Konstantin ist in Sicherheit, und die Ärzte sagen, langsam käme seine Lebenskraft zurück.«

Misstrauisch sah sie ihn an. »Da ist doch noch etwas.«

Er stützte die Ellbogen auf die Knie und fuhr sich mit beiden Händen durchs Haar. »Lach mich nicht aus«, sagt er so leise, dass sie ihn kaum verstand. »Aber ich bin davon überzeugt, dass hier Hexerei im Spiel ist. Schwarze Magie oder sonst was. Ich weiß nicht, was diese Margaret ist. Ein Vampir, ein Dämon. Aber sie ist definitiv kein Mensch. Das klingt verrückt, oder?«

Sie brachte es nicht fertig, ihm zu widersprechen, wie es eigentlich ihre Pflicht gewesen wäre. Was in der magischen Welt geschah, blieb auch dort. Niemand konnte einen Vorteil davon haben, Sterbliche in Dinge einzuweihen, gegen die sie ohnehin nichts tun konnten.

Neuerdings entwickelten die Männer in ihrer Umgebung ein merkwürdiges Interesse für ihren Arbeitsplatz und ihre Freunde. Mehr noch als für sie. Das war nicht besonders schmeichelhaft. Sollte sie Ben erzählen, dass sein angeblich so gut beleumundeter Onkel unter Verdacht stand, sich als Waffenschieber zu betätigen? Den Gedanken verwarf sie allerdings sofort wieder. Damit würde sie Lucians Pläne durchkreuzen und womöglich Hunderte Kameraden in Lebensgefahr bringen. Besser, sie sagte nichts darüber.

»Hast du dich deshalb den ganzen Abend mit mir unterhalten? Um mehr über Lady Margaret herauszufinden?«

»Nein, natürlich nicht.« Seine Aufrichtigkeit war geradezu greifbar. »Ich wollte einfach an etwas anderes denken, und du – lach jetzt nicht – du hast etwas von einem Engel.«

Er mochte kein Engelseher sein, aber vielleicht hatte es irgendwann einmal jemanden mit diesem Talent in seiner Familie gegeben. Ben besaß ein ausgeprägtes Maß an Einfühlungsgabe, und sollten wirklich dunkle Kräfte die Schuld an Konstantins Zustand tragen, dann war er hier nicht sicher. Allerdings glaubte sie keine Sekunde daran, dass Margaret dem armen Kerl etwas angetan haben könnte. Die Lady war möglicherweise eine Erbschleicherin und auch nicht besonders sympathisch, aber das galt für viele. Und nicht jeder davon war gleich ein Dämon.

Außerdem hätte Mila doch spüren müssen, wenn sich etwas so Böses in ihrer Nähe aufhielt. Zumindest hoffte sie, dass ihre Intuition sie nicht vollständig verlassen hatte.

Es musste eine andere Erklärung geben. Von Florence wusste sie, dass Konstantin der wildere der beiden Brüder war und mehrfach versucht hatte, von seiner Sucht loszukommen.

»Wenn du wirklich daran glaubst, dass dunkle Mächte die Erkrankung deines Bruders ausgelöst haben, nein, lass mich ausreden, dann erlaube mir, dir einen Rat zu geben.«

Als er langsam nickte, sprach sie eindringlich weiter: »Wirf diese Puderdose fort, fahr nach Hause und kümmere dich um ihn. Er braucht dich jetzt mehr als jeden anderen auf der Welt.«

»Hast du denn keine Angst, nach allem, was ich dir gerade erzählt habe?«

Ohne die Frage zu beantworten, zog sie Papier und Bleistift aus der Tasche, beides steckte noch vom Nachmittag darin, und schrieb ihm ihre Telefonnummer auf. »Bitte ruf mich an, sobald es deinem Bruder besser geht und er dir sagen kann, was passiert ist. Sollten sich daraus Fragen ergeben, werde ich sehen, ob ich etwas herausfinden kann.« Warum es ihr so wichtig war, ihm Hoffnung zu geben, konnte sie nicht sagen. Dennoch sah Mila ihn eindringlich an und hoffte, ihre Magie reichte aus, um Ben zu überzeugen. »Komm nicht wieder hierher, versprichst du mir das?«

»Du weißt etwas.«

»Unsinn, was soll ich schon wissen? Und jetzt lass uns zurückgehen, bevor die anderen auf dumme Gedanken kommen.« Noch einmal wünschte sie, dass er ihrem Rat folgen würde, und tatsächlich kehrte Ben widerspruchslos mit ihr zurück.

Als sie das Cottage erreichten, befand sich alles im Aufbruch. Die Sonnenschirme waren verschwunden, der Esstisch stand an seinem Platz, als hätte er nie einen Ausflug auf die Terrasse gemacht, und in der Küche sah sie die Reste des Büfetts. Während Florence ihre Besucher an der Haustür verabschiedete, schob Mila einen ziemlich angeschlagenen Ben am Geräteschuppen vorbei ums Haus. Bevor er für alle sichtbar den Vorplatz betrat, küsste sie ihn auf die Wange. »Pass gut auf dich auf!«

Damit gab sie ihm einen Schubs, und ehe er sich von der Überraschung erholen konnte, hatte sie sich vor seinen Blicken in der Dunkelheit verborgen. Bald darauf beobachtete sie mit Genugtuung, wie er den Kopf schüttelte und etwas zu erklären schien, als zwei seiner Freunde zu ihm ins Auto steigen wollten. Dann fuhr er allein los, und die beiden suchten sich andere Mitfahrgelegenheiten.

Im Cottage wartete bereits Milas nächstes Problem: Florence. Gemeinsam räumten sie auf und spülten das wenige Geschirr, das von den Partygästen benutzt worden war.

»Eine dermaßen gut organisierte *Bottle Party* habe ich noch nie erlebt. Diese Form der Heimsuchung ist ausgesprochen gastgeberfreundlich, findest du nicht?«, fragte Mila, um eine Art Friedensangebot zu machen. Am Ende hatte sie sich trotz allem recht gut unterhalten, und fürs Wochenende einzukaufen brauchten sie nun auch nicht mehr.

Doch Florence antwortete auch auf ihre weiteren Versuche nur einsilbig, und schließlich gab sie es auf. Sie stritten sich selten, aber es war offensichtlich, dass nun kein guter Zeitpunkt war, davon zu erzählen, dass *Castles & Landscapes* einen Artikel über Stanmore House plante. Sie würde Lucian vorwarnen müssen, damit er nicht verriet, wie es dazu gekommen war ... und Peter ebenfalls.

Endlich strahlte die Küche wie neu. Florence murmelte ein knappes »Nacht!« und verschwand nach kurzem Aufenthalt im Bad in ihrem Zimmer.

Ein Blick auf die Uhr zeigte ihr, dass es noch nicht zu spät war, um Anthony anzurufen. Sie rang nur kurz mit sich, zog ihre Laufschuhe an und joggte los. Wie gut das tat! Am Leuchtturm setzte sie sich auf den Felsen, der mittlerweile zu so etwas wie ihrem Privatsitz geworden war, und wählte seine Nummer.

»Mila, ist etwas passiert?« Beim Klang seiner Stimme, die sie manchmal an ihren Vater erinnerte, musste sie zweimal heftig blinzeln, um die Tränen zurückzuhalten.

»Es ist alles in Ordnung, ich wollte nur hören, ob du gut in London angekommen bist.«

Anstatt beruhigt zu sein, fragte er besorgt: »Dich bedrückt doch irgendetwas. Komm, sag, was ist los?«

»Warum musst du denn schon wieder verreisen?«, platzte es aus ihr heraus, obwohl es eigentlich nicht das war, was sie bekümmerte. Sie fühlte sich mitunter einfach einsam, und wenn Anthony nicht gerade versuchte, sie zu küssen, löste seine selbstverständliche Nähe ein Gefühl von Geborgenheit aus.

Sein Lachen klang erleichtert, und wenn womöglich ein Hauch von Selbstzufriedenheit darin mitschwang, so konnte sie es ihm kaum übelnehmen. Schließlich war er der Einzige, mit dem sie fast alle Sorgen besprach. Es war nicht das erste Mal, dass sie darüber nachdachte, warum sie sich ausgerechnet am Telefon so gut verstanden, ihr in letzter Zeit in seiner Nähe manchmal jedoch regelrecht unbehaglich zumute war. Auch heute kam sie zu keinem befriedigenden Ergebnis.

»Die Reisen gehören zu meinem Job. Das weißt du doch.«

Der nachsichtige Tonfall störte sie ausnahmsweise einmal nicht, und sie erzählte von der *Heimsuchung* durch Florence' Freunde. »Ben kennst du doch auch. Wusstest du, dass er mit Lord Hubert verwandt ist?«

Deutlich reserviert antwortete Anthony: »Was hat er dir gesagt?«

Entschlossen, ihm dieses Mal nichts zu verheimlichen, berichtete sie in knappen Worten von ihrem Gespräch. »Sein Bruder scheint ernsthaft zu leiden.«

»Schwermut lässt sich in dieser Familie weit zurückverfolgen. Das ist sehr bedauerlich, und ich kann verstehen, dass Ben beunruhigt ist.«

»Er sagt aber, Konstantin sei erst krank geworden, nachdem er in Stanmore war.«

»Mila, du glaubst doch nicht, was er da erzählt? Die beiden sind berüchtigt für ihre Partys und den enormen Drogenkonsum. Was denkst denn du, warum ihre Tante verfügt hat, dass sie erst mit dreißig erben dürfen? Nicht, dass irgendjemand geglaubt hätte, die verstorbene Viscountess Stanmore hätte Anlass gehabt, ein solches Testament aufzusetzen.«

Wie üblich wirkte Anthonys Kommentar ausgesprochen nüchtern, dennoch meinte sie, auch Betroffenheit herauszuhören.

Ohne Zweifel war nun nicht der richtige Zeitpunkt, um über Bens Theorien zu sprechen, der dunkle Magie oder gar die Existenz von Vampiren für möglich hielt. Anthony hätte sie für verrückt erklärt. Dennoch wagte sie einen letzten Vorstoß.

»Du hast ihm gesagt, dass sich Konstantin und Lady Margaret nur einmal getroffen haben.«

Es knisterte in der Leitung, und Anthony räusperte sich. »Das war in der Tat unglücklich. Maggy, also Lady Margaret, wirkte sehr aufgebracht, als er ein zweites Mal in Stanmore House auftauchte. Ich kam erst später dazu, aber er muss sich so unmöglich benommen haben, dass sie Jeeves bat, ihn vor die Tür zu setzen. Woher weißt du davon?«

Die anonym zugesandten Fotos wollte sie lieber nicht erwähnen. Deshalb sagte sie: »Ben hat es mir erzählt. Wahrscheinlich wird er es von seinem Bruder gehört haben.«

»Dann geht es dem armen Konstantin besser?«

Wieder hörte sie dieses merkwürdige Knistern in der Leitung. »Hör mal, die Verbindung ist nicht gut.«

»Von wo telefonierst du überhaupt? Ich denke, ihr habt keinen Empfang im Cottage. Du bist doch nicht etwa so spät noch im Herrenhaus?« Nun klang er ehrlich besorgt.

»Reg dich nicht auf. Ich sitze am Leuchtturm.« Sie sah über das Meer und fühlte sich trotz der kühlen Nacht hier draußen beinahe wie zu Hause.

»Du bist verrückt, Moppelchen. Du solltest längst im Bett liegen. Und ich auch, morgen wird ein langer Tag.«

»Stimmt.« Ihr kam eine Idee. »Und weißt du was? Weil unser gemeinsamer Ausflug an diesem Wochenende nicht klappt, werde ich morgen zum Flughafen rausfahren und mich erkundigen, wann ich deinen Gutschein einlösen kann. Wäre doch gelacht, wenn ich die Zeit in Stanmore nicht ausnutzte! Sonst fahre ich am Ende noch nach London zurück und habe nicht annähernd genug vom Landleben zu erzählen.« Erst als sie es aussprach kam ihr ein Gedanke: »Oder möchtest du, dass ich damit warte, bis du zurück bist?« Schließlich hatte er ihr den Sprung geschenkt.

»Ehrlich gesagt wäre es mir lieber, aber so wie es momentan aussieht, kann ich nicht mit Sicherheit sagen, wann ich wieder ein Wochenende freihaben werde. Tut mir leid.«

»Wirklich? Ich finde, du solltest mal mit Lord Hubert darüber sprechen. Seine Frau kann dich doch nicht vollkommen mit Beschlag belegen.«

Ohne darauf einzugehen, sagte er: »Die Leute am Flughafen machen einen zuverlässigen Eindruck, sonst hätte ich dir den Gutschein nicht mitgebracht. Einen von ihnen, Mick, kenne ich von der Uni, er ist in Ordnung. Trotzdem versprich mir bitte, nur zu springen, wenn du dir ganz sicher bist, dass man dort ordentlich arbeitet.«

»Kein Problem. Ich sehe mir die Sache erst einmal an. Wahrscheinlich muss man sich ohnehin Wochen vorher für einen Sprung anmelden.«

Nun klang er erleichtert. »Das ist mein vernünftiges Mädchen! Ich ...« Der Rest ging in erneutem Knistern unter.

»Gute Nacht, Anthony!«, rief sie ins Telefon.

»... Nacht«, war alles, was sie hörte, bevor das Freizeichen erklang.

9

Florence schlief noch, als Mila am nächsten Tag losfuhr. Sie hinterließ einen gedeckten Tisch und eine kurze Nachricht, in der sie der Freundin mitteilte, dass die Abrechnungen bereits bearbeitet seien und es keinen Grund gäbe, das Herrenhaus aufzusuchen.

Vermutlich würde sich Flo dennoch ein Bild vom Fortschritt der Renovierungsarbeiten machen wollen. *Aber vielleicht ist es besser,* dachte sie, *nicht dabei zu sein, wenn sie entdeckte, was unsere Auftraggeberin unter* royalem Stil *versteht.*

Nach einem kurzen Spaziergang zum Personalparkplatz von Stanmore House stieg sie in Anthonys Cabrio und fuhr los. In der Broschüre, die sie zusammen mit dem Gutschein bekommen hatte, stand neben der Anfahrtsbeschreibung, dass ein Café zum Flughafen gehörte und an fast jedem Sommerwochenende Fallschirmsprünge oder Rundflüge angeboten wurden.

Es wäre schade, heute nicht springen zu können. Bei diesem fantastischen Wetter machte sie sich zwar wenig Hoffnung, dass es noch freie Plätze gab, aber allein der Anblick der hügeligen Sommerlandschaft war es wert, diesen Ausflug zu unternehmen.

Einmal hielt sie sogar an, um über die Felder zu blicken, auf denen das Korn langsam reifte. Sie liebte diese Landschaft mit ihren ausgedehnten Wiesen, die sich, nur durchbrochen von Steinmauern, Buschwerk oder Waldstücken, bis zum Horizont erstreckten.

Nach einer Weile fühlte sie sich so leicht und glücklich wie schon lange nicht mehr. Bisher war ihr nicht einmal aufgefallen, dass sie seit einiger Zeit eine merkwürdige Enge in ihrer Brust spürte.

Je weiter sie sich nun aber von Stanmore entfernte, desto freier glaubte sie, atmen zu können. Womöglich lag es am derzeitigen Auftrag, der ihr weniger Spaß machte als üblich. Doch daran wollte sie jetzt nicht denken, sondern einfach nur den Tag genießen.

Der Parkplatz vor dem flachen Flughafengebäude war gut belegt. Die Hangars standen offen, Motoren brummten, und der warme Wind trug ihr den Geruch von Kerosin entgegen.

Als sie Anthonys Auto abschloss, startete gerade eine zweimotorige Maschine mit einem Segelflugzeug im Schlepp, und sie blickte ihnen sehnsüchtig hinterher. Nahe der Anhöhen weiter landeinwärts sah sie eine Herde Schäfchenwolken, dort wäre die Thermik für die Segler ohne Frage gut, über dem Platz allerdings schwebte nur eine einzige Schönwetterwolke. Kein Grund zur Sorge also, dass das Wetter umschlagen könnte. Mila atmete tief durch, die Atmosphäre hatte ihr gefehlt.

Ein Schild wies den Weg zum Büro der Fallschirmspringer. Ein sympathisch wirkender Mann kam hinter seinem Schreibtisch hervor und begrüßte sie freundlich. Auf den ersten Blick hatte sie ihn für etwa Ende dreißig gehalten. Als sie nun vor ihm stand, wirkte er zwar erschöpft, aber jünger, und sie korrigierte ihre Schätzung um gute zehn

Jahre nach unten. Wie ein ernstlich Kranker bewegte er sich zwar nicht gerade, doch die Haut war blass, und unter seinen Augen sah sie dunkle Schatten.

Du siehst Gespenster. Bestimmt hat er einfach nur einen schlechten Tag, ermahnte sie sich.

Seine Kleidung war unverkennbar mit Ölflecken übersät, und die Hände sahen aus, als würde es ein ordentliches Stück Arbeit werden, sie später wieder sauber zu bekommen. Er bemerkte ihren Blick und zuckte mit den Schultern. Dabei grinste er. »Man kann keine Flugzeuge reparieren, ohne sich die Finger schmutzig zu machen.« Freundlich bot er ihr einen Platz an.

»Davon bin ich überzeugt.« Mila setzte sich, zog ihren Gutschein hervor und legte ihn auf den Tisch. »Ein Geschenk«, sagte sie mit einem verlegenen Gesichtsausdruck. »Es ist nur so …«

»Sie möchten nicht springen?« Der Mann rieb seine Hände an den Jeans ab und setzte sich ebenfalls. »Leider darf ich Ihnen die Summe nicht auszahlen. Vielleicht wollen Sie es sich doch noch einmal überlegen?«

»Nein, ich will springen! Nur wusste mein … Bekannter nicht, dass ich eine Lizenz habe.« Noch einmal griff sie in die Tasche und zog das kleine Heft hervor. »Ich dachte, man könnte den Tandem-Sprung eventuell umtauschen.«

»Natürlich, das ist kein Problem.« Nach einem flüchtigen Blick auf ihren Ausweis lächelte er. »Ein Army-Mädel also. Wann sind Sie zuletzt gesprungen?«

»Im letzten Jahr. Ich wohne normalerweise in London, und es ist einfach teuer …«

»Das liebe Geld. Wem fehlt es nicht?« Er stand auf und hielt ihr die Hand hin. »Ich bin Mick. Wenn du willst, kannst du gleich heute springen. Zwei Leute haben abgesagt, und ein Dritter ist noch nicht aufgetaucht. Wir dachten schon, wir könnten den Piloten nicht bezahlen.« Dabei zwinkerte er ihr zu.

»Wirklich, das geht?« Dann sah sie an sich herunter. »Ich habe aber keine Ausrüstung dabei. Ehrlich gesagt wusste ich gar nicht, dass es hier einen Flughafen gibt, bis Anthony mit dem Gutschein ankam.«

»Anthony Khavar? Dann bist du Mila, stimmt's?«

»Ihr kennt euch?«

»Wir haben zusammen studiert und uns vor einiger Zeit zufällig wiedergetroffen, als er mit seinem Chef und Lady Margaret hier auftauchte.« Seine Augen strahlten, als erinnerte er sich an etwas besonders Nettes. »Ich dachte doch gleich, dass ich dieses Gesicht kenne. Das Foto wird dir aber nicht gerecht.«

»Welches Foto? Oh, nein! Nicht dieser schreckliche Schnappschuss von der Silvesterparty! Er hat versprochen, es zu löschen.«

Auf dem Bild trug sie ein albernes Papphütchen und schielte, was sie nach einem Glas Sekt zu viel meistens tat. Natürlich fand er das Foto *süß*, dass er es aber auch noch herumzeigte, ging eindeutig zu weit.

»Ich habe es zufällig gesehen, und so schlimm ist es auch nicht.« Mick ging zur Tür. »Die fehlende Ausrüstung ist kein Problem. Wir haben drüben in der Halle alles, was du brauchst.« Er sah auf die Uhr. »Komm, der Pilot ist höchstwahrscheinlich schon da, und ich möchte dir eine kleine Auffrischung geben, bevor du den ersten Sprung machst.«

Am liebsten wäre sie den Weg über das Flugfeld wie ein

aufgeregtes Kind neben ihm her gehopst. Endlich durfte sie wieder *fliegen*. Noch dazu an so einem perfekten Tag. Mila konnte ihr Glück kaum fassen.

Im Hangar angekommen stellte er ihr die anderen Springer vor. Überwiegend junge Leute, so wie sie selbst, nur ein etwa vierzigjähriger Mann, der sehr militärisch wirkte, war dabei. Alle wirkten sympathisch, und Mila fühlte sich in ihrer Gesellschaft sofort wohl.

Neben Mick war eine Frau für die Organisation verantwortlich, die sich als Andrea vorstellte. Den Blicken nach zu urteilen, die sie miteinander wechselten, waren die beiden ein Paar.

»Kommst du?« Sie lächelte Mila freundlich an.

Aufgeregt folgte sie ihr in einen Raum, in dem außer fertig gepackten Fallschirmen auch die Ausrüstungen lagerten. »Warte, ich suche dir dein Zeug heraus.« Sie sammelte einige Sachen zusammen und legte sie auf den Tisch. »Du bist also Anthonys Freundin. Ihr arbeitet beide in Stanmore?«

»Wir sind befreundet, das stimmt. Ich arbeite für eine Londoner Innenarchitektin und koordiniere momentan die Umbauarbeiten in Stanmore House«, sagte Mila, die sich ein wenig über die Frage wunderte und auch über den Blick, den ihr Andrea zuwarf.

»Willst du eine Kombi?« Es sah aus, als hätte der Frau eine andere Äußerung auf der Zunge gelegen.

»Ich glaube, es ist heute warm genug.« Mila liebte den Wind auf ihrer Haut, das Sweatshirt, das jetzt noch um ihre Schultern geschlungen war, würde während des flüchtigen Aufenthalts in viertausend Metern Höhe ausreichend wärmen. Das hoffte sie zumindest.

»Wahrscheinlich. So, hier haben wir, was du brauchst: Harness, Höhenmesser, Container, Haupt- und Reserveschirm. Probier mal Helm und Brille an.«

Nachdem sie sich vergewissert hatte, dass alles bestens saß, sah sie aufmerksam zu, wie Mila die beiden Schirme überprüfte.

»Okay, wir sollten uns beeilen, Mick will mit dem Briefing beginnen.«

Nach einer kurzen Besprechung bewies Mila, dass sie nichts von dem vergessen hatte, was ihr früher beim Fallschirmspringen in Fleisch und Blut übergegangen war. Gemeinsam gingen sie zum Flugzeug, wo Pilot und Co-Pilot schon warteten. Sie setzten ihre Helme auf, und die kleine Cessna rollte zur Startbahn. Es rumpelte gewaltig, als sie auf dem festen Grasboden Anlauf nahm. Ihr Platz auf dem Boden der Maschine, den Rücken in Fahrtrichtung, war alles andere als bequem. Als sie endlich abhoben, atmete Mila auf. Es war laut hier oben, und der Wind rüttelte an dem geschlossenen Rollladen, den sie später hochschieben würden, um *auszusteigen*.

Während des knapp halbstündigen Steigflugs sah Mick immer mal wieder zu ihr herüber, um sich zu vergewissern, ob alles in Ordnung war.

Obwohl sie den Helm inzwischen abgesetzt hatte, war eine Unterhaltung nicht möglich, und so hob sie lediglich die Daumen. Je höher sie stiegen, desto besser fühlte sie sich. Ihre Begeisterung wirkte ansteckend, und auch die anderen lachten und freuten sich ganz offensichtlich auf ihren Sprung. Ein Blick auf den Höhenmesser zeigte, dass es gleich so weit sein würde. Die Reihenfolge war vorher besprochen worden. Die anderen wollten Dreiersprünge trainieren, Mick und Mila sollten zuletzt gemeinsam aussteigen, damit er im Notfall in ihrer Nähe wäre.

Einer der Männer öffnete den Rollladen, der Wind brauste und zerrte an ihren Hosenbeinen. Die erste Gruppe sprang und danach gleich die zweite, Mila sah ihnen hinterher und freute sich, dass die geplante Formation offenbar klappte. Leider blieb ihr wenig Zeit, das am Horizont glitzernde Meer zu betrachten. Auf Micks Zeichen stellten sie sich auf die schmale Stufe außerhalb des Flugzeugs und ließen sich wie verabredet fast gleichzeitig nach hinten fallen. Mila hätte vor Freude schreien mögen, als sie nach einer Rolle rückwärts in die Tiefe stürzte. Wenn sie doch jetzt nur Flügel gehabt hätte, welch ein köstliches Vergnügen wäre es gewesen! Doch auch so raste ihr Herz vor Glück, und sie nahm sich vor, in Zukunft wieder häufiger zu springen, auch wenn sie dafür vielleicht auf alles andere verzichten musste.

Die sechzig Sekunden waren viel zu schnell vorüber, und wenig später schwebte sie an ihrem Fallschirm über die Landschaft. Es dauerte etwas, bis sie sich orientiert hatte, dann folgte sie einfach Micks Beispiel und landete schließlich nahezu punktgenau.

»Das war so toll!«

Lachend raffte sie den leichten Stoff zusammen und kehrte an seiner Seite zurück zur Halle, wo die übrigen Fallschirmspringer schon begonnen hatten, ihre Schirme neu zu packen. Mila tat es ihnen gleich, und wenig später startete der Flieger erneut, um sich in den blauen Sommerhimmel hinaufzuschrauben.

Mila sprang als Vorletzte, Mick folgte ihr. Vor Übermut schlug sie einen Purzelbaum und sauste dann für wenige Sekunden kopfüber in die Tiefe, bevor sie die Arme ausbreitete und in der klassischen Haltung weiterflog. Unten öffneten sich bereits die ersten bunten Gleiter. Ein letzter Blick auf den Höhenmesser: Es war so weit. Kopf nach oben, dann zog auch sie an dem Griff; ein Knall und das Gefühl, wieder in die Höhe gerissen zu werden. Der routinierte Griff in die Leinen, bis sich ihr Schirm komplett entfaltet hatte, folgte wie immer, ohne nachzudenken.

Während des freien Falls war der Wind geradezu ohrenbetäubend, jetzt dagegen trug er sie nahezu lautlos der Erde entgegen. Dieses Mal nahm sie sich mehr Zeit, die Landschaft zu bewundern, die sich nur von kleinen Siedlungen unterbrochen zwischen dem Höhenzug und der Küste erstreckte.

Ehe sie sichs versah, war sie schon tief gesunken, und das leider ziemlich weit vom Landepunkt entfernt. Sie versuchte zu retten, was zu retten war, aber über dem Boden wurde sie von einer Böe ergriffen und landete schließlich auf einem Feld in der Nähe des Rollfelds. Rasch zog sie das Handy aus der Hosentasche und textete Mick, wie für solche Fälle vereinbart, dass mit ihr alles in Ordnung war. *Dritte Runde?*, fügte sie hinzu und erhielt die prompte Antwort: *Dann mal fix!*, mit einem lachenden Smiley.

Also zog sie den bunten Stoff an den Schnüren heran, rollte alles zusammen und klemmte sich das Bündel unter den Arm. Als sie endlich das Wäldchen umrundet hatte, das ihr den Blick auf das Rollfeld und den Tower versperrte, war ihr ziemlich warm geworden.

Die anderen Fallschirmspringer standen plaudernd zusammen, offensichtlich hatten sie bereits fertig gepackt. Der Pilot kam unter der Maschine hervor und hob den Arm zum Zeichen dafür, dass er gewillt war, ein weiteres

Mal zu starten. Abseits der Gruppe sah sie Mick und seine Freundin, allem Anschein nach in eine intensive Unterhaltung vertieft. Auf den zweiten Blick wurde deutlich, dass sie stritten. Andrea warf plötzlich die Arme in die Luft und wandte sich um, als wäre das Gespräch für sie beendet. Der aufgefrischte Wind trug ihre Worte herüber: »Mach doch, was du willst! Aber eines sage ich dir, das wirst du noch bereuen.«

Mick ergriff ihren Arm und hielt sie zurück. »Diese oder irgendeine andere Frau haben nichts damit zu tun, begreif das doch endlich.«

Erst glaubte Mila, dass sie gemeint war, und wollte den beiden ausweichen. Doch er hatte sie gesehen und ließ Andrea einfach stehen, die daraufhin wutentbrannt kehrtmachte und davonstürmte.

Noch aufgewühlt von der Auseinandersetzung sagte Mick hitzig: »Sie ist so wahnsinnig eifersüchtig und will nicht akzeptieren, dass das genau der Grund ist, warum ich Schluss gemacht habe.« Plötzlich wirkte er verlegen. »Tut mir leid, dass du diesen Streit mitbekommen musstest.«

»Schon gut.« So genau hatte sie es gar nicht wissen wollen. »Eine Trennung ist immer schmerzhaft, für alle Beteiligten.«

»Da sagst du was!« Er seufzte und folgte ihrem Blick zum Rollfeld. »Möchtest du noch mal springen? Es ist die letzte Runde für heute.«

»Dafür bin ich wohl ein bisschen zu spät.« Sie hielt ihm den locker zusammengerollten Fallschirm hin und sah sehnsüchtig zum Flugzeug hinüber.

»Weißt du was? Ich fliege nicht mit. Du kannst meinen Schirm haben, wir sind ja fast gleich groß.«

»Meinst du wirklich?«

»Ja, klar. Warum nicht? Ich sehe doch, wie viel Spaß dir das macht, und du bist echt gut.«

Mick winkte den Piloten zu und signalisierte, dass er warten sollte, dann half er ihr dabei, ins Harness zu steigen, und schloss die Gurte.

»Blue Skies!« Nach diesem Fallschirmspringergruß kehrte er um, hob Milas benutzten Schirm auf und lief Andrea hinterher.

Die Ausrüstung schien korrekt zusammengelegt zu sein. Dennoch war sie hin- und hergerissen zwischen der überlebenswichtigen Pflicht, das Material stets eigenhändig zu überprüfen, und dem Wunsch, ein weiteres Mal zu springen. Am Ende gewann die Freude am Fliegen.

Während sie über das Rollfeld zur Maschine rannte, zog sie am Brustgurt, bis er bequemer saß. Innen ging sie in gebückter Haltung zu ihrem Stammplatz direkt hinter dem Piloten, den ihr eine der Springerinnen freigehalten hatte. Die Luke wurde geschlossen, und wenig später waren sie erneut in der Luft. Die Frau neben ihr kontrollierte netterweise den Zustand des Containers und signalisierte, dass alles seine Ordnung hatte.

Nun war Mila beruhigt und genoss das zunehmende Kribbeln, das sie beim Prüfen der Flughöhe empfand. Noch fünfhundert Meter, dann war es so weit: Die Lampe über der Tür leuchtete grün auf. Alle stiegen dieses Mal nacheinander aus, Mila mit dem festen Vorsatz, den Sprung so lange wie möglich auszukosten und die anschließende Schirmfahrt zu nutzen, um einige Manöver zu üben. Ein zweites Mal hatte sie keine Lust auf einen so langen Fußmarsch zurück zum Flughafengebäude.

Knapp unterhalb der Eintausend-Meter-Grenze zog sie den Griff, um ihren Hauptschirm zu öffnen. Ihr Fall wurde abrupt gebremst, aber ein merkwürdiges Krachen veranlasste sie dazu, erschrocken nach oben sehen. Der Schirm ließ sich zwar durch wenige Handgriffe auseinanderfalten, aber dann ertönte abermals dieses Geräusch, und sie musste entsetzt mit ansehen, wie weitere Kammern aufrissen und das Material immer mehr zerfetzte.

Unmöglich!

Und doch raste Mila ungebremst der Erde entgegen. Ihr blieben nur Sekunden. Da gab es nichts zu überlegen. Eilig trennte sie den Schirm ab, was zum Glück sofort klappte. Die Zeit schien viel schneller zu vergehen. *Jetzt der Reservegriff.*

Nichts geschah. Mila zog ein zweites Mal … und hielt ihn in der Hand. *Verdammt!*

Nicht einmal ausreichend Gelegenheit, all ihre Sünden zu bereuen, blieben ihr vor dem Aufprall und schon gar nicht diejenigen, die sie noch nicht begangen hatte. Lucian fiel ihr ein und dass sie ihn gern geküsst hätte. Wie absurd, dass ausgerechnet ihr Leben durch einen Sturz aus heiterem Himmel beendet sein sollte.

Plötzlich nahm ihr ein dunkler Schatten die Sicht. *Jetzt verpasse ich wegen so einer albernen Ohnmacht meinen eigenen Tod!*, dachte sie und verlor das Bewusstsein.

Als sie jedoch ebenso schnell wieder zu sich kam, befand sie sich keineswegs auf dem Boden und schon gar nicht in der Hölle. Stattdessen schwebte sie lautlos über Baumwipfel hinweg auf eine kleine Wiese zu. Ein eigenartiges Rauschen, mehr hörte sie nicht. Als sie nach oben blickte, sah sie nachtschwarze Flügel zwischen sich und dem Himmel. Im wahrsten Sinne des Wortes, denn diese Flügel gehörten keinem Engel. Jedenfalls legte ihre Farbe den Schluss nahe. Obwohl es die prächtigsten Schwingen waren, die sie je gesehen hatten, besaßen sie ein eindeutiges Manko: ihre Farbe, oder vielmehr das Fehlen einer solchen. Sie waren so schwarz, dass sie das Licht zu absorbieren schienen. Mila fror in dieser beängstigenden Dunkelheit, die sie umfing, und ihr Herz galoppierte davon, als wollte es vor dem dramatischen Ende noch so viel Schläge wie irgend möglich tun.

Bin ich in der Hölle? Oder zumindest auf dem Weg dorthin? Instinktiv versuchte sie, sich loszureißen. Mila strampelte und krallte verzweifelt ihr Nägel in die Arme des Dämons. Doch aller Widerstand half nichts – er hielt sie so fest umklammert, wie es nur der Tod konnte.

Ohne ihn wärst du doch schon längst am Boden, gab die innere Stimme mit gewohnter Ruhe zu bedenken. *Wer würde sich diese Mühe machen, hätte dein letztes Stündlein geschlagen?*

Die Logik war ihr einsichtig. Also versuchte sie, sich umzuwenden, um das Gesicht des Todesengels erkennen zu können. Doch außer einem Paar grün glitzernder Augen war da nur Dunkelheit. So hatte sie sich weder ihren ersten echten Flug noch den Tod vorgestellt.

»Ein ausgesprochen netter Zug, mich auf diese Weise in die Unterwelt begleiten zu wollen«, rief sie gegen den Wind an, »aber hast du dich nicht im Datum geirrt?« Wenn Mila nicht mehr weiterwusste, neigte sie zur Respektlosigkeit.

Das hatte ihr schon früher Ärger gebracht, und deshalb war es eigentlich auch nicht verwunderlich, dass der Kerl einfach seinen Griff lockerte und sie aus beachtlicher Höhe fallen ließ.

Um die Wucht des Aufpralls wenigstens zu vermindern, rollte sie sich schnell zusammen. Doch es war zu spät. Ein Knacken und Rauschen war zu hören. Der Sturz endete abrupt. Mühsam robbte sie aus dem Gebüsch, das ihre Landung nur unwesentlich gebremst hatte, und versuchte, auf die Füße springen. Jetzt war der ideale Zeitpunkt zur Flucht ... hoffte sie. Doch ein scharfer Schmerz sorgte dafür, dass sie auf ihrem Hinterteil sitzen blieb. »O verdammt! Bestimmt habe ich mir alle Knochen im Leib gebrochen.«

»Nur die Schulter ausgekugelt, und das Bein ist verstaucht.« Er sah sie prüfend an. » Und eine Gehirnerschütterung natürlich.«

»Natürlich? Woher willst du das wissen?«

»Komm schon, versuch' langsam aufzustehen.«

Weil ihr nichts anderes übrig blieb, ergriff sie die ausgestreckte Hand und hob endlich auch den Kopf, um herauszufinden, was dieser merkwürdige Abgesandte der Unterwelt von ihr wollte.

»Du!« Beinahe hätte sie seine Hand losgelassen.

Ihr Retter verhinderte es, indem er sie hochhob, zu einem Baumstamm trug und dort behutsam absetzte. »Mila, was ist passiert?« Den Mund zu einer schmalen Linie zusammengepresst, betrachtete er sie mit gefühllosen Augen.

»Lucian? Das kann doch nicht sein ... Wo kommst du denn her?« Ohne einen klaren Gedanken fassen zu können, verstummte sie und beobachtete, wie er aufmerksam lauschte. Kehrte der Todesengel zurück? Ihre Muskeln zitterten unkontrolliert, und sie ahnte, dass dies die ersten Anzeichen des Schocks waren.

Weniger grob, als sie erwartet hatte, hob er sie auf die Arme und hatte sie im Nu über die Lichtung zu einem

Baum mit dichter Krone getragen. »Das muss reichen«, murmelte er.

Ehe Mila begriff, was er vorhatte, hing der kaputte Schirm hoch oben im Geäst und sie lächerliche fünfzig Zentimeter über dem Boden. Zweige brachen wie von selbst, bis es aussah, als wäre sie hier gelandet und nicht etwa im Sturz von einem geflügelten Wesen aufgefangen worden. *Als ob mir das irgendjemand jemals glauben würde.*

Doch natürlich wusste sie, dass die magische Welt es nicht schätzte, wenn einer von ihnen die Aufmerksamkeit der Sterblichen auf sich zog. Obwohl Lucian zu ihr aufsehen musste, fühlte sie sich keineswegs überlegen.

»Der Suchtrupp ist unterwegs. Man wird dich ins Krankenhaus bringen. Keine Sorge, wir holen dich da rechtzeitig raus, bevor du noch mehr Unheil anrichtest.«

»Was soll das heißen? Es war todsicher nicht meine Idee, dass der Fallschirm komplett zerfetzt ist.«

Konzentriert sah er sie an. »Das ist er nicht, hörst du! Er hat sich verheddert. Danach hast du in deiner – verständlichen – Panik den Ersatzfallschirm einfach zu spät geöffnet und bist in diesem Baum gelandet.« *An etwas anderes kannst du dich nicht erinnern!*

»Aber das stimmt nicht! Wenn ich eine solche Geschichte erzähle, werde ich nie wieder springen dürfen.«

»Hoffentlich«, glaubte sie zu hören, bevor er die Hand auf ihre Stirn legte und die Welt um sie erneut in Dunkelheit versank.

Lucian hatte es zuerst kaum glauben können. *Warum stürzt sich eine Sterbliche freiwillig und geradezu begeistert aus dem Flugzeug?* Seinen ursprünglichen Plan, Mila zu einem Ausflug einzuladen und die beiden Engel einzubestellen, hatte sie zwar unbeabsichtigt durchkreuzt, womöglich gelänge es ihm jedoch, mehr über sie zu erfahren, indem er ihr an einem freien Tag wie heute folgte.

Zuerst hatte er gedacht, sie wollte irgendwo hinfliegen. vielleicht nach London, wo sie, wie er inzwischen wusste, mit dieser Florence ein gemeinsames Apartment bewohnte. Es dauerte nicht lange, bis er herausfand, was sie stattdessen vorhatte.

Beim ersten Sprung war er noch besorgt gewesen. Dann aber sah er, dass sie etwas von ihrem Sport verstand, und es machte ihm Spaß, sie beim Sturzflug zu beobachten. Ein solches Manöver, wie es mit dem Fallschirm leicht gelang, wäre für manch einen weniger erfahrenen Engel eine Herausforderung gewesen. Seine Laune hob sich beträchtlich. Er breitete die Schwingen aus, erlaubte dem Wind hineinzugreifen. Es war lange her, dass er zuletzt den Blick über die grandiose Landschaft genossen hatte. Es bereitete ihm Vergnügen, die Küste mit den Augen abzusuchen, bis er *ihren* Leuchtturm entdeckte, und dabei nistete sich die Lebensfreude unerwartet, aber nicht unerwünscht auch bei ihm ein. Wie an jenem Tag, als er dieses mysteriöse Geschöpf beinahe geküsst hätte. Möglicherweise deshalb begleitete er sie auch beim dritten Sprung. Obwohl es wahrlich Wichtigeres für ihn zu tun gegeben hätte, als einen Nachmittag lang in die ungewohnte Rolle eines Schutzengels zu schlüpfen.

Ihm war sofort klar, dass etwas nicht stimmte, als er bemerkte, wie die erste Kammer ihres Schirms zerriss. Eine oder zwei, das wäre noch kein Drama gewesen, aber eine nach der anderen hatte nachgegeben, am Ende immer schneller. Er hätte spätestens da eingegriffen, wäre sie nicht so unglaublich konzentriert geblieben. Selbst als sich der Ersatzschirm nicht öffnen ließ, hatte sie die Nerven behalten.

Im Augenblick ihres Begreifens hörte er ihre Gedanken so deutlich, als spräche sie mit ihm und stürzte nicht geradewegs in den Tod. Kein Jammern, kein Wehklagen und auch keine falschen Versprechen an eine höhere Macht. Nach einem harmlosen Fluch bereute sie nur eines: ihn nicht geküsst zu haben.

Fast hätte er laut gelacht. Die meisten Menschen verloren ihre Seele im Angesicht des Todes, weil sie in ihrer Panik versprachen, alles zu tun, um noch einen Aufschub zu erhalten. Seine Todesengel standen immer bereit, um den Sterbenden diesen Wunsch zu erfüllen. Eine klare Win-win-Situation. Wer dachte schon daran festzulegen, wie lang die teuer erkaufte Verlängerung der Lebenszeit dauern sollte, wenn er glaubte, dem Tod von der Schippe springen zu können? Und so ging es mit ihnen eben ein paar Sekunden später doch zu Ende.

Betrug? Lucian sah das nicht so. Ein Geschäft war ein Geschäft. Und für niemanden dürfte es ein Geheimnis sein, dass die Moral nicht für einen Deal Pate stand, in den die Unterwelt involviert war.

Im Gegensatz zum Kleingedruckten einer Lebensversicherung durfte man seine Verträge ohne Weiteres als *ehrlich* bezeichnen. Nun gut, über diese Formulierung musste selbst er schmunzeln. Aufrichtigkeit und Gewissen waren keine Vokabeln, die man sofort mit einem Höllenfürsten erster Ordnung in Verbindung brachte. Seit jeher allerdings genoss er den Ruf, zu seinem Wort zu stehen. Ein trefflicher Grund, es niemals leichtfertig zu geben.

Seine Geschäftspraktiken hatten ihm eine der größten Seelensammlungen des Schattenreichs beschert. Sollte er je davon Gebrauch machen müssen, verliehe ihm dieses geheime Vermögen unvorstellbare Macht. Seelen waren in seiner Welt ein ähnlich wertvolles Zahlungsmittel wie Gold oder Edelsteine, beinahe so kostbar wie Wissen. Die Vorsehung mochte verhüten, dass dieser Fall eines Tages eintrat, denn das bedeutete dann höchstwahrscheinlich, dass er Luzifers Vertrauen verloren hatte. Kein besonders angenehmer Gedanke. Da war es schon besser, man hielt ihn für einen Günstling des Lichtbringers, der bei genauer Betrachtung nicht mehr wollte, als möglichst häufig sein eigenes Vergnügen zu suchen.

Danach stand ihm auch jetzt der Sinn. Den Wunsch nach einem Kuss würde er Mila erfüllen, ohne Bedingungen zu stellen. Allerdings sollte er sich lieber beeilen. Dieser Körper war viel zu schade, um am Boden zu zerschellen, und so fing er sie schließlich auf, rettete ihr Leben und ließ sie am Ende doch fallen.

Was ihm ausnahmsweise ehrlich leidtat, obwohl es unvermeidlich war. Niemand überlebte einen solchen Sturz unbeschadet, nicht einmal, wenn er sich im dichten Geäst eines Baums verfing, das den Fall gnädig abfederte. Also durfte sie nicht vollkommen unversehrt aufgefunden werden.

Er stand nicht weit entfernt. Jederzeit bereit einzugreifen – von den Menschen unbemerkt. Aufmerksam beobachtete er, wie die waghalsige Fliegerin aus den Zweigen gepflückt und verarztet wurde. Er konnte nicht sagen, dass ihm gefiel, wie diese Männer ihr T-Shirt hochschoben, um nach Verletzungen zu sehen, wie sie an Mila herumfingerten und sie schließlich auf eine Trage legten, um sie zum Krankenwagen zu transportieren, der wenige Meter weiter auf dem Waldweg parkte. Als das Martinshorn verklang, öffnete er ein Portal und stand gleich darauf im Haus seiner himmlischen Verbündeten, die er in inniger Umarmung in ihrem Cottage vorfand.

Die beiden Engel rührten sich nicht, obwohl er dafür gesorgt hatte, dass ihnen seine Ankunft nicht entging. Auf Arians Spielchen hatte er momentan überhaupt keine Lust, deshalb sagte er nach einer Weile: »Aufwachen! Es gibt etwas zu tun.«

»Nicht dass ich wüsste.« Arian sah unbeirrt aus dem Fenster. »Auf Wiedersehen, Lucian.«

»Lass den Blödsinn. Jemand hat versucht, das Mädchen umzubringen.« Damit hatte er ihre Aufmerksamkeit.

»Was ist passiert?« Juna konnte ihre mitfühlende Natur nicht verbergen.

Lucian erzählte von dem Zwischenfall. »Momentan ist sie ohnmächtig. Sobald sie erwacht, wird man Fragen stellen, und ich weiß nicht, ob sie meine Anweisungen befolgt.«

Hatte er wirklich gerade zugegeben, sie nicht zuverlässig kontrollieren zu können? Nein, es war keine Frage des Könnens, Lucian wollte Mila nicht dominieren. Und das machte ihm beinahe mehr Sorge, als womöglich an die Grenzen seiner Macht gelangt zu sein.

»Du weißt nicht …?« Nach einem Blick auf seine Seelenpartnerin unterbrach sich Arian. »Welche *Anweisungen* hast du ihr denn gegeben?«, fragte er stattdessen scheinheilig.

Musste er immer alles hinterfragen? Widerwillig antwortete er dennoch. »Niemand darf erfahren, dass ihr Schirm absichtlich beschädigt wurde. Ich kann keine Polizei oder andere Schnüffler gebrauchen. Ihr wisst, was zu tun ist.«

»Nein, was?«

»Arian, stell' meine Geduld nicht auf die Probe. Es ist nicht meine Schuld, dass du zum Botschafter ernannt wurdest. Glaub mir, ich habe ebenso wenig Lust auf unsere *Zusammenarbeit* wie du. Aber darum geht es nicht. Irgendwo haben Dämonen einen Weg gefunden, unerlaubt in diese Welt zu gelangen, und du brauchst nur die Zeitung aufzuschlagen, um den Erfolg ihrer Machenschaften zu sehen. Ich weiß, dass das längst nicht alles ist, was sie im Sinn haben. Wer immer es schafft, mich auszutricksen, plant etwas anderes als ein paar bankrotte Europäer oder einen abgefackelten Regenwald mehr. Mila ist vielleicht der Schlüssel zu diesem Geheimnis, und ich erlaube nicht, dass ihr etwas geschieht, bis ich mit ihr fertig bin.«

»Bis du mit ihr fertig bist?«, fragte Juna verdächtig sanft.

»Nicht du auch noch.« Lucian fuhr sich mit beiden Händen durchs Haar. »Meinetwegen. Ist sie nicht an dem Komplott beteiligt, steht sie unter meinem Schutz. Zumindest, bis die Sache vorbei ist. In Ordnung?«

Anstelle einer Antwort lächelt Juna, und ihm wurde unwohl. Doch bevor er etwas sagen konnte, griff sie nach Arians Hand. »Der Marquis hat uns zu Schutzengeln ernannt. Worauf wartest du noch?«

Lucian bemühte sich redlich, ruhig zu bleiben. »Sie kann uns erkennen. Vermutlich nicht immer, aber in bestimmten Situationen.« Er dachte daran, wie sie geschrien hatte, als er ihr im Glauben, nicht sichtbar zu sein, in seiner wahren Engelsform begegnet war. Andererseits schien sie keine

Ahnung zu haben, dass sich in Stanmore Dämonenpack eingenistet hatte. Und das war auch gut so.

»Das ist doch nicht alles«, sagte Arian misstrauisch.

»Alles, was ihr wissen müsst.« Lucian bemühte sich um einen verbindlicheren Ton. »Sie weiß, dass ich sie gerettet habe … und wie. Juna fährt allein ins Krankenhaus. Einem weiteren Dunklen Engel zu begegnen, verkraftet sie nicht.«

»Ich bin kein …«

»Du siehst aber so aus«, unterbrach er den Wächter schroff.

Bevor Arian, der ehrlich getroffen wirkte, mehr sagen konnte, stimmte Juna zu. »Ich werde sie zuerst besuchen, aber Arian sollte sie sich ebenfalls ansehen. Er hat die größere Erfahrung in diesen Dingen.«

Das traf zu, deshalb nickte er nur.

»Und wenn sie im Krankenhaus nicht sicher ist?«, warf Arian nun doch ein.

»Dann bringt sie ins Rose Cottage. Dort wohnt sie momentan.« Er ging zum Küchentisch und riss ein Stück aus der *Ivycombe Post*, notierte die Adresse und reichte sie Juna. »Und noch etwas: Ich verbiete, dass sie Stanmore House betritt oder jemand von dort sie besucht.«

»Warum nimmst du sie nicht gleich zu dir? Es muss ja nicht unbedingt …« Juna zeigte mit dem Daumen nach unten. »… dein Hauptwohnsitz sein.«

Keine gute Idee. Für diese Mission musste er einen klaren Kopf behalten. Milas Nähe, so viel war er bereit, sich einzugestehen, würde nicht dazu beitragen. Die Antwort, egal wie verlockend die Aussicht sein mochte, die mutige Schönheit ganz für sich zu haben, lautete: »Nein.«

»Du hast eine Vermutung, wer hinter dem Anschlag stehen könnte.« Juna brauchte seine Erklärung nicht, um zu wissen, dass mehr daran war, als er zugeben wollte. Zuweilen besaß sie eine beunruhigende Fähigkeit, in sein Innerstes zu sehen.

Das hatte man nun davon, sich einmal in tausend Jahren von einer weniger einschüchternden Seite zu zeigen, als es einem Höllenfürsten angemessen war. »Ja.«

Damit war alles gesagt. Während die beiden Engel ihrer Arbeit nachgingen, würde er seinen Verdacht überprüfen.

10

Etwas kribbelte in ihrem linken Auge. Sie versuchte, die Hand zu heben, um es fortzuwischen. Der plötzliche Schmerz im Handrücken ließ sie vor Schreck die Luft anhalten. »Au!«

»Da ist sie ja wieder!« Die Männerstimme klang erleichtert. »Können Sie mich verstehen, Miss Durham?«

»Au!«

»Mistdinger, diese Bremsschwellen. Tut mir leid, es ist nicht mehr weit.«

Was tue ich hier überhaupt? »Was ist passiert?« Mila versuchte aufzustehen, doch das Bett hielt sie zurück. »He!« Mit dem Arm zu wedeln, war keine gute Idee – abermals biss ihr irgendjemand in die Hand. Dunkel war es auch. *Vermutlich sollte ich die Augen aufmachen.*

Der Versuch, ihren eigenen Rat in die Tat umzusetzen, brachte ihr hellen Kopfschmerz ein. Am liebsten hätte sie die Augen sofort wieder zugekniffen, aber die Decke hing unerwartet niedrig über ihr und wirkte wie ein Schaltpult. *Das ist nicht normal.* Panik wallte in ihr auf. *Bin ich in einem Labor gelandet?* Einem fahrbaren Laboratorium, das sich erst nach links und gleich darauf nach rechts neigte, als führe es Slalom. Oder war es der Schmerz hinter ihrer Stirn, der ihr Hirn dazu verleitete, sich im Kreis zu drehen?

»Wir haben Ihnen ein Mittel gegeben, um den Kreislauf zu stabilisieren.«

Das sollte höchstwahrscheinlich beruhigend wirken, tat es aber nicht. »Was ist denn passiert?«, fragte sie noch einmal, als das Gefährt hielt.

Doch der Mann war zu beschäftigt, die Türen zu öffnen und sie hinauszubugsieren. *The Seaside Suite* stand an dem Backsteingebäude, und sie zermarterte sich den Kopf, warum sie auf einer Trage in eine Apartmentanlage gebracht wurde. Wobei das vermutlich ein zu großes Wort war. Die Gänge, die man sie nun entlangschob, wirkten schmucklos, und das Licht ließ die zwei Frauen, auf die sie am Ende ihrer Fahrt stießen, ziemlich blass aussehen. Ihr Begleiter murmelte etwas, eine der beiden antwortete. Ihre Stimmen klangen seltsam gedämpft, und so sehr sich Mila bemühte, sie konnte nichts verstehen.

»Ein, zwei, drei!« Mit einem Ruck hing sie in der Luft und landete gleich darauf auf einer weicheren Unterlage, die sich sofort in Bewegung setzte. Warum sprach niemand mit ihr? Acht Neonlichter weit. Kurzer Halt. Ein Aufzug. Neue Deckenlampen, Glastüren. Endlich Tageslicht.

»Ist sie das?«

Erneutes Gemurmel, plötzlich wurde es dunkel. Einfach so. Mila hörte nichts mehr, und das Einzige, was sie sah, war eine helle Flamme in der Ferne. *Nein! Geh fort, man darf dich nicht sehen!*

Die Flamme wuchs und kam näher, bis sie die Hitze spürte. *Dornröschen.* In ihrer Panik fiel ihr nichts anderes ein, als das Märchen von dem jungen Mädchen, das hinter hohen Mauern schlief, die von wilden Rosen umrankt waren, bis eines Tages … das Feuer erlosch. Was auch immer eines

Tages geschehen sollte, es entglitt ihr wie ein flüchtiger Traum.

Ein bebrilltes Gesicht beugte sich über sie. »Können Sie mich verstehen?«

»Klar und deutlich.« Vielleicht würde er ihre Fragen endlich beantworten. »Wo bin ich?«

»The Seaside Suite.« So etwas wie Stolz klang mit. »Wissen Sie, was passiert ist?«

»Ich dachte, Sie könnten mir das verraten. Und was bitte mache ich in einer Meeres-Suite? Neptun ist nicht gerade mein Freund.« Was redete sie da?

Zum Glück schien ihn das nicht zu interessieren. »Sie hatten einen Unfall und wurden in unsere Klinik eingeliefert.«

»Oh, gut.«

Die Antwort irritierte ihn deutlich, doch bevor er weitersprechen konnte, klingelte es, und er wandte sich ab, um zu telefonieren. Ihr Bett nahm erneut Fahrt auf, bis sie in der Hölle landete. Eine Hölle, die statt nach Pech und Schwefel allerdings nach gebackenen Bohnen und Desinfektionsmittel roch. Beides nichts, was sie normalerweise aus der Ruhe brachte, aber nichts wirkte normal, und so fand ihr Magen, dass das längst verdaute Frühstück keinen Platz mehr haben sollte.

Jemand hielt ihr ein Schälchen unter die Nase, aber da war alles wieder gut.

»Welche Dosis hat sie bekommen?«

Gemurmel.

»Was? Das war viel zu viel!«

»Macht nix«, murmelte sie und ließ sich zurück auf ihr hellgrünes Kissen sinken.

»So so! Da wollten wir also fliegen lernen. Warum bloß?

Ich wette, auf diese hübsche Dame fliegen die Kerle sowieso. Da fragt man sich doch, ob schon einer gelandet ist.« Meckerndes Lachen erklang, ein Ruck ging durch ihr Bett.

»Lass gut sein, Bertie.« Eine weibliche Stimme. Dunkel, befehlsgewohnt. Eine Tür klappte.

»Wie geht es uns?«

Uns? Mila versuchte, die Augen zu öffnen. Es war zu hell. Mit wenig Hoffnung, eine Antwort zu erhalten, fragte sie noch einmal, was mit ihr geschehen war.

»Du erinnerst dich nicht, was? Ja, die Jungs von der Rettung haben es ein bisschen zu gut gemeint mit dem Beruhigungsmittel. Nun ist aber alles wieder in Ordnung.«

Ja. Ja. »Was ist passiert?«, fragte sie abermals mit so viel Nachdruck, wie sie aufbringen konnte.

»Ich will es dir verraten: Dein Fallschirm hat sich irgendwie verheddert, und du bist direkt in eine stattliche Buche mitten im Ivycombe Forest gerauscht. Ein paar Blätter steckten noch in deinem Haar, als du hier eingeliefert wurdest. Außer einer Menge Abschürfungen und Prellungen, die dir ein paar unangenehme Nächte bescheren werden, fehlt dir praktisch nichts. Gehirnerschütterung, Bein verdreht und die Schulter ausgerenkt. Ich sage dir was: Da muss dich ein mächtiger Schutzengel aufgefangen haben. So, und jetzt schlaf erst mal.« Damit drückte die Schwester irgendeine Flüssigkeit in dieses schauderhafte Ding in ihrem Handrücken.

»Lucian!« Nun erinnerte sie sich wieder. Sie hätte sich auf ihre Intuition verlassen sollen. Die hatte ihr gleich gesagt, dass etwas mit ihm nicht stimmte.

»Heißt so dein Freund? Er wird bald kommen und nach dir sehen, keine Sorge.«

Ob das eine gute Sache war, konnte sie beim besten Willen nicht entscheiden. Zu genau sah sie die kohlrabenschwarzen Schwingen vor sich. Wäre sie ihm bloß nie begegnet.

Aber er hat dir das Leben gerettet!, war alles, was Mila noch denken konnte, bevor sie einschlief.

»Schlafmittel«, sagte eine melodische Stimme. Dann wurde es kühl, jemand hob ihre Bettdecke und dann sogar das geliehene Nachthemd an. Gerade wollte sie protestieren, da kehrte mit der Decke auch die Wärme zurück.

»Oh-oh! Sie heilt.«

Das klang kurioserweise, als wäre ein fortschreitender Heilungsprozess nicht wünschenswert, doch sie konnte sich beim besten Willen nicht erklären warum. Lag man denn nicht im Krankenhaus, um gesund zu werden? Vorsichtig versuchte sie, die Augen zu öffnen, und was ihr zuvor nicht gelingen wollte, war nun kein Problem mehr. An dessen Stelle war ein neues, weit beunruhigenderes getreten: ein Engel. Nein, da standen sogar zwei.

»Was wollt ihr von mir?« Der Zugang an ihrer Hand schmerzte beim Versuch, sich aufzustützen, der Frage folgte deshalb ein saftiger Fluch. Sie ignorierte das leise, männliche Lachen. Etwas, das sie unter günstigeren Umständen nicht getan hätte, denn es weckte eine unbestimmte Erinnerung in ihr, keineswegs unangenehm. *Vergiss es, du bist vergeben*, mahnte ihre innere Stimme, die offenbar auch wieder zum Leben erwacht war. Mit zusammengebissenen Zähnen probierte Mila noch einmal, sich aufzurichten, und lehnte sich dabei schwer auf den anderen Arm, bevor sie ihre Besucher erneut taxierte.

Tatsächlich. Engel. Von den Flügeln war zwar nichts zu sehen, doch aus ihrer Herkunft machten sie Mila gegenüber keinen Hehl.

»Hallo!«, sagte sie so leise, dass hoffentlich nur die zwei sie hören konnten, denn die anderen Patienten im Zimmer reckten bereits die Köpfe. »Können die«, sie machte eine Kopfbewegung zum Bett nebenan, »können die euch sehen, oder rede ich hier mit Gespenstern?«

Die Frau griff nach ihrer Hand und nickte.

Erleichtert ließ sie sich zurücksinken. Wenigstens war sie die Einzige, die wusste, dass keine normalen Menschen an ihrem Krankenlager standen. Ihre Zimmergenossen würden denken, es wären Freunde oder Bekannte.

Sie sah die beiden genauer an. Zuerst hatte sie die Frau für älter gehalten, doch das Gesicht unter dem kinnlangen weißen Haar sah ebenso jung aus wie ihr eigenes. Den Mann schätzte sie auf etwa dreißig, aber das sollte bei Engeln nichts heißen. Ihre Mutter war viele Hundert Jahre alt gewesen, und sie wären inzwischen dennoch als Schwestern durchgegangen.

»Weißt du eigentlich, was für einen Schreck du uns eingejagt hast?«

»Ach wirklich? Ich hatte doch einen *ganz besonderen* Schutzengel. So ganz besonders, dass er mich ...« Sie verstummte.

Lucian hatte sie fallen lassen, aber das hatte er letztendlich zu ihrem Schutz getan.

»Egal. Er war jedenfalls rechtzeitig da. Sonst wäre ich jetzt tot.« Mit der Schulter konnte Mila nicht zucken, denn die war fest bandagiert. Ausgekugelt, hatte die Pflegerin gesagt, erinnerte sie sich jetzt wieder. Sie warf einen schnellen Blick auf die blonde Frau im Bett gegenüber, die offensichtlich sehr bemüht war, dem Gespräch zu folgen.

Der Mann zog die Augenbrauen zusammen, bis eine steile Falte entstand. Hätte sie nicht instinktiv gewusst, dass er ein Engel sein musste, sie hätte ihn für einen Piraten halten können. Dunkle Haare fielen ihm ins Gesicht, eine Rasur war dringend fällig, und nicht zuletzt die breite Brust über schmalen Hüften verlieh ihm eine unheilige Anziehungskraft, der sich wohl kaum ein weibliches Wesen entziehen konnte.

Als hätte er ihre Gedanken erraten, erschien ein wissender Ausdruck in seinem Gesicht. »Juna«, sagte er nur, doch seine Partnerin schien genau zu wissen, was gemeint war.

»Würdest du dich bitte darum kümmern?«

Damit war er entlassen. Begeistert wirkte er zwar nicht, dennoch wandte er sich folgsam zur Tür und verließ das Zimmer.

»Den hast du aber gut im Griff!«

Mila konnte sich ein Lächeln nicht verkneifen, auch wenn ihr Kiefer dabei schmerzte. Der Mann, oder vielmehr Engel, war eindeutig zu sehr von sich überzeugt, und ein Dämpfer schadete seinem Ego gewiss nicht.

»Meinst du Arian? Das täuscht. Leider kann er ausgesprochen eigensinnig sein.«

Diese Juna zog sich einen Stuhl heran. »Lucian hat eine Art an sich, die ihn häufig zur Weißglut bringt, sodass er überreagiert«, fügte sie hinzu.

»Das wundert mich nicht«, erwiderte Mila spontan und hätte am liebsten in dem Lächeln gebadet, dass ihr der Engel nun schenkte. Gern hätte sie die momentane Vertrautheit genutzt, um zu erfahren, *wer* oder vielmehr *was*

Lucian eigentlich war, doch das musste warten. Hier im Krankenhaus, das begriff auch sie, war nicht der passende Ort dafür.

»Wir wären in jedem Fall gekommen, sobald wir von deinem Unglück gehört hätten. Und nun stellt sich heraus, dass er recht hat. Du solltest unbedingt in eine andere Klinik verlegt werden.«

Den letzten Satz hatte sie etwas lauter gesprochen und dabei die blonde Mithörerin angesehen.

»Wenn er das sagt.«

Lucian würde etwas zu hören bekommen … falls er sich noch einmal sehen ließe. Allmählich verstand sie, warum Arian ihn nicht besonders schätzte. Niemand ließ sich gern Vorschriften machen.

Juna hatte ihr Mienenspiel offenbar richtig gedeutet und lachte. »Oh, sie mögen sich. Die beiden wissen nur nicht, wie sie es einander zeigen sollen.«

»Männer!« Unwillkürlich beantwortete Mila das fröhliche Lachen zumindest mit einem Lächeln, und dabei ging es ihr gleich besser.

»Ich sehe, ihr habt euch bereits verbündet. Das wird deinen Schutzengel bestimmt freuen.«

Arian war zurückgekehrt, und bei dem Wort *Schutzengel* sah er aus, als müsste er in eine Zitrone beißen.

Seine Freundin grinste nur und öffnete die mitgebrachte Tasche, aus der sie eine Jogginghose hervorzog, die garantiert nicht ihr gehörte. Dafür war sie viel zu groß. Nach einem Blick auf Arian wusste Mila, wem sie das Kleidungsstück zu verdanken hatte, das sie nun offenbar anziehen sollte. »Wo sind meine Sachen?«

»Die wirst du nicht tragen wollen. Sieh selbst!«, kam Juna

ihrer Frage nach dem Warum zuvor und zog eine schmutzige Jeans aus dem Schrank, danach ihr Lieblings-T-Shirt.

Mitten durch die Flügel des stilisierten Adlers, den sie so sehr mochte, ging ein hässlicher Riss. Mit einem gemurmelten Fluch ließ sie sich schließlich in die Hose helfen, und weil das unsagbar wehtat, folgten ein paar weitere Flüche, die dazu angetan waren, einen Engel erbleichen zu lassen.

Diese beiden jedoch nahmen kaum Notiz von ihrer derben Sprache, im Gegenteil: Junas Hände fühlten sich an wie Balsam auf ihrer Haut, und am Ende war Mila froh, dass die geliehene Kleidung nicht zu eng saß.

Ohne Umstände hob Arian sie in den mitgebrachten Rollstuhl, und ihr blieb gerade noch Zeit, sich von den staunenden Zimmergenossinnen zu verabschieden, da waren sie bereits unterwegs zum Ausgang.

Am Parkplatz angekommen, ließ sie vorsichtig die Luft entweichen, die sie auf dem letzten Stück angehalten hatte, um keine peinlichen Schmerzenslaute von sich zu geben. Als sie schließlich im Auto saß und die Türen geschlossen waren, sagte sie bitter: »Von wegen *sie heilt*. Es gibt kaum eine Stelle an meinem Körper, die nicht wehtut. Es fühlt sich an, als hätte er mich aus zwanzig und nicht aus läppischen drei oder vier Metern fallen lassen.«

»Er hat was?« Juna, die hinter dem Lenkrad saß, ließ den Autoschlüssel los und fuhr herum. Ihre Augen funkelten ärgerlich.

Womöglich hätte sie das lieber nicht sagen sollen. Engel waren mächtige Wesen, die Mila besser nicht verärgerte, solange sie nicht näher mit ihnen bekannt war.

»Juna, reg dich nicht auf. Ganz ohne Verletzungen wäre

die Sache unglaubwürdig. Hättest du es lieber gesehen, er hätte sie zu sich nach Hause mitgenommen?«

»Nein!«, riefen beide Frauen gleichzeitig.

Mila war ernsthaft entrüstet. »Keine Chance! Das hätte er mal versuchen sollen.«

»Ihr kennt euch noch nicht lange, stimmt's?«

In Arians Stimme klang ein merkwürdiger Unterton mit, aber sein Gesichtsausdruck war freundlicher geworden, und er zwinkerte ihr sogar zu. Mila glaubte zu wissen, was seine Freundin an ihm so faszinierte, dass sie ihm liebevolle Blicke zuwarf, sobald sie sich unbeobachtet fühlte. Dicht unter der gleichgültig wirkenden Oberfläche brodelte es gewaltig. Der Typ sah wahrscheinlich nicht nur aus wie ein Latin Lover, und er schien Humor zu haben.

»Seid ihr gefallene Engel?«

Es konnte gar nicht anders sein. Mutter hatte erzählt, dass es den himmlischen Engeln verboten war, Gefühle zu besitzen. Schließlich waren die Eltern ja wohl deshalb auf die Erde verbannt worden. Und das gleiche Schicksal dürfte auch diese beiden ereilt haben, denn sie hegten eindeutig mehr als nur freundschaftliche Gefühle füreinander.

Womöglich war das eine Frage, die man nicht stellte. Mila kannte sich nicht besonders gut in diesen Dingen aus. Aber wenn sie nun schon mal ins Fettnäpfchen getreten war, konnte sie auch weiterfragen. »Wie Schutzengel kommt ihr mir nicht vor«, versuchte sie es noch einmal, als ihr niemand antwortete.

»Wir reden später darüber, in Ordnung?«, sagte Juna zu guter Letzt über die Schulter.

»Meinetwegen, aber eines wüsste ich schon ganz gern. Wohin bringt ihr mich?«

»Ins Rose Cottage.«

Die kurze Antwort lud nicht dazu ein, das Gespräch fortzuführen, also lehnte sie sich zurück. Die holprigen Straßen verlangten ihr einiges an Selbstdisziplin ab, obwohl sich Juna eindeutig große Mühe gab, vorsichtig zu fahren.

»Müssen wir hier abbiegen?«

Sie war wohl eingeschlummert, Junas Frage schreckte Mila auf. Ein Blick aus dem Fenster zeigte ihr, dass sie die Tore von Stanmore erreicht hatten, und sie erklärte mit wenigen Worten den Weg zum Häuschen.

»Ich wohne da mit Florence, meiner Chefin und Freundin«, fügte sie erklärend hinzu. »Hat sie überhaupt eine Ahnung, was passiert ist?«

»Weiß Lucian von ihr?«, fragte Arian. »Wenn ja, hat er sich um alles gekümmert. Und … es ist Sonntag. Dein Absturz war gestern«, kam er ihrer nächsten Frage zuvor.

Bequem aufs Sofa gebettet, das bandagierte Bein auf einem weichen Kissen, dazu eine Tasse Tee in der Hand, ging es ihr gleich viel besser. *Krankenhäuser*, dachte Mila, *machen krank*.

Als sich ihre *Retter* ebenfalls setzten, sagte sie: »Verzeiht meine Neugier. Ich will auch nicht unhöflich sein, aber ihr versteht sicher, dass das alles ziemlich verwirrend für mich ist. Eben dachte ich noch, Lucian sei ein ganz normaler Journalist, da stellt er sich als mein *Schutzengel* heraus. Was soll ich davon halten?«

»Da musst du ihn selbst fragen.« Arians Tonfall war freundlich, dennoch wurde deutlich, dass er keinen Widerspruch duldete.

Unsinnigerweise machte ihr Herz einen Hopser. »Er kommt also hierher?«

Juna zwinkerte ihr unauffällig zu. Arians Miene blieb undurchdringlich. »Wie wäre es, wenn du erst einmal von dir erzählst? Wir treffen nicht alle Tage auf Sterbliche, die sehen können, wer wir wirklich sind.«

»Und die, falls sie uns doch erkennen, nicht schreiend davonlaufen«, ergänzte Juna mit weicher Stimme.

Mila hätte ihr stundenlang zuhören und sie betrachten können. Der Engel war wenige Zentimeter kleiner als sie selbst. Das strubbelige weiße Haar und ihre helle Haut ließen sie zerbrechlich wirken, fast als wäre sie wahrhaftig eines der ätherischen Wesen, die sich manche Menschen vorstellten, wenn sie an Engel dachten. Doch dann lächelte Juna aufmunternd, und Mila fiel zum ersten Mal die Lücke zwischen den oberen Schneidezähnen auf.

Sie könnte auch ein Kobold sein, dachte sie und spürte die ausdrucksvollen Augen auf sich ruhen.

Die beiden erwarteten offenkundig eine Antwort, und Mila hatte keine Ahnung, was sie ihnen erzählen sollte. Am besten, sie begann mit dem Offensichtlichen.

»Früher konnte ich Engel sehen, meistens jedenfalls«, begann sie stockend. »Doch die letzte Begegnung liegt lange zurück. Weil ich nicht glauben mochte, dass ihr plötzlich ausgestorben seid, dachte ich, meine Magie nach der Pubertät verloren zu haben.«

Das war nicht einmal gelogen. Indem ihr Lehrer das Geheimnis, von dem nur er zu wissen schien, was es war, tief in ihr eingeschlossen hatte, waren auch die besonderen Fähigkeiten weitgehend verschwunden. Inzwischen hatte sie ihn sogar im Verdacht, dass er absichtlich ihre Erinnerungen an die Jugend und Kindheit manipuliert hatte, aber das bände sie diesen Fremden bestimmt nicht auf die Nase. Ein normales Leben sollte sie führen, hatte Gabriel ihr geraten. Als wenn das so einfach wäre. Er hatte ja keine Ahnung.

Arian beugte sich vor. »Was siehst du?«

»Du willst wissen, was ich hinter eurer menschlichen Fassade sehen kann? Also gut.« Sie atmete tief durch und versuchte sich zu konzentrieren. »In dir«, dabei nickte sie Juna zu, »sehe ich Licht und ein warmes Strahlen. Du bist Heilerin.« Mila überlegte kurz und sagte dann erstaunt: »Doch das warst du auch schon, bevor du ein Engel wurdest ... was noch nicht allzu lange her ist. Du dagegen«, sie sah Arian an, »bist zwar auch kein Engel der ersten Stunde, geboren, nicht geschaffen, aber könntest es jederzeit mit einem von ihnen aufnehmen.« Erschrocken prallte sie zurück. »In deinem Kern brodelt etwas Dunkles.«

»Bemerkenswert«, war der einzige Kommentar, den Arian abgab.

Doch dieses eine Wort reichte ihr zur Bestätigung. Sie lehnte sich wieder zurück und schloss die Augen. Hatte sie wahrhaftig das Innere der beiden Engel so deutlich gesehen? Warum kehrten ihre Fähigkeiten ausgerechnet jetzt zurück?

»Bist du ...«, hier zitterte ihre Stimme, »... ein Dämon?«

»Du weißt nicht viel über unsere Welt, nicht wahr?« Und als Mila unglücklich nickte, fuhr er sich aufgebracht durchs Haar. »Das ist unverantwortlich! Wie konnte er so etwas tun?«

Ihr kam ein Verdacht. Konnte es sein, dass diese Engel Gabriel kannten? »Von wem sprichst du?«

»Erklär du es ihr.« Arian wandte sich ab.

Juna seufzte, dann schenkte sie Tee nach. »Wir gehören zu den *Vigilie*. Das sind himmlische Wächter, deren Aufgabe es unter anderem ist, gemeinsam mit den Dunklen Engeln die Portale zur Schattenwelt zu hüten.«

»Du meinst, jeder auf seiner Seite? Aber wenn beide die Tore bewachen, wer soll dann da noch durchkommen?«

»Dämonen.«

»Aber in der Unterwelt, das sind doch alles Dämonen!«

Von Arian war ein seltsames Geräusch zu hören, und Juna seufzte erneut. »Wer hat dir denn das erzählt?«

Mama. Doch das sagte sie bestimmt nicht laut. Nach dem plötzlichen Verschwinden des Vaters hatte ihre Mutter beinahe alles und jeden als Dämon oder von ihnen besessen bezeichnet. Gefallene Engel, die unter den Menschen lebten, das war eine andere Sache gewesen. Die hatte sie geradezu als Heilige verehrt.

»Sieh mal, es ist so …«, unterbrach Juna ihre Erinnerungen. »Die Dunklen Engel haben eine wichtige Aufgabe übernommen.« Sie lehnte sich vor und sah Mila mitleidig an, als ahnte sie den Tumult in ihrem Inneren. »Sie schützen diese, nennen wir sie der Einfachheit halber *Menschenwelt*, vor den Dämonen, die nur zu gern hier eindringen und alles verwüsten würden. Das Gleichgewicht zwischen den magischen Dimensionen ist aber äußerst sensibel, und gelänge es ihnen, ihr Ziel zu erreichen, dann wäre es mit unserer Freiheit für alle Zeiten vorbei.«

»Wirklich? Ich hatte keine Ahnung«, sagte Mila schwach und fasste Halt suchend nach der Sessellehne.

»Du bist erschöpft. Sobald es dir besser geht, kann ich dir gern mehr darüber erzählen, wenn du möchtest.«

»Wissen ist unser kostbarstes Gut, es kann eines Tages dein Leben retten«, sagte Arian ernst, aber ebenfalls mit sanfter Stimme. »Jetzt ruh dich aus.«

Juna tätschelte ihre Hand und erhob sich. »Keine Angst, wir bleiben in der Nähe.«

Weniger Sorgen hätte sie sich gemacht, wenn sie endlich allein gewesen wäre. Und wo steckte eigentlich Florence? Sie hätte Anthony vom Herrenhaus aus anrufen und ihm sagen können, dass es ihr gut ging. Andererseits – je weniger er von ihrem Sturz wusste, desto weniger Vorwürfe würde er sich machen, ihr diesen Gutschein geschenkt zu haben. Das Beste wäre überhaupt, die ganze Sache zu verschweigen. Aber das gelänge bestimmt nicht. Schließlich war er mit dem Leiter der Fallschirmspringer-Gruppe bekannt, und womöglich stünde ein so ungewöhnliches Unglück sogar in der Londoner Zeitung.

»Es besteht wohl keine Chance, diesen blöden Unfall irgendwie geheim zu halten?«, fragte sie kleinlaut.

Zum ersten Mal sah sie Arian grinsen. Er war wirklich ein attraktiver Mann ... Engel. Wie auch immer, Juna war zu beneiden.

»Angst vor den Journalisten?«, fragte er. »Warten wir's ab. Jetzt schlaf!«

Juna folgte ihm nicht sofort hinaus auf die Terrasse, sondern ging dicht vor Mila in die Hocke. »Egal was du von Lucian denkst – sollte er dich eines Tages fragen, ob du ihm vertraust, antworte um Himmels willen *Ja*.«

»Und wenn es nicht stimmt?«

»Dann bist du nicht die, für die ich dich halte. Und glaub mir oder nicht«, sie tippte sich an die Nasenspitze, »was das betrifft, habe ich einen ausgezeichneten Riecher.«

Damit drehte sie sich um und glitt durch die Terrassentür.

»Mein Fürst!« Der Dunkle Engel bemühte sich sichtlich um eine Balance zwischen angemessener Demut, die er seinem Herrn zu erweisen hatte, und der eigenen Würde.

Wäre es nach Lucian gegangen, so hätte er sich auch mit einem einfachen *Marquis* oder sogar mit nicht mehr als seinem Namen zufriedengegeben. Manchmal gab es vertrauliche Gespräche zwischen ihm und Quaid. Doch die waren selten und fanden nur statt, wenn sie beide sicher sein konnten, tatsächlich allein zu sein. Gehenna war nicht der richtige Ort dafür. Hierarchien waren ein unverzichtbares Element des Schattenreichs, ohne das es unregierbar wäre. Diese Meinung vertrat zumindest ihr oberster Regent, der Lichtbringer, und Lucian war ungeachtet seiner persönlichen Vorlieben geneigt, ihm beizupflichten. Vielleicht genoss er deshalb die Treffen mit Arian und Juna.

Beide pflegten einen lockeren Umgangston, der hier in Lucians Reich nahezu undenkbar war. Arian, der eine Sonderstellung in diesem Gefüge einnahm, tat es fraglos aus kalkulierter Respektlosigkeit. Juna verhielt sich in seiner Gegenwart so natürlich, weil sie beide etwas verband, das man bei allen Unterschieden als Freundschaft bezeichnen konnte. Nicht ohne Grund hatte er seine Sorge um Mila ebenso zu der ihren gemacht. Doch jetzt war nicht der richtige Zeitpunkt, um über das bezaubernde Rätsel nachzudenken, das ihn in einer anderen Welt erwartete.

»Quaid, was hast du zu berichten?«

»Wir haben Unregelmäßigkeiten an einem der Portale entdeckt.« Quaid schluckte, und es war ihm anzusehen, dass er sich nicht wohl in seiner Haut fühlte. »Wer auch immer die Siegel verletzt haben mag, muss sehr vorsichtig gewesen sein. Ich konnte keine Spur finden.«

»Gibt es Parallelen zu den Vorfällen in Chicago?«

»Nichts Offensichtliches, mein Fürst. Dort war es Bestechung, hier haben wir es mit raffinierter Magie zu tun. Wir bleiben dran.«

Während seines Diensts für einen dämonischen Herrn hatte er viel gelernt und war zu einem wertvollen Berater für Lucian geworden. Besonders wenn es um Dämonenangelegenheiten ging. Inzwischen waren sie enge Vertraute. Dabei half, dass Quaid das ungewöhnliche Talent besaß, Lucians Stimmungen selbst in Situationen zu spüren, in denen andere längst auf Vermutungen angewiesen waren, und sich entsprechend zu verhalten. Mal war er jovial und sprach zu ihm wie ein Freund, bei anderen Gelegenheiten wusste er angemessenen Abstand zu halten.

Freundlicher fragte Lucian: »Wer außer uns weiß noch davon?«

»Niemand.«

»So soll es auch bleiben. Behalte die Sache im Auge und erstatte mir regelmäßig Bericht.«

Mit einer Verbeugung wollte sich Quaid zurückziehen, da veränderte sich plötzlich die Atmosphäre im Raum, und im Nu stand er neben Lucian, die Hand locker auf dem Schwertknauf, bereit, seinen Herrn zu verteidigen.

»Ich bin nur die Botin!«, erklang eine melodische Stimme, und eine der zweifellos eindrucksvollsten weiblichen Bewohner der Unterwelt erschien. Sie war eine Dämonenprinzessin erster Ordnung und gehörte damit zum Hochadel der Dämonen.

Mit ausgestreckten Armen ging sie auf Quaid zu. »Ist das ein Geschenk?« Sie wandte sich an Lucian. »Er hat uns so viel Freude gemacht. Nicht wahr, mein Engelchen? Endlich mal ein Spielzeug, das meine Brüder nicht sofort zerstören konnten, auch wenn sie sich redlich bemüht haben.«

»Naamah«, unterbrach er, bevor sie Quaid berühren konnte. Mit einer unauffälligen Geste entließ er ihn.

Der Dunkle Engel war sofort verschwunden. Einst hatte er Naamahs Vater gedient und danach niemals über Einzelheiten seines Lebens an dessen Hof gesprochen. Doch Lucian vermochte in seinen Ängsten zu lesen wie in einem Buch. Darum wusste er recht genau, was Quaid als *Spielgefährte* einer lüsternen Dämonenbrut hatte erleiden müssen. Dagegen waren die Satyrn, die an seinem Hof lebten, seit er ihren Besitzer hingerichtet hatte, harmlose Plüschtiere. Aus gutem Grund fürchtete Quaid nichts mehr als eine wiedererwachte Aufmerksamkeit seiner Peinigerin, die nun allerdings Lucian galt.

Die Dämonin sah ihn mit schmalen Augen an. »Warum hast du das *Engelchen* fortgeschickt?«

»Er hat zu tun.« So schroff hatte Lucian nicht klingen wollen. Bevor sich ihr Gesicht weiter verfinstern konnte, fügte er deshalb hinzu: »Bringst du mir Nachricht von Luzifer?«

Jeder wusste, dass sie zurzeit wieder einmal beim Lichtbringer ein und aus ging. Die wechselhafte Geschichte einer nie bewiesenen Liaison zwischen ihr und dem obersten Herrn der Hölle war ein beliebtes Thema in der magischen Welt, und die Spekulationen darüber, wie viel Einfluss sie inzwischen gewonnen haben mochte, nahmen kein Ende.

Geschmeidig näherte sich die Dämonin. »Erwartest du von ihm zu hören?«

Obwohl sie sich schon häufig begegnet waren, beeindruckte Lucian jedes Mal aufs Neue, mit welcher Eleganz sie sich bewegte. Die Naamah trug wie üblich nichts weiter als ihr bodenlanges Haar, das den leuchtend roten Körper umfloss und dabei immer in Bewegung zu sein schien. Dass sie hier einfach so aufgetaucht war, gefiel ihm allerdings überhaupt nicht.

Naamah lachte wissend. »Deine Siegel sind exzellent, keine Sorge. Aber mein Gebieter hat mir dies hier überlassen.«

Mit einem kontrollierten Gesichtsausdruck ließ er seinen Blick unter halb geschlossenen Lidern nur ganz kurz über den Schlüssel in ihrer Hand gleiten, dessen Magie sich eindeutig dämonisch anfühlte. Dabei befeuchtete er wie unabsichtlich die Lippen, als interessiere ihn etwas ganz anderes an der verführerischen Dämonin.

Doch hinter dieser Fassade des nimmersatten Verführers arbeitete es. Welche Macht verlieh ihr der Schlüssel? Er würde Quaid fragen, was er darüber wusste. Ein Lächeln erschien in seinen Mundwinkeln. Es war eine gute Idee gewesen, den Engel strafzuversetzen. Quaid hatte sich als herausragender Spion erwiesen, und Lucians drakonische Strafen wurden danach noch mehr gefürchtet.

Die Dämonin warf ihm einen prüfenden Blick zu. Offensichtlich zufrieden mit ihrem Erfolg, reichte sie Lucian die Hand. »Gehen wir?«

»Nach Euch, Princess Naamah«, sagte er mit vor Begehrlichkeit dunkel klingender Stimme. Wenn sie allerdings glaubte, er würde Händchen haltend mit der Geliebten seines Chefs in dessen Büro auftauchen, dann überschätzte sie ihre Anziehungskraft gewaltig.

Lucian, der in der Vergangenheit durchaus mit der einen oder anderen Dämonin überaus befriedigende Verhältnisse gepflegt hatte, empfand dieser durchtriebenen Schönheit gegenüber nicht die Spur von Lust.

Das wusste zu seinem Glück auch der mächtigste aller gefallenen Engel, als er wenig später hinter seinem Schreibtisch hervortrat. Luzifer brauchte der Prinzessin nur einen einzigen Blick zuzuwerfen, und sie versank in einen tiefen Knicks. »Darf ich mich zurückziehen, mein Gebieter?«

»Geh!«

Irgendetwas an der Kommunikation musste Lucian entgangen sein, denn sie bewegte sich so schnell es ging rückwärts aus der Tür, die ihr Signora Tentazione bereits mit einem sauren Lächeln aufhielt. Die Signora sorgte für einen reibungslosen Ablauf im Tagesgeschäft des Lichtbringers, und normalerweise war sie es auch, die seine regierenden Fürsten benachrichtigen ließ, sobald er nach ihnen verlangte.

Zu gern hätte er gewusst, warum sein Chef dieses Mal die Prinzessin geschickt hatte, und offenbar beschäftigte sich auch die Signora mit dieser Frage. »Wenn Ihr nach der Audienz bitte noch einmal bei mir vorbeischauen wollt?« Als er nickte, stöckelte sie auf ihren bleistiftdünnen Absätzen hinaus.

»Die beiden können sich nicht ausstehen«, sagte der Höllenfürst amüsiert, nachdem sie die Tür lautlos hinter sich geschlossen hatte. Dann wurde er ernst. »Mir sind Gerüchte zu Ohren gekommen.«

Aufmerksam beobachtete Lucian, wie der Lichtbringer zum Fenster ging und hinaus in das Inferno sah, das ein Teil der Hölle war und ihn stets aufs Beste zu amüsieren schien.

Jetzt bloß nichts Falsches denken! Darin, sein Inneres zu leeren, bevor er einer Einladung zur Audienz folgte, war Lucian geübt. Doch das brauchte selbst bei ihm Zeit, und der Schlüssel, mit dem die Prinzessin von den Wachen unbemerkt in seinen Palast eingedrungen war, hatte ihn offenbar mehr beunruhigt, als er zugeben wollte.

»Welcher Art sind diese Gerüchte, wenn ich fragen darf?«, erkundigte er sich schließlich.

Ohne sich umzudrehen, sagte Luzifer: »Du seist milde geworden, hieltest dich mehr unter den Sterblichen auf, als dir guttäte, und hättest sogar …«, jetzt imitierte er den Tonfall des unbekannten Anklägers, »Kontakt zu himmlischen Abgesandten.«

Lucian schwieg. Was hätte er sagen sollen? Für *milde* hielt er sich zwar keinesfalls, aber die restlichen Vorwürfe waren nicht von der Hand zu weisen.

Lucian mochte die rechte Hand des Teufels sein, aber er war klug genug, in dessen Gegenwart stets auf der Hut zu bleiben. Deshalb blinzelte er nur einmal, bevor er sagte: »Das stimmt, wie Ihr wisst.«

Ein raues Lachen sorgte dafür, dass ihm die Haare im Nacken zu Berge standen. Der Lichtbringer stand so plötzlich hinter ihm, dass er Mühe hatte, Haltung zu bewahren. »Wir wissen, dass es für eine gute Sache ist. Die Dämonen sehen es anders. Weißt du, dass ich in den letzten Monaten drei Bewerbungen auf deinen Posten erhalten habe?«

Den Fehler, sich zu verteidigen, würde er nicht machen. Die Hinrichtung des bestechlichen Portalwächters hatte Gegner wie Verbündete beeindruckt, das wusste er aus zuverlässigen Quellen. Wenngleich es durchaus Kräfte gab, die ihn demontieren wollten – damit hatte er schon immer leben müssen. Der wahre Grund für seine Zurückhaltung lag anderswo: Niemals war Luzifer tödlicher als zu Zeiten, in denen er sich zu amüsieren schien, und die Heiterkeit, die er heute zeigte, nahm allmählich ein bedrohliches Ausmaß an. Dennoch sagte Lucian unbeirrt: »Unter anderem von Naamah?«

»Wie kommst du darauf?«

»Mir sind Gerüchte zu Ohren gekommen«, zitierte er seinen Chef und erlaubte sich dabei den Hauch eines Lächelns.

»Stimmt, sie war die erste Bewerberin. Aber keine Sorge, das ginge nicht lange gut.« Er lachte wieder.

»Signora Tentazione?«

»Ich mag deinen Humor, und ich schätze deine Loyalität. Warum sollte ich dich erst zum Großfürsten machen und dann durch eine niedliche Dämonin ersetzen?«

»Niedlich?«

»Na gut, *verschlagen* trifft es besser. Das ändert aber nichts an der Tatsache, dass diese Gerüchte ein Ende haben müssen. Ich bin es leid, mit schlecht geschriebenen Stellengesuchen belästigt zu werden. Außerdem«, jetzt wurde seine Stimme scharf, »könnte jemand auf die Idee kommen, sich auf meinen Posten zu bewerben.«

»Das wäre Wahnsinn.«

»Genau. Wer sollte einen so lausigen Job machen wollen? Ein paar Tausend Jahre hieß es damals, und wie lange sitze ich jetzt schon hier fest? Wenn man wenigstens Ferien machen könnte ...«

Lucian fühlte, wie ihm kalt wurde. Der Lichtbringer war seiner Berufung überdrüssig? »Luzifer ...« Einst waren sie so etwas wie Freunde gewesen. Er hatte die Forderungen nach mehr Freiheit immer unterstützt und war mit ihm gegangen, als es beschlossene Sache war, das Gleichgewicht der Welten auf diese Weise zu erhalten. Die meisten von ihnen hatten das längst vergessen und dachten inzwischen in Kategorien wie *Gut* und *Böse*. Ganz wie Sterbliche, deren kurze Lebensspannen ihnen vermutlich keine andere Wahl ließen, wollten sie sich den Lauf der Welt erklären.

Selbst er hatte sich angewöhnt, von seinem einstigen Freund als einem unberechenbaren, manchmal regelrecht launischen Despoten zu denken. Und das war auch besser so, denn niemand durfte jemals erfahren, was sie verband. Es hätte ihre Position im stetigen Kampf gegen die rebellierenden Dämonen geschwächt. »Luzifer, das ist nicht dein Ernst?«, fragte er leise.

»Natürlich nicht.« Das Lachen klang nicht ganz überzeugend in seinen Ohren. »Aber, mein Freund, es kommen schwere Zeiten auf uns zu. Da braut sich etwas zusammen, ich kann es in meinen Flügelspitzen fühlen.« Er kehrte hinter seinen Schreibtisch zurück, setzte sich und stützte das Kinn auf die wie zum Gebet gefalteten Hände, als wollte er nachdenken. »Du hast Schwierigkeiten an den Portalen. Geh der Sache nach.«

»Das werde ich.« Lucian wusste, dass er entlassen war, und ging zur Tür. Wahrscheinlich war er der Einzige, der es wagte, dem mächtigsten Wesen der Unterwelt den Rücken zuzukehren ... wenn sie unter sich waren.

»Lucian.«

Die Hand auf der Türklinke, wartete er darauf, was noch kommen würde.

»Den Schlüssel hat sie von ihrem Vater. Und noch etwas: Vergiss nicht, Signora Tentazione möchte dich sehen.«

So leise wie möglich verließ Lucian das Büro. Die Signora wartete bereits auf ihn.

Eine wechselvolle gemeinsame Vergangenheit hatte ihn

mehr als einmal in ihr ausgesprochen einladendes Bett geführt. Dennoch kannte er noch immer nicht ihren Vornamen.

»Komm her!«, sagte sie und zog seinen Kopf zu sich herunter, um ihn zu küssen.

Lucian ließ sich nicht zweimal bitten.

Eine äußerst befriedigende Stunde später malte er mit den Fingerspitzen Kreise auf ihre samtschwarzen Schenkel und überlegte, ob sie zu bewegen sein würde, noch ein bisschen länger ihre Pflichten zu vernachlässigen. Plötzlich setzte sie sich auf. »Ich sollte es dir nicht erzählen, aber sie ist meine Halbschwester.«

»Wer?« Im ersten Augenblick war er verwirrt.

»Naamah. Sie hat schon immer versucht, Unfrieden zu stiften. Dafür hat unser Vater sie zu seiner Erbin ernannt, obwohl ich und sogar meine jüngeren Geschwister ein weitaus größeres Recht auf seinen Thron hätten. Ihre Mutter war nicht mehr als eine unbedeutende Sklavin.«

Lucian setzte sich ebenfalls auf, legte ihr die Arme um den Körper und zog sie an sich. »Und was machen wir jetzt mit deiner *lieben* Schwester?«, fragte er leise in ihr Ohr. Verriete sie ihm mehr über den Schlüssel, wenn er sie danach fragte?

»Es ist nicht richtig, dass sie den Schlüssel benutzt. Vater hat in seinem Treueeid schwören müssen, ihn niemals einzusetzen.« Sie drehte sich zu ihm um und lächelte. Dabei ließ sie etwas Kaltes in seine Hand gleiten. »Der Überlieferung nach muss es nur in der Hand gehalten werden, und jedes Siegel, das man damit webt, wird unüberwindlich.«

»Das kann ich unmöglich annehmen!«

»Du musst. Wenn du fertig bist, bringst du es mir zurück. Und ... Lucian?«

»Sì, Signora?« Zärtlich küsste er ihren samtweichen Nacken. Vielleicht würde sie doch noch etwas mehr Zeit für ihn erübrigen können.

»Luzifer hat recht – etwas äußerst Bedrohliches wurde in Gang gesetzt, und ich glaube, du bist der Einzige, der es aufhalten kann.« Sie seufzte. »Diese Stunden mit dir werden mir fehlen.«

Genau wusste er nicht, was sie damit meinte, denn ihre Gedanken blieben ihm verschlossen. Aber in den folgenden Stunden gelang es ihm, ihr einige weitere ausgefallene Gründe zu liefern, ihn zu vermissen.

Bald nach der Rückkehr in seinen Palast hatte Lucian sämtliche Siegel erneuert. Und obwohl er lieber zu Mila wollte, die inzwischen sicher in ihrem Häuschen angekommen war, nahm er sich die Zeit, die oberflächlich betrachtet unscheinbare Leihgabe der Signora in eine mit kostbaren Edelsteinen besetzte Schatulle zu legen und sie eigenhändig in Luzifers Palast zu tragen, der seit einigen Jahren eher einem Bürohochhaus glich als dem Sitz des mächtigsten Herrschers der Unterwelt.

Geduldig wartete er darauf, dass die Signora ihr Büro betrat. Als sie endlich die Tür zu ihrem Reich öffnete, stand er auf, verbeugte sich und sagte: »Danke!« Mit diesem Wort, das kaum ein Wesen jemals von ihm gehört hatte, überreichte er ihr das nicht mit Gold aufzuwiegende Kästchen.

»Jederzeit wieder«, raunte sie und zwinkerte ihm zu.

II

Der Schlaf hatte Mila erfrischt. Sie richtete sich auf und versuchte vorsichtig, vom Sofa aufzustehen.

»Wirst du wohl liegen bleiben!« Selten hatte Florence resoluter geklungen. Außer vielleicht, wenn sie mit Handwerkern oder Lieferanten verhandelte.

Ein heller Schmerz schoss durch ihren Körper. Mila ließ sich behutsam zurücksinken. »Es ist nicht so schlimm, wie du denkst.«

»Ja sicher! Du springst aus den Wolken, der Schirm öffnet sich nicht, und mit dem Ersatzschirm fliegst du direkt in einen Baum. Das nennst du *nicht schlimm*?«

Inzwischen hatte sie so unterschiedliche Versionen ihres Unfalls gehört, dass Mila selbst nicht mehr genau wusste, was in Wahrheit passiert war.

»Natürlich war es schrecklich«, gab sie bereitwillig zu. »Und mir tut jeder Knochen weh.«

Hier übertrieb sie nicht. Den vermeintlich außergewöhnlichen Heilungskräften zum Trotz waren ihre Schulter und das Bein beileibe noch nicht in Ordnung.

Florence setzte sich vor dem Sofa auf den Boden und fasste nach ihrer Hand. »Es tut mir so leid! Wenn ich wegen der Party nicht so blöd reagiert hätte ...«

»Ach nein. Das ist doch längst Geschichte. Ich war auch nicht besonders gut drauf. Diesen Gutschein für einen Fallschirmsprung hat Anthony mir geschenkt, und weil unser gemeinsamer Ausflug wegen seiner Reise nach Brüssel ins Wasser gefallen ist, wollte ich ihn eben einlösen.« Verträumt sah sie zum Fenster. »Weißt du, Fallschirmspringen ist fast so, als hättest du selbst Flügel. Man fühlt sich dabei wirklich frei!«

Ungläubig schnaufte Florence. »Davon bin ich überzeugt. Es muss toll sein, wie ein Falke zu Boden zu stürzen und kurz vorher festzustellen, dass man die Federn in der Garderobe vergessen hat.«

Zu lachen war in ihrem jetzigen Zustand keine so günstige Idee, also schluckte sie ihr Kichern tapfer herunter und gab sich reumütig. »Zugegeben, auf diese Landung hätte ich verzichten können.«

Ein Schatten fiel durch die Terrassentür. »Du bist wieder wach!« Als Juna sah, dass sie Gesellschaft hatte, kam sie mit ausgestreckten Armen herein. »Und du musst Milas Freundin sein.«

Mit einem Hüsteln versuchte Mila, ihre Verlegenheit zu kaschieren, während sie Florence' Mienenspiel beobachtete. Von Erschrecken und Verwunderung bis zu fassungslosem Starren, als sie Arian erblickte, war alles dabei.

»Wer ist das, ein Gott?«, flüsterte sie zu Milas Entsetzen deutlich hörbar.

Erfreulicherweise ignorierte Juna die Frage. Offenkundig hatte sie sich an ähnliche Reaktionen, nicht nur von Geschlechtsgenossinnen, längst gewöhnt. Anstatt also darauf einzugehen, sagte sie: »Als Lucian uns erzählte, dass Mila vorübergehend hier an der Küste wohnt, wollten wir unbedingt nach ihr sehen. Du kannst dir vorstellen, wie entsetzt wir waren, als wir erfuhren, was passiert ist.«

Sie schwindelt verdammt gut, dachte Mila und fragte sich, wie sie erklären sollte, nie zuvor von den beiden gesprochen zu haben. Eine Bekanntschaft wie diese verschwieg man nicht so einfach.

Zum Glück fragte Florence nicht nach, erhob sich stattdessen und schüttelte den Engeln die Hand. »Danke, dass ihr euch um sie gekümmert habt. Ich wünschte, ich wäre eher hier gewesen.« Dann wandte sie sich an Mila. »Aber wer hat dich hergebracht? Ich dachte, du warst im Krankenhaus.«

»Das war ich.« Lucian stand urplötzlich im Raum, sodass selbst Arian überrascht wirkte. »Sie müssen Florence sein. Shaley, wir haben telefoniert.«

Nicht nur Milas Hals war plötzlich wie zugeschnürt. Wie hatte sie ihn jemals für einen normalen Sterblichen halten können? Die Luft vibrierte förmlich, und Lucian schien allgegenwärtig zu sein. Seine Stimme glitt seidenweich über ihren Nacken, umnebelte ganz offensichtlich den Verstand ihrer Freundin – zumindest, wenn man von dem verzückten Gesichtsausdruck schließen durfte – und ließ sogar Juna erröten.

Einzig Arian schien immun zu sein. Er verdrehte in gespielter Verzweiflung die Augen himmelwärts und bewirkte damit, dass es Mila gelang, die humorvolle Seite der Szene zu erkennen. Sie bemühte sich, ihre Stimme unter Kontrolle zu halten, als sie sagte: »Flo, Mr. Shaley ist ein *alter* Bekannter.«

Arian bekam einen Hustenanfall und kehrte ihnen den Rücken zu, um sich ein Glas Wasser einzuschenken.

»So alt nun auch wieder nicht. Wir haben uns kürzlich über Peter kennengelernt.«

»Peter?«, fragte Florence mit belegter Stimme.

Schnell erläuterte sie: »Ich habe dir von ihm erzählt. Der Chef von *Castles & Landscapes*.«

Bevor sie mehr sagen konnte, gab Florence einen kleinen Schrei von sich. »Dann berichten *Sie* über Stanmore? Maggy, ich meine, Lady Margaret hat mir davon erzählt. Sie war ganz aus dem Häuschen.« Der Blick, den sie Lucian zuwarf, hätte einen Eisklotz schmelzen können. »Nun sehe ich auch, warum.«

Dass sich Florence in der Nähe von attraktiven Männern wie eine rollige Katze aufführte, war eindeutig neu. *Was denkt sie sich bloß dabei?* Wenig frohe Gedanken trieben Mila um. *Immerhin habe ich Lucian zuerst entdeckt!*

Als ahnte er ihre nicht allzu freundschaftlichen Gedanken trat Lucian näher ans Sofa heran und legte ihr eine Hand leicht auf die gesunde Schulter. Diese beinahe zärtliche Geste erfüllte sie mit tiefer Befriedigung. Am liebsten hätte sie den Kopf in seine Hand geschmiegt und einfach nur seine Nähe genossen. Als sie aufsah, begegnete sie Junas wissendem Blick und spürte heiße Schamröte in ihren Wangen brennen. Trotzig dachte sie: *Er hat mein Leben gerettet. Da darf man doch wohl dankbar sein.*

Ihre innere Stimme war eine Spur kritischer, als sie ihr zuflüsterte: *Wen versuchst du eigentlich zu täuschen?*

»Können wir noch etwas für dich tun?«, fragte Juna und grinste nun ganz unverhohlen, als hätte sie ihre Gedanken gelesen. Wahrscheinlicher war jedoch, dass ihre Augen sie verraten hatten, jetzt, da sie die Brille nicht trug. Rasch senkte sie die Lider.

»Ich würde gern aufstehen.« Verlegen machte sie eine Kopfbewegung in Richtung Badezimmer.

Im Nu hatte Lucian das Sofa umrundet und sie hochgehoben. Wenn er so weitermachte, käme Florence womöglich noch darauf, dass etwas nicht stimmte.

Juna erkannte ihr Problem und sagte mit Nachdruck: »Der Rollstuhl steht dort hinten, setz sie hinein. Denk dran, Mila, du sollst mit dem verletzten Bein in den nächsten Tagen möglichst nicht laufen.«

Das Dumme an so einer Verletzung war, dass man auch keine Krücken benutzen konnte, weil die Schulter dabei nicht mitgespielt hätte. Das hatte Mila bisher nicht bedacht. Es gab nun die Wahl, auf dem Sofa zu nächtigen und relativ unabhängig von der Hilfe anderer zu sein, weil hier unten auch Küche und Bad frei zugänglich waren, oder in ihrem Bett auf der Empore zu schlafen. Dort oben besaß sie zwar ein geräumiges Bad, in das sie notfalls auf einem Bein hüpfen konnte, aber Kühlschrank oder gar ein Herd fehlten natürlich.

Noch unentschlossen, wofür sie sich entscheiden sollte, rollte sie wenig später zu den anderen zurück.

Florence sah auf die Uhr. »Ich muss nach Stanmore, Lady Margaret hat mich zum Tee einbestellt. Liebes, kann ich dich allein lassen?«

Mit drei Bewachern an ihrer Seite war sie schwerlich *allein*, doch das konnte sie Flo natürlich so genau nicht sagen. »Geh nur, ich komme mit dem Ding hier gut zurecht.« Dabei rollte sie übermütig durch den Raum, bis sich Lucian ihr in den Weg stellte.

»Ich bleibe hier.« Sein Tonfall duldete keinen Widerspruch.

Erstaunt sah Florence zwischen ihm und Mila hin und her. Schließlich trat ein kaum sichtbares Leuchten in ihre Augen. »In Ordnung«, sagte sie und verabschiedete sich.

Froh, dass sie Anthony nicht erwähnt hatte, winkte Mila ihr nach und sah zu Lucian auf, sobald die Tür hinter der Freundin ins Schloss gefallen war. »Wir müssen reden.«

»Und wir sollten längst wieder auf dem Heimweg sein«, sagte Juna hastig, und ihre Lippen bewegten sich lautlos weiter, ohne dass Lucian, der leise mit Arian sprach, es bemerkt hätte. *Denk dran, du kannst ihm vertrauen.*

Genau dies war es, was Mila im folgenden Gespräch herauszufinden gedachte. War ihr Retter wirklich vertrauenswürdig? Sie zwang sich, nicht allzu besorgt zu klingen.

»Vielen Dank für alles! Ihr habt mir sehr geholfen, es würde mich freuen …« Sicher war sie sich nicht, ob es klug war, Engel wie diese zum Wiederkommen einzuladen, aber sie beendete den Satz dennoch. »Es wäre schön, wenn wir uns irgendwann einmal wiedersehen könnten.«

»Aber natürlich! Mich wirst du so schnell nicht mehr los.« Juna zog eine Karte aus der Tasche. »Du kannst mich jederzeit anrufen. Jederzeit!«, sagte sie noch einmal und wandte sich an ihren Freund. »Komm, Arian, der Hund hat womöglich das neue Beet umgegraben, und du weißt, wie empfindlich die Feen auf kosmische Störungen reagieren.«

Arian folgte ihr. Bevor sich die Tür hinter ihnen schloss, hörte man ihn belustigt fragen: »… im Blumenbeet-Kosmos?«

Nachdem Ruhe eingekehrt war, stand Mila auf. Wenn sie sich an der Tischkante festhielt, sah man ihr nicht einmal an, dass sie erst gestern aus dem Himmel gefallen war. Abgesehen von dem blöden Schulterverband natürlich. Vergeblich zermarterte sie sich das Gehirn, wie sie am geschicktesten ein Gespräch über Engel, nachtschwarze Flügel und das Geheimnis ihres Lebensretters beginnen sollte.

Auch Lucian schien noch darüber nachzudenken, jedenfalls stand er wortlos in der Terrassentür und sah hinaus.

Als von ihm nichts kam, versuchte sie es schließlich mit: »Du siehst müde aus, wie war dein Tag?«

»Mittelprächtig. Das Meeting war unergiebig und voll hässlicher Überraschungen, und danach musste ich zum Chef.«

Langsam drehte er sich um. Die Sonne zauberte einen hellen Heiligenschein auf seinen blonden Schopf.

»Weißt du was? So etwas hat mich seit Ewigkeiten niemand mehr gefragt.«

»Dann wurde es aber mal Zeit.« Wollte er ihr damit sagen, dass er ungebunden war? Unwahrscheinlich. »Warte mal, wie lange dauert bei dir so eine mittlere *Ewigkeit*?«

»Länger, als du dir vorstellen kannst.« Abrupt änderte sich der spielerische Ton. »Du hast recht, wir müssen über einige Dinge reden.« Nach einer winzigen Pause fragte er: »Es könnte eine Weile dauern, möchtest du lieber draußen sitzen?«

»Das wäre schön.« Bevor sie den Satz zu Ende gesprochen hatte, war er bei ihr, nahm sie kurzerhand wieder in die Arme und trug sie hinaus auf die Terrasse, wo er sie behutsam in einen bequemen Holzsessel setzte. Er ging sogar so weit, einen zweiten heranzuziehen, damit Mila ihr Bein darauf ablegen konnte. »Ich bin sofort zurück.«

Und in der Tat dauerte es nicht lange, bis er mit Gläsern, Baguette, Wasser für sie und einer Karaffe Rotwein für sich selbst zurückgekehrt war. Daran, so aufmerksam umsorgt zu werden, könnte sie sich gewöhnen.

Schließlich ließ es sich nicht mehr länger hinauszögern, und beide sagten im selben Moment: *Wer …*

Er verstummte, und Mila wiederholte die Frage. »Wer bist du wirklich?«

»Lucian. Und weil du das sicher auch wissen willst: Ja, es stimmt, dass ich hier bin, um einer Sache auf den Grund zu gehen, die letztlich unser aller Sicherheit gefährden könnte.«

»Geht es wirklich um Waffenhandel?«

»Auch. Sehr wahrscheinlich Schlimmeres.« Mit den Fingerspitzen berührte er ihre Hand.

Das Engelsfeuer schoss ihr in die Adern, und für einige köstliche Sekunden verlor sie sich darin. Doch das war nicht richtig, und sie bemühte sich, es zurückzudrängen. Mit Mühe beruhigte sie die Flammen, obwohl diese heißer auflodern wollten als jemals zuvor. Endlich verbannte sie die Kraft der Magie sogar vollkommen aus ihrem Bewusstsein.

»Eindrucksvoll!« Es klang, als habe er diese Bemerkung ernst gemeint. Weiter ging er allerdings nicht darauf ein. »Ich habe deine Frage beantwortet, nun gestatte mir, die gleiche zu stellen: Wer bist *du*?«

Es dauerte lange, bis sie sich zu einer ehrlichen Entgegnung durchringen konnte. »Wärst du überrascht, wenn ich dir sagte, dass ich die Antwort darauf selbst nicht kenne?«

Sekundenlang sah er sie mit diesen im heraufziehenden Abend geradezu unirdisch glimmenden Augen an, und auf einmal fürchtete sie, in seinem Blick ertrinken zu müssen. Vergeblich versuchte Mila, sich davon loszureißen. Die Luft zum Atmen wurde ihr knapp, und der Wirbel, der in der grün schillernden Iris die gesamte Aufmerksamkeit jedes Beobachters gebannt hätte, reflektierte auf erschreckende Weise ihren eigenen Blick. Mila hätte in Lucians Magie untergehen mögen, ohne Widerstand zu leisten. »Nicht!«

Dieses eine geflüsterte Wort reichte aus, um den Zauber aufzuheben.

Als wäre nichts gewesen, sagte er: »Dann will ich meine Frage anders formulieren.« Die kühlen Worte wirkten wie eine eiskalte Dusche. »Mila Durham, sag mir, was ist deine Geschichte? Wer glaubst du zu sein?«

Instinktiv wusste sie, dass er versuchte, sie zu manipulieren. Der Impuls, sich ihm rückhaltlos zu offenbaren, war geradezu überwältigend stark, doch einmal diesem beunruhigenden Trancezustand entkommen, den seine Magie erzeugte, hatte sie sich gegen neue Angriffe gewappnet. Es war vielleicht nicht klug, ihm seine Grenzen aufzuzeigen, widerstehen konnte sie dennoch nicht. »Nur zu deiner Information, diese Hypno-Maske zieht bei mir nicht.« Und es stimmte – beinahe jedenfalls.

Langsam ließ er den exzellenten Wein in seinem Glas kreisen und sagte dann wie beiläufig: »Ich weiß von deinem Feuer.«

Weshalb ist das jetzt so leicht gegangen? Mila fragte sich, ob sie etwas übersehen hatte. Doch schnell befand sie, dass es für einen gefallenen Engel wie Lucian ohnehin nicht schwierig sein dürfte, ihre wahre Natur zu erraten. Es gab eine Zeit, da hatte Mila Engel bereits spüren können, bevor sie in ihrer Nähe auftauchten, und nicht selten war es dieser Vorsprung gewesen, der ihr das Leben gerettet hatte.

Wie merkwürdig. Bis zu dieser Minute hatte sie nicht mehr daran gedacht, dass ihr Leben damals täglich in Gefahr gewesen war. Der Erzengel Michael, so hieß es, befehligte die *Gerechten*, eine Gruppe himmlischer Krieger, die es sich in den Kopf gesetzt hatten, gefallene Engel und ihre Nachkommen zu vernichten. *Eine Abnormität* hatte der

Mächtigste von ihnen sie genannt. Und dennoch hatte er sie am Leben gelassen. *Warum?*

Ungeduldig schüttelte sie den Kopf, als hoffte sie, die wirren Erinnerungen fügten sich endlich zu einem Bild zusammen. Puzzles jedoch verlangten Geduld und ließen sich am besten in Ruhe legen. Sie wollte später darüber nachdenken.

Eine Frage brannte ihr nun jedoch auf der Seele: »Gehörst du etwa zu den Gerechten?«

Erstaunt zog Lucian eine Augenbraue hoch, was seinem beinahe schon vollkommenen Gesicht etwas Verwegenes gab. »Wie kommst du denn darauf?« Wider Erwarten fuhr er fort: »Ich möchte fast sagen: *im Gegenteil*. Mit Micaal verbindet mich nichts weiter als eine herzliche Abneigung. Dass er vorerst keine der Gefallenen mehr jagen kann, ist eine der besten Nachrichten der letzten Jahre. Auch wenn ich nicht glaube, dass er sich lange an sein Gelübde halten wird. Er war schon immer ein trügerischer Bastard.«

Erschrocken sah sich Mila um, als erwartete sie, ein Blitz müsste herniederfahren, um ihn für seine lästerlichen Worte zu bestrafen. Selbstverständlich geschah nichts dergleichen. Sie war geneigt, ihm zuzustimmen, allerdings auch ziemlich überrascht.

Doch woher hätte sie diese freudigen Botschaften auch bekommen sollen? Gabriel, wäre er da gewesen, hätte sie jede Information sprichwörtlich aus der Nase ziehen müssen. Lucian und seine himmlischen Freunde waren zwar mitteilsamer, aber seit langer Zeit die Ersten ihrer Art, die sie traf. Jedenfalls soweit sie es wusste, denn offensichtlich hatte sie nach Gabriels *Betreuung* vorübergehend die Fähigkeit verloren, ihresgleichen zu erkennen. Ein beunruhigender Gedanke. Gern hätte sie noch mehr erfahren, aber er sprach schon weiter.

»Erinnerst du dich an den Abend kurz nach unserer Begegnung? Du warst allein im Cottage. Ich wollte mit dir reden, war gerade dabei, ans Fenster zu klopfen, da hast du das Feuer im Kamin entzündet.«

»Oh, das!«

Murphys Law, dachte sie verbittert. Immer geht schief, was schiefgehen kann. Wer hätte denn damit rechnen könne, dass in dieser einsamen Gegend ausgerechnet in dem Moment jemand durchs Fenster sah, in dem sie ihr magisches Feuer zum Kaminanzünden missbrauchte?

Doch da lag eine Ernsthaftigkeit in seiner Stimme, die sie verunsicherte.

»Was weißt du noch?«, fragte sie schärfer als beabsichtigt.

Er schien es ihr nicht übelzunehmen. »Dass du uns sehen kannst und über einige sehr erstaunliche Fähigkeiten verfügst, wie Arian mir berichtet hat.«

»Hat er?«

»Selbstverständlich. Wir arbeiten miteinander.«

»Darauf kommt man aber nicht, wenn man euch zusammen sieht.«

Sein Mund verzog sich zu einem breiten Grinsen. »Stimmt, er steht auf die falsche Flügelfarbe.«

»Und du?«

Plötzlich waren sie da. Seine unbeschreiblichen Schwingen, nur zur Hälfte ausgebreitet und doch das Vortrefflichste und Erhabenste, was sie jemals gesehen hatte. Glatt und glänzend lag eine Feder dicht neben der anderen. Was sie hier betrachtete, war ein Wunder der Schöpfung, keine Frage.

Ohne sich dessen bewusst zu sein, lehnte sich Mila vor, um sie nur einmal mit den Fingerspitzen zu befühlen, über die einzigartige Textur zu streichen, die dunklen Schwungfedern zu berühren. Als sie bemerkte, was sie da tat, zuckte sie zurück.

»Entschuldige! Ich weiß nicht, was in mich gefahren ist.« Engelsflügel ungefragt anzufassen, war ein Tabu, und sie wusste es.

Doch Lucian schien sie nicht gehört zu haben. Ganz still saß er ihr gegenüber. Mit geradem Rücken, regungslos. Etwa so, wie sie sich verhalten würde, flöge ein kleiner Vogel im Überschwang frühlingshafter Gefühle auf ihren ausgestreckten Finger. Staunend und voller Verwunderung über ein solches Vertrauen, das dieses winzige Geschöpf einem um so vieles größeren und mächtigeren Wesen schenkte.

Schneller noch, als er die Flügel hatte sehen lassen, waren sie wieder verschwunden. Nicht etwa zusammengefaltet hinter seinem Rücken verborgen, wie sie es schon bei anderen Engeln gesehen hatte. Einfach fort, als wären sie niemals da gewesen. Und die Welt um sie herum, die einen magischen Moment lang stehen geblieben war, drehte sich weiter, als wäre nicht soeben ein Wunder geschehen.

Scheinbar konzentriert, als verlangte die schlichte Handlung seine gesamte Aufmerksamkeit, goss er sich Wein nach. Trank einen Schluck, holte tief Luft und lehnte sich in seinem Stuhl zurück. Das Glas hielt er am dünnen Stiel, drehte es, nahm einen weiteren Schluck und stellte es schließlich zurück auf den Tisch. »Das ist Wahnsinn«, sagte er eher zu sich selbst und blickte endlich auf, um sie direkt anzusehen.

Milas Herz flatterte. Der kleine Vogel hatte seinen Fehler bemerkt und dachte an nichts anderes mehr als an die Flucht. Bevor sie ihre Hand wegziehen konnte, hatte er sie bereits ergriffen. Kühle, schlanke Finger, die Hände eines sensiblen Künstlers, hielten sie fest, und auch wenn sie es gewollt hätte, Mila war sicher, dass es ihr nicht gelungen wäre, sich dem Griff zu entziehen. Doch nicht Furcht lähmte sie, sondern die Gewissheit, dass sie beide etwas verband. Etwas unbegreiflich Vertrautes, ein Band, das bei jeder Berührung stärkere Fesseln knüpfte.

Das allein wäre schon gespenstisch genug, bedachte man, dass sie so gut wie nichts über ihn wusste und die einzigen Bürgen für seine Aufrichtigkeit zwei Engel waren, wie sie bisher keine erlebt hatte.

Oder halt! Die Erinnerung war so flüchtig wie der Schatten einer Möwe auf dem Meer. Vergeblich versuchte Mila, sie festzuhalten. Warum hatte man ihr die Vergangenheit gestohlen? Was war geschehen, dass sie einmal alles und dann wieder nichts zu wissen glaubte? Es war sinnlos. Der Blick in die Vergangenheit blieb ihr verwehrt.

Noch furchterregender jedoch war Lucians Verwunderung. Nun, vielleicht nicht sichtbar für jedermann, aber doch für Mila deutlich genug, um zu wissen, dass ihm dies nicht gefallen konnte. Angst kroch über ihre Haut. Einen mächtigen Engel verärgerte man nicht. Egal, wo er nun seinen Wohnsitz haben mochte – und bei Lucian war offensichtlich, dass der nicht in Elysiums luftigen Höhen zu finden war.

Die sonst so sinnlich geschwungenen Lippen wirkten schmal, als er endlich sagte: »Du willst mir also nicht sagen, wer du bist. In Ordnung. Aber das solltest du wissen: Ich werde das Komplott aufdecken, und wenn es so weit ist, kann ich dich nur beschützen, wenn du mir vertraust.«

»Aber ich vertraue dir doch!« Rasch dämpfte sie ihre Stimme, als ihr bewusst wurde, wie laut sie gesprochen hatte.

»Tatsächlich?«, fragte er mit einem ironischen Unterton.

Was sollte sie sagen? Dass ihre Seele nach ihm hungerte und es ihr gleichgültig war, wer oder was er zu sein vorgab? Das wäre nicht der klügste Schachzug. Also sagte sie das Naheliegende: »Hättest du mich loswerden wollen, wäre der Absturz die beste Gelegenheit gewesen.« Sie hob die Hand, um einem möglichen Widerspruch zuvorzukommen. »Egal was du mir einzureden versuchst, ich weiß, dass sich jemand am Schirm zu schaffen gemacht haben muss. Schließlich hing ich dran, und glaube mir, man vergisst es nicht, wenn der Sturz in die Tiefe mit jedem Riss dort oben schneller wird!«

»Natürlich war er manipuliert. Weißt du auch, was passiert wäre, wenn du das in die Welt hinausposaunt hättest? Ich kann es dir sagen: An meiner Stelle säßen jetzt ein paar nette Polizisten, um dir Fragen zu stellen, und ein paar weniger nette Journalisten wären bereits auf dem Weg, um zu berichten, was sie für die Wahrheit halten. Diese Art von Aufmerksamkeit kann niemand von uns gebrauchen. Du zuallerletzt. Was du verborgen hältst, muss wichtig genug sein, dass jemand wie Gabriel persönlich Hand anlegt, um dich komplett zu versiegeln.«

»Woher weißt du ... du kennst ihn?«

»Die Welt ist klein, nicht wahr?« Er klang immer noch kühl. »Ich hätte nicht gedacht, so bald wieder auf seine Spuren zu stoßen.«

Erneut kam es Mila vor, als hätte er den letzten Satz mehr zu sich selbst gesprochen. »Verbindet euch etwa ebenfalls *eine herzliche Abneigung*?«

»Nein, mit ihm ist es etwas komplizierter als mit Micaal, oder Michael, wie du ihn nennst.«

»Ehrlich gesagt nenne ich diesen Erzengel lieber überhaupt nicht beim Namen, weil ich das unangenehme Gefühl habe, er könnte mich hören.«

»Dann ist dir immerhin ein Hauch von Instinkt geblieben. Aber das ändert nichts daran, dass du im Notfall schutzlos wärst.«

Das wollte sie nicht auf sich sitzen lassen. »Ich habe eine ausgezeichnete Nahkampfausbildung, schon vergessen? Außerdem habe ich das hier ...« Auf ihrer ausgestreckten Hand erschien ein knisternder Ball aus Energie.

»Niedlich. Weißt du damit umzugehen?«

Vermutlich war es seine Arroganz, von der sich Mila dazu hinreißen ließ, das gefährliche Licht mit einer schnellen Handbewegung auf ihn zu schleudern. *Soll er doch am eigenen Leib spüren, wie gut ich das Engelsfeuer beherrsche!* Sofort tat es ihr leid. *Was habe ich getan?*

Doch sie brauchte sich keine Gedanken um ihn zu machen. Lucian fing ihr Feuer und zerdrückte es zwischen den Fingern, als wäre es nicht mehr als eine lästige Mücke.

»Recht nett.« Der grimmige Ausdruck war jedoch aus seinem Gesicht verschwunden. »Aber auch das ändert nichts daran, dass du jemanden brauchst, der auf dich achtgibt.«

»Und das willst du sein? Warum?«

»Weil ich es versprochen habe.«

Nun war es an ihr, ironisch zu klingen. »Natürlich. Und du hältst alle deine Versprechen?«

»Allerdings. Wenn ich nicht vorhabe, sie zu halten, dann gebe ich sie nicht.«

Die Selbstverständlichkeit, mit der er diese schlichten Worte sagte, beeindruckte Mila. »Du möchtest mich also wirklich beschützen?«

»Ja.«

Ein Dunkler Engel – denn das war er ja wohl, auch wenn er es nicht direkt gesagt hatte –, der sich an Zusagen hielt und ihr helfen wollte? Ihre Mutter hätte sie bestimmt nur ausgelacht. Wie damals, als sie ihr von dem geheimnisvollen Wächter erzählt hatte, der ihrem Vater so ähnlich gewesen war und dessen Tipps ihnen nicht selten einen vollen Bauch und einen warmen Kamin beschert hatten, obwohl niemand davon wissen durfte, nicht einmal der kleine Aljoscha. Eine weitere Erinnerung an die Vergangenheit, die zu allem Überfluss mit all ihren damaligen Ängsten und Sehnsüchten im Gepäck an die Oberfläche drängte. Schnell zwinkerte sie, um zu verhindern, dass ihre Augen überliefen. Sie brauchte dringend eine neue Sonnenbrille.

Durchdringend sah Lucian sie an. »Ich weiß nicht, wie es dir geht, aber mich macht dieses Gerede immer durstig. Auch noch etwas Wein?«, fragte er und erhob sich, um die Karaffe in der Küche aufzufüllen.

Als er sich zum Haus umwandte, stand sie ebenfalls auf. »Lucian?«

»Was ist?«

»Ich weiß, dass du es nicht hören möchtest, aber eines muss ich dir noch sagen …«

Langsam drehte er sich um. »Tu es nicht!«

Natürlich ignorierte sie seine Warnung. »Danke, Lucian. Danke dafür, dass du mir das Leben gerettet hast und dafür, dass du mich beschützen willst.« Dabei legte sie die Hand auf seinen Arm. »Auch wenn ich das für übertrieben halte, ich finde es süß.« Und dann tat sie, was sie schon seit geraumer Zeit tun wollte: Sie küsste ihn.

Zuerst reagierte er verhalten, und Mila überlegte bereits, ob sie einen Fehler gemacht und sich sein Interesse nur eingebildet hatte. Doch bevor es peinlich werden konnte, wurden seine Lippen nachgiebiger, er legte die Hand in ihren Nacken und erwiderte den Kuss nicht nur, sondern übernahm alsbald die Führung. Etwas, wogegen sie in dieser Situation überhaupt nichts einzuwenden hatte. Bereitwillig öffnete sie ihren Mund, und Lucian nahm die Einladung nach einem spielerischen Zögern an. Es fühlte sich so *richtig* an, was auch immer das in diesem Zusammenhang zu bedeuten hatte.

Das Begehren fragte ohnedies nicht nach *richtig* oder *falsch*. Milas weibliche Formen schmiegten sich an seinen harten, muskulösen Körper und entfachten gemeinsam mit ihm eine Hitze, die jede noch so definierte Körperkontur zum Schmelzen gebracht hätte. Die Amazone und der Dunkle Wächter ergänzten sich auf eine Weise, die nicht anders als magisch genannt werden konnte.

Unerwartet gab er sie frei. »Das ist Wahnsinn, Dornröschen!«

»Dornröschen? Was soll das heißen?« Er wusste von ihrem Schutzwall! Also konnte er doch Gedanken lesen oder zumindest unbemerkt in ihre Erinnerungen eindringen. *Was hat er noch gesehen?*, dachte Mila panisch.

»Du duftest wie ein einzigartiger Rosengarten.«

Irgendwo zwischen Erheiterung und Erleichterung schwebend, brachte sie gerade noch ein scheinbar atemloses

Wirklich? heraus und erwiderte seinen belustigten Blick mit so viel Würde, wie ihr möglich war. Es war also doch nur der Geruch ihres Shampoos, das ihm in die Nase gestiegen war.

Mit einer tiefen Falte zwischen den Augenbrauen und gekräuseltem Nasenrücken, der jedem Wolf zur Ehre gereicht hätte, senkte er den Kopf, bis sie den warmen Atem an ihrer Kehle spürte. »Mhm ...«, sagte er. »Rosen, Lavendel und ein Hauch von ...«

Bis hierher hatte er charmant geklungen. Näher wollte sie ihn nicht noch einmal lassen, denn zuletzt hatte sie vor ihrem Flugabenteuer geduscht. »Sag's lieber nicht!« Auf weitere Details zu ihrem Körpergeruch legte sie keinen Wert.

Schmunzelnd, als habe er ihre Gedanken erraten, küsste er ihren Hals, und Mila fand das Nachdenken auf einmal enorm schwierig. Logisch betrachtet war es sträflicher Leichtsinn, aber sobald sie sich berührten, *wusste* Mila einfach, dass sie ihm vertrauen konnte. Zugegeben, ihr Wunsch nach Nähe, nach einem Anker im Leben spielte ganz gewiss eine große Rolle bei jeder Entscheidung, die sie traf. Aber wenn sie für ein paar Minuten alles vergaß, was mit ihren eigenen Träumen und Sehnsüchten zu tun hatte, dann blieb da immer noch dieser einzigartige Zauber, dem sie sich zu gern ergeben hätte.

Gabriels Warnung hing dabei wie ein Damoklesschwert über ihr. Was, wenn eine gemeinsame Nacht selbst jemandem wie Lucian schadete? Ihr Engelsfeuer hatte ihn nicht sonderlich beeindruckt, aber wäre er auch gegen die unbekannte Gefahr, die in ihrem Inneren lauerte, immun? *Nein, das kann ich nicht riskieren.*

Ein Handy klingelte. Er zog es hervor, warf einen flüchtigen Blick auf die Nachricht und steckte es zurück.

»Wieso funktioniert eigentlich dein Telefon hier? Wir haben keinen Empfang.«

»Das muss am Provider liegen.«

»Meinst du? Den hätte ich auch gern.«

»Nein, hättest du nicht«, sagte er beinahe grimmig und wechselte abrupt das Thema. »Es ist spät, möchtest du dich ausruhen?«

Wahrscheinlich hatte er recht. Ein Dunkler Engel wusste wohl am besten, welche Kräfte da am Werk waren. *Ich sollte auf ihn hören*, dachte Mila. Ihr Körper setzte alles daran, so schnell wie möglich zu heilen. Die Verletzungen waren keine Lappalie.

»Gute Idee«, sagte sie schließlich und wollte zum Haus gehen. Beim ersten Schritt gab ihr Bein nach, und erschrocken gab sie einen jämmerlichen Laut von sich. »Ach, verdammt! Warum tut das denn immer noch so weh?«

Sofort hielt Lucian sie fest, bis der Schmerz langsam nachließ. »Komm, ich bringe dich hinein.«

»Ich schaffe das schon.« Mit zusammengebissenen Zähnen versuchte sie es noch einmal und konnte immerhin zwei Schritte machen.

Dann allerdings hatte er sie geschnappt und auf den Arm genommen, als wäre sie ein hilfloses kleines Mädchen. »Ich habe dir das eingebrockt, also erlaube mir, dir zu helfen!«

Im Nu fand sie sich auf der Empore wieder, wo Lucian sie behutsam in ihrem Bett absetzte. Als sich Mila bedanken wollte, legte er ihr einen Finger an die Lippen. »Still! Ich will nichts davon hören!«

12

»Komm her!«

Der Dämon gehorchte, obwohl er alles andere als glücklich darüber war, wie sein Chef mit ihm umsprang.

Er verfügte über ein erstaunliches Maß an Freiheit und konnte sogar die gut bewachten Tore zwischen den Welten unbemerkt passieren. Der Erzdämon dagegen, dem er für neunundneunzig Jahre Gehorsam geschworen hatte, saß in einem Gefängnis der Unterwelt ein und verstand es dennoch, seine Sklaven zu demütigen und zu quälen. Beim letzten Besuch hatte er ihm die Uhr gestohlen und ihn dabei so schwer verletzt, dass es Tage gedauert hatte, bevor er wieder schmerzfrei seinen rechten Arm benutzen konnte.

»Warum habt Ihr mich gerufen?«, fragte er, und es gelang ihm nicht vollständig, seinen Ton dabei unterwürfig zu halten.

Der Gefangene lachte nur. »Haben wir es hier mit einem kleinen Aufstand zu tun?«

Heller Schmerz fuhr ihm durch die Eingeweide, und voller Entsetzen sah er die Glassplitter aus seinem Bauch ragen. »Herr!«, flehte er. »Was habe ich Euch getan?«

»Nichts. Mir war danach. Und jetzt lass uns zum Geschäftlichen kommen. Du wirst Kandidat B ausschalten und einen neuen rekrutieren. Den Namen erfährst du noch.«

»Warum ...«, wollte er fragen, da übermannte ihn erneut der Schmerz. »Ahh! Zur Hölle, nein. Ich wollte doch nur ...«

»Tu, was ich dir sage! Und jetzt geh mir aus den Augen, ich kann dein Gewinsel nicht ertragen.«

Hastig zog sich der Dämon zurück und wähnte sich längst in Sicherheit, da sagte eine Stimme in seinem Kopf: »Sieh zu, dass du die Schlampe in den Griff bekommst. Sie liefert zwar ordentlich ab, aber wenn sie so weitermacht, gefährdet sie unsere Mission.«

Dieser Meinung war er allerdings auch. Doch anstelle einer Antwort floh er so schnell wie möglich aus der Unterwelt und machte erst wieder Halt, als er die vermeintliche Sicherheit seines Zimmers in einem Brüsseler Fünf-Sterne-Hotel erreicht hatte.

Es war schon spät in der Nacht, als es ihm endlich gelang, den letzten Glassplitter aus seiner Bauchdecke zu entfernen. Er raffte das blutgetränkte Verbandsmaterial zusammen und stopfte es in einen dunklen Müllbeutel.

Morgen, tröstete er sich, *geht es dir besser*. Morgen würde er einen Mord begehen.

Nachdem Mila eingeschlafen war, hatte Lucian der Versuchung nicht widerstehen können, sie eingehend zu betrachten. Ihre mädchenhafte, beinahe zerbrechliche Ausstrahlung täuschte. Wer den biegsamen Körper sah, hätte sie für eine Balletttänzerin halten können, wäre sie nicht so hochgewachsen, woran die unglaublich langen Beine einen nicht unerheblichen Anteil hatten. Mit ihrem beachtlichen Repertoire an unterschiedlichen Kampftechniken hätte sie jeden normalen Einbrecher ohne Zweifel schnell aus dem Herrenhaus vertrieben. Dieser vordergründige Widerspruch aus weiblicher Grazie und unerbittlichem Kampfgeist gefiel ihm. Schmunzelnd erinnerte er sich an die nächtliche Begegnung im Arbeitszimmer des Viscounts, bei der sie sich auch nicht zu schade gewesen war, einige ausgesprochen schmutzige Tricks anzuwenden, die eher auf eine raue Kindheit und Jugend in den weniger eleganten Vierteln einer Großstadt schließen ließen als auf eine militärische Ausbildung.

Welch ein Gegensatz zu dem feenhaften Geschöpf, dessen Geheimnis er zu erkunden trachtete. Die hohen Wangenknochen, der exotisch anmutende, porzellanzarte Teint und nicht zuletzt der intelligente Blick aus schräg gestellten und doch ungewöhnlich großen Augen machten sie zu einer Schönheit, die hierzulande womöglich nicht angemessen geschätzt wurde; in der Feenwelt hätte man königliches Blut in ihren Adern vermutet, und Lucian, der Connaisseur, konnte sich kaum sattsehen.

Ihre Lider flatterten und ließen die langen Wimpern wie winzige Flügel aussehen. Sie träumte. Ein herzergreifender Seufzer ließ ihn wünschen, er könnte ihr die Last abnehmen, die sie ganz offensichtlich bedrückte. Doch Milas Geheimnisse lagen tief in ihrem Inneren, von einer rätselhaften Magie selbst vor Lucian verborgen. Der mentale Schutzwall hätte nicht passender gewählt sein können. Die Rosen um ihre *Dornröschenfestung* verhöhnten ihn geradezu mit ihrem lieblichen Duft. Gewiss, schiere Gewalt hätte es vermocht, den Turm einstürzen lassen, das wusste Lucian aus Erfahrung. Das aber würde er nicht zulassen. Niemals durfte diese exquisite Kostbarkeit Schaden nehmen.

Um jeden Preis?, machte sich die Stimme in seinem Kopf lustig, die einst seinem Gewissen gehört hatte, aber längst zu einer zynischen Begleiterin geworden war. *Warum bist du an diesem reizenden Mysterium interessiert? Weil es eine Abwechslung ist, einmal nicht sofort seinen Willen zu bekommen?*

»Zur Hölle mit dir!«

Wie du wünschst!

Während das wissende Lachen in der Ferne verklang, näherte sich bereits der nächste ungebetene Gast. Die Haustür wurde aufgeschlossen, und Florence trat ein.

»Mila, schläfst du schon?«

Jetzt nicht mehr, dachte er und hätte dieser Florence am liebsten den Hals umgedreht.

Mit müder Stimme fragte Mila: »Was ist los?« Dabei schmiegte sie sich vertrauensvoll an ihn. *Ist sie ein Luder oder noch im Halbschlaf?*

»Kann ich hochkommen?« Florence durchquerte den Raum.

»Nein!«, raunte er Mila nachdrücklich ins Ohr.

»Lucian, was machst du hier?«, fragte sie erschrocken, aber ebenso leise.

Die Dielen knarrten.

»Schick sie weg!«

Glücklicherweise reagierte Mila sofort. »Ähm, lieber nicht. Ich bin schrecklich müde. Hat das nicht bis morgen Zeit?«

»Entschuldige. Natürlich! Ich wollte dich nur fragen, ob du was dagegen hast, wenn ich heute nicht hier schlafe? Henry möchte, dass ich ihm beim Einrichten des Apartments in Ivycombe helfe. Sebastian ist auch dort…«

»Kein Problem. Mir fehlt es an nichts. Florence, ist im Herrenhaus alles in Ordnung?«

»Ehrlich gesagt würde ich die ganze Bude gern anzünden.«

Mila schien zu lachen, jedenfalls bebte ihr Körper auf ausgesprochen angenehme Weise. Um einen angemessen mitleidigen Ton bemüht, sagte sie schließlich: »Scheußlich, oder? Aber mach dir keine Sorgen. Peter hat versprochen, dass wir für den Las-Vegas-Geschmack der *Lady* nicht verantwortlich gemacht werden, und Mr. Shaley schreibt bestimmt einen großartigen Artikel.«

»Aha!« Das wissende Lächeln, das ihre Freundin dabei trug, war praktisch bis hier oben aus dem Tonfall zu erahnen. Ebenso wie das Knarren der Dielen, das sich jetzt durch das Cottage bewegte. »Du lässt aber auch nichts anbrennen, meine Liebe! Der arme Anthony hat natürlich selbst Schuld, was treibt er sich auch schon wieder in der Weltgeschichte herum?«

Ein Licht flammte auf, als Florence die Tür zu ihrem Schlafraum öffnete. Das deutlich hörbare Rumoren, das nun folgte, ließ darauf schließen, dass sie eine Tasche packte, die für mehr als nur eine Übernachtung reichte.

Etwas lauter als notwendig sagte Mila: »Du irrst dich. Ich habe nichts mit dem Journalisten. Er ist nur ein …« Sie suchte nach einer passenden Beschreibung.

»Freund!«, soufflierte Lucian leise.

Florence kam aus ihrem Zimmer und knipste hinter sich das Licht aus. »Du willst mir also erzählen, er ist nur ein Freund?«

»Wenn ich es sage!«

»Na klar. Wenn du mich fragst, für diesen *Freund* würde ich sogar meine …«

»Sag es nicht«, fiel ihr Mila hastig ins Wort. »Können wir das bitte zu einem anderen Zeitpunkt diskutieren? Ich bin wirklich müde.«

»Aber natürlich, Liebelein. Und keine Sorge, ich kümmere mich um die Handwerker in Stanmore House. Wäre doch gelacht, wenn die den vorgezogenen Termin nicht hinbekämen.«

Alarmiert versuchte sich Mila aufzusetzen, doch der Schmerz in ihrer Schulter hielt sie zurück. »Wieso vorgezogen? Der Zeitplan war doch auch so eng.«

»Maggy hat festgestellt, dass just am Wochenende, an dem sie ihre *Gesellschaft* geplant hat, Lady Montgomery ebenfalls zur Landpartie lädt.«

»Findet die sonst nicht immer im September statt?«

»In diesem Jahr nicht. Winifred soll unsere gute Lady Margaret nicht besonders schätzen, habe ich gehört.« Florence lachte. »Wenn in Stanmore House alles gut läuft, dann komme ich morgen gegen Mittag rüber und koche uns etwas Leckeres. Ansonsten bitte ich Janet, dir den Lunch zu bringen. Bist du sicher, dass du allein hierbleiben willst? Du könntest …«

»Mach dir keine Sorgen. Ich komme zurecht. Gute Nacht, Florence.«

»Gute Nacht.«

Die Tür klappte, und wenig später war ein Motorgeräusch zu hören, das bald in der Ferne verklang. Gespannt wartete Lucian darauf, wie sie auf seine unerwartete Nähe reagierte.

»Seltsam, ich hätte wetten können, dass du auf der Chaiselongue übernachten wolltest«, sagte sie schließlich.

»Der Name trügt. Das elende Möbel ist zu kurz.«

»Das habe ich dir gleich gesagt, aber du wolltest ja nicht nach unten aufs Sofa. Und überhaupt, ihr braucht doch gar keinen Schlaf.«

»Mila, du bist grausam. Dein Bett ist breit genug für drei, und du willst es nicht einmal mit einem teilen?«

Beim Versuch, sich zu ihm umzudrehen, verzog sie das Gesicht. »Au! Weißt du was? Teilen würde ich lieber diese verfluchten Schmerzen. Ich sehe ja ein, dass ich nicht unverletzt aufschlagen konnte, aber was ist eigentlich mit meinen vermeintlichen Selbstheilungskräften?« Es gelang ihr, ein Stück von ihm abzurücken, und er ließ es geschehen. »Wir könnten einen Deal machen.«

Es war dieser Nachsatz, der ihn erstarren ließ. Auch wenn sie ihn nur für einen normalen Dunklen Engel hielt, musste sie wissen, dass es keine gute Idee war, mit Bewohnern der Unterwelt einen Handel einzugehen. Andererseits wusste er ja bereits, dass sie die Gefahr liebte, und er war einem riskanten Spiel ohnehin niemals abgeneigt.

»Bist du sicher?«, fragte er deshalb und dosierte die Einladung, die in seiner Stimme mitklang, bewusst zurückhaltend. Oh, aber die Versuchung war groß. Wie einfach wäre es, ihr Versprechen zu entlocken, die sie für immer an ihn bänden, unfähig, sich seiner Macht zu entziehen. Doch Lucian wollte die Wahrheit hören. *Was empfindet sie für mich?* Er erführe es niemals, wenn er sie jetzt manipulierte.

»Warum nicht? Du bringst mich wieder in Ordnung und darfst dafür, mhm, lass mal überlegen …«

»In deinem Bett liegen?«, fragte er belustigt.

»Ich weiß nicht. Das wäre schon ein ausgesprochen großes Zugeständnis. Selbst wenn du auf *deiner* Seite bliebest, was ich irgendwie nicht glauben kann.« Über die Schulter zwinkerte sie ihm zu.

Trotz des tapferen Versuchs, sich nichts anmerken zu lassen, war ihr anzusehen, wie unangenehm jede Bewegung für sie sein musste. Und dies, obwohl die Hämatome, die ihre zarte Haut verfärbten, allmählich verblassten. Ihre Selbstheilungskräfte waren zumindest respektabel.

Lucian ahnte, dass er sie heilen würde, ohne überhaupt an eine Belohnung zu denken. Wenn er es vermeiden konnte, sollte sie keine Schmerzen erleiden müssen.

Doch es war wichtig, dass die Leute glaubten, sie habe sich beim Sturz mehr als nur ein paar blaue Flecken zugezogen, denn niemand hatte den zweiten Fallschirm gesehen. Wie auch? Er hatte sich in Wahrheit ja nicht geöffnet. Und es gab noch einen weiteren Grund: Hier im Cottage war sie sicher. Milas sterbliche Freundin vorerst anderswo unterkommen zu lassen, war ein Kinderspiel gewesen, und niemandem gelänge es, die kunstvollen magischen Siegel aufzubrechen, die er inzwischen am Haus angebracht hatte. Dafür war ihm Signora Tentaziones dämonische Leihgabe gerade recht gekommen, von der er bedenkenlos eine Kopie angefertigt hatte.

»Hast du denn gar keine Angst davor, einen *Deal* mit jemandem wie mir einzugehen?« Immer noch unentschieden, ob er sie für furchtlos oder naiv halten sollte, wartete er auf ihre Antwort.

»Du meinst Dunkle Engel im Allgemeinen? Das würde ich nicht wagen. Aber bei dir habe ich keine Sorge.«

Verblüfft fragte er, um sicherzugehen, sich nicht verhört zu haben: »Und wo siehst du den Unterschied?«

Es gab selbstverständlich mehrere. Sogar der respektloseste aller Dämonen wäre niemals auf die Idee gekommen, die rechte Hand Luzifers mit einem einfachen Dunklen Engel, wie er Mila früher vielleicht schon einmal begegnet sein mochte, zu vergleichen. Aber das konnte sie unmöglich wissen.

Nun drehte sie sich doch um. Mühsam und mit deutlicher Konzentration, um den Schmerz zu beherrschen, setzte sie sich auf. »Oh, du bist angezogen? Gut.«

Ihre Stimme verriet ihm etwas anderes. Es gefiel ihm außerordentlich, dass sie ihn attraktiv fand. »Und wenn ich dir sagte, dass ich dich küssen muss, um dich zu heilen?« Es konnte ja nicht schaden, sein Glück zu versuchen.

Mila blinzelte kurz. »Dann würdest du schwindeln. So leid es mir tut, aber ein Kuss hilft da gar nichts.«

»Dem Heiler möglicherweise schon«, gab er zu bedenken.

»Als Belohnung?« Ihre Belustigung war nicht zu überhören. »Das könnte natürlich sein, aber sollte es mich interessieren, was einem *Medicus* Freude bereitet?«

Ein Lächeln wollte sich in seine Mundwinkel schleichen, doch er verbannte es schnell, legte einen Arm hinter den Kopf und betrachtete sie eingehend. »Also?«, fragte er schließlich und erkannte überrascht, wie wichtig ihm ihre Antwort war. »Warum hältst du mich für harmlos?«

Ihr Lachen war ansteckend. »Harmlos? Das würde ich nicht sagen. Eher schon, dass dir keine andere Wahl bleibt.«

»Tut es nicht? Das klingt interessant. Sprich weiter.«

»Ist doch ganz logisch. Du hast versprochen, mich zu beschützen. Stimmt's?«

Fasziniert beobachtete er, wie sie die Lippen mit der Zungenspitze befeuchtete. Der Anblick weckte in ihm beunruhigende Sehnsüchte. Wie fühlte es sich wohl an, wenn sie mit diesem talentierten Mund seinen Körper erkundete? Sie über ihm, das seidige Haar wie Feenflügel auf seiner Haut; Hände, die einer Schwertkämpferin gehören könnten, ein wenig rau. Ihre Berührungen zupackend, rhythmisch und dann wieder zart, bemüht zu gefallen. Und wie sie ihm gefiele …

»Hörst du mir überhaupt zu?«

Unwillig verließ er die erotische Fantasie. »Red schon!«

Sein scharfer Ton minderte ihr Strahlen erheblich. Verunsichert, aber offenkundig nicht bereit aufzugeben, sprach sie weiter. »Wenn du mich beschützen willst, aber gleichzeitig etwas tätest, das mir schaden würde, dann hättest du damit dein Versprechen gebrochen. Und dann – ich zitiere jetzt aus der Erinnerung – *gäbe es keinen Grund, überhaupt ein Versprechen zu geben.*«

»Eine bestechende Logik«, gab er zu.

Damit setzte er sich ebenfalls auf, legte ihr die Hand in den Nacken und küsste sie zart und viel zurückhaltender, als ihm zumute war. Sobald er spürte, wie sie sich entspannte, ließ er sie wieder los.

»Und du meinst, das könnte dir schaden?«

Die Geste, mit der sie ihre Lippen mit den Fingerspitzen berührte, weckte ein Verlangen in ihm, das nichts mehr mit einem leichten Flirt zu tun hatte. Seine Selbstbeherrschung hing inzwischen nur noch an einem seidenen Faden, und dies allein war für Lucian eine vollkommen neuartige Erfahrung.

»Ich … ich bin mir nicht sicher.«

»Dann sollten wir das nicht mehr tun, bis du dir sicher bist, nicht wahr?«

Das irritierte Blinzeln traf ihn unerwartet an einer bisher unbekannten Stelle seines Herzens. Er musste es einfach wissen. Also fasste er ihre Hände und sagte: »Warum glaubst du mir? Du hast doch nur mein Wort.«

Einen Augenblick lang sah sie ihn mit schräg gelegtem Kopf an, dann seufzte sie. »Lucian, ich glaube dir. Und wenn das gut genug für mich ist, dann sollte es das auch für dich sein.«

Die Zeit schien stehen zu bleiben. Es glitzerte verdächtig in ihren Katzenaugen, und er beugte sich vor, um ihr Geheimnis endlich zu ergründen. Doch die Festung im Inneren dieses verführerischen Dornröschens hielt seinen Versuchen, sie zu überwinden, weiter stand. Lucian gab das Unterfangen auf ... vorerst.

»Einverstanden. Ich werde sehen, was ich tun kann, um deinen Schmerz zu lindern.«

»Erst die Bedingungen«, erinnerte sie ihn.

»Du gewährst mir eine Nacht in deinem Bett ...«

»In *deiner* Hälfte natürlich.«

Ohne auf ihren Einwurf näher einzugehen, sprach er weiter: »... und dafür versprichst du, diese Heilung für dich zu behalten.«

»Und wenn ich es doch ausplappere?«

»Dann werfe ich dich eigenhändig vom Dach, und dieses Mal wird nichts deinen Fall aufhalten.«

Mit vorgetäuschter Ernsthaftigkeit erwiderte sie: »Das ist ein Argument. Ich werde mir allergrößte Mühe geben, unser Geheimnis nicht zu verraten.«

Fassungslos, dass sie ihn offenbar nicht ernst nahm, sagte er mit befehlsgewohnter Stimme. »Deal! Und jetzt zieh dich aus.«

»Wie bitte?«

»Ich kann nur heilen, was nicht von Kleidung bedeckt ist«, sagte er harsch. »Aber wenn du nicht willst ...« Beinahe wäre es ihm lieber gewesen, sie hätte abgelehnt.

Doch nach kurzem Zögern tat sie, was er von ihr verlangte, und knöpfte das viel zu große Flanellhemd auf, das ihr als Nachtkleidung diente. Fasziniert sah er zu, wie der weiche Stoff cremeweiße Brüste und eine schmale Taille entblößte. Beiläufig ließ sie ihr Hemd über die Schulter herabgleiten und sah ihm direkt in die Augen. Anstelle von Verlegenheit las er nur eine enorme Ruhe darin, die seine hitzigen Fantasien wirkungsvoll abkühlten.

»Das auch?«, fragte sie und lenkte seine Aufmerksamkeit damit auf das winzige Höschen, das mehr verriet, als es verbarg.

Die Verlockung war riesig, aber letztlich schüttelte er den Kopf.

Wortlos ließ sie sich auf das voluminöse Kissen zurücksinken und sah ihm erwartungsvoll dabei zu, wie er das Licht rief, zu dem die meisten Dunklen Engel nach einigen Jahren in der Unterwelt keinen Zugang mehr fanden. Die Hände zu einem Kelch geformt, erweckte er einen winzigen Funken zum Leben und beobachtete, wie sich die Energie zwischen den Handflächen ausbreitete, pulsierte und schließlich zu der Kraft wurde, von der Elysium einst vollständig durchdrungen war. Der Versuchung zu widerstehen, einzutauchen und sich wie in einem langen, heißen Bad selbst zu reinigen, war bei jeder Heilung die größte Herausforderung. Er widerstand. Luzifer würde ihm diesen Verrat niemals verzeihen.

Behutsam dirigierte er die heilende Kraft voran und ließ sie wie warmes Öl über Milas Körper fließen, bis er vollständig davon eingehüllt war. Dabei spürte er, wie sich jede noch so kleine Verletzung schloss und Narben glätteten, sah, wie sich die geschundenen Sehnen und Muskeln in ihrer Schulter erholten und zum Schluss am Bein die letzten Spuren des Sturzes verschwanden. Als alles wiederhergestellt und der Schmerz gewichen war, holte er das Licht behutsam zurück und sandte es an den verborgenen Ort in seiner Seele, den außer ihm selbst niemals jemand gesehen hatte – nicht einmal Luzifer. Erst danach blickte er in Milas Gesicht und entdeckte die Tränen.

»Warum weinst du?« Geduldig sah er zu, wie sie ihr Hemd wieder überstreifte.

Die Finger zitterten, als sie versuchte, es zuzuknöpfen. Am Ende gelang es zwar nicht vollständig, doch das schien sie nicht zu kümmern. Schluchzend schlang sie plötzlich die Arme um seinen Nacken.

Nicht einmal das Rinnsal ihrer Tränen, das ihm wenig später den Hals entlanglief, konnte Lucian dazu bringen, etwas zu sagen. Ihm fehlten einfach die Worte. Hilflos legte er den Arm um ihre Schulter und hielt sie fest. *Was habe ich bloß angerichtet?*, dachte er. Gutes zu tun, gehörte wirklich nicht zu seinen Stärken.

Schließlich löste sich ihre Umklammerung, die Tränen versiegten. Verlegen ließ sie ihn los und wischte sich trotzig mit dem Ärmel übers Gesicht.

»Es ist diese verdammte Erinnerung. Erst habe ich sie so sehr vermisst, dass ich manchmal dachte, ich werde verrückt. Irgendwann habe ich mich damit abgefunden, so gut wie nichts mehr über meine Vergangenheit zu wissen, und jetzt holt sie mich wie eine eiskalter Flutwelle wieder ein.« Sie legte die Finger auf den Mund und verstummte.

Ohne zu überlegen, griff er nach der bebenden Hand und presste die Fingerspitzen an seine Lippen.

»Wer ich bin, wolltest du wissen«, sagte sie kaum hörbar.

»Ich kann es dir nicht sagen, weil ich es wirklich nicht weiß. Nicht mehr weiß.« Bereitwillig ließ sie zu, dass er sie näher an sich zog, und sprach weiter. »Meine Eltern waren gefallene Engel.«

»Beide?«, unterbrach er sie überrascht, und in seinem Kopf begann es zu arbeiten. Dass so eine Verbindung fruchtbar war, geschah äußerst selten. Er hätte davon wissen müssen.

»Zumindest haben sie mir das erzählt. Ich weiß nicht mehr, was ich glauben kann und was nicht. Ich erinnere mich …« Sie schien zu überlegen. »Als kleines Mädchen wusste ich natürlich nicht, dass wir keine *normale* Familie waren. Ich habe geglaubt, alle Menschen könnten Engel sehen. Eines Tages begegnete mir einer dieser Engel, die sich die *Gerechten* nennen. Er muss gemerkt haben, dass ich ihn beobachtete, denn wenig später brach die Hölle los.« Sie griff nach einer Wasserflasche und trank. »Ich weiß nicht mehr genau, was passiert ist, aber er kam mit erhobenem Schwert auf mich zu, jemand ergriff meinen Arm und zerrte mich in eine Art Vakuum. Genauer kann ich es nicht beschreiben. Da war nichts. Kein Leben, kein Licht, keine Luft zum Atmen.« Ganz in der Erinnerung gefangen, zitterte sie so stark, dass ihre Zähne unkontrolliert aufeinanderschlugen.

»Still, Mila, still. Sei ganz ruhig!« Behutsam strich er ihr mit dem Finger über die Wange. »Es ist ja vorbei.« Damit sandte er einen Rest der in seinen Händen verbliebenen heilenden Magie durch ihren bebenden Körper.

Es half ihr, sich zu fassen, und leise erzählte sie weiter: »Aber ich bin offensichtlich nicht erstickt. Das Nächste, woran ich mich erinnere, ist, dass wir umzogen. Und dann war plötzlich Vater verschwunden. Später habe ich mir zusammengereimt, was passiert sein musste. Wahrscheinlich hat ihn so ein *Gerechter* getötet. Mutter hat nie mit mir darüber gesprochen. Wir sind nach Sankt Petersburg geflohen.«

Mila klang eigentümlich verloren, als sie weiterredete. Fast so, als käme die Erinnerung nur kurz zu Besuch, während sie über die Vergangenheit sprach, und verabschiedete sich gleich darauf wieder.

»Mir war es nur wichtig, dass ich weitertanzen durfte. Das Ballett war mein Leben. Auch als wir später nach London gingen. Aber sieh mich an. Ich bin zu groß dafür, und die Füße haben mir ausgerechnet bei der Abschlussprüfung den Dienst versagt. Der Arzt meinte, diese Entzündungen kämen immer wieder, und mir wurde nahegelegt, die Schule zu verlassen. Als ich mich weigerte, haben sie mir einfach unlösbare Aufgaben gestellt. Alle wussten das, aber niemand hat etwas gesagt, um nicht selbst Probleme zu bekommen. Was hätte ich tun sollen? Ihnen von meinen magischen Selbstheilungskräften erzählen? Am Ende hatte ich meine Lektion gelernt. Nichts ist trügerischer als die Hoffnung.« Mit einer entschlossenen Bewegung wischte sie die von Neuem hervorquellenden Tränen ab. »Schließlich hatte ich auch die Verantwortung für meinen Bruder.«

»Du hast Geschwister?« Lucian wusste nicht, was er davon halten sollte.

»Alex ist … wir sind nicht verwandt. Aber er war alles, was mir nach Mamas Tod blieb.«

»Was ist passiert?«, fragte er behutsam, als sie nicht mehr weitersprach. War die Mutter auch Opfer der Gerechten geworden?

»Ein Unfall. Ich möchte lieber nicht darüber sprechen.«

»Ich verstehe«, sagte er, doch in ihm arbeitete es. Unsterbliche erlagen nicht so einfach ihren Verletzungen. Etwas anderes musste ihren Tod verursacht haben, und Lucian nahm sich vor, der Sache so schnell wie möglich nachzugehen. Aber eine andere Frage brannte schärfer auf der Zunge. »Hast du seither Engel oder andere magische Wesen gesehen?«

»Nach dem Unglück war ich lange krank. Gabriel hat mir schließlich geholfen, wieder auf die Beine zu kommen. Ohne ihn hätte ich meinen Lebensmut vielleicht nie mehr wiedergefunden.« Sie löste sich aus seiner Umarmung. »Danach habe ich hier und da Feen oder Vampire gespürt, gesehen habe ich sie nicht, und Engel zum Glück auch nicht. Jedenfalls habe ich sie nicht bemerkt. Bis vor wenigen Tagen. Irgendetwas geschieht mit mir, und es macht mir Angst.«

Tröstende Worte wären angebracht gewesen, doch Lucian wollte alles wissen.

»Da gibt es doch noch etwas ...«

Vehement schüttelte sie den Kopf. »Dazu werde ich nichts sagen. Ich habe mein Wort gegeben. Und ebenso wie du halte ich meine Versprechen.« Ihre Stimme klang plötzlich hart.

Zu seiner Überraschung empfand er Stolz darauf, dass sie ihr Geheimnis wahrte. Aber würde sie es notfalls auch mit ihrem Leben schützen? Darüber mochte er nicht nachdenken, denn sein Instinkt sagte ihm, dass dem so war und Mila niemals freiwillig verriete, welches Mysterium sie hinter ihrer Dornröschen-Fassade verbarg. Er würde selbst dahinterkommen müssen. Dieser Gedanke entlockte ihm ein

Lächeln. Lucian mochte ein Wächter sein, die Jagd jedoch war seine Passion.

Bis auf die Haut und noch weiter hatte sie sich vor ihm entblößt, wohl wissend, dass sie damit gegen alle Regeln der Vernunft verstieß. Zum ersten Mal in ihrem Leben hatte sie es gewagt, intime Geheimnisse wie diese preiszugeben.

Kein einziges Mal hatte er dabei ihre Verletzlichkeit missbraucht oder sie gar ausgelacht. Wie sonderbar ihre Geschichte auch geklungen haben mochte, er hatte einfach nur zugehört. Mehr noch: Obwohl er nun wusste, dass sie etwas Wichtiges vor ihm verbarg, bohrte er nicht gnadenlos nach, wie sie es von einem Dunklen Engel erwartet hätte. Stattdessen versuchte er auf anrührend ungelenke Art, ihr Trost zu spenden. Viel Übung konnte er darin nicht haben.

Diejenige, der man nicht trauen durfte, das war sie selbst. Wie jemand, der dies übersehen haben könnte, wirkte Lucian beileibe nicht. Dennoch verlangte er keine weiteren Erklärungen und ging auch nicht fort, sondern blieb bei ihr. Vorerst damit zufrieden, sie einfach nur im Arm zu halten und ihr sanft über den Rücken zu streichen. Die unerwarteten Zärtlichkeiten lösten ein Prickeln auf ihrer Haut aus, und es dauerte nicht lange, da fand dieses unbeschreibliche Gefühl seinen Weg in die Mitte ihres Körpers, der bald vor Erregung summte.

Das Hemd hielt ihn nicht lange auf. Nachdem er es geschickt geöffnet hatte, ließ er sich gemeinsam mit ihr langsam aufs Bett zurücksinken und widmete sich ihr mit ungeteilter Aufmerksamkeit.

Unter seinen kundigen Händen zogen sich die Brüste lustvoll zusammen, und jede neue Berührung sandte glühende Funken durch ihren Leib, um dort ein nie gekanntes Sehnen auszulösen. Bereitwillig hob sie das Kinn, als er sich weiter herabbeugte, um ihr zarte Küsse auf die dargebotene Kehle zu hauchen. Dabei kitzelte sie sein blonder Schopf, und sie hob die Hand, um hineinzufassen.

Sofort hielt er ihr Handgelenk fest. »Rühr dich nicht und genieße!«

Noch niemals zuvor war es ausschließlich um sie gegangen, immer hatte jemand irgendetwas von ihr verlangt. Lucian gab, ohne zu nehmen, seine Zärtlichkeiten waren so anders als der schnelle Sex vergangener Jahre oder Anthonys hungriges Begehren. Ihr Puls beschleunigte sich, und sie versank in einer Welle von Lust.

»Du bist eine Göttin.« Sein Atem strich ihr über die Brustspitzen, die Worte berührten ihre Seele. Milas Körper spannte sich erwartungsvoll, als bereite er sich auf etwas Unvergleichliches vor. Sie seufzte, doch die Anspannung nahm weiter zu.

»Nicht bewegen!«, warnte er.

Erstaunt gehorchte sie, und seine Hand umfasste und liebkoste ihre Taille. Zuerst hauchte er zarte Küsse auf die empfindliche Haut, dann plötzlich fuhr seine Zunge über die linke Brustspitze, umtanzte die kleine feste Beere und sandte damit Feuer durch ihren glühenden Körper, bis sie sich unter den kundigen Händen winden wollte. Doch wann immer sie sich bewegte, hielt er inne.

»Hör nicht auf«, flehte sie verzweifelt und bemühte sich, seinen merkwürdigen Wunsch zu erfüllen.

Jeden ihrer Laute beantwortete er mit einer neuen Liebkosung, bis sie es nicht mehr aushielt und ihre Beine sich wie von selbst für ihn öffneten.

Lucian sah auf, Augen in den Farben des Regenwalds sahen sie fragend an.

Ich brenne! Am liebsten hätte sie die Worte hinausgeschrien. Das Stillliegen, die lustvolle Hingabe, das Sehnen nach etwas, das sie nicht verstand, all dies vereinte sich in ihr zu einer Hitze, die sie zu verbrennen drohte.

Mit einem wissenden Lächeln, das beinahe ebenso verführerisch war wie seine Berührungen, sah er sie an, senkte erneut den Kopf und presste seine Lippen auf ihren Bauch. Er ließ sich Zeit damit, ihrer Einladung zu folgen, führte sie immer tiefer hinein in das Labyrinth nie gekannter Gefühle. Als sich endlich seine kühlen Fingerspitzen zwischen ihre Schenkel bewegten, schluchzte sie: »Lucian, bitte!« Die Hände verkrampften sich in den Laken, ihr Atem ging stoßweise.

Sie hätte ihn bitten sollen aufzuhören. Doch Mila war längst viel zu weit gegangen, um sich noch an Ermahnungen und Gefahren erinnern zu können. Sie wollte sich ihm öffnen, einmal nur unter diesen versierten Händen in Flammen aufgehen.

Endlich erhörte er sie, berührte sie, wie es niemand vor ihm getan hatte, und ließ schließlich einen Finger in sie gleiten. Bald schon folgte der zweite. *Mehr!*, hauchte sie, als er den Rhythmus erhöhte, und hob erwartungsvoll die Hüften.

»Komm für mich, Milotschka«, verlangte er.

Das sinnliche Timbre in seiner Stimme ließ alle Fesseln bersten. Plötzlich spürte sie einen Schmerz in der Brust, schrie auf, und heiße Wellen der Lust rasten durch ihren Körper. *Lucian!* Der Engel, der Liebhaber, er erfüllte sie, blieb bei ihr, schloss sie in seine Arme, hielt sie fest, bis auch das letzte Nachbeben verebbt war und sie erschöpft mit flatternden Lidern den Kopf an seine Schulter legte.

Lange Zeit war ihrer Stimme nicht zu trauen, der Hals merkwürdig rau. »Lucian, es tut mir leid …«, sagte sie irgendwann. Sie wollte ihn küssen, sich für die Lust revanchieren, die er ihr bereitet hatte.

»Was tut dir leid, Milotschka?«

Verlegen suchte sie nach den richtigen Worten. »Es war so wunderbar, und du … du hattest nichts davon.«

Mit einer zärtlichen Geste strich er ihr das feuchte Haar aus der Stirn und sah ihr tief in die Augen. »Sag so etwas nicht. Nichts hätte mir heute ein größeres Vergnügen bereiten können als deine Leidenschaft.«

»Aber …«

»Schlaf jetzt.« Damit zog er die Bettdecke über sie und rollte sich, wie es vereinbart war, zurück in *seine Hälfte* des Bettes.

Lucian hielt die Hände hinter dem Kopf verschränkt und lag mit gekreuzten Fußknöcheln auf dem Bett. Er sah an die Decke. Das T-Shirt war hochgerutscht und zeigte ein Sixpack, von dem die meisten Männer träumten. Selbst die Form seiner bloßen Füße, die momentan aus den Beinen abgenutzter Designer-Jeans ragten, war makellos. Die himmlische Abstammung hatte zweifellos ihre Vorteile. Engel, ob nun gefallen oder nicht, konnten eine Anziehungskraft besitzen, der sich zu entziehen den wenigsten Geschöpfen gelang. Lucian hatte diesen, ihm in besonderem Maße zur Verfügung stehenden Appeal immer skrupellos eingesetzt. Bedenken kamen ihm heute zum ersten Mal.

Anfangs hatte er es für eine sportliche Herausforderung gehalten, sie für sich einzunehmen. Nun aber war es ihm wichtiger herauszufinden, ob sie ihn ungeachtet der Magie, die sie beide umgab, tatsächlich mochte. Nicht sein Vermögen, die Macht, die er besaß und auch nicht den Körper, mit dem er ihr endlose Stunden des Entzückens schenken wollte. Dass der ihr gefiel, hatte er bereits bei der ersten nächtlichen Begegnung mit Genugtuung zur Kenntnis genommen.

Milotschka. Sie hatte ihm den Rücken zugekehrt und schlief.

Merkwürdigerweise schien sie nicht verstanden zu haben, warum er einen möglichst großen Abstand zwischen sich und ihrem sündhaft vollkommenen Körper einhalten wollte. Der für sie typische Rosenduft hatte eine sinnlichere Note bekommen. Lucian konnte das herbe Aroma ihrer Lust noch schmecken, und es bedurfte einer gehörigen Portion Selbstdisziplin, jetzt die Finger von ihr zu lassen.

Man konnte ihm vieles nachsagen, und selbst das Schlimmste stimmte wahrscheinlich, aber er war kein Unhold. Weibliche Geschöpfe hatte er von Anfang an nie für minderwertig erachtet. Gleichgültig, was die Sterblichen behaupten mochten.

Andersartig, ja. Rätselhaft, fast immer. Eine Herausforderung? Zum Glück waren sie das oft genug ebenfalls. Die Schöpfung hätte seiner Meinung nach im Laufe der Zeit an unzähligen Stellen nachbessern können, aber das hatte sie niemals vorgesehen, es war eine rein menschliche Erfindung, eine Hierarchie der Geschlechter festlegen zu wollen.

Zugegeben, die Menschen hatten es weit gebracht, obwohl den meisten dabei jeder Funken Magie abhandengekommen war. Vielleicht aber war es ja sogar ein Teil der

Vorsehung, dass sie ihr Potenzial nicht ausschöpften, weil sie der weiblichen Hälfte ihrer Welt wenig Freiheiten erlaubten. *Was für Idioten!*

In dieser Nacht war Mila nichts weiter als ein erschöpftes und von den plötzlichen Veränderungen in ihrem Leben verunsichertes Mädchen. Der Himmel allein wusste, wie schwer es ihm gefallen war, ihrer schüchternen Einladung nicht zu folgen. Was hätte er darum gegeben, ihren Körper zu besitzen. Heute aber war sie viel zu schwach, um sich als eine der Gespielinnen zu erweisen, wie er sie liebte.

Abgesehen von der geradezu beunruhigenden Zärtlichkeit, die er für sie empfand, wäre es ihm auch deshalb nicht in den Sinn gekommen, sich nur an ihr zu befriedigen. Grausam konnte er sein, wohlkalkulierte Brutalität gehörte zu seinem Alltag. So schäbig jedoch, sich an einer Frau zu vergehen, die kurz zuvor beinahe ihr Leben verloren und unter Schmerzen gelitten hatte, war er nicht.

Die Vorstellung, wie sie sich für den Liebesdienst, den er ihr erwiesen hatte, revanchieren würde, ließ das Feuer in Lucians Adern auflodern. Seinen Namen hatte sie in höchster Ekstase geschrien, und ihr Feuer hatte heißer gebrannt, als er es sich jemals vorgestellt hätte. Er war sich nicht sicher, was geschehen wäre, hätte er wirklich mit ihr geschlafen. *Womöglich wäre das Haus über uns abgebrannt. Ich werde mich nach einem sichereren Ort umsehen müssen,* dachte er belustigt und lauschte dem gleichmäßigen Atem neben sich.

Muss ich mir Sorgen um dich machen?, fragte die lästige Stimme in seinem Inneren, die in Wahrheit mehr als nur das war.

Ist ein bisschen Rücksichtnahme nicht das, was du immer von mir verlangst?, fragte er zurück.

Allerdings, aber wann hast du jemals auf mich gehört? Ich gebe dir dennoch einen guten Rat: Wenn du wirklich wissen willst, ob das, was sie für dich empfindet, stark genug ist, alle Gegensätze zu überwinden, dann gib ihr Zeit!

Lucian musste nicht fragen, warum. Im Grunde konnte er sich nichts vormachen. Was heute zwischen Mila und ihm geschehen war, hatte ihn auf eine Weise erregt, wie er es nicht mehr für möglich gehalten hatte. Luzifer wusste genau, warum er ausgerechnet ihn zum Herrn über Inkubi und Sukkubi gemacht hatte. Eine Nacht mit ihm reichte aus, um ein so junges Herz wie ihres zu versklaven. Und das durfte auf keinen Fall passieren.

Ich werde sie nicht mehr anrühren, bis sie versteht, worauf sie sich einlässt, schwor er sich.

Anders als von unterschiedlichen Seiten kolportiert, hatten die Dunklen Engel der ersten Stunde keineswegs die Seele bei ihrem Sturz verloren, und es dauerte nicht lange, bis er etwas Erstaunliches entdeckte: Je mehr er sich mit ihr befasste, sie in seine Entscheidungen einbezog, sich mit ihr stritt oder gar einer Meinung mit ihr war – was fraglos so gut wie nie vorkam –, desto lebendiger wurde sie. Nicht ohne Grund waren Seelen ein geschätztes Gut in der Unterwelt. Instinktiv ahnten auch diejenigen, die sie verkauft, verwirkt oder getötet hatten, dass eine intakte Seele das Zünglein an der Waage sein konnte, wenn es um Sieg oder Niederlage ging.

Das Denken ist das Selbstgespräch der Seele, hatte er Plato einmal sagen hören. Für Lucian war sie Ressource, Refugium und nicht selten auch Ort heftigster Auseinandersetzungen, denn er begnügte sich nicht damit, sie bei ihren Monologen zu belauschen. Und kurios genug stellte er sie sich tatsächlich als etwas Weibliches vor, die andere Seite der Medaille. Ihm war natürlich klar, dass dies nach einer schweren Persönlichkeitsstörung klang, aber mit wem hätte er darüber reden sollen? Allenfalls doch mit ihr.

Wie gut, dass wir darunter *nicht zu leiden haben.* Der ironische Unterton war nicht zu überhören, und Lucian verzichtete auf eine Antwort.

Stattdessen schwang er die Beine aus dem Bett, vergewisserte sich noch einmal, dass Mila schlief, und verließ lautlos das Haus.

Drei Tage später hätte Mila am liebsten mit ihren Fingernägeln den Kalk aus den Wänden gekratzt. Das untätige Herumsitzen machte sie allmählich wahnsinnig. Florence hatte nur gestern kurz vorbeigeschaut, so getan, als wüsste sie Mila in den besten Händen, und war wieder nach Ivycombe verschwunden. Ohne die entspannende Wirkung der täglichen Joggingrunden und mit einem wortkargen Gesellschafter gestraft, war Mila inzwischen nicht mehr sicher, ob sie die intimen Stunden mit ihm nur geträumt hatte.

Es war ihr einfach unbegreiflich, warum er sich seit jener Nacht so kühl verhielt – sofern er überhaupt anwesend war. Meistens war er fort, und sie wollte gar nicht wissen, wo er seine Zeit verbrachte. Es konnte kein schöner Ort sein, so verschlossen, wie er bei seiner Rückkehr gemeinhin war.

Das Cottage sei versiegelt, hatte er ihr gesagt. Sie müsse sich keine Sorgen machen, dass jemand eindringen würde. Leider galt das auch in umgekehrter Richtung. Weiter als bis auf die Terrasse kam sie nicht, ohne den überwältigenden Wunsch zu verspüren, zurück in die sichere Wohnung zu fliehen.

Bisher hatte ihr der Mut gefehlt, gegen diese unverschämte Freiheitsberaubung zu protestieren, doch jetzt hielt sie es nicht mehr aus. »Könntest du mich bitte vom Dach werfen?«

Erstaunt sah er auf und musste etwas in ihrem Gesicht gelesen haben, das ihn dazu veranlasste, das Notebook zu schließen. »Warum?«

»Weil ich jetzt zum Leuchtturm gehe und es mir ganz egal ist, wer mich dabei sieht.«

Irritiert sah er sie an. »Was willst du dort? Es wird bald dunkel.«

Aufgebracht rang sie die Hände. »Ich muss an die frische Luft, ich muss mich bewegen, und außerdem will ich telefonieren. Ist das so schwer zu verstehen? Du kommst und gehst, wie es dir passt, aber ich bin hier seit drei Tagen eingesperrt.« Wenn es wenigstens ein Liebesnest wäre, in dem er sie gefangen hielt. Aber nein, sie quälte obendrein noch das Gefühl, er ginge ihr aus dem Weg, um selbst die flüchtigste zufällige Berührung zu vermeiden. *Habe ich plötzlich einen abstoßenden Geruch entwickelt, oder was ist los?*

»Die Heilung war dein Vorschlag«, erinnerte er sie und unterbrach damit ihren inneren Wutanfall.

»Niemand besucht mich, und wenn du hier bist, dann hast du schlechte Laune.« Sie merkte selbst, dass sie sich quengelig anhörte, aber ihre Nerven waren einfach inzwischen hauchzart und kurz davor zu zerreißen.

»Mit wem willst du telefonieren? Mit diesem Anthony, der sich laut deiner Freundin *schon wieder in der Weltgeschichte herumtreibt?*« Lucians Stimme klang noch kälter als zuvor.

Gerade noch rechtzeitig erinnerte sie sich daran, dass sie

es mit einem Dunklen Engel zu tun hatte und nicht mit einem eifersüchtigen Liebhaber. Die schnippische Antwort, die ihr bereits auf der Zunge gelegen hatte, behielt sie lieber für sich.

Bevor sie nicht mit Anthony gesprochen und ein für alle Mal klargestellt hatte, dass sie nur mit ihm befreundet sein wollte, fand sie es besser, wenn sich die beiden Männer nicht begegneten. Anthony hatte bisweilen etwas Besitzergreifendes an sich, und Lucian war der Prototyp des dominanten Alphatiers. Arrogant, selbstbewusst und … er verstand sich bestens darauf, ein Mädchen zu seiner willenlosen Sexsklavin zu machen.

Der Gedanke daran ließ ihr Herz schneller schlagen. *Und wie er sich darauf versteht!*, dachte sie. Ein begehrenswerter Mann, keine Frage. Auch wenn er, so wie jetzt, eher ausdruckslos blickte.

»Anthony ist ein Freund. Es ist nur normal, wenn ich ihm von meinem Missgeschick erzähle«, sagte sie schließlich und schob dabei die Unterlippe vor, wie sie es häufig tat, wenn sie eigentlich im Unrecht war.

»Mila.« Lucian war sichtlich darum bemüht, ruhig zu bleiben. »Das war kein Missgeschick. Jemand hat versucht, dich umzubringen.«

»Mich? Wer auch immer das getan hat, er konnte unmöglich wissen, dass ich den Fallschirm benutzen würde und nicht Mick.« Unruhig zupfte sie an einer Serviette, die sie während des Gesprächs vom Tisch genommen haben musste.

»Und wer wusste davon, dass du an jenem Tag springen wolltest?«

»Florence. Ihr habe ich einen Zettel geschrieben.« Panik

stieg in ihr auf. »Anthony habe ich am Vorabend davon erzählt, da war er schon in London.«

»Und das weißt du woher?«

»Na, von ihm. Am nächsten Tag sollte er mit Lord Hubert nach Belgien weiterreisen.«

Schneller, als sie blinzeln konnte, war er bei ihr und hielt sie an beiden Schultern fest. »Er hätte überall sein können, als du mit ihm telefoniert hast.«

»Er war in seinem Club, als ich ihn angerufen habe. Zweifelsohne ließe es sich ganz leicht nachweisen, wenn ich nur endlich wieder nach Stanmore House könnte, um meine Arbeit zu tun«, sagte sie hitzig und wischte sich eine Träne aus dem Gesicht.

»Wie du willst. Morgen Mittag habe ich einen Interviewtermin mit Lady Margaret.« Begeistert klang er nicht. »Du kannst mich ins Herrenhaus begleiten. Und Mila …«

Mit dem zerknüllten Papier in der Hand sah sie hoffnungsvoll zu ihm auf. »Ja?«

»Hör verdammt noch mal auf zu weinen.«

13

Geradezu andächtig ließ sie die Fingerspitzen über den tropfenförmigen, geschliffenen Smaragd gleiten. Der Edelstein dürfte nicht nur ausgesprochen wertvoll sein, er war auch ungewöhnlich eingefasst. Oben zeigte der Kopf eines Adlers sein Profil. Kunstvoll gearbeitete Schwingen hielten den Stein umfasst. So teuer der Ring, den Anthony in seiner Jackentasche verborgen hatte, auch gewesen sein mochte, mit dieser Kostbarkeit konnte er es nicht aufnehmen.

»Das kann ich unmöglich tragen.«

Ohne zu fragen, hatte Lucian ihr die beeindruckende Juwelierarbeit an einem fein geflochtenen Silberband um den Nacken gelegt. Dafür dass die Stimmung gestern nicht besonders gut gewesen war, wirkte er heute Morgen überraschend aufgeräumt.

»Der Stein verstärkt deine telepathischen Fähigkeiten. Wenn du ihn berührst, kannst du jederzeit Kontakt mit mir aufnehmen.«

»Sonst nichts?«, erkundigte sie sich. Was in die eine Richtung funktionierte, konnte ebenso gut auch ihm helfen, sie zu überwachen.

»Das weiß man nie so genau.« Seit Tagen erhellte zum ersten Mal wieder ein Lächeln sein Gesicht, das die Glückshormone wie einen Bienenschwarm in ihrem Blut summen ließ. »Grün und Platin passen gut zu deinen Augen.« Dabei umfasste er den Stein beinahe liebevoll und ließ ihn in ihre Bluse gleiten. »Lass niemand anderen sehen, wie gut«, sagte er und klang erstaunlich selbstzufrieden.

Danach waren sie zum Herrenhaus gefahren. Er hatte sie bis zum Arbeitszimmer begleitet und sich auf die Suche nach Lady Margaret gemacht. *Wenn dir irgendetwas sonderbar vorkommt, rufst du mich sofort!* Wie eine Bitte hatte das nicht geklungen.

An einem elegant geschwungenen Stock, den er ihr gleich am ersten Tag besorgt und mit den Worten *Gewöhn dich besser dran* in die Hand gedrückt hatte, war sie hineingehumpelt und hatte die Tür hinter sich geschlossen. Je weniger Menschen ihr begegneten, desto geringer war die Gefahr, den Betrug unabsichtlich zu verraten.

Der Smaragd lag glatt und schwer in ihrem Dekolleté, als hätte er dort seine lang vermisste Heimat gefunden. Noch niemals zuvor hatte Mila ein ähnlich wertvolles Schmuckstück getragen, und sie nahm sich vor, es so bald wie möglich zurückzugeben.

Lucian?

Was ist?

Seine kurz angebundene Art brachte sie wieder zu Verstand.

Nichts. Ich wollte nur wissen, ob es funktioniert. Hast du Lady Margaret gefunden?, fragte sie dann noch, weil sie sich ein bisschen blöd vorkam.

Sagen wir mal so: Sie hat mich gefunden. Nun klang er amüsiert.

Dann ist ja gut. Viel Spaß.

Energisch griff Mila nach dem Stapel Unterlagen, den Florence unsortiert auf dem Schreibtisch für sie hinterlassen hatte. »Ich hoffe, ihr beiden vergnügt euch ebenso wie ich mich mit der Buchhaltung«, sagte sie laut und in der Hoffnung, dass Lucian diesen Kommentar nicht hören konnte. »Zweitausend Pfund für einen Wasserhahn? Das ist echt nicht meine Welt.«

Ein Blick auf das Geschäftskonto zeigte wenig später, wie es in ihrer Welt aussah. Das Geld ging ihnen aus. Florence hatte weit mehr abgehoben, als sich aus den Belegen erklären ließ, und zudem war bald die Miete für ihre Londoner Wohnung fällig. Sie musste mit Anthony über eine Abschlagszahlung sprechen, sobald er aus Brüssel zurückkehrte. Noch besser, sie rief ihn gleich an. Andernfalls stünde wohl eines dieser peinlichen Gespräche mit der Bank an, von denen sie gehofft hatte, sie in absehbarer Zeit nicht mehr führen zu müssen.

Anthonys Nummer kannte sie auswendig. Während das Freizeichen erklang, beschloss sie, dass sie ihm nicht von ihrem Unfall erzählen würde. Vor der bevorstehenden Aussprache grauste es ihr, doch ihn länger im Ungewissen zu lassen wäre nicht fair. Noch weniger als das, was sie ohnehin schon getan hatte. Denn wenn sie ehrlich war, dann hatte Lucian recht. Sie mochte sich menschlich fühlen, doch sie war es nicht und würde auch niemals wie ein Mensch leben können.

Zu lange hatte sie diese Wahrheit verdrängt, weil die Angst vor dem Alleinsein sie blind dafür gemacht hatte. Die Engel Juna und Arian hatten doch auch einen Weg gefunden, mit ihrer besonderen Situation umzugehen. Sogar einen Hund hatten sie sich angeschafft. Dennoch pflegten sie offensichtlich Kontakt zu anderen ihrer Art und wirkten dabei ausgesprochen glücklich. Vielleicht sollte sie sich bald einmal mit Juna treffen, um herauszufinden, was ihr Geheimnis war.

Anthony meldete sich nicht, und als der Anrufbeantworter ansprang, legte sie auf, ohne etwas zu sagen. Was sie mit ihm zu bereden hatte, vertraute man keiner seelenlosen Maschine an. Kurz entschlossen suchte sie die Telefonnummer heraus, die Juna ihr gegeben hatte.

Während sie dem Freizeichen lauschte, wanderte ihr Blick über den Schreibtisch. Normalerweise hielt Anthony alle Schubladen verschlossen, aber eine ragte ein bisschen hervor. Neugierig zog sie daran und sah auf einen Stapel Papiere. Eine Standardansage informierte sie derweil, dass niemand zu erreichen sei. Dieses Mal hinterließ Mila jedoch eine Nachricht und bat um Rückruf.

Danach sah sie sich das oberste Blatt näher an. Es war eine Adressenliste hochrangiger Persönlichkeiten aus Politik und Wirtschaft. Jeder der Namen war mit unverständlichen Zeichen und Symbolen markiert, einige mit Buchstaben, und wieder andere waren durchgestrichen oder per Hand eingefügt. Konnte das die Gästeliste der wichtigen Wochenendeinladung sein, derentwegen sogar die Bauarbeiten beschleunigt werden sollten?

Vor nicht allzu langer Zeit hatte Anthony darüber geklagt, er müsse alle Einladungen handschriftlich verfassen. Milas Angebot, ihm dabei zu helfen, lehnte er mit dem Hinweis ab, Namen und Adressen wären vertraulich.

Genau dieses Material war es aber, das Lucian brauchte, um den Waffenschiebern das Handwerk legen zu können. Kurz entschlossen stand sie auf und ging zum Kopierer.

Da klopfte es.

»Janet! Was ist denn los?« Gerade noch rechtzeitig fiel Mila ein, dass ihr Stock am Schreibtisch lehnte. Hastig legte sie die Hand auf eine Stuhllehne, als suchte sie nach Halt. Aufmerksam musterte sie danach die beiden Männer, die der Haushälterin auf den Fuß folgten.

Obwohl sie von der unauffälligen Farblosigkeit umgeben waren, die Mila von ihren Begegnungen mit der Staatsmacht kannte, sah sie sofort, wie hier die Rollen verteilt waren. Der kleinere, ein schmaler Mann mit korrekt sitzendem Anzug und grauem, kurz geschnittenem Haar, zupfte an seinem Ärmel, dabei bemüht, sich nicht allzu auffällig umzusehen. Sein Vorgesetzter mochte Mitte dreißig und damit gut zehn Jahre jünger sein. Dafür maß er einen Kopf mehr, wirkte sportlich und wenig beeindruckt von der gediegenen Pracht vergangener Zeiten, die diesen vom Feuer verschonten Teil des Hauses ausmachte. Die Krawatte war gelockert, was ihm beinahe etwas Verwegenes gab, auf dem Revers seines Anzugs glänzte ein Fleck, und die Hände hatte er tief in den Hosentaschen vergraben.

»Guten Tag, meine Herren. Was kann ich für Sie tun?«

»Police Department Ivycombe. Das ist Sergeant Komarow, mein Name ist Parker. Wir würden gern mit Lord Hubert sprechen«, sagte der Polizist und betrachtete sie aufmerksam mit intelligenten grauen Augen.

»Angenehm. Mila Durham, ich assistiere der Innenarchitektin. Stanmore House wird derzeit renoviert«, fügte sie unnötigerweise hinzu, denn draußen in der Halle hörte sie die Maler hantieren, und zweifellos war den Männern dies nicht entgangen. »Es tut mir leid, Gentlemen. Lord Hubert ist in Brüssel, soweit ich weiß. Aber Lady Margaret müsste im Haus sein. Janet ...?«

Polizei. Und dazu noch in Zivil. Sie hatte sich also nicht geirrt.

»Migräne. Mylady will ... sie möchte unter keinen Umständen gestört werden.« Janet lief rot an, und es war nicht zu übersehen, wie peinlich ihr die Anwesenheit der Polizei war.

Großartig! Und was mache ich nun mit zwei Staatsdienern?

Um Haltung bemüht, schenkte Mila den beiden ein bescheidenes Lächeln. »Ich glaube nicht, dass ich Ihnen weiterhelfen kann, und wenn die gnädige Frau Migräne hat ...«

Sie zuckte vielsagend mit den Schultern. Insgeheim war sie verwundert über diese Ausrede. Maggy wirkte nicht wie jemand, der einer unangenehmen Situation aus dem Weg ginge, und Männerbesuch war ihr stets willkommen. Das brachte Mila auf einen anderen Gedanken. *Wo ist Lucian?*

Sie hatten ausgemacht, dass er sie nach dem Treffen mit der Hausherrin hier abholte und wieder ins Cottage begleitete, um die Illusion aufrechtzuerhalten. Ein eigenartiges Ziehen machte sich in ihrem Bauch bemerkbar.

Eifersucht?

Darüber würde sie später nachdenken.

»Miss Durham, wir haben eine Leiche gefunden.«

Erschrocken fuhr sie zusammen. »So?« Das war unter diesen Umständen womöglich keine passende Reaktion, also schlug sie die Hände vor den Mund und fügte hinzu: »Wie schrecklich!«

»Richtig«, sagte Sergeant Komarow mit einem ihr nur allzu gut bekannten Akzent. »Und deshalb gehen Sie jetzt besser los und holen ihre Chefin!«

Seinem Namen machte er alle Ehre, dem Image von *Freund und Helfer* allerdings nicht. Der Familienname bedeutete im Russischen *Stechmücke,* und vermutlich war er auch noch stolz darauf.

»Meine *Chefin*«, sagte Mila mit einer wohldosierten Portion Arroganz, »ist, wie ich bereits erwähnte, hier im Hause als Innenarchitektin tätig. Es steht mir nicht zu, Anordnungen von Lady Margaret infrage zu stellen. Ich schlage vor, dass sie zu einem geeigneteren Zeitpunkt wiederkommen.«

Womöglich täuschte sie sich, doch Parkers Mundwinkel schienen kurz zu zucken.

»Leider«, sagte er mit geschmeidiger Stimme, »erlaubt die Situation dies nicht. Aber da wir ohnehin alle Haushaltsmitglieder befragen müssen, können wir ebenso gut mit Ihnen beginnen, wenn Sie gestatten?« Was er wie eine Frage formulierte, war keineswegs so gemeint. Dies bewies neben der feinen Ironie auch ein unübersehbar störrischer Zug, der um seinen Mund erschienen war.

»Selbstverständlich. Tee?« Er wollte es formell? Das konnte er haben.

Als Parker nickte, sagte sie zu Janet, die immer noch wie angewurzelt mitten im Raum stand: »Führen Sie die Herren bitte in den Wintergarten? Danach informieren Sie Jeeves, damit er alles Weitere arrangieren kann.« Insgeheim fragte sie sich, wo der sonst stets präsente Butler sein mochte.

Froh, eine erfüllbare Aufgabe erhalten zu haben, knickste Janet und drehte sich um.

»Ach, und Janet? Ich brauche hier anschließend noch Ihre Hilfe.«

»Ja, Miss Durham«, sagte sie über die Schulter gewandt und floh wie ein aufgeschrecktes Reh.

Komarow drehte sich ebenfalls um. »Mit Ihnen müssen wir auch sprechen.«

»Gewiss. Lassen Sie mich nur die Papiere ordnungsgemäß verwahren. Ich bin gleich bei Ihnen.«

Kaum hatte Janet die Tür hinter sich geschlossen, kopierte Mila die Gästeliste, faltete die Blätter zusammen und steckte sie in die Gesäßtasche ihrer Jeans. Danach rannte sie zum Schreibtisch, legte das Original in die Schublade zurück und ließ sich auf ihren Stuhl fallen.

Ein Mord war geschehen. Schon der Gedanke, dies könnte etwas mit Stanmore zu tun haben, bereitete ihr Sorgen. Lucian hatte von Gefahren gesprochen, die er abzuwenden versuchte. Was hatte das alles zu bedeuten? Unfroh sah sie der Befragung entgegen. Besser, sie brachte es schnell hinter sich. Wenn sie sich geschickt anstellte, konnte sie dabei bestimmt einige Details erfahren.

Janet kehrte zurück, und sie winkte sie zu sich. »Stimmt das mit der Migräne?«, fragte sie unverblümt.

»Nachdem der Journalist gegangen ist, hat sie nach Jeeves geläutet.« Verlegen sah Janet beiseite. »Bisher ist er nicht wieder zurückgekommen.« Sie klang nicht, als überraschte sie diese erstaunliche Mitteilung besonders. Was ging hier vor? Hatte Lady Margaret etwa ein Verhältnis mit dem Butler?

Das konnte sich Mila beim besten Willen nicht vorstellen. Es musste etwas anderes dahinterstecken, und höchstwahrscheinlich war es klüger, sich nicht einzumischen. »Dann sollten wir nicht stören«, sagte sie. »Ich werde sehen, ob ich die Polizisten vertrösten kann.« Viel Hoffnung machte sie sich allerdings nicht.

Im Wintergarten wurde sie schon ungeduldig erwartet. Der Sergeant sah missmutig auf, als sie die Tür öffnete.

Darauf bedacht, keinen Fehler zu machen, humpelte

Mila vorsichtig hinein. »Was ist passiert? Ein Unfall an der Steilküste?«

»Setzen sie sich doch bitte.« Parker stellte seine Teetasse ab und sah sie schweigend an.

Vermutlich erwartete er, dass sie ihre getönte Brille absetzte, doch da konnte er lange warten.

»Wie kommen Sie darauf, dass etwas an den Klippen geschehen ist?«, fragte er, als deutlich wurde, dass Mila nicht wunschgemäß reagierte.

»Ich weiß nicht«, sagte sie. »Viele Leute gehen zu nahe an den Rand oder versuchen, zum Strand hinabzusteigen.« Sie machte eine vage Handbewegung.

»Sind sie häufig dort draußen?«

»Normalerweise jogge ich täglich.« Sie hob ihren Stock. »Aber in den letzten Tagen ging das leider nicht.«

Ein verständnisvoller Ausdruck huschte über sein Gesicht, als wüsste er, wie sehr ihr die Bewegung fehlte. »Nun, dort ist in der Tat ein Unglück geschehen. Wir kennen zwar noch nicht den genauen Hergang, aber eine Gewalttat ist nicht auszuschließen.«

Als er die blasse Kopie einer Phantomzeichnung hervorzog, rutschten einige Fotos aus der Mappe. Hastig steckte er sie zurück. Nicht schnell genug für Mila. Der kurze Augenblick hatte ausgereicht, um zu erkennen, dass dies Aufnahmen des Toten sein mussten. Ein Mann, ausgemergelt und wachsbleich. Fröstelnd zog sie an den Ärmeln ihres Pullis, den sie sich um die Schultern gelegt hatte, weil es im Büro immer ein wenig zog.

»Kennen Sie diesen Mann?«

Für einen kurzen Augenblick setzte ihr Herzschlag aus. Sie zwang sich, genauer hinzusehen.

Stimmt etwas nicht?, verlangte Lucian zu wissen.

Alles in Ordnung, schwindelte sie. *Wo bist du? Die Polizei schnüffelt in Stanmore herum.*

Sie hätte ahnen müssen, dass das Amulett in beide Richtungen funktionierte. Er überwachte sie. Jetzt war allerdings nicht der richtige Zeitpunkt, darüber nachzudenken. Überzeugt davon, dass ihr jedes Gefühl, das ihren Körper in den letzten Sekunden erhitzt hatte, auf hundert Metern Entfernung anzusehen war, räusperte sie sich. »Für einen Moment habe ich gedacht, er käme mir bekannt vor. Aber wenn man genauer hinsieht«, sie blickte Parker an, ohne auch nur den Hauch ihrer inneren Unruhe preiszugeben, »dann könnten sogar Sie es sein.«

»Name?« Ungeduldig fuhr der Sergeant dazwischen.

Milas Sorge schlug allmählich in Ärger um. *Wofür hält der Kerl sich?* Für einen dieser Milizionäre, die glaubten, sich alles erlauben zu können?

Obwohl ihr ein unangenehmer Knoten auf den Magen drückte, entgegnete sie kühl: »Tot sieht er ja nicht aus. Vielleicht fragen Sie ihn einfach selbst?«

Parkers Mundwinkel zuckten. »Komarow, sehen Sie nach, wo die Haushälterin bleibt.«

Dem Sergeant war anzusehen, dass er widersprechen wollte, doch er riss sich zusammen und verließ den Raum.

»Miss Durham, auch wenn Sie sich nicht sicher sind, müssen Sie uns sagen, an wen er Sie erinnert. Der Mann ist in der Nähe des Fundorts gesehen worden. Wir haben ein paar Fragen an ihn.«

Parker klang aufrichtig, und wenn es stimmte, was er sagte, wäre es bestimmt besser, die Wahrheit zu sagen.

»Auf den ersten Blick hatte das Bild eine gewisse Ähnlichkeit mit Lord Huberts Sekretär, Anthony Khavar. Aber nach genauerer Betrachtung … nein, ich glaube nicht, dass er das ist.« *Anthony kann doch unmöglich etwas mit der Sache zu tun haben.*

Mila nahm sich zusammen und erwiderte den prüfenden Blick des Polizisten. »Ich kann mir nicht vorstellen, dass er etwas mit der Sache zu tun hat. Seine Lordschaft ist mit ihm nach Brüssel gereist, und ich müsste es wissen, wären sie schon zurück.«

Eine allzu bekannte Stimme fragte: »Müsstest du das, Darling?« Lässig schlenderte Lucian in den Wintergarten.

»Klar, Florence und ich benutzen sein Büro, weil es im Rose Cottage keinen Internetanschluss gibt«, sagte sie rasch und war sich dabei nicht sicher, ob sie dies für Parker tat, oder um Lucian zu beruhigen, dessen Stimme merkwürdig angespannt geklungen hatte.

Parker antwortete nicht. Stattdessen musterte er Lucian.

Mit seiner unnachahmlichen Selbstverständlichkeit hatte der sich auf einen Stuhl gesetzt, als wäre er hier zu Hause. Abwartend lehnte er sich nun zurück und legte ein Bein über das andere.

»Und wer sind Sie?« Der Inspektor klang heiser, als hätte er sich nur mit äußerster Anstrengung vom Anblick des Dunklen Engels losreißen können.

»Ich bin Journalist«, sagte Lucian. Es klang wie eine Drohung.

Zu Milas Erstaunen fragte Parker nicht weiter nach. *Netter Trick*, dachte sie. *Ich wünschte, ich könnte ihn auch so ohne Weiteres abschütteln.*

Wenn du willst, bringe ich es dir bei, antwortete Lucian prompt.

Sagtest du nicht, dass du keine Gedanken lesen kannst? Lass das bitte. Vorwurfsvoll sah sie ihn an.

Ein freches Lächeln erschien auf seinem Gesicht. *Dann solltest du vielleicht das Amulett nicht berühren?*

Erst jetzt bemerkte sie das Schmuckstück in ihrer Hand und ließ so schnell los, als hätte sie sich daran verbrannt. *Verdammt!*

So weit würde ich nicht gehen. Jetzt lachte er sie aus und ... seine Stimme war immer noch in ihrem Kopf.

Parker konnte von alldem nichts mitbekommen haben, dennoch blickte er aufmerksam von einem zum anderen, als ahnte er, dass sie mehr miteinander verband als eine lose Bekanntschaft.

Mit belegter Stimme sagte er: »Ich ... wir brauchen Ihre Adresse und eine Telefonnummer, unter der wir Sie erreichen können.«

Damit hatte sie gerechnet und zog die elegante Visitenkarte aus der Tasche, die Florence für sie hatte anfertigen lassen. »Derzeit wohne ich im Rose Cottage, dort gibt es allerdings keinen Handy-Empfang.«

»Danke.« Der Polizist warf einen Blick auf die Karte und steckte sie ein. »Sie sind also aus London?«

»Genau.« Manchmal hatte Lucians Einwort-Strategie ihre Vorteile. Ein warmer Hauch berührte ihre Gedanken, und sie wusste, dass ihm gefiel, wie sie die ungewohnte Situation handhabte.

»Eine letzte Frage, Miss Durham, wo waren Sie vergangene Nacht zwischen dreiundzwanzig und vier Uhr morgens?«

»Sie glauben doch nicht etwa ...?« Bevor er etwas antworten konnte, riss sie sich zusammen und winkte ab. »Wie

Sie sehen, bin ich nicht ganz auf dem Posten. Wo wird man sich da schon aufhalten? Im Bett.«

»Reine Routine.« Es hätte wie eine Entschuldigung klingen können, doch er ließ nicht locker: »Kann das jemand bezeugen?«

Lucian antwortete für sie. »Selbstverständlich.«

Ausgerechnet diesen Moment wählte Lady Margaret, um den Wintergarten zu betreten. Sie strahlte eine Lebensenergie aus, die nahezu unheimlich wirkte. Hinter ihr tauchte ein blasser Komarow auf, der allerdings so selbstzufrieden aussah, als hätte er besonders fette Beute an Land gezogen. Margaret warf erst Mila und dann dem Polizisten einen mörderischen Blick zu. »Ich kann mich nicht erinnern, Ihnen mein Haus für eine Teerunde zur Verfügung gestellt zu haben.«

Rasch erhob sich Parker.

Diese Ablenkung nutze Mila, um ebenfalls aufzustehen. Sofort war Lucian bei ihr und reichte ihr den Gehstock.

Das lästige Ding hätte ich beinahe vergessen, danke. Sie konnte regelrecht spüren, wie er zu einer Belehrung ansetzen wollte, weil sie seine Anweisung, ihm niemals zu danken, zum wiederholten Male ignoriert hatte. *Ja, ja. Schon gut*, kam sie ihm zuvor.

Ich sehe dich später, sagte er nur und musterte den Sergeant aufmerksam.

Im Hinausgehen verdrehte sie absichtlich die Augen hinter seinem Rücken, dann zog sie die Tür zu und lehnte sich erschöpft an die Wand.

»Alles in Ordnung, Miss?«

»Jeeves! Haben Sie mich erschreckt. Ja, es geht schon.« Sie wollte sich abwenden, da fiel ihr noch etwas ein. »Sagen

Sie, Jeeves, sind Seine Lordschaft und Mr. Khavar aus Brüssel zurück?«

Ein wissender Ausdruck erschien auf seinem Gesicht. »Sie sind letzte Nacht zurückgekehrt. Hat er sich noch nicht bei Ihnen gemeldet?«

»Warum sollte er das tun?«

Sie hätte wetten können, in seinen Augen ein merkwürdiges Funkeln zu sehen. Aber da musste ihr die Fantasie einen Streich gespielt haben, denn es war schon wieder verschwunden. Der Butler war ihr einfach nur unsympathisch. Jetzt, da ihre Kräfte allmählich wieder zurückkehrten, hätte sie es fraglos gespürt, wäre er ein magisches Wesen. Sie bedachte ihn mit einem arroganten Blick.

»Es gibt Geschäftliches zu besprechen. Richten Sie ihm aus, er möchte sich bei mir melden.«

Ohne eine Antwort abzuwarten, ging sie davon und zog ihr Bein nach, das sie viel lieber dazu verwandt hätte, dem schmierigen Typen vors Knie zu treten. Er und seine Chefin hatten irgendwie etwas gemeinsam. Vielleicht war es gar nicht so weit hergeholt anzunehmen, dass sie miteinander ins Bett stiegen.

Weil der Autoschlüssel in Lucians Tasche steckte, musste sie wohl oder übel auf ihn warten. Dabei wäre sie viel lieber zu Fuß zum Cottage gegangen, was für jemanden, der vorgab, unter einer ernsthaften Beinverletzung zu leiden, zu allem Unglück nicht infrage kam.

Es war schrecklich. Kaum kehrten die Engel in ihr Leben zurück, ging es schon wieder mit der Schwindelei los. Verdrossen setzte sich Mila auf die Stufen vor dem Personaleingang.

Während sie auf diesen ganz besonderen Engel wartete, damit er sie nach Hause kutschierte, ließ sie das Gespräch mit den Polizisten Revue passieren, bis sie zu dem Punkt kam, an dem die Fotos vom Tatort aus der Mappe gerutscht waren. Oder hatte Parker vom *Fund*ort gesprochen? Sie war sich nicht mehr sicher. Und sicher war sie sich auch nicht, was das nagende Gefühl betraf, das sich in ihr eingenistet hatte.

Ein wichtiger Gedanke lag greifbar direkt unter der Oberfläche. Jedes Mal aber, wenn sie danach fassen wollte, rutschte er ein Stück tiefer. Das war nichts Neues, dieses Phänomen beobachtete sie häufig an sich selbst, seit Gabriel mit ihrem angeblich desaströsen Geheimnis auch den Zugang zu ihren Erinnerungen verschlossen hatte. Doch die Siegel waren brüchig geworden, und Mila hatte keine Ahnung, wie sie sich – und vor allem die anderen – schützen sollte.

»Lucian ist womöglich meine einzige Hoffnung«, sagte sie kaum hörbar und lehnte sich mit geschlossenen Lidern an die sonnenwarme Hauswand. In jener unvergesslichen gemeinsamen Nacht hatte sie Glück gehabt und nicht zu viel preisgegeben.

Nachdem er sich am nächsten Morgen so unnahbar gezeigt hatte, war aber erfreulicherweise ihr Verstand zurückgekehrt. Bloß weil jemand mit ihr schlief, hieß es noch lange nicht, dass sie ihm vertrauen konnte. Gut, Sex hatten sie nicht gehabt – oder doch? Für Mila gab es keinen Grund, sich zu beklagen, aber als sie ihm ihre Bereitschaft signalisiert hatte, sich zu revanchieren, hatte er nichts davon wissen wollen. Bis heute.

Wie ging man miteinander um, wenn es mehr als nur ein One-Night-Stand werden sollte? Dafür fehlte es ihr einfach an Erfahrung. *Vielen Dank, Gabriel*, dachte sie ärgerlich.

Dabei wusste sie natürlich, dass ihr Groll auf den Wächterengel ungerecht war, denn er hatte sie ganz offensichtlich schützen wollen. Im Grunde hätte sie dringend ein Wörtchen mit demjenigen reden müssen, der ihr diese vermaledeite Situation eingebrockt hatte. Unwahrscheinlich, dass sie jemals herausfände, wer das war und warum er ausgerechnet sie mit diesem Fluch belegt hatte. Es sei denn, er hätte es getan, um sich ihrer eines Tages zu bedienen. Darüber wollte sie lieber nicht nachdenken.

In den letzten Jahren, und das fiel ihr leider nicht zum ersten Mal auf, hatte sie es zu einer beachtlichen Meisterschaft darin gebracht, unangenehme Dinge einfach so lange es ging zu ignorieren. Und Lucians merkwürdiges Verhalten würde sich, wie jede andere Enttäuschung auch, früher oder später ebenfalls hinzugesellen.

Eine schüchterne Stimme in ihrem Inneren piepste: *Wenn er dich nicht mögen würde, hätte er dir niemals dieses Amulett überlassen.*

Ja, klar, als ob jemand wie Lucian so ein Geschenk uneigennützig macht.

Und wenn doch?, fragte die Stimme.

Behutsam erfühlte sie das Schmuckstück unter ihrer Bluse. »Was sagt man noch gleich über die Hoffnung?«

»Sie stirbt zuletzt? Darauf würde ich mich nicht verlassen, Miljena.«

Schneller als ihre Augen aufschnappen konnten, war sie auf die Füße gesprungen; sie wippte auf den Fußballen, die Fäuste angehoben, kampfbereit und hoch konzentriert. Zu spät erkannte sie, dass diese Reaktionszeit verriet, wie es um die angeblichen Verletzungen bestellt war.

Doch ihr Gegenüber interessierte sich offenbar nicht für

solche Ungereimtheiten. Langsam nahm er die Sonnenbrille ab, steckt sie in die Hemdtasche und hob die Hände, um seine friedlichen Absichten zu demonstrieren. »Immer noch das gleiche wilde Ding.«

»Quaid?« Erleichterung durchflutete ihren Körper. »Bist du es wirklich?«

Wie konnte das sein? Schon als sie sich das erste Mal begegnet waren, hatte sie geahnt, dass sich hinter Quaids charmanter Fassade ein bemerkenswert Dunkler Engel verbarg. Vielleicht war sie damals einfach nur zu naiv gewesen, um ihn zu durchschauen, aber sie hatte sich sogar ein bisschen in ihn verliebt. Heute schrie jede Faser ihres Körpers: *Gefahr!*

Früher wäre sie in einer ähnlichen Situation längst geflohen. Jetzt wagte sie die Konfrontation und fragte: »Arbeitest du nicht mehr in dieser Dämonen-Bar?«

Lachend zog Quaid einen Autoschlüssel aus der Tasche. »Wie du siehst, bin ich inzwischen zum Taxifahrer aufgestiegen.«

In Sankt Petersburg war er ihr wie ein väterlicher Freund erschienen und hatte ihr damit genau das gegeben, was sie nach dem Tod des Vaters so sehr vermisste. Für Brot hatte er gesorgt, wenn sie wieder einmal nichts zu essen gehabt hatten, und manchmal sogar für ein ordentliches Stück Fleisch. Gelegentlich gab es Kaffee für Mama oder Milch für Alex, der damals schon zu einer Art Bruder geworden war. Und nicht selten bekam sie Tipps von ihm, wo es etwas *abzustauben* gab. Die Mutter hatte ihr jeglichen Kontakt mit diesem *Ausbund der Hölle* untersagt, als sie von Quaid erfuhr, und natürlich hatte sich die rebellische Mila nicht daran gehalten.

Quaid verkörperte genau das, was man sich unter einem Dunklen Engel vorstellte. Die Gestalt eines gut trainierten Kämpfers, das arrogante Profil eines römischen Adligen und dazu Amors sinnlicher Mund. Alles an ihm war verführerisch. Das kurz geschnittene Haar, die Aura und seine Schwingen, die vor ihr zu verbergen er sich nicht die geringste Mühe gab. Die personifizierte Versuchung. Allerdings nicht für Mila. Es kam ihr vor, als hätte er inzwischen an Macht und Gefährlichkeit gewonnen.

Keinen Steinwurf weit traute sie ihm über den Weg. *Lucian, ich habe Gesellschaft.* Gespannt beobachtete sie jede seiner Bewegungen. Ahnte er, dass sie ihm misstraute?

Das ist Quaid, er wird dich sicher nach Hause begleiten. Ich komme, so schnell ich kann.

Die letzten Worte hatte Lucian mit einer merkwürdigen Betonung gesagt, sodass sie sofort die Schutzmauer in ihrem Inneren verstärkte. »Gute Sache. Genau das, was ich brauche.«

Milotschka. Ein warmes Lachen hüllte sie ein, wehte um die Festung ihrer Seele und bestärkte sie darin, weiter auf der Hut zu bleiben.

Misstrauisch sah Quaid sie an. »Mit wem redest du?«

»Na, mit dir. Du hast mir doch deine Dienste als Taxifahrer angeboten.« Um einen harmlosen Gesichtsausdruck bemüht, griff sie nach ihrem Stock und humpelte zu Lucians Auto. »Willst du mir nicht die Tür aufhalten? Ich bin nämlich verletzt, musst du wissen.«

»Na logisch.« Er tat, worum sie ihn gebeten hatte, und sprang dann selbst lässig auf den Fahrersitz.

»Aufschneider. Hoffentlich hast du überhaupt einen Führerschein.« Damals war sie sechzehn gewesen und hatte ihn für erwachsen gehalten. Jetzt sah er jünger aus als Mila, was bei einem Unsterblichen genau genommen aber wenig zu sagen hatte.

Lachend fuhr er los. »Dein freches Mundwerk habe ich echt vermisst.« Anstatt nach vorn zu sehen, betrachtete er ihr Profil. »Und schön bist du geworden, die roten Haare stehen dir gut. Sag mal, hast du heute schon was vor?«

Seinem unkomplizierten Charme konnte sich Mila auch nach all den Jahren, in denen sie sich nicht gesehen hatten, schwer entziehen. Dennoch schüttelte sie den Kopf. »Bedauere, nein.«

»Nein was? Nichts vor oder keine Lust?«, fragte er und zwinkerte ihr anzüglich zu.

Unwillkürlich strich sie über Lucians Smaragd-Amulett, bis sich ein Gefühl von Geborgenheit wie eine federleichte Decke um sie legte.

Vielleicht sollte ich es doch behalten, dachte sie und hätte diesen Frieden gern länger genossen, aber da rollte der Wagen bereits über den Kies vor ihrem Cottage, und wenig später schloss sie ihre Haustür auf. »Florence, bist du da?«

Keine Antwort. Erst jetzt fiel ihr wieder ein, dass sie vorgehabt hatte, Flo vom Herrenhaus aus anzurufen. Mila hatte es einfach vergessen. Eine feine Freundin war sie.

»Willst du mich nicht hereinbitten?«, unterbrach Quaid ihre Selbstvorwürfe.

»Musst du nicht vor meiner Tür Wache halten, lieber Taxifahrer?« Schon früher hatte sie ein Geplänkel mit ihm genossen und dabei gelegentlich verdrängt, wie gefährlich er sein konnte.

Offenbar erinnerte er sich ebenfalls daran. »Entweder du lässt mich ins Haus, oder du bezahlst für die Fahrt.«

Hätte er ihr nicht zugezwinkert, wäre die Art, wie er sich über sie beugte, mehr als nur ein wenig beunruhigend gewesen.

»Komm rein«, sagte sie heiterer, als ihr zumute war. »Kann ich dir ...« Rasch korrigierte sie sich. Quaid war jemand, bei dem man auf jedes Wort achten musste, um nicht unbedacht eine falsche Einladung auszusprechen oder Schlimmeres. »Geh doch schon mal auf die Terrasse. Möchtest du ein Wasser trinken?« Sie griff in den Kühlschrank.

»Ein Bier wäre mir lieber.«

»Von mir aus.«

Als sie sich umdrehte, stand er direkt vor ihr. »Und ich hatte gehofft, du würdest mir etwas anderes anbieten. Damals warst du noch ein Kind, aber jetzt ...«

Auf unheimliche Weise schien er genau zu wissen, was in ihrem Kopf vor sich ging. Das erschreckend ausdruckslose Gesicht war keine zehn Zentimeter von ihrem entfernt, nur mit den Augen begann er sie bereits auszuziehen.

»Ich habe dir gar nichts angeboten!« Zwischen Kühlschrank und dämonischem Engel gefangen, spürte sie Panik in sich aufsteigen. *Ruhig!*, beschwor sie das neuerdings unter der Oberfläche lauernde Feuer. Es war ihr sofort durch die Adern geschossen und tanzte nun in den Fingerspitzen, um ihr zu Hilfe zu eilen. Unauffällig ließ sie die Bierflasche durch die Hand gleiten, bis sie den Hals fest umfasste. Ein kräftiger Schlag damit auf die Tischkante ergäbe notfalls eine brauchbare Waffe.

Solcherart gewappnet, versuchte sie zuerst einmal, Quaid durch beruhigende Worte zur Vernunft zu bringen. »Ich halte das für keine gute Idee«, sagte sie und war erfreut, wie ruhig ihre Stimme dabei klang.

»Warum nicht? Gib zu, du warst in mich verliebt.«

Er lachte, als hätte ihm die Verehrung, die sie ihm als Teenager entgegengebracht hatte, geschmeichelt.

So imposant wie Lucians Flügel waren seine nicht, aber auch sie absorbierten das Licht in der unmittelbaren Umgebung. Die Linien in seinem Gesicht wirkten hart, wie mit dem Messer geschnitzt, und dem jugendlichen Charmeur, als der er sich gern gab, ähnelte er nun nicht mehr. Der Dunkle Engel zeigte sein wahres Gesicht.

Manchmal war ihre Größe ein Vorteil. Während er sich über sie gebeugt hatte, war sie leicht in die Knie gegangen, um kleiner zu wirken und einen besseren Stand zu haben. Plötzlich schnellte sie hoch, und mit einer kraftvollen Kopfnuss hatte sie ihm die Nase gebrochen.

Überrascht taumelte er zurück. »Verdammt! Bist du verrückt geworden?« Seine Stimme klang gedämpft, während er das Blut mit dem Handrücken abwischte. Das kleine Manöver hielt jemanden wie Quaid nicht lange auf, aber es war doch Ablenkung genug.

Das Feuer war nun kaum noch zu halten, und bevor es unkontrolliert ausbrach, ließ sie es frei. Nicht einmal die Dauer eines Wimpernschlags brauchte die Energie, um Quaid vollkommen einzuhüllen. Blitze umzüngelten ihn gierig, ohne ihn jedoch zu berühren. Mila hielt sie mit eisernem Willen unter Kontrolle. Seit Jahren hatte sie sich nicht mehr so gut gefühlt. Eine solche Macht über das Engelsfeuer zu haben, konnte süchtig machen, und erst jetzt merkte sie, wie sehr sie es vermisst hatte, diese kosmische Energie in ihren Adern zu spüren. Doch sie gab sich keiner Illusion hin. Durch die Abstinenz war sie aus der Übung gekommen, einem Sportler gleich, der zu lange pausierte. Und –

traurig, aber wahr – auch vorher wäre ihr jeder Gegner von Quaids Kaliber im direkten Vergleich haushoch überlegen gewesen. Das Überraschungsmoment mochte auf ihrer Seite sein, bald aber würde sich Quaid aus seinem Gefängnis befreien können. Schon jetzt spürte sie, wie er mit seinem eigenen Feuer dagegenhielt.

Es wurde Zeit zu verhandeln. »Könnten wir die Spielchen bitte lassen? Ich möchte ungern dieses hübsche Cottage abbrennen, und wenn ich mich recht erinnere, sollte es dein Job sein, mich zu beschützen, und nicht, mir an die Wäsche zu gehen«, sagte sie möglichst beiläufig.

Allerdings!

Und mit diesen lautlos gesprochenen Worten ließen die blau züngelnden Fesseln von Quaid ab und kehrten zu ihr zurück. Mila ließ es geschehen. Sie wusste, wann sie sich geschlagen geben musste, und gegen diese Macht zu verlieren war keine Schande.

»Ein Bier, Lucian?« Lächelnd hielt sie ihm die Flasche entgegen, als wäre nichts passiert. »Oder doch lieber Wasser?«

»Wenn du mich so fragst, dann nehme ich ein Glas Wein. Bist du so gut und holst uns eine Flasche aus dem Keller?« Langsam kam Lucian die Treppe herunter, von der aus er ihren Stunt offenbar beobachtet hatte.

Wie ist er dorthin gekommen? Zu gern hätte sie über Quaids versteinerten Gesichtsausdruck gelacht. Aber der Instinkt sagte ihr, dass es blanke Furcht war, die sie in den grauen Augen sah. In seiner Haut wollte sie jetzt nicht stecken und auch lieber nicht zwischen zwei aufgebrachten Engeln stehen. Deshalb ging sie ohne weitere Worte an ihm vorbei und tat, worum Lucian sie gebeten hatte.

»Mein Fürst, vergebt mir. Ich wusste ja nicht …«

Bevor sie die Tür ganz hinter sich zuzog, verharrte sie. Was hatte Quaid da gerade gesagt?

Mila! Die Stimme klang härter als Stahl und erlaubte keinen Widerspruch.

So schnell sie konnte, lief sie die Holzstiege hinunter und machte dabei möglichst viel Lärm, um zu signalisieren, dass sie mit anderen Dingen beschäftigt war, als die beiden zu belauschen. Unten angekommen, setzte sie sich auf die Stufen und versuchte, das Stolpern ihres Herzens durch gleichmäßiges Atmen zu beruhigen. Nach einer Weile hörten endlich auch die Hände auf zu zittern.

Was tue ich hier?, fragte sie sich und blickte ratlos auf die hölzernen Regale. »Wein«, flüsterte sie. »Ich wollte Wein holen.«

Mit Bedacht wählte sie einen Weißwein aus, der hier unten gerade in der richtigen Temperatur lagerte und sofort nach dem Öffnen getrunken werden konnte.

Lucian war, das hatte sie während der letzten Tage beobachten können, ein Kenner und hatte ihr einiges zu den Weinen erklärt, die er im Cottage deponiert hatte, weil seine Unterkunft angeblich keinen Keller besaß. Nachdem hoffentlich genügend Zeit vergangen war, um den streitbaren Engeln die Gelegenheit zu geben, sich zu massakrieren oder auszusprechen, griff sie nach dem Amulett. *Mir wird kalt.*

Da wüsste ich Abhilfe.

Wenn Lucian diesen Ton anschlug, konnte die Stimmung dort oben ja nicht mehr allzu gereizt sein. Erleichtert ging sie darauf ein. *Das hört sich interessant an, was schwebt dir denn so vor?*

Wieder einmal hauchte er ihr zur Antwort eine warme

Brise schmetterlingsleichter Küsse aufs Gesicht, und Mila wusste nicht, ob es der Klang seines dunklen Baritons war, das tief in ihr vibrierte, oder seine Magie. Sie hätte stundenlang einfach nur dastehen und diese körperlose Nähe genießen können.

Belustigt erkundete er sich: *Träumst du? Komm her, hier scheint die Sonne.*

Anstatt verärgert zu sein, dass er so mühelos sogar aus der Entfernung ihre Stimmungen zu lesen vermochte, fühlte sie sich auf merkwürdige Weise umsorgt.

Rasch verließ sie den Keller. Oben war niemand, aber aus dem Garten hörte sie Lucians streng klingende Stimme.

»Ich bin gleich da«, rief sie und nahm drei Gläser aus dem Regal. Anschließend füllte sie die Oliven vom Vorabend in ein Schüsselchen, wärmte Brot an und goss frisches Öl in eine flache Schale. Damit ging sie, als alles zusammen auf einem Tablett stand, auf die Terrasse, wo die beiden Männer in der Sonne saßen, als wäre nichts geschehen.

»Setz dich, Mila.« Lucian nahm ihr den Korkenzieher aus der Hand und öffnete die Flasche, während sie den Brotkorb und alles andere auf den Tisch stellte. Nachdem er den Korken geprüft hatte, schenkte er sich einen Schluck ein und probierte. »Exzellent.«

Großzügig füllte er ihre Gläser, hob sein eigenes und betrachtete, ohne eine Miene zu verziehen die Reflexe, die das Sonnenlicht hineinzauberte. »Auf euer Wiedersehen!«, sagte er schließlich und trank. »Da ich euch einander nicht weiter vorstellen muss, können wir ja gleich zur Sache kommen.«

»Entschuldige, so gut kennen wir uns nicht«, warf Mila ein und ergänzte in Gedanken: *Du weißt doch von meinem*

Problem. Ehrlich gesagt hatte ich bis heute vergessen, dass es ihn überhaupt gibt.

Irrte sie sich, oder huschte ein Ausdruck männlicher Zufriedenheit über sein Gesicht? Womöglich funktionierte die Verbindung in beide Richtungen, und auch sie war in der Lage, seine Gefühle zu erspüren. Oder ließ er sie gezielt wissen, was sie wissen sollte, um sie zu manipulieren? *In Zukunft*, nahm sie sich vor, *werde ich genauer darauf achten.* Laut fuhr Mila fort: »Ich hatte keine Ahnung, dass Quaid …«

»… für mich arbeitet?« Mit ruhiger Hand nahm sich Lucian ein Stück Brot.

Obwohl seine Stimme nun milder klang, war dieser – sozusagen *offizielle* – Lucian von der warmen Stimme in ihrem Herzen weiter entfernt als je zuvor. Plötzlich konnte sie sich der Bilder nicht mehr erwehren, die durch ihren Kopf spukten. Gebannt und zugleich voller Furcht sah sie zu, wie er das Brot brach und ins Öl tunkte. Der Tropfen Balsamico, den sie hineingegeben hatte, sah aus wie eine Blutspur. Diese Seite ihres geheimnisvollen Verbündeten machte ihr Angst.

Lucian, das wusste sie inzwischen, war außerordentlich präzise in den Dingen, die er tat. Alles schien eine Bedeutung zu haben, und im Moment war jede Geste eine deutliche Warnung. Ihre Intuition sagte ihr, dass Quaid, der sie die ganze Zeit nicht ein einziges Mal angesehen hatte, ebenso dachte. In diesem Augenblick jedoch trafen sich ihre Blicke, und Mila erkannte, dass sie sich nicht irrte. Er fürchtete sich.

Lucian tat, als habe er nichts bemerkt, Mila aber ahnte, dass ihm selbst dieser winzige Blickkontakt nicht entgangen war. Scheinbar vollkommen ungerührt sprach er nun über die Begegnung mit den Polizisten. »Es ist höchst unglücklich, dass diese Leiche gefunden und die Polizei eingeschaltet wurde. Quaid, du siehst dir die Sache an. Ich will wissen, ob mein Verdacht zutrifft, bevor ich weitere Entscheidungen treffe.«

»Ja, mein ...« Nach einem schnellen Seitenblick zu Mila korrigierte er sich hastig. »Wird gemacht, ähm ... Chef.«

»Nimm dir die Portale vor«, befahl Lucian, ohne auf den Ausrutscher einzugehen. »Ich will einen genauen Plan davon haben, und wenn die Feen Schwierigkeiten machen, dann schick Cathurc eine Nachricht. Sobald er weiß, in wessen Auftrag du handelst, wird er dir helfen.«

»Jawohl.« Quaid sprang auf, warf ihr einen eigentümlichen Blick zu und ... war weg.

Fassungslos starrte Mila auf die Stelle, an der er eben noch gestanden und sich plötzlich wie eine Fata Morgana in hitzeflirrendes Licht verwandelt hatte.

»Wahnsinn! Kannst du das auch?«, fragte sie Lucian, als ihr Gehirn, das kurzfristig vor Schreck gelähmt gewesen war, langsam anlief. Etwas zu gemächlich für ihren Geschmack, denn die Frage war natürlich eine Beleidigung für jemanden, der eindeutig Quaids Chef war und sich von ihm offenbar auch noch *mein Fürst* nennen ließ.

Dieser *Fürst* allerdings antwortete ihr mit einem Gesichtsausdruck, den er vermutlich für unschuldig hielt: »Willst du mich loswerden?«

»Das könnte dir so passen. Ich habe die eine oder andere Frage an dich, und vorher löst du dich besser nicht in Luft auf.«

»Komm her, Milotschka!«

Wie Nebel kroch seine Magie nach und nach an ihr empor, und mit jedem Zentimeter, den sie mehr davon eingehüllt wurde, stieg auch ihr Verlangen. Nach Lucian, nach seinen Berührungen und einem nicht enden wollenden Kuss; danach, sich ihm hinzugeben, ihren Körper, ihre Seele, ihr Sein aufzugeben ...

Nein! Lucians dunkle Stimme in ihrem Kopf klang gequält. *Du darfst dich niemals selbst verleugnen, versprich es!*

Voller Verwunderung erkannte sie, dass er nicht nach ihrer Seele hungerte, wie sie es von einem Geschöpf der Dunkelheit erwartet hätte. Er wollte sie, ja. Aber auf eine ganz und gar irdische Art. Und in seinem Locken hörte sie das Flüstern ihrer eigenen Sehnsüchte. Es war fast unmöglich, der Aufforderung nicht zu folgen, aber Mila widersetzte sich dennoch mit allen ihr zur Verfügung stehenden Kräften. Natürlich war er ungleich stärker als sie, spielte womöglich nur mit ihr, aber das sollte kein Grund sein, es ihm noch leichter zu machen.

Und dann, so plötzlich, wie sie gekommen war, verflog seine Magie wieder.

Die zurückbleibende Leere ließ sie frösteln.

14

Zu beobachten, wie sie das Engelsfeuer einsetzte, um einen seiner machtvollsten Engel in die Schranken zu weisen, hatte ihn mit Stolz erfüllt. Quaid war von ihrem Angriff dermaßen überrascht gewesen, dass er zuerst überhaupt nicht wusste, wie er reagieren sollte. Ganz offensichtlich hatte er ihr nichts zuleide tun wollen. Und das war ein Glück. Für Quaid und für Mila. Lucian konnte beim besten Willen nicht vorhersagen, was er getan hätte, wäre ihr auch nur ein Haar gekrümmt worden. Nur eines war sicher: Quaid hätte es nicht überlebt.

Sind wir uns zufällig begegnet? Darüber nachzudenken, aus welchem Grund die Dinge geschahen, hatte er längst aufgegeben. Zu oft stand am Ende doch Luzifer hinter allem. In diesem Fall glaubte er allerdings nicht daran, dass sein Chef die Finger im Spiel hatte. Wenn jemand hier das Schicksal zu beeinflussen versuchte, dann waren es womöglich die himmlischen Kräfte. Gabriel hatte sich jedenfalls gehörig eingemischt, und offenbar war er nicht der Einzige. *Aber warum?*

Von Quaid hatte er inzwischen erfahren, dass Samjiel, oberster General der *Gerechten*, höchstpersönlich nach Sankt Petersburg gekommen war, um Mila, die sich damals Miljena genannt hatte, zu eliminieren. So wie es alle Gefolgsleute des Erzengels Michael mit gefallenen Engeln oder deren Nachkommenschaft taten, die ihnen in die Hände fielen. Seit den Ereignissen, die dazu geführt hatten, dass Lucian es in Zukunft vermehrt mit elysischem Personal wie Arian und Juna zu tun haben würde, war zwar Waffenruhe angesagt. Michael war jedoch immer schon ausgesprochen selbstgerecht gewesen, und er würde über kurz oder lang einen Weg finden, seine Mission fortzuführen.

Samjiel hatte es teuer bezahlt, Gefühle zu zeigen. Vielleicht hatte er Mila aus Mitleid entkommen lassen. Quaid glaubte sogar, dass er für ihre Flucht aus Sankt Petersburg verantwortlich gewesen war, und er hatte nicht verschwiegen, wie erstaunlich geschickt sie damals bereits ihr Engelsfeuer beherrschte. Allein, dass sie es überhaupt besaß, fand er bemerkenswert, und deshalb hatte er zu jener Zeit auch ein Auge auf sie gehabt. Quaid versuchte, aus allem Vorteil zu schlagen. Obwohl er mit den unwillkommenen Avancen eindeutig seine Grenzen überschritten hatte, ahnte Lucian, dass sein General eine heimliche Sympathie für diese verführerische Engelstochter hegte. Der Befehl, Mila notfalls mit seinem Leben zu schützen, erhielt auf diese Weise eine andere Qualität. Solange er die Finger von ihr ließ, würde Lucian ihn in ihrer Nähe dulden.

»Lucian?« Inzwischen genügte ihre Stimme, um sein Verlangen nach ihr zu entfachen. Wie warmer Honig glitt sie über seine Seele und weckte lange verschüttet geglaubte Sehnsüchte. Da saß sie nun, die Lider halb geschlossen, ihre schlanken Hände im Schoß gefaltet ... einfach zum Anbeißen. Und das Beste war, diese köstliche Sirene ahnte nicht einmal, was ihr bloßes Lächeln anrichtete.

Er hatte es mit eigenen Augen gesehen. Die Handwerker lagen ihr zu Füßen, sogar der Butler, vor dem sie vollkommen zu Recht auf der Hut war, schien sie auf seine Art zu mögen. Sein Glück, dass er nicht wusste, welch außergewöhnliche Fähigkeiten sie besaß. Lucian hätte ihn unschädlich machen müssen. Auch der verdammte Sukkubus, dessen eindeutige Avancen ihm allmählich mächtig auf die Nerven gingen, hatte glücklicherweise keine Ahnung. Naturgemäß teilte diese Margaret die Sympathien ihrer männlichen Haushaltsmitglieder für Mila nicht, hatte sich aber fürs Erste entschieden, sie zu ignorieren. Sollte sie ihre Meinung irgendwann ändern, gäbe es unweigerlich Probleme.

»Sprichst du nicht mehr mit mir?«

Wie enttäuscht sie klang. Ein Gefühl der Zufriedenheit durchströmte ihn.

»Wie kommst du darauf?«

Er war sich bewusst, dass er seit der gemeinsamen Nacht viel zu distanziert mit ihr umging. Ein irritierendes Verhalten legte er da an den Tag, eben jene Frau zu brüskieren, um die all seine Gedanken kreisten, für die er vor nicht einmal einer Viertelstunde einen seiner wertvollsten Gefolgsleute ohne mit der Wimper zu zucken getötet hätte. Dass sie ihn so gefesselt hatte, nahm er ihr übel ... gleichzeitig erregte es ihn auf gefährliche Weise. Warum in drei Teufels Namen sollte sie eigentlich nicht wissen, dass er sie begehrte? *Weil es mehr ist als das?*

Er riss sich zusammen. Solche Überlegungen führten zu nichts, das wusste er aus bitterer Erfahrung. »Ich war in Gedanken. Was bedrückt dich, Mila?«

»Wir sind uns einig, dass es kein technisches Versagen sein kann, das den Fallschirm zerfetzt hat. Jetzt wird ein Toter gefunden.« Ohne seinem Blick auszuweichen, sagte sie: »Wonach suchst du in Stanmore, Lucian?« *Und was hat das mit mir zu tun?*

Die unausgesprochene Frage konnte er ihr nicht beantworten, noch nicht. Die andere wollte er nicht mit ihr diskutieren. Zu viel zu wissen, konnte ihr gefährlich werden, und jedem anderen ebenfalls. Also sagte er: »Ich hatte ohnehin vor, mich am Flugplatz umzusehen.«

Das hätte er schon eher tun sollen. Doch er hatte ein verdammtes Fürstentum zu regieren, was noch nie eine leichte Aufgabe gewesen war.

»Dann komme ich mit.«

»Mila ...«, sagte er in einem Ton, der seine Gefolgsleute davor gewarnt hätte, ihm zu widersprechen.

»Wenn du mich nicht mitnimmst, finde ich einen anderen Weg. Ich könnte ein Taxi nehmen ...«

Sie zeigte keine Furcht vor ihm. Natürlich ahnte sie nicht, wem sie hier Widerworte gab, aber Lucian hätte wetten können, dass auch das Wissen um seine wahre Natur sie nicht davon abgehalten hätte zu tun, was sie für richtig hielt. Welch ein Leichtsinn. Um ihr ein für alle Mal einzubläuen, dass man sich so nicht verhalten durfte, wollte man in der magischen Welt überleben, verspürte er große Lust, sie übers Knie zu legen. Oder zu küssen ... am liebsten in dieser Reihenfolge.

Mila ahnte nichts von seinen Fantasien und zählte Gründe auf, warum es ihr notwendig erschien, ihren Plan notfalls auch gegen seinen Willen durchzusetzen. »Erstens steht dort immer noch Anthonys Auto«, sagte sie. »Und außerdem fände es jeder eigenartig, wenn ich mich überhaupt nicht mehr für diese Angelegenheit interessieren würde. Schließlich hätte ich beinahe mein Leben verloren. Selbst wenn niemand den zerfetzten Fallschirm gefunden hat, weil du ihn entsorgt hast ... Das hast du doch, oder?«

»Ja, sicher.« Es fiel ihm schwer, sich zu konzentrieren, sobald er in ihre wiesengrün gefleckten Augen blickte, in denen das Feuer aufblühte wie roter Klatschmohn. Doch der weiche Mund bot auch keine Alternative. Ein schier unwiderstehliches Verlangen, sie zu küssen, machte ihm das Atmen schwer. Irgendetwas war mit ihm eindeutig nicht in Ordnung. Vermutlich verbrachte er zu viel Zeit in menschlicher Umgebung. Am liebsten hätte er sich geschüttelt, die Schwingen ausgebreitet und wäre davongeflogen. Stattdessen hörte er sich sagen: »Wenn es dir so wichtig ist, dann fahren wir gemeinsam. Allein gehst du nirgendwohin.«

Selbstverständlich wollte sie widersprechen, es war ihr anzusehen. Er hob die Hand, und zu seinem Erstaunen sagte sie nur: »Einverstanden.« *Vorerst.*

Das habe ich gehört!

Mit einem hinreißenden Lachen lief sie zum Auto und vergaß natürlich dabei zu humpeln. Den vergessenen Stock musste er ihr also hinterhertragen, aber wenigstens hatte sie daran gedacht, die Sonnenbrille aufzusetzen, die er als Ersatz für die während des Sturzes verloren gegangenen Gläser besorgt hatte. Ihre Kräfte mochte sie langsam zurückerlangen, die Fähigkeit, sie vor anderen zu verbergen, ließ noch zu wünschen übrig, und jedes magische Wesen, das einen Blick in Milas Augen warf, würde ahnen, dass sie eine von ihnen war.

Lucian war ein sicherer Autofahrer, aber er liebte ganz offensichtlich die Geschwindigkeit. Mila hatte nichts dagegen, sie fuhr selbst gern schnell. Doch die Art, wie er sein dunkelgrünes MG Cabrio mit einer Hand steuerte, war ein kleines bisschen beunruhigend. Lässig schnitt er die engen Kurven der Landstraßen, die einspurig zwischen hohen Hecken und Steinmauern entlangführten. Jetzt ließ er den Wagen auch noch in halsbrecherischem Tempo über eine schmale Steinbrücke gleichsam fliegen, ohne dabei sehen zu können, ob ihnen in der nächsten Kurve ein anderer entgegenkäme.

»Du bist der einzige Unsterbliche hier. Vergiss das nicht«, rief sie ihm laut zu, um den Fahrtwind zu übertönen. Ein Fehler, denn nun sah er zu allem Übel zu ihr herüber und nicht mehr auf die Straße.

»Da wäre ich mir nicht so sicher, wollen wir es herausfinden?«

»Sehr witzig. Sieh nach vorn, um Himmels willen.« Immerhin hatte er es vor weniger als einer Woche für nötig gehalten, ihren Sturz aus den Wolken rechtzeitig zu beenden, bevor seine Theorie getestet werden konnte, und sie fühlte sich nicht die Spur unverletzlich.

Lucian lachte. Da passierte es. Ein Jeep tauchte wie aus dem Nichts vor ihnen auf. Der Fahrer reagierte zum Glück geistesgegenwärtig und wich in die Bucht am Straßenrand aus, die allerdings für weniger stürmische Manöver gemacht war. Er bremste scharf und rutschte über den Schotter direkt auf einen Wegweiser zu. Kurz davor kam er zu stehen. Mila stieß einen kleinen Schrei aus. Gerade noch konnte sie sehen, wie der Mann ihnen einen Vogel zeigte, und schon waren sie haarscharf zwischen dem halb gedrehten Jeep und der Steinmauer zur Linken hindurchgeschossen. »Lucian!«

Endlich drosselte er die Geschwindigkeit. »Es ist fast wie

fliegen.« Lachend legte er einen Arm um ihre Schulter. »Ich dachte, das würde dir gefallen?«

»Vielleicht sollte ich mir die Sache mit dem Fliegen doch noch einmal überlegen. Sie scheint mir nicht bekömmlich zu sein.« Theatralisch legte sie eine Hand auf ihren Magen. Doch sie wusste, dass ihr Gesicht leuchtete, als sie zu ihm aufsah. Der Adrenalinschub hatte ihr auf eine ausgesprochen beunruhigende Weise gutgetan, und sie fühlte sich so wohl wie lange nicht mehr.

Um sich auf der Gesundheit zuträglichere Gedanken zu bringen, sagte sie: »Eigenartig. Je weiter ich mich von Stanmore entferne, desto besser fühle ich mich. Das war schon beim letzten Mal so. Es kommt mir beinahe vor, als würde mir jemand eine große Last von den Schultern nehmen.«

Den Blick, den Lucian ihr zuwarf, konnte sie nicht so recht einordnen. Gab es womöglich einen Grund für das Unbehagen, das sie hin und wieder in Stanmore erfasste, und wusste er davon, oder hielt er sie einfach nur für überspannt? Eine Erklärung gab er nicht, und Mila wollte sich die gute Stimmung nicht mit finsteren Überlegungen verderben, also schwieg sie ebenfalls und betrachtete stattdessen die traumhafte Landschaft.

Kurz darauf passierten sie ein Hinweisschild, und wenige Meter später bog er von der Straße ab und folgte dem schmalen Weg durch ein Waldstück, den auch Mila schon einmal gefahren war. Je näher sie dem Flugplatz kamen, desto stärker machte sich das eben noch glücklich verloren geglaubte Unbehagen in ihr breit. Das Kribbeln im Magen hatte sie vorhin bei ihrer wilden Fahrt durchaus genossen, aber nun war es nicht mehr angenehm, sondern vielmehr Anzeichen für eine Mischung aus Furcht und Vorahnung.

»Da sind wir.« Lucian ließ nicht erkennen, ob er Ähnliches spürte. Schwungvoll lenkte er den MG auf einen nahezu leeren Parkplatz vor dem flachen Flughafengebäude. Auf dem Rollfeld machte sich zwar gerade eine viersitzige Maschine zum Start bereit, aber Menschen sahen sie keine. Es war offensichtlich ein ruhiger Tag. Sie parkten direkt neben Anthonys Auto.

Mila war froh, dass sie daran gedacht hatte, das Verdeck zu schließen, denn in den letzten Tagen war das Wetter wechselhaft gewesen, und der Regen hätte bestimmt die neu bezogenen Ledersitze ruiniert, die Anthonys ganzer Stolz waren. Ihr Blick fiel auf einen alten Pick-up, der die Aufschrift der Fallschirmspringer-Schule trug.

»Das ist sicher Micks Auto«, sie zeigte auf den Wagen, »dann muss er ja hier sein.«

An der Bürotür hing allerdings ein Schild, auf dem *Geschlossen!* stand.

»Eventuell ist er drüben in der Halle.« Mila schlug vor, dort nachzusehen, und tatsächlich fanden sie eine angelehnte Seitentür. Gerade wollte sie nach der Klinke greifen, da hielt Lucian sie zurück.

Warte! Da stimmt etwas nicht. Lass mich vorgehen.

Immerhin versuchte er nicht, sie zum Auto zurückzuschicken. Also signalisierte sie, dass er vorangehen sollte. Mila würde ihm Rückendeckung geben.

Der Hangar war unbeleuchtet, und die Sonnenstrahlen, die durch die trüben Scheiben fielen, fanden ihren Weg kaum bis zum Dach der kleinen Sportmaschine, die bei ihrem letzten Besuch draußen gestanden hatte.

Lautlos folgte sie Lucian und konnte nicht umhin zu bewundern, wie er sich katzengleich voranbewegte. Plötzlich hörte sie ein Stöhnen. Mila verharrte. Auch Lucian stand bewegungslos da und lauschte. *Dort hinten sehe ich Licht. Weißt du, was in dem Raum ist?*

Jetzt bemerkte sie ebenfalls den schmalen Streifen, der unter einer Tür zu sehen war. *Darin bewahren sie Fallschirme und Gurtzeug auf,* informierte sie ihn.

Bleib hier. Ich gebe dir ein Zeichen, sobald alles okay ist. Ohne ihre Antwort abzuwarten, löste er sich in nichts auf, so wie sie es bei Quaid gesehen hatte. Mit dem Unterschied, dass die Luft nicht vibrierte, als er verschwand. Es hatte nicht einmal einen Wimpernschlag lang gedauert, da war er weg. Spurlos verschwunden. Nicht den geringsten Hauch von Magie konnte Mila spüren, es war einfach, als sei er niemals hier gewesen. Ein äußerst unheimliches Talent.

»Du kannst kommen«, rief er da aus dem angrenzenden Raum.

Sofort lief sie los, vergewisserte sich aber an der Tür, ob es wirklich sicher war einzutreten. Sie hätte jetzt gern eine Waffe gehabt wie bei den Übungen in der Army. Aber ein Blick genügte, um ihr zu zeigen, dass hier kein Feind auf sie lauerte.

»Mick!« Fragend wandte sie sich an Lucian, der den Fallschirmspringer grimmig ansah, während er sie mit einer Hand zurückhielt. »Was ist mit ihm?«

Regungslos lag Mick auf einem alten Sofa. Die Wangen eingefallen, die Haut grau, dunkle Schatten unter den Augen. Die Stirn glänzte, sein Atem ging stoßweise, und er schien nicht einmal bemerkt zu haben, dass er nicht mehr allein war.

Mila wollte sich aus Lucians festem Griff befreien. »Er stirbt, wir müssen ihm helfen.« Sie erinnerte sich an die wundersame Energie, die sie von ihren Schmerzen befreit hatte.

»Nein.«

»Warum nicht? Ist es denn zu viel verlangt …«

»Mila, denk doch nach. Es dürfte dir nicht entgangen sein, dass ich kein guter Samariter bin, der herumgeht und Sterbliche heilt. Im Übrigen steht es uns nicht zu einzugreifen, wenn die Zeit für einen Menschen gekommen ist.«

»Das verstehe ich ja, aber Mick war vor wenigen Tagen noch gesund. Du willst mir doch nicht sagen, dass jemand derart schnell«, sie suchte nach einem passenden Wort, »verfällt«, sagte sie schließlich, und der Gedanke daran, was der arme Mann womöglich hatte erleiden müssen, schnürte ihr die Kehle zu.

Ein rascher Blick in das Gesicht des Engels an ihrer Seite bestätigte, was der Instinkt ihr signalisierte. An der Sache war etwas faul. »Wenn es dir egal ist, warum bist du so wütend?«

Die Kiefer aufeinanderpresst, knurrte er zwischen den Zähnen hindurch: »Weil hier einer schlampig arbeitet … und uns damit alle in Gefahr bringt.«

Ratlos sah sie ihn an. »Aber dann wäre es doch noch wichtiger, ihn wieder gesund zu machen.« *Und alles vergessen zu lassen,* fügte sie flehend hinzu.

»Im Prinzip hast du recht. Ich kann es trotzdem nicht tun.«

»Warum nicht?«

Lucian war hinter sie getreten und hielt sie nun an ihren Schultern, als wollte er die Richtung vorgeben, in die sie zu blicken hatte. »Was siehst du?«

»Er ist sehr krank, seine Haut blass ... Nein, fast schon grau.« Sie versuchte, sich umzudrehen, aber er hielt sie weiter fest. »Was soll das? Wenn du ihm nicht helfen kannst, dann müssen wir einen Krankenwagen rufen. Er stirbt!«

»Schau unter die Oberfläche!«, sagte er eindringlich. »Öffne dein inneres Auge und vergiss die äußeren Anzeichen.«

Es dauerte eine Weile, bis es ihr gelang, sich ausreichend zu konzentrieren. Seine Hände, die beruhigende Nähe halfen dabei. Und auf einmal wusste sie, was Lucian meinte. Die Lebensenergie in Micks Körper war vollständig durchlöchert. Beinahe so, als hätte jemand seine Zähne hineingeschlagen und große Stücke herausgerissen. Erschüttert erkannte sie, dass genau das mit ihm passiert sein musste. So sahen normale Sterbende nicht aus.

Sie schwanden dahin, bis ihre Seele frei war, um von den Todesengeln an den Ort ihrer Bestimmung gebracht zu werden. Mick jedoch war brutal seiner Energien beraubt worden. Anstelle einer pulsierenden Aura umhüllte ihn nur noch ein hauchdünnes Netz, das jederzeit reißen konnte. Sein Leben hing buchstäblich an einem seidenen Faden. Die Seele kauerte angstvoll in einer Ecke des Herzens. Kein Engel wachte über sie.

Auf einmal ahnte sie: Wer auch immer ihm das angetan hatte, würde nicht zögern, ihn sterben zu lassen und seine Seele zu stehlen, um sie für dunkle Zwecke zu missbrauchen.

»Genau so ist es«, bestätigte Lucian ihre Befürchtung. »Sie wird zurückkommen, um zu ernten.«

Mila fuhr herum. »Sie? Dann weißt du, wer das getan hat?«

»Allerdings. Das ist das Werk eines Sukkubus.«

Bens Worte fielen ihr ein. Er hatte von dunklen Kräften gesprochen. *Ich weiß nicht, was diese Frau ist. Aber sie ist definitiv kein Mensch*, hörte sie ihn sagen, als stünde er neben ihr.

»Margaret! Sie war es, stimmt's?«

Für einen Augenblick sah er sie wie ein Lehrer an, der auf die guten Leistungen seiner Schülerin stolz ist, dann gesellte sich etwas anderes hinzu. Ein eigenartiger Ausdruck, der ihr Herz schneller schlagen ließ. War es Zuneigung, was sie in seinem Blick zu lesen glaubte?

Darüber würde sie später nachdenken. »Du musst ihm einfach helfen. Das hat er nicht verdient!«

»Was bedeutet dir der Mann?« Alle Freundlichkeit wich aus seinem Gesicht.

Ihre Antwort schien ihm wichtig zu sein. Und weil sie wollte, dass er half, verhaspelte sie sich beinahe. »Nichts. Aber es ist nicht richtig, was hier geschieht, und wenn wir es in Ordnung bringen können, sollten wir das tun.«

»Verdammt, Mila! Ich bin kein …«

»… Samariter. Das habe ich schon begriffen. Dann tu es für mich. Bitte!«

Beinahe wütend sah er sie.

Sie hatte dieses Mal mit voller Absicht das Tabu-Wort verwandt, und er wusste das ganz genau. Lange dauerte es indes nicht, und er trug wieder diesen Gesichtsausdruck amüsierter Blasiertheit. Offenbar hatte er aber einen Entschluss gefasst.

»Es gibt eine Möglichkeit zu verhindern, dass sie beendet, was sie hier begonnen hat. Aber damit hätte er einen Pakt geschlossen, der ihn früher oder später in die Unterwelt führt. Willst du eine so gewichtige Entscheidung für ihn treffen?«

Trauer erfasste ihr Herz. »Das kann ich nicht.« Doch dann formte sich diese Idee in ihren Gedanken, und Mila sprach sie aus, bevor sie noch zu Ende gedacht war. »Eine Aura kann sich doch regenerieren. Könnten wir nicht wenigstens auf ihn aufpassen, bis es ihm besser geht und er selbst entscheiden kann?«

»Meinetwegen.« Ein diabolisches Lächeln erschien auf Lucians Lippen. »Ich weiß, was wir tun. Wir bringen ihn zu Juna und Arian. Die können gar nicht anders, als ihm zu helfen.« Er griff nach ihrer Hand und beugte sich wie zu einem eleganten Kuss darüber. »Dafür, meine Schöne, schuldest du mir etwas.«

»Einverstanden.« Es würde schon nichts Schlimmes sein, was er von ihr verlangte. Zumindest hoffte sie das.

»Du bist leichtsinnig«, warnte er, aber seine Stimme klang weicher als zuvor. »Bleib hier bei deinem Schützling. Ich hole das Auto. Es muss ja nicht jeder sehen, wenn wir einen Todgeweihten abtransportieren.«

Als sie sich schließlich über Mick beugte, über den sie viel geredet, aber für den sie bisher nichts getan hatten, fühlte sie sich unendlich allein.

Was eben noch selbstverständlich, geradezu alltäglich gewirkt hatte, machte ihr nun Angst. Welche Kräfte waren da am Werk, und was hatte Anthony damit zu tun? Und die wichtigste Frage: Weshalb fühlte sie sich ausgerechnet in Lucians Gegenwart so sicher, obwohl er der undurchsichtigste und vermutlich dunkelste Teilnehmer in diesem Spiel sein musste, in das sie garantiert nicht durch Zufall geraten war.

Es gibt keine Zufälle, so sehr du das auch glauben möchtest, hatte ihr Vater immer gesagt. *Wir sind alle nur Figuren in einer grausamen Schachpartie zwischen Licht und Schatten.*

Dabei war es ihr vorgekommen, als sähe er sie voller Mitleid an. Aber diese dunkle Stimmung war jedes Mal schnell verflogen, und dann hatte er gelacht.

Lass uns das Leben genießen, solange wir es haben, Milotschka! Und dann hatte er seine kleine Tochter in die Luft geworfen oder an Arm und Bein gepackt und sich mit ihr im Kreis gedreht, als wollte er ihr das Fliegen beibringen. *Soll ich loslassen?*, hatte er sie dann gefragt, und Mila hatte kreischend um Gnade gebettelt, obwohl sie wusste, dass er sie niemals fallen gelassen hätte.

Ihre Erinnerung suchte sich merkwürdige Momente, um zurückzukehren. All dies war in einem anderen Leben geschehen, und hier lag ein Mann, der jetzt ihre Hilfe brauchte.

»Mick, kannst du mich hören?«

Er antwortete mit einem Stöhnen. Dann versuchte er, sie anzusehen. »Mila. Gott sei Dank, dir geht es gut.« Zitternd tastete er nach ihrer Hand. Der ausgestreckte Arm wäre kraftlos herabgefallen, hätte sie ihn nicht gehalten.

Leise sagte sie: »Es wird alles gut!«

»Nein. Du musst gehen, sie ist eine Fanatikerin.«

»Keine Sorge, Mick. Wir wissen, wer dir das angetan hat. Sie wird für ihre Untaten bestraft, das verspreche ich dir.«

Nervös wühlte sie in ihrer Handtasche, bis sie ein sauberes Papiertuch fand, um ihm den kalten Schweiß von der Stirn zu tupfen. Er glühte fiebrig.

»Du irrst dich ...«

»Er meint mich. Steh auf, du Schlampe! Ich habe gleich gewusst, dass du auch so eine bist.«

Erschrocken drehte sich Mila um. »Andrea, was …«

»Teufelsbrut!« Ohne weitere Vorwarnung schoss sie.

Den Bruchteil einer Sekunde, bevor Micks offensichtlich wahnsinnig gewordene Freundin abdrückte, wusste Mila, was geschehen würde. Instinktiv warf sie sich zur Seite. Ein ohrenbetäubender Knall, gefolgt von einem dumpfen Einschlag … etwas Warmes, Feuchtes spritze ihr ins Gesicht. Dann ging alles sehr schnell. Sie wollte aufspringen, aber da schoss Andrea bereits ein zweites Mal. Diese Kugel jedoch erreicht niemals ihr Ziel. Es war, als wäre die Zeit eingefroren. Lucian erschien hinter der Frau, ergriff ihren Kopf mit beiden Händen, und mit einem Ruck brach er ihr das Genick.

Das widerwärtige Knacken würde sie nie vergessen. Noch während die Angreiferin leblos zu Boden sackte, war Lucian bei Mila, zerrte sie auf die Beine und aus der Schusslinie. Die Kugel schlug hinter ihnen in die Holzwand ein.

»Um Himmels willen, Mick!« Mila wollte zu ihm stürzen.

Doch Lucian erlaubte es nicht. Ihren Kopf an seine Brust gelehnt, zog er sie behutsam beiseite. »Du kannst nichts mehr tun.«

Wie in Trance sah sie zwei Dunkle Engel herbeieilen. Eine mit flammend rotem Haar und Flügeln, die wirkten, als hätte sie jemand in schwarzes Öl getaucht; das einstmals liebliche Gesicht der anderen grausig verstümmelt. Die Anweisungen, die Lucian gab, waren knapp und befehlsgewohnt. Die Frauen schien das für normal zu halten. Ein- oder zweimal glaubte Mila ihre neugierigen Blicke auf sich zu fühlen, doch sie fragten nichts, beseitigten wortlos alle Spuren und trugen schließlich die leblosen Körper davon.

Die kühle Hand auf der Stirn brachte Ruhe in ihre Gedanken. *Ich bringe dich fort von hier*, raunte er ihr ins Ohr, und das Nächste, was sie spürte, war das Brummen seines Wagens, den warmen Sommerwind auf ihrer Haut und die Gewissheit, zum zweiten Mal in wenigen Tagen dem Tod haarscharf entkommen zu sein.

»Danke!«, sagte sie leise.

Trotz des Fahrtwinds hatte er sie gehört. »Du sollst doch nicht ... O meinetwegen! Bedank dich, so viel du willst.«

Aus Lucian wurde sie nicht klug. Mal wirkte er ebenso distanziert wie einer der selbstgerechten Engel, die früher hinter ihr her gewesen waren. Ohne mit der Wimper zu zucken, hatte er Andrea den Hals umgedreht. Gleich darauf zeigte er sich besorgt und rücksichtsvoll. Manchmal sagte oder tat er Dinge, die sie entsetzten, und zwischendurch, wenn er glaubte, Mila würde es nicht bemerken, sah er sie an wie ein hungriger Leopard, der sie liebend gern zum Frühstück verspeist hätte.

All dies, nein, die Kombination von allem, gestand sie sich mit einem Seitenblick auf sein klassisches Profil ein, *macht mich ziemlich an.* Unweigerlich musste sie wieder an die gemeinsame Nacht denken. Die Erinnerung an seine kühlen Hände auf ihrem Körper und daran, wie er ihr verboten hatte, sich unter den intimen Berührungen zu winden; daran, wie sie ihn schließlich angefleht hatte, sie zu erlösen. Doch es war nicht allein die Schamesröte, die nun ihre Wangen zum Glühen brachte, und sie fragte sich, ob sie diese offenkundige Erregung angesichts der soeben erlebten Grausamkeiten nicht zu einer ganz und gar herzlosen Kreatur machte.

Dornröschen, keine Sorge. Mit deinem Herzen ist alles in Ordnung.

»Etwas mehr Privatsphäre wäre durchaus willkommen«, fauchte sie ihn an. Die nachdenkliche Stimmung war dahin. *Was fiel ihm ein, ständig ihre Gedanken zu kontrollieren?*

»Das tue ich gar nicht. Du brüllst sie so heraus, dass ich sie einfach nicht ignorieren kann.«

»Ach wirklich? Ich berühre aber das Amulett gar nicht.« Sie hob beide Hände zum Beweis. »Warum hat sich außer dir noch nie jemand darüber beschwert?«

Anstelle einer Antwort runzelte er die Stirn. *In der Tat, eine interessante Frage.*

Abgelenkt von der unbekannten Abzweigung, die er in diesem Augenblick nahm, verzichtete sie darauf, anzumerken, dass auch er nicht immer für sich behielt, was er dachte. Sie war also nicht die Einzige mit diesem lästigen *Sendungsbewusstsein*. Das Beste würde sein, so schnell wie möglich zu lernen, wie man sich vor Mithörern schützte. Doch von wem? Lucian zu fragen, erschien ihr wenig sinnvoll. So gut kannte sie ihn inzwischen, um zu ahnen, dass er sich stets eine Hintertür offen hielt.

»Wohin fahren wir eigentlich?«

»Warte es ab. Wir sind gleich da.«

Vor ihnen erstreckte sich bunt getupftes Wiesengrün. Wäre es nicht von niedrigen Steinwällen durchzogen gewesen, man hätte sich der Illusion hingeben können, durch nahezu unberührte Natur zu reisen. Nirgendwo entdeckte sie die sonst so typischen Siedlungen oder Gehöfte, die von oben oftmals wirkten, als hätte ein Riese sie wie weiße Kieselsteine ausgestreut. Dazu schimmerte dieses unverwechselbare, weiche Licht in der Ferne, das die Nähe des Meeres verhieß. Sonnenstrahlen brachen sich im zarten Nebelschleier am Horizont, und der Wind brachte salzsatte Luft mit sich, deren Aroma sie später von spröden Lippen lecken würde und die auf der Haut brannte wie ein zu ausgedehntes Sonnenbad.

Dieser Anblick schenkte ihr einen Frieden, der sich wie Balsam auf ihre vom Mordanschlag und dem grausamen Tod zweier Menschen tief erschütterte Seele legte. Bevor sie weiter darüber nachdenken konnte, warum ausgerechnet die Erde und erhabene Landschaften ihr schon immer Linderung gebracht hatten, obwohl sie sich so sehr nach der Luft und ihrer unendlichen Freiheit sehnte, hatten sie ihr Ziel erreicht.

Der Wagen hielt schwungvoll vor einem in die sandigen Hügel geduckten Haus. Lucian reichte ihr die Hand, und es hatte etwas merkwürdig Feierliches, als er sie über die Schwelle ins Innere geleitete. Es glich Rose Cottage auf verblüffende Weise. Die Empore fehlte zwar, und höchstwahrscheinlich verbarg sich der Schlafbereich hinter den breiten Lamellentüren. Doch auch hier erlaubte eine großzügige Reihe ländlicher Sprossenfenster den Blick in einen kleinen Garten und zu ihrer Überraschung auf die schaumgeküssten Meereswellen. Die Einrichtung wirkte eine Spur rauer, ursprünglicher, aber deshalb nicht weniger ansprechend. Neugierig blickte sie sich um. Es gefiel ihr sogar besser als in der vergleichsweise eigentümlich distanziert wirkenden Landhauseleganz, in der sie derzeit wohnte.

Amüsiert nahm sie zur Kenntnis, wie schnell sie sich an Luxus gewöhnt hatte, seit sie mit Florence zusammenlebte. Vorher hatte sie sich nie Gedanken darüber gemacht, ob Bett und Tisch beispielsweise zu den Gardinen passten.

In den schäbigen Unterkünften, in denen sie meist gehaust hatte, wäre dies ohnehin vergebliche Liebesmüh gewesen.

»Hier wohnst du also.«

»Vorübergehend. Halt mal still!« In der Hand hielt Lucian ein angefeuchtetes Küchentuch, mit dem er ihr vorsichtig übers Gesicht wischte. Schließlich schüttelte er den Kopf. »Es reicht nicht. Zieh dich aus.«

»Wie?« Erschrocken machte sie ein Schritt zurück, direkt an einen der freigelegten Holzbalken. »Au! Wieso sollte ich …?« Doch dann begriff sie. »Ich bin voller Blut. Stimmt's?«

»So schlimm ist es nicht, aber einem Vampir möchtest du jetzt lieber nicht begegnen.«

»Wo ist das Bad?«

Eilig lief Mila in die angegebene Richtung. »Und untersteh dich, mir von irgendwelchen Blutsaugern zu erzählen. Ich will das alles gar nicht wissen!«

Mit einem Blick in den Spiegel hielt sie sich nicht auf. So schnell es ging, zog sie sich aus. Die Jeans hatte kaum etwas abbekommen, aber das T-Shirt war braun gesprenkelt. Angeekelt ließ sie es fallen, stieg in die Dusche und war in Sekundenschnelle von heißem Dampf eingehüllt. *Das ist der pure Luxus.*

Während sie sich die Haare wusch, dachte sie an Lucian. Auf dem Duschgel war kein Etikett, doch als sie es öffnete, kam es ihr vor, als stünde er direkt neben ihr. Großzügig verteilte sie die Seife auf ihrem Körper, und es fühlte sich an, als wäre er ihr dabei behilflich. Mila legte den Kopf in den Nacken und genoss das Prickeln auf der Haut und den warmen Regen auf dem Gesicht. Am liebsten hätte sie die Dusche nie wieder verlassen, aber schließlich war sie so durchweicht, dass sie mit einem Seufzer das Wasser abdrehte.

Frische Handtücher lagen auf dem Waschtisch bereit. Obenauf ein schlichtes T-Shirt. Lucian musste zwischendurch ins Bad gekommen sein. Waren die kraftvollen Hände auf ihrem Körper doch keine Einbildung gewesen? Nie hätte sie gedacht, jemals von einem Mann so fürsorglich behandelt zu werden. Zumal dieser genau genommen ein Ehrfurcht gebietender Dunkler Engel war, der seine Gefährlichkeit vor nicht einmal einer Stunde erneut unter Beweis gestellt hatte. Doch darüber mochte sie in diesem Moment nicht nachdenken, denn sie fand es einfach himmlisch, endlich selbst verwöhnt zu werden.

Schnell frottierte sie sich die Haare. Ein Föhn war nirgends zu entdecken, also schlang sie sich ein trockenes Tuch um den Kopf und streifte das bereitgelegte Shirt über.

Lucian war kein schwerer Mann und auch nicht riesig groß, sie schätzte ihn auf etwa einen Meter sechsundachtzig. Aber er hatte erstaunlich breite Schultern und eine geschmeidige Art, sich zu bewegen, die ihre Fantasie unweigerlich anregte. Jede Wette würde sie eingehen, dass kein Gramm überflüssiges Fett an dem trainierten Körper zu finden war, und sie verspürte auf einmal unbändige Lust darauf, diese These zu überprüfen.

Das T-Shirt, das ihn zweifellos wie eine zweite Haut umhüllen würde, war ihr viel zu weit und noch dazu lang genug, um bis zur halben Höhe der Oberschenkel zu reichen. Der Spiegel zeigte ihr ein blasses Gesicht, das eine Spur zu exotisch wirkte, um europäisch genannt zu werden. Ergänzt durch eine schmale Silhouette, die auf den ersten Blick nichts von ihrer Sportlichkeit verriet und in den letzten Tagen noch ein wenig zarter geworden war, ließ sie dies eigentümlich fragil wirken, behauptete Florence. Kein Adjektiv, das sie normalweise für sich in Anspruch genommen hätte. Nun aber fragte sie sich, ob es dieses Bild war, das an Lucians Beschützerinstinkt appellierte.

Sie sollte es bald herausfinden. Als Mila das Bad verließ, war er in der Küche beschäftigt. Der Wasserkocher brummte laut, und Lucian schien sie nicht zu hören, bis sie mitten im Raum stand.

Plötzlich drehte er sich um, wollte etwas sagen ... und stoppte abrupt. Wortlos sah er sie an. Beinahe, als hätte er sie noch niemals zuvor gesehen.

Wenn das unverschämte Grinsen, das sich ganz langsam über seinem Gesicht ausbreitete, Aufschluss darüber gab, was er bei ihrem Anblick dachte, dann durfte sie getrost davon ausgehen, dass sie ihm gefiel. Ohne besondere Schüchternheit hielt sie der Musterung stand. Es gab keinen Grund, sich für ihren Körper zu schämen. Sie hatte sich ein Leben lang bemüht, ihn so gut wie möglich zu behandeln, ihm im Gegenzug zuweilen auch alles abverlangt, wozu er in der Lage war. Er hatte sie bisher nicht im Stich gelassen, und entsprechend wohl fühlte sich Mila in ihrer Haut.

Als Lucian weiterhin schwieg und sie dabei unverwandt ansah, machte sie einen albernen Knicks, bei dem sie die Hemdzipfel festhielt, als trüge sie einen weiten Rock, und sagte: »Das ist auf die Dauer recht luftig, kann ich meine Klamotten irgendwo waschen?«

Zuerst sah er sie verständnislos an, als hätte er noch nie über so etwas Profanes wie Wäschepflege nachgedacht. Dann lachte er, und sie glaubte, eine Spur Verlegenheit herauszuhören. »Dort hinten muss es eine Waschmaschine geben. Du darfst sie gern benutzen.«

Als Mila aus dem Haushaltsraum zurückkehrte, in dem

sie auch einen Trockner und sogar einen Bügeltisch vorgefunden hatte, ließ er sich gerade in einer Ecke des Sofas nieder, in der Hand eine dampfende Tasse Tee. Draußen ging die Sonne unter und sandte ihre feurigen Strahlen weit ins Haus hinein. Der Sommer würde sich bald seinem Ende zuneigen, die Tage wurden nun deutlich kürzer.

»Komm her.«

Sie setzte sich in die andere Ecke und zog die Beine hinauf auf die gemütlichen Kissen, in denen sie beinahe zu versinken drohte. Bevor sie etwas sagen konnte, hielt sie bereits den Tee in der Hand. »Den hast du für mich gemacht? Danke.«

Er drehte die Augen himmelwärts.

»Ach, was willst du? Du hast mir heute zum zweiten Mal das Leben gerettet, und ich durfte die flauschigsten Handtücher benutzen, die es in diesem Universum gibt.« Sie zeigte auf ihren Turban. »Wie viel tiefer kann ein Mensch denn noch in deiner Schuld stehen?«

»Du hast keine Ahnung«, sagte er grimmig, aber dann behielt sein Sinn für Humor doch die Oberhand. »Madame, da Sie unbelehrbar zu sein scheinen, erlaube ich Ihnen, mir in jeder erdenklichen Weise ihre Dankbarkeit zu zeigen, die Ihnen einfällt.«

Nun doch schüchtern geworden, nahm sie einen Schluck aus der Teetasse, die sie mit beiden Händen hielt. Das Gebräu war stark und süß, mit einem großen Tropfen Milch. Genau das Richtige nach einem Mordanschlag, befand Mila. Nach einigen vorsichtigen Schlucken fand sie die Kraft, über die vergangenen Stunden zu sprechen.

»Ich fürchte, Mick ist nicht das erste Opfer.«

»Wie das?« Aufmerksam sah er sie an.

Leise erzählte sie von den Fotos, die Ben ihr von seinem

Bruder Konstantin gezeigt hatte und deren Anblick sie niemals vergessen würde. »Er ist jetzt in einem Sanatorium, und Ben meint, es ginge ihm allmählich besser.«

Lucian schaute skeptisch, sagte aber nichts.

»Es kommt noch schlimmer. Als dieser Kommissar Parker das Phantombild aus seiner Tasche gezogen hat, sind ihm Fotos des Toten vom Strand herausgerutscht. Ich kann mich irren, aber der arme Kerl sah ebenfalls völlig ausgemergelt aus.«

Sie trank einen weiteren Schluck und sah ihn dann direkt an. »Wolltest du deshalb nicht, dass ich allein ins Herrenhaus gehe? Aber was ist mit Florence und …« Hier zögerte sie. »… Anthony und all den anderen Angestellten. O Gott! Und was ist mit Lord Hubert?«

»So viele Fragen.« Behutsam nahm er Mila die Tasse ab, stellte sie auf den Tisch und strich mit dem Handrücken über ihre Wange.

»Ein Sukkubus interessiert sich ausschließlich für Männer, aber geht dabei nicht wahllos vor, sondern sucht sich die Opfer mit Bedacht aus. Es wäre ausgesprochen dumm, Menschen im direkten Umfeld zu belästigen. Deine Freundin und alle weiblichen Hausangestellten sind ohnehin sicher vor ihrem Hunger. Lord Hubert hat sein Schicksal selbst gewählt. Vergiss ihn.«

Lucian lehnte sich weiter vor und legte ihr eine Hand aufs Knie, bevor er weitersprach. »Dein Anthony ist in der Nähe des Fundorts gesehen worden. Kurz danach hat der Stallmeister die Polizei verständigt.«

»Hat dir Parker davon erzählt?«

»Das musste er gar nicht. Ich habe selbst mit Boris gesprochen.«

Es gab so vieles, was sie nicht über ihn wusste. Sogar solche Kleinigkeiten wie eben, dass er mit diesem merkwürdigen Boris auf vertrautem Fuß stand.

Du hast ihm ja auch nichts von Anthony gesagt, erinnerte sie das stets präsente Gewissen, und um es zum Schweigen zu bringen, sagte sie nachdrücklicher als erforderlich: »Er ist nicht *mein* Anthony und außerdem ... Himmel, Lucian, was sollte er mit einem Sukkubus zu tun haben? Anthony ist ein ganz normaler Sterblicher ...«

»Du willst einen Sterblichen heiraten? Bist du wahnsinnig geworden?«

»Wie kommst du darauf, dass wir heiraten wollen?« Doch dann dämmerte es ihr. »Florence hat dir davon erzählt.«

Auch wenn sie inzwischen entschieden hatte, dass ihr Traum von einem bürgerlichen Leben an der Seite eines normalen, netten Mannes nichts anderes war als eben nur ein Traum, so war das doch ganz allein ihre Sache. Zudem hatte sich Lucian in den letzten Tagen nicht besonders daran interessiert gezeigt, ihr näherzukommen.

Wen will ich eigentlich täuschen?, dachte sie. *In ihm brodelt eine Leidenschaft, die jederzeit hervorbrechen kann. Werde ich überhaupt damit umgehen können?*

Es war sinnlos, sich länger etwas vormachen zu wollen. Sie wünschte sich nichts mehr, als genau dies auszuprobieren. Und wenn es so weit war, wollte sie möglichst keine Geheimnisse vor ihm haben.

»Also?« Lucian verschränkte die Arme vor der Brust und wirkte, als warte er ungeduldig darauf, dass sie weitersprach.

»Ich will ihn ja gar nicht heiraten.« Das hatte weniger selbstbewusst geklungen, als es ihr lieb war.

»Weiß er das auch?« Gleichgültig, als ginge die Sache ihn

nichts an, lehnte er sich nun zurück. Doch in seinen Augen glomm ein eigentümliches Feuer.

»Es ist noch nicht lange her«, begann sie leise zu erzählen, »da habe ich geglaubt, meine Vergangenheit endlich hinter mir gelassen zu haben. In den letzten Jahren schien alles so normal gewesen zu sein. Engel hielten sich fern, jedenfalls habe ich keine gesehen. Das bisschen Feuer, das ich früher besaß, durfte ich nicht benutzen.«

Er konnte von ihr aus ruhig wissen, wie es um ihr nicht vorhandenes Privatleben bestellt war. »Verstehst du nicht? Ich habe keine Familie, ich war immer eine Außenseiterin, ein Freak. Selbst bei der Army. Und da laufen einige ziemlich schräge Typen rum, das kannst du mir glauben.«

Die Tränen drohten ihr überzulaufen, schnell wischte sie sich mit dem Handrücken über die Augen.

»Und wenn ich das Engelsfeuer und all das andere Zeug auch vermisst habe, dachte ich irgendwann, es wäre mir eben bestimmt, als ganz normale Sterbliche zu leben. Er war ja niemand mehr da, den ich hätte fragen können.«

Sie musste schlucken. Die Erinnerung an die Zeit des Verlusts und der Verzweiflung war zu lebhaft. Schließlich sprach sie weiter, ohne Lucian anzusehen. Das Letzte, was sie bei dieser Lebensbeichte gebrauchen konnte, war sein Mitleid.

»Die Army war nichts für mich.« Ohne es zu wollen, verzogen sich ihre Lippen. Aber es war ein bitteres Lächeln, das sie zeigte. »Wie du inzwischen weißt, habe ich gewisse Probleme, mich ... einem autoritären Führungsstil unterzuordnen.«

Lucian gab einen merkwürdigen Laut von sich, aber als sie aufsah, blieb sein Gesicht ausdruckslos.

Höchstwahrscheinlich interessiert ihn das alles überhaupt nicht, dachte sie. Doch das war ihr ganz gleich, sie hatte angefangen und würde jetzt nicht aufhören.

»Anthony habe ich zufällig in dem Pub kennengelernt, in dem ich damals nach meiner Militärzeit arbeitete. Er war freundlich, unaufdringlich – was man von manch anderen Gästen nicht unbedingt behaupten konnte –, und er hat mich mit Florence bekannt gemacht, weil sie eine Mitbewohnerin und ich eine Wohnung suchte. Nicht lange danach fing ich an, ihr in geschäftlichen Dingen zu helfen. Sie ist furchtbar schlecht darin, ihr Geld zusammenzuhalten«, fügte sie hinzu, »und Anthony und ich wurden Freunde.«

Sie spürte, dass er etwas sagen wollte, und hob die Hand, weil sie die Geschichte ungestört zu Ende bringen wollte. »Zugegeben, er will Karriere machen und arbeitet deshalb viel. Außerdem ...«

Wie sollte sie ihm bloß erklären, dass sich Anthony bisher vergeblich bemüht hatte, ihr nahezukommen? Mila fasste sich ein Herz. »Ich wollte mich nicht mit ihm einlassen, bevor es nicht offiziell ist.« *Wie peinlich!*

Schnell sprach sie weiter. »Es gab Streit deswegen. Wir haben verabredet, nach seiner Rückkehr darüber zu sprechen. Da werde ich versuchen, ihm begreiflich machen, dass wir keine gemeinsame Zukunft haben. Ich bin nicht sicher, wie er das aufnehmen wird.« Leise fügte sie hinzu: »Dass er ein schlechter Mensch sein soll, mag ich nicht glauben.«

Als Lucian sie weiter ausdruckslos ansah, entschied sie sich, auch den Rest zu erzählen. Schließlich hatte sie ohnehin schon fast alles gebeichtet. »Gabriel hat mich gewarnt, dass ich mich unter keinen Umständen ernsthaft mit jemandem einlassen darf, weil sonst ein Unglück geschieht.«

Sie lachte bitter auf. »*Sex*, hat er gesagt, *sei kein Problem. Jedenfalls solange ich mich nicht in den Mann verliebe.*«

»So, hat er das?« Es war das erste Mal, dass sie bemerkte, wie Lucian etwas von seiner frostigen Ruhe verlor.

Mila versuchte, den drohenden Unterton in der Frage zu ignorieren, und sprach schnell weiter. »Ich wollte doch einfach nur haben, wonach sich die meisten Menschen sehnen: ein bisschen Glück, jemanden, der mich liebt.« Leise fügte sie hinzu: »Wenigstens vorübergehend.«

»Du bist aber kein Mensch.« Lucian klang müde.

»Nein, das bin ich nicht.«

Still sahen sie aufs Meer hinaus, bis Mila plötzlich den breiten silbernen Reif an Lucians linker Schwinge entdeckte.

»Ist der schön, darf ich …« Ohne zu überlegen, streckte sie die Hand danach aus.

Lucian gab ein merkwürdiges Geräusch von sich, das irgendwo zwischen einem Seufzer und dem Grollen eines nahenden Gewitters lag. »Mila …!«, warnte er.

Obgleich sie davon gehört hatte, dass Engelsflügel von höchst sensiblen Nerven durchzogen waren und jede unerlaubte Berührung als Provokation galt, konnte sie nicht widerstehen und strich behutsam erst über den Reif. Dann, als er sich ihr nicht entzog, glitt sie mutig weiter hinab bis zu der glänzend schwarzen Flügelspitze, die unter ihren Fingern verdächtig erzitterte.

Lucian bewegte sich nicht, und es sah aus, als hielte er sogar den Atem an. Seine Iris strahlte in einem hellen Waldgrün, glitzernde Obsidiansplitter zogen darin immer schnellere Kreise, die Mila in eine unergründliche Tiefe zu ziehen drohten. Schließlich faltete er die Schwingen zusammen, beugte sich vor und hauchte einen Kuss auf ihre leicht geöffneten Lippen.

Diese unerwartete zärtliche Berührung weckte ihre Libido, die neuerdings direkt unter der Oberfläche schlummerte.

»Und würdest du dich mit *mir* einlassen?«, fragte er leise.

»Ja«, seufzte sie in seinen Mund. »Nein, natürlich nicht«, sagte sie lauter und setzte sich gerade auf.

»Und warum nicht?«

Schweigend sah sie auf ihre Hände.

Als Mila nach einer gefühlten Ewigkeit immer noch schwieg, legte er zwei Finger unter ihr Kinn und zwang sie so, ihm direkt in die Augen zu sehen. »Warum nicht, Milotschka?«, fragte er noch einmal.

»Weil ich mich in dich verliebt habe«, sagte sie.

Der Blick, mit dem er sie betrachtete, wurde weich, und Lucian ließ die Hand sinken. »Ich bin niemand, den man lieben darf, Milotschka.« Dabei sah er aus, als würde er sich genau dies sehnlichst wünschen.

Etwas in ihr schmolz und ließ dem Sehnen, das sie so lange in sich gespürt hatte, freien Lauf. Mit einem kleinen Lächeln beugte sie sich vor und streifte seinen Mund mit ihren Lippen.

Er hielt ganz still.

»Meinst du nicht, diese Entscheidung solltest du mir überlassen?«, hauchte sie und wartete seine Antwort nicht ab, sondern küsste ihn sanft. Ihre Zärtlichkeiten waren behutsam, als fürchtete sie, es könnte etwas zerbrechen, wenn sie der wachsenden Leidenschaft zu leichtfertig nachgäben. Als sich Lucian schließlich zurücklehnte, senkte sich ein Gefühl von Verlust wie ein Schatten über Milas Herz.

»Du vertraust mir?«, fragte er, und seine Stimme verriet die Verwunderung darüber.

Mila erkannte, wie wichtig ihre nächsten Worte für ihn und für ihre Zukunft waren. Dabei fühlte sie sich verletzlicher als ein vom Himmel schwebender Eiskristall, doch schließlich nahm sie ihren ganzen Mut zusammen. »Ja, das tue ich.« Danach versank sie in den sich immer schneller drehenden Lichtern, die seine Augen zu unwiderstehlichen Fixpunkten in ihrem Universum werden ließen, bis er sie an sich zog.

»Du bist das überraschendste, wunderbarste Geschöpf, das mir jemals begegnet ist«, sagte er kaum hörbar, und sein Atem streifte ihren Hals. Er nahm sich Zeit dafür, ihre Lippen genüsslich zu verkosten, bevor er unmissverständlich mehr verlangte.

Sie öffnete sich ihm bereitwillig, erlaubte es seiner Zunge auf einer Weise, in sie einzudringen, die nicht intimer sein konnte. Was hatte Lucian nur an sich, dass sie jede seiner Berührungen mehr erregte als alles, was sie je zuvor erlebt hatte? *Ein anderer hätte längst …*

Lucian griff nach Milas Handgelenken. Beinahe schmerzhaft drehte er ihr die Arme hinter den Rücken, bis sie zwischen seinem Körper und der kräftigen Hand gefangen war, mit der er die Gelenke zusammenpresste. Der Schmerz erschien ihr süß und unwiderstehlich.

»Vergleichst du mich mit anderen?«, fragt er drohend.

Die tiefe Stimme, sein Atem an ihrem Hals – beides jagte heiße Schauer über Milas Körper.

»Nein, Lucian!«, flüsterte sie und gab einen enttäuschten, ja geradewegs ärgerlichen Laut von sich, als er den Griff daraufhin ein wenig lockerte.

Er antwortete mit einem wilden Lachen, wie sie es noch nie zuvor gehört hatte. Ein fremdartiges Ziehen tief in ihrem Körper ließ sie die kurz zurückgekehrte Angst vergessen. Sie bog sich ihm entgegen und wurde dafür mit Küssen belohnt, die einer geheimnisvollen Spur über ihren Hals folgten. Er verweilte köstliche Minuten an dieser besonders empfindlichen Stelle hinter dem Ohr. Länger, als es dem Seelenfrieden einer Frau zuträglich sein kann. *Ist es Erlösung oder Folter?* Mila wusste es nicht mehr, als sein Mund quälend langsam bis zum Brustansatz hinabglitt.

Während der Griff wieder fester wurde und kleine Wellen der Lust ihre Wirbelsäule hinaufschießen ließ, blieb die andere Hand nicht untätig. Sie hatte ihr T-Shirt hochgeschoben, das schon vorher verrutscht war und Schenkel und das hauchzarte Höschen freilegte. Sie trug die kostbare Wäsche heute nur für ihn.

Lucians halb geschlossene Lider flatterten, für einen Augenblick war sie abgelenkt. Die dichten Wimpern warfen kleine Schatten auf sein Gesicht. Begehrlich sah er zu ihr auf. Die Nasenflügel bebten. Mit leicht geöffnetem Mund schien er ihren Duft zu schmecken.

Zufrieden lächelnd leckte er sich über die Lippen.

Witterte er ihre wachsende Lust?

Verwunderlich wäre es nicht. Mila glaubte, zerfließen zu müssen.

Wann ist es endlich so weit?

Sie wollte, dass er sie nahm. Jetzt, hier, gleich auf der Couch.

»O Mila, Milotschka. Ist es das, was du dir wünschst? Eine schnelle Nummer«, knurrte er gegen ihre linke Brust, die sich erwartungsvoll spannte. Gleich darauf spürte sie seine Zähne über die harte Spitze kratzen. Zuerst zärtlich, dann grober. Der leise Schmerz war köstlicher als alles, was sie bisher gespürt hatte. Mila forderte mehr davon, und er beugte sich bereitwillig ihrem Willen.

Sie bog sich ihm entgegen, verlangte nach Erlösung.

»Ich glaube nicht, dass ich schon mit dir fertig bin.«

Es klang wie eine Drohung, und Mila bekam allmählich eine Ahnung davon, wie es sein könnte, von ihm geliebt zu werden.

Geliebt?, fragt ihr Unterbewusstsein ironisch. *Was du willst, ist ein harter ...*

Sie hörte nicht länger zu. Das Blut pulste durch ihren Körper und weckte einen hemmungslosen Hunger.

Plötzlich hob Lucian sie hoch, Milas Arme hielt er weiter hinter ihrem Rücken gefangen. Er war so stark, trug sie so mühelos und gleichzeitig achtsam, dass sie sich federleicht wie eine fragile Kostbarkeit fühlte.

Mit wenigen Schritten erreichte er die weißen Lamellentüren, die sich wie von selbst öffneten und die Aussicht auf ein riesiges Kingsize-Bett freigaben. Davor machte er halt. Stellte sie auf die Füße und entließ endlich ihre Handgelenke aus der harten Fessel seiner Hand.

Der Schmerz war nicht stark genug, um ihre Lust zu dämpfen – im Gegenteil, die Vorstellung, gebunden und zur Bewegungslosigkeit verdammt auf diesem Bett zu liegen, während Lucian sich mit weit gespreizten Schwingen über sie beugte, war so köstlich, dass sie die Augen schloss, um das Bild noch länger genießen zu können.

Mit beiden Händen fasste er den Saum des Shirts, und wie von selbst hoben sich ihre Arme, damit er es ihr über den Kopf streifte.

Langsam senkte sie die Arme wieder und breitete sie aus, als wären sie Flügel. *Ich gehöre dir, wenn du mich willst.* Die Furcht vor der Zurückweisung ließ ihre Knie weich werden.

Doch er enttäuschte sie nicht. Andächtig betrachtete er sie, als könnte er sich nicht sattsehen, nicht genug bekommen von ihrem Zauber.

»Du bist so schön!« Endlich bewegte er sich, zog sie näher an sich heran und legte ihre Hände auf seine Brust. »Jetzt du.«

Folgsam ertastete sie mit geschlossenen Augen die Knöpfe an seinem Hemd, öffnete einen nach dem anderen, inhalierte tief, um den Duft von weitem Himmel und warmer Erde, nach seinem Duschgel und purem Mann, seinen ureigenen Geruch in sich aufzunehmen, trunken von dem Wunsch, mehr folgen zu lassen. Während sie ihm das Hemd abstreifte, strich sie mit flachen Händen über die harten Muskeln seiner Arme, drückte in einer beinah scheuen Geste ihre Lippen auf die glatte Haut der breiten Brust. Diese Kühnheit wurde mit einem sinnlichen Stöhnen belohnt, das sein Echo in ihrer eigenen Kehle fand.

Mila lächelte und wurde wagemutiger. Auch sie besaß also Macht. Beide Hände glitten unter den Bund seiner tief sitzenden Jeans. Während ihr Mund eine Spur hinab über den flachen Bauch küsste, ging sie langsam in die Knie, öffnete schließlich die obersten Knöpfe und befreite seine Erektion. Geschmeidig stieg Lucian aus dem Stoffbündel, das sich um seine Fußgelenke gelegt hatte, umfasste Mila, zog sie wieder auf die Beine und trat einen Schritt zurück.

Ich gehöre dir, wenn du mich willst, erklang das Echo ihrer eigenen Worte in ihrem Kopf.

»Sieh mich an, Milotschka!« Der Ton erlaubte keinen Widerspruch.

Mila gehorchte, hob die Lider und starrte ihn an. Etwas Vollkommeneres als diesen Körper hatte sie noch nie zuvor gesehen. Breite Schultern, schmale Hüften, muskulös, männlich und gleichzeitig elegant, geschmeidig wie ein Tänzer. Ihr Traum hatte Gestalt angenommen. *Das ist Perfektion.*

Lucians erwartungsvoller Blick brannte sich in ihr Herz. Die Lippen etwas geöffnet, glänzend, der Kopf leicht gesenkt, als erwarte er ihr Urteil. Der Anblick war so erotisch, dass Mila von einer neuen Welle der Lust erfasst wurde, die sie beinahe in die Knie zwang. Lucian stieß einen kehligen Ruf aus, und schneller als ein Wimpernschlag fand sie sich rücklings auf dem Bett liegend wieder. Ungeduldig schob er mit dem Knie ihre Schenkel auseinander, kniete sich zwischen ihre Beine. Unmissverständlicher hätte er nicht deutlich machen können, wie er sie begehrte. Mila hob ihr Becken, und quälend langsam streifte er das Höschen über ihre Beine. Hielt es in einer Hand und drückte die zarte Spitze gegen sein Gesicht. Dabei inhalierte er tief, und es klang wie ein Knurren tief in seiner Kehle, als er sagte: »Du gehörst mir!«

Zur Antwort zog sie die Beine an und spreizte sie einladend. »Beweis es!«

Als hätte er nur darauf gewartet, beugte sich Lucian vor und hielt sie unter seinem unvergleichlichen Körper gefangen. Doch als sie ihn berühren wollte, hielt er erneut ihre Hände fest.

Der enttäuschte Laut, mit dem sie auf die Ablehnung reagierte, schien ihn noch mehr zu reizen. »Über den Kopf!«

Die befehlsgewohnte Stimme erlaubte keinen Widerspruch, und als sie nicht sofort gehorchte, zwang er sie dazu.

Es war erregend, so dazuliegen. Erwartungsvoll streckte sie ihren Oberkörper noch weiter, bog sich wie eine gespannte Feder aus Stahl, bot ihre Brüste zum Verkosten feil.

»So ist es richtig«, lobte er und fuhr mit einer Handfläche in kreisenden Bewegungen über die harten Knospen.

Die andere Hand ließ er dabei prüfend über ihren Körper hinabgleiten, bis er sein Ziel erreicht hatte. Zwischen ihren Beinen hielt er inne, ein zufriedenes Lächeln umspielte seine Mundwinkel.

Zum Glück hatte er ihr dieses Mal nicht verboten, sich zu bewegen, und so übernahm sie die Initiative, bog sie sich ihm entgegen, überraschte ihn. Seine Finger tauchten tief in ihre erwartungsvolle Nässe ein.

»Ich liebe es, wie du mich begrüßt«, murmelte er.

Sie konnte sich nicht länger gedulden, oder sie würde explodieren. Die Muskeln zogen sich zusammen, ein Zittern raste durch ihren Körper. »Lucian, bitte!«

Endlich, endlich erhörte er sie, glitt in sie hinein, behutsam, füllte sie schließlich aus, mehr und tiefer, als sie es sich jemals erträumt hätte. Doch dann die Enttäuschung. Ein schier unerträgliches Wechselbad der Gefühle: Quälend langsam zog er sich zurück und stieß so unerwartet zu, dass sie vor Überraschung aufschrie.

Und plötzlich waren sie da, die nachtschwarzen Schwingen des Engels, während sich der Mann schneller in ihr bewegte, sie einen gemeinsamen Rhythmus fanden, Mila ihm ihren Körper darbot. Er stieß härter zu, unbarmherzig.

Ihre Finger krallten sich in das weiche Bett, als flüssige Lava ihr Inneres aufzufüllen begann. *Incendio.* Die Hitze explodierte, mit jedem Stoß, mit jedem lustvollen Schrei aufs Neue. Alles verzehrend, tödlich.

Er spürte ihre Furcht, bevor sie es selbst tat, hüllte sie in seine Magie, hielt ihr Gesicht zwischen beiden Händen. »Komm für mich, Milotschka!«, verlangte er. »Du musst keine Angst haben. Lass los, ich halte dich.«

Seine Küsse waren leidenschaftlich, aber Mila verbrannte, ohne dass der glühende Schmerz Linderung erfuhr. Tränen liefen über ihr Gesicht. Sie wollte ihn so sehr!

»Vertrau mir!«

Die Sorge in seinem Blick berührte sie zutiefst. *Vertrau ihm*, forderte nun auch ihre Seele, *sonst bist du verloren.*

Und endlich gelang es ihr, diese archaische Magie zu umarmen, die in ihrem Inneren brannte. »Incendio«, sagte sie, ohne zu wissen, warum … und explodierte, zerbrach, wäre wahrlich verloren gewesen, hätte nicht Lucians kühle Energie sie aufgefangen, gehalten und am Ende wieder zu einem Ganzen zusammengefügt.

Bereitwillig ließ sie sich von einer Welle der Lust davontragen, bis sie schließlich als Teil dieser überwältigenden Magie in eine Welt driftete, die ihre Grenzen im Nichts verlor. Blendend helle Schauer aus Abermillionen Sternen ergossen sich glitzernd über sie. Alles drehte sich, zuerst langsam und dann immer schneller, bis sie sich im Strudel einer nie gekannten Leidenschaft verlor, in der Lucian der einzige Fixpunkt war.

So sicher hielt sie der Furcht einflößende Dunkle Engel, dass Mila bereitwillig ihre Lippen öffnete, damit er die feurig-süße Glut von ihnen trinken konnte. Doch das war ihm nicht genug. Lustvoll stieß er noch einmal hart in sie hinein. Sein Körper erstarrte jäh tief in ihr, und er legte den Kopf in den Nacken, um triumphierend ihren Namen in die Nacht hinauszurufen. Eine kühlende Flut ergoss sich pulsierend, während ihre verschwitzten Leiber eng umschlungen von der archaischen Urgewalt des Incendio erfasst und auf ewig miteinander verschmolzen wurden.

»O Lucian, was haben wir getan?« Mila wollte die Hände vors Gesicht schlagen, aber er erlaubte es nicht.

»Ruhig, Milotschka. Es ist alles gut.« Er ließ sich neben sie gleiten und deckte sie mit einer Schwinge zu, während seine Hand ihr beruhigend über den Bauch strich.

»Was war das denn?«, fragte sie schließlich mit zittriger Stimme.

»Sex«, knurrte er und stützte sich auf einen Arm auf, beugte sich zu ihrem Ohr herab und flüsterte: »Ein Scherz, Dornröschen. Das kann nur Hexerei gewesen sein, oder was meinst du?«

Sein überraschend jungenhaftes Grinsen brachte ihre Seele zum Tanzen. *Mein!*, dachte sie übermütig. *Lucian gehört mir.* Plötzlich fühlte sie sich so leicht, als würden Millionen Schmetterlinge sie tragen.

15

Bereits vor langer Zeit hatte Lucian erkannt, dass das Schicksal unberechenbar war und er gut daran tat, die Tage zu nehmen, wie sie kamen: die besseren zu genießen, die schlechten einfach zu vergessen. Der heutige Tag sollte sich bis zum Harmagedon in sein Gedächtnis einbrennen, oder auch darüber hinaus, sofern es ihm vergönnt sein würde, auf der Seite der Überlebenden zu stehen.

Das liebreizendste Geschöpf unter dem Firmament hatte sich ihm vertrauensvoll hingegeben, seine Leidenschaft genossen und gleichermaßen erwidert, und sie hatte noch viel mehr getan. Ihr Herz und die unsterbliche Seele hatte sie ihm dargeboten und – darauf vertrauend, dass er die ungezügelte Magie, die sie in sich trug, zu bändigen wüsste – hatte sie sich ihm trotz aller Warnungen und Ängste vorbehaltlos geöffnet.

Nun lag sie neben ihm, genüsslich angeschmiegt, ein langes Bein über seine Schenkel gelegt, besitzergreifend und gleichsam Schutz suchend. Lebendiges Wunder und pure Versuchung in einem herrlichen Körper.

Wie sehr er sie begehrte! Doch da war mehr. Die letzten Stunden hatten sie auf eine Weise miteinander verbunden, wie er es bei niemand anderem tolerieren würde. Sie war, und er schämte sich beinahe, dies überhaupt zu denken, so kitschig klang es, die fehlende Hälfte, nach der seine Seele seit Jahrtausenden gesucht hatte. Zärtlich strich er ihr eine Haarsträhne aus dem Gesicht, und sie sah ihn unter dunklen Wimpern an.

»Was ist?«, fragte sie mit kleiner Stimme.

Auf diese Frage hätte er selbst gern eine Antwort gehabt, und weil dies die Stunde der Ehrlichkeit war, sagte er: »Ich will verdammt sein, wenn ich es weiß.«

»Bist du das nicht schon längst? Ich meine, du bist ein gefallener Engel, der normalerweise in der Unterwelt lebt und den seine Angestellten, oder soll ich sagen *Dienerschaft*, mit *Mein Fürst* ansprechen. Man sollte meinen, jemand wie du hätte definitiv einen Sitz unter den führenden Verdammten aller Hemisphären und darüber hinaus.«

Bevor er antwortete, stützte er sich auf einen Arm und sah sie prüfend an. »Macht dir das denn gar keine Angst?« Gespannt wartete er auf ihre Antwort, und die ließ auf sich warten.

Mila schien ernsthaft über die Frage nachzudenken. Er entschied, nicht ihren Gedanken zu lauschen, sondern stattdessen die Geduld aufzubringen, eine wohlüberlegte Entgegnung abzuwarten.

»Nein«, sagte sie schließlich. »Keine Angst.«

»Gut.«

Natürlich hatte sie gedacht, er würde nachfragen. Aber warum sollte er das tun? Sie fürchtete sich nicht vor ihm, und das war es, was er hatte hören wollen, obwohl er es längst wusste ... und sich widerstrebend eingestand, dass der Gedanke ein wenig an seinem Ego kratzte.

Für sie gab es jedoch keinen Grund, ihn zu fürchten. Jetzt und auch in Zukunft nicht. Seine Seele, das spürte er, war nunmehr unauflösbar mit der ihren verbunden. Ein Leid, das Mila widerführe, träfe ihn ebenso, und – das war es, was ihm größere Sorgen bereitete – dies war leider auch andersherum der Fall.

Die Konsequenzen waren klar. So bald wie möglich würde er Luzifers nachträgliches Einverständnis zu einer Verbindung erbitten müssen, von der er nicht einmal wusste, wie genau sie funktionierte. Auf den Moment freute er sich wahrlich nicht, denn der Herrscher der Unterwelt würde gnadenlos seinen Vorteil daraus ziehen. Vor vollendete Tatsache gestellt zu werden, mochte Luzifer nicht gefallen, aber die Vorstellung, dass Lucian dieses eine Mal kein Ass aus seinem Ärmel ziehen konnte, dass es ihm an Alternativen fehlte, die gefiele ihm garantiert.

Andererseits ... Vor dieser unvermeidlichen Begegnung musste er unbedingt herausfinden, woher das archaische Feuer stammte, dessen ahnungslose Hüterin Mila war. Vielleicht gäbe ihm dieses Wissen doch einen Verhandlungsspielraum.

Kannte Gabriel die Antwort? Fast bezweifelte er es. Der Wächterengel und seine himmlische Regentin Nephtys wären anders vorgegangen und hätten Mila nicht einfach nur *versiegelt*, um die Gefahr, die von ihr ausging, zu bannen.

Mit den beiden hatte er ein Hühnchen zu rupfen. Doch eins nach dem anderen. Jetzt galt es erst einmal, dem höllischen Unruhestifter auf die Spur zu kommen, der überall auf der Welt die Portale verletzte und Lucians Leute damit auf Trab hielt. Ein Gespräch mit Lilith über das Verhalten ihrer Sukkubi war ebenfalls fällig. Doch zuallererst wollte er herausfinden, wer dieser verfluchte Anthony war.

»Es ist möglicherweise nicht der passende Zeitpunkt«, unterbrach Mila seine Überlegungen. »Aber sollten wir

Anthony nicht warnen, dass er sich von Margaret fernhalten muss?«

Als hätte er es geahnt – der Mann war ihm verhasst, ohne dass sie sich je begegnet wären. »Wie lange kennen Maggy und er sich?« Lucian gab sich große Mühe, ruhig zu bleiben.

»Keine Ahnung. Ich schätze mindestens seit ihrer Hochzeit mit dem Viscount. Anthony hat kurz vor dem Tod der ersten Frau bei ihm angefangen, glaube ich.«

»Er war schon einmal verheiratet?«

»Ja. Und es gab einen ziemlichen Skandal, als er so schnell wieder heiratete. Noch dazu eine Amerikanerin, eine *Nackttänzerin aus Las Vegas*. Diese *Lady* kämpft mit harten Bandagen um ihre Anerkennung in den besseren Kreisen.« Lachend verdrehte sie die Augen. »Frag doch Florence. Sie kennt *alle* Gerüchte der High Society.«

Vielleicht sollte er das wirklich tun. »Was du da erzählst, klingt sehr nach Sukkubus-Taktik. Du weißt nicht zufällig, woran die erste Viscountess gestorben ist?« Energiedämonen arbeiteten gar nicht einmal so selten zusammen. Womöglich war dieser Anthony ein Inkubus, der von der Lebensenergie weiblicher Wesen lebte. Dann ging er zweifellos geschickter vor als seine Kollegin, denn an Mila oder Florence hatte er keine Anzeichen eines entsprechenden Angriffs entdecken können. Sehr wohl aber hätte ein Inkubus den Tod ihrer Konkurrentin als schwere Krankheit inszenieren können, um für Maggy den Weg freizuräumen.

Es lief doch immer wieder aufs Gleiche hinaus. Sobald man Menschen eine gewisse Macht zugestand, hatten die meisten nichts Besseres zu tun, als sie zu missbrauchen.

Mit ihrer Antwort erwies sich diese Theorie jedoch als unwahrscheinlich. »Soweit ich weiß, war es ein Unfall, aber das sollte sich herausfinden lassen. Du glaubst doch nicht, dass Margaret etwas damit zu tun hat? Was ist überhaupt so ein Sukkubus genau?«

»Inkubi und Sukkubi sind niedere Dämonen, die sich als Sterbliche einer liebenden Seele gegenüber besonders niederträchtig verhalten haben«, erklärte er ihr. Mehr musste sie momentan nicht erfahren. Üblicherweise dauerte die Fron ein Millennium. Stellten Liliths Diener es geschickt an, durfte ihre Seele danach weiterreisen. Margaret war keine Kandidatin für eine baldige Erlösung, sondern eher für Luzifers sadistischen Spielplatz. Dafür würde er persönlich sorgen. Auch das behielt er für sich.

Erschrocken sah Mila ihn an. »Wenn das so ist, dürfen wir Margaret nicht wissen lassen, dass sie enttarnt wurde. Wer weiß, vielleicht spielt sie eine Rolle in dem Komplott, den du untersuchst. Aber Anthony hat bestimmt nichts damit zu tun, dafür lege ich meine Hand ins Feuer.«

Noch während sie das sagte, erkannte er den Funken des Zweifels in ihr. »Bist du dir sicher?« Ihr gequälter Blick tat ihm in der Seele weh.

Zögernd sagte sie schließlich: »Vor ein paar Tagen wäre ich es noch gewesen. Jetzt weiß ich nicht mehr, was ich glauben soll. Erst Bens Anschuldigungen und nun Boris' Aussage. Mir oder sonst jemandem, den ich kenne, hat er nie etwas getan, und ich finde, er hat es zumindest verdient, seine Sicht der Dinge schildern zu dürfen, bevor wir ihn verurteilen.«

»Diese Gelegenheit wird er bekommen«, versprach Lucian grimmig. Sein Handy klingelte, und das Display zeigte an, dass Quaid etwas von ihm wollte. »Ach, verflucht sei diese Technik! Es ist leider wichtig«, fügte er entschuldigend hinzu. Ein vollkommen neues Erlebnis, auf die Gefühle anderer Rücksicht nehmen zu müssen. Der Klingelton wurde drängender.

»Geh schon ran!« Mila lachte und stieg aus dem Bett, ohne ihre Blöße zu bedecken.

Sie muss eine inkarnierte Liebesgöttin sein, dachte Lucian, und der Ärger darüber, dass er mit seinem ersten Offizier telefonieren musste, anstatt Mila in die Kissen zurückzuziehen, war deutlich zu hören, als er gleich darauf knurrte: »Bete, dass du einen trefflichen Grund hast, mich zu stören!«

»Wir haben einen Dämon geschnappt, als er versucht hat, sich in die Katakomben zu schleichen.«

»Verfluchte Plage! Unternimm nichts, bevor ich nicht bei euch bin.«

»Du musst fort.« Die Unterlippe hatte Mila zwar schmollend vorgeschoben, aber ihr Tonfall signalisierte Verständnis.

Lucian stockte der Atem. Von gazellengleicher Statur, die langen Glieder wie fürs Laufen geschaffen, das sie so sehr liebte und das sie zu einer ungewöhnlich geschmeidigen Bettgefährtin machte; mit einem üppigen Haarschopf und cremezarter Haut von den Göttern beschenkt, glühte ihr herrlicher Körper von der einzigartigen erotischen Begegnung der letzten Stunden. Der weite Mund, vom Küssen leicht geschwollen, die Lider kokett gesenkt, voller Mut und Selbstvertrauen, war sie nicht weniger als die Erfüllung geheimster Gebete.

Wer auch immer es gewagt hatte, Luzifers Gefängnisse ohne Erlaubnis zu betreten, würde nicht nur für diesen Akt unerhörten Leichtsinns teuer bezahlen müssen.

»Es kann ein bisschen dauern ...«, begann er, aber sie unterbrach ihn.

»Du hast einen Job zu erledigen. Das ist in Ordnung.« Wahrscheinlich verriet seine Miene sein Erstaunen, denn sie lachte. »Vergiss nicht, ich war beim Militär. Da lernt man schnell, dass das Privatleben nicht immer so läuft, wie man es sich wünscht.«

Ganz kurz nur gönnte er sich das Vergnügen, sie zu umfassen und ihr einen flüchtigen Kuss zu stehlen. »Es hat wohl keinen Sinn, dich zu bitten, hier auf mich zu warten?«

»Ich fürchte nein.«

»Das habe ich mir gedacht.« Er nahm den Autoschlüssel vom Tisch und warf ihn ihr zu. »Ich finde dich!«

Das Portal öffnete sich direkt in die privaten Räume seines Palasts. Und als er sein luxuriöses Bad betrat, fehlte sie ihm bereits wie sonst nichts in seinem langen Dasein.

Ich finde dich. Was wie eine Drohung hätte klingen können, erschien ihr als Verheißung. Rasch ging sie unter die Dusche und überlegte, ob wohl auch er in diesem Moment unter einem heißen Wasserstrahl stand, weißer Seifenschaum auf dem männlichen Körper, den sie viel lieber hier bei sich gehabt und verwöhnt hätte. *Milotschka! Ich muss arbeiten!* Seine sinnliche Stimme ließ sie erzittern, und Mila stützte sich Halt suchend an den kühlen Kacheln ab.

Sie wusste nicht genau, was mit ihnen in den letzten Stunden geschehen war, aber tief in ihrem Inneren ahnte sie, dass er ihr heute zum dritten Mal das Leben gerettet hatte. Drei, die magische Zahl. Drei Siegel gab es, drei Flüche, drei neue Leben. Sie gehörte ihm. Daran bestand für Mila kein Zweifel.

Das Feuer, die archaische Kraft, die der Wächter Gabriel vielleicht geahnt, aber nicht erkannt hatte, besaß nun Macht über sie beide. Incendio. Eine tiefe Gewissheit erfüllte sie, dass sie es nur gemeinsam würden bändigen können. Es war, als hätte sich ihr dieses Wissen mit der Vereinigung offenbart. Und sie mussten so schnell wie möglich herausfinden, wozu dieses Incendio tatsächlich fähig war.

Heute hatten sie bestenfalls eine kleine Flamme beherrscht. Doch was würde passieren, wenn es jemand in einem unbedachten Augenblick zum Feuersturm entfachte? Diese Macht wirkte nicht neutral wie die kühle, zuweilen an Elektrizität erinnernde Energie des Engelsfeuers, und Mila hatte erhebliche Zweifel, dass es viele Wesen gab, die darauf Zugriff hatten.

Die Glut und die tödliche Kraft eines Vulkans, des Erdmittelpunkts, hätten die sanfteren Schwestern der Macht sein können, die sie für einen Moment hatte spüren können und die Lucian und sie miteinander zu einer Einheit verschmolzen hatte, als wäre dies von langer Hand geplant worden. Heiß, unberechenbar und gnadenlos wie die Sonne, besaß Incendio – das spürte sie – ebenfalls die Kraft, Leben zu schaffen, Glück und Wohlstand zu bringen.

Panik wallte in Mila auf, und mit ihr hob das rot glühende Ungeheuer, das sie mit ihrer Antwort auf Lucians leidenschaftliche Umarmung wachgeküsst hatte, sein unheimliches Haupt.

»Disziplin!«, ermahnte sie sich. »Ich muss jetzt einen klaren Kopf bewahren. Wie damals, als sich das Engelsfeuer zum ersten Mal gezeigt hat.«

Fest entschlossen legte sie den Duschhahn um, bis eisige Sturzbäche auf sie niederprasselten. »Wir werden miteinander arbeiten, nicht wahr?«, fragte sie so ruhig wie möglich.

Etwas verschob sich in ihrem Inneren, und es kam ihr vor, als bliebe die Zeit stehen, weil das Pendel, das den Gleichklang vorgab, aus dem Takt geraten war. Und auf einmal wandelte sich die mörderische Hitze des Incendio in ein warmes Leuchten, und Mila war davon überzeugt, gewissermaßen wie aus heiterem Himmel den Schlüssel zu ihrem Geheimnis gefunden zu haben.

Ebenso wie Lucian die geheimnisvolle Energie umarmt hatte, so durfte auch sie sich nicht dagegen wehren. *Du musst den Drachen reiten, um ihn zu beherrschen*, lautete eine alte Weisheit, und genau das wollte sie tun.

Während ihre Wäsche im Trockner lag, sah sie sich in der Küche um. Der Magen knurrte ihr seit einiger Zeit vernehmlich, sie konnte sich nicht daran erinnern, wann sie das letzte Mal gegessen hatte. Im Kühlschrank fand sie eine halbe Flasche Weißwein, die jetzt aber nicht das Richtige war. Ansonsten war er leer. Weder Brot noch Butter, nicht einmal einen Kanten Käse oder ein paar trockene Kekse. Essen hatte sie Lucian schon gesehen, aber vielleicht tat er das nur aus Vergnügen und nicht, um sich zu ernähren? *Wie praktisch.*

Der Wäschetrockner brummte immer noch, gelangweilt sah sie hinaus in den verwilderten Garten. Nicht weiter verwunderlich, dass es hier so aussah. Mit Rasenmäher oder Rosenschere konnte sie sich einen Höllenfürsten nicht vorstellen. *Habe ich jetzt wirklich* Höllenfürst *gesagt?* Mila schüttelte den Kopf. Ihre Welt hatte sich in den letzten Wochen rasant verändert. Miljena Durham aka Mila war ebenfalls eine andere geworden.

Es gab zwei Möglichkeiten: Sie konnte nach Hause fahren und unterwegs irgendwo einkehren, denn die eigene Kühlschrankfüllung sah auch nicht viel attraktiver aus, oder in Ivycombe einkaufen. Dort bestand aber immer die Gefahr, dass sie gesehen wurde, und große Lust, weiter mit dem Stock in der Hand herumzuhumpeln, um eine Verletzung vorzutäuschen, hatte sie nicht. Unentschlossen sah sie aus dem Fenster, als ihr Handy klingelte.

»Dem Himmel sei Dank, endlich erreiche ich dich. Geht es dir gut?«

»Bestens und selbst?«, antwortete sie automatisch, doch dann kam ihr Junas offenkundige Aufregung merkwürdig vor. »Warum fragst du?«

»Es ist nur so eine Ahnung. Heute ist irgendwie kein guter Tag, und ich habe mir Sorgen gemacht...« Sie sprach nicht weiter, und Mila fragte kurzerhand, ob sie Zeit hätte, sich mit ihr zu treffen.

Es gab Tage, an denen sie es hasste, Entscheidungen zu treffen, und nach dem kurzen Telefonat ging es ihr gleich besser. Sie hatten sich in dem ländlichen Pub verabredet, an dem sie beim Joggen einige Male vorbeigekommen war.

Man konnte dort in einem gepflegten Garten zwischen Blumenbeeten sitzen und, wie Juna sagte, ausgesprochen gut essen.

Der Engel saß bereits unter einem großen Sonnenschirm und winkte ihr zu, als sie ankam. »Hier bin ich!«

Sie begrüßten sich herzlich, und Mila dachte, wie schön es wäre, wenn sie Freundinnen würden. Jemanden zu haben, mit dem sie auch mal über Dinge sprechen konnte, die Lucian nichts angingen, und dabei trotzdem nicht dauernd aufpassen zu müssen, sich zu verraten.

Aufmerksam sah Juna sie an und nahm dafür sogar ihre Brille ab. Augen, türkis wie ein tropisches Meer, musterten sie eindringlich. »O je!«

»Bitte?«, fragte sie leicht pikiert.

»Ach, entschuldige.« Nun wirkte Juna verlegen. »Meine große Klappe. Ist das Lucians Auto? Habt ihr? Natürlich habt ihr.« Rasch hielt sie sich mit beiden Händen den Mund zu. »Das fragt man nicht, oder?« Juna kicherte.

Wahrscheinlich war der Wunsch nach einer Freundschaft mit ihr etwas voreilig. Dieser Engel war womöglich nicht ganz richtig im Kopf. »Ich bin nicht sicher, was du meinst. Was möchtest du trinken?«

Gleich darauf stand sie an der Theke und bestellte zwei Gläser Wein. Für die Essensbestellung, erfuhr sie, käme jemand zu ihnen.

Ob es hier einen Hinterausgang gibt? Der Gedanke, unauffällig das Weite zu suchen, war angesichts der Tatsache, dass der Wagen direkt in Sichtweite des Gartens parkte, natürlich absurd. Außerdem sollte sie nicht die Sportcabrios irgendwelcher Männer überall in der Landschaft herumstehen lassen.

Anthonys Auto war auch noch immer am Flughafen, er würde es selbst abholen müssen. Niemals wieder wollte sie nur in der Nähe dieses grausigen Ortes sein. Rasch versuchte sie, an etwas anderes zu denken.

Wo Lucian wohl jetzt ist? Ebenfalls kein sicheres Terrain. Die Erinnerung an seinen sinnlichen Mund und daran, was er damit alles anstellen konnte, trieb ihr die Hitze in die Wangen.

Mila hatte bezahlt und ihren Tisch fast erreicht, als sie endlich begriff, was Junas indiskrete Frage bedeutete. Sie war nicht verrückt, höchstens hellsichtig oder, was noch wahrscheinlicher war, einfach mit einer exzellenten Beobachtungsgabe gesegnet.

Schnell stellte Mila die Gläser ab und ließ sich auf ihre Sitzbank sinken. »Sag nicht, man sieht es mir an?« Unwillkürlich legte sie die Finger auf die Lippen, die sich ein wenig geschwollen anfühlten.

»O heilige Maria, ihr habt es wirklich getan! Du musst mir alles erzählen.«

»Auf keinen Fall.« *Was denkt sie sich eigentlich?* Doch da sah sie das schelmische Funkeln in Junas Augen und lachte.

»Er ist ziemlich unwiderstehlich, oder?« Hastig sah Juna sich um, sodass die weißen Haare flogen. »Arian würde mich erwürgen, wenn er das hörte.«

Man konnte es ihr einfach nicht übelnehmen, und so sagte Mila: »Das ist er. Bitte sei mir nicht böse, wenn ich nicht darüber sprechen möchte.«

»Natürlich.« Juna sah sie mit schräg gelegtem Kopf aufmerksam an. »Dann ist es also etwas Ernstes«, stellte sie fest. »Auf dein Wohl!« Damit hob sie ihr Glas.

Mila tat es ihr nach und dachte: *An guten Wünschen kann ich alles gebrauchen, was man mir anbietet.* Dabei wagte sie einen Blick in ihr Inneres. Die *Dornröschen-Festung* stand verlässlich und rosenumrankt wie zuvor, doch sie wusste, dass Lucian einen Weg hineingefunden und sie wachgeküsst hatte. Was bedeutete das für ihre Magie – war sie stärker oder schwächer geworden?

Eine Kellnerin trat an den Tisch und unterbrach ihre Spekulationen. Sie gaben ihre Bestellung auf, und als die Frau außer Hörweite war, sagte Juna: »Du solltest vorsichtig sein. Nicht nur ich kann sehen, dass etwas Außergewöhnliches mit dir geschehen ist. Deine Aura hat sich verändert, sie vibriert vor Lebenshunger, und ich fürchte, damit ziehst du unerwünschte Gestalten an wie Honig einen Bären.«

»Aber was soll ich tun?«

»Hat er es dir wirklich nicht gesagt? Das finde ich ziemlich verantwortungslos. Eigentlich nicht seine Art.«

»Ich kann mich irren, aber Lucian schien selbst ein bisschen überwältigt von dieser Entwicklung zu sein, und dann musste er weg. Irgendein Ärger in Katakomben oder so.«

»Oh, oh!« Erschrocken sah Juna sie an. »Regel Nummer eins: Sprich nie über Dinge, die du in seinem Umfeld oder im Zusammenhang mit seinem Job hörst.«

Wie peinlich. Sie hatte natürlich recht. Lucian vertraute ihr, und sie hatte nichts Besseres zu tun, als gleich ein Geheimnis auszuplaudern. Mit gesenkter Stimme sagte sie: »Nicht mal euch?«

»Nein.« Juna Stimme klang sehr bestimmt. »Wir mögen Partner sein, und vielleicht verbindet uns darüber hinaus etwas, das man am ehesten als Freundschaft bezeichnen kann. Aber Arian und ich, wir sind Botschafter zwischen zwei Machtbereichen. Lucian ist, streng gesehen, nur unsere Kontaktperson und verfolgt andere Interessen als wir.«

Allmählich begann sie zu verstehen. »Und du gehörst zu denen da oben.« Sie zeigte mit dem Daumen in den Himmel. »Arian nicht.«

»Genau«, bestätigte Juna knapp. Es war ihr anzusehen, dass sie nicht mehr sagen wollte. »Jetzt aber zu dir.« Sie wollte ihre Hände nehmen.

Schnell zog Mila sie zurück. »Besser nicht.«

»Ich sehe, Lektion zwei kennst du bereits.« Der Engel lächelte, und Mila wurde ganz leicht ums Herz.

»Versuchst du, mich zu manipulieren?«

»Bravo! Den Test hast du auch bestanden. Jetzt zu deiner Aura. Du besitzt das Engelsfeuer und kannst damit umgehen, richtig?«

Mila nickte zur Bestätigung.

»Stell dir die Aura wie eine Energiehülle vor. Der Vergleich hinkt zwar, aber das ist jetzt gleich. Man kann sie nach seinem Willen formen. Sieh genau zu.«

Ein flirrender Kranz aus weißem Licht hüllte Juna ein und verschwand sofort wieder.

»Nach einer Weile funktioniert es wie ein Lichtschalter. Deine wahre Natur zu verbergen, kann überlebenswichtig sein. Lucian beherrscht diese Kunst meisterlich. Wenn er es darauf anlegt, halten ihn die talentiertesten Dämonen für einen durch und durch normalen Menschen.«

Deshalb also wusste Margaret nicht, mit wem sie es zu tun hatte. Ähnliches musste auch Gabriels Schutzzauber bei ihr verursachen. Nun wurde es Zeit, dass sie sich selbst um diese Dinge kümmerte. Mila hatte schon den Mund geöffnet, um etwas in dieser Art zu sagen, da erinnerte sie sich an Junas Warnung und klappte ihn wieder zu.

»Du lernst schnell. Sehr gut!«, lobte der Engel. »Nun probiere du, deine Aura zu beeinflussen.«

Konzentriert versuchte sie, ihre Magie zu lokalisieren. Es war genau so, wie Juna es erklärt hatte. Eine Energie pulsierte in ihrem Inneren. Und als sie aufmerksamer hinsah, glaubte sie sogar, ein warmes Licht auf ihrer Haut zu bemerken. »Ist das meine Aura? Sie sieht anders aus als deine«, sagte sie fasziniert.

Juna schien zu wissen, was sie meinte, und nickte. »Ehrlich gesagt habe ich so etwas noch nie gesehen. Als du angekommen bist, war sie ganz schwach und wäre von den meisten übersehen worden. Inzwischen ist sie stärker geworden. Als würde etwas in dir brodeln.«

Mila ging nicht darauf ein – sie hatte eine Ahnung, worauf Juna anspielte und würde nicht darüber sprechen. Stattdessen öffnete sie erneut ihre Sinne, hieß das Licht ihrer Magie willkommen und schickte es dann zurück in eine tiefere Bewusstseinsebene. Danach schloss sie behutsam die Türen mit dem lautlosen Versprechen, sie bald wieder zu besuchen.

»Fantastisch! Es ist weg.« Junas Erstaunen war nicht zu überhören. »Du bist eine echte Begabung. Ich habe Wochen gebraucht, um das in den Griff zu bekommen.«

»Es ist anders. Ich versuche nicht, es zu beherrschen. Wir sind eher so etwas wie ... Gefährtinnen.«

Noch während sie die Worte aussprach, erkannte sie, dass die Beschreibung nicht einmal so falsch war. Mila umarmte ihre Magie als einen Teil von sich. Ebenso wie das Incendio, obwohl sie dessen archaische Energien nicht verstand und es deshalb fürchten sollte.

Juna schien nicht zugehört zu haben. Sie fixierte einen Punkt hinter Mila und runzelte die Stirn.

Schon wollte sie fragen, was los sei, da stand plötzlich Anthony am Tisch.

»Ich habe dich überall gesucht!«

Ein Vorwurf anstelle einer freundlichen Begrüßung, das konnte sie auch. Kühl sagte sie: »Was machst du hier?«

Juna wählte eine andere Strategie. »Sie müssen der fabelhafte Sekretär der Dorchesters sein. Nehmen Sie doch Platz«, mischte sie sich ein. Mit einer auffordernden Geste wies sie auf einen freien Stuhl.

Obwohl er eher danach aussah, als wollte er Mila am Arm packen und mit sich fortzerren, folgte er der Einladung, ignorierte Juna jedoch dabei.

»Warum hast du mich nicht über deinen Unfall informiert? Ich habe mir riesige Sorgen gemacht, als ich davon gehört habe. Natürlich bin ich sofort ins Cottage gegangen, um nach dir zu sehen. Und jetzt finde ich dich hier in einer Kneipe, als wäre dir überhaupt nichts geschehen.« Zweifelnd schaute er sie von der Seite an. »Du siehst nicht so krank aus, wie man mir erzählt hat.« Es klang wie ein Vorwurf.

Hast du etwa geglaubt, mich pflegen zu können, damit der Weg in mein Bett nicht mehr so weit ist?, dachte Mila. Doch das war ungerecht. Blieb die Frage, weshalb sie seine Anwesenheit plötzlich als Bedrohung empfand.

Ihre eben noch so folgsame Magie versuchte, sich einen Weg an die Oberfläche zu bahnen, und Adrenalin strömte durch Milas Adern, als befände sie sich kurz vor einem Kampf. Mit leicht geöffnetem Mund atmete sie gleichmäßig, um den Aufruhr in ihrem Inneren in den Griff zu bekommen.

»Das Schlimmste hat sie überstanden«, kam Juna ihr zu Hilfe und lenkte Anthony damit ab. »Zum Glück war nichts gebrochen, die Schulter haben die Kollegen der Seaside Suite schnell wieder eingerenkt, und die Kopfverletzung hat sich im Nachhinein als weniger dramatisch herausgestellt, als wir zuerst dachten.«

Als hätte er sie erst jetzt bemerkt, sah Anthony sie an. »Und wer sind Sie?«

»Ich bin Ärztin«, antwortete Juna, machte aber ansonsten keine Anstalten, sich vorzustellen.

Bevor er weiter nachfragen konnte, nahm Mila das Stichwort auf, dass sie ihr gegeben hatte. »Mann, Anthony, mach doch nicht so eine Welle. Ich wollte dich nicht beunruhigen, du warst schließlich in Brüssel und hättest ohnehin nichts tun können. Und du hast recht, mir geht es schon viel besser, bis auf diesen lästigen Schwindel.«

Um die Worte zu unterstreichen, legte sie die Fingerspitzen an ihre Schläfen und nutzte die Gelegenheit, um sich, wie sie es soeben gelernt hatte, vollkommen zu neutralisieren. Warum ihr dies so wichtig erschien, wusste sie nicht, aber normalerweise tat sie gut daran, ihrem Instinkt zu folgen. Als sie aufsah, erblickte sie sogar eine Spur von Mitleid und zum Glück kein Misstrauen in seinem Gesicht.

»Es ist okay«, sagte sie. »Die Schmerzmittel helfen über das Schlimmste hinweg, und zu Hause fiel mir allmählich die Decke auf den Kopf. Wie konnte ich da bei diesem schönen Wetter Junas Einladung ablehnen?«

Die Kellnerin kam an den Tisch, um sich zu erkundigen, ob er ebenfalls essen werde. Anthony verneinte, verstand aber den Wink und fragte, ob er den *Damen* ein Getränk von der Bar mitbringen sollte. Kurz darauf kehrte er mit zwei frischen Gläsern Wein und einem Whisky zurück.

Niemand sagte etwas, und Mila zeigte schließlich auf sein Auto. »Wie bist du zum Flughafen gekommen, um es abzuholen?«

»Lady Margaret war so freundlich ...«

»Ah, ja. Wie nett. Hat sie dir auch gesagt, dass du von der Polizei gesucht wirst?«

Sein Lachen klang überheblich. »Das war ein Missverständnis. Sie haben eine Gegenüberstellung gemacht, und der Zeuge war sich plötzlich seiner Sache nicht mehr sicher. Außerdem habe ich natürlich ein Alibi.«

»Natürlich. Lord Hubert, nehme ich an?« Sie nahm etwas ganz anderes an und fragte sich, ob Lucian dem Stallmeister geraten hatte, seine Aussage zurückzuziehen.

»So ist es.«

Ein beinahe unmerkliches Flackern in seinem Blick sagte ihr, dass er log, aber sie widersprach ihm nicht. Hatte Margaret ihn bereits in ihre Gewalt gebracht? Sie betrachtete ihn genauer, um erste Anzeichen des Raubbaus zu finden, den der Sukkubus betrieben haben könnte. Erschöpft oder gar krank wirkte er jedoch nicht.

»Und jetzt genug davon. Jeeves sagt, du warst heute Vormittag mit diesem Journalisten Shaley im Herrenhaus?«

»Das stimmt. Er hat mich freundlicherweise rübergefahren.« Sie zeigte auf ihren Stock, den sie ausnahmsweise einmal nicht vergessen hatte und der an ihrem Stuhl lehnte. »Ich soll ja noch nicht so viel laufen. Dann hat der aufmerksame Butler dir sicher auch ausgerichtet, dass ich dich sprechen wollte.« Er konnte ruhig wissen, dass ihr nicht entgangen war, dass er nach seiner Ankunft in Stanmore keineswegs sofort an ihr Krankenbett geeilt war. »Wir brauchen dringend einen Abschlag, Anthony. Die Miete wird in der kommenden Woche abgebucht, und unser Konto ist am Limit.«

»Ich bespreche das mit Lady Margaret.«

»Warum mit ihr? Lord Hubert wollte doch schon längst etwas überwiesen haben.«

»Sie kümmert sich jetzt um die Finanzen, und bisher hat sie noch kein Geld freigegeben.«

»Diese dämliche Kuh! Erst lässt sie das Haus vollkommen verunstalten, sodass es schon beinahe geschäftsschädigend ist, wenn herauskommt, welche Innenarchitektin für sie arbeitet. Und jetzt will sie nicht bezahlen? Ich gehe zu Lord Hubert. Gleich morgen, darauf kannst du Gift nehmen!«

Den letzten Satz zischte sie nur noch, weil ihr auffiel, wie laut sie in ihrer Wut gesprochen hatte. Die Magie in Schach zu halten, verlangte nun all ihre Kraft, und sie stützte den Kopf in die Hände, um nicht zu verraten, was in ihr vorging.

»Ich sehe, du bist wirklich noch nicht wieder ganz hergestellt. Sonst würdest du wegen dieser Kleinigkeit nicht so eine Szene machen. Ich kümmere mich um euer Geld, aber du wirst Lord Hubert nicht damit behelligen. Hörst du?«

Sein durchdringender Blick verursachte ihr eine Gänsehaut, aber Mila schüttelte das unangenehme Gefühl ab und sah ihn kalt an. »Ich bitte darum.«

»Gut. Und jetzt bringe ich dich nach Hause.« Er stand auf und stellte sich neben ihren Stuhl, als wollte er ihr beim Aufstehen behilflich sein.

»Das ist nicht notwendig. Ich habe bereits eine Mitfahrgelegenheit.« Sie zeigte auf Juna, die zum Glück gleich begriff, dass Mila nichts von Lucians Wagen sagen wollte und zustimmend nickte.

»Wenn das so ist. Wir sehen uns morgen.« Und diese Ankündigung klang wie eine Drohung. Offenbar hatte er seine guten Manieren vergessen. Anthony drehte sich auf dem Absatz um und fuhr kurz darauf mit aufjaulendem Motor davon.

»Und das war jetzt dein *Freund*?«

»Wir sind Freunde, aber nicht so, wie du denkst.«

Zum ersten Mal verspürte Mila große Erleichterung, als sie die Worte aussprach. *Wahrscheinlich hat sich das geplante*

Gespräch über eine Vertiefung unsere Beziehung nun erübrigt, dachte sie, war aber auch ein wenig verlegen. Anthony hatte sich zwar wie ein Idiot benommen, aber sie war auch nicht besonders freundlich gewesen. Irgendetwas musste geschehen sein, dass sie ihn plötzlich mit ganz anderen Augen sah. Womöglich war er immer schon so gewesen, und sie hatte sich von seinem Charme, den er zweifellos an besseren Tagen besaß, blenden lassen.

Er ist doch ein Freund, glaubte sie das schlechte Gewissen sagen zu hören. *Natürlich, vielleicht bedrückte ihn etwas.*

Sie nahm sich vor, ihn bei passender Gelegenheit darauf anzusprechen. So sollte eine Beziehung nicht auseinandergehen. *Und es war eine Beziehung!*, dachte sie trotzig.

»Diese Lady Margaret scheint ziemlich unsympathisch zu sein.« Mit dieser Feststellung unterbrach Juna ihre Gedanken.

»Das kann man wohl sagen.« Sie beugte sich vor. »Anthony hat sich zwar nicht gerade von seiner besten Seite gezeigt, aber ich mache mir Sorgen um ihn. Er ist ja nicht mehr er selbst. Ich fürchte, dass er unter ihrem Einfluss steht.« Und das konnte eine gute Erklärung dafür sein, dass er sich neuerdings so launisch zeigte.

»Kennen er und Lucian sich?«

»Also ehrlich gesagt wäre es mir lieber, wenn die beiden sich nicht begegneten. Jedenfalls wäre ich nicht gern dabei. Weißt du, es ist noch nicht lange her, da habe ich gedacht … Na ja, Anthony ist eigentlich ein netter Mensch, und ich hatte geglaubt, es könnte eines Tages mehr daraus werden. Er schien mich wirklich zu mögen, aber jetzt weiß ich nicht, ob er nur mit mir ins Bett wollte.«

»Das hast du doch hoffentlich nicht gemacht?« Juna

schlug sich mit der Hand vor den Mund. »Entschuldige, es geht mich gar nichts an.«

Sie wirkte so erschrocken, dass Mila lachen musste. »Nicht so schlimm. Und ich kann dich beruhigen, außer ein paar Küssen lief nichts zwischen uns. Deshalb gab es letztens auch Streit.« Und weil Juna sie immer noch sorgenvoll ansah, fügte sie hinzu: »Das allerdings habe ich Lucian erzählt. Er war ziemlich entsetzt darüber, dass ich etwas mit einem Sterblichen anfangen wollte.«

»Kann ich mir vorstellen«, sagte Juna trocken. »Jetzt würde er dir mindestens den Hals umdrehen, wenn du noch einmal auf so eine verrückte Idee kämest.«

Die Bedeutung dieser Worte ging ihr mit einem Mal auf, und sie musste sich an der Tischkante festhalten. »Du glaubst, er meint es ernst mit mir?«

»Darauf kannst du wetten! Wenn ich du wäre, würde ich mich schon mal auf eine Ewigkeit einstellen.«

»In der Unterwelt?«

»Eine interessante Frage.«

Juna rieb sich die Hände, als stünde ihr ein großes Schauspiel bevor, und sie könnte es kaum erwarten, dass sich der Vorhang zum nächsten Akt endlich hob. Auf einmal sah sie überhaupt nicht mehr aus wie ein himmlisches Wesen, sondern sehr irdisch, vielleicht sogar mit einem diabolischen Glitzern in den Augen.

Doch dann lächelte sie wieder freundlich und stand auf. »Ich muss leider noch einkaufen. Bist du sicher, dass du allein nach Hause fahren kannst?«

Sie wussten beide, dass es ihr nicht um Milas Fahrkünste ging, sondern um Anthony, der nichts davon ahnte, dass sie mit Lucians Wagen unterwegs war.

»Kann ich, aber ich müsste auch noch ein paar Dinge besorgen.«

Es stellte sich heraus, dass es in der Nähe einen 24-Stunden-Supermarkt gab, von dem sie nichts gewusst hatte.

»Und wir waren immer in Ivycombe einkaufen.«

»Dort ist es ja auch viel schöner, aber wegen der Touristen ziemlich teuer. Dieser Supermarkt ist etwas für uns Einheimische.«

»Dann lebt ihr hier in der Gegend?«, fragte sie überrascht. Aber warum auch nicht? Schließlich mussten auch Engel irgendwo leben, und wenn die beiden Botschafter zwischen Elysium und Unterwelt waren, dann bot sich ein Wohnsitz in der Mitte, also hier auf der Erde, an.

»Bist du eigentlich wirklich Ärztin?«

»Du glaubst, ich habe geschwindelt? Das würde mir nie im Leben einfallen.« Juna lachte verschmitzt. »Medizinerin bin ich, allerdings für Tiere. Wir arbeiten in der hiesigen Vogelschutzstation.«

Von dieser Einrichtung hatte Mila bereits gehört. »Wer könnte einem Adlerwaisenkind besser das Fliegen beibringen als ein Engel?«, sagte sie lachend. »Du weißt gar nicht, wie sehr ich euch darum beneide.«

»Das musst du nicht …« Juna unterbrach sich hastig und sagte heiter: »Meistens ist es kalt, nass und zugig dort oben. Sollen wir mit meinem Auto fahren, und ich setze dich nachher wieder hier ab?«

Während Mila zu ihr in den riesigen SUV stieg, dessen Rückbank sie ja bereits kannte, überlegte sie, was der Engel damit gemeint haben könnte, dass sie ums Fliegen nicht zu beneiden sei. Doch sie traute sich nicht nachzufragen.

Der Supermarkt war auch um diese Zeit noch gut besucht.

Trotzdem suchte Juna nach einem Parkplatz in der Nähe des Eingangs. »Du bist ja noch verletzt«, sagte sie.

»Hast du eine Ahnung, wie sehr mir das auf die Nerven geht? Dieses Ding hier«, Mila wies auf die Armschlinge, die im Moment nutzlos um ihre Schultern baumelte, »geht ja noch. Aber dass ich nicht joggen kann, das macht mich allmählich verrückt.«

Mitleidig sah Juna sie an. Dann drückte sie ihr den Einkaufswagen in die Hand und sagte: »Du hast deinen Stock im Auto vergessen. Halt dich an dem Ding fest, und niemand wird etwas bemerken.«

Sie waren bereits auf dem Rückweg zur Kasse, als plötzlich jemand ihren Namen rief. »Mila! Was machst du denn hier?«

»O Gott! Das sind Florence und ihr Freund Sebastian.« Mila klammerte sich an den Einkaufswagen und sah mit wachsender Belustigung zu, wie ihre Freundin und deren Liebhaber näher kamen. Sebastian sah aus, als hätte er noch niemals zuvor einen solchen Supermarkt betreten und bestätigte dies auch gleich, nachdem er sie begrüßt hatte. »Erzähl bloß keinem, dass du mich hier gesehen hast«, verlangte er und sah Mila indigniert an, weil sie kicherte.

»Natürlich nicht«, versprach sie und hatte Mühe, nicht loszuprusten.

»Es scheint dir aber schon viel besser zu gehen«, sagte Florence und umarmte sie.

Pflichtschuldig verzog Mila das Gesicht, als sie dabei ihre Schulter berührte. »Die Schmerzmittel sind eine Wucht«, erklärte sie. »Außerdem habe ich einen fantastischen Physiotherapeuten.«

»Darauf könnte ich wetten.« Florence gluckste vor Vergnügen und zwinkerte ihr zu. »Das wird die liebe Maggy aber gar nicht freuen. Sie hat deinen Mr. Shaley die ganze Zeit umgarnt, und ich muss leider sagen, dass er ausgesprochen heftig zurückgeflirtet hat.«

Wenn diese Bemerkung ein Hinweis darauf sein sollte, dass auch andere Frauen für Lucian schwärmten, dann wäre der nicht notwendig gewesen. Mila war ja nicht blind. Und obwohl sie sicher war, dass er sich nicht für diesen teuflischen Sukkubus interessierte, jedenfalls nicht im erotischen Sinn, fühlte sie die Eifersucht wie Nadelstiche.

Florence hatte sich in seiner Gegenwart wie eine liebestolle Katze benommen und war doch offensichtlich mit Sebastian zusammen. Was sie an ihm fand, war ihr ein vollkommenes Rätsel. Er war hager, hatte ein langes Kinn, und bald würden auch die rötlich blonden Strähnen, die ihm beständig über das linke Auge fielen, nicht mehr darüber hinwegtäuschen können, dass sich der Haaransatz auf dem Rückzug befand. Im fahlen Neonlicht des Supermarkts wirkte er noch blasser als sonst. Es konnte eigentlich wirklich nur sein Geld sein, das ihn sexy machte.

Als nun plötzlich alle schwiegen, sagte Florence schließlich: »Kommst du morgen ins Herrenhaus? Die Maler haben nach dir gefragt, und außerdem würde ich gern einen letzten Inspektionsrundgang machen, bevor die Partyfirma mit den Vorbereitungen beginnt. Margaret hat die Jagd abgesagt, weil es Ärger mit den Tierschützern gab. Stattdessen will sie ein Gartenfest mit Maskenball kombinieren. So kurzfristig. Ich will gar nicht wissen, was das kostet! Sebi hat übrigens auch eine Einladung bekommen, und mit ihm, wie es aussieht, der gesamte Adel der Westküste, kannst du dir das vorstellen?«

»Ich hatte ganz vergessen, dass es schon an diesem Wochenende stattfinden soll. Natürlich komme ich morgen und helfe dir. Die Fotos für den Artikel im *Castles & Landscapes* müssten auch noch gemacht werden. Weiß Mr. Shaley Bescheid?«

»Hat er dir nichts gesagt? Maggy hat ihn eingeladen, das *Weekend* auf Stanmore zu verbringen und über das Fest zu berichten. Sie soll ihm sogar ein Zimmer angeboten haben, behauptet der Flurfunk.« Neugierig sah Florence sie an, aber Mila gab sich keine Blöße.

»Das wäre in diesem Fall gewiss praktisch«, sagte sie freundlich.

»Ich kann nur hoffen, dass seine Reportage uns nicht schadet. Er darf auf keinen Fall etwas Schlechtes über unsere Arbeit schreiben. Ich werde sonst alle meine Verbindungen spielen lassen, um ihm das Leben schwerzumachen. Sag ihm das!«

Sebastian nickte dazu, Juna grinste unverhohlen.

Beinahe hätte Mila laut gelacht. »Ich werd's ihm ausrichten.«

Sie verabschiedeten sich, und nachdem Juna ihr später noch geholfen hatte, die Einkäufe in Lucians Wagen umzuladen, trennten sich auch ihre Wege.

Dafür, dass sie geglaubt hatte, unterwegs niemanden zu treffen, waren ihr recht viele Leute über den Weg gelaufen. Angenehm war keine dieser Begegnungen gewesen. Der Streit mit Anthony hatte sie einander noch mehr entfremdet, und das Verhältnis zu Florence war seit der spontanen Party, die sie mit ihren elitären Freunden im Rose Cottage gefeiert hatte, ebenfalls merkwürdig abgekühlt. Lag es an ihr? Hatte sie sich so sehr verändert, oder sah sie die Menschen in ihrer Umgebung nur mit anderen Augen?

Wahrscheinlich wäre es das Beste, wenn sie sich nach einem neuen Job umsah und eine neue Unterkunft suchte. *Sobald dieser Auftrag abgewickelt ist.* Wieder einmal würde sie die Vergangenheit hinter sich lassen.

Mila setzte sich auf die Terrasse und schlug die Hände vors Gesicht. Oder durfte sie hoffen, dass mit Lucian alles anders werden würde? Florence hatte recht, er war ein Charmeur, und die Frauen liefen unübersehbar praktisch in Scharen hinter ihm her.

Ganz gleich, was Juna dachte, für eine Weile mochte er von ihr fasziniert sein, es vielleicht sogar ernst meinen. So ein Dunkler Engel aber, der noch dazu ewig lebte, war ganz bestimmt kein Kandidat fürs Standesamt, und sie schätzte ihre Freiheit viel zu sehr, um sich von irgendjemandem Vorschriften machen zu lassen. Anthony war normalerweise weit weniger dominant als Lucian, und schon sein heutiges Auftreten hatte sie an den Rand ihrer Geduld gebracht.

Ihr Herz klopfte schneller. *Aber es war doch schön, was er ...* Ungehalten schob sie den Gedanken beiseite. Ja, sie hatte ihr Zusammensein genossen. *Genossen?* Zweifellos war dies die Untertreibung des Jahrhunderts. Zudem hatte das Incendio eine seltsame Verbindung zwischen ihnen geschaffen. Doch das hieß noch lange nicht, dass sie den Rest ihres Lebens irgendwo in der Unterwelt verbringen wollte.

Als sie in den Himmel hinaufsah, war es der Abendstern, der gerade als erster von vielen zu glitzern begann. Bei seinem Anblick fiel das Gefühl von Verzagtheit allmählich von ihr ab, und die unbändige Lust, nackt im Mondlicht zu tanzen, überwältigte sie geradezu. Eilig zog sie sich bis aufs

Höschen aus, besann sich dann aber. Trotz des kurzen Bedauerns, das sie verspürte, ging sie ins Haus und streifte ein leichtes Sommerkleid über. Sogleich gewann die Heiterkeit Oberhand. Was wohl dieser unfreundliche Polizist Komarow sagen würde, begegnete er heute einer Mondanbeterin im Evaskostüm? Die Arme ausgestreckt, öffnete sie sich der nahenden Nacht. *Mut. Mut muss ich haben und mir selbst vertrauen*, flüsterte sie. Und je häufiger sie diesen Satz wie ein Mantra sprach, desto besser fühlte sie sich. Die Neugier war offenbar die stärkste Antriebskraft in ihrem Leben. Lange genug war sie von Gabriel ruhiggestellt worden und hatte selbst auch dazu beigetragen. Jetzt warteten neue Herausforderungen auf sie, und Mila wollte sich ihnen stellen.

Als Erstes würde sie zum Meer gehen. Ohne das helle Mondlicht wäre es bestimmt keine gute Idee gewesen, in der Dunkelheit allein an einer Steilküste entlangzulaufen. Doch in dieser klaren Nacht sah sie mehr Sterne am Himmel als üblich, und die silbern schimmernde Landschaft ließ sie glauben, ganz allein in einer verzauberten Märchenwelt unterwegs zu sein. *Endlich frei!*

16

Lucian war in einer mörderischen Stimmung. Weil seine Truppen ihren Auftrag nicht erfüllten, musste er nun hier stehen, um ihnen die Leviten zu lesen, statt bei Mila zu sein und sie vor den Gefahren der Welt zu schützen.

Das wird nicht das letzte Mal sein, sagte seine innere Stimme süffisant. *Bring ihr bei, was sie wissen muss, aber sperre sie in keinen Elfenbeinturm. Du weißt, was dann passiert.*

O ja, sie war freiheitsliebend, und diese einzigartige Energie, die er in ihr entdeckt hatte, war stark genug, sie vor vielem zu schützen, sobald sie lernte, damit umzugehen.

Das war es aber nicht allein, was im Kampf eine entscheidende Rolle spielte. Ein profundes Wissen über seine Gegner und die richtige Taktik waren mindestens ebenso wichtig, und von der magischen Welt hatte Mila so gut wie keine Ahnung. Er musste sie bedachtsam mit diesen Dingen vertraut machen. Wie einen Jährling, den man auch besser spielerisch an Halfter und Zaumzeug gewöhnte. Wie viel Zeit ihm dafür blieb, wusste er nicht. Umso wichtiger war es, so schnell wie möglich damit zu beginnen. Ungeduldig verdrängte er diese Gedanken und konzentrierte sich auf das Naheliegende.

Mit Genugtuung nahm er wahr, dass Quaid und dessen Agenten sich tief verbeugten und dabei Abstand zu halten versuchten. *Ja, verdammt. Stellt euch ruhig schon vorsorglich auf ewige Höllenqualen ein, wenn ihr etwas geschieht!* Aufmerksam sah er in die Runde. Es war noch nicht lange her, dass er Dämonen in diesem engen Kreis zugelassen hatte.

Die Vorstellung, er könnte einen Fehler gemacht haben, behagte ihm überhaupt nicht. Seit Monaten gelang es irgendwelchen Terroristen, seine Portalwächter zu übertölpeln, und er musste die Möglichkeit einkalkulieren, dass sich ein Maulwurf unter seinen Leuten befand. Luzifer hatte ihn gewarnt.

Am Ende wird ihr Versagen auf mich zurückfallen. Der Gedanke war kaum greifbar geworden, als ihm plötzlich mit tödlicher Gewissheit klar wurde: Genau das beabsichtigte der Initiator dieser Störungen auch. Er sollte in Misskredit gebracht werden. Und mit seinem Versuch, die Angelegenheit zu klären, bevor der Lichtbringer davon Wind bekam, hatte er dem Gegner vermutlich sogar in die Hände gespielt.

Entschlossen wie immer sagte er schließlich: »Ich werde mit dem Gefangenen sprechen. Allein.«

Kurz darauf saß ihm ein blasser Dämon gegenüber, der entfernte Ähnlichkeit mit einem Schauspieler aufwies, dessen Name Lucian gerade nicht einfiel. Quaid, der wusste, wer der Eindringling war, hatte ihm in Windeseile eine Vita zusammengestellt.

»Du bist also Durivals Erbe«, stellte er beinahe beiläufig fest. »Wenn ich die Situation richtig verstehe, ist er allerdings anderer Meinung. Was wolltest du von ihm, Noth?«

»Was geht es dich an?« Die unsichtbaren Fesseln hielten den Dämon zuverlässig auf seinem Stuhl. Schließlich gab er es auf, sich davon befreien zu wollen, und lehnte sich zurück. »Mit ihm reden.«

Ein würdiger Erbe des Dämons hätte, beurteilte man ihn nach den Regeln der Dämonengesellschaft, anders reagiert. Beide wussten es, und Lucian nutzte seine Chance sofort. »Worüber?«

Berechnend sah Noth ihn an. »Normalerweise würde ich sagen, auch das geht dich nichts an. Aber das stimmt nicht. Es geht dich sogar eine ganze Menge an.«

Lucian wartete geduldig darauf, dass er weitersprach.

»Meine Geschwister sind Idioten. Sie glauben wie Durival, dass wir Dämonen die Macht zurückerlangen müssen, um frei zu sein.«

»Und du glaubst das nicht?«

»Nein, wir haben doch gar keine Chance, wenn alle gegen uns sind. Deshalb hat er mich ja enterbt.«

Es war Lucian nicht unbekannt, dass es Streitigkeiten zwischen Durival und seinem Erstgeborenen gegeben hatte, und seine Informanten hatten bestätigt, was der Dämon vor ihm behauptete. Er hätte nur niemals gedacht, dass sich Noth an ihn wenden würde. »Das erklärt noch nicht, warum du mit deinem Vater sprechen wolltest.«

»Vater?« Er spie das Wort regelrecht aus. »Mit dir wollte ich sprechen, und ein Besuch im Gefängnis war der schnellste Weg.«

»Aber nicht unbedingt der sicherste.« Nachdenklich betrachtete Lucian den Dämon, der die Bemerkung mit einer Handbewegung fortwischte und grinsend unter einer Locke hervorblinzelte, die ihm ständig ins Gesicht fiel. So, wie er hier vor ihm saß, hätte er ebenso gut ein Dunkler Engel sein können.

Routiniert und ohne viel zu erwarten, öffnete Lucian diesen speziellen Sinn, der ihm unzählige wertvolle Einblicke in das Innenleben seiner Gegner und Gefährten erlaubt hatte, denn er brannte darauf, mehr über seinen widersprüchlichen Besucher herauszufinden. Es dauerte nicht lange, da war der gut verborgene Zugang zu dessen Unterbewusstsein gefunden und behutsam geöffnet. Es sah alles so aus, wie er es bei einem Dämon erwartet hatte, und er wollte sich schon zurückziehen, da entdeckte er eine merkwürdige Unregelmäßigkeit. Nur ein unscheinbarer Funke, der sofort wieder verglomm. Vielleicht täuschte er sich auch, aber für eine winzige Sekunde glaubte er, Empathie gespürt zu haben.

Unmöglich! Dämonen wie Noth kannten kein Mitgefühl. Ihre Fähigkeit, sich in einen Gegner hineinzuversetzen, beruhte auf jahrhundertelanger Beobachtung. Daher galten besonders junge Dämonen nicht nur als grausam, sie waren auch schlechte Strategen. Der Familiensinn einer Dämonin wie Naamah, die demnach Noths Schwester – wenn auch offensichtlich von einer anderen Mutter – sein musste, hatte mehr mit ihrem Überlebenswillen als mit Loyalität zu tun.

Lucian liebte Herausforderungen, und der Sache nachzugehen, könnte ihm zudem Vorteile bringen. Also lächelte er sein gefürchtetes Lächeln, vor dem sich selbst langjährige Kampfgefährten wie Quaid fürchteten, und sagte mit trügerisch sanfter Stimme: »Das Gespräch mit einer Schwindelei zu beginnen, war keine gute Idee.«

Noth erstarrte, an seinen Instinkten gab es nichts auszusetzen. »Aber nein, ich habe nicht gelogen, zu Vater wollte ich auch.«

»Warum?« Die Art, wie er sich vorbeugte, und sein Tonfall signalisierten, dass er keine Lüge akzeptieren würde.

Und abermals überraschte ihn der Dämon. Dieses Mal mit Ehrlichkeit.

»Ich wollte überprüfen, ob es stimmt, was mir ein Vögelchen gezwitschert hat. Und nein, ich werde nicht sagen, was es ist. Wir mögen uns vielleicht nicht, aber wir sind eine Familie, und das erfordert ein Mindestmaß an Loyalität.«

»Gut.« Wider Erwarten war Lucian beeindruckt. »Was willst du dann von mir?«

»Ich wollte auch sehen, ob die Gerüchte stimmen.«

Mit einem eisigen Lächeln richtete sich Lucian wieder auf und verschränkte die Arme vor der Brust. »Und?«

»Ich fürchte, die Dämonen machen sich da falsche Hoffnungen.«

Beinahe hätte Lucian gelacht. »Das ist nicht auszuschließen.« Dieser Noth gefiel ihm, obgleich er seine Strategie von Naivität und geheuchelter Bewunderung durchschaute. »Was fange ich nun mit dir an?«

Die Frage war berechtigt. Er hatte ihn hart bestrafen wollen, und dies nicht zu tun, würde den Gerüchten neue Nahrung geben. Doch was er in ihm sah, lohnte eine nähere Betrachtung. Außerdem, wer wusste das schon, hätte er seinem Erzfeind Durival damit womöglich in die Hände gespielt. »Ich werde es dir zeigen.« Mühelos öffnete er ein *Fenêtre*, ein Fenster, das es erlaubte, Dinge zu sehen, die zu anderen Zeiten oder in anderen Dimensionen geschahen. Darin zeigte er dem Dämonenprinzen den Gefangenen Marius, der, seiner Flügel beraubt, angekettet an einer Mauer hing und an dessen Innereien sich ein riesiger Greifvogel labte.

»O nein! Nicht das!«

Wenn nichts aufrichtig an Noths Auftritt gewesen sein

sollte, das Entsetzen, das aus diesen Worten sprach, war echt.

»Keine Sorge. Ethon wird dich verschonen, wenn du dich ruhig verhältst. Du wirst Marius eine Weile Gesellschaft leisten. Als Vorgeschmack auf eine Zukunft, die so oder anders aussehen kann. Ganz wie es dir beliebt. Dankbarkeit und Diskretion sind eminent gewinnende Eigenschaften. Haben wir uns verstanden?«

Erleichterung machte sich auf Noths Gesicht breit. »Das werde ich verkraften.«

Lucian zog eine Augenbraue hoch.

Noth verstand. »Ich schwöre es.«

Vielleicht, dachte Lucian, während Quaid den Dämon abführte. Doch Ethon war nicht nur ein stattlicher Vogel, er würde ihm möglicherweise auch verraten können, ob seine Vermutung stimmte und Noth mehr war, als er zu sein vorgab.

Als Quaid zurückkehrte, gab er ihm den knappen Befehl, alles über Noths Abstammung herauszufinden. »Ich will seine gesamte verdammte Ahnentafel haben, ist das klar? Und morgen lässt du ihn wieder frei.«

»Wie bitte?«

»Du hast richtig gehört. Er kann sich frei bewegen, aber lasst ihn nicht aus den Augen.« Er lächelte kühl. »Die Wachen für Durival werden verstärkt.«

»Das habe ich bereits veranlasst.« Quaid deutete eine Verbeugung an.

Der Groll verließ ihn so schnell, wie er gekommen war. »Gibt es sonst noch etwas?«, fragte er trotzdem.

»Nein, mein Fürst.« Sein General erlaubte nicht, dass auch nur das geringste Lächeln in der Stimme mitklang.

Dennoch wusste Lucian, dass es da war. Über den Anlass dazu würde er später nachdenken. Jetzt gab es Wichtigeres. Nach einem kurzen Nicken, das seine Zufriedenheit ausdrücken sollte, verließ er die Unterwelt, ohne dass es jemandem möglich gewesen wäre herauszufinden, wohin er ging. Außer Quaid, der natürlich genau wusste, wohin es seinen Chef zog. Doch er war klug genug, dieses Wissen für sich zu behalten.

Je näher sie dem Meer kam, desto freier fühlte sie sich. Klare Luft reinigte ihre Lungen und bald den gesamten Körper. Sauerstoff strömte durch ihre Adern, machte das Denken leichter, umschmeichelte ihr Engelsfeuer, bis es getröstet seinen Kopf niederlegte, wie ein kleines Pelztier, das sich zur Ruhe bettet, darauf vertrauend, dass die Instinkte es zur rechten Zeit wecken würden.

Ohne zu zögern, überquerte sie den Weg, der in sicherem Abstand an den Klippen entlangführte, ging bis zur äußersten Kante, das lockere Geröll unter den Füßen, und beugte sich weit vor, bis sie das silberne Band aus gesponnenem Nixenhaar sehen konnte, an dem sich heute die Wellen labten wie Kinderzungen an süßem Zuckerwerk. Diese Brandung war ein Teil der beständigen Verlässlichkeit, die in Milas Leben so häufig fehlte. In ihren Ohren sangen lebhafte Böen, die in frischem Übermut ungeduldig an ihrer Kleidung zerrten.

Milas Lebenshunger war nicht mehr zu trennen von der berauschenden Intensität des Incendio. Leise flüsterte sie Beschwörungen in einer unbekannten Sprache, die durch die Weiten des Universums betörender Körperlosigkeit zu ihr herüberwehten.

Mit geschlossenen Augen breitete sie die Arme aus, lehnte sich gegen die Brise, darauf vertrauend, dass die Vorsehung ihren Sturz auffangen und ein Aufwind sie über die Wellen hinweggleiten und hoch in die Lüfte erheben würde.

Der Wind nahm zu und rauschte wie aufbegehrende Böen, die durch mächtige Baumkronen stürmten. Bevor Mila reagieren konnte, wurde sie rücklings ergriffen und über die Kante des Abgrunds gerissen. Der Flug versetzte ihren Körper in Erstaunen, der Geist verlieh dem Mysterium einen unwirklichen Glanz, den die Seele als faszinierende Welle über die Zeitläufe inszenierte.

Fliegen. Ihr Traum wurde wahr, selbst wenn es nicht die eigenen Flügel waren, die sie durch den Sturm trugen. *Ich fliege.* Nach dem ersten Schreck ergab sie sich. Harmonie schärfte den Blick und veränderte die Wahrnehmung. Sie vertraute auf diese Kraft in der Gewissheit, nirgendwo sicherer zu sein als in seinen Armen. *Lucian.*

Das Glück war überwältigend. Sie lehnte sich immer weiter vor, bis verlässliche Hände ihr Einhalt geboten. Wie winzige Peitschenhiebe flog das nie zu bändigende Haar ihr ins Gesicht, bis die Wangen unter den ständigen Schlägen brannten, oder auch vor Glück und wegen der Kälte in dieser luftigen Höhe, die ihre Tränen zu Eiskristallen erstarren ließ.

»Keine Angst, ich halte dich!«, raunte Lucian ihr ins Ohr, und ehe sie ihm erklären konnte, dass sie mit ihm weder Tod noch Teufel fürchtete, wurde es mit einem Mal ganz still um sie herum, und der Atem stockte ihr. Das war nicht neu, dieses Gefühl kannte sie aus ihrer Kindheit. Mila ahnte mehr, als sie sah, dass Lucian mit ihr eine andere

Dimension, eine andere Welt besuchte. Hier war es warm und trocken und schwerelos. Anders als in den ungezählten Albträumen.

Kaum aber hatte sie sich an dieses neue Abenteuer gewöhnt, spürte sie festen Boden unter den Füßen und auch, wie sich sein Griff lockerte. Lucians Arme aber waren immer noch ausgestreckt, und das war gut, denn sie taumelte, musste sich an ihm festhalten, schaute endlich auf, sah das belustigte Zwinkern in seinen Augenwinkeln und fiel ihm um den Hals.

»Danke! Das war das Schönste, was ich jemals erlebt habe.«

»Wirklich? Ich bin enttäuscht …« Den Kopf gebeugt, strich er ihr die vom Flug zerzausten Haare aus dem Gesicht.

»Du weißt, wie ich das meine!«

»Weiß ich das, Milotschka?«, flüsterte er.

Schnell wandelte sich die zärtliche Berührung in etwas anderes, wurde fordernder, und bald küsste er sie begehrlich, saugte an ihren vollen Lippen und eroberte ihren Mund mit seiner geschickten Zunge. Dabei presste er sich gnadenlos und lustvoll gegen ihre weicheren Rundungen.

Mila ließ sich von ihm führen, bis harter Beton in ihrem Rücken ihnen Einhalt gebot. Seine Lippen waren überall, hungrig küsste er eine Spur über ihre Kehle bis ins Dekolleté. Sein Mund auf der sensiblen Haut ihrer Brüste entlockte Mila einen Seufzer. In ihrem Inneren löste es ein Beben aus, von dem sie nun wusste, dass es zu diesem nahezu unbeherrschbaren Wirbelsturm werden konnte, vor dem sie sich ängstigte und den sie dennoch sehnlichst herbeiwünschte. Mit Lucian an ihrer Seite fürchtete sie nichts, nicht einmal die vollkommene Welle der Urelemente jenseits von Raum und Zeit.

Mit einem kehligen Lachen vergrub sie die Hände in seinem Haar, flüsterte provozierend: »Das ist auch ganz nett«, und ließ es zu, dass er ihr die schmalen Träger über die Schultern streifte und ihre Brustspitzen nicht besonders sanft zwischen Daumen und Zeigefinger rollte.

»Nett? Dann gefällt dir das vielleicht besser?«, fragte er, und sie konnte nicht sagen, ob die Empörung ernst gemeint war oder nur gespielt. Mit einer Hand hob er den Saum des Kleids und griff zwischen ihre Beine, als hätte er jedes Recht dazu.

»Zieh es aus!«

Mila gehorchte ihm bereitwillig.

Obwohl sie keine Lichtquelle bemerkte und zuerst nicht viel mehr als seine Silhouette vor dem rötlich schimmernden Nachthimmel zu sehen gewesen war, glitzerten seine Augen wie das Türkis verwunschener Meere in der Arktis, während er sie dabei beobachtete. Der Mund verzog sich zu einem triumphierenden Lächeln, als ein Zittern durch ihren Körper lief und die Erregung verriet, die von ihr Besitz ergriffen hatte.

Und wie es ihr gefiel. Doch als sie sich an ihn schmiegen wollte, machte er einen Schritt zurück. Der Verlust ließ sie leise wimmern.

Ein Knurren antwortete ihr, das unmöglich einer menschlichen Kehle entstammen konnte. Langsam und ohne sie aus den Augen zu lassen, öffnete er seinen Gürtel und knöpfte die Jeans auf.

Ihr lustvoller Seufzer fand ein Echo im rauen Klang seiner Stimme.

»Komm her zu mir!« Einladend streckte Lucian die Hand aus. Im Nu hatte er sie herangezogen, fasste mit beiden Händen ihren Hintern, hob sie hoch, sodass sie Halt suchend ihre Arme um seinen Nacken schlingen musste. Rücklings lehnte er Mila an den kalten Betonträger, neben dem er gestanden hatte, und küsste sie hart, bis ihre Lippen brannten und sie sich an ihn klammerte.

Ohne Vorwarnung stieß er in sie hinein. Mila schrie auf. Aber nicht vor Schmerz – längst war sie bereit für ihn. Eine erste Woge der Lust überrollte sie sofort, ihre Muskeln zogen sich so fest zusammen, als wollten sie ihren Liebhaber nie wieder freigeben.

Er ließ ihr wenig Zeit, die Welle zu reiten, nahm sie, wie er es in ihren Träumen getan hatte, wild und ungestüm, dem Feuer gleich, das in ihnen erwachte. Sein eisglitzerndes Engelsfeuer und die höllischen Flammen ihres Incendio verbanden sich zu einem spiralenden Inferno. »Jetzt!«, keuchte sie, und der nächste Orgasmus nahm sie mit sich in schwindelnde Höhen. *Lass es niemals enden!*, flehte sie. Sie versuchte, ihn mit aller Kraft zu halten, doch er war nicht zu bändigen, und nach einem letzten harten Stoß kam er, lautlos diesmal, das Gesicht an ihren Hals geschmiegt. *O Milotschka.*

Erst als er sanft die Tränen fortküsste, merkte sie, dass sie geweint hatte.

Erschöpft legte Mila den Kopf an seine Schulter und flüsterte: »Bitte, lass mich jetzt nicht los.«

»Niemals«, sagte er leise. Die Stimme klang rau.

Behutsam setzte er sie ab, und beinahe zärtlich rückte er ihr Kleid zurecht, bis sie leidlich bedeckt war, wenn man von dem Höschen absah, das im Mondlicht am Boden schimmerte und dabei an ein winziges Paar weiße Flügel erinnerte.

Der Verstand kehrte nur langsam zurück, Milas Knie waren wie aus Gummi, kraftlos ließ sie sich an der kalten Wand hinabgleiten. Doch bevor sie saß, hatte er sie schon aufgefangen und auf seinen Schoß gezogen, eine Hand unter ihrem bauschigen Rock. »Du hast nichts an«, sagte er tadelnd.

»Und wessen Idee war das wohl?«

Lachend strich er den Rock glatt. »Ich bekenne mich schuldig. Aber ich kann nicht versprechen, dass es nie wieder passieren wird.«

»Das bedeutet dann wohl, dass ich in Zukunft immer Ersatzwäsche mit mir herumtragen muss«, sagte sie und gab ihm einen zärtlichen Kuss.

»Och, so gefällst du mir auch.«

Mila musste lachen. »Sie sind frivol, Mr. Lucian Shaley.« Staunend, als berührte sie ihn zum ersten Mal, strich sie über die harten Muskelstränge seiner Oberarme, die deutlich unter dem Hemd zu fühlen waren, über die breite Brust weiter hinab, bis er ihre Hände festhielt.

»Gönnst du einem alten Mann nicht wenigstens ein paar Minuten Erholung?« Nur die kleinen Fältchen in Lucians Augenwinkeln verrieten, dass er sie auslachte.

Dann vergrub er das Gesicht in Milas roter Mähne, sein Atem kitzelte an ihrem Hals, und die federleichten Küsse jagten lustvolle Schauer durch Milas Körper. Mit einem zufriedenen Laut zog er sie dichter an sich heran. »Ich möchte dir etwas zeigen. Hast du Lust?«

»Da fragst du noch?«, gurrte sie und lächelte dabei möglichst harmlos.

Geschmeidig stand er auf und wirkte für einen winzigen Augenblick so jung, wie es sein Äußeres dem oberflächlichen Betrachter suggerierte.

Mila aber wusste, dass hinter dieser Fassade eine unvorstellbar alte Seele lebte, und sie genoss jeden noch so kurzen Moment der Unbeschwertheit mit ihm. Die Arme um seinen Hals gelegt, sah sie zu ihm auf, und die knisternde Spannung, die ihn umzüngelte, sprang auf sie über. »Was ist es?«

Wie eine Kostbarkeit stellte er sie auf die Füße, und es war nicht das erste Mal, dass sie sich über die immense Kraft und Eleganz wunderte, mit deren Hilfe er all jenes so leicht und selbstverständlich wirken ließ, das Geringeren als ihm die Schweißperlen auf die Stirn getrieben hätte. »Sieh dich um.«

»Eine Baustelle, wer hätte das gedacht?« Kichernd ließ sie sich von ihm vorwärts ziehen, bis sie den Rand der Betonfläche erreicht hatten. Das Lachen blieb ihr in der Kehle stecken.

»Oh!« In der Tiefe glitzerte ein Lichtermeer zwischen den Wolken. »Wir sind in London!« Entzückt klatschte sie in die Hände, ging weiter vor bis an die Kante und sah sich um. »Sieh nur die winzigen Züge der *Tube* dort unten. Sind wir auf The Shard?«

Natürlich wusste sie von dem phänomenalen Bauwerk und hatte seit Monaten aus der Ferne beobachtet, wie es immer weiter in den Himmel wuchs. Spätestens im nächsten Jahr, wenn der Andrang nicht mehr so groß sein würde, das hatte sich Mila vorgenommen, wollte sie die Aussichtsplattform besuchen. Von außen nicht sichtbar, lagen die oberen Etagen zwischen spiegelnden Glasflächen, die schroff in den Himmel ragten, als hätte ein riesiges Ungeheuer die Spitze im Flug abgebrochen. Der Architekt hatte den Begriff *Wolkenkratzer* wörtlich genommen, und nicht jedem gefiel diese Idee.

Florence beispielsweise mochte das Glas und die brüchigen Zacken gar nicht. Sie bemühte sogar Feng-Shui, um das sie sich ansonsten herzlich wenig kümmerte, um ihre Abneigung zu begründen.

Mila war von Anfang an begeistert, aber nie hätte sie sich träumen lassen, hier oben im Rohbau zu stehen, den Wind in den Haaren, und über die funkelnde Stadt zu blicken. Entzückt zeigte sie auf die Wolke, die ein oder zwei Stockwerke unter ihnen langsam auf das Gebäude zuschwebte und dabei den Blick auf die London-Bridge freigab. »Können Engel wirklich auf Wolken sitzen?«

»Warum sollten sie das tun?«

»Stimmt. Wahrscheinlich bekämen sie einen nassen Dups.«

»Einen ... was?«, fragte er und legte ihr den Arm um die Schultern.

Ihre Hand glitt in die Gesäßtasche seiner Jeans. »Hintern. Wenn man auf Wolken sitzt, bekommt man einen nassen Hintern. Das weiß doch jedes Kind!« Nur mit Mühe widerstand sie dem Impuls, ihm in sein formidables Hinterteil zu kneifen.

»Du bist ...« Mitten im Satz erstarrte er. »Wir haben Publikum.« *Siehst du den Durchgang dort vorn? Lauf dahin, versteck dich und rühr dich nicht vom Fleck.* Als sie zögerte, gab er ihr einen leichten Schubs, und Mila rannte los. Ganz gewiss war sie alles andere als folgsam. In ihrer Ausbildung hatte sie jedoch gelernt, die Anordnungen eines verlässlichen Teamleiters, falls überhaupt, erst nach einem Einsatz zu diskutieren. Lucian hatte sie in den letzten Stunden weit mehr als ihr Leben anvertraut. Es gab keinen Grund, seine Entscheidung infrage zu stellen. Er verfügte über Ressourcen, von denen sie nur träumen konnte, und außerdem spürte sie ebenfalls, dass irgendetwas nicht in Ordnung war.

Während Mila wie befohlen geduckt und lautlos durch die Schatten lief, scannte sie den Boden nach einem Gegenstand, der als Waffe taugen könnte. In einem Rohbau musste doch etwas zu finden sein. Doch die Arbeiter waren offenbar sehr ordentlich, nichts lag herum. Verdrossen lehnte sie schließlich in der lichtlosen Ecke, in die Lucian sie dirigiert hatte, an kaltem Beton.

Es dauerte nicht lange, bis drei Männer auftauchten. Der Schnitt ihrer schwarzen Kleidung, Kampfstiefel und die selbstbewussten Schritte, mit denen sie sich näherten, hätten andere sicherlich beeindruckt.

Mila jedoch war nicht das erste Mal einer Spezialeinheit begegnet, hätte sie doch selbst dazugehören sollen, wäre es nach dem Wunsch ihrer Vorgesetzten gegangen. Was die drei betraf, war sie sich nicht sicher, ob sie zum Staatsschutz oder zu einer privaten Einheit gehörten. Momentan rechneten sie offenbar nicht damit, hier oben auf gefährliche Eindringlinge zu treffen, sonst hätten sie sich anders verhalten. Andererseits wusste man bei solchen Typen nie, ob sie nicht auf Ärger aus waren.

Ausgerechnet jemandem wie Lucian zu begegnen, dürfte für sie in diesem Fall eine unangenehme Überraschung werden. Besonders wenn sie sich einbildeten, mit ihm umspringen zu können, wie es ihnen gefiel.

»Guten Abend, Gentlemen. Was kann ich für Sie tun?«

Der Anführer fixierte ihn. Schließlich knurrte er: »Wie bist du hier raufgekommen?«

Nachdem er über die Stadt gesehen und ein imaginäres Staubkorn vom Ärmel gewischt hatte, sagte Lucian: »Du wirst es nicht glauben, ich bin geflogen.«

Die Männer kamen näher. »Dann kannst du ja gleich wieder den Abflug machen, Arschloch! Wir helfen gern nach.«

Mila hielt eine Hand vor den Mund, um sich nicht durch ein unbedachtes Geräusch zu verraten. Mit der anderen stieß sie gegen etwas, das sich wie ein Besenstiel anfühlte. Langsam ließ sie ihre Fingerspitzen über das Holz hinuntergleiten, bis sie am Ende auf Metall stieß. Eine Schaufel. *Besser als nichts*, dachte sie, richtete sich auf und zog das Werkzeug behutsam zu sich heran, bis sie es im richtigen Winkel bereithielt, um einem möglichen Angreifer zumindest einen gehörigen Schreck einzujagen.

»Es wäre weitaus angemessener, *dear friend*, du mäßigtest deine Sprache«, hörte sie Lucian sagen und wunderte sich, warum er die Typen durch derart gestelztes Gerede provozierte.

»Was hat er gesagt?«, fragte einer der Männer aggressiv. Sein Kumpan antwortete: »Er will, dass wir ihm aufs Maul hauen.«

Vorsichtig sah sie um die Ecke. Einer der Kerle stürzte sich erstaunlich schnell auf Lucian, der ihn ohne erkennbare Anstrengung am Oberarm fasste und ihn so weit hinter sich schleuderte, dass er nach einer bestimmt schmerzhaften Landung weit auf dem Boden entlangrutschte und schließlich über die ungesicherte Kante des Betonbodens fiel. Das nun folgende Geräusch hörte sich verdächtig danach an, als wäre ein nasser Sack aus großer Höhe hinabgestürzt.

Doch selbst wenn der Mann nur ein oder zwei Etagen in die Tiefe gefallen sein sollte, käme für ihn vermutlich jede Hilfe zu spät. Mila war bei dem Geräusch zusammengezuckt, und nun standen ihr die Haare zu Berge. Dies hier war keine Übung, dies war das wahre Leben. Ihr neues Leben?

Entweder die beiden anderen hatten nichts davon gehört, oder es war ihnen einerlei, was mit ihrem Kameraden passierte. In jedem Fall schien es für sie kein Grund zur Flucht, sondern vielmehr das Angriffssignal zu sein. Sichtbar entschlossen, den Eindringling zu überwältigen, stürzte sich einer von ihnen mit einem bemerkenswert langen und für Mila unverständlichen Fluch auf Lucian, während sich der andere lauernd von der Seite näherte.

Entspannt wandte sich Lucian dem aggressiven Angreifer zu, ging dabei in die Knie, sprang federnd in die Höhe und stieß ihm seinen Fuß in die Brust. Für Mila – und wahrscheinlich auch für seinen Gegner – ziemlich überraschend zog er ein Schwert, das nicht einmal eine Sekunde später mit tödlicher Präzision sein Ziel fand.

Woher kommt das bloß so plötzlich? Und damit nicht genug. Nun stieg ihr auch noch ein äußerst merkwürdiger Geruch in die Nase. *Brennt es hier etwa?*, fragte sie sich.

Derweil hatte Angreifer Nummer drei allerdings einen funkelnden Energieball geformt und zog damit ihre Aufmerksamkeit auf sich. Nicht sicher, ob sie erleichtert oder beunruhigt sein sollten, erkannte Mila nun endlich, dass sie es keineswegs mit Sterblichen zu tun hatten.

Dies warf allerdings weitere Fragen auf. Wer waren diese

Leute? Wäre sie Zeugin einer Auseinandersetzung zwischen Dunklen Engeln gewesen, hätte sie Flügel sehen müssen. Doch weder Lucian noch das Trio zeigten Flagge. Ratlos wartete sie, was als Nächstes geschehen würde.

Der enorm große Energieball flog direkt auf Lucian zu, der in letzter Sekunde einen Salto rückwärts machte und so dem tödlichen Geschoss auf äußerst elegante Weise entging.

Fasziniert von der makabren Schönheit des Kampfes hätte Mila ihm am liebsten applaudiert, sie wurde jedoch von Lucians erstem Opfer abgelenkt, das sich mit schmerzverzerrtem Gesicht an der Kante hinaufzog, über die es vor weniger als einer Minute gestürzt war.

Aufgeregt fasste sie den Griff ihrer Schaufel fester und wartete gespannt darauf, was nun geschehen würde. In diesem Augenblick legte sich eine Hand über ihren Mund.

»Was haben wir denn da?«, flüsterte ihr jemand ins Ohr.

O nein! Der schweflige Atem und die haarige Pranke auf ihrem Gesicht, das war doch nicht etwa ein Dämon? Übelkeit stieg in ihr auf, als er sie fest an seinen kräftigen Körper presste. Noch verletzlicher fühlte sich Mila, als sie sich daran erinnerte, dass sie nicht einmal Unterwäsche trug. Doch sie musste die Nerven behalten, um Lucian nicht durch eine unbedachte Reaktion abzulenken und damit in Gefahr zu bringen.

Und tatsächlich. Ein hässlicher grünhäutiger Typ tauchte wie aus dem Nichts auf und warf mit voller Wucht etwas silbern Glänzendes, wahrscheinlich ein Messer, in Lucians Richtung. Der fing die Waffe in der Luft auf und schleuderte sie geschickt zurück. Sein Gegner war viel zu überrascht, als dass es ihm gelingen konnte, rechtzeitig auszuweichen.

Stöhnend sank er zu Boden. Trotz der Hand auf ihrem Mund entschlüpfte Mila ein zufriedener Laut.

Nur für die Dauer eines Winpernschlags war Lucian abgelenkt, aber das reichte, um dem Dämon, der sich inzwischen aus der nächsttieferen Etage heraufgeschwungen hatte, Gelegenheit zu geben, sich ihm auf gefährliche Weise von hinten zu nähern.

Wild entschlossen, Lucian zu schützen, stieß Mila dem Dämon, der sie immer noch gefangen hielt, mit aller Kraft ihren Ellbogen in den Magen. Grunzend taumelte er zurück und schlug schwer am Boden auf.

Hui, war ich das? Mit einem derartig umwerfenden Ergebnis hatte sie nicht gerechnet. Davon unbeirrt beschwor sie jedoch in der freien Hand eine der größten Kugeln aus Engelsfeuer, die sie jemals erschaffen hatte. Konzentriert zielte sie, holte aus und warf den knisternden Ball kraftvoll und mit erfreulicher Präzision auf den hinterlistigen Angreifer, der getroffen mit einem Schrei zu Boden sank. Ohne sich zu erlauben, ihren Triumph auszukosten, wirbelte sie herum und zog ihrem verblüfften *Geiselnehmer*, der sich gerade wieder aufrappeln wollte, mit aller Kraft die Schaufel über den Schädel. Sein schlaffer Körper hatte noch nicht einmal vollständig den Boden berührt, da war Lucian bereits bei ihr.

»Gute Arbeit«, lobte er, packte den Dämon am Fußgelenk und schleppte ihn zu den anderen, die bereits aufgereiht am Rand der Plattform lagen. Lässig ließ er sein Schwert auf unerklärliche Weise verschwinden und schnippte mit den Fingern.

Mit erschreckendem Gleichmut sah sie zu, wie die leblosen Gestalten zu seinen Füßen in Flammen aufgingen, bis nicht mehr als ein Häufchen gelblicher Asche übrig blieb.

Nachdem der Wind die Asche davongetragen hatte, fragte Mila leise: »Du warst niemals in Gefahr, habe ich recht?«

»Vermutlich nicht«, sagte er leichthin.

»Das waren Dämonen, Ausgeburten der Hölle, verdammt noch mal! Dieser eine mit dem Messer, er war ganz grün.« Sie schüttelte sich.

»Eine seltene Farbe unter Dämonen. Schade um ihn.«

»Ach ja? Ist es dir denn vollkommen gleichgültig, dass ich fast gestorben bin vor Angst um dich?«

Federleicht lag seine Hand in ihrem Nacken. »Dann weißt du endlich, wie es mir geht, wenn du allein in der Welt herumwanderst.« Damit zog er sie sanft an sich. »Du schlägst ganz ordentlich zu.« In seinen Augen tanzten Lichter. »Muss ich mich jetzt vor dir fürchten?«

»Sie täten besser daran, mein Fürst!«, sagte sie streng.

Er verbeugte sich formvollendet. »Wie Mylady wünschen.«

»Ah ja, sehr schön«, sagte sie blasiert. »Wo waren wir stehen geblieben?«

Seine Mundwinkel zuckten, als müsste er ein Lachen unterdrücken. »Ich dachte, du würdest vielleicht gern eines der Apartments einrichten.«

»Im Ernst?« Mit der Hand machte sie eine Geste, die den Westflügel umfasste. »Wie groß sind sie? Eine halbe Etage?«

»O nein. Es sind schon zwei Etagen. Unten der Wohnbereich und zwei Schlafzimmer oben.« Er sah sie nachdenklich an. »Das ist nicht viel Platz. Vielleicht sollte ich zwei Apartments nehmen. Falls wir mal Besuch bekommen.«

»Wir?« Fassungslos sah sie ihn an.

»Gefällt es dir nicht?« Plötzlich wirkte er verunsichert.

»Natürlich! Aber ...« Ihr verschlug es die Sprache. Nachdem sie zweimal tief durchgeatmet hatte, konnte sie weitersprechen. »So eine Wohnung kostet Millionen, und du überlegst mal eben, ob du zwei davon kaufen sollst!« Halt suchend streckte sie die Hand aus.

»Wer spricht hier von kaufen? Das Gebäude gehört mir.« Geschickt fing er sie auf.

»Danke«, flüsterte sie und hielt sich an seinem Arm fest. »Lucian, wer bist du wirklich?«

»Ich habe dir alles gesagt, was du wissen musst.«

Das Incendio hatte ihr Schicksal für immer miteinander verbunden. Er hatte ihr mehrfach das Leben gerettet und voller Sorge an ihrem Krankenlager gesessen. Lucian wusste genau, was sie für ihn empfand, und wollte trotz alledem nicht mit der Wahrheit herausrücken? *Das glaube ich jetzt nicht!*

Eben war er ihr noch so nahe gewesen, und jetzt wandte er sich von ihr ab, um mit versteinerter Miene in die Wolkenwand zu blicken, die sich inzwischen um den Turm gebildet hatte.

Wie sollte sie ihm erklären, dass es nicht in ihrem Interesse lag, all seine Geheimnisse zu kennen, und sie dennoch wissen musste, wer dieser Dunkle Engel war, an den sie viel mehr als ihr Herz verloren hatte.

Offensichtlich war er ein brillanter Kämpfer, auch ohne die Magie, die er meisterhaft beherrschte. Ein eindrucksvoller Liebhaber – und zweifellos erfahren genug, um noch für einige Überraschungen gut zu sein. Ein Gebieter, den seine Untergebenen fürchteten, wie Quaids ehrfurchtsvolles Verhalten bekundete. Ein Souverän allem Anschein nach, der wie selbstverständlich im Handumdrehen und ohne Gnade zu zeigen das Schicksal anderer bestimmte.

Letzteres war es, was sie verunsicherte. Je höher Lucians Bedeutung in der Hierarchie der Dämonen und gefallenen Engel war, desto unwahrscheinlicher, dass er diese Position für sie aufgab. Doch das müsste er tun. Ohne die Schattenwelt zu kennen, wusste Mila, dass die Liebe dort keinen Platz hatte. Eines Tages würde er dorthin zurückkehren müssen, und was dann? *Ich bin niemand, den man lieben darf*, hatte er zu ihr gesagt. Was, wenn er das ernst gemeint hatte?

Ein hässlicher Gedanke kroch aus dem Dunkel herauf. War sie nur ein Zeitvertreib für jemanden, der sich eine Auszeit vom höllischen Tagesgeschäft gönnte? Eine *Urlaubsbekanntschaft* womöglich, die man in netter Erinnerung behält, bei der man aber nicht ernsthaft erwägt, sie in seinen Alltag mitzunehmen?

Abrupt drehte er sich zu ihr um und unterbrach damit ihre Überlegungen. »Was hat mein Job damit zu tun?«

»Wovon sprichst du?« Hatte er wieder ihre Gedanken gelesen?

Ratlos sah er sie an. »Von meinem Geschenk, wovon sonst?«

»Geschenk?«

»Warum nicht? Dir gefällt es hier, und wenn du mich irgendwann nicht mehr sehen willst, hast du wenigstens ein Dach über dem Kopf.«

Ihn nicht mehr sehen? Als Konkubine wollte er sie also installieren. Eine kleine Geliebte, der man eine Wohnung einrichtete und bei jedem Besuch teure Aufmerksamkeiten mitbrachte, bis man ihrer überdrüssig wurde und sie an den nächsten Kavalier weiterreichte. Ihre schlimmsten Befürchtungen bewahrheiteten sich. Am liebsten hätte sie Lucian über die Kante in die Tiefe gestoßen … und wäre anschließend selbst gesprungen. Doch bei jemandem wie ihm konnte man sicher sein, dass er einfach die Flügel ausgebreitet und sie womöglich auch noch aufgefangen hätte. So wie bei ihrem Fallschirmabsturz.

»Ja, natürlich«, sagte sie mit erstickter Stimme. »Das ist ausgesprochen großzügig von dir«

»Dann nimmst du es an?« Die Erleichterung war ihm anzusehen, den ironischen Unterton hatte er offenbar überhört.

Fassungslos ballte sie die Hände zu Fäusten. »Selbstverständlich nicht! Was glaubst du eigentlich, was ich bin?«

»Ich verstehe nicht …«

»Geh! Verschwinde, ich will dich nie wieder sehen, hörst du?« Wütend riss sie das Amulett vom Hals und warf es in seine Richtung. »Hier! Deinen Überwachungsmist kannst du gleich mitnehmen.« Eilig wandte sie sich ab, damit er nicht sah, wie sehr sie seine selbstgefällige Arroganz verletzt hatte.

Es hatte ihm die Sprache verschlagen. Er sagte kein Wort, und Mila dachte befriedigt, dass sie ihm etwas zum Nachdenken gegeben hatte und hoffte, er würde genug für sie empfinden, um einzusehen, dass sie sein Vertrauen haben wollte und keinen protzigen Luxus. Nichts außer dem Rauschen der Stadt war zu hören, und dem Wind, der in den Baugerüsten sang. *Warum sagt er nichts?*

Lucian?

Als ihr niemand antwortete, sah sie sich um. Lucian war

fort. Einfach so … und sie hatte es nicht einmal bemerkt. Nun liefen die Tränen ungehemmt.

»Was für ein beschissener Tag!« Grimmig sah sie sich um. »Und wie komme ich jetzt hier weg?« Nervös klopfte sie den Rock ihres Kleids ab. »Bitte, lass es nicht verloren gegangen sein!« Endlich ertasteten ihre Finger das Handy, das sie ursprünglich zu ihrem Nachtspaziergang mitgenommen hatte, um noch einmal mit Florence zu reden. *Florence!* Mila saß in London auf einem Hochhaus, und Flo würde in wenigen Stunden in Stanmore auf sie warten.

Sekundenlang schwebte ihr Zeigefinger über dem Display. *Anthony oder Peter?* Schließlich scrollte sie durch die Einträge unter *P* und lauschte danach dem Freizeichen, das in der Dunkelheit beunruhigend laut klang. Als sie schon auflegen wollte, erklang seine Stimme: »Liebelein, weißt du, wie spät es ist?«

»Du bist meine einzige Hoffnung …« Hastig berichtete sie, was passiert war, unterschlug dabei allerdings bedeutsame Details wie ihre Auseinandersetzung mit den Dämonen, den Flug und alles, was sie sonst noch in Lucians Armen erlebt hatte. »Ich habe keinen Cent in der Tasche und weiß nicht, wie ich von diesem verflixten Turm herunterkommen soll. Bitte, Peter, du musst mir helfen!«

»Rühr dich nicht vom Fleck. Ich bin sofort bei dir.«

Die Frage, wie er in das Gebäude gelangen wollte, verhallte ungehört. Peter hatte einfach aufgelegt.

»Mist!« Nun machte sie sich Vorwürfe, ihm den Überfall verschwiegen zu haben. Aber wie hätte sie einem *Zivilisten* die Existenz dämonischer Assassinen erklärt? Als sie an den überstandenen Kampf dachte, wurden ihr erneut die Knie weich. Lucian hatte es offenbar für selbstverständlich gehalten, dass sie die Hinrichtung guthieß, und zuerst hatte sie die Kerle durchaus zur Hölle gewünscht und dies auch gesagt. Jeder andere hätte das Gleiche getan. Doch so ein emotionaler Ausbruch hieß ja noch lange nicht, dass man seine Gegner zu Asche verbrennen und in die vier Himmelsrichtungen verstreuen musste. Diese Reaktion fand sie selbst für einen Dunklen Engel extrem.

Mila hatte in einer Diktatur gelebt, und nichts konnte sie davon überzeugen, dass es in Ordnung war, jemanden ohne Gerichtsverfahren zu bestrafen. Über die Todesstrafe brauchte man mit ihr gar nicht erst zu diskutieren.

Vielleicht hatte diese profunde Abneigung gegen Willkür und Ungerechtigkeit dazu beigetragen, dass sie so gereizt auf Lucians *Geschenk* reagiert hatte. Unter anderen Umständen, das gestand sie sich nun ein, hätte man es als Liebeserklärung verstehen können.

Mila griff auf der Suche nach dem Amulett ins Leere, und auch eine Untersuchung der näheren Umgebung blieb ergebnislos. So weit hatte sie den kostbaren Schmuck doch nicht geworfen! *Werde ich Lucian jemals wiedersehen?*

Bevor sie noch tiefer im Selbstmitleid versinken konnte, erregte ein leises Rauschen ihre Aufmerksamkeit. Nervös kniff sie die Augen zusammen und versuchte, in der Dunkelheit, die Lucian ihr hinterlassen hatte, etwas zu erkennen.

»Liebelein!« Sanftes Licht begleitete den Engel, der nach eleganter Landung die schwanenweißen Flügel hinter seinem Rücken zusammenfaltete. Mit ausgestreckten Armen eilte er auf sie zu. »Du hast dich also doch mit ihm eingelassen, du böses Mädchen!«

Er umarmte sie, und bei der ersten Berührung wusste Mila, dass sie nicht halluzinierte. Peter war ein Engel, und es fühlte sich keineswegs so an, als wäre er erst seit Kurzem *bei der Truppe*.

»Peter! Das glaube ich jetzt nicht. *Du* bist mein Schutzengel?« Am liebsten hätte sie ihn geschüttelt. Doch es war ja nicht seine Schuld, dass sie so lange blind für ihre magische Umgebung gewesen war. »Dann sind wir uns nicht zufällig begegnet?«

»Ja und nein. Ich wollte euch kennenlernen, weil ich viel Gutes über eure Arbeit gehört habe. Und dann ... sagen wir mal, es ist nicht unbemerkt geblieben, und man bat mich, ein Auge auf dich zu haben.« Lächelnd legte er den Arm um ihre Schultern. »Das mache ich gern, auch wenn es an sich nicht meiner Jobbeschreibung entspricht.« Er grinste. »Ich bin ein Wächter, kein Schutzpatron. Aber reden wir nicht von mir. Was ist mit Lucian? Mich hat fast der Schlag getroffen, als dieses Sahnestückchen vor mir stand.«

»Sahnestückchen, ja? Ich fürchte, damit liegst du vollkommen falsch. Er mag zwar ganz nett aussehen, aber in sein Inneres lässt er sich nicht blicken, und mich hier einfach auszusetzen, finde ich auch nicht besonders liebenswert.«

»Da hast du wohl recht, und er wirkte extrem dominant auf mich. Liebelein, du hast doch nicht etwa *so* eine Affäre begonnen?«

Wider Willen musste sie lachen. »Was meinst du denn damit? Dass ich eine Beziehung mit ihm führe, wie John und du es tun? Da kann ich dich beruhigen, wir haben gar keine *Beziehung*.« Der Schmerz, der ihre Seele bei diesen Worten befiel, war schier unerträglich.

Peter interpretierte Milas Blässe falsch und sagte: »Es ist nichts Verwerfliches daran, einem Dominus zu dienen. Was glaubst du denn, was die magische Welt zusammenhält?

Wir alle müssen uns einem Herrn unterwerfen und uns seiner Führung anvertrauen. Dafür genießen wir seine Liebe und seinen uneingeschränkten Schutz.«

»Oder einer *Herrin*«, ergänzte Mila. Ihr war nicht ganz wohl bei diesem Thema, denn Lucian hatte wirklich eindeutig dominante Züge an sich, die zu hinterfragen sie bisher noch nicht gewagt hatte.

Peter betrachtete sie mehrere Sekunden lang nachdenklich. »Ein Sterblicher ist ja sowieso nichts für dich ... Wahrscheinlich solltest du ihn einfach vergessen.«

»Peter, er ist kein Sterblicher. Er ist ein ...« Durfte sie es verraten? Mila entschied, dass ihr Schutzengel Bescheid wissen musste. Als Wächterengel aus Elysium, der auf der Erde lebte, war er vermutlich ohnehin eine Menge gewöhnt. »Er ist ein Dunkler Engel.«

»O wirklich? Das erklärt ... Egal! Ich will nicht eingebildet klingen, aber ein kleines Licht in der Schattenwelt kann er nicht sein, wenn es ihm gelungen ist, mich derart zu täuschen.« Fassungslos fügte er hinzu: »Ich hatte echt keine Ahnung. Gibt's das?« Doch gleich darauf entspannte er sich. »Also, wenn du mal Fragen haben solltest, dann kannst du immer zu mir kommen. Ich glaube, es gibt noch einiges, was du über deinen finstereren Mr. Shaley lernen musst. Er hat jedenfalls äußerst überzeugend deutlich gemacht, dass du unter seinem Schutz stehst, und ich habe den Verdacht, jemandem wie ihm widerspricht man nicht, falls einem der eigene Seelenfrieden am Herzen liegt.«

Hieß das, er würde mich nicht vor Lucian beschützen?, dachte Mila erschrocken. Laut sagte sie: »Ach nein? An Widerspruch wird er sich aber in Zukunft gewöhnen müssen, wenn er weiter mit mir ...« Ihr Kampfgeist erlahmte so schnell, wie er aufgeflammt war, und sie ließ den Kopf hängen. »Das heißt, sofern ich ihn überhaupt jemals wiedersehe.« Mit einer ungeduldigen Handbewegung wischte sie sich über die Augen.

»Liebes, was um Himmels willen ist passiert?« Peter klang alarmiert.

»Er wollte mir ein Apartment schenken. Wir haben gestritten. Was bildet sich der Kerl ein? Dass ich hier sitze und immer hübsch frisiert darauf warte, dass er mir seine Aufwartung macht?«

»Ich glaub es nicht. Hier in diesem Gebäude? Weißt du eigentlich, dass andere dafür morden würden?«

»Ich aber nicht.«

»Zum Glück.« Lächelnd nahm er ihre Hände. »Du Gute. Du hast wirklich keine Ahnung, wie einflussreich deine Eroberung ist, nicht wahr?«

»Er sagt ja nichts. Stell dir vor, seine Leute sprechen ihn an, als wäre er ein Fürst!«

»Fürst, bist du sicher?« Peter klang beunruhigt. Er holte tief Luft und sagte: »Die Unterwelt ist ein bisschen konservativ in diesen Dingen. Würdest du vielleicht lieber dort leben?«

»Ganz sicher nicht!« Mila war entsetzt, dass er sie so etwas fragen konnte. »Schlimm genug, dass meine Magie zurückgekehrt ist. Wie soll ich jetzt noch unbeschwert mit meinen Freunden umgehen?«

»Du sprichst sehr frei.«

Verlegen sah sie ihn an. »Warum denn nicht, du bist doch ein Freund …«

Mit dieser Antwort hatte er offenbar nicht gerechnet. Ein Lächeln huschte über sein Gesicht, doch er wurde sofort wieder ernst. »Hör zu, mein Hase. Bloß weil jemand Flügel trägt – egal, welcher Couleur – darfst du ihm oder ihr nicht vertrauen. Es geht immer um Macht. Informationen sind Macht. Besonders in deinem Fall.«

»Und was ist *mein Fall*?«

»Ehrlich gesagt weiß ich das auch nicht so genau. Und jetzt will ich dir noch etwas anvertrauen: Man scheint an höchster Stelle ein gewisses Interesse an dir zu haben, und wenn du mich fragst, ist es nur eine Frage der Zeit, wann Elysium von deiner Liaison mit diesem Lucian erfährt. Die Herrschaften dort oben sind momentan mit sich selbst beschäftigt. Doch wenn sie sich wieder an dich erinnern, das glaube mir, ist es besser, du hast seine Unterstützung.«

»Ich hasse es! Warum bekomme ich niemals klare Antworten auf meine Fragen?«

»Weil die Welt zu kompliziert ist für einfache Lösungen. So, und jetzt sag mir, wie ich dir helfen kann.«

Sie warf einen kurzen Blick auf die Wolken um sie herum, die bereits rosa glühten. »Ich habe gleich eine Verabredung mit Florence. Wir wollen die Abnahme der Umbauarbeiten machen. Wie soll ich ihr erklären, dass ich stattdessen in London auf einem Hochhaus sitze?«

»Ach je. Dann werden wir wohl fliegen müssen.«

»Nichts lieber als das«, sagte sie hastig, als sie Peters zweifelnde Miene sah.

»Wunderbar. Das ist mein tapferer Hase!« Ohne zu zögern, schlang er die Arme um ihre Taille und öffnete seine Schwingen.

Die Rückreise war nicht ganz so komfortabel wie in Lucians Armen, und am Ende war sie froh, festen Boden unter den Füßen zu haben. Aber sie beschwerte sich nicht.

Peter wollte sofort wieder aufbrechen. Bevor er sich aber für niemand anderen als Mila sichtbar in die Lüfte erhob, legte er beide Hände auf ihre Schultern. »Lass mich dir einen guten Rat geben: Vertraue immer deinem Instinkt, und lass dir um Himmels willen schnell beibringen, wie du deine Herkunft verbirgst.«

»Aber ich …«

»Oh, du machst das schon ganz hübsch. Aber wenn du aufgeregt bist, so wie vorhin, dann ist nicht zu übersehen, dass du eine von uns bist.«

»Wirklich, ist das so?«, fragte sie bitter. »Und darum musste ich wahrscheinlich auch um Hilfe bitte. Nicht einmal Flügel habe ich.«

»Flügel, Liebelein, sind nicht alles!« Lachend drehte er sich um und breitete seine Schwingen aus.

»Du hast gut reden!«, rief sie ihm hinterher, doch er warf ihr nur eine Kusshand zu und verschwand gleich darauf aus ihrem Blickfeld.

Das Cottage fühlte sich leer an, dennoch sah Mila in Florence' Schlafzimmer, um ganz sicher zu sein, dass sie allein war. Danach lief sie die Treppe zur Empore hoch. Es war gerade noch ausreichend Zeit für eine Dusche, dann würde sie schon zum Herrenhaus hinübergehen müssen. Das Bett wirkte verlockend. Nach all diesen aufwühlenden Erlebnissen war sie inzwischen todmüde. Anstatt der Versuchung nachzugeben, zog sie sich aus. Dabei fiel ihr Blick auf das Kopfkissen. Das Smaragd-Amulett lag dort und schien bei ihrem Anblick zu leuchten, wie es Lucians Augen manchmal taten, wenn er sie nicht hinter einer dunklen Brille verbarg.

Er war also einfach hier eingedrungen. Doch statt Ärger darüber zu empfinden, dass er sich solche Freiheiten herausnahm, überkam sie Erleichterung. Ihm lag vielleicht doch etwas an ihr. Und als sie daran dachte, wie überrascht und gekränkt er auf ihren Wutausbruch reagiert hatte, erkannte sie endlich, dass er überhaupt nicht verstand, was falschgelaufen war. Sie würden über seine *Geschenke* reden müssen. Sofern es irgendwann einmal die Gelegenheit dazu gab.

17

Seltsam, dachte Mila, *dass mir das Denken am leichtesten fällt, wenn ich unter der Dusche stehe.*

Dieses Mal hatte sie das Wasserkosten-Budget für ihr Cottage wahrscheinlich komplett geflutet, ohne zu einem Ergebnis gekommen zu sein. Insgeheim hatte sie gehofft, Lucian wäre zugegen, wenn sie auf Maggy oder Anthony träfe. Wie bloß sollte es ihr gelingen, so zu tun, als sei mit den beiden alles in Ordnung? Anthony, davon war sie inzwischen überzeugt, hatte eine Menge Geheimnisse vor ihr, und es war gut möglich, dass er mit dem Sukkubus unter einer Decke steckte. Womöglich sogar im wörtlichen Sinne. *Aber was will er dann von mir?* Launisch und fordernd war er eigentlich erst geworden, seit sie alle auf Stanmore lebten.

Eilig frottierte sie ihre Haare und drehte sie am Hinterkopf zu einem lockeren Knoten, den sie mit einem Holzstab befestigte. Den Rest würde die Sonne übernehmen, zum Föhnen blieb keine Zeit mehr.

Und was ziehe ich an? Da sie während des erzwungenen Hausarrests Zeit gehabt hatte, die gesamte Wäsche zu waschen und ordentlicher zu bügeln, als sie dies normalerweise tat, stapelten sich nun T-Shirts in allen Farben neben ihren Dessous in den Fächern. Hosen und Kleider hingen sauber ausgerichtet wie in einem Spind. Schließlich entschied sie sich für eine cremefarbene, dezent bestickte

Tunika in A-Linie. Dazu zog sie ihre Lieblingsjeans vom Bügel, der man ansah, dass sie das meistgetragene Stück aus Milas Schrank war. Als sie sich bückte, um die Schuhe unterm Bett hervorzuziehen, fiel ihr Blick erneut auf das Amulett. Nach kurzem Zögern nahm sie es, beugte den Nacken und schloss die feingliedrige Kette mit zitternden Fingern. *Ein Entgegenkommen*, nicht mehr, versicherte sie sich selbst und war überrascht, wie viel glücklicher sie sich nach dieser Entscheidung fühlte. Schnell ließ sie den kostbaren Anhänger unter der Tunika verschwinden, griff nach ihrem Handy und lief die Treppe hinab.

Die Küchenuhr mahnte zur Eile. Die Zeit für ein Frühstück fehlte, auch wenn ihr Magen lautstark danach verlangte. Im Vorbeigehen schnappte sie sich einen Apfel, riss die Haustür auf … und prallte erschrocken zurück. Detective Parker und sein sauertöpfischer Assistent standen vor dem Haus.

Warum habe ich das Auto nicht gehört? »Ist etwas geschehen?«

»Wie kommen Sie darauf?«

Um die Nervosität zu überspielen, die sie in Gegenwart des Polizisten erneut befiel, biss sie in den Apfel und warf die Tür ins Schloss. »Ich habe in fünf Minuten einen Termin mit Lady Margaret.«

Der Detective zeigte auf seinen Wagen. »Wir können Sie gern fahren, zweifelsohne leiden Sie noch Schmerzen.«

Insgeheim dankte sie ihm für den Tipp. »Allerdings. Aber mein Arzt hat empfohlen, dass ich mich so oft wie möglich bewege«, improvisierte sie drauf los. Auf keinen Fall wollte sie mit den beiden auf beengtem Raum sitzen. »Ihr Mitarbeiter kann uns ja folgen, wenn er will.«

Komarow schien widersprechen zu wollen, doch Parker sagte: »Eine gute Idee« und hielt sich an ihrer Seite, während sie langsam, als fiele ihr das Laufen schwer, den Weg Richtung Stanmore House einschlug. Dem Sergeant blieb nichts anderes übrig, als zum Auto zu trotten und hinter ihnen herzufahren. Während sie den Weg zu den Pferdeställen kreuzten, sagte Parker freundlich: »Bemerkenswert, wie schnell Sie sich von Ihrem Absturz erholt haben.«

Sofort war sie auf der Hut. Woher wusste er von dem Unfall? »Das stimmt. Offenbar hatte ich einen wohlwollenden Schutzengel.« Dabei faltete sie die Hände wie zum Gebet und sah hinauf in die Baumkronen, die ihren Weg beschatteten.

»Zweifellos«, knurrte Parker und klang dabei nicht, als nähme er ihr die Vorstellung einer dankbaren und gottesfürchtigen jungen Frau ab. »Warum haben sie das nicht angezeigt?«

Mila blieb stehen und sah ihn durch die getönten Gläser ihrer Brille an. »Weshalb hätte ich das tun sollen? Fallschirmspringen birgt immer das Risiko, dass sich der Schirm nicht öffnet. Der zweite hat ja funktioniert. Nur habe ich ihn dummerweise zu spät gezogen. Es war mein Fehler.« Sie zuckte mit den Schultern und ging weiter.

»Dann erklären sie mir, warum der Leiter dieser Fallschirmgruppe samt Freundin verschwunden ist.« Parker ließ nicht locker.

»Ich habe nicht die geringste Ahnung.«

»Aber Sie wussten davon?«

Der lauernde Unterton war ihr nicht entgangen. »Nein. Als ich zuletzt dort war, stand sein Auto auf dem Parkplatz. Gesehen habe ich ihn leider nicht.«

»Wir wissen, dass Sie gestern nicht allein am Flugplatz waren.«

Diese Polizisten wussten eine ganze Menge. Zu viel, wenn es nach ihr ging. »Stimmt. Ein Bekannter hat mich gefahren.« Sie zeigte auf ihren Fuß. »Verletzt zu fahren, halte ich für keine gute Idee.«

»Und warum sind Sie nicht mit ihrem *Bekannten* Anthony Khavar und seiner Arbeitgeberin dorthin gefahren?«

Gab es irgendetwas in ihrem Privatleben, dass die Polizei noch nicht wusste? Ärgerlich fauchte Mila: »Ich weiß nicht, was sie beabsichtigen, Parker. Aber ich kann Ihnen versichern, dass ich mit dem Verschwinden der beiden nichts zu tun habe. Ich höre jetzt zum ersten Mal davon. Anthony Khavar kenne ich in der Tat aus London. Das ist es doch, worauf sie anspielen wollen, oder? Wir sind Nachbarn, wie Sie zweifellos wissen, und hatten vereinbart, diesen Umstand nicht an die große Glocke zu hängen. Viele renommierte Inneneinrichter waren scharf auf den Job in Stanmore House. Für uns sollte er die große Chance sein, uns am Markt zu positionieren. Wir sind schließlich keine Staatsdiener, die ihr Gehalt pünktlich am Monatsende bekommen und sich auf eine fette Rente freuen können«, fügte sie aufgebracht hinzu.

Parker ging kommentarlos über ihren Ausbruch hinweg. »Aber Ihnen gefällt der Auftrag jetzt nicht mehr so gut.«

Sie lachte bitter. »Dazu sage ich nichts.«

Nun klang er beinahe mitfühlend. »Das neue Design ist zweifellos Geschmackssache.«

»Mit *Geschmack* hat das überhaupt nichts zu tun!« Ärgerlich sah sie ihn an. »Aber Sie sind bestimmt nicht hier, um mit mir über goldene Wasserhähne zu reden.«

»Richtig. Wie gut kennen Sie Sebastian Wedgeworth?«

Ratlos sah sie ihn an. »Was hat der denn mit dem Toten am Strand zu tun?«

»Wir ermitteln in alle Richtungen.« Ein Standardsatz, wie man ihn aus jedem Krimi kannte. »Also?«

»Nicht gut. Wir sind uns einige Male begegnet, er ist mit Florence befreundet. Meiner Chefin«, fügte sie hinzu. »Sie kennen sich von der Schule. Ich halte ihn ehrlich gesagt für einen Schnösel.« Mit diesem Nachsatz erntete sie ein Lächeln von Parker.

»Wenn ich Ihnen jetzt ein Foto zeige, können Sie mir bitte sagen, ob Sie diesen Mann kennen?«

»Natürlich.« Um einen leichten Tonfall bemüht, wappnete sie sich gegen das, was nun kommen würde. »Zeigen Sie her!« Sie hatten den Parkplatz erreicht, wo Komarow bereits mit feindseligem Blick und an die dunkle Limousine gelehnt wartete. Es waren die Fotos, die er schon beim ersten Gespräch bei sich getragen hatte. Beinahe hätte sie erleichtert aufgeatmet, als sie erkannte, dass es wirklich nicht Bens Bruder Konstantin war, dessen bleiches Gesicht von Erschöpfung und Tod sprach. »Ich habe den Mann noch nie gesehen.« Sie gab Parker das Bild zurück. »Weiß man schon, woran er gestorben ist?«

»Noch nicht. Die Rechtsmedizin arbeitet daran.«

Mick hatte fast genauso ausgesehen. Leer, der Lebensessenz fast vollständig beraubt. Als sie daran dachte, wie die Todesengel ihn und seine mörderische Freundin davongeschleppt hatten, wurde ihr schwindelig. In den letzten Tagen hatte es eindeutig zu viele Tote in ihrem Leben gegeben.

»Sie sind ja ganz bleich geworden!« Parker umfasste ihre

Taille und half ihr, sich auf die Treppe zu setzen. »Sind Sie sicher, den Mann nicht zu kennen?«

Musste er unbedingt nachhaken? Mila hätte ihn würgen können. Stattdessen sagte sie leise: »Ich kenne ihn wirklich nicht.« Er machte ja auch nur seinen Job. »Glauben Sie mir, ich würde es ihnen sagen. Er sieht schrecklich aus«, fügte sie kaum hörbar hinzu und legte die Hände auf das angeblich verletzte Bein.

»Sie haben Schmerzen«, sagte der Detective erstaunlich mitfühlend. »Warten Sie, ich schicke Ihnen jemanden mit einem Glas Wasser raus.« Damit winkte er Komarow, der sie keines Blickes würdigte, und ging durch den Seiteneingang ins Haus, als habe er das Recht dazu, sich hier vollkommen frei zu bewegen.

Gegen die Hauswand gelehnt blieb Mila sitzen, obwohl es noch zu frisch dafür war und die Kälte der Nacht durch ihre Jeans drang. *Lucian?* Ohne nachzudenken, hatte sie nach dem Amulett gegriffen und seinen Namen gesagt. Jetzt verwünschte sie sich für diese Schwäche. *Der Tote vom Strand, er sieht aus, als wäre er auch eines von Lady Margarets Opfern. Man muss ihr das Handwerk legen.*

Keine Sorge, das werden wir tun.

Ihre Erleichterung war nahezu greifbar. Er hatte sie nicht verlassen! *Ich weiß nicht, ob ich ihr unter die Augen treten kann, ohne mich zu verraten.*

Du schaffst das, Dornröschen, wehte seine Stimme wie eine Sommerbrise durch ihren Kopf.

Ob es die Wärme war, die darin mitklang, oder er ihr auf unerklärliche Weise etwas von seiner Energie schenkte, Mila wusste es nicht. Möglicherweise hatte sie einfach nur jemanden gebraucht, der an sie glaubte. Wie auch immer, der

Schwächeanfall war vorüber, und sie wappnete sich innerlich für die Begegnung, indem sie sich darauf konzentrierte, ihre mit Rosen berankte Schutzmauer noch höher und unüberwindlicher erscheinen zu lassen.

Tadellos!, lobte Lucian, und seine Präsenz zog sich aus ihrem Bewusstsein zurück.

»Mila?« Besorgt beugte sich Janet zu ihr herab. »Alles in Ordnung? Der Polizist sagt, dass Ihnen schlecht geworden ist.«

Vorsichtig stand sie auf, trank einen Schluck aus dem Glas, das die Haushälterin ihr reichte, und griff dankbar nach dem Stock aus Ebenholz, den sie ihr entgegenhielt. »Wow, der sieht aber elegant aus.« Aufmerksam betrachtete sie den silbernen Griff, der einen Adler darstellte.

Irritiert sah Janet sie an. »Mr. Shaley sagt, es sei ihrer.«

»O ja, natürlich. Ich finde ihn nur jedes Mal wieder so schön …«

Woher hatte Lucian gewusst, dass sie ihren Stock vergessen würde? Mila gab es auf, eine Erklärung zu finden, und sagte stattdessen: »Ich habe Blumen an der kaputten Treppe zum Strand gesehen. Ist dort jemand verunglückt?« Sie dachte an den Tag, als Boris sie daran gehindert hatte, dort hinabzusteigen. Er hatte einen Strauß Rosen in der Hand gehalten, was ihr damals zwar merkwürdig vorgekommen war, worüber sie jedoch nach der ohnehin etwas wunderlichen Begegnung mit dem Stallmeister nicht weiter nachgedacht hatte. Nun aber schien ihr jede Information im Zusammenhang mit Stanmore wichtig.

»Das wissen Sie nicht? Lady Vivienne ist dort abgestürzt. Boris ist überzeugt davon, dass jemand nachgeholfen hat, aber die Polizei wollte ihm nicht glauben. Die Blumen sind von ihm, er hat Lady Vivienne sehr verehrt. Wir mochten sie alle gern, sie hatte für jeden ein freundliches Wort. Ihm hat sie damals mit den Papieren geholfen, damit er hierbleiben konnte.«

Betroffen sagte Mila: »Das wusste ich nicht.«

»Eine echte Lady, die ihrer sozialen Verantwortung gerecht wird. Mit Stil und Geschmack.« Janet machte eine vage Handbewegung zum Haus.

»So etwas findet man bestimmt nicht mehr häufig«, sagte Mila.

Ihre Blicke trafen sich, und beide erkannten das tiefe Einverständnis, das sie verband. »Das ist leider wahr. Kommen Sie, ich helfe Ihnen ins Haus, ihre Chefin wartet schon.«

»Der Wächter hat sie sicher nach Hause gebracht. Darf ich fragen, warum du ihm diese Arbeit überlässt?«, fragte Quaid.

Es war eines der seltenen Gespräche, bei denen Lucian und er sich nicht um Konventionen scherten.

»Weil sie ihm vertraut.«

»Und uns nicht?«

»Nein.« Lucian dachte an den Streit. Er verstand nicht, warum sie sein Geschenk so vehement abgelehnt hatte. Es war doch offensichtlich, dass sie luftige Höhen mochte. Was lag da näher als ein Apartment in einem so spektakulären Gebäude wie The Shard? Auch wenn er es niemals ausgesprochen hätte, die Aussicht darauf, über den Wolken zu residieren, hatte ihn letztlich dazu bewogen, den Bau durch viele Kanäle zu finanzieren. Es gab höhere Häuser und beeindruckendere Aussichten, aber für die britische Hauptstadt hatte er schon immer eine Schwäche gehabt.

»Die Kleine ist gar nicht so dumm, wenn sie sich auf ihre Instinkte verlässt, obwohl du ihr dermaßen den Kopf verdreht hast.«

»Habe ich?« Diese Frage stellte er sich ernsthaft. Was fühlte Mila wirklich für ihn? Magische Wesen oder nicht, entweder die Frauen hatten einen Heidenrespekt vor seiner Position im Machtgefüge der Unterwelt, oder sie versprachen sich einen Vorteil davon, mit ihm ins Bett zu gehen. Natürlich, nicht eine hatte sich jemals über seine Qualitäten als Liebhaber beschwert. Auch Mila nicht, aber sie war dennoch anders. Das hoffte er zumindest.

Er dachte daran, wie sie ihm das Amulett an den Kopf geworfen hatte. Glaubte sie wirklich, er wollte sie damit kontrollieren? Dabei hatte er es ihr nur geschenkt, um ihr das Gefühl von Sicherheit zu geben und auch weil er Lust hatte, ihr etwas Schönes zu schenken. Die Kette besaß er schon sehr lange, doch bisher hatte er sie niemandem anvertrauen wollen … bis er Mila begegnet war. Es kam ihm vor, als hätte der geheimnisvolle Künstler sie gekannt, als er das Schmuckstück entwarf und fertigte. Die darin enthaltene Magie war also keineswegs der Hauptgrund dafür gewesen, ihr dieses Geschenk zu machen, und nun war sie auch nicht mehr von Bedeutung. Inzwischen ging ihre mentale Kommunikation längst weit über das Übliche hinaus. Die Frage war, ob das nur an dem Feuer lag, das sie geteilt hatten, oder ob es auch eine besondere emotionale Bindung zwischen ihnen gab.

Quaid, der gespürt haben musste, dass sein Chef einen inneren Monolog führte, sah ihn ernst an. »Egal, wer ihre Eltern waren, sie denkt und fühlt fast wie ein Mensch. Du musst ihr Vertrauen gewinnen. Gelingt dir das nicht, fürchte ich, dass du noch viel mehr verlierst als eine begehrenswerte Frau.«

»Bist du neuerdings unter die Seher gegangen?« Das unangenehme Gefühl, Quaid könnte recht haben, machte ihn reizbar.

Sein erster Offizier besaß auch noch die Frechheit zu grinsen. »Wer weiß, manche Talente entwickeln sich langsam.«

»Ist das so? Dann kannst du mir sicherlich auch sagen, wer hinter diesen Angriffen steht.«

»Da muss ich leider passen. Wer auch immer es aber ist, es wird Zeit, ihn in seine Schranken zu weisen.«

»Da sind wir ausnahmsweise einmal einer Meinung. Und wie passen die Dämonen ins Bild, die uns heute belästigt haben?«

»Ich fürchte, das ist meine Schuld.« Quaid faltete seine Schwingen dicht an den Körper, dennoch war nicht zu übersehen, dass die äußersten Federn leicht bebten.

Leise und mit ausdrucksloser Stimme fragte Lucian: »Wie das?«

»Sie gehörten zur Security für das Gebäude. An den Portalen sind derzeit keine Dämonen im Einsatz, und diese Jungs waren mir ohnehin zu grün, um ihnen wichtige Aufgaben zu übertragen.«

»Willst du mir damit sagen, dass ich meine eigenen Leute umgebracht habe. Und du hast dabei zugesehen?!«

»Zugesehen? Nein! Wieso …« Quaid wich langsam vor ihm zurück.

»Es gab noch einen. Aber der war nicht so ohne Weiteres zu orten, ohne dass ich mein Inkognito aufgegeben hätte.«

»Ich schwöre, ich habe nichts damit zu tun.«

Durchdringend sah Lucian ihn an. »Gut. Dann finde heraus, wer dahintersteckt. Wenn du es weißt, gibst du mir Bescheid. Aber du unternimmst nichts ohne meinen ausdrücklichen Befehl. Verstanden?«

Ihre Blicke trafen sich, und unausgesprochen hing ein Name in der Luft: *Durival.* Doch der Erzdämon saß sicher in seinem Gefängnis in Gehenna ein. Reichte seine Macht so weit, dass er eine Gruppe Dämonen, die Lucian unterstellt waren, manipulieren und gegen ihn aufhetzen konnte?

»Darf ich fragen, was du vorhast?«

»Ja«, sagte Lucian grimmig und öffnete ein Portal, wie es nur ihm und wenigen anderen Bewohnern der Unterwelt möglich war. *Aber das bleibt vorerst meine Sache.* Ein Gedanke, den er nicht mehr mit Quaid teilte. Der blieb sprachlos zurück.

Keine Minute, nachdem Mila Stanmore House betreten hatte, ging Lucian ungesehen durch den Seiteneingang. Doch statt ihr zu folgen, lief er die schmale Treppe hinauf bis in die Etage, in der Anthonys Zimmer lag. Es wurde Zeit, dass er diesem *fürsorglichen Freund* auf den Zahn fühlte. Der Gang war menschenleer, er hatte auch nichts anderes erwartet. Hier oben hatten sich früher die Kammern des Dienstpersonals befunden, allerdings nur derjenigen, die mit ihren Herrschaften anreisten. Die Hausangestellten lebten in windschiefen Cottages, die sich etwa fünf Fußminuten östlich des Parks befanden. Dies war auch heute noch so, und Lucian hatte große Freude daran gehabt, die zweifellos malerisch in die Landschaft eingebettete, aber wenig komfortable Häuserzeile für seinen Artikel über Stanmore zu fotografieren.

Das, wie Maggy es nannte, *Gesindegeschoss* im Herrenhaus war nach dem Brand großzügiger ausgebaut worden. Es gab drei Apartments, für Butler und Haushälterin sowie Dorchesters persönlichen Sekretär, und mehrere Gästezimmer, hatte er bei seinen Recherchen herausgefunden.

Anthonys verschlossene Zimmertür stellte für ihn kein Hindernis dar, und kaum hatte er den Raum betreten, roch er es: *Brimstone*. Für andere kaum wahrnehmbar hing der Geruch von Schwefel in der Luft. Die Frage war, ob sich ein unerwünschter Bewohner der Unterwelt vor nicht allzu langer Zeit in diesem Raum aufgehalten hatte, oder ob vielleicht sogar Anthony selbst etwas damit zu tun hatte.

Obwohl Lucian systematisch vorging, fand er keinerlei Hinweise auf Anthonys Herkunft, und das allein musste ihm bereits verdächtig vorkommen. Jeder normale Mensch hätte ein Bild, persönliche Dokumente, einen Talisman oder sonst etwas Privates in seinem Zimmer aufbewahrt, auch wenn dies nur eine Zweitunterkunft war. Diese Art von Durchsuchungen zu organisieren, war normalerweise Quaids Aufgabe, doch er brauchte seinen besten Mann an anderer Stelle. Verärgert verließ er schließlich das Apartment, allerdings nicht ohne festgestellt zu haben, dass es über einen kleinen Balkon eine Verbindungstreppe hinab zu den Räumen der Hausherrin gab. *Wie überaus praktisch*, dachte er spöttisch.

Eine Etage tiefer ging es lebhafter zu. Dem Geplapper der beiden Hausmädchen, die ihm entgegenkamen, entnahm er, dass sich Lord Hubert nach dem Frühstück in sein Arbeitszimmer zurückgezogen hatte. Lady Margaret und Anthony seien irgendwo im Haus unterwegs, um die Arbeiten der Handwerker abzunehmen. Hier, im ersten

Stock, war wenig verändert worden. Also kehrte Lucian ins Erdgeschoss zurück, konzentrierte sich kurz und stellte fest, dass sich Mila und Florence in einem anderen Teil des Hauses befanden. Auf dem Weg dorthin hörte er ein leises Rascheln. Weiter vorn ertönte ein scharfes Flüstern, das ihn an das Zischen einer Schlange erinnerte. *Der Sukkubus!* Lautlos und immer noch vollkommen unsichtbar ging Lucian näher.

»Kannst du mir mal sagen, warum ich für etwas bezahlen soll, dass ich so gut wie allein gemacht habe?«

»Du hast die Frauen damit beauftragt, die Umbauarbeiten zu beaufsichtigen. Das haben sie getan, und Hubert hat angeordnet, dass sie wie vereinbart entlohnt werden. Komm schon, ich habe dir einen Sonderpreis rausgehandelt. Das macht dich doch nicht arm!« Die Männerstimme klang schmeichelnd, und Lucian war sich sicher, dass sie diesem Anthony gehörte.

»Natürlich nicht! Aber hast du nicht gesehen, die *Miss Upperclass* mit ihrem arroganten Gehabe hat mir all diese idiotischen Entwürfe in Rechnung gestellt, die sie gemacht hat. Und ihre Mitarbeiterin – wie hieß sie noch gleich? – war ja sowieso die ganze Zeit krank.«

»Sie heißt Mila Durham und war, soweit ich weiß, höchstens drei Tage krank, was nicht besonders viel ist, wenn man bedenkt, dass sie einen Fallschirmabsturz überlebt hat.«

»Was findest du bloß an der?«

»Das geht dich nichts an!«

Ohne auf seinen Einwurf zu achten, sprach sie weiter: »Falls du dir jemals Hoffnungen gemacht haben solltest, bei der zu landen, gibt es schlechte Neuigkeiten. Die Schlampe ist nämlich scharf auf Shaley.«

»Halt's Maul, Magpie!« Anthonys Stimme klang wie ein Peitschenhieb.

»Reg dich nicht auf. Natürlich hat sie null Chancen. Der Mann interessiert sich niemals für die, selbst wenn sie eine Granate im Bett wäre. Ist sie das?«

»Ich warne dich! Noch so ein Spruch, und du wirst es bereuen.«

Die Drohung wirkte, als meinte er sie ernst. Lucian war überrascht und besorgt. Was wollte dieser Anthony von Mila? Ahnte er womöglich etwas von ihren verborgenen Talenten?

»Oh, komm schon, rede nicht, küss mich! Das kannst du wirklich besser.«

Kleidung raschelte, und ein Stöhnen war zu hören.

Angewidert verzog Lucian das Gesicht. Doch zum Glück ging es nicht lange, und Margarets Stimme erklang erneut: »Sag ich doch, das kannst du. Wo ist dieser Journalist überhaupt? Ich wette, er hat eine wunderbar dunkle Seele, die bestens in meine Sammlung passt, und ich brauche dringend Nachschub. Dein Mick ist wie vom Erdboden verschluckt, und seine dämliche Freundin hat er auch mitgenommen, das war ja ein toller Tipp von dir!«

»Du solltest ihn nicht umbringen, sondern seinen Rat wegen des Flugzeugkaufs einholen.«

»Ach, was stellst du dich so an? Mit den Handwerkern durfte ich mich ja nicht befassen.« Nun klang sie wie ein trotziges Kind, dem man die Sahne auf seinem Schokoladenpudding verwehrte.

Typisch Sukkubus. Mit einiger Mühe unterdrückte Lucian den Wunsch, ihr eine saftige Ohrfeige zu verpassen.

Anthony dagegen war nicht das, was er erwartet hatte,

und allmählich tat er ihm beinahe leid, mit so einer anstrengenden Geschäftspartnerin geschlagen zu sein. Denn das war es, was die beiden verband. Sehr wahrscheinlich hatten sie einen gemeinsamen Auftrag zu erfüllen. Herauszufinden, wie dieser lautete, war Lucians wichtigste Aufgabe, und deshalb musste er wohl oder übel in den Schatten verborgen bleiben und darauf hoffen, dass sie ein weiteres Geheimnis ausplauderten. Allzu gern hätte er alles aus ihnen herausgeschüttelt. Doch das hätte ihren Auftraggeber gewarnt.

Dem Geraschel nach zu urteilen, hatte sich Anthony endlich aus ihrer Umarmung gelöst. Seine Laune schien nicht besser geworden zu sein. »Ich habe dir gesagt, du sollst die Finger von den Männern in deiner Umgebung lassen. Ich habe schon genug Ärger damit, die anderen verschwinden zu lassen.«

»Besonders geschickt hast du dich ja nicht angestellt, sonst hätte die Polizei nicht den appetitlichen Deutschen am Strand gefunden. Sie sind viel erfreulicher im Bett, als man es ihnen nachsagt. Und sie hängen verdammt zäh am Leben.«

»Du bist wahnsinnig! Ich habe noch nie einen Sukkubus getroffen, der alle seine Opfer umbringt. Das ist doch verrückt. Wenn Lilith dahinterkommt, was du hier treibst, hast du nichts mehr zu lachen.«

Dieser Meinung war Lucian ebenfalls, Maggy aber schnaubte nur. »Ach, hör schon auf zu nörgeln! Die interessiert sich nicht für uns. Außerdem ist sie bald sowieso nicht mehr unsere Chefin. Durival sagt …«

Ein Gerangel war zu hören, und was auch immer Margaret hatte sagen wollen, blieb unverständlich. Es schien, als hielte Anthony ihr den Mund zu. Dies führte zu weiteren eindeutigen Geräuschen, und als Lucian vorsichtig seine Deckung verließ, ohne allerdings sichtbar zu werden, wurde er Augenzeuge einer schnellen Nummer zwischen dem merkwürdigen Dämon und seinem Sukkubus.

Und dieses untreue Schwein hat Mila heiraten wollen?, dachte er und vergaß dabei praktischerweise, dass auch er es vor ihrer Begegnung mit der Treue nicht allzu ernst genommen hatte. Was andererseits daran liegen konnte, dass er sie noch nie einer Frau versprochen hatte, nicht einmal Mila. Jedenfalls nicht von Angesicht zu Angesicht. Dies war jedoch nichts, worüber er jetzt nachdenken wollte, und so vertrieb er sich die voraussehbar kurze Wartezeit damit, zu beobachten, wie der Sukkubus vergeblich versuchte, sich an Anthonys Lebensenergie zu laben. Maggy hatte ganz offensichtlich ein Problem, ihre Kräfte zu beherrschen. Und wieder fragte er sich, warum Lilith diese Schwäche entgangen war.

Der Dämon dagegen fand seine Befriedigung und schloss mit einem ärgerlichen Grunzen Reißverschluss und Gürtel.

»Meine Güte! Du hattest es aber nötig. Lässt dich die kleine Schlampe nicht oft genug ran?«

Über die Ohrfeige, die Anthony ihr verpasste, kaum dass die Beleidigung über ihre Lippen gekommen war, lachte sie nur.

»Sag bloß, sie hält dich immer noch hin?« Ihre Stimme wurde schriller. »Alle Achtung, das hätte ich ihr nicht zugetraut. Köstlich! Armer Anthony.« Mitleidig klang das allerdings nicht.

»Sehr witzig!« Es war nicht zu überhören, dass der solcherart Verhöhnte vor Wut kochte. »Wenn ihr Weiber glaubt, ich lasse mich von euch verarschen, dann habt ihr euch geirrt.

Sie hat lange genug mit mir gespielt. Ich nehme mir, was mir zusteht. Verlass dich drauf!«

Damit hast du dein Todesurteil unterschrieben, dachte Lucian grimmig und sah zu, wie die beiden den spärlich beleuchteten Gang entlanggingen und um die nächste Ecke verschwanden.

Als Nächstes wollte er Lord Hubert seine Aufwartung machen, doch auf dem Weg dorthin hörte er Florence und Mila aus einem der zahllosen Räume kommen. Gerade noch rechtzeitig nahm er Gestalt an und ging ihnen entgegen.

Mila sah hinreißend aus, und zu seiner Erleichterung hatte sie sogar den Gehstock aus Ebenholz dabei, den er vorsichtshalber der Haushälterin anvertraut hatte. Allerdings gab sie sich keine große Mühe, eine Verletzung vorzutäuschen, die längst geheilt war. Im Gegenteil, trotz der vergangenen Nacht sah sie zum Anbeißen aus. Frisch, mit federndem Schritt und einer Lebensenergie, die ihn sprachlos machte. Nur weil sie die Sonnenbrille nicht auf der Nase, sondern in ihr rotes Haar gesteckt trug, sah er die Unsicherheit in ihren Augen flackern, die beim Näherkommen auch deutlich zu fühlen war. Offenbar bereute sie ihre harschen Worte.

Besonders nett, das musste er zugeben, war es nicht von ihm gewesen, sie einfach auf der Baustelle sitzen zu lassen. Bei diesem Gedanken verdrehte Lucian innerlich die Augen gen Himmel. Da war es wieder, das himmlische Erbe, das sich lange nicht mehr so vehement bemerkbar gemacht hatte.

Zum Glück, dachte er. Je weniger er über die Gefühle anderer nachdachte, desto ungebundener war er, wenn rücksichtsloses Vorgehen gefragt war. Ein immenser Vorteil im Kampf gegen Ur-Dämonen wie Durival, der stets aufs Neue gegen Luzifer aufbegehrte, weil er sich und seine Brut für die Krone der Schöpfung hielt.

Gerade deshalb war es wichtig, Mila so schnell wie möglich einzubläuen, dass sie sich in seiner Gegenwart umsichtig und respektvoll zu verhalten hatte.

Ebenso wie Celebritys immer mit Paparazzi in Ihrer Nähe rechnen mussten, konnte er nie sicher sein, nicht bespitzelt zu werden. Und da durfte er es seiner Begleiterin nicht durchgehen lassen, dass sie ihm eine öffentliche Szene machte. Selbstverständlich gelang es den wenigsten seiner Gegner, sich unbemerkt anzuschleichen, dennoch war Vorsicht geboten. Gestern Abend hatte er kurz geglaubt, beobachtet zu werden, und das gefiel ihm gar nicht.

Lucians innere Stimme hatte inzwischen einen therapeutischen Tonfall angenommen, sobald es um sein Gefühlsleben ging. *Du könntest dir viel Ärger ersparen, wenn du ihr endlich anvertrautest, wer du wirklich bist.*

Damit sie vor mir davonläuft? Ganz bestimmt nicht.

Gib es zu, du fürchtest, sie zu verlieren.

Lucian weigerte sich, diesen inneren Dialog fortzuführen, weil seine Seele ohnehin am besten wusste, wie es um ihn bestellt war, und deshalb meist die Oberhand behielt.

Eines Tages würde Mila die Notwendigkeit dieser Vorsichtsmaßnahmen verstehen. *Bis es so weit ist, muss sie mir gehorchen*, dachte er grimmig.

»Hallo«, riss sie ihn ahnungslos mit warmer Stimme aus seinen finsteren Betrachtungen. Herausfordernd, ein bisschen unsicher, aber nicht feindselig sah sie ihn an.

Vollkommen absurd, wie erleichtert er sich fühlte. Mit

welchen Tricks sie ihn auch verzaubert hatte, er war unsinnig glücklich darüber, dass sie sich nicht von ihm abgekehrt hatte. Sie trug sogar das Amulett. Wie gern hätte er sie jetzt geküsst!

Mila schien ähnlich zu empfinden und sah ihn erwartungsvoll an, während Florence tat, als gäbe es nichts Wichtigeres in der Welt als den Stapel Unterlagen, den sie in der Hand hielt. Eine Aura der Angst umgab die Sterbliche, und er beeilte sich, seine Gefühle unter Kontrolle zu bekommen. Schließlich begrüßte er beide Frauen mit einem Lächeln und der in ihren Kreisen üblich gewordenen angedeuteten Umarmung und nutzte die Gelegenheit, Mila zuzuraunen: »Bist du mir noch böse?«

Allerdings. Aber das klären wir nicht jetzt. Dabei schob sie ihm ein zusammengefaltetes Blatt in die Hand und sagte nun vernehmlich: »Lord Hubert hat uns zum Mittagessen eingeladen. Nach dir hat er auch gefragt. Ich fürchte, er will über die Homestory sprechen.«

»Interessant. Dann sehen wir uns später.«

Lautlos und nach kurzem Abstecher in einen der renovierten Räume erneut unsichtbar, betrat er bald darauf das Büro des Hausherrn. Der saß am Schreibtisch, den Kopf in die Hände gestützt, und sah aus dem Fenster. So hatte sich Lucian einen Mann nicht vorgestellt, der nicht nur mit einem Sukkubus zusammenlebte, sondern darüber hinaus einen Pakt mit Dämonen geschlossen hatte.

Neugierig, was als Nächstes geschehen würde, setzte er sich in den Ledersessel, der in einer Ecke des Arbeitszimmers stand und keinerlei Spuren davon zeigte, dass er erst vor Kurzem im Kampf mit Mila umgestürzt war.

Lange Zeit bewegte sich der Lord nicht, und Lucian dachte schon, er wäre eingeschlafen, da sah er auf. Direkt in seine Richtung. Es war immer wieder eine Herausforderung, dem prüfenden Blick eines Wesens standzuhalten, das ihn zwar nicht sehen konnte, aber instinktiv spürte, dass es von etwas sehr Gefährlichem fixiert wurde.

Bevor er die Gelegenheit hatte, weiter darüber nachzudenken, klopfte es an der Tür.

Ohne eine Antwort abzuwarten, spazierte Anthony herein. »Mylord! Die Innenarchitektinnen haben ihre Abnahme beendet. Alle Arbeiten wurden gemäß den Wünschen Ihrer Gattin ausgeführt. Die Rechnungen der Damen habe ich bereits geprüft.« Erwartungsvoll hielt er inne.

»Khavar, ich habe wirklich andere Sorgen. Können Sie mir die Zwischenfälle in Brüssel erklären? Wir haben über Jahre hinweg daran gearbeitet, dass sich der EU-Minister für unsere politischen Interessen einsetzt. Und jetzt ist er tot!«

»Ich habe davon gehört. Sehr bedauerlich«, sagte Anthony, ohne einen Funken Gefühl vorzutäuschen.

»Erzählen Sie mir nicht, er wäre aus freien Stücken auf die Autobahn gelaufen. Solange ich James kannte, und ich kannte ihn verdammt lange, das können Sie mir glauben, hat er noch nie mehr als eine Strecke von zwanzig Metern freiwillig zu Fuß zurückgelegt.«

»Zugegeben, das war unglücklich. Allerdings kannten Sie Ihren Studienfreund vielleicht doch nicht ganz so gut, wie Sie denken. Sein Patriotismus hielt sich gelinde gesagt in Grenzen, und im Sinne der Sache war es einfach nicht zu vermeiden, ihn zu eliminieren, bevor er weiteren Schaden anrichten konnte.« Der Dämon gab sich keine Mühe, höflich zu klingen. »Wir haben bereits einen brauchbaren Ersatz installiert.«

Lord Hubert betrachtete Anthony wie ein ekelhaftes Insekt. »Und wer, bitte schön, soll das sein?«

»Leonardo Castellucci.«

»Dieser grüne Junge? Das ist nicht Ihr Ernst.«

Mit kalten, dunklen Augen sah Anthony ihn an. »Wer eingeladen wird, entscheiden wir. Sie haben hier gar nichts zu sagen.«

»Ich verbitte mir diese Respektlosigkeit, junger Mann! Das ist immerhin noch mein Haus, und Sie erhalten Ihr Salär aus meiner Schatulle.«

Dieser Lord hat den Kontakt zur Realität verloren, ahnte Lucian. Kein Wunder, dass er glaubte, eine Frau wie Margaret auf Dauer halten zu können. Andererseits konnte ein Sukkubus den Männern alles Mögliche einreden. Sogar, dass die mindestens zwanzig Jahre jüngere Partnerin im Bett noch nie etwas Besseres erlebt hatte als einen erektionsgestörten Ehemann im zweiten Frühling, der beim Kopulieren vermutlich nur noch an Fortpflanzung dachte.

»Selbstverständlich, Mylord.« Anthonys Stimme triefte vor Ironie. »Ich werde die Innenarchitektinnen auszahlen, Castellucci ist bereits auf der Gästeliste. Ist für das Tontaubenschießen alles vorbereitet?«

»Das fragen Sie mich? Dafür ist Boris verantwortlich. Gehen Sie zu den Ställen und besprechen Sie mit ihm die Details. Ich habe hier ja offenbar nichts mehr zu sagen.« Er wedelte mit der Hand, als entließe er einen Lakaien aus dem Dienst.

Der Dämon stützte beide Hände auf den Schreibtisch, beugte sich weit vor und sah Lord Hubert in die Augen.

Selbst von seinem Platz im Verborgenen aus konnte Lucian sehen, wie sich seine Pupillen veränderten. Sie waren länglich geworden und glühten. Anthony schien am Ende seiner Geduld zu sein, wenn er sich derart gehen ließ.

Oder er war einfach zu unerfahren, um seine Reaktionen unter Kontrolle zu halten, was Lucian für wahrscheinlicher hielt. Ein älterer Vertreter seiner Art hätte sich kaum dafür eingesetzt, dass die jungen Frauen ihren gerechten Lohn erhielten. Es sei denn, es hätte auch ihm Vorteile gebracht. Und das war nicht der Fall.

Offenbar kannte er Mila schon eine ganze Weile, deshalb musste ihm klar sein, dass sie sich zwar über sein Engagement freuen würde, aber auch sehr gut in der Lage wäre, ihre Interessen selbst durchzusetzen. Vielleicht aber hoffte er auf ihre Dankbarkeit oder wollte sich als zuverlässiger Freund erweisen. Im Augenblick war ihm jedenfalls nicht daran gelegen, bei seinem Gegenüber einen guten Eindruck zu machen.

»Hör mir genau zu«, grollte der Dämon mit deutlich dunklerer Stimme. »Du hast den Vertrag unterzeichnet und wie vereinbart die Kontakte hergestellt. Wir sorgen für den Rest.«

»Wollen etwa Sie die Gäste überzeugen, *Mister* Khavar? Das können Sie vergessen. Es sind *meine* Verbindungen. Diese Leute spielen in einer anderen Liga als ein Oxfordstudent mit gefälschtem Diplom, das müssten Sie doch längst begriffen haben. Ja, mein Lieber. Ich weiß davon. Der Dekan ist zufällig *mein* Freund.«

Der Vorwurf perlte an Anthony ab, ohne Eindruck zu hinterlassen. Er richtete sich auf und sah seinen Arbeitgeber mitleidig an. »Glauben Sie mir, Sie werden tun, was ich Ihnen sage.«

Die beiden starrten sich wortlos an, bis ein feiner Glockenschlag der Uhr, die auf dem Kaminsims stand, die Stille durchriss. Die Maske des treuen Sekretärs glitt wieder über Anthonys Gesicht. Er deutete sogar eine Verbeugung an, als Lord Hubert an ihm vorbei durch die Tür stürmte, die er anschließend leise schloss, bevor er dem aufgebrachten Gentleman bedächtig und mit einem selbstgefälligen Lächeln auf den Lippen folgte.

18

»Kannst du mir einen Gefallen tun? Ich bin heute nicht in der Laune, mit Anthony über unsere Beziehung zu sprechen. Bitte lass mich nicht mit ihm allein.«

»Kein Thema.« Florence sah sie neugierig an. »Du willst ihm sagen, dass du jetzt mit diesem Shaley zusammen bist. Stimmt's?«

»Du spinnst ja«, sagte Mila gutmütig. Sie setzte sich auf einen zierlichen Hocker und betrachtete die vergoldeten Beine des eindeutig nicht originalen Möbelstücks. Margaret, oder wie auch immer sie heißen mochte, besaß einen dermaßen ungewöhnlichen Geschmack, dass sie sich nicht entscheiden konnte, ob ihr beim Anblick des bunten Durcheinanders schwindlig werden oder ob sie es lustig finden sollte.

Florence hatte dieses Problem nicht. »Scheußlich!«

»Was findest du scheußlich? Dies hier«, Mila machte eine raumgreifende Handbewegung, »oder Lucian?«

»Das ist ja wohl keine Frage.« Empört stemmte Florence die Hände in die Hüften. »Der Mann ist teuflisch sexy, und dekorativ ist er ebenfalls. In diesem pseudohistorischen Horrorkabinett dagegen möchte ich nicht einmal tot über die Stuhlkante hängen.«

»Das wäre mir auch ausgesprochen unangenehm«, kicherte sie. »Oh, still! Da kommt Anthony.«

»Lass mich nur machen«, flüsterte Florence, und laut sagte sie: »Da bist du ja. Wir haben schon auf dich gewartet. Die Handwerker haben gute Arbeit geleistet. So gut es eben geht, bei diesen vielen Änderungswünschen, die sie regelmäßig aus dem Takt gebracht haben. Willst du dich überzeugen, ob alles in Ordnung ist?«

Dankbar, dass Florence das Gespräch übernommen hatte, musterte sie Anthony unauffällig. Je länger sie das tat, desto fiebriger flatterte ihre Seele herum, bis Mila ihr Einhalt gebieten musste, um nicht selbst auch noch nervös zu werden. Irgendetwas stimmte mit ihm nicht. Warum hatte sie das früher nie bemerkt? Ihm direkt ins Gesicht zu sehen, wagte sie nicht. Innerlich wappnete sie sich bereits für den Moment, in dem es unvermeidlich sein würde, ihn anzusehen und die unangenehme Wahrheit zu sagen.

Die Londoner Dämonen hatten sie für eine normale Sterbliche gehalten. Das hieß, ihre Schutzschilde funktionierten so weit recht ordentlich. Dessen ungeachtet fürchtete sie sich davor, durchschaut zu werden. Juna und Peter hatten darauf gedrängt, dass sie sich besser schützte, und diesem Urteil vertraute Mila. Sie musste unbedingt mit Lucian sprechen und ihm von ihrem Verdacht erzählen. Zwar hatte er eindrücklich bewiesen, dass Höllenkrieger ihn wenig beeindruckten, für sie selbst galt das keineswegs.

»Man kann nicht immer seine eigenen Interessen durchsetzen, Florence«, hörte sie Anthony in diesem Augenblick sagen und wusste sofort, dass sein oberlehrerhafter Ton die Freundin auf die Palme bringen würde.

»Dann braucht man aber auch keine Einrichtungsexpertin zu beschäftigen. Ein einfacher Handwerker, der die Arbeiten seiner Kollegen koordiniert, hätte vollkommen ausgereicht.«

Es war nicht das erste Mal, dass sich Florence über die Einmischung ihrer Auftraggeber ärgerte. Anthony dagegen vertrat die Auffassung, sie dürfe ihren Geschmack nicht allen Kunden aufdrängen. Flo war jedoch der festen Überzeugung, dass sie ein ausgezeichnetes Stilempfinden besaß und die Leute sie nicht engagierten, wären sie anderer Meinung. Die beiden hatten sich darüber früher nicht nur einmal vorübergehend entzweit.

Deshalb hielt Mila es für besser einzuschreiten. »Was ist mit der Bezahlung? Du wolltest dich doch darum kümmern, wir brauchen das Geld unbedingt.« Rasch wich sie seinem Blick aus, als er nun ihr seine Aufmerksamkeit schenkte.

»Das ist erledigt. Ich weise das Geld noch heute an, es wird rechtzeitig vor Monatsende auf eurem Konto sein. Allerdings habe ich im Gegenzug ein Anliegen.«

»Ich wusste, die Sache hat wie immer bei dir einen Haken«, sagte Florence aufgebracht. »Was willst du dafür haben?«

Verlegen druckste Anthony ein bisschen herum. »Die Catering-Firma, die das Personal von Stanmore an diesem Wochenende unterstützen wird, hat wegen einer anderen Veranstaltung zu wenig Mitarbeiter, einige sind wohl auch krank geworden, und da …«

»Niemals!« Florence tippte sich empört an die Stirn. »Du glaubst doch wohl nicht, dass ich hier mit Servierhäubchen und Spitzenschürzchen herumlaufe und Erfrischungen anbiete.«

Normalerweise hätte Mila ihrer Freundin zugestimmt und sich bei Anthony erkundigt, ob er jetzt von allen guten Geistern verlassen sei. Doch nun schwieg sie. Zum einen würde sich die Frage bei einem Dämon erübrigen, zum anderen war sie ziemlich sicher, dass Margaret hinter dieser kleinen Erpressung steckte. Was die feine Lady nicht ahnte, war, dass sie Mila damit eine ideale Gelegenheit bot, während des Fests unauffällig zu beobachten, was hinter den Kulissen stattfand. Außerdem, das wusste sie aus der Zeit, als sie ihr Geld noch mit Kellnern verdient hatte, wurde das *Personal* von gewissen Leuten nur dann wahrgenommen, wenn es Leckereien und Getränke servierte oder man es schikanieren konnte. Die Gäste sprachen so frei, wie sie es normalerweise niemals taten. Wer seine Ohren spitzte, erfuhr deshalb zuweilen erstaunliche Geheimnisse.

Florence wusste dies natürlich auch und hatte aus verständlichen Gründen keine Lust darauf, wie ein Dienstbote behandelt zu werden. Obendrein musste sie befürchten, zumindest Bekannten ihrer Familie, wenn nicht gar Verwandten zu begegnen. Dies würde sogar ihre ansonsten recht großzügige Schwester nicht gern sehen.

»Ich kann es nicht glauben, dass du Flo ein solches Angebot machen kannst«, sagte sie schließlich. »Aber weißt du was, ich tu's. Allerdings«, fügte sie hinzu und wich dem Blick ihrer Freundin aus, »mache ich das nicht umsonst. Ich möchte vernünftig dafür bezahlt werden.«

»Mila!« Florence sah sie fassungslos an.

Betont gleichgültig zuckte sie mit den Schultern. »Das Studium meines Bruders verschlingt Unsummen. Habt ihr einen anderen Vorschlag, womit ich das Schulgeld bezahlen soll?«

Sie schob ihre getönte Brille zurecht und hob das Kinn. Anthony hatte versprochen, ihr finanziell unter die Arme zu greifen. Aber offenbar war diese Großzügigkeit an Bedingungen geknüpft, die sie nicht erfüllt hatte. Jedenfalls war es bisher nur bei den Versprechungen geblieben.

»Das lässt sich einrichten«, sagte er kühl. »Von mir willst du dir ja nicht helfen lassen.«

»Sicher nicht, wenn ich dafür mit dir ins Bett gehen muss!«

»Du bist hysterisch! So was würde mir im Traum nicht einfallen, und das weißt du ganz genau.«

»Ach wirklich?« Langsam redete sie sich in Fahrt. »Wenn ich mich nicht irre, hast du bisher nie mehr als Lippenbekenntnisse geleistet.«

»Das Gleiche könnte ich auch von dir behaupten! Gib doch zu, dir macht's Spaß, die Männer heiß zu machen und sie dann nicht ranzulassen. In deiner Kompanie weiß das jeder…«

Kurz davor, die Kontrolle über ihr Engelsfeuer zu verlieren, senkte Mila den Kopf, betrachtete ihre Fußspitzen und atmete tief durch. *Woher weiß er von den widerlichen Gerüchten?* Natürlich war sie nicht mit jedem Kerl, der das wollte, ins Bett gestiegen. Ja, sie flirtete gern. Das taten andere aber auch, ohne deshalb so böse verleumdet zu werden. Außerdem hatte sie immer darauf geachtet, möglichst keine falschen Signale auszusenden.

»Anthony, du bist ein Schwein!« Florence war empört aufgesprungen. »Wie kannst du so etwas sagen? Wenn du glaubst, dass Mila jemals wieder ein Wort mit dir spricht, geschweige denn, dich *ranlässt*, dann bist du aber gewaltig auf dem Holzweg!«

Gerührt hatte Mila der flammenden Verteidigungsrede ihrer Freundin zugehört. Dann sah sie in Anthonys Gesicht und erbleichte. Der Gesichtsausdruck, mit dem er Florence bedachte, wirkte ausgesprochen bösartig. Mit einer Stimme, die sie bisher nie zuvor von ihm gehört hatte, sagte er: »Danke. Wir sehen uns in London!«

Florence schenkte ihm ein leeres Lächeln und ging zur Tür. »Bis später, ihr beiden!«

Verblüfft sah Mila ihr zu, wie sie den Raum verließ, obwohl sie versprochen hatte, sie nicht mit Anthony allein zu lassen. *Was zur Hölle...?* Wenn sie jetzt noch Zweifel gehabt hätte, dass mit Anthony etwas nicht stimmte, waren diese nun verflogen. Sie tat gut daran, vor ihm auf der Hut zu sein.

Deshalb fragte sie betont freundlich: »Gibt es noch etwas zu besprechen?«, und gab vor, den Zwischenfall nicht bemerkt zu haben.

»Mila, was ist mit dir los?« Nun klang er vollkommen normal. *Gruselig.*

»Mit mir?« Rasch steckte sie die Hände in die Taschen, um ihn nicht sehen zu lassen, wie sie zitterten. Doch so fühlte sie sich auch nicht wohl, zog sie heraus und verschränkte sie hinter dem Rücken.

»Du weichst mir aus.«

Hätte er nun nicht wieder so sanft geklungen, wäre sie ihm vermutlich sofort davongelaufen. Die warme Stimme aber erinnerte sie an den Anthony, der stets ein offenes Ohr für sie gehabt hatte und für sie da gewesen war, wenn sie sich schlecht gefühlt hatte. Eben jenen Anthony, mit dem sie sich noch bis vor Kurzem eine gemeinsame Zukunft hatte vorstellen können.

»Müssen wir unbedingt hier reden?« Sie sah sich um. »Das Haus, es ...« Weil sie nicht wusste, wie sie das ungute Gefühl beschreiben sollte, das sie jedes Mal befiel, sobald sie Stanmore House betrat, beendete sie den Satz mit einer hilflosen Geste. »Es ist seltsam hier.«

Wortlos sah er sie an, und sein Blick bekam etwas eigentümlich Starres, fast so, als wollte er sie hypnotisieren. Doch mehr als eine leichte Irritation löste er nicht aus. Ihre innere Festung stand, und nichts durchdrang sie. Das Amulett um Milas Hals allerdings fühlte sich wärmer an, als würde es sich ihr in Erinnerung bringen wollen. Dennoch, fand sie, gäbe es keinen Grund, Lucian zu behelligen. Dieses Gespräch konnte sie auch sehr gut ohne seine Unterstützung führen. Rückgrat zu zeigen, auch in einer so ungemütlichen Situation, das war sie nicht nur Anthony schuldig, sondern vor allem sich selbst.

»Dann lass uns draußen weiterreden.« Er griff nach ihrem Handgelenk. »Nun, komm.«

»Hey! Was soll das?«

Zu überrascht, um sich ernsthaft zur Wehr zu setzen, ließ sie es zu, dass er sie durch die französischen Fenster über die Terrasse in den Garten hinausführte, wo er erst hinter einer hohen, frisch geschnittenen Hecke Halt machte.

»Du wolltest dich nicht im Haus unterhalten, also bitte: Hier sind wir.«

»Was ist dein Problem? Du kannst die Leute nicht herumkommandieren, wie du gerade Lust hast. Schon gar nicht deine Freunde!« Leise sagte sie: »Wir sind doch Freunde, Anthony?«

»Das habe ich bisher geglaubt. Aber seit dieser Journalist hier aufgetaucht ist, hat sich eine Menge verändert, oder?«

»Es liegt nicht an Mr. Shaley.« Wie sollte sie ihm erklären, was mit ihr geschehen war, ohne sich selbst zu verraten? »Ich habe nachgedacht ...«

»Und?«

»... und bin zu dem Ergebnis gelangt, dass wir keine gemeinsame Zukunft haben. Nein, lass mich ausreden!«, sagte sie hastig, als er den Mund öffnete, um etwas zu entgegnen. »Du und ich, wir sind zu unterschiedlich. Seitdem wir aus London hierhergekommen sind, wirkst du ständig gereizt. Und außerdem verbringst du nach meinem Geschmack viel zu viel Zeit mit deiner Chefin. Kann sein, dass es sich Lord Hubert gefallen lässt, dass seine Frau jedem Mann hinterhersteigt. Wenn ich jemandem mein Herz und meine Seel…«, hier stockte sie. »Ich komme damit nicht zurecht.«

»*Du* bist eifersüchtig? Mit welchem Recht eigentlich, frage ich mich. Mehr als einen Kuss hast du mir nie erlaubt, und kaum bin ich für ein paar Tage geschäftlich unterwegs, lädst du diese nutzlose Adelsclique ein, um mit ihnen zu feiern. Damit nicht genug, beherbergst du auch noch einen vollkommen fremden Mann im Cottage, während sich Florence anderweitig amüsiert. Das gesamte Personal tratscht über dich, ist dir das klar?«

Hundertprozentig rein war ihr Gewissen nicht. Es war sehr freundlich von den Dorchesters, sie im Cottage wohnen zu lassen. Ungefragt Gäste einzuladen, war in der Tat kein gutes Benehmen. »Mit Sebastian und seiner Clique habe ich überhaupt nichts zu tun. Ich habe dir schon mal gesagt, dass sie uns einfach überrumpelt haben. Was sollte ich denn machen? Sie rausschmeißen?«

»Warum nicht?«

»Ich wollte keinen Ärger. Und wenn du so gut informiert bist, dann weißt du sicherlich auch, dass Sebastian aus London wegmusste, weil es sein Vater so wollte.«

»Über diesen Idioten möchte ich jetzt wirklich nicht diskutieren, und um ihn geht es auch nicht, wie du sehr genau weißt.«

»Ja, ich habe schon verstanden, worum es geht. Du bist eifersüchtig. Das sollte mir vermutlich schmeicheln, aber irgendwie wirkt die Sache schal, wenn ich an Margaret denke. Anthony, sag mir eines: Hat sie dich auf irgendeine Weise in der Hand?«

Zuerst sah er sie nur ratlos an, dann begannen seine Augen merkwürdig zu leuchten, und Mila machte sich schon auf alles Mögliche gefasst. Mit diesem höhnischen Lachen hatte sie allerdings nicht gerechnet.

»Sie? Mich? Ja klar, hältst du mich für einen vollkommenen Idioten?«

»Keineswegs.« Als sie den Blick hob, um ihn anzusehen, hatte sie Mühe, ihre Gefühle unter Kontrolle zu halten. Seine Pupillen konnte sie kaum noch sehen, so dunkel waren seine Augen geworden.

»Immerhin.« Ganz plötzlich wechselte er das Thema. »Erzähl mir von diesem Shaley. Was hängt der hier eigentlich immer noch rum?« Auch seine Stimme war sehr viel dunkler geworden und löste ein nervöses Flattern in ihrem Magen aus.

Dies hatte allerdings überhaupt nichts mit den liebestrunkenen Schmetterlingen zu tun, die ein einziger Blick von Lucian zum Leben zu erwecken vermochte. Stattdessen war ihr so übel, als stünde sie auf den Planken eines sturmgetriebenen Segelboots.

Mühsam unterdrückte sie das dringende Bedürfnis, so schnell wie möglich davonzulaufen, um sich vor ihm in Sicherheit zu bringen. In diesem Augenblick verabschiedete sie sich endgültig von der Hoffnung, Anthony könnte mehr sein als nur ein ehrgeiziger Aufsteiger.

»Was soll ich über ihn sagen? Du weißt doch, dass er

einen Artikel für *Castles & Landscapes* schreibt.« Sie ahnte, dass Anthony diese Antwort nicht reichen würde. »Lady Margaret hat ihm wohl angeboten, im Herrenhaus zu wohnen.« Diesen Seitenhieb konnte sie sich nicht verkneifen. »Aber dann hatte ich den Unfall beim Fallschirmspringen, landete im Krankenhaus, und keiner meiner Freunde hatte Zeit für mich.« Vielleicht übertrieb sie es mit dieser Tränendrüsengeschichte ein wenig, aber wenn Anthony nur eine Spur Menschlichkeit geblieben war, musste er doch zugeben, dass sie keine andere Wahl gehabt hatte, als Lucians Hilfsangebote anzunehmen.

»Du hättest mich nur anzurufen brauchen. Ich wäre sofort gekommen.«

»Das glaube ich dir. Aber ich weiß auch, wie wichtig dir deine Karriere ist. Hättest du Lord Hubert wirklich in Brüssel allein zurücklassen können?«

Zum ersten Mal, seitdem er sie hier praktisch gewaltsam hinaus in den Park gezerrt hatte, zeigte Anthony so etwas wie eine menschliche Reaktion. »Es wäre nicht einfach gewesen.«

»Siehst du! Es war die beste Entscheidung.«

»Meinetwegen. Aber was hat das alles mit unserer Beziehung zu tun?«

»Anthony, lass uns doch in Ruhe darüber reden. Ich habe es mir nicht leicht gemacht, aber wir sind zu unterschiedlich.« Dass sie diese Erkenntnis erst kürzlich gewonnen hatte, behielt sie für sich. »Sieh mal, du willst Karriere machen, arbeitest die meiste Zeit, und ich, ich möchte einfach nur Spaß haben und leben.«

»Spaß kannst du auch mit mir haben!« Mit einem dunklen Grollen zog er sie an sich und versuchte, sie zu küssen.

Die Umarmung war nicht zärtlich, er drängte sich an sie, und der Baum in ihrem Rücken ließ ihr keine Ausweichmöglichkeit. Sein Hunger, die animalische Lust, Mila in Besitz zu nehmen, waren nahezu greifbar.

Panik stieg in ihr auf. Schlimmer noch war allerdings, dass sich ihr geheimes Incendio regte, dem das ohnehin schon schwierig zu beherrschende Engelsfeuer entgegenloderte. In ihrem Inneren braute sich ein Vulkanausbruch ohnegleichen zusammen, den es unbedingt zu verhindern galt.

»Lass mich los!«

Gehörte diese dünne Stimme wirklich ihr? Mila hatte keine Zeit, darüber nachzudenken, wie erbärmlich ihre Gegenwehr wirkte. Die magischen Kräfte mussten beschwichtigt werden, wollte sie sich nicht verraten. Der Rest musste warten.

Ich habe hier das Sagen! Mit einer ungeheuren mentalen Anstrengung gelang es ihr, die Flammen zurückzudrängen. *Er wird es bereuen*, schwor sie sich. *Die Zeit wird kommen. Bis dahin muss ich das Geheimnis bewahren.* Der Gedanke an Vergeltung war süß genug, um das rot glühende Incendio zu besänftigen. *Später!*

Lautlos zog es sich zurück, das Engelsfeuer allerdings jagte Blitze über ihre Haut, bereit, jederzeit zuzuschlagen.

Anthony hatte nicht gezögert, die wenigen Sekunden, die das innere Gefecht sie abgelenkt hatte, für sich zu nutzen. Eine Hand lag auf ihrer Brust, während er ihr das Knie zwischen die Schenkel drückte, um sich Raum zu schaffen. Doch darauf war sie in zahllosen Stunden des Nahkampftrainings vorbereitet worden.

Eure Gegner werden versuchen, sexuelle Gewalt anzuwenden,

hatte ihre Ausbilderin sie regelmäßig gewarnt, und alle Soldatinnen wussten, dass sie aus Erfahrung sprach.

Nun half nur noch rücksichtslose Gegenwehr. Ohne zu zögern, stach sie ihm mit den Fingern der linken Hand in die Augen. Nicht zu fest, sie wollte ihm ja nicht für immer seine Sehkraft nehmen, aber doch hart genug, damit er von ihr abließ. Das Überraschungsmoment nutzte sie, um ihn von sich zu stoßen. Ein gezielter Tritt reichte aus, seine Erregung merklich abzukühlen. Der Schmerzensschrei, den Anthony dabei ausstieß, bereitete ihr eine geradezu sinnliche Genugtuung, die sie gern länger genossen hätte.

Wütend drohte Mila: »Mach das noch einmal, und du wirst es ewig bereuen!« Am liebsten hätte sie ihn auch zu Asche verbrannt und in alle vier Himmelsrichtungen verstreut, um jeden wissen zu lassen, dass mit ihr nicht zu spaßen war.

Irgendetwas von dieser Mordlust musste sich in ihrem Gesicht abgezeichnet haben, denn Anthony, der sich erstaunlich schnell von seiner Überraschung erholt hatte, gab die unmissverständliche Kampfhaltung auf, als begriffe er plötzlich, mit wem er es zu tun hatte. Mit undurchdringlicher Miene rückte er sich die Krawatte zurecht. »Das war's dann wohl. Du bekommst £ 6.50 pro Stunde. Schwarze Klamotten hast du, der Rest wird vom Veranstalter gestellt. Arbeitsbeginn ist am Freitag um acht Uhr.« Damit ging er davon, als hätte soeben nicht mehr als ein Einstellungsgespräch in den Gärten von Stanmore stattgefunden.

Wütend ballte sie die Hände. »Zur Hölle mit dir, Bastard!«

Anthony drehte sich nicht um. Nur an der Art, wie sich seine Schultern spannten, war zu erkennen, dass er sie gehört hatte.

Im Grunde war dies wohl auch keine besonders schreckliche Verwünschung, wenn man bedachte, dass er seine Seele längst verkauft hatte. *Wahrscheinlich an die männermordende Maggy. Geschieht ihm ganz recht*, dachte sie und wischte sich die Tränen aus dem Gesicht.

Die Portale waren in letzter Zeit zusätzlich gesichert worden, und was sich Durival ausgedacht hatte, um von seinen eigentlichen Plänen abzulenken, bereitete seinen Leuten immer mehr Schwierigkeiten. Dem Dämon ging es nicht anders, und da half auch nicht das einzigartige Amulett, das er jetzt fest in seiner Hand hielt. Keiner der Dunklen Engel war in der Lage, ihn wahrzunehmen oder gar zu sehen, sobald es aktiviert worden war. Leider gab es auch einen Nachteil. Der Zauber funktionierte nur, wenn er regelmäßig mit Seelen gefüttert wurde. Und daran mangelte es ihm inzwischen. Er war noch nicht lange genug Teil dieser Welt, um sich selbst ein entsprechendes Depot angelegt haben zu können, und derzeit hielten ihn die Vorbereitungen für die große Initiation so sehr auf Trab, dass er kaum Nachschub beschaffen konnte.

Endlich. Die Wachablösung näherte sich. Er kannte den Engel und atmete erleichtert auf. Der Typ war schwatzhaft und würde seinem Kollegen erst einmal die neuesten Gerüchte erzählen, bevor er dessen Posten übernahm.

Lautlos schlich er sich an ihnen vorbei. Was hätte er nicht alles für ein Paar ihrer prächtigen Flügel gegeben. Der Weg durch die Unterwelt war beschwerlich, und es würde ihn zu viel der wertvollen Energie kosten, eine *Abkürzung durch die Zeit zu nehmen*, wie die anderen es nannten, wenn sie mit einem einfachen Fingerschnippen in Sekundenschnelle ihren Standort wechselten oder sogar weitere Strecken überwanden.

Schließlich hatte er den Palast seines Herrn und Gebieters erreicht, der dieser Tage nur von wenigen Dämonen bewacht wurde und einiges vom einstigen Glanz verloren hatte.

Die Männer sahen kaum von ihrem Würfelspiel auf, als er an ihnen vorbeieilte. Der Wächter vor den Privatgemächern war aufmerksamer. Er nickte ihm zu und sagte: »Naamah und Noth waren heute auch schon hier, heißt das …?«

Überrascht unterbrach er ihn. »Zusammen?«

»Hölle, nein! Eher friert der Laden hier komplett ein, bevor die irgendetwas gemeinsam unternehmen. Ich wundere mich, dass sie sich noch nicht gegenseitig umgebracht haben.« Er lachte dröhnend, verstummte jedoch, als er merkte, dass er sich ganz allein amüsierte. »Das rote Aas hat wirklich eine Menge Tricks drauf, aber sie neigt dazu, sich zu überschätzen«, sagte er und ließ die schwere Tür aufschwingen. »Das wird ihr noch mal das Genick brechen.«

Es war ein offenes Geheimnis, dass diejenigen, die nicht mehr an Durivals Rückkehr glaubten, lieber seinen Erstgeborenen als Thronfolger gesehen hätten. Seine Tochter mochte zwar alle guten dämonischen Eigenschaften in sich vereinen, aber sie war von fragwürdiger Herkunft und, was fast noch schwerer wog, sie war weiblich. Die Welt der Dämonen war nicht nur brutal und düster, es war auch eine ausgesprochene Männerwelt mit starren Regeln.

Er selbst hätte sich ebenfalls Noth als Nachfolger gewünscht, weil er ihn für den Umgänglicheren der beiden hielt und darüber hinaus auch keine Lust hatte, als Sexsklave einer launischen Herrin zu enden. Im Gegensatz zu vielen anderen jedoch zweifelte er nicht daran, dass es Durival gelingen würde, aus der Gefangenschaft zu entkommen. Leider, denn es war kein Spaß, diesem Dämon dienen zu müssen. Doch mit ein bisschen Glück hatte ihm heute das Schicksal in die Hände gespielt, und er würde sich in Zukunft nie wieder erniedrigen lassen müssen.

Vor Aufregung zitternd suchte er nun in dessen Büchersammlung nach den Dokumenten, die seine Freiheit bedeuten konnten. Nie hatte er etwas anderes gewollt, als einfach nur ein ganz normales Leben zu führen. Mit einer hübschen Frau, Kindern und einem erfüllenden Beruf.

Und die Vorsehung hatte es gut mit ihm gemeint. Während der Sechzigerjahre hatte er ein Mädchen kennengelernt, das genauso gern wie er selbst die Tage in der Uni-Bibliothek verbrachte, anstatt, wie es damals üblicher gewesen war, das Studium damit zu verbringen, gegen irgendetwas zu demonstrieren. Es war die glücklichste Zeit seines Lebens. Bis zu jenem Tag, an dem das Unaussprechliche geschehen war. Noch immer wurde ihm übel, sobald er daran zurückdachte.

Seinen Eltern ging es finanziell gut. Sie lebten mit seinen jüngeren Geschwistern in einem Haus auf dem Land, bauten ihr Gemüse selbst an und hielten sich Hühner und Schafe. Eines Nachts waren Einbrecher gekommen, hatten alle Bewohner gefesselt und waren vermutlich schnell wieder verschwunden. Erbeutet hatten sie etwas Bargeld, den Schmuck seiner Mutter sowie eine Münzsammlung.

Vielleicht trugen sie wirklich keine Schuld daran, dass beim Durchsuchen der Schränke eine Kerze umgestürzt war. Für seine Familie kam jede Hilfe zu spät. Fortan konnte er nur noch an Rache denken. Er wurde streitsüchtig, launisch, trank zu viel. Seine Freundin verließ ihn, und am Ende verlor er sogar den Traumjob als Bibliothekar.

Der Unbekannte in der Bar hatte ihm ein paar Drinks spendiert und danach Vergeltung und ein besseres Leben versprochen. Er hatte nicht übertrieben, jedenfalls was die Vergeltung betraf.

Die beiden Einbrecher hatten nicht einmal mehr schreien können, als er mit ihnen fertig war und ihre nutzlosen Körper mithilfe seiner neuen Kräfte entzündete. Auf ein besseres Leben wartete er bis heute vergeblich. Natürlich hatte der Mann ihn reingelegt. Schließlich war er ein Dämon, doch als er begriff, dass er seine Seele für diese wenigen Minuten der Rache verkauft hatte, war es für eine Rückkehr zu spät.

Neunundneuzig Jahre sollte er in seinen Diensten stehen, dann erhielte er seine Freiheit wieder, hatte der Seelenhändler, dem er auf den Leim gegangen war, behauptet. Bei der erstbesten Gelegenheit allerdings hatte er ihn an einen mächtigen Dämon verkauft, der gerade auf der Suche nach einem neuen Bibliothekar gewesen war. Erneut war er getäuscht worden. Im Gegensatz zu den Dunklen Engeln saßen die meisten Dämonen zeit ihres Lebens in der Unterwelt fest.

»Was suchst du hier?«

So unauffällig wie möglich steckte er das schmale Notizbuch ein, nach dem er gesucht hatte. Anschließend drehte er sich langsam um. Trotz des Schrecks, den er bekommen hatte, war er bemüht, eine höfliche Miene aufzusetzen, denn er kannte die Stimme.

»Noth! Das Gleiche könnte ich dich auch fragen. Wenn ich mich nicht irre, dann bist du in diesem Haus unerwünscht.«

»Aber du irrst, mein Lieber.« Mit freundlichem Lächeln kam Durivals Sohn näher.

Der Impuls zu fliehen war beinahe übermächtig. Um sich nicht durch sein Zittern zu verraten, vergrub er beide Hände in den Hosentaschen.

Nur weil dieser Dämon im Gegensatz zu seinem Vater, dem er beunruhigend ähnlich sah, über einwandfreie Umgangsformen verfügte und ihn scheinbar nichts aus der Ruhe brachte, war er nicht weniger gefährlich. Bisher hatte er sich aus Noths Machenschaften ebenso herausgehalten wie aus den Machtkämpfen, die seine zahlreichen Geschwister untereinander ausfochten. Das änderte jedoch nichts daran, dass Noth von Geburt an zu den einflussreichsten Prinzen der Unterwelt zählte. So jemand ließ sich nicht ohne Weiteres sein Erbe streitig machen. Er wollte es sich auf keinen Fall mit Noth verderben.

Nonchalant zuckte er mit der Schulter und hielt das Amulett hoch. »Ich suche nach einer Möglichkeit, die Wirkung zu verstärken. Die Torwächter sind aufmerksamer geworden, und es wird immer schwieriger, unbemerkt an ihnen vorbeizukommen.«

»Und dazu willst du dir also ein paar Seelen aus Durivals Sammlung ausleihen?« Dass Noth nicht fragte, um welchen Zauber es sich handelte, bewies, dass er nicht zu unterschätzen war.

»Hältst du mich für verrückt?«

»Nein, keineswegs. Nur für ein bisschen leichtsinnig.«

Er konnte nicht verhindern, dass seine Augen größer wurden. Was meinte der Prinz damit?

»Keine Sorge, es gefällt mir, wie ihr Menschen immer wieder Risiken eingeht. Nur so kann sich eine Gesellschaft weiterentwickeln. Natürlich nicht unbedingt zu ihrem Besten. Aber wo bliebe dann auch der Spaß für uns?«

Ohne dass er eine Bewegung wahrgenommen hätte, stand Noth plötzlich dicht vor ihm. Den direkten Blickkontakt vermeidend, widersprach er: »Ich bin längst kein Mensch mehr.«

Nun lachte der Prinz, und es klang ehrlich amüsiert. »Wie alt bist du jetzt, sechzig, siebzig Jahre? Mit Glück hast du drei oder gar vier Jahrhunderte im Dienst deines Herrn vor dir.« Freundschaftlich legte er ihm die Hand auf die Schulter. »Glaub mir, es ist noch sehr viel Menschliches in dir. Das kann auch ein Vorteil sein.« Mit dieser kryptischen Bemerkung verschwand er. Einfach so. Ohne einen Hinweis darauf hinterlassen zu haben, dass er jemals hier gewesen war.

Ihn schauderte es. Wohl wissend, dass er nicht weitersuchen konnte, ohne möglicherweise dabei beobachtet zu werden, zog der Dämon einen dicken Band aus dem Regal, trug ihn zum Tisch hinüber und blätterte darin. Es dauerte nicht lange, bis er die Stelle gefunden hatte, die den Zauber für sein Amulett enthielt. Natürlich fand er nirgends einen Hinweis, wie man ihn anders als mit intakten Seelen verstärken konnte. Hätte es eine Alternative gegeben, Durival hätte sie angewandt. Aber Seelen waren in der Unterwelt ein geschätztes Gut, das man nicht so ohne Weiteres hergab.

Während er das Buch ins Regal zurückstellte, murmelte er etwas, das wie Enttäuschung klingen sollte, und dachte, wie schade es war, keine Lösung für dieses Problem gefunden zu haben. Dabei hoffte er, den heimlichen Beobachter, dessen Augen sich regelrecht in seinen Rücken zu bohren schienen, getäuscht zu haben.

Kurz bevor er den Ausgang erreichte, ließ der Druck endlich nach. Erleichtert darüber, nicht mehr verfolgt zu werden, atmete er auf. Am Tor fragte er den Wächter so beiläufig wie möglich: »Wann genau hast du Noth gesehen?«

Der winkte ab. »Das ist schon Stunden her. Gleich am Anfang meiner Schicht. Er wollte irgendwas aus seinen ehemaligen Räumen holen, und natürlich haben wir ihn dorthin begleitet.«

»Und natürlich auch wieder hinaus«, sagte er.

»Ja, klar. Allein wäre er ja nie durch unsere Siegel gekommen. Warum fragst du - ist irgendetwas nicht in Ordnung?«

»Alles bestens.« Freundschaftlich klopfte er ihm auf die Schulter. »Du weißt, ich muss solche Dinge manchmal fragen.

Es geht ja nicht an, dass hier jeder nach Belieben ein und aus geht. Nichts für ungut.«

Der Wächter lachte selbstzufrieden. »Den möchte ich mal sehen, der unbemerkt an unseren Wachen vorbei ins Allerheiligste hineinspaziert.«

Er hatte so jemanden gerade gesehen, doch das behielt er lieber für sich.

Mit gleichmäßigen und ruhigen Atemzügen versuchte Mila, ihre Pulsfrequenz zu senken. Sie hätte nie gedacht, dass Anthony dermaßen eifersüchtig und rücksichtslos sein würde. Ja, er war eindeutig ein Dämon, doch bisher hatte er ihr immer seine menschliche Seite gezeigt. Trotz allem mochte sie nicht glauben, dass er durch und durch böse war. So sehr konnte man sich doch gar nicht in jemandem täuschen. Schließlich stammte auch Lucian aus der Unterwelt – spielte er ihr etwa auch nur etwas vor? Wenn ja, musste das eine große Rolle sein, die er da einstudiert hatte. Mit Lebensrettung, atemberaubendem Sex, Zärtlichkeit und einem ausgeprägten Beschützerinstinkt hätte sie jedenfalls das Potenzial zu einem Hollywood-Blockbuster.

Andererseits, er war ein gefallener Engel. Mochten seine Flügel auch heute schwarz wie die Nacht sein, war er doch einst ein himmlisches Geschöpf gewesen. Anthony, da war sie sich fast sicher, wirkte viel zu menschlich, um ein geborener Dämon zu sein. Für wahrscheinlicher hielt sie es, dass er aus irgendeinem Grund leichtsinnig genug gewesen war, einen teuflischen Pakt einzugehen, und nun den Preis dafür zahlte.

Die Uhr im Glockenturm von Stanmore House begann zu

schlagen, und ihr wurde klar, dass man sie schon in einer halben Stunde zum Lunch erwartete. Sie kannte sich gut genug, um auch ohne Spiegel zu ahnen, dass ihre Haare in alle Himmelsrichtungen abstanden und sie bestimmt auch einen Schmutzfleck mitten auf der Nase hatte. Kurz entschlossen umrundete sie das Herrenhaus und lief ins Cottage zurück, um sich frisch zu machen. Sie sah noch zerraufter aus, als sie befürchtet hatte. Mit kaltem Wasser bemühte sie sich, die Röte aus ihrem Gesicht zu vertreiben. Gleich ging es ihr besser. Danach versuchte sie, eine brauchbare Frisur hinzubekommen, gab schließlich auf, glättete das widerspenstige Haar mit kräftigen Bürstenstrichen und fasste es zu einem Pferdeschwanz zusammen. Für mehr reichte die Zeit nicht. Als sie an sich hinunterblickte, entdeckte sie einen großen schwarzen Fleck. *Mist!* Hastig riss sie sich die Klamotten vom Leib, wobei natürlich das Gummi schon wieder halb den Zopf hinuntergerutscht war. Barfuß und in Hemd und Höschen lief sie zum Schrank, nahm ein frisches grün-weiß gemustertes Sommerkleid heraus und zog es sich über den Kopf. Der Reißverschluss im Rücken hakte, als sie nervös daran zog.

»Verfluchtes Mistding«, schimpfte sie vor sich hin, als sich plötzlich eine Hand über ihre Finger legte.

»Warte, ich helfe dir.« Lucians Stimme sorgte dafür, dass sich die Härchen in ihrem Nacken aufstellten.

Erleichtert ließ sie die Arme sinken, und als sie sich umdrehte, nachdem er den widerspenstigen Verschluss ohne Probleme hochgezogen hatte, landete sie direkt in seiner Umarmung.

»Was ist los, Milotschka?«

»Nichts. Ich ... ich weiß nicht, ob ich mit diesen Leuten an einem Tisch sitzen kann.«

»Wen meinst du? Margaret wird dir nichts tun. Du hast mit diesem Anthony gesprochen, stimmt's?« Sanft zog er sie an sich. »Dir wird nichts geschehen, das verspreche ich dir, aber wenn du nicht willst ... Du könntest zu Juna und Adrian ziehen, bis ich die Sache erledigt habe. Lange kann es nicht mehr dauern.«

»Nein. Ich lass dich doch jetzt nicht im Stich.«

Sein Brustkorb bebte, als lachte er. Er strich ihr eine Haarsträhne aus dem Gesicht, die sich schon wieder aus dem Zopf befreit hatte, und hauchte ihr einen zarten Kuss auf die Lippen. »Keine Sorge, ich würde es verstehen, wenn du mit der ganzen Angelegenheit nichts zu tun haben möchtest. Und bei den beiden wärst du sicher.«

»Das bin ich bei dir auch. Es ist nur ... ich glaube, Anthony ist ein Dämon.« Die Worte waren so schnell aus ihr herausgesprudelt, dass sie sich beinahe daran verschluckte.

»Ich weiß.«

In der Ferne schlug die Turmuhr zur vollen Stunde, und deshalb achtete sie nicht auf seine Antwort. »Wir kommen zu spät! Warte mal: *Ich weiß*? Hast du gerade gesagt, du weißt das längst?«

»Nicht *längst*, glaube mir. Bis heute hatte ich keine Ahnung davon.«

»*Du* bist ihm auch noch nie zuvor begegnet, aber ich hätte schon viel eher merken müssen, dass mit ihm etwas nicht stimmt.«

»Und wie bist du darauf gekommen?«

»Du kannst mich auslachen, aber die Dämonen, die uns in London überfallen haben, die rochen so eigenartig. Ach, ich weiß auch nicht, der Geruch erinnerte mich an Anthonys Wohnung. Er benutzt Raumsprays und Duftkerzen, aber manchmal, wenn eine Weile nicht gelüftet wurde, dann müffelte es dort genauso. Als er vorhin Florence so merkwürdig angestarrt hat, ist sie einfach weggegangen, obwohl sie versprochen hatte, mich nicht mit ihm allein zu lassen. Ich glaube fast, er hat sie kontrolliert.«

»Das hat er.« Lucian entließ sie aus seiner Umarmung und steckte beide Hände in die Hosentaschen.

Er sah sogar anziehend aus, wenn er so grimmig dreinsah wie im Augenblick. Sie musste verrückt geworden sein, dass er ihr selbst übellaunig gefiel. Zumindest so lange er nicht auf sie böse war.

»Ist dir sonst noch etwas aufgefallen? Hat er versucht, auch dich zu manipulieren?«

Mila überlegte. »Ich glaube schon. Es war wie ein – wie soll ich sagen? – ein Kribbeln. Aber es hat nicht funktioniert. Er hat mich ausgesprochen merkwürdig angesehen und danach in den Park gezerrt.«

»Und was ist dort passiert?« Er klang wie ein Fremder.

Allmählich verstand sie, dass sich Lucian in ihrer Gegenwart immer dann so unnahbar gab, wenn er nicht wollte, dass sie mitbekam, was er fühlte. Inzwischen kannte sie ihn jedoch gut genug, um zu wissen, dass Anthonys Leben womöglich von ihrer Antwort abhing.

»Nichts Schlimmes«, sagte sie deshalb hastig. »Wir sind spät dran, können wir nachher darüber sprechen?«

Lucian umfasste ihre Taille und zog sie mit Schwung an sich, sodass sie einen winzigen Augenblick lang glaubte, er wollte ihr ebenfalls mit Gewalt eine Antwort abpressen, doch da umfing sie die bereits bekannte Schwerelosigkeit.

Als sie sicherheitshalber die Augen zukniff, weil es beim

letzten Mal ziemlich stürmisch geworden war, hatte sie bereits wieder festen Boden unter den Füßen.

»Also gut, wir reden nach dem Lunch darüber. Bist du bereit, in die Höhle des Löwen zu gehen?«, fragte er reserviert.

Nachdem Mila einmal tief durchgeatmet und die Schultern zurückgenommen hatte, nickte sie, zwang sich zu einem Lächeln und ging durch die Tür, die Lucian ihr aufhielt.

19

Im *Blauen Salon*, der glücklicherweise von Lady Margarets Dekorationswut verschont geblieben war, hatten sich bereits alle Beteiligten des informellen Mittagessens versammelt. Lord Hubert und Sebastian hielten je ein Glas Scotch in der Hand und waren in ein angeregtes Gespräch vertieft. Offenbar kannten die beiden sich, was auch erklären würde, warum der junge Adlige seine Freundin Florence begleitete. Sie stand mit zwei Frauen zusammen, deren Auftreten und Garderobe vermuten ließen, dass sie aus besseren Kreisen stammten. Sie waren etwa in ihrem Alter und hätten sehr gut ehemalige Mitschülerinnen aus dem Eliteinternat sein können, das Florence besucht hatte. Mila hatte die beiden allerdings noch nie zuvor gesehen, und eigentlich kannte sie die Clique zumindest vom Sehen her recht gut, in der sich ihre Freundin zu Hause fühlte. *Vielleicht*, dachte sie, *sind es ja auch spezielle Freundinnen von Margaret*. Womöglich hatte sie Unterstützung bei den Sukkubi angefordert.

Aufmerksam ließ sie den Blick weiter durch den Raum gleiten. Anthony stand vor einem eleganten Lehnsessel und schien interessiert den Ausführungen einer dunkelhaarigen Schönheit zu lauschen, die mit südländischem Temperament gestikulierte und jeden zweiten Satz mit einem kehligen Lachen beendete. Genau in dem Augenblick, als sie sich fragte, wo Lady Margaret sein mochte, betrat die Hausherrin wie auf ein Stichwort den Raum durch die weit geöffneten französischen Fenster. An ihrer Seite ein junger Gott. Anders konnte man den Mann nicht bezeichnen, dessen Züge so ebenmäßig waren, dass sie es auf eigenartige Weise als störend empfand.

Mila kannte Lucians wahres Gesicht, das ein Engel nur zeigte, wenn er in seinem Element war. Für sie war er das attraktivste Geschöpf, das sie jemals gesehen hatte. Wahrhaftig ein Engel. Betörend, tiefgründig und von tödlicher Eleganz. Margarets Begleiter jedoch wirkte bei all seiner Schönheit wie eine leere Hülle, seelenlos.

Die Sukkubi sind harmlos, aber vor ihm nimm dich in Acht, er ist hier, um die Gedanken der Hausgäste zu lesen.

Die Zufriedenheit in Lucians Stimme war nicht zu überhören, und Mila wusste nicht, ob er sich über ihre Lobpreisungen freute oder über die richtige Einschätzung der neu hinzugekommenen Gäste.

Das Amulett lag plötzlich warm und deutlich spürbar in ihrem Dekolleté, und es bereitete ihr Mühe, nicht danach zu greifen. Auch ohne es zu berühren, kam es ihr vor, als hüllte sie ein mildes Licht ein, das Lucians Handschrift trug. Obgleich sie die Warnung vor der Begabung des gefährlichen Schönlings ernst nahm, fühlte sie sich absolut sicher. Doch sie wäre nicht sie selbst gewesen, hätte sie nicht trotz alledem behutsam ihre eigenen Schutzschilde geprüft und dem archaischen Feuer, das warm und schläfrig in ihrer Mitte ruhte, versichert, alles im Griff zu haben.

»Da sind Sie ja endlich!« Margaret ging mit ausgestreckten Armen auf Lucian zu. »Und ich habe schon befürchtet, wir müssten auf Ihre Gesellschaft verzichten. Kommen Sie, ich muss Ihnen unbedingt die anderen Gäste vorstellen.«

Damit hakte sie sich bei ihm unter, warf Mila einen geringschätzigen Blick zu und ließ sie einfach stehen.

Verunsichert sah sie sich um. Margarets gefährlicher Begleiter musterte sie kurz und wandte sich dann ab. Anthonys Lippen zeigten ein schmales Lächeln, doch er machte keine Anstalten, sie aus dieser unangenehmen Situation zu retten.

Erstaunlicherweise war es ausgerechnet Sebastian, der ihr mit freundlicher Miene entgegenging, um sie zu begrüßen. »Möchtest du etwas trinken? Aber ich fürchte, für einen Aperitif ist es ein wenig zu spät«, fügte er hinzu. Da öffneten sich schon die Türen zum Speiseraum, und Lord Hubert lud seine Gäste ein, ihm zu folgen.

Florence' Freund führte sie hinein, fand im Nu die Tischkarte mit Milas Namen und rückte ihr den Stuhl zurecht. Danach entschuldigte er sich verlegen, um Florence abzuholen, die weiter oben am Tisch platziert worden war. Dabei warf er einen missbilligenden Blick auf Lucian, dessen Aufgabe es eindeutig gewesen wäre, an Milas Seite zu bleiben.

Ich bin sofort bei dir, ließ dieser gleich darauf hören.

Nachdem sie die Karten rechts und links von sich studiert hatte, sagte sie: *Du sitzt aber nicht in meiner Nähe.*

Ach, tatsächlich? Ebenso höflich wie zuvor Sebastian begleitete er eine der Damen zu ihrem Platz und setzte sich neben sie, nachdem er ihr ebenfalls den Stuhl zurechtgerückt hatte. Unauffällig berührte er seine Tischkarte und zwinkerte ihr zu. *Dir gegenüberzusitzen, gefällt mir viel besser, so kann ich dich die ganze Zeit ansehen.*

Wenn du das tust, werden sich deine Tischnachbarinnen zu Recht vernachlässigt fühlen, und die Köstlichkeiten aus Küche und Keller werden dir obendrein entgehen. Sie gab sich keine Mühe, das Zucken der Mundwinkel vor ihm zu verbergen.

Das ist es mir wert, sagte er. Danach wandte er sich der Tischdame zu seiner Linken zu, die ihn leise etwas zu fragen schien.

Lächerlich, dachte Mila, *Lucian unterhält sich nur mit der Frau.* Mila bemühte sich redlich, ihre Eifersucht nicht zu zeigen. Dabei betrachtete er die Frau nicht einmal besonders interessiert.

Um sich abzulenken, beobachtete sie, wie die anderen Gäste Platz nahmen. Es entging ihr nicht, wie Anthony auf die Veränderung der Tischordnung reagierte. Ratlos sah er zu Lady Margaret, die jedoch nicht begriff, was er von ihr wollte. Offenbar vermochten die beiden sich nicht per Gedankenübertragung zu verständigen. Eine Information, die in Zukunft vielleicht noch einmal wichtig werden könnte.

Als sich Sekunden später ihre Blicke trafen, lief es ihr kalt den Rücken herunter. Nie zuvor hatte sie ihn derartig feindselig erlebt. Bestimmt lag es an der Beleuchtung, aber es schien, als wäre seine Iris beinahe schwarz. Und dann kam er auch noch auf sie zu. Würde er ihr eine Szene machen?

Aber nein, er setzte sich einfach neben sie. Hatte Lucian die gesamte Tischordnung durcheinandergebracht? *Er kennt Anthony doch gar nicht.* Der drehte das Tischkärtchen zwischen den Fingern hin und her und sagte plötzlich überraschend freundlich: »Du siehst hübsch aus. Das Kleid steht dir.« Sein Lachen klang unecht, als er hinzufügte: »Es lässt deine Augen in einem ungewöhnlichen Grün erstrahlen. Merkwürdig, dass mir das noch nie aufgefallen ist. Aber du trägst ja sonst immer diese dunklen Brillen.«

Erschrocken versuchte sie, eine möglichst gleichmütige Antwort zu finden. Die Lider gesenkt, als machte sie das Kompliment verlegen, schob sie den Löffel ein wenig höher, obwohl er vom Butler zweifellos einwandfrei platziert worden war. »Es freut mich, dass es dir gefällt.« Und leise fügte sie hinzu: »Danke. Können wir nicht Freunde bleiben?« Besonders glücklich war diese Frage nach dem Streit wahrscheinlich nicht, aber sie wollte ihn nicht weiter provozieren und damit womöglich Lucians Mission gefährden.

»Aber natürlich, Miljena. Du hast in letzter Zeit Schreckliches erlebt, und dazu warst du noch so lange von zu Hause fort ... ich hätte das bedenken müssen. Wir reden später darüber, wenn wir wieder zurück in London sind.«

Dabei legte er seine Hand über ihre, und es kostete sie all ihre Disziplin, sich nicht auf der Stelle loszureißen, aufzuspringen und davonzulaufen.

Lucian musste gespürt haben, dass etwas nicht in Ordnung war. Er schaute auf, und in seinem Gesicht las sie die pure Mordlust. *Was will er von dir?*

Nichts. Nur freundlich sein, schätze ich. Keine Panik, ich komm schon klar.

Zum Glück wurde nun die Suppe serviert, und Anthony musste ihre Hand loslassen, um seine Serviette zu entfalten. Außerdem entsprach es nicht unbedingt den üblichen Tischsitten, beim Essen Händchen zu halten.

Während sie ihre Suppe löffelte, dachte sie darüber nach, was Anthonys merkwürdigen Sinneswandel ausgelöst haben könnte. Warum war er auf einmal nett zu ihr, und wieso um Himmels willen, machte er ihr Komplimente über ihre Augenfarbe? Es war doch nicht das erste Mal, dass er sie ohne Brille gesehen hatte. So ungewöhnlich war dieses Grün ja auch wieder nicht. Das ergab keinen Sinn, es sei denn ... »O Gott!«

Die Hälfte der Tischgesellschaft sah auf, klappernd fiel

Anthonys Löffel in den Suppenteller. Er fluchte leise. Mit Elysium hatte sein Vokabular allerdings nichts zu tun.

»Alles in Ordnung«, beeilte sie sich zu versichern und lispelte dabei. »Ich habe mir nur die Zunge verbrannt.« Wie zur Bestätigung leerte sie ihr Glas in einem Zug, als müsste sie den Schmerz kühlen, was ihr neben einem peinlichen Hustenanfall auch einen amüsierten Blick von Lucian einbrachte.

Statt nach dem Wasser zu greifen, hatte sie ein gut gefülltes Glas Weißwein hinuntergekippt, und es dauerte nicht lange, bis sich die Wirkung bemerkbar machte. *O weh, auf fast leeren Magen hätte ich das nicht tun dürfen.*

Doch für Reue war es zu spät – warm breitete sich der Alkohol in ihr aus, und der Anblick der anderen Gäste, die sich nach dem Zwischenfall mit gebeugten Köpfen still ihrer Suppe widmeten, weckte in ihr den unbändigen Drang zu kichern. Dann aber spürte sie, wie Anthony, der inzwischen eine frische Serviette erhalten hatte, sie prüfend von der Seite betrachtete. Sofort verging ihr das Lachen, und sie konzentrierte sich auf die Tischdekoration aus Seidenblumen, deren lebendige Vorbilder in diesem Landstrich gewiss nicht außerhalb beheizter Gewächshäuser zu finden waren.

Ob sie die aus Las Vegas mitgebracht hat?, fragte sich Mila. Florence würde sie hassen, da war sie sich ganz sicher. Doch schon bald kehrten ihre Gedanken zu wichtigeren Fragen zurück. Was, wenn Anthony ihr gar kein Kompliment machen wollte, sondern etwas anderes im Schilde führte? Womöglich hatte sie sich vorhin beim Streit verraten, und er ahnte nun, dass sie keineswegs eine vollkommen normale Sterbliche war, wie er bisher gedacht haben musste. Engel besaßen blaue Augen, bei gefallenen Engeln dagegen veränderte sich die himmlische Farbe im Laufe der Zeit. Lucian war das beste Beispiel dafür. War es eine Warnung gewesen, oder gar eine Provokation? Hilfe suchend sah sie ihn an.

Kaum merklich schüttelte er den Kopf.

Die Warnung war eindeutig: *keine mentalen Plaudereien!* Vorsichtshalber *leerte* sie ihre Gedanken, so wie sie es einst von Gabriel gelernt und in den letzten Tagen immer wieder geübt hatte.

Der Butler und zwei Serviermädchen, die Mila hier noch nie gesehen hatte, tauchten auf und trugen die Suppenteller hinaus. Gleich darauf kehrten sie mit großen silbernen Platten zurück. Der Hauptgang wurde serviert, und weil Mila so sehr in ihrer eigenen Welt versunken war, hatte sie gar nicht bemerkt, dass nun ein großzügig gefülltes Rotweinglas vor ihr stand. Der Spätburgunder passte bestimmt bestens zum Wildgericht. »Reh muss schwimmen«, erklärte sie Sebastian, der zu ihrer Linken saß, etwas zusammenhangslos.

»In der Tat«, sagte er und hob ebenfalls sein Glas. »Dies gilt insbesondere auch für Charolais Weideochsen.«

»Ich dachte, die gehen im Wasser unter?« Wie kam er denn auf Ochsen?

»Ja, das habe ich auch gehört. Aber wenn sie erst einmal gebraten sind, können sie einen ordentlichen Rotwein vertragen. Cheers!« Freundschaftlich zwinkerte er ihr zu.

Womöglich war er gar nicht so hochnäsig, wie sie immer geglaubt hatte. Nachdem sie das Glas zurückgestellt hatte, das ihr der aufmerksame Butler sofort wieder füllte, probierte sie von einem Rehmedaillon beachtlicher Größe. Das Messer glitt durch das Fleisch wie durch Butter, und der Geschmack … »Oh!« Das Reh war wohl ein Ochse gewesen. Irgendwann einmal.

Sebastian lachte und handelte sich damit nicht nur feindselige Blicke von Lucian und Anthony ein. Aus dem Augenwinkel sah sie, wie Margaret die Stirn runzelte, als der glatte Schönling irgendetwas zu ihr sagte und nun ebenfalls in Milas Richtung sah. Ganz sicher konnte sie aber nicht sein. Der Alkohol hatte derweil seine volle Wirkung entfaltet.

Worüber sich Margaret in diesem Moment auch mit ihm unterhalten haben mochte, ihre Stimme klang schneidend und hatte viel von dem falschen britischen Akzent verloren, um den sie sonst immer außerordentlich bemüht war.

Egal! Nach diesem Wochenende bin ich hier raus, und du sitzt mit etwas Glück in der Hölle fest, dachte Mila und widmete sich zufrieden dem köstlichen Essen.

Nach dem Dessert sollte es Kaffee auf der Terrasse geben, und Mila nahm dankbar eine Tasse von Lucian entgegen, der sich neben sie in einen der bequemen Sessel sinken ließ. Inzwischen hatte sich der Nebel in ihrem Kopf gelichtet, und sie schämte sich ein bisschen für ihr Verhalten. Zwar hatte das Feuer keine Anstalten gemacht, sich einzumischen, aber sie saß hier wie ein Schäfchen unter Wölfen und hätte gut daran getan, ihre Sinne in dieser Gesellschaft beisammenzuhalten. Vier Sukkubi, ein Dämon und jemand, den selbst Lucian als *gefährlich* bezeichnete.

Eigentlich ist es kein Wunder, wenn man da die Nerven verliert und zu tief ins Glas blickt, versuchte sie sich zu trösten, aber ihr Herz flatterte doch ein wenig bei dem Gedanken.

»Doppelter Espresso hilft.« Sofort fühlte sie sich besser. Er war ihr nicht böse, das verriet der belustigte Unterton in seiner Stimme.

»Bei Herzrasen?«, fragte sie skeptisch, erwiderte aber sein Lächeln.

»Absolut!«

Mit ihm hätte sie stundenlang in der Sonne sitzen und plaudern können, aber leider war ihnen das nicht vergönnt.

»Mila, willst du uns nicht bekannt machen?«

Anthony! Er hat Verdacht geschöpft, warnte sie Lucian noch, um dann laut zu sagen: »Anthony Khavar, der persönliche Assistent von Lord«, hier zögerte sie, »und Lady Dorchester.«

Diesen Seitenhieb konnte sie sich nicht verkneifen, nachdem die beiden schon wieder ihre Köpfe zusammengesteckt hatten. Zweifellos um Milas skandalöses Verhalten zu besprechen, das Margaret bereits vernehmlich kommentiert hatte.

»Und dies, lieber Anthony, ist«, sie zögerte kurz, weil sie nicht wusste, wie sie Lucian vorstellen durfte, »der Journalist, den du unbedingt kennenlernen wolltest. Er schreibt einen Lifestyle-Artikel für Castles & Landscapes, wie deine Lady fraglos erwähnt hat.«

Zum Teufel mit dem guten Benehmen. Anthony mochte freundlich tun, aber hätte sie sich nicht gewehrt, wäre er womöglich wie ein sexhungriges Scheusal über sie hergefallen. Das würde sie ihm niemals vergessen, selbst wenn es zu seiner Dämonennatur gehören sollte.

»Shaley. Sehr erfreut, Sie kennenzulernen, Mr. Khavar.« Lucian machte keinen Hehl daraus, dass er alles lieber täte, als Anthonys Bekanntschaft zu machen.

Insgeheim hatte sie erwartet, dass irgendetwas Außergewöhnliches geschehen würde. Aber davon war zumindest von außen nichts zu bemerken. Lucian setzte sich wieder, und Anthony tat es ihm unaufgefordert nach.

Er kam gleich zum Punkt. »Lord Hubert ist nicht begeistert von Ihrer Idee«, sagte er und nahm einen Schluck von seinem Portwein.

Das Thema war ihm unangenehm, erkannte Mila an der Art, wie er sich mit der Zungenspitze über die Lippen fuhr. Seine Körperhaltung unterstrich diesen Eindruck noch, wobei die Art, wie er Milas Begleiter taxierte, vermutlich eher etwas mit seiner Eifersucht zu tun hatte. Dafür allerdings hatte er sich bemerkenswert unter Kontrolle.

Ebenso wie Lucian. »Tatsächlich?«, fragte der nur und verzichtete sogar darauf, seine Frage mit einer hochgezogenen Augenbraue zu unterstreichen, wie er es sonst gern tat. »Sollte er sich in diesem Fall nicht besser mit seiner Gattin unterhalten?«

»Wir bieten Ihnen das Doppelte Ihres Honorars. Was sagen Sie?«

»Nein.«

»Das Dreifache.«

Weiter schweigend zuzuhören, hielt Mila nun nicht mehr aus: »Was soll das? Margaret hat ihm die Erlaubnis gegeben, über das Haus und die Gärten zu berichten. Ihr kann der Artikel doch gar nicht schnell genug erscheinen. Was wird sie sagen, wenn du ihre Pläne untergräbst?«

»Es ist alles mit ihr abgesprochen. Halt dich da raus.« Anthony sah sie auf diese merkwürdige Art an, die ein unangenehmes Kribbeln in ihr auslöste.

Um ihre Tarnung nicht zu verraten, hielt sie den Mund und sah auf einen imaginären Punkt in der Ferne. Sollte er ruhig glauben, dass er sie mit irgendwelchen geheimnisvollen Kräften kontrollieren konnte.

Lucian winkte derweil eines der attraktiven und ungewöhnlich leicht bekleideten Serviermädchen herbei, die vom Butler wohl schon für das große Wochenende angelernt wurden.

»Einen Cappuccino für die Lady und für mich noch einen Espresso. Schön heiß und schwarz«, sagte er und schenkte der jungen Frau ein Lächeln, das sie bis unter die Haarwurzeln erröten ließ.

Anthony lehnte ab, als sie sich ihrer Aufgaben besann und ihn nach seinen Wünschen fragte. Mila aber bat noch um ein Glas Wasser zum Kaffee.

Während sie wenig später daran nippte, dachte sie darüber nach, wie sie reagieren sollte, falls Lucian das Angebot wider Erwarten annähme. Die wichtigere Frage jedoch war – warum sollte er das tun? Bisher hatte sie nicht den Eindruck, dass es ihm an Geld fehlte. Jemand, der Wohnungen in einem Luxusneubau kaufte wie andere ein oder zwei neue Kleider beim Discounter, würde doch wohl hoffentlich nicht bei der Verdoppelung seines Zeilenhonorars schwach werden.

Die Kellnerin tauchte zum zweiten Mal auf und servierte Lucian den gewünschten Espresso ... auf einem Silbertablett, auf dem neben drei Sorten Zucker ein Schälchen mit Keksen und erlesener Schokolade stand.

Fehlt nur noch eine rote Rose, dachte sie belustigt.

Anthonys Gesichtsfarbe hatte bereits von einem ungewöhnlich blassen Ton zu einem nicht gesünder wirkenden Rosé gewechselt, als sich Lucian endlich zurücklehnte und ruhig sagte: »Mr. Khavar, ich bin Journalist und als solcher nicht käuflich.«

Eine interessante Formulierung, dachte Mila und beobachtete fasziniert, wie sich Anthony weiter zu seinem Nachteil veränderte. Bald würde er so rot sein wie die Kissen, die

Lady Margaret gegen Florence' ausdrücklichen Rat für die Terrassenbestuhlung ausgesucht hatte.

»Ich gebe Ihnen einen guten Rat«, sagte er leise, aber mit Nachdruck. »Überschätzen Sie sich nicht. Jeder Mensch hat seinen Preis.«

»Sehr richtig. Und deshalb mache ich Ihnen einen Gegenvorschlag: Sie überlassen mir Ihre kleine Freundin hier«, dabei tätschelte er Milas Hand, sodass sie vor Überraschung keinen Ton herausbrachte, »ich verspreche Ihnen dafür, einen harmlosen Artikel zu schreiben und ihn mit einigen hübschen Gartenaufnahmen zu versehen. Die Geschmacklosigkeiten, die sich diese *Lady* ausgedacht hat, werde ich darin weder zeigen noch erwähnen.« Er ignorierte das fassungslose Keuchen seines Gegenübers und sprach weiter: »Ich bin sicher, damit ist Lord Huberts Wunsch entsprochen. Natürlich könnte ihm jemand raten, mir zu untersagen, überhaupt irgendwelche Aufnahmen von Stanmore zu veröffentlichen. Damit wäre der Beitrag – zumindest bei *Castles & Landscapes* – hinfällig. Was ich bisher jedoch recherchiert habe, reicht aus, um an anderer Stelle einen ordentlichen Wirbel zu veranstalten.«

Der letzte Satz gab Anthony den Rest. Wütend sprang er auf. Seine Halsschlagader schwoll an, Schweißperlen bildeten sich auf der Stirn. »Das werden Sie bereuen!«

Jetzt hat er eindeutig etwas Dämonisches an sich, dachte Mila. Und dennoch tat er ihr beinahe leid. Lucian hatte ihm überhaupt keine Wahl gelassen.

Vollkommen unberührt von Anthonys Reaktion stand Lucian in einer geschmeidigen Bewegung ebenfalls auf und griff nach ihrer Hand, als gehörte sie ihm. »Komm, Mädchen. Dein Freund hat dich gerade an mich verkauft.«

Anthony sah sie beide wortlos an. Offensichtlich überforderten ihn die Ereignisse der letzten Minuten. Plötzlich gab es eine Unterbrechung.

»Natürlich werdet ihr im Rose Cottage wohnen!« Margarets helle Stimme war laut genug, um jedwede Aufmerksamkeit auf sich zu ziehen. »Die Putzfrauen kommen um vier Uhr, und wenn die *Damen* keine allzu große Schweinerei angerichtet haben, dann ist das Haus nach dem High Tea bezugsfertig.«

Von Florence, die nicht weit entfernt mit Sebastian zusammenstand, war ein Schnaufen zu hören, und man musste nicht ihr Gesicht sehen, um zu wissen, dass sie nichts von ihrem Rausschmiss wusste.

Für sie war es jedoch höchstens ärgerlich, in so kurzer Zeit packen zu müssen. Schließlich wohnte sie ohnehin schon nicht mehr dort, während sich Mila wegen der ausgebliebenen Zahlung nicht einmal ein Hotelzimmer würde leisten können.

Wütend sprang sie auf. Ihr Stuhl fiel dabei um, aber das kümmerte Mila nicht. »Meine liebe *Lady* Margaret. Mit Vergnügen würde ich das Cottage sofort verlassen. Aber wissen Sie was? Mir fehlt das Geld für die Heimfahrt. Den halben Sommer beschäftigen Sie uns, um die Umgestaltung von Stanmore House zu beaufsichtigen. Wohlgemerkt nur beaufsichtigen. Unsere Entwürfe waren Ihnen ja plötzlich nicht mehr gut genug. Mag sein, dass das Ihre Sache ist, aber bisher haben wir noch nicht einen Penny der vertraglich vereinbarten Abschlagszahlungen gesehen oder unsere Auslagen erstattet bekommen.« Sie wandte sich an die übrigen Gäste. »Wir haben eine sanfte Neudekoration vorgeschlagen, und dafür wurden wir auch engagiert. Ich kann Ihnen versichern: Nicht eine dieser unfassbaren Scheußlichkeiten haben wir uns ausgedacht.« Ihr Feuer erwachte, doch das war ihr gleichgültig. »Lord Hubert hätte besser daran getan, den National Trust zu konsultieren als eine geschmacksfreie Kurtisane, die …«

»Komm!« Eine kühle Hand legte sich auf ihren Arm, und sie verstummte. Blind vor Empörung stolperte sie neben Lucian die Treppe zum Garten hinab. Von der Terrasse war nur höfliches Gemurmel zu hören.

Weil sie nicht glauben konnte, dass ihr peinlicher Ausbruch überhaupt nicht bemerkt worden war, drehte sie sich noch einmal um, bevor der Weg in einem Bogen ins Wäldchen und damit außer Sichtweite des Herrenhauses führte. Anthony stand hoch aufgerichtet am Treppenabsatz und blickte ihnen hinterher. Von Florence und Sebastian war nichts zu sehen, der Rest der Gesellschaft wirkte vollkommen entspannt.

»Was zur Hölle …?«

»Weiter«, war alles, was Lucian sagte.

Als sie die Stelle erreichten, an der sie vor weniger als drei Stunden mit Anthony gestritten hatte, blieb er stehen. »Hat er dich geschlagen?«

Erst jetzt spürte sie seine unterdrückte Wut, und plötzlich sah sie die Flügel. Größer und dunkler als je zuvor. Unwillkürlich wich sie zurück. Wäre sie sich nicht sicher gewesen, dass es die Sorge um sie war, die ihn dermaßen wütend machte, sie hätte sich auf dem Absatz umgedreht und wäre um ihr Leben gerannt. So töricht diese Reaktion auch sein mochte, denn natürlich hätte er sie im Nu eingeholt.

»Du machst mir Angst«, gab sie leise zu. Und als er nicht reagierte, sagte sie lauter: »Anthony hat mir nichts getan. Er wollte mich küssen. Da habe ich ihm in die … na ja, nach dem Tritt konnte er nicht mehr aufrecht stehen.«

Das Schwein hatte sie wahrhaftig gegen das bloße Versprechen, einen positiven Zeitungsartikel über Stanmore zu erhalten, eingetauscht! Sie hätte noch fester zutreten sollen. Vor Empörung war ihr ganz übel.

»Du bist das süßeste Geschöpf aller Welten, die ich jemals bereist habe.«

Damit hatte sie nun überhaupt nicht gerechnet. Ehe sie sichs versah, hielt Lucian ihr Gesicht in beiden Händen, als wäre es eine Kostbarkeit. Dabei sah er ihr tief in die Augen. »Womit habe ich dich verdient?«

Offenbar eine rhetorische Frage. Anstatt eine Antwort zu erwarten, küsste er sie mit einem Hunger, der seinesgleichen suchte.

Zuerst war sie zu erschrocken, um zu reagieren, aber dann erwiderte sie den Kuss von ganzem Herzen, bis sie jegliches Gefühl für Zeit und Raum verlor und es nur noch diesen teuflisch guten Liebhaber und ihre Sehnsucht nach seinen Berührungen gab. Lustvoll drängte sie sich näher an ihn heran, genoss die wachsende Leidenschaft, als gäbe es nichts anderes auf der Welt.

Ein Lachen riss sie aus ihrem Traum. Mila sah nach oben, und anstelle der Baumkrone, die eben noch die Arme über ihr ausgebreitet hatten, spannte sich dort oben nun ein unendlicher Himmel. Das Gelächter erklang aufs Neue, und jetzt sah sie auch die Möwen, die im Wind über dem Meer standen, auf der Suche nach Beute. Weit über ihnen kreiste ein mächtiger Seeadler. Lucian hatte sie in den Garten seines verwunschenen Cottage an den Klippen entführt, ohne dass sie etwas davon bemerkt hatte.

Er folgte ihrem Blick und entdeckte den Greifvogel. »O nein, bleib mir vom Hals!«, fluchte er, hob sie in seine Arme, als wäre Mila nur ein Federgewicht, und ging mit langen Schritten zum Haus. Die Terrassentüren schwangen wie von Geisterhand bewegt auf.

»Angeber!« Bemüht, nicht allzu beeindruckt zu klingen, gab sie ihm einen Kuss auf die Wange. Als hätte er geahnt, was sie vorhatte, drehte er im richtigen Augenblick den Kopf, und ihre Lippen trafen sich. Der Kuss endete abrupt, als Lucian sie schwungvoll auf das einladend breite Bett warf.

»Und wieso, bitte schön, bin ich hier gelandet?«, fragte sie mit einem Zwinkern und strich über die weiche Matratze.

»Möchtest du irgendwo anders hinreisen? Paris, New York …?«

»O Lucian, deine Augen …« Ihr verschlug es die Sprache. Die länglichen Pupillen waren eingebettet in ein strahlendes Grün, und nichts an *ihrem* Dunklen Engel nährte noch die Illusion, er könnte etwas anderes sein als das gefährlichste magische Wesen, das ihr jemals begegnet war.

Wie sie es liebte zu wissen, dass er sie begehrte. Mit katzenhaften Bewegungen näherte sie sich ihm auf allen vieren und gurrte: »Wo wir schon mal hier sind, könnten wir diese Gelegenheit auch ebenso gut nutzen, meinst du nicht?« Das kehlige Lachen, das sie neuerdings beherrschte, war ihr selbst noch immer fremd.

»Ich habe mich unmöglich benommen.« Mila setzte sich auf und wickelte das Betttuch um ihren Körper.

»Unauffällig geht anders«, gab er zu und setzte sich mit gekreuzten Beinen neben sie, wobei er weniger schamhaft war. In seinen Augen glomm ein warmes Licht, als er sich vorbeugte und ihr mit dem linken Daumen eine Träne aus dem Augenwinkel wischte.

Für einen Moment abgelenkt, überlegte sie, warum sie nicht schon früher gesehen hatte, dass er Linkshänder war. Durch die offene Tür kam ein kühler Windzug herein. Es war Abend geworden, und die Sonne sank in einem gloriosen Farbspiel dem Horizont entgegen.

»Das Schlimmste habe ich dir noch nicht gesagt!«

»Was kommt jetzt?«

Er wirkte mit einem Mal so unbeschwert, und es tat ihr leid, diese Stimmung zu trüben. Doch er musste Bescheid wissen.

»Ich fürchte, ich habe mich verraten. Erst dachte ich, Anthony hätte nichts bemerkt, aber dann hat er so merkwürdige Andeutungen über meine außergewöhnliche Augenfarbe gemacht. Lucian, ich glaube, er weiß, dass mit mir etwas nicht stimmt.«

»Milotschka.« Er beugte sich vor und küsste ihre Nasenspitze. »An dir ist alles genau so, wie es sein sollte. Keine Sorge, grüne Augen besitzen auch normale Sterbliche. Wenngleich nicht so bezaubernde wie du«, fügte er lächelnd hinzu und wirkte dabei keineswegs beunruhigt.

Bemüht, das warme Gefühl zu ignorieren, das seine Worte in ihrem Inneren geweckt hatten, sagte sie: »Anthony hat behauptet, es sei ihm nie zuvor aufgefallen, aber plötzlich, nach dem Streit, hielt er es offenbar – wie soll ich sagen? – für erwähnenswert. Und er war *nett*. Sogar ein Kompliment hat er mir gemacht.«

»Stimmt, damit macht sich ein Mann verdächtig.«

»Lach mich nicht aus!«

Verärgert darüber, dass er ihre Befürchtungen nicht ernst nehmen wollte, erzählte sie ihm, wie das Feuer versucht hatte, ihrer Kontrolle zu entkommen.

»Ich habe mich wie ein Vulkan kurz vor dem Ausbruch gefühlt.«

»Und das tust du sonst nie? Ich muss etwas falsch machen.« Er war eindeutig in einer seiner verspielten Launen, die sie so liebte.

Dieses Mal ging sie jedoch nicht darauf ein. »Es war anders als zwischen uns …« Sie konnte nicht glauben, was mit ihr geschah, und schüttelte unwillig den Kopf. »Manchmal kommt mir das Incendio wie ein lebendiges Wesen vor, das mich als seine Behausung sieht, die es zwar beschützen, aber auch besitzen will.«

Sekundenlang sah er sie wortlos an. »Warum bin ich nicht gleich darauf gekommen?« Er sah sie so merkwürdig an, dass sie Angst bekam.

»Worauf? Lucian, sag etwas«, flehte sie.

Als kehrte er aus einer fremden Welt zurück, sagte er mit flacher Stimme. »Nein, das kann nicht sein.«

»Wovon sprichst du?«

Das Lächeln, das er nur für sie reserviert hatte, verschwand. »Milotschka, mach dir keine Gedanken. Früher oder später hätte Anthony ohnehin herausgefunden, dass du keine normale Sterbliche bist.«

»Mag sein, aber wenn er es jetzt weiß, wieso will er trotzdem, dass ich während des Wochenendes in Stanmore aushelfe?«

»Wahrscheinlich möchte er dich unter Beobachtung halten. Wer könnte es ihm verdenken?« Lucian beugte sich vor, um sie zu küssen.

Bevor sich ihre Lippen berührten, sagte sie: »Trifft sich gut. Genau das habe ich auch vor.«

»Hast du den Verstand verloren?« Alle Zärtlichkeit war aus seinem Gesicht verschwunden.

»Keineswegs. Mich kann er nicht beeinflussen, mir wird höchstens schlecht davon.« Beim Gedanken an die unangenehme Übelkeit, die Anthonys Magie in ihr auslöste, zog sich ihr Magen zusammen.

Lucians Miene blieb ausdruckslos. Nichts ließ erkennen, dass er Milas Unwohlsein bemerkt hatte.

»Wie lange vermutest du denn schon, dass er ein Dämon ist?«

»Du weißt, dass ich ihn heute zum ersten Mal getroffen habe, aber der freundschaftliche Umgang mit Margaret legte den Verdacht nahe. Als er dann noch in der Nähe des Toten vom Strand gesehen wurde …«

Er hatte es die ganze Zeit geahnt? »Warum hast du mir nichts gesagt?«

»Hättest du mir geglaubt, wenn ich dir erzählt hätte, dein *Verlobter* sei ein seelenloser Verräter?«

»Nein, natürlich nicht …« Seine Worte sanken nun vollständig ein. »Seelenlos?«

»Was glaubst du, womit sich Menschen den Zugang zu Macht und Unsterblichkeit erkaufen? Mit ein paar Staatsanleihen?«

»Seelenlos und unsterblich«, flüsterte sie.

»Selten. Eher mit einer vergleichsweise langen Lebensspanne, falls man ein Dasein in Abhängigkeit und Leibeigenschaft so nennen möchte. Fünf-, sechshundert Jahre vielleicht. Die meisten halten nicht so lange durch.«

»Wie alt ist Anthony?« Furchtsam hielt sie den Atem an.

Lucian lachte, aber es klang nicht fröhlich. »Der? Der ist höchstens neunzig, wahrscheinlich sogar jünger.«

Neunzig Jahre alt!, entsetzte sich ihre innere Stimme. *Und mit diesem Methusalem wolltest du eine Familie gründen?*

Doch dann riss sie sich zusammen. »Ich kellnere nicht gern, das kannst du mir glauben. Aber ich habe trotzdem zugesagt. Personal beachtet niemand, und man bekommt eine Menge Dinge mit, von denen die Gäste keine Ahnung haben. Es wäre nicht das erste Mal, dass ich bei solchen Veranstaltungen serviere. Ich könnte dir da Sachen erzählen …«

»Nein.«

»Lucian, so kannst du nicht mit mir umspringen.« Sie hätte ihm sagen können, dass sie auf das Geld angewiesen war. Aber Mila brachte es nicht fertig, ihre prekäre finanzielle Situation zu erwähnen.

»Verstehst du immer noch nicht? Er hat zwar keine Ahnung, wer ich bin, aber so naiv, dass er mich weiter für einen normalen Sterblichen hält, ist dieser Dämon ganz bestimmt nicht. Wenn er dich in seine Gewalt bringt, hat er auch mich in seiner Hand.«

Hier wäre eine gute Gelegenheit gewesen um nachzufragen, wer er denn *wirklich* war. »Du hast dich auch ein bisschen zu weit aus dem Fenster gelehnt, oder?«

»Das kann man wohl sagen.« Er umarmte sie. »Eine Sternstunde der Undercover-Ermittlungen sieht anders aus.«

»Es ist meine Schuld. Stimmt's?«

»Nein.« Lucian wandte sich ab.

Doch sie wusste, dass er nicht die Wahrheit sagte. Auch wenn es zu ihrem Besten sein mochte, das offensichtlich geringe Vertrauen, das er ihr entgegenbrachte, verletzte sie sehr. Hatte sie nicht bewiesen, dass sie es sogar mit Dämonen aufnehmen konnte? Ehe sie jedoch reagieren konnte, klopfte es an der Tür.

Rasch warf er ihr das Kleid zu und stieg aus dem Bett. *Zieh dich an!*

Der Anblick seines muskulösen Rückens, der langen Beine, die eher zu einem Marathonläufer gehören mochten als zu einem Kraftsportler, weckte erneut die Leidenschaft in ihr. *Was für ein Hintern!* Unbewusst leckte sie sich die Lippen.

Mila, hör damit auf, oder unser Besucher bekommt einen Schock!

In ihrem Kopf ertönte das geliebte Lachen. Er war einfach zum Anbeißen.

Bitte, sagte er in komischer Verzweiflung.

Schon gut! Schweren Herzens riss sie sich vom delikaten Schauspiel los, das das Muskelspiel ihr bot, während er zur Tür ging, und zog rasch das Kleid über den Kopf. Der Schlafbereich war dank eines geschickt platzierten Bücherregals für Neuankömmlinge selbst dann nicht einsehbar, wenn die Lamellentüren weit geöffnet waren wie jetzt. Trotzdem schüttelte sie eilig die Decke auf und strich sie glatt. Die Türangeln quietschten, und gerade noch rechtzeitig gelang es ihr, das Höschen anzuziehen. Den BH beförderte sie mit der Fußspitze unters Bett.

»Komm rein.«

Angesichts des überraschenden Besuchs klang Lucian erstaunlich liebenswürdig.

Neugierig sah sie nun selbst nach, mit wem er da sprach. »Juna! Du meine Güte, was ist das?« Aber natürlich erkannte sie ihren Koffer wieder und auch die beiden Reisetaschen, in denen sich so gut wie ihr gesamtes Hab und Gut befand. Fragend sah sie Lucian an.

»Ich habe angenommen, dass du keine Lust haben würdest, deine Sachen im Beisein von Margarets Nachmietern einzupacken. Sie war so freundlich auszuhelfen.«

»Danke, du bist ein Engel!« Als ihr bewusst wurde, was sie da gesagt hatte, fiel sie Juna lachend um den Hals.

»Du auch«, entgegnete die sympathische Frau, die eine neue Freundin werden könnte, wenn es nach Mila ging. Doch dann wurde sie ernst. »Wir müssen uns unterhalten.«

Lucian, der immerhin höflich genug gewesen war, sich ein Tuch um die Hüften zu schlingen, bevor er die Tür geöffnet hatte, nahm ihr das Gepäck ab und bat sie herein.

Sie konnte den Blick kaum losreißen. Seine anfangs nahezu weiße Haut hatte einen warmen Goldton angenommen, und das blonde Haar wirkte eine Spur heller, was einen hübschen Kontrast ergab, wie sie fand. *Vielleicht liegt es daran, dass er sich in letzter Zeit kaum in der Unterwelt aufgehalten hat*, dachte Mila.

»Möchtet ihr etwas trinken?«, fragte Lucian.

Junas Augen wurden riesengroß, Mila musste lachen. »Sag bloß, er war nicht schon immer der perfekte Gastgeber?« Sie setzte sich an den blank gescheuerten Esstisch und zeigte auf den Stuhl neben sich. »Ob ich wohl ein Glas Wein haben könnte?«, fragte sie in seine Richtung und zwinkerte ihm zu.

»Natürlich. Und für dich, Juna?« Das warme Lachen in seiner Stimme ließ schnell vergessen, wer er wirklich war.

Wobei ich in Wahrheit überhaupt nicht weiß, wer dieser Kerl eigentlich ist, an den ich Stück für Stück mein Herz verliere.

Zu Juna sagte sie: »Er besitzt die besten Weine, die man sich erträumen kann. Ich würde es schamlos ausnutzen.«

»Das kann ich mir geradezu bildlich vorstellen«, neckte Lucian sie, und weil Juna offenbar ihre Sprache verloren hatte, öffnete er eine Flasche Weißwein und brachte sie zusammen mit drei Gläsern an den Tisch. »Ein klarer Südafrikaner. Nichts Besonderes, aber ich denke, er passt gut zu einem herrlichen Sommerabend wie diesem.«

Die Gläser beschlugen, als er einschenkte, und Mila genoss wortlos das Bouquet und ihren ersten Schluck. Er war überhaupt nicht mit dem Zeug vergleichbar, das Margaret ihren Gästen serviert hatte. Sofort musste sie wieder an ihren Fauxpas während des Essens in Stanmore denken und sagte rasch: »Danke, dass du mir das Einpacken abgenommen hast. Ist es nicht abscheulich von dieser *Lady*, uns einfach so für ihre Sukkubus-Kolleginnen rauszuschmeißen? Es wird mir ein Vergnügen sein, jeder von ihnen den billigen Prosecco, den sie zweifelsohne ausschenken wird, in den ordinären Ausschnitt zu kippen.«

»Du wirst nichts dergleichen tun.«

Ohne ihn anzusehen, sagte sie: »Männer können so starrsinnig sein, findest du nicht auch?«

Belustigt sah Juna von einem zum anderen. »Das macht ihr besser unter euch aus.« Ihr Blick blieb an Lucian hängen. »Lange können wir die Angelegenheit nicht mehr unter Verschluss halten. Das ist doch hoffentlich klar, oder? Den Toten am Strand hat man als einen Touristen identifiziert, der offenbar leichtsinnigerweise über die Absperrungen gestiegen und hinabgestürzt ist. Das Verschwinden der Betreiber der Fallschirmspringerschule hat allerdings einigen Staub aufgewirbelt. Es gibt Zeugen, die sagen, die beiden seien ein Herz und eine Seele gewesen und hätten sogar von Heirat gesprochen. Bis plötzlich eure Lady Margaret aufgetaucht ist. Unter den Fliegern heißt es, sie sei gekommen, um ein Flugzeug zu besichtigen, für das sich ihr Mann interessierte, und sie hätte diesen Mick ziemlich angemacht.«

»Du weißt, dass es gute Gründe gibt, noch nichts zu unternehmen.«

Mila konnte nur ahnen, worüber sie sprachen. Dennoch stellte sie keine Fragen. Dafür wäre später ausreichend Zeit. Hoffte sie jedenfalls.

»Das verstehen wir. Arian lässt dir ausrichten, dass er euch drei Tage gibt. Danach wird er Gabriel informieren.«

»Wenn er nicht so ein verdammter Heiliger wäre, würde er dabei helfen, die Sache aufzudecken.« Lucian hob die Hand, als Juna etwas einwenden wollte. »Ich weiß! Ich mache dir auch keinen Vorwurf. Sag ihm, der Deal gilt.«

Seine Flügel nahmen im Laufe des Gesprächs immer deutlicher Gestalt an. Inzwischen reichten sie fast bis zur Decke des Cottages. Auch die roséfarbenen Schwingen ihrer Besucherin waren nicht mehr zu übersehen. Sie waren kleiner als die von Lucian, weniger bedrohlich, der Anblick dieser bei jeder Bewegung wechselnden Pudertöne jedoch faszinierte Mila, und sie zuckte zusammen, als sich der Engel unerwartet erhob.

Dieses unirdische Wesen erinnerte wenig an die junge Frau, mit der sie gestern noch freundschaftlich und auf Augenhöhe geplaudert hatte. Jetzt befand sie sich meilenweit von ihr entfernt. Hier die ahnungslose Sterbliche fragwürdiger Herkunft, dort ein himmlisches Geschöpf voller Liebreiz und Anmut. Und dennoch fühlte sich Mila auf eine irritierende Weise eng mit ihr verbunden. Gebannt starrte sie sie an.

Junas Körperhaltung bewies, dass sie ihre Aufmerksamkeit durchaus zur Kenntnis nahm, trotzdem gönnte sie ihr keinen Blick, als sie Lucian antwortete. »Ihr wisst, wie wir zu erreichen sind, solltet ihr uns brauchen. Ich muss zurück. Es scheint sich herumgesprochen zu haben, dass ich etwas von Tieren verstehe. Jedenfalls werde ich neuerdings ständig von den Nachbarn angesprochen, ob ich nicht *nur mal kurz* nach ihren Lieblingen sehen könnte.«

»Als wenn du das nicht gern tun würdest!«, sagte Lucian und wirkte dabei überraschend aufgeräumt. »Dann wollen wir dich nicht von deinen Aufgaben abhalten. Grüß Arian von mir.«

»Du kannst es nicht lassen«, sagte sie vorwurfsvoll, doch in ihren Augen glitzerte der Schalk. Einfach so war sie wieder zu der Juna geworden, mit der sich Mila eine Freundschaft vorstellen konnte. *Nein*, korrigierte sie sich in Gedanken. Sie wünschte sich, mit ihr befreundet zu sein.

Sie ließ es sich nicht nehmen, Juna zur Tür zu begleiten. »Kann ich dich anrufen?« Hastig sah sie sich um, aber Lucian ging heute offenbar vollkommen darin auf, häuslichen Pflichten nachzugehen, und hatte damit begonnen, die Spülmaschine auszuräumen.

Der Engel folgte ihrem Blick und grinste. »Damit hast du ihn praktisch in der Hand. Es würde seinen Ruf ganz schön lädieren, wenn jemand wüsste, dass er in seiner Freizeit Hausarbeit erledigt. Arian ist genauso, aber verrat mich bloß nicht.« Kaum hörbar fügte sie hinzu: »Jederzeit.«

20

Für das, was er getan hatte, würde sie ihn hassen. Gehasst zu werden, war nichts Ungewöhnliches für einen Herrscher, der bedingungslos schützte, was ihm gehörte. Dafür ihr Vertrauen aufs Spiel zu setzen, war ihm nicht leichtgefallen. Doch Mila war nicht dumm, und sie würde bald erkennen, dass er ihr nicht erlauben konnte, ein Haus zu betreten, in dem es an diesem Wochenende gefährlicher zugehen würde als in einer Schlangengrube.

Noch dazu als Kellnerin! Überhaupt hatte er Probleme damit einzusehen, warum sich jemand wie sie ihren Unterhalt als Dienstbotin verdienen wollte. Sie konnte doch alles von ihm haben.

Königinnen hatte er geliebt, Göttinnen verführt und Kriegerinnenherzen zum Schmelzen gebracht. Nur die Starken, die Selbstbewussten unter ihnen schafften es, sein Interesse länger zu fesseln. Mila war für ihn die Schönste und dank ihres Geheimnisses möglicherweise sogar eine der mächtigsten Frauen, die sich ihm jemals hingegeben hatten. Und dies mit einer Leidenschaft, die der seinen um nichts nachstand. Sie verhielt sich natürlich, war meistens fröhlich und besaß neben einem scharfen Verstand auch einen speziellen Sinn für Humor, mit dem sie ihn in den erstaunlichsten Situationen zum Lachen bringen konnte. Und nun, da sich Mila ihm mit Leib und Seele anvertraut hatte, würde er nicht zulassen, dass ihr etwas zustieß. Selbst die unsterbliche Seele würde er riskieren, um sie zu beschützen.

Gib es zu, du hast dein Herz an sie verloren, flüsterte seine innere Stimme, und dieses Mal widersprach Lucian nicht.

Die heimlich kopierte Gästeliste, die Mila ihm zugesteckt hatte, brauchte er nur zu überfliegen, um zu wissen, dass sich an diesem Wochenende einige der einflussreichsten Persönlichkeiten des Landes auf Stanmore treffen würden. Dass sich darunter keine einzige Frau befand, reichte fast schon als Beweis, wer die Drahtzieher waren. Natürlich gab es überall in der magischen Welt Leute, die weibliche Wesen nicht als gleichberechtigt akzeptieren wollten. Soweit er das beurteilen konnte – und Lucian war schon eine ganze Weile dabei, um nicht zu sagen, von Anfang an –, hatte die Schöpfung diese Form der Geschlechtertrennung aber niemals vorgesehen. Außerdem gab es in allen Dimensionen und Pantheons schon immer so viele mächtige Göttinnen, Feenköniginnen und Herrscherrinnen, dass jedermann gut daran tat, mit ihnen zu rechnen.

Es gab eigentlich nur ein Reich, in dem das Geschlecht eine sonderbare Rolle spielte. In den traditionellen Überlieferungen der Dämonen kamen einfach gar keine Frauen vor. Dabei gab es durchaus einflussreiche Dämoninnen, und nicht wenige von ihnen verfügten über beeindruckende magische Fähigkeiten. Ihre Herrscher allerdings zogen es vor, dies zu ignorieren. Durival, der eine seiner Töchter zur Nachfolgerin ernannt hatte, war eine Ausnahme. Da er bestimmt nicht vorhatte, in absehbarer Zeit abzutreten, konnte dies aber auch einer seiner undurchsichtigen Schachzüge sein. Oder er wollte damit nur seinen Erben Noth brüskieren, von dem er wohl annahm, dass es ihn mehr als alles andere beleidigte, ausgerechnet von einer Frau ersetzt worden zu sein.

Da nun sicher war, dass Dämonen hinter dem konspirativen Treffen in Stanmore House steckten, wunderte es Lucian nicht, dass zu diesem nur Männer geladen waren.

Das im Arbeitszimmer des Lords belauschte Gespräch hatte ihn auf eine Idee gebracht. Offenbar kannte den Vertreter des so tragisch verstorbenen Politikers aus Brüssel kaum jemand persönlich. Für Lucian war es nicht weiter schwierig, dessen Rolle – und was ausgesprochen praktisch war – auch die Gestalt des Gastes anzunehmen. Dass der Mann recht passabel aussah und einen Hang zum Glücksspiel hatte, erleichterte ihm die Sache kolossal. Während sich Castellucci unter der Aufsicht eines Dunklen Engels in Monte Carlo vergnügte, übernahm er nun dessen Part in Stanmore. Der Sterbliche sollte sich nach seinem Ausflug ins Casino an nichts mehr erinnern. Dafür würde sein höllischer Begleiter schon sorgen.

Ausgestattet mit den notwendigen Informationen, einer Limousine mit Fahrer sowie der entsprechenden Garderobe aus seinem eigenen Bestand, ließ er sich zum Herrenhaus chauffieren. Wenig später schüttelte er bereits unerkannt die Hände des gastgebenden Ehepaars, wobei er nicht vergaß, dem servilen Assistenten des Hausherrn zuzunicken, der nicht das Zeug dazu hatte, ihn in der vollendeten Maske zu erkennen. Anthony ahnte nicht einmal, dass es nicht der echte Castellucci war, der seinen Koffer in der Halle von Stanmore House abstellte.

Margaret hatte ihre Gedanken immer noch nicht unter Kontrolle. Lüstern taxierte sie ihn, fest entschlossen, diesen

Leckerbissen nicht ihren seelenhungrigen Kolleginnen zu überlassen.

Allmählich fragte sich Lucian, wie verzweifelt jemand sein musste, um ausgerechnet sie mit einer doch offenbar wichtigen Aufgabe zu betrauen.

»Bellissima.« Er verbeugte sich und zwinkerte ihr dabei so unverschämt zu, dass Lord Hubert rot anlief. Im Weggehen hörte er deutlich Anthonys Stimme. »Ich dachte, der ist schwul?«

»Nicht, wenn ich ihn mir vornehme.«

Die Frau hat wirklich einen Knall, dachte Lucian und empfand dabei beinahe Mitleid mit ihrem Ehemann, der hoch aufgerichtet auf die nächsten Ankömmlinge wartete und vorgab, nichts von dem Getuschel zu hören.

Er hatte eine ziemlich genaue Vorstellung, wie das Wochenende ablaufen sollte. Die Männer würden essen, trinken, Zigarren rauchen und es genießen, in entspannter Runde über ihre Interessen zu sprechen. Ein Vertreter der gastgebenden Partei, idealerweise jemand, den sie kannten und dem sie vertrauten, würde das Gespräch in gewisse Bahnen lenken. Am folgenden Tag gäbe es gesellige Unterhaltung, bei der es an Damen und bei Bedarf natürlich auch Herren nicht fehlte. Jeder der Gäste hätte die Gelegenheit, seinen ganz persönlichen Freizeitbeschäftigungen nachzugehen. Tontaubenschießen, ein Ausritt oder eine Kutschfahrt, angenehmes Nichtstun oder Sex. Und wer für Sex nicht zu haben war, den würde man am Ende mit irgendetwas anderem erpressen können. Sei es ein Gang in die Sauna, der Genuss illegaler Drogen oder vielleicht ein verbotenes Jagdabenteuer.

Während das neue Zimmermädchen ihn in sein Apartment brachte, überlegte er, welche *Sünde* man sich für ihn ausgedacht hatte. Die Kleine bot zweifellos einen appetitlichen Anblick, doch sie war durch und durch menschlich und wirkte nicht, als hätte sie vor, ihr Gehalt an diesem Wochenende durch horizontale Nebenverdienste aufzustocken. Mit einem großzügigen Trinkgeld entließ er sie.

Sein Zimmer hatte keinen Parkblick. Der europäische Abgeordnete, in dessen Rolle er geschlüpft war, gehörte nicht zu den wichtigen Gästen, obwohl man davon ausging, dass er schon bald seinen auf so rätselhafte Weise *aus dem Leben gegangenen* Kollegen ersetzen würde. Doch weder war seine Ernennung beschlossene Sache, noch wusste man viel über seine Schwächen und Leidenschaften. Dass er sich für ein Europa unter einer starken Führungsnation ausgesprochen hatte, war bekannt. Ansonsten war Leonardo Castellucci ein weitgehend unbeschriebenes Blatt.

Lucian lächelte und sah zum Fenster hinaus. Es war später Nachmittag, und er blickte auf eine bemerkenswerte Ansammlung kostspieliger Limousinen hinab. Dieses Bild dürfte seine Lordschaft nicht erfreuen, hatte er doch auch Lucian noch kürzlich ausrichten lassen, *der Herr Journalist möge doch freundlichst sein Gefährt* auf dem Personalparkplatz abstellen.

Der Lord Hubert, dem er eine Stunde später zuhörte, wie er seine Gäste begrüßte, wirkte weniger manieriert. Mit knappen Worten hieß er sie willkommen, während im Hintergrund der Blick auf die gedeckte Tafel frei wurde. Er erwarte einen millionenschweren russischen Industriellen, der am nächsten Tag aus Aberdeen kommen würde, erfuhren sie. Männer von Rang und Einfluss hatten sich hier versammelt: Abgeordnete der beiden großen Parteien, Lords aus dem Oberhaus, ein Bankvorstand, der chinesische Botschaftsangehörige, von dem jeder wusste, dass er den hiesigen Geheimdienst seines Landes leitete, ein brasilianischer Unternehmer.

Der geladene Kirchenmann sowie ein weiterer Vertreter der Finanzwelt fehlten noch, was die überzähligen Plätze an der Tafel erklärte. Die Herren seien, verkündete der Butler, soeben eingetroffen und gesellten sich in Kürze zu ihnen.

Der irische Minister an seiner Seite beugte sich zu ihm herüber: »Traurige Gesellschaft hier, finden Sie nicht auch, Leo? Unser frisch vermählter Hubsie hätte seine Gattin fortschicken und ein paar *Damen* einladen sollen.« Er zwinkerte Lucian zu. »Oder so.«

Der erwiderte das vertrauliche Grinsen nur schwach. Er hatte, wie einige andere, die Sitzordnung inspiziert und dachte, dass es kein Zufall sein konnte, später beim Dinner ausgerechnet diesen überraschend jungen, nicht unattraktiven Minister an seiner Linken zu haben. Katholisch, verheiratet und Vater von drei Kindern, musste der arme Kerl seine wahren Neigungen geheim halten, wenn er im Amt bleiben wollte. »Wie geht es Ihrer Familie?«, fragte Lucian, ohne weiter auf die Anspielung einzugehen.

Der Mann reagierte humorvoll. »Und selbst? Ist das Aufgebot bestellt?«

Lucian verzog die Miene, als gefiele ihm die Frage nicht. Castellucci, hieß es, unterhielt ein Verhältnis mit der Schwester eines Internetmillionärs. Hinter vorgehaltener Hand erzählte man sich, dass es sich um die Vermählung von neuem und altem Geld handelte. Castellucci senior war ein mächtiger Römer mit besten Kontakten in den Vatikan. Verbindungen zur organisierten Kriminalität sagte man ihm nach, hatte bisher jedoch nichts nachweisen können. Wohl auch deshalb, weil er zudem freundschaftliche Beziehungen bis in die höchsten Ränge seiner Regierung pflegte.

Castellucci senior, ebenso wie erstaunlicherweise auch der nicht einmal dreißigjährige Bruder seiner zukünftigen Frau, gab sich konservativ und hätte kein Verständnis dafür, wenn Leonardo gelegentlich auch ein Auge auf junge Männer warf. Bisher hatte die römische Gesellschaft den jungen Castellucci nur als braven Verlobten kennengelernt. Gäbe es gegenteilige Beweise, würde dies Anthonys Zuversicht erklären, die er bei seinem Gespräch mit Lord Hubert gezeigt hatte. Der Mann wäre bereits jetzt erpressbar.

»Wir brennen darauf, *naturalmente!*«, sagte Lucian mit einem frivolen Zungenschlag, der dem offensichtlich auf Verbrüderung spekulierenden Iren eine zarte Röte in die Wangen trieb. »Aber liegt das Glück der Liebenden am Ende nicht stets in Gottes Hand?« Dazu machte er eine wegwerfende Handbewegung.

Kurz dachte er darüber nach, ihm einen nächtlichen Besuch abzustatten, der, erführe jemand davon, die Karriere des leichtfertigen Mannes garantiert beenden würde. Doch unerwartet erschien das süße Gesicht seiner leidenschaftlichen Geliebten vor seinem geistigen Auge, und er verwarf den Gedanken sofort wieder.

Während sein Gesprächspartner noch nach einer passenden Antwort suchte, wurden die neu eingetroffenen Gäste vom Butler angekündigt.

Der Vertreter einer der ältesten und weltweit mächtigsten Ratingagenturen wirkte ausgesprochen menschlich, wenn man das in diesem Zusammenhang sagen durfte. Offenbar war er nicht unbekannt, denn es hoben sich gleich mehrere

Köpfe. Man lächelte oder nickte ihm zur Begrüßung zu. Im Laufe der Geschichte waren die Buchhalter und Spekulanten häufig einflussreicher gewesen als ihre Herren. Nicht immer hatte sich dies als günstige Konstellation herausgestellt.

Etwas lag plötzlich in der Luft, das nichts mit der zweifellos charismatischen Ausstrahlung des Mannes zu tun hatte. Mit dem gebührenden Abstand und dabei nicht nur auf Wirkung bedacht betrat danach ein hoher Kirchenvertreter mit säuerlichem Gesichtsausdruck den Raum. Es dauerte nur wenige Sekunden, bis Lucian erkannte, wer sich hinter der nahezu perfekten Maske verbarg. Er hatte keine Ahnung gehabt, dass sich auch Arian auf die Kunst der Gestaltwandlung verstand. Offenbar ein Erbe seines Vaters.

»Da wir nun vollzählig sind«, verkündete Lord Hubert nicht ahnend, wer sich da unter seinen Gästen befand, »bitte ich die Herren zu Tisch!«

Unter zustimmendem Gemurmel nahmen die Männer ihre Plätze ein. Arian setzte sich rechts neben Lucian. Er unterhielt sich mit dem Sitznachbarn auf der anderen Seite, machte ein paar Scherze und versuchte danach, auch mit dem vermeintlichen Castellucci ins Gespräch zu kommen, der allerdings spröde reagierte.

»Kopfschmerzen«, erklärte er bei Arians drittem Versuch, ihn an der Unterhaltung zu beteiligen, und rieb sich die Schläfen. »Das englische Wetter ist gewöhnungsbedürftig, finden Sie nicht auch?« Zu gern hätte er gewusst, ob der Engel ihn erkannt hatte.

Doch der gab sich keine Blöße und befand nur, dass es für hiesige Verhältnisse ein ausgesprochen schöner Sommer gewesen sei. »Natürlich ist es nicht mit Italien zu vergleichen, aber ich kann mir vorstellen, dass Sie sich in Brüssel auch manchmal frische Luft und eine klärende Brise wünschen.« Dazu lachte er meckernd, bis Lucian ihm am liebsten das alberne Kostüm mit etwas Engelsfeuer in Brand gesetzt hätte.

Die übrigen Tischgespräche drehten sich um Golf, Frauen und schnelle Autos. Es war geradezu absurd, wie normal sich alle verhielten, obwohl sie ahnen mussten, dass sie nicht nur zum Vergnügen eingeladen worden waren. Seinem *Namensgeber* jedenfalls hatte man zu verstehen gegeben, es ginge um nicht weniger als die Rettung Europas und dessen Stellung in der Welt.

Nach dem Essen machte Lord Hubert es sich zur Aufgabe, Leonardo Castellucci, den die wenigsten hier persönlich kannten, unter seine Fittiche zu nehmen und jedem seiner anderen Gäste vorzustellen.

Es gab einen peinlichen Moment, als sich einer der ultrakonservativen Abgeordneten wegdrehte, bevor er ihm die Hand geben musste. Das war bedauerlich, aber nicht zu ändern. Lucian machte keinen weiteren Versuch, ihn in ein Gespräch zu verwickeln, genoss jedoch mit diabolischem Vergnügen die Gedankenspiele, die ausnahmslos darauf angelegt waren, den selbstgerechten Kerl ins Unglück zu stürzen.

Bald darauf verkündete der Gastgeber, dass er die Herren nun zur Gesprächsrunde bitten wollte, bei der er dann wenig später ohne lange Vorrede auf den Punkt kam.

»Verehrte Freunde, die Welt ist in Aufruhr. Europa steht an einem entscheidenden Wendepunkt, und wir sind heute hier zusammengekommen, um unserer Heimat unter die Arme zu greifen, dabei nicht unterzugehen.«

Überrascht registrierte Lucian eine bemerkenswerte Kraft in dem Mann, der sich gestern noch von einem mittelmäßigen Dämon wie Anthony hatte einschüchtern lassen. Seine Überzeugungen beflügelten ihn und machten ihn zu einem charismatischen Redner. Mit wenigen Worten fasste er am Ende seine Absichten zusammen: »Die Ziele der Bruderschaft sind klar. Wir setzen uns dafür ein, dass freie Staaten nicht länger Getriebene der Finanz- und Energiemärkte sind.« Dabei nickte er dem chinesischen und brasilianischen Gast zu, die beide wirkten, als wären ihnen diese Pläne bereits bekannt. »Wir glauben, dass Europa die Krise nur unter der Führung eines starken Großbritannien überwinden wird. Brüssel hat sich in den Tentakeln einer übermächtigen Verwaltung verfangen und ist längst handlungsunfähig. Wir brauchen flache Strukturen und fähige Köpfe. Sie, meine Herren, sind die Elite. Lassen Sie uns Europa gemeinsam retten!«

Einen Augenblick lang herrschte Stille. Dann plötzlich stand einer der Lords auf und applaudierte. Ihm folgten nach und nach alle anderen. Wer womöglich von den Plänen nicht überzeugt war, konnte sich der euphorischen Stimmung, die den Raum erhellte, dennoch nicht entziehen. Zuletzt, wenn auch nur um sich nicht zu verraten, erhoben sich auch Lucian und Arian.

Nachdem sich die Unruhe wieder gelegt hatte, sagte Lord Hubert: »Sie alle haben zugestimmt, Stillschweigen über dieses Treffen zu bewahren. Wie auch immer Sie sich nach diesem Wochenende entscheiden, die Diskretion wird bewahrt werden. Aus diesem Grund sind wir heute Abend unter uns. Kein Sekretär und … keine Frauen.« Er stimmte verlegen in das vereinzelt zu hörende Lachen ein. »Seien Sie unbesorgt, morgen wird sich das ändern. Länger würde meine Frau es mir auch gar nicht gestatten, Sie von den Vergnügungen des Landlebens fernzuhalten.« Jetzt lachten alle.

Hört, hört! war zu vernehmen, Stühle wurden gerückt, und bevor er ihnen einen angenehmen Abend und eine gute Nacht wünschte, wies Lord Hubert noch auf die Pläne des kommenden Tages hin. »Ein Programm finden Sie in Ihrem Zimmer. Frühstück für die Jäger wird ab vier Uhr serviert. Die Langschläfer erwartet ein Brunch, und wer sich gar nicht erheben mag, für den gibt es natürlich auch Zimmerservice. Hauptsache, wir sehen uns morgen Abend zum Gartenfest meiner Frau wieder. Sie hat auch Freunde und Nachbarn eingeladen und wird mir das Leben zur Hölle machen, wenn nicht alles wie geplant läuft. Sie sehen also, mein Glück liegt in Ihren Händen, Gentlemen.« Mit diesen launigen Worten überließ er sie der Fürsorge seines fähigen Butlers. Im Hinausgehen hörte man ihn sagen: »Wenn Sie den Wetterbericht kennen, dann wissen Sie auch, welche Macht sie hat. Es soll der schönste Tag des Jahres werden.«

»Guter Mann. Humor hat er auch. Natürlich kann niemand Einfluss auf die Elemente nehmen, schon gar keine Frau.« Der Geistliche, oder vielmehr Arian, stand dicht neben ihm und sah Leonardo herausfordernd an.

»So ist es, Monsignore.« Er bekreuzigte sich oder deutete es zumindest an. Arian wirkte enttäuscht. Hatte er wirklich geglaubt, ihn damit testen zu können? Unwahrscheinlich. Mit Sicherheit wollte er Leonardo Castellucci nur ein wenig abklopfen.

Bald darauf verabschiedete sich Lucian von seinem brasilianischen Gesprächspartner, der ihn mit Beschlag belegt hatte, sobald deutlich wurde, dass er fließend Portugiesisch sprach. Der *Senhor* selbst quälte sich mächtig mit der englischen Sprache, sodass ihm niemand lange zuhören mochte.

Lucian fand die ausschweifenden Erzählungen des Mannes nicht besonders spannend, und den künstlichen Akzent aufrechtzuerhalten, nervte ihn ebenfalls. Wie jeder Engel beherrschte er alle Sprachen dieser Welt und noch ein paar andere dazu. Das war normalerweise sehr praktisch, hätte aber in dieser Situation unnötig die Aufmerksamkeit der anderen Gäste auf sich gezogen, denn Castellucci besaß diese Fähigkeit nicht.

»Meine Kopfschmerzen bringen mich um«, behauptete er schließlich und verabschiedete sich. »Wir sehen uns morgen.« Noch während er den Raum verließ, zog er sein Smartphone aus der Tasche. Keine Nachricht von Juna. *Gut.* Sie hatten vereinbart, dass sie sich nur melden sollte, falls etwas schiefgehen würde. Und doch hätte er gern gehört, dass es Mila gut ging. Er schüttelte den Gedanken ab und lief die Treppe in den zweiten Stock hinauf. Die Hand bereits auf der Klinke seiner Zimmertür, drehte er sich um und lauschte in die Dunkelheit. Es dauerte nicht lange, bis er fand, wonach er gesucht hatte.

Mit einem zufriedenen Lächeln auf den Lippen durchquerte er lautlos das fremde Zimmer, ohne den Lichtschalter zu betätigen. Dieser Raum glich seinem, allerdings gehörte er einem der vermeintlich bedeutenderen Gäste.

Eine Weile schaute Lucian in den dezent beleuchteten Park hinunter, dann öffnete er sich für die Geheimnisse des Ortes. Außer dem Butler und natürlich Arian war niemand im Haus, der auch nur ein Spur Magie im Leib hatte. Wahrscheinlich ließen es sich Margaret und die anderen Sukkubi in dem nahe gelegenen Luxushotel gut gehen, von dem es hieß, es verfüge über eines der vortrefflichsten Spas Europas. Er hatte erfahren, dass zum Fest noch weitere Freundinnen der Hausherrin erwartet wurden. Das Rose Cottage nutzten sie höchstens als Liebesnest. Es war viel zu klein, um alle darin unterzubringen.

Warum Anthony das Haus ebenfalls verlassen hatte, statt wenigstens im Hintergrund zu agieren, konnte er nicht ergründen. Gewiss war es klug von Lord Hubert gewesen, dafür zu sorgen, dass man bei der entscheidenden Ankündigung unter sich geblieben war, aber Anthony gleich vollständig aus Stanmore House zu verbannen, sah ihm gar nicht ähnlich. Die Vorbereitungen für den morgigen Tag mochten größtenteils getroffen worden sein. Aber hatten Gastgeber beziehungsweise ihr Personal nicht immer bis zur letzten Minute zu tun?

Es sprach für die erfahrenen Eventmanager und ihre Mitarbeiter, die nahezu unbemerkt agierten, dass Stanmore's Gärten und die anschließende Parklandschaft so gut wie unverändert wirkten.

Natürlich war Magie im Spiel. *Fantastic Fairies* hieß nicht nur so, es wurde auch von Feen betrieben. Die Firma arbeitete mit bemerkenswerter Effizienz und besaß zu Recht einen exzellenten Ruf. Seit zwei Jahrhunderten richtete sie die fantasievollsten Gartenfeste aus, die man sich mit Geld erkaufen konnte. Hoffentlich würde den Gästen der morgige Abend nur aus diesem Grund in Erinnerung bleiben.

Doch Lucian hatte eine ungute Vorahnung, und er irrte in diesen Dingen selten. Deshalb durfte er es nicht erlauben, dass Mila – als was auch immer – am Fest teilnahm. Ursprünglich waren sie und Florence ja sogar von Lady Margaret eingeladen worden, bevor diese von ihrer Freundschaft zu Anthony erfahren und Lucian ihr unmissverständlich einen Korb gegeben hatte. Für einen Sukkubus musste es ein herber Schlag sein, sich nicht gegen ein, wie sie fand, vollkommen unerotisches Mädchen durchsetzen zu können.

Lucian lachte leise. *Hat die eine Ahnung!*

Margaret mochte ihre Gedanken nicht unter Kontrolle halten können, doch er hielt sie für ein skrupelloses Miststück. Sollte die Dämonin dahintergekommen sein, dass Mila keineswegs nur eine normale Sterbliche war, teilte er dieses Wissen unter Umständen mit dem Sukkubus und – was viel schwerer wog – mit ihrem Auftraggeber. In diesem Fall schwebte Mila in akuter Lebensgefahr und war momentan in der Obhut eines elysischen Engels am sichersten aufgehoben. Ob die Mittel, die er gewählt hatte, auch klug gewählt waren, musste sich erst herausstellen.

Milotschka. Sie fehlte ihm bereits nach den wenigen Stunden, die er sie nicht gesehen hatte. Ihr schelmisches Lächeln, der unverwechselbare Duft ihrer zarten Haut … Widerstrebend verbannte er die Erinnerung an die sinnlich geschwungene Linie ihres Nackens, die er so gern mit dem Finger nachzeichnete, immer weiter hinunter bis zur schmalen Taille, dem runden …

Konzentrier dich!, ermahnte er sich und drehte sich um. Angelehnt ans Fensterbrett, die Arme vor der Brust verschränkt, lauschte er den Schritten, die langsam näher kamen.

Der Mann betrat den Raum und schloss die Tür lautlos hinter sich, während sein Mundwinkel zuckte. »Ich wusste es!«

»Und wie bist du auf Castellucci gekommen, Hochwürden?«, fragte Lucian und bemühte sich, Arian nicht erkennen zu lassen, dass ihn die Antwort außerordentlich interessierte.

»Der Italiener ist einfach der am besten aussehende Kerl in der gesamten Versammlung. Eitelkeit kann tödlich enden, schon vergessen, verehrter *Marquis*?«

Insgeheim musste sich Lucian gestehen, dass es womöglich ein Fehler gewesen wäre, in die Rolle des in der Tat recht passabel aussehenden Castellucci zu schlüpfen, wenn er es darauf angelegt hätte, nicht von Arian erkannt zu werden. Zugeben würde er das natürlich nicht.

Stattdessen zeigte er für einen kurzen Augenblick sein wahrhaftiges Gesicht und hielt auch die dunklen Flügel nicht verborgen. »*Duke*, mein Lieber. Dein Vater hat mich freundlicherweise befördert.«

Arian mochte es nicht, wenn jemand über seine wahre Herkunft sprach. Die Wenigsten wussten davon, aber Lucian ließ keine Gelegenheit aus, ihn daran zu erinnern, dass seine jetzige Position als Botschafter zwischen Elysium und Hades, wie der Lichtbringer seine Unterwelt gern nannte, eben jenem mächtigen Herrscher zu verdanken war – ebenso wie seine Existenz.

»Ich fasse es nicht«, stöhnte Arian und ließ sich in einen Sessel fallen. »Er hat Herzogtümer eingeführt?«

»*Ein* Herzogtum, um präzise zu sein. Und du kannst sicher sein, es gab auch vorher schon genug zu tun.«

»Das glaube ich dir allerdings.« Er machte keinen Hehl daraus, dass er froh war, nicht in Lucians Haut zu stecken. »Was kommt als Nächstes? Wird er sich selbst zum Kaiser krönen?«

»*Das* lässt du ihn besser nicht hören. Er ist mindestens einen Daumenbreit größer als Napoleon.«

»Ja, natürlich. Jetzt war ich es offensichtlich, der die tödlichen Folgen von Eitelkeit vergessen hat.«

Beide lachten, dann blickte Arian wieder ernst. »Diese Männer dort unten sind zweifellos einflussreich. Aber was gehen uns ihre irren Ideen an, solange sie keinen Krieg anzetteln?«

»Normalerweise würde ich dir recht geben. Ich frage mich allerdings: Was haben die Dämonen damit zu tun? Und warum dieses Rütteln an den Gitterstäben?«

Nachdenklich sah der Engel ihn an.» Du meinst die Portale? Ja, das ist merkwürdig.«

Lucian nickte. »Außerdem weiß jeder, dass Europa ...«

»... dein *Steckenpferd* ist? Daran habe ich nicht gedacht. Du meinst also, es geht gar nicht um diesen *Verein* und um die Höllentore, es geht um dich?«

»Es gibt eine Menge Gerede. Irgendjemand streut das Gerücht, ich sei *milde* geworden.« Lucian gab einen bitter klingenden Laut von sich. »Das habe ich der neuen Politik des Lichtbringers zu verdanken.«

»Und mir?«

»Überschätz dich nicht. Die Sache geht tiefer.« Er stand auf und sah aus dem Fenster. Die Hände hatte er in den Hosentaschen vergraben. »Wir sind der Auffassung, dass die Dämonen besser zu kontrollieren sein werden, wenn man sie in die Verantwortung mit einbezieht.«

»Ist nicht dein Ernst. Das sind gefühllose Monster. Und mit denen willst du kooperieren?«

Diesem Argument war er immer wieder begegnet. Die wenigsten der Dunklen Engel waren begeistert von den Veränderungen, die an seinem Hof stattgefunden hatten.

»Kooperiert haben wir schon immer. Alles andere hätte

dauernden Krieg bedeutet. Doch bisher gibt es nur reine Dämonen-Dynastien, die zwar Luzifer unterstehen, aber ausschließlich für Dämonenbelange zuständig sind.«

Es gab einen weiteren Grund dafür, die Grenzen durchlässiger zu machen. Vorzugsweise in beide Richtungen. Durival machte schon eine ganze Zeit lang Ärger, und ihn einfach einzusperren, war auch keine Lösung, wie jüngst das Gespräch mit Noth gezeigt hatte. Ein Machtvakuum war oft die Wiege von Chaos und Zerstörung. Sie besaßen jedoch zu wenig Einblick in die geheime Welt der Dämonen, um eine mögliche Revolution im Keim zu ersticken. Doch dies waren politische Probleme seiner Welt, die Arian als Botschafter des Elysiums nichts angingen.

»Aber ihre Seelen sind bestenfalls geklaut und stecken in Einmachgläsern. Außerdem verfügen sie über keinerlei Mitgefühl.«

»Letzteres sagte man euch ebenfalls nach. Und jetzt hat sogar Michael den aufrechten General Samjiel an die Liebe verloren.« Dass Arian sein Herz wiedererhalten hatte, das ihm vor langer Zeit buchstäblich aus der Brust gerissen worden war, musste er nicht erwähnen. In der Unterwelt hatte es ähnliche Entwicklungen gegeben, doch dies behielt er für sich und sagte nur: »Ich beschäftige einige Dämonen, die bereit waren, ihren Loyalitätseid zu leisten. Dafür mische ich mich nicht in ihr Privatleben ein, sie bekommen die gleichen Quartiere und den gleichen Sold wie meine anderen Leute und haben die Chance aufzusteigen. Etwas, das in ihrem festgefügten Feudalsystem unvorstellbar ist.«

»Und du vertraust ihnen?«

Lucian lachte, aber es klang nicht fröhlich. »Ich vertraue niemandem.«

»Ich hoffe, du weißt, was du tust.«

»Die Sphären verändern sich. Unsere *Geschäftsbeziehung* ist das beste Beispiel dafür. Wir müssen neue Wege gehen, aber viele sehen das nicht ein und halten es für Schwäche. Und das ist in der Tat gefährlich, denn es weckt bei einigen meiner *alten Freunde* Begehrlichkeiten.«

»Du hast einen Verdacht, wer dahintersteckt.« Durchdringend sah Arian ihn an, als könnte er so seine Gedanken ergründen.

Doch das gelang keiner Macht der Welt. Außer Mila – eines nicht allzu fernen Tages jedenfalls. Rasch verdrängte er das Bild, wie sie schlafend auf dem Bett gelegen hatte. Nicht ahnend, dass man ihm niemals vertrauen durfte. Schon gar nicht, wenn er liebte.

»Ich *weiß*, wem ich diesen Ärger zu verdanken habe.« Lucian drehte sich um. »Aber ich muss es auch beweisen können, und das wird nicht einfach.«

Es war dem Engel anzusehen, dass er weiterfragen wollte, doch Lucian hob die Hand, und deshalb sagte Arian nur: »Hör zu, ich weiß, dass du mich nicht hier haben willst. Aber dämonische Aktivitäten vor meiner Haustür kann ich ebenso wenig ignorieren wie du. Wenn du Unterstützung brauchst …«

Wortlos musterte er das ebenmäßige Gesicht und dachte an seine eigenen Worte. Allianzen musste man nutzen, wo sie sich einem boten. Schließlich nickte er dem himmlischen Botschafter zu. »Wir sehen uns morgen!« Damit wandte er sich ab und ließ ihn einfach stehen.

Es gibt einen besseren nächtlichen Zeitvertreib, als auf die Geräusche in einem englischen Landhaus zu hören.

Der Butler hatte sich gegen halb zwei zurückgezogen und war bald darauf ins Bett gegangen. Auch Dämonen brauchten ihren Schlaf.

Anthony kam um kurz vor fünf zurück. Sein Gang wirkte schleppend, und Lucian war sicher, dass er den *Kehraus* für die Sukkubi organisiert hatte. Dann erhielt er eine Nachricht von Quaid, die ihn mit grimmiger Genugtuung erfüllte.

Noch immer hatte er nichts von Juna gehört, und allmählich bereute er, nicht vereinbart zu haben, dass sie sich regelmäßig meldete und nicht nur, falls es ein Problem gab. Draußen wurde es langsam hell, er sah, unentschlossen ob er ihr eine Kurznachricht schicken sollte, auf das Display des Smartphones, als seine feinen Ohren ein leises Brummen vernahmen, das sich rasch näherte. Lucian sprang auf, aber das Geräusch kam von der Gartenseite des Hauses. Weil er keine Aufmerksamkeit auf sich ziehen wollte, lief er in Arians Zimmer, statt ein Portal zu schaffen. Der Wächter, höchstwahrscheinlich selbst aufgeschreckt, sprang auf ihn zu und fasste ihn an der Gurgel.

»Lass mich los, du Idiot!«, zischte Lucian. »Hörst du das nicht?«

»Was? Den Heli?« Arian ließ von ihm ab und blieb nackt und mit leicht ausgebreiteten Flügeln im Raum stehen. »Ich bin ja nicht taub! Die Frage ist nur …« Er wollte zum Fenster eilen.

Mit einem Seitenblick sagte Lucian: »Zieh dir was an. Monsignore und Leonardo Castellucci lassen sich besser nicht in diesem paradiesischen Zustand sehen. Ich wette, du bist nicht der Einzige, der aus dem Schlaf geschreckt ist. Und mach das Licht aus!«

»Ich schlafe nicht, ich habe gelesen.«

Das stimmte vermutlich, denn die einzige Lampe, die brannte, stand neben dem Nachttisch.

»Was auch immer.« Lucian sah aus dem Fenster und beobachtete, wie sich der Helikopter langsam herabsenkte und nach einer Weile mitten auf dem gepflegten Rasen des Westgartens landete, wobei der von den rotierenden Flügeln verursachte Wirbel einigen Schaden an den wertvollen Rosen anrichtete.

»Wer auch immer das ist, er wird sich keine Freunde unter den Feen machen«, sagte Arian, der sich, inzwischen bekleidet, neben ihn gestellt hatte.

»Wenn ich mich nicht irre, ist ihm das gleichgültig«, entgegnete er und spürte dem Gefühl nach, das ihn in erster Linie aus seinem Zimmer und hier ans Fenster gebracht hatte. Als sich die Tür des Hubschraubers öffnete, trat er zurück in den Schatten hinter eine Gardine und zog Arian mit sich.

»He, was soll das?«

»Merkst du nichts?«

Konzentriert beobachtete er jede Bewegung des Mannes, der nun ausstieg und gebückt über den Rasen zum Haus lief. Unter ihnen auf der Terrasse kam ihm Anthony entgegen, verbeugte sich tief und rannte dann weiter, offenbar um das Gepäck des Gasts zu holen. Kaum hielt er die zwei Koffer in der Hand, nahmen die Rotoren erneut Tempo auf, und das Brummen wurde lauter, bis die Fensterscheiben klirrten. Wenig später erhob sich die Maschine und flog in einem eleganten Bogen davon. Die beiden Männer nahmen davon keine Notiz, sondern verschwanden im Haus.

»Wer zum Teufel ist das?«, fragte Arian und zog nun auch das T-Shirt an, das er in der Hand gehalten hatte.

»Ein Dämon. Und er macht sich keine Mühe, es zu verbergen.«

»Kennst du ihn?«

»Allerdings. Anfangs war ich mir nicht sicher, ob …« Er ließ den Satz unvollendet im Raum hängen. »Das ist Noth, und ich frage mich, was er hier zu suchen hat. Wir sollten auf der Hut sein. Er verfügt über bemerkenswerte Begabungen.« Als er in das ratlose Gesicht des Engels sah, fügte er hinzu: »Durivals Erstgeborener. Ich habe ihn in letzter Zeit beschatten lassen, und offensichtlich hat er einen Weg gefunden, Hades zu verlassen.«

»Unbemerkt?«, fragte Arian ungläubig.

»Nicht ganz.« Zufrieden dachte er an die Nachricht, die Quaid ihm gesandt hatte.

»So einen Auftritt hinzulegen, ist entweder eine offene Provokation oder sträflicher Leichtsinn. Weiß er, dass du hier bist?«

»Zumindest scheint er es zu vermuten. Ich bin mir noch nicht vollständig im Klaren darüber, warum, aber er scheint es sich in den Kopf gesetzt zu haben, meine Aufmerksamkeit zu erregen«, sagte Lucian. »Hör zu, ich werde mich ihm eventuell zu erkennen geben. Du bleibst besser unentdeckt. Vor allem darf er nicht erfahren, dass wir hier gemeinsame Interessen verfolgen.«

»Tun wir das?« Arians Augen leuchteten blau aus der Dunkelheit, er hatte die Arme vor der Brust verschränkt und sah Lucian skeptisch an.

»Allerdings.«

21

Das Bein lässig übergeschlagen, in ausgewaschenen Jeans, ein weißes Hemd feinster Qualität als einziges Zugeständnis an die herrschaftliche Umgebung, in der er sich aufhielt, saß Lucian mit locker aufgekrempelten Ärmeln auf der Terrasse in der Sonne, die ihm während der letzten Wochen einen goldenen Schimmer auf die sonst so helle Haut gezaubert hatte. Ein interessanter Kontrast zu dem natürlich blond gesträhnten Schopf, der eine Spur zu lang und zu zerzaust war, um das Missverständnis aufkommen zu lassen, er wäre so seriös, wie sein üblicherweise eher klassischer Kleidungsstil suggerierte.

Jetzt hatte er jedoch keine Ähnlichkeit mit dem *charmanten Teufel*, als den Mila ihn bezeichnet hatte. Das Lächeln, das seine Lippen umspielte, als er daran dachte, wie er ihr diese Frechheit vergolten hatte, hätte ein Eingeweihter womöglich erkannt. Für alle anderen gab er den gelangweilten Römer. Dunkelblond, mit südländischem Teint und einem Bartschatten, der das klassisch geschnittene Gesicht eine Spur zu scharf konturierte. Arian hatte recht, Leonardo Castelluccis Aussehen mochte durchaus etwas damit zu tun haben, dass er sich dafür entschieden hatte, in dessen Haut zu schlüpfen. Aber auch der Engel hätte es schlimmer treffen können, obwohl man *seinem* Kirchenmann den ausschweifenden Lebensstil bei Tageslicht bereits ansah.

Mit einem Longdrink in der Hand beobachtete er das nahezu lautlose Treiben der Party-Organisatoren, die letzte Hand an Dekoration und Technik legten, bevor sie das Feld den sterblichen Köchen und Kellnerinnen überließen.

Niemals würde eine Fee freiwillig einen Menschen bedienen. Geschäfte mit ihnen zu machen war etwas anderes, und ein einmal geschlossener Vertrag wurde im Feenreich wie bei den meisten magischen Völkern außerordentlich ernst genommen. Deshalb war damit zu rechnen, dass auch am Abend einige von ihnen den Ablauf der Veranstaltung im Hintergrund genau beobachteten.

Arian hatte am Vormittag einen Ausritt unternommen und bei seiner Rückkehr von den Pferden des Lords geschwärmt. Weil ihm von diesem ungewohnten Vergnügen vermutlich der Hintern wehtat, hatte er nachmittags am Pool die Frauen betrachtet, mit denen Margaret inzwischen wieder aufgetaucht war, damit sie erste Bande zu ihren Opfern knüpfen konnten.

Den verantwortlichen Elf zumindest über seine Anwesenheit zu informieren, bevor das Fest begann, hatte Arian vorgeschlagen. Lucian fand die Idee gut, was er dem Engel natürlich nicht sagte, den er ohnehin für zu sehr von sich selbst überzeugt hielt. Sie pflegten seit einiger Zeit ein besonderes Verhältnis zu Cathure, einem Elf, der inzwischen Herr über ganz Großbritannien war. Der Veranstalter gehörte zu seinem Hofstaat und nähme es nicht gut auf, wenn das Fest aus irgendwelchen Gründen gestört würde. Feen galten als rachsüchtig. Es war besser, man stellte sich gut mit ihnen.

Er öffnete diesen einzigartigen Sinn, den auch unter den Engeln nur wenige besaßen und der weit über das hinausging, was man allgemein als *sechsten Sinn* bezeichnete. Sofort gewann die Welt um ihn herum an Farbigkeit, nahm ihn in sich auf und gewährte tiefe Einblicke in ihre Geheimnisse. Es dauerte nicht lange, bis er den Engel zwischen den hohen Bäumen des Parks wahrnahm, neben ihm ein Elf. Nicht Cathure selbstverständlich, aber auch kein geringer Vertreter seiner Art. Lucians Neugier war geweckt. Behutsam schickte er einen Teil seiner Seele auf die Reise, um ihm Bericht zu erstatten, mit wem er es zu tun hatte.

Das laute Lachen von einem der Kellner, die noch in einem Catering-Zelt standen und Gläser polierten, erinnerte ihn jedoch daran, wo er war, und sofort rief er den Astralspion zurück. Diese Reisen bargen immer ein gewisses Risiko, sich unterwegs zu verlieren. Lucian war zu erfahren, als dass er sich deshalb hätte sorgen müssen. Eine zweite Gefahr war wesentlich größer: Öffnete er sich zu weit, konnte es passieren, dass seine Schutzschilde nicht mehr ausreichend sicher waren und ein zufällig vorbeikommender Dritter, den er nicht im Fokus hatte, könnte ihn enttarnen.

Nichts dergleichen war geschehen, und er lehnte sich entspannt zurück. Am Nachbartisch diskutierte eine Runde Golfer ihre nachmittäglichen Erfolge und amüsierte sich dabei offensichtlich bestens. Vielleicht weil Leonardo das Spiel vorzeitig abgebrochen hatte – etwas, das man einfach nicht ohne guten Grund tat –, baten sie ihn nicht zu sich. Lucian war es recht. Er verbrachte nicht gern mehr Zeit als notwendig in menschlicher Gesellschaft. Die meisten waren ihm zu laut, und ihre Ahnungslosigkeit ging ihm schnell auf die Nerven. Würden sie, statt zu reden, genauer auf ihre Sinne achten, sie trieben ihre Welt, die eine der schönsten war, die Lucian kannte, nicht in diesem erschreckenden Tempo geradewegs in den Abgrund.

Immer aufs Neue fasziniert von der Kraft der Sonne beobachtete er, wie der glühende Feuerball allmählich wuchs, während er sich scheinbar der Erde näherte. Ein vergleichbares Schauspiel gab es in der Unterwelt nicht zu sehen. Obwohl in den wüsten Landschaften, die in weiten Teilen wie das Negativ dieser Dimension wirkten, natürlich nicht ewige Finsternis herrschte. Doch selbst die zwei Sonnen, die rund um die Uhr kupferfarben und riesig über dem Horizont hingen, hatten noch niemals eine annähernd so satte, leuchtende spätsommerliche Atmosphäre geschaffen, wie es der eine Himmelskörper tat, der nun hinter den Baumwipfeln langsam ins Meer hinabstieg, als wollte er die Nacht bei Neptun verbringen.

In der Luft hing der Duft von gemähten Wiesen und reifem Obst. Die lang gezogenen Wolkenbänder wirkten, als wären sie angesichts der sinnlichen Hitze, die über dem Land lag wie ein Plumeau, zart errötet. In der Tat versprach der Abend so mild zu werden, wie Lord Hubert es angekündigt hatte, und dennoch spürte Lucian bereits einen Hauch des nahenden Herbstes. Eine eigenartige Wehmut beschlich ihn. *Bald wird es Zeit sein, Abschied zu nehmen.*

Doch erst einmal galt es herauszufinden, was die Dämonen wirklich planten und wie es ihnen gelang, unbemerkt durch seine gut geschützten Übergänge ins Diesseits zu marschieren. Das Beste würde sein, er fragte jemanden, der es wissen musste. Aus dem Augenwinkel beobachtete er, wie Noth auf die Terrasse hinaustrat.

Unentschieden sah er sich um, und es war offensichtlich, dass er abwägte, ob er sich zum hohen Beamten aus dem Innenministerium setzen sollte, der freundlich grüßend in die Sonne blinzelte, oder zu dem gelangweilt wirkenden

Römer. Für Leonardo sprach, dass er einen schattigen Sitzplatz anzubieten hatte. Dämonen waren nicht an Sonne gewöhnt, und dies gab wahrscheinlich den Ausschlag für seine Entscheidung.

Lucian half dem ein wenig nach, indem er einen Stuhl mit dem Fuß einladend vom Tisch zurückschob, wobei er für jeden Sterblichen unhörbar sagte: »Wir sollten unbedingt unsere Bekanntschaft vertiefen.«

Für einen Augenblick sah man Überraschung in Noths Augen. Offenbar hatte er nicht geahnt, dass er auf ein weiteres magisches Wesen unter den geladenen Persönlichkeiten stoßen würde. Auch jetzt wusste er noch nicht, mit wem er es zu tun hatte. Kurz nur ließ Lucian die Maske sinken. Doch das reichte aus, um beinahe Panik bei Noth auszulösen. Seine Pupillen weiteten sich, und er schluckte mehrmals schwer.

»Setz dich!«, befahl er ihm.

Erstaunlich rasch fing sich der Dämon wieder, zeigte ein nervöses Grinsen und ließ sich wie verlangt auf den angebotenen Stuhl fallen. »Du spielst mit gezinkten Karten!«, sagte er, und seine Stimme klang dabei nicht vollkommen fest.

»Ich spiele nie zum Vergnügen, das sollte sich inzwischen herumgesprochen haben.«

Beim Tontaubenschießen am Vormittag war Noth Lucians einziger ernst zu nehmender Konkurrent gewesen, und nur weil der treffsichere Oligarch durch auffliegende Fasane abgelenkt worden war, hatte er am Ende gleich zweimal danebengeschossen.

»Das glaube ich nicht«, widersprach Noth. »Ein Spiel bereitet dir nur Vergnügen, wenn du es auch gewinnst. Wo kamen denn so plötzlich die gefiederten Freunde her, wenn man fragen darf?«

In Wirklichkeit war es Boris' Hund gewesen, der die Tiere aufgeschreckt hatte. Der Mann verstand sich nicht nur auf Pferdeerziehung, und Lucian hatte sein Vertrauen gewonnen.

Er antwortete nicht, sah nur vielsagend in den Himmel und schwieg.

Ein ausgesprochen hübsches Serviermädchen kam an den Tisch, um nach ihren Wünschen zu fragen. Noth tat, als müsste er überlegen, betrachtete sie dabei mehr als wohlwollend und bestellte dann doch nur ein Glas Wasser. »Heute behalte ich lieber einen klaren Kopf.«

Da der *Marquis* ihn nicht sofort in die Hölle gezerrt hatte, schien er anzunehmen, er würde mit einem blauen Auge davonkommen. Eines musste er ihm lassen, an Unerschrockenheit fehlte es Noth nicht. Gerade aus der kurzen, aber unangenehmen Gefangenschaft entlassen, plauderte er nun mit ihm, als wären sie alte Bekannte.

»Eins von deinen Mädchen?«, fragte er, als die Kellnerin fort war.

»Sie ist sterblich.«

»Das sind aber nicht alle anwesenden *Damen*, oder sollte ich mich da irren?«

Die Dreistigkeit des Dämonen-Prinzen, ihn hier in ein Gespräch zu verwickeln, amüsierte ihn. Dessen ungeachtet sagte er: »Damit habe ich nichts zu tun.«

»Aber du bist doch ihr Chef.«

Also wusste er von Lucians *Beförderung*. Hatte er die Sukkubi mit Margarets Hilfe vielleicht selbst hierherbeordert, um ihn zu provozieren?

»Nicht, wenn ich nicht muss.« Sein Tonfall blieb gleichmütig.

Lilith war ihm zwar nun unterstellt, das änderte aber letztlich nichts an ihrem Job. Sie war verantwortlich für ihre Seelendiebe, nur berichtete sie nun Lucian und nicht mehr dem Büro des Lichtbringers.

»So schlimm?« Noth versuchte sich an einem provokanten Lächeln, das ein wenig verrutschte, als er in Lucians eisige Miene blickte. Allmählich ging ihm offenbar auf, dass er hier nicht irgendjemandem gegenübersaß, sondern einem der mächtigsten Geschöpfe der Schattenwelt, in der er noch nicht annähernd so lange lebte wie der Dunkle Engel in Gestalt eines harmlosen Italieners.

Viele Bewohner jener Welt wussten von den Querelen, die es seit ewigen Zeiten zwischen Lucian und Lilith gegeben hatte. Eine TV-Soap hätte nicht unterhaltsamer sein können als ihre ständig wechselnde Beziehung zueinander.

Lilith war freiheitsliebend, sie respektierte nur den Lichtbringer, an Lucian interessierten sie überwiegend andere Qualitäten, und daraus machte sie auch kein Geheimnis. Genau dies war es, was Lucian, neben den zweifellos exquisiten erotischen Talenten, an Lilith reizte. Er dachte an die zahllosen Treffen, die allzu häufig im Bett gipfelten und jedes Mal im Streit endeten.

»Du hast keine Ahnung!«

Es fiel ihm nicht schwer, seine Stimme resigniert klingen zu lassen. Evas Schwester, die *Verführerin,* hatte seine Geduld wahrlich mehr als einmal strapaziert.

Während Noth das einfache Getränk entgegennahm und mit der jungen Frau flirtete, nutzte Lucian die Gelegenheit, ihn genauer zu betrachten. Der Dämon sah anders aus als bei ihrer Begegnung in der Unterwelt. Sein Sommeranzug war modisch geschnitten und von bester Qualität, die Schuhe signalisierten Maßarbeit. Das einzige Schmuckstück, das er trug, war eine dieser besonderen Uhren aus einer traditionsreichen Werkstatt, die dennoch nur diejenigen kannten, die sich ein individuell handgefertigtes Chronometer auch leisten konnten.

In Stilfragen wusste Lucian Bescheid. Erst neuerdings hatte er lässigere Outfits für sich entdeckt, die bestens zu der Camouflage passten, auf die er bei anonymen Besuchen der Welt der Sterblichen gern zurückgriff. Schnell hatte er sich mit der Freiheit angefreundet, die ihm Jeans und T-Shirts oder Hemden boten. Mila, und das war ihm inzwischen ebenso wichtig, schien es zu gefallen.

Doch die Kleidung des Dämons war es natürlich nicht, die Lucian nachdenklich machte. Ohne überheblich zu wirken, strahlte Noth das selbstbewusste Auftreten der Mächtigen aus, und damit unterschied er sich zweifellos von dem Sohn des gefürchteten Durival, den er bei ihrer kurzen Begegnung in der Unterwelt kennengelernt hatte.

Behutsam öffnete er erneut seine Sinne, betrachtete aufmerksam die farbige Pracht der Magie, die selbst jemand wie Noth nicht vor ihm verbergen konnte, und auf einmal, wie ein Schlag ins Gesicht, traf ihn die Erkenntnis: Der Dämon stellte niemanden dar, wie etwa Arian und Lucian es taten. Er *war* der russische Oligarch, den die Welt als einen der gegenwärtig reichsten Unternehmer kannte, und augenscheinlich fühlte er sich in dieser Rolle ausgesprochen wohl. Wohler als in der Unterwelt.

Interessant. Irgendwie musste es ihm gelungen sein, unbemerkt zwischen den Welten zu pendeln und sich gewissermaßen ein *neues Leben aufzubauen.*

Russland gehörte zwar nicht zu Lucians eigenem Territorium, aber letzten Endes musste doch meistens er den Kopf hinhalten, wenn Luzifer herausfand, dass sich jemand dermaßen unverschämt über die Regeln hinwegsetzte – eben so, wie Noth es offenbar seit einiger Zeit praktizierte.

»Was führt dich hierher?« Die wenig freundlichen Gefühle, die seine Entdeckung ausgelöst hatten, merkte man ihm nicht an.

Noth trank einen Schluck und setzte das Glas behutsam ab.

Er war, für Lucian offensichtlich, auf der Hut. Wobei sich diese gespannte Vorsicht nicht in seiner höflichen Miene zeigte.

»Ich hätte auch nicht damit gerechnet, dir an diesem Ort zu begegnen. Das heißt vermutlich, du weißt, was gespielt wird?«

Es war nun nicht zu überhören, dass es Noth wichtig war herauszufinden, inwieweit er über die Ereignisse in Stanmore Bescheid wusste.

»Erzähl mir deine Version«, entgegnete Lucian und genoss es zu beobachten, wie Noths Lider unruhig flatterten, bevor er sich wieder fing. Anstatt auf die Bemerkung einzugehen, wechselte der Dämon nicht besonders elegant das Thema.

»Was hast du mit Leonardo gemacht? Hast du ihn umgebracht?«

Verliert er so schnell die Nerven?, dachte Lucian amüsiert. Obwohl er sich darüber hinaus fragte, wieso sich der Dämon für das Schicksal eines unbedeutenden Sterblichen interessierte, antwortete er wahrheitsgemäß: »Der gute Leonardo hat einen betrüblichen Hang zum Glücksspiel.« Er schwieg für die Dauer eines Herzschlags und sagte dann scharf: »Hast du ihn deshalb für dieses Treffen ausgesucht, oder wegen seiner römischen Verbindungen?«

»Ich habe ihn überhaupt nicht *ausgesucht*, aber ich sehe, du bist bestens informiert.«

Lucian sagte kein Wort. Geduldig wartete er darauf, dass Noth weitersprach. Irgendwann taten sie es alle. Menschen wie Dämonen konnten die Stille schlecht ertragen.

Bei seinem Gegenüber war es nicht anders. Nachdem er einen Schluck aus seinem Wasserglas getrunken und sich daran fast verschluckt hatte, sagte er mit belegter Stimme: »Ich wünschte, das wäre Wodka.«

Als Lucian nicht mit der Wimper zuckte, gab er sich geschlagen und beantwortete endlich die Frage: »Vor einiger Zeit habe ich erfahren, dass Anthony Khavar regelmäßig im Gefängnis auftaucht. Da ich nicht davon ausgehe, dass es sich dabei um Freundschaftsbesuche handelt, beschloss ich, der Sache nachzugehen. Es ist ja nicht so, als würde sich normalerweise jemand darum reißen, Durival den Aufenthalt mit Wein und Leckereien zu versüßen.«

»Du dachtest also, Anthony könnte eventuell eine Feile in den mitgebrachten Kuchen einbacken?«

Der Dämon grinste und zeigte eine gleichmäßige Reihe perlweißer Zähne.

Lucian nahm es als Zustimmung und wartete.

»Durchaus eine Möglichkeit. Kürzlich bin ich ihm in Vaters Bibliothek begegnet. Er hat dort offensichtlich etwas gesucht und kam mir ausgesprochen nervös vor. Die Einladung hierher hat mich, ehrlich gesagt, überrascht. Ich wette, sie wird mich eine Menge harte Öldollars kosten.«

»Ein ziemlich großer Zufall, findest du nicht auch?«

»Ja, genau. Und das macht mir Sorge, denn von meinem kleinen Nebenerwerb dürfte eigentlich niemand wissen.«

Über diesen *Nebenerwerb* würde noch zu sprechen sein. Im Augenblick gab es Wichtigeres. »Und jetzt glaubst du, Anthony ist dir auf die Schliche gekommen?«

»Oh, nein. Der hat keine Ahnung. Er kennt mich so nicht. Die Gästeliste hat Durival zusammengestellt, da bin ich mir ganz sicher. Er hatte schon länger Pläne …« Noth verstummte, als hätte er bereits zu viel verraten.

»… und einen Weg gefunden, wenn auch nicht selbst, so doch seine Leute zwischen den Welten wandeln zu lassen.«

Fast beiläufig nestelte Noth an seinem Hemdkragen und zog dabei eine silberne Kette hervor, an der ein Anhänger baumelte. Er polierte die Scheibe, die einer Münze ähnlich sah, und ließ beides wieder unter dem Hemd verschwinden. »Möglich.«

Lucian hätte ihn gern an der Gurgel gepackt und alle seine Geheimnisse herausgeschüttelt. Mit Mühe hielt er sich zurück. »Als was bist du hier? Als Familienmitglied oder als Leibeigener?«

Es war Noth anzusehen, dass ihm der Ausdruck nicht gefiel, doch er schluckte seinen Ärger runter. »Das Amulett habe ich einem seiner Vasallen abgenommen. Freiwillig hätte Durival es mir bestimmt nicht gegeben.« Er lachte unfroh. »Ich bin sicher, er hat es mittlerweile herausgefunden und will mich so auf elegante Weise loswerden.«

Fragend hob Lucian eine Augenbraue.

»Dir muss ich wohl kaum erklären, welche Strafe mich erwartet. Wenn der Lichtbringer herausfindet, was ich getan habe, dürfte mir der Tod sicher sein.«

Luzifer?, dachte er belustigt. *Mein lieber Freund, du hast ja keine Ahnung, was dich erwartet, wenn er sich eine Bestrafung für dein Vergehen ausdenkt.* »Bete, dass das nie geschieht«, sagte er. »Aber nett, dass du mich daran erinnerst. Was hast du mir zu bieten, damit ich verhindere, dass dich dieses garstige Schicksal ereilt?«

Er machte sich nicht länger die Mühe, diplomatisch vorzugehen. Für ihn lag es auf der Hand, dass Noth ihm einen Deal anbieten wollte, um seinerseits den ungeliebten Vater loszuwerden.

»Nichts.«

»Du verstehst, dass mich dieses Angebot nicht besonders beeindruckt?«

»Hör zu«, er senkte die Stimme, »Lucian. Ich weiß, dass du seit ewigen Zeiten Ärger mit Durival hast, aber bisher ist es keinem von euch gelungen, den anderen zu besiegen.«

Langsam lehnte er sich zurück. »Das ist allgemein bekannt und rettet dir bestimmt nicht den Arsch.«

»Richtig. Aber du willst wissen, wie wir so gut wie unbemerkt die Dimensionen wechseln können, stimmt's?«

Und ob er das wollte. Doch anstatt weiter auf Noths vage Andeutungen einzugehen, sah er auf die Uhr. »Das Fest beginnt in einer halben Stunde, ich muss mich umziehen.«

Der Dämon sah ihn ungläubig an.

Er hat noch viel zu lernen, falls er seinen Vater beerben will. Diese Erkenntnis brachte Lucian auf eine Idee. Was, wenn er sich ihm als Tutor empfahl? Damit wären gleich zwei Fliegen mit einer Klappe geschlagen. Er fände heraus, über welche Fähigkeiten Noth verfügte, und mit etwas Glück bekäme er eines Tages einen wichtigen Verbündeten auf der Seite der Dämonen. *Durchaus eine Überlegung wert.*

»Wir reden später weiter, in Ordnung?«, sagte er und

legte einen wohldosierten Hauch Freundlichkeit in diese Worte.

Noth nickte. Ihm war anzusehen, dass er mit der Situation überfordert war.

Schwere Augenlider, Watte im Kopf und bei jeder Bewegung das Gefühl, die Welt um sie herum läge hinter Nebelbänken verborgen, während sie selbst in einer schwankenden Nussschale über raues Meer schipperte. Die Zeichen standen eindeutig auf Katerstimmung. Nur dass sie sich nicht erinnern konnte, gestern mehr als ein Glas Wein getrunken zu haben. Zwei Gläser möglicherweise? Seitdem sie Lucian kannte, war ihr Konsum von rebensaftschweren Getränken deutlich gestiegen. Musste sie sich deshalb Sorgen machen? Minutenlang hing diese Frage über ihr.

Wo war Lucian überhaupt? *Wenn nur dieser verdammte Nebel nicht so dicht wäre!* Vorsichtig streckte sie die Hand nach ihm aus. Das Boot, auf dem sie sich offenbar befand, schaukelte heftiger. *Bloß nicht zu schnell bewegen.*

Möglichst langsam legte sie beide Arme parallel zu ihrem Körper und spreizte die Beine leicht, um notfalls mit sparsamen Bewegungen das Gleichgewicht halten zu können. Das Schaukeln ließ nach.

Lucian?

Nichts. Wahrscheinlich war es ohnehin besser, er erführe nicht von ihrem momentanen Zustand. Es gab keinen Grund, ihm auf die Nase zu binden, wie elend sie sich fühlte. Zumal ihm das Trinken überhaupt nichts auszumachen schien. Vielleicht waren Engel durch den Genuss von Ambrosia trainiert, oder in der Hölle soffen sie Feuerwasser. Mila kicherte. Die Erschütterung tat ihrem Kopf gar nicht gut. Sie stöhnte und hoffte, dass der Schlaf sie aus dieser erniedrigenden Situation erlösen würde. Erschöpft erlaubte sie ihm zurückzukehren und genoss es, wie er sich, einer dunklen Decke gleich, über ihrem Körper ausbreitete.

Als sie das nächste Mal aufwachte, ging es ihr bedeutend besser. Nur das wattige Gefühl hatte sich von seinem Platz hinter ihrer Stirn bis auf die Zunge vorgearbeitet. »Igitt!« Das merkwürdige Rauschen in den Ohren würde sie einfach ignorieren.

»Oh, fein. Du bist wach!«

Die Stimme klang aus weiter Ferne zu ihr, und Mila hatte zuerst Schwierigkeiten, sie einzuordnen. Lucian war es nicht. Sie klang beruhigend und irgendwie professionell, wie man es von einem Arzt erwarten würde. Eine Frauenstimme, aber weniger nasal als die ihrer Freundin Florence, deutlich dunkler als der heitere Sopran ihrer Pflegemutter und kultivierter als der für ihre leibliche Mutter typische Zungenschlag. Wobei die letzten beiden ohnehin von vornherein ausschieden. Die Pflegemutter lebte in Sussex, und Mama war tot.

»Juna?« Mühsam versuchte sie, sich aufzurichten.

»Du liebes bisschen. Komm, trink das. Danach geht es dir gleich besser.«

Ein Becher wurde ihr an die trockenen Lippen gedrückt, im Rücken spürte sie eine kleine Hand, die sie mit erstaunlicher Kraft aufrecht hielt. Mila trank ... und hätte das bittere Zeug beinahe wieder ausgespuckt. »Ist das eklig!«, krächzte sie.

Die Augen hatte sie immer noch nicht geöffnet, versuchte es aber und half letztendlich mit den Fingern nach. Sie fühlten sich geschwollen an, als hätte sie geweint oder auf irgendetwas allergisch reagiert. Endlich erschien Junas Gesicht vor ihr. Verschwommen zwar, aber mitfühlend. »Es hilft!«, sagte sie erstaunt, als sich der Nebel in ihrem Kopf lichtete.

»Sag ich doch. Was ist passiert?«

Mila runzelte die Stirn, während sie über die Frage nachdachte. »Ich weiß nicht«, sagte sie schließlich und beobachtete, wie Junas freundliches Gesicht einen grimmigen Ausdruck annahm.

»Was du jetzt brauchst, ist eine gute Tasse Tee. Dein Glück, dass mir langweilig war und ich Scones gebacken habe.« Einladend streckte sie die Hand nach ihr aus.

Folgsam erhob sich Mila, wobei sie leicht ins Schwanken geriet. Erst als sie an sich hinabsah, bemerkte sie, dass außer einem viel zu weiten T-Shirt nichts ihre Blöße bedeckte. »Oh!«

Lachend schob der Engel sie in Richtung Bad. »Wenn du Hilfe brauchst …«

»Nein danke, es geht.« Rasch schloss sie die Tür und lehnte sich gegen die kühle Wand. Ihre Zahnbürste lag vor dem Spiegel, daneben das Kosmetiktäschchen. Immerhin war sie nicht verschleppt worden, sondern befand sich in Lucians Cottage. Aber wo war er, und wieso fühlte sie sich so merkwürdig?

Vielleicht half eine Dusche ihrem Gedächtnis auf die Sprünge. Sie stellte das Wasser an. Es dauerte eine Weile, bis es richtig warm wurde, doch dann trat sie unter den breiten Strahl und genoss den prasselnden Regen auf ihrer Haut … bis die Temperatur ganz plötzlich sank und sie sich mit einem Schrei in Sicherheit bringen musste, um nicht sofort vor Kälte blau anzulaufen.

»Alles in Ordnung?« Besorgt sah Juna durch die Tür.

Mila drehte rasch den Hahn zu und griff nach einem bereitliegenden Handtuch. »Ich schwöre, da kamen Eiswürfel aus der Brause«, entgegnete sie bibbernd. »Jetzt bin ich wach!«

»O ja. Besonders luxuriös ist dieses Häuschen nicht; merkwürdig, dass Lucian es so lange aushält. Er ist wahrlich Besseres gewohnt.«

»Es ist gar nicht seins?«

»Aber nein, das Cottage gehört uns. Er wohnt hier nur, weil er ...« Sie verstummte.

Mila hätte wetten können, dass eine feine Röte das alabasterfarbene Gesicht überzog und wollte nachfragen, aber da hatte der Engel ihr schon den Rücken zugekehrt.

Weil er in deiner Nähe sein möchte?, beendete ihre innere Stimme hoffnungsvoll den Satz. Doch Mila konnte trotz allem, was sie inzwischen mit ihm erlebt hatte, nicht so recht daran glauben.

Ihr Gepäck stand unberührt neben dem unverschämt breiten Bett. Was auch immer sie getan hatte, auspacken hatte offenbar nicht dazugehört. Schnell zog sie eine Jeans und das erstbeste T-Shirt aus dem Koffer und seufzte erleichtert, als sie auch Unterwäsche ertastete. Es war diese Art Wäsche, die Lucians grüne Augen zu funkelnden Smaragden werden ließ, wenn er sie darin sah. Ein Hauch von Spitze, weich und luxuriös. Ein typischer Frustkauf nach einem langen Arbeitstag im Pub, kurz bevor sie Florence kennengelernt und ihr Leben sich erheblich verbessert hatte.

Etwas für besondere Gelegenheiten, hatte die Verkäuferin sie ermutigt und dabei ihre zarte Haut gelobt. Diese *Gelegenheit* hatte sich nie ergeben ... bis sie Lucian begegnet war.

Lucian, wo bist du? Mit geschlossenen Lidern wartete sie

auf eine Antwort, aber nichts als Stille umfing sie. Er hatte sie ausgesperrt. Als sie die Augen wieder öffnete, fiel ihr Blick auf das kostbare Amulett, das aus unerfindlichen Gründen halb unterm Bett lag. Sie bückte sich und hob es zusammen mit dem leeren Glas auf, das daneben lag. Was war hier los, hatten sie gefeiert? Einem Instinkt folgend roch sie daran. Schwefelig-scharfer Geruch biss ihr in die Nase, gefolgt von einer schweren Süße, die sofort leichte Übelkeit auslöste. »Uh!« *Garantiert kein Party-Getränk!*

Die Schuhe waren vergessen. Auf bloßen Füßen lief sie zu Juna, warf sich auf einen Küchenstuhl und knallte das Glas auf den Tisch.

Die stellte ihre Teetasse beiseite und griff danach. »Ist das dein Lippenstiftabdruck?«

»Ich glaube schon. Riech mal, genau den Geschmack hatte ich beim Aufwachen auf der Zunge.«

»Das ist Laudanum mit Brimstone.«

»Laudanum? Ist das nicht so ein Beruhigungsmittel für hysterische Korsettträgerinnen?« Sie erinnerte sich, davon in einem historischen Roman gelesen zu haben.

»Es ist eine Droge. Alkohol, Opium, und wenn ich mich nicht irre, in diesem Fall noch eine ordentliche Prise Bilsenkraut. Mit Brimstone gemischt, entwickelt es eine höllische Wirkung.« Ihre Augen wurden groß. »Deshalb hat er darauf bestanden, dass ich dich keine Sekunde allein lasse«, sagte sie nachdenklich und erklärte auf Milas Frage hin: »Das Zeug findet man nur in der Unterwelt. Eine Art Koks für Dämonen, heißt es.«

Mila spürte Panik in sich aufsteigen. »Bedeutet das, ich bin jetzt süchtig?«

»Nein, keine Sorge. Das war nicht seine Absicht. Er wollte dich nur davon abhalten, an diesem Wochenende nach Stanmore zu gehen.«

»Prima. Und dafür bringt er mich fast um?« Ungeduldig schüttelte sie Junas Hand ab.

Der Gedanke daran, wie wenig ihm ihr Leben offenbar bedeutete, erschütterte sie zutiefst. Auch wenn Juna vielleicht recht hatte und die Mischung, die er ihr eingeflößt hatte, nicht tödlich gewesen war – gut getan hatte es ihr eindeutig nicht. *Lucian, was soll das?* Ärgerlicherweise erhielt sie auch jetzt keine Antwort. Um nicht beim Blick in Junas mitleidiges Gesicht in Tränen auszubrechen, sah sie zum Fenster hinaus und beobachtete eine Weile schweigend, wie sich die Sonne dem Horizont näherte. *Drückt er sich vor einer Erklärung?* »Welchen Tag haben wir heute?«, fragte sie schließlich.

»Samstag.«

»Was?«

»Woran kannst du dich erinnern?«, Juna sah sie gespannt an.

»Du bist weggefahren, wir haben danach zusammengesessen und … wir haben gestritten!«

»Worüber?«, fragte der Engel leise.

Plötzlich fiel es ihr wieder ein. »Lucian fing damit an, dass ich auf keinen Fall dieses Wochenende in Stanmore arbeiten solle. Ich weiß selbst, dass es nicht ganz ungefährlich ist, aber erstens brauche ich das Geld …«

»Geld?«, würgte Juna hervor.

Das laute Husten brachte sie etwas aus dem Konzept. »Was glaubst du? Viel ist es nicht, was Florence mir zahlen kann, und das Studium meines Bruders gibt es leider nicht kostenlos. Der Idiot hat sein Stipendium verloren, und bis zum Diplom kostet er mich mindestens noch achttausend Pfund.«

Es dauerte eine Weile, bis Juna die Augen wieder öffnete, und dann strahlten sie in einem Blau, dass Mila beinahe erneut schwindlig wurde.

»Du weißt, dass Lucian nicht gerade arm ist?«, fragte sie vorsichtig.

»Wenn man davon ausgeht, dass weder sein Auto noch die Designerklamotten geliehen sind, ist das wohl so.« Ihre Gedanken kehrten zur Nacht auf dem Hochhausneubau zurück und zu Lucians verrückter Idee, ihr dort ein Apartment einzurichten. *Wahrscheinlich kann er alles haben, was er will*, dachte sie bitter. Selbst sie war ihm wie eine reife Frucht in den Schoß gefallen. Eine unglückliche Formulierung, die unwillkommene Bilder heraufbeschwor. Wütend sollte sie sein und sich nicht nach seinen Berührungen sehnen, *verflucht!*

»Ob er Geld besitzt oder nicht, hat ganz und gar nichts mit mir zu tun. Oder mit meinem Bruder.«

»Das soll nichts mit dir zu tun haben?« Den Nachsatz wischte Juna mit einer Handbewegung fort. »Wie kommst du bloß darauf? Mila, er …«

»Natürlich nicht. Ich gebe zu, dass es mit ihm derzeit ausgesprochen nett ist. Aber wenn er den Job in Stanmore erledigt hat, verschwindet er in sein verdammtes Schattenreich, wo ihn vermutlich Tausende Jungfrauen längst sehnsüchtig erwarten.«

»Jungfrauen? In der Unterwelt? Das ist gut!«, kicherte Juna, fing plötzlich Milas Blick auf und wurde sofort wieder ernst. »Hör mir zu! Erstens, diese Jungfrauen, auf die du dich da beziehst, sollen angeblich im Paradies warten.

Und zweitens ist das ein Gerücht, das sehr wahrscheinlich irgendjemand gestreut hat, um jungen Kerlen Mut zuzusprechen.«

»Das wusste ich nicht«, gab sie zu.

»Wie auch immer.« Juna nahm einen Schluck Tee und schenkte ihr ebenfalls nach, als sie sah, dass auch Milas Tasse leer war. »Es wird Zeit, dass ich dir erzähle, warum es so aussieht, als stritten Arian und Lucian ständig.«

»Ehrlich gesagt, so spannend das klingt, ich würde jetzt lieber …«

Die kühle Hand des Engels hielt sie zurück, als sie aufstehen wollte.

»Warte, bevor du etwas Unüberlegtes tust. Es ist wichtig, dass du mehr über Lucian erfährst.«

Weil sie ahnte, dass ihre himmlische Bewacherin sie nicht gehen lassen würde, bevor sie ihre Lobpreisungen losgeworden war, ließ sich Mila gereizt auf den Stuhl fallen. Dabei fuhr sie sich mit der Hand durchs Haar, ohne zu bemerken, dass sie Lucian mit dieser Geste unbewusst imitierte. »Also sag schon! Er erzählt ja nichts.«

»Männer«, lachte Juna und entfaltete ihre Schwingen so elegant, wie eine Ballerina die Arme ausbreiten würde.

Ohne es zu wollen, stimmte Mila ein. »Da sagst du was.«

»Was glaubst du, wie alt ich bin?«

Erstaunt sah sie in Junas Gesicht. Hätte ihr eine Sterbliche gegenübergesessen, hätte sie diese Frau höchstens auf Mitte zwanzig geschätzt, aber sicherlich nicht ihr wahres Alter. Deshalb bemühte Mila diesen einzigartigen Sinn, der es ihr erlaubte, behutsam tiefer, also gewissermaßen unter die Oberfläche anderer zu blicken. Junas Lebenslinie entrollte sich wie der unregelmäßige Faden eines Wollknäuels vor ihrem geistigen Auge. Für jedes Lebensereignis eine Auffälligkeit, gelegentlich Einschlüsse, einige davon farbig und an einer Stelle nicht dicker als ein Seidenfaden. *Was war da geschehen?*, fragte sich Mila, doch bevor sie länger darüber nachsinnen konnte, war das Garn zu Ende. Überrascht stieß sie einen Pfiff zwischen den Zähnen aus. »Du bist noch keine dreißig?«

»Genau. Meine Geschichte ist allerdings ein bisschen kompliziert.«

Mila hätte sich gern nach dem hauchzarten Seidenfädchen erkundigt und danach, welches erschreckende Erlebnis damit in Verbindung stand. Die Frage erschien ihr dann jedoch zu intim. »Das kann ich mir vorstellen«, sagte sie und legte gerade so viel Gefühl in ihre Stimme, wie notwendig war, um ihr Interesse zu signalisieren.

Lächelnd nickte Juna. »Wenn du Lust hast, sie zu hören, erzähle ich sie gern irgendwann an einem dunklen Winterabend. Heute nur so viel: Ebenso wie du hatte auch ich schon früh Zugang zum sogenannten *Engelsfeuer*. Nur konnte ich nicht damit umgehen und dachte, es wäre eine Energie direkt aus der Hölle.«

»O je. Du hast versucht, es zu unterdrücken, stimmt's?«

Nur zu gut erinnerte sie sich an den Tag, als sie das Feuer das erste Mal gespürt hatte. Wie immer, wenn sie sich ängstigte, war sie zu ihrem Vater gelaufen. *So früh!*, hatte er gesagt, als sie ihm davon erzählte. Dann aber hatte er ihr erklärt, was es war, und gezeigt, wie man es beherrschen konnte. *Erzähl deiner Mutter lieber nichts davon*, hatte er ihr zum Schluss ins Ohr geflüstert, und wie üblich hielt sich die kleine Miljena an seine Anweisungen.

Juna lachte. »Ja, aber dieses elektrische *Feuer* ließ sich

natürlich weder verdrängen noch ignorieren. Und bis ich das begriff, habe ich ziemlich viele Probleme heraufbeschworen, wie du dir vorstellen kannst. Als Arian eines Tages plötzlich nackt aus meinem Schrank stieg …«

»Wie bitte?«

»Wächterengel kommen – wie soll ich sagen? – *unschuldig* wie Neugeborene auf diese Welt. Es dauert eine Weile, bis sie ihre Kräfte wiedererlangen. Aber das ist nicht so wichtig.« Sie stand auf, nahm zwei Gläser und goss beide ungefragt bis zum Rand mit einem von Lucians teuren Rotweinen voll. »Keine Sorge, das ist wirklich nur Wein. Du musst ihn nicht trinken, aber ich brauche jetzt etwas Stärkeres als Tee.«

Vorsichtig nippte Mila daran. »Lecker, aber nach dem Drogencocktail, den Lucian mir eingeflößt hat, bestimmt nicht so bekömmlich.«

»Ups!«, sagte Juna, und beide lachten.

Schließlich stellte Mila das Glas beiseite. »Wo waren wir stehen geblieben? Ach ja: Arian fiel also nackt aus deinem Schrank … Erzähl mir nicht, dass dein Gedächtnis darunter gelitten hat. Ich will alles wissen!«

»So ungefähr stimmt's.« Nachdem sie einen großen Schluck genommen hatte, hustete Juna und füllte ihr Glas mit sprudelndem Mineralwasser auf. »Kaum hatte ich den Schock überwunden und akzeptiert, dass Engel nicht nur in meiner Fantasie existierten, tauchte Lucian auf und brachte mein ohnehin schon ziemlich wackliges Weltbild erneut durcheinander.« Sie lächelte, als erinnerte sie sich an eine besondere Begebenheit. »Arian ist mein Seelengefährte. Wir würden unser Leben, unsere Seele und die Unsterblichkeit füreinander geben«, fügte sie erklärend hinzu. »Lucian hat von Anfang an nur mit mir geflirtet, um Arian zu provozieren. Und das ist ihm gelungen. Tut es heute noch. Seelenpartner neigen offenbar dazu, eifersüchtig zu reagieren. Ich habe selbst manchmal damit zu kämpfen«, gab sie verlegen zu. »Lucian kann ausgesprochen einnehmend sein. Aber wem erzähle ich das? Du weißt es selbst am besten.« Nach einem Schluck aus ihrem Glas sprach sie weiter. »Bisweilen hatte ich aber auch Angst vor ihm, er ist oft so kalt. Eines rechne ich ihm hoch an, es gab brenzlige Momente, in denen ich beinahe schwach geworden wäre, gedrängt hat er mich nie zu etwas.«

Sie errötete, als erinnerte sie sich an eine ganz spezielle Situation, und Mila spürte den erwähnten Stich der Eifersucht nun ihrerseits. War doch etwas zwischen den beiden, das über Freundschaft hinausging?

»Mach dir keine Sorgen. Wir hatten nichts miteinander«, sagte Juna, die ihren Gesichtsausdruck richtig gedeutet hatte. »Ich habe viel von ihm gelernt, und als ich ihn brauchte, war er da. Ich weiß, es klingt angesichts unserer unterschiedlichen Herkunft seltsam, aber für mich ist er ein Freund.«

Erneut durchfuhr Mila dieser hinterhältige Schmerz des Misstrauens.

Eifersüchtig? Ihre innere Stimme liebte es, den Finger in eine offene Wunde zu legen. »Und darum findest du es auch in Ordnung, dass er mich mit dem Gift fast umgebracht hat?«, fragte sie schroffer als geplant.

»Du bist genau wie Arian, immer traut ihr ihm nur das Schlimmste zu. Mila, gleichgültig, welchem Herrn er dient, Lucian ist ein Geschöpf des Himmels. Elysium war einst sein Zuhause. Versucht doch auch einmal, das Gute in ihm zu sehen!« Juna seufzte. »Natürlich bin ich entsetzt, und ich verstehe auch nicht so recht, warum er dir dieses Zeug zu trinken gegeben hat. Mit seiner Magie wäre es viel einfacher und zuverlässiger gewesen, dich ruhigzustellen.«

Mila gab einen missbilligenden Ton von sich, schwieg aber.

»Wenn du es auch nicht hören möchtest: Stanmore House ist nicht sicher für dich!«

Genau das hatte er ebenfalls gesagt. »Woher willst du das wissen?«, fragte sie scharf, und sofort tat es ihr leid. Juna tat wahrscheinlich nur, was man ihr auftrug.

»Wenn du glaubst, dass ich nur nachplappere, was Arian oder Lucian sagen, dann irrst du dich.« Juna holte tief Luft und fuhr ruhiger fort: »Die beiden versuchen zwar ständig, mir Vorschriften zu machen. Aber ich kann sehr gut selbst entscheiden, was ich für richtig halte und was nicht! In Stanmore sind Kräfte am Werk, die mir ausgesprochen unheimlich sind.«

»Liest du meine Gedanken?« Nun war Mila verunsichert.

»Was hat er dir überhaupt beigebracht? Wir können keine Gedanken lesen, aber Emotionen. Und darin sind wird ziemlich gut«, knurrte Juna.

Bei Lucian und mir ist es anders, dachte Mila und tastete nach dem Amulett. Dieses Detail würde sie allerdings für sich behalten, und momentan funktionierte ja nicht einmal diese Verbindung zwischen ihnen.

Sie hatte bereits den Mund geöffnet, um zu fragen, wie Juna so sicher darin geworden war, die Gefühle anderer zu *lesen*, als eine silberhelle Melodie erklang. »Mein Handy!« Sie sprang auf, sah sich nach ihrer Handtasche um, doch bevor sie ihr Telefon fand, verstummte das Läuten.

Sechs Nachrichten. Alle von Anthony. In den ersten beiden klang er besorgt, weil sie nicht wie verabredet erschienen war. Dann wurde er zunehmend wütender, verlangte eine Erklärung, warum sie ihn einfach abserviert hatte. Lucian erwähnte er mit keinem Wort. *Du kannst dich nicht vor mir verstecken, ich finde dich!* Ein eisiger Schauer lief ihr über den Rücken. In seiner Stimme glaubte sie mehr als verletzte Eitelkeit gehört zu haben. Mit klopfendem Herzen hörte sie die jüngste Nachricht ab, die gerade hereingekommen war. Sie war von Ben. Ihn und das tragische Schicksal seines Bruders hatte sie beinahe vergessen. Mit zittrigen Händen hielt sie das Telefon ans Ohr.

Mila, Konstantin ist tot. Er wollte ohne sie nicht mehr leben, schreibt er in seinem Abschiedsbrief. Aber Mila, es war jemand bei ihm und hat seine Sachen durchwühlt.

Er hatte sich in letzter Zeit so ein merkwürdiges Ordnungssystem ausgedacht. Als ich heute sein Zimmer ausgeräumt habe, war alles durcheinander. Du erinnerst dich doch an die Fotos, die ich dir gezeigt habe? Es gab noch eines von ihm und dieser Teufelin. Es ist verschwunden. Die Klinik streitet natürlich alles ab.

Bens Stimme klang gebrochen, als er weitersprach.

Du bist die Einzige, die mir geglaubt hat. Deshalb warne ich dich: Geh nicht zu diesem Gartenfest!

Ein Rauschen war zu hören.

Das wird ein großartiges Feuerwerk, hörte sie ihn lachen. *Geh um Mitternacht zum Leuchtturm. Von dort dürftest du einen erstklassigen Blick haben.*

Damit endete die Nachricht.

Entsetzt drehte sie sich zu Juna um. »Ich muss nach Stanmore.«

»Glaubst du wirklich, die bezahlen dir etwas, wenn du jetzt noch aufschlägst?«

»Bestimmt nicht. Anthony klang eher, als wollte er mich auf Schadensersatz verklagen, weil ich ihn versetzt habe.«

Von seiner Drohung sagte sie Juna nichts. Stattdessen erzählte sie ihr, wie Ben seinen Bruder gerade noch aus den Klauen des Sukkubus befreien konnte und ihn in ein sicheres Sanatorium gebracht hatte. »Konstantin hat sich umgebracht, aber Ben glaubt, Beweise dafür zu haben, dass er ermordet wurde.«

»Und jetzt will er sich an dem Sukkubus rächen?« Juna sprang auf. »Das überlebt er nicht. Ich komme mit dir.«

»Warte, wir sollten erst einen Plan haben, bevor wir blindlings losstürmen.«

»Auch wieder wahr. Ein Partykleid ist das nicht gerade.« Sie sah an sich hinab und betrachtete die schlichte Bluse, ihre alte Jeans und die löchrigen Sneakers kritisch. »Definitiv die falschen Schuhe«, sagte sie. »Wie wolltest du dich denn einschleichen?«

»Ich wäre zum Personalhaus gegangen. Dort steht ein Küchenzelt, und die Kellner machen in der Nähe erfahrungsgemäß ihre Zigarettenpausen oder essen rasch eine Kleinigkeit.«

»Und da hättest du einfach irgendeine der Kellnerinnen niedergeschlagen, die Uniform geklaut und wärst an deren Stelle herumspaziert.«

»So in der Art. Du hast die Wachen außer Acht gelassen, die man zuerst hätte umgehen müssen. Bei den Gästen dürfte eine Menge Security vor Ort sein.«

Bewundernd sah Juna sie an. »Ich hatte ganz vergessen, dass du beim Militär warst. Lernt man da so was?«

»Nicht so im Detail. Im Übrigen hätte es vermutlich ausgereicht, um eine saubere Schürze zu bitten. Das Personal ist für solche großen Veranstaltungen normalerweise neu zusammengewürfelt, und solange du vernünftig arbeitest, fragt dich niemand, wer du bist.« Sie rieb sich über die Nase. »Wenn wir als Gäste auftauchen wollen, brauchen wir eine Einladung.«

»Die lass meine Sorge sein. Wir kommen da rein, Security oder nicht. Das verspreche ich dir.«

»Dann fehlt uns aber noch das passende Kostüm.«

»Kostüm?«

»Es ist ein Kostümfest, und das wird wohl unser größtes Problem sein.«

Kichernd nahm Juna sie an der Hand. »Auch da habe ich eine Lösung. Komm, dafür müssen wir zu mir nach Hause fahren.«

Gemeinsam liefen sie zum Auto, und während der Engel in halsbrecherischem Tempo über die schmalen Straßen fuhr, versuchte Mila ein weiteres Mal, mit Lucian Kontakt aufzunehmen. Vergeblich. Weder mental noch telefonisch waren er oder Arian zu erreichen.

»Sollen wir die Polizei informieren?« Um sich Gehör zu verschaffen, musste sie gegen den Fahrtwind anschreien.

»Damit sie den armen Kerl verhaften und Lucians Plan durchkreuzen? Auf keinen Fall!«, rief Juna zurück. »Bis Mitternacht bleibt uns genügend Zeit, um herauszufinden, was genau er vorhat.«

22

Das Fest stand unter keinem besonderen Motto, weil es dafür zu kurzfristig anberaumt worden war. Aber es würden Seiltänzer, Gaukler und Akrobaten auftreten, wusste Mila, und so beschlossen sie, ein Kostüm zu wählen, bei dem niemand sicher sein konnte, ob sie zu den Gästen oder zum Künstlervolk gehörten.

Warum Juna einen Kleiderschrank voll passender Kostüme besaß, konnte sie nicht einmal erahnen, aber es war ein großes Glück, und sie beschloss, es nicht zu hinterfragen. Obwohl sie lieber eines der fantasievolleren Kleider angezogen hätte, entschied sie sich gegen den *Prinzessinnenlook* und für eine weitaus praktischere Verkleidung. Die schwarze Pluderhose hatte tiefe Taschen und saß wie angegossen auf ihren Hüften, das orangerote Oberteil betonte Milas exotischen Teint. Eng anliegend, ärmellos und bauchfrei ließ es wenig Raum für Fantasien.

»Ich habe eine Idee«, sagte Juna, legte ihr Kostüm beiseite und zog eine zweite Pluderhose aus dem Schrank. »Wir gehen als Zwillinge. Dann kommen uns unsere Männer nicht so schnell auf die Schliche.«

»Meinst du?« Mila war skeptisch, aber als sie gemeinsam vor dem Spiegel posierten, wurde deutlich, dass sie sich bei der zu erwartenden eher schwachen Beleuchtung bis auf die Haarfarbe zum Verwechseln ähnlich sahen.

»Warte, ich bin gleich zurück.«

Sprachlos betrachtete Mila sie wenig später. Das weiße Haar des Engels war unter einer Perücke verschwunden, die in nahezu dem gleichen Rot leuchtete wie ihr eigenes Haar. Sogar die Länge stimmte in etwa. Juna zog ein Paar weiche Stiefel an, die ganz gut passten, und als sie sich erneut nebeneinanderstellten, bemerkte man auch den Größenunterschied kaum noch.

Als sie die Gärten von Stanmore erreichten, war es nahezu dunkel. Sie hatten entschieden, sich unauffällig unter die Künstler zu mischen, die sich in einem Zelt unweit der Pferdeställe umzogen. Jetzt machte es sich bezahlt, dass Mila auf täglich wechselnden Routen gelaufen war. Sie kannte die Gegend und führte sie beide über Schleichwege bis fast an ihr Ziel.

»Halt!«

Verdammt. Security. Der Mann war gut. Sie hatte ihn viel zu spät bemerkt, um noch unbemerkt im Unterholz verschwinden zu können. »Hallo!«, sagte sie und schenkte ihm ein Lächeln, das er nicht erwiderte.

Ein Profi, schien Juna ihre Gedanken zu reflektieren, und wenn sie die Zeichen richtig verstand, dann hieß es so viel wie: *Lass mich mal machen!*

»Dahin müssen wir, oder?« Dabei zeigte Juna in die Richtung der lang gezogenen Stallgebäude und drehte etwas zwischen den Fingern, das in der Dunkelheit wie ein Joint aussah.

Der Mann runzelte die Stirn. Er wirkte unentschlossen, und es war ihm deutlich anzusehen, dass er nicht wusste, wie er auf zwei junge Frauen im Haremskostüm reagieren sollte, die sich offenbar zum Drogenkonsum zurückziehen wollten.

»Wo sind eure Backstage-Pässe?«, fragte er schließlich.

Sie sahen sich an, und Mila setzte bereits zu einer frei erfundenen Erklärung an, da knackte es in seinem Headset, und ein unangenehmes Pfeifen war zu hören. Eilig riss er das Gerät aus dem Ohr und wies in die entgegengesetzte Richtung. »Das Fest ist dort hinten. Lasst euch von niemandem mit dem Zeug erwischen, hört ihr?«

Mit dieser Ermahnung ließ er es bewenden, rieb mit der Hand über die Ohrmuschel, als wollte er ein unliebsames Geräusch loswerden, und joggte davon.

»Zeig mal, was hast du da?« Lachend sah Mila den *Joint* an. »Bonbon-Papier? Wie praktisch, dass er jetzt gerade fortgerufen wurde.« Doch dann hielt sie sich erschrocken die Hand vor den Mund. »Meinst du, sie haben Ben entdeckt?«

»Glaube ich nicht.«

Plötzlich knackte es auch in Milas Ohr. »Ihh! Hör auf damit!«, zischte sie. »Was ist das denn für ein gemeiner Trick?«

»Magie natürlich. Im Krieg und in der Liebe …«

»Ja, ja! Also los. Wir haben es gleich geschafft!«

Unbehelligt erreichten sie das Künstlerlager. Die Atmosphäre war gespannt, wie man es von einem großen Spektakel dieser Art erwarten durfte. In einer Ecke übte ein Jongleur zum letzten Mal einen seiner Tricks, bevor er den Weg entlang zum Rosengarten lief. Zwei überlange elfenartige Wesen kehrten von ihrem Auftritt zurück. In der Dunkelheit sah es aus, als schrumpften sie plötzlich, als sie von ihren Stelzen herabstiegen und die transparenten Flügel ablegten, bevor sie in dem warm erleuchteten Zelt verschwanden, das offenbar als Garderobe genutzt wurde.

»Hier geht's lang«, flüsterte sie Juna zu und zeigte in die Richtung, aus der die Darsteller gekommen waren.

Zwar begegneten sie noch weiteren Sicherheitsleuten, wurden jedoch nicht beachtet. Offensichtlich war niemand der Auffassung, ausgerechnet zwei leicht bekleidete Tänzerinnen wären eine Gefahr für die Gäste. Als sie die Gärten erreichten, blieben sie staunend unter den tief hängenden Ästen einer Hainbuche stehen.

Die Veranstalter hatten ganze Arbeit geleistet. In den Bäumen hingen Ballons und verströmten das Licht ungezählter Monde. An den Wegen waren Fackeln aufgestellt, und aus verborgenen Lichtquellen wurden verschiedene kleine Bühnen beleuchtet, auf denen die unterschiedlichsten Artisten ihre Kunst darboten. Jeder von ihnen schien dabei von einer eigenen Musik begleitet zu werden. Eine Meisterleistung des unbekannten Toningenieurs, der dafür gesorgt hatte, dass die Gäste keinem Geräuschchaos ausgesetzt wurden, sondern von einer Darbietung zur anderen schlendern und jede ungestört genießen konnten.

Am Fuß der Terrasse standen gedeckte Tische und Stühle. Aus weißen Rundzelten, die ein wenig an Ritterlager vergangener Zeiten erinnerten, strömten verführerische Düfte. Dazwischen flanierten die Gäste in mehr oder weniger aufwendigen Kostümen, standen in Gruppen beieinander und plauderten, oder hatten sich zum Essen niedergelassen. Sie alle trugen Masken, die ihre Augenpartie verbargen. Sogar die Kellnerinnen, die in ihrer weiten weißen Kleidung über den kurz geschnittenen Rasen zu schweben schienen, waren maskiert. In den Händen hielten sie

Tabletts mit gefüllten Champagnergläsern, die sie mit höflichem Lächeln anboten. Links vor der breiten Treppe war eine Bar aufgebaut, an der man sich auch mit anderen Getränken versorgen konnte.

Hinter ihrer eigenen orientalisch anmutenden Augenmaske, deren bestickte Seide einen Großteil des Gesichts bedeckte, fühlte sich Mila eigenartig sicher, während sie nach bekannten Gestalten Ausschau hielt.

»Kannst du Arian irgendwo sehen?«, flüsterte sie ihrer neuen Freundin zu. Die Sinne weiter zu öffnen, wagte sie nicht aus Furcht davor, bemerkt zu werden. Plötzlich stieg ihr ein merkwürdiger Geruch in die Nase. »Riechst du das? Es stinkt nach Dämon.«

»Wirklich?« Der Engel schnüffelte und lachte perlend, sodass sich einige Gäste nach ihr umsahen. »Das ist ein Holzkohlefeuer«, sagte sie mit gedämpfter Stimme und zeigte auf eines der Zelte, aus dessen Mitte eine dünne Rauchfahne in den Nachthimmel emporstieg. »Die einzigen Dämonen, die ich sehe, sind die Mädels da drüben, und Sukkubi stinken nicht, das wäre ja auch nicht eben förderlich für ihren Job.«

Mehrere Frauen standen dort in gewagte Bauchtanzkostüme gekleidet und verstanden es, ihre üppige Lockenpracht ebenso in Szene zu setzen wie die nicht weniger großzügig ausgestatteten Leiber. Musik wehte kurz herüber, aber lang genug, um das Interesse der Gäste zu wecken. Die Sukkubi betraten ihre kleine Bühne und schwangen die Hüften mit verführerischer Sinnlichkeit.

Sprachlos sah Mila eine Weile zu. »Wow! Die sind gut.«

»Sex ist ihr Job.« Juna winkte ab. »Was machen wir nun? Selbst zum Feuerwerk gehen oder die Jungs suchen?«

Ungläubig sah Mila sie an. »Die *Jungs*?« Das Lachen blieb ihr allerdings im Hals stecken, als sie den Mann sah, der sich offensichtlich nichts aus Kostümbällen machte und zum eleganten Anzug lediglich eine schwarze Maske trug. Es waren die katzenhaften Bewegungen, die zuerst ihre Aufmerksamkeit erregt hatten, als er auf die Tänzerinnen zuging. Doch dann erkannte sie ihn.

»Siehst du den Typen dort drüben?« Ihre Hand zitterte. Auch wenn seine Augenpartie verdeckt war, sie hätte ihn überall wiedererkannt. Etwas Unheimliches, nicht Greifbares umgab ihn. Sie fröstelte.

»Du meinst aber nicht das Sahneschnittchen, das aussieht wie Ian Somerhalder im Anzug?«

Doch, genau den meinte sie. »Er hat meine Mutter ermordet«, flüsterte sie tonlos. Mila wurde übel, und sie musste sich am Baumstamm abstützen.

Sofort war Juna bei ihr und legte beruhigend die Hand auf ihren Arm. »Bist du sicher? Er wirkt ganz normal auf mich.«

Noch einmal sah Mila zu dem Mann hinüber. Doch, es gab keinen Zweifel. »Das ist ein Dämon, ich schwöre es dir!« Sie lehnte sich an den Baum, und seltsamerweise gab ihr die glatte Rinde in ihrem Rücken die Kraft, von den Ereignissen zu sprechen, die sie am liebsten ein für alle Mal aus ihrer Erinnerung gestrichen hätte.

»Meine Mutter hat für einen privaten Pflegedienst gearbeitet und war oft bis spätabends unterwegs. Die Gegend, in der wir wohnten, gehörte nicht zu den besten. An dem Abend regnete es wie verrückt, und ich bin ihr entgegengegangen, weil sie ihren Schirm vergessen hatte. Mama war so, sie dachte nie an sich selbst, sondern nur an andere.«

Vergeblich suchte Mila nach einem Taschentuch und wischte sich die Tränen mit dem Handrücken fort. *Nicht weinen, du darfst jetzt nicht weinen!*, beschwor sie sich und sprach schließlich leise weiter.

»Der Dämon tauchte wie aus dem Nichts vor uns auf. Er muss gewusst haben, wer wir waren, denn ehe wir noch reagieren konnten, hatte er mich schon gepackt und über die Straße gezerrt. Erst dachte ich, er wollte mich vergewaltigen. Ich habe versucht zu schreien, aber keinen Ton herausgebracht. Es war wie in einem Albtraum.«

»Das Schwein! Und was ist dann passiert?« Tröstend legte Juna ihr den Arm um die Schultern.

»Er hat mich festgehalten und beide Hände auf meinen Bauch gedrückt. Es fühlte sich an, als wollte er mir die Innereien herausreißen, ich war wie gelähmt. Und dann hat er mich geschlagen. Was auch immer er von mir wollte, er konnte es nicht finden. Das hat ihn wahnsinnig wütend gemacht, er hat geflucht und mich geschüttelt, aber da war nichts. Und dann hat er mich einfach weggeworfen. Wie eine Puppe. Ich hatte Glück, ich bin auf einer ungemähten Wiese gelandet. Das hat den Sturz etwas abgemildert. Mama war so tapfer, sie hat noch versucht, ihn mit dem Engelsfeuer zu treffen. Aber er hat nur gelacht und es regelrecht verschlungen. Dann hat er ein Schwert gezogen.«

Die Erinnerung an die schrecklichsten Sekunden ihres Lebens schnürten ihr beinahe die Kehle zu. Heiser flüsterte sie: »Sie war sofort tot.«

Mila stockte, denn plötzlich war ihr etwas eingefallen, an das sie sich zuvor nie erinnert hatte. »Ich bin sicher, er hätte mich auch umgebracht, wäre dieser andere nicht gewesen …«

Erschrocken schlug sie die Hände vor den Mund, als sich die Szene erneut vor ihrem geistigen Auge abspielte.

Ein wunderschöner, aber gnadenloser Rachegott war erschienen, mit einem Flammenschwert bewaffnet, wie man es dem Erzengel Michael zuschrieb. In ihrer Furcht hatte sie versucht, sich zu verstecken, und schließlich war es ihr gelungen, unter einen Strauch zu kriechen. Dort hatte sie ganz still gelegen und mit morbider Faszination den Blick nicht von den Kämpfenden abwenden können.

Was sie sah, war ihr wie ein mit leichter Hand choreografierter Totentanz vorgekommen. Der Dämon wirkte zuerst etwas behäbiger, doch er zeigte eine erstaunliche Beweglichkeit, die glauben ließ, die Schwerkraft hätte für ihn keine Bedeutung. Sein Gesicht hätte sie unter anderen Umständen vielleicht sogar als angenehm beschrieben. Jetzt wirkte es hassverzerrt und regelrecht teuflisch.

Sie hätte versuchen müssen zu fliehen, aber sie konnte nicht wegsehen, obwohl sie instinktiv wusste, dass der Gegner dieses Dämons kein normaler Engel war, sondern einer der Herrscher im Reich ewiger Dunkelheit sein musste. Etwa gleich groß, biegsam wie ein Weidenzweig, mit breiten Schultern, denen die mächtigen Schwingen nicht zu schwer zu sein schienen, kämpfte er mit kühler Miene, beinahe arrogant und von seiner Überlegenheit überzeugt, mit der vollendeten Eleganz eines Tänzers. So sehr sie sich auch bemühte, viel mehr wusste sie nicht von ihm zu sagen, als dass eine unfassbare Magie ihn umgab, die das Geschehen vor den Sterblichen verbarg.

Nach einem besonders wütenden Angriff, der jedoch ins Leere ging, weil der Engel sich elegant beiseitedrehte, verschwand der Dämon plötzlich, als hätte ihn der Erdboden verschluckt. Der andere stieß einen lästerlichen Fluch aus und folgte ihm. Als wäre es nur sein Zauber gewesen, der ihre Sinne zusammenhielt, fiel sie in eine tiefe Ohnmacht, aus der sie erst mehrere Tage später in einem weiß gestrichenen Krankenzimmer erwachte.

»Ausgerechnet Joey, der Chef einer dieser Gangs, die unsere Gegend unsicher machten, hat mich gerettet. Er hat ausgesagt, dass er pinkeln wollte und mich dabei im Gebüsch gesehen hat. Zum Glück war er noch nüchtern genug, um die Ambulanz zu rufen. Die Ärzte haben mir später gesagt, ich sei bereits stark unterkühlt gewesen und hätte die Nacht wahrscheinlich nicht überlebt.«

Für einen kurzen Augenblick genoss sie die Wärme in Junas Umarmung, doch dann richtete sie sich wieder auf und sah unter den tief herabhängenden Zweigen des Baums hervor. Der Dämon war verschwunden. Aber was hätte sie auch gegen ihn ausrichten können?

»Hab ich's mir doch gedacht!« Jemand sah durch den Vorhang aus grünen Blättern und schnüffelte, als hätte er einen schwer einzuordnenden Geruch in der Nase. »Engel?«

Ein Elf, nimm dich in Acht! Juna bewegte lautlos die Lippen.

Dennoch war sich Mila sicher, richtig verstanden zu haben. Neugierig betrachtete sie den Mann, noch unentschlossen, ob sie sich fürchten oder freuen sollte.

Als Juna zu einer Erklärung ansetzen wollte, hob er die Hand und sagte unwirsch: »Ich will nichts wissen, aber ihr kommt mir gerade recht.« Seine Stimme erlaubte keinen Widerspruch. »Du«, er zeigte auf Mila, »wirst für die Seiltänzerin einspringen, sie hat sich den Fuß verstaucht.«

»O nein!« Erschrocken wich sie einen Schritt zurück.

Der Elf sah sie irritiert an. Vermutlich nahm er an, sie hätte Flügel. »Ihr seid mir etwas schuldig.« Seine Augen glitzerten böse.

Mit Mühe unterdrückte sie den Impuls, sich umzudrehen und davonzulaufen. Dabei hatte sie bisher geglaubt, Feen wären friedliebende, freundliche Wesen mit dem berühmten *grünen Daumen*. So konnte man sich irren.

»Ich mach das«, sagte Juna hastig. »Danach sind wir aber quitt!«

»Meinetwegen. Dann kannst du bei der Feuertruppe mitmachen.« Er legte den Kopf schräg und starrte Mila wortlos an.

Ihn direkt anzusehen, wagte Mila nicht. Aber unbeobachtet wollte sie ihn auch nicht lassen, also blickte sie starr auf einen Punkt über seinem Kopf, während sie sich bemühte, ihren Atem ruhig zu halten, um den schlafenden Vulkan in ihrem Inneren nicht zu wecken. Als der Elf plötzlich wieder zu sprechen begann, zuckte sie zusammen.

»Das passt ohnehin besser zu dir. Nun schlagt da keine Wurzeln, los jetzt!«

Was hatte ihn zu dieser Bemerkung veranlasst? Seine Worte machten ihr Angst. »Hör mal, ich finde nicht, dass du so mit uns …« Überrascht sah sie sich um, als sie ihn nirgends entdecken konnte. Er hatte sich buchstäblich in Luft aufgelöst.

»Wohin ist der denn verschwunden?«

»Keine Ahnung«, sagte Juna gleichgültig. »Sie kommen und gehen, wie sie wollen.«

»Hätten wir ihm nicht von Bens Plänen erzählen sollen?«

»Nur wenn du willst, dass man deinen Freund nie wieder sieht.«

»Oh! Sind diese Feen wirklich so schlimm?«, fragte sie entsetzt und folgte dem Engel.

»Denk lieber nicht darüber nach.«

Mittlerweile hatten sie den schützenden Platz unter der Hainbuche verlassen, und Juna ging zielstrebig auf den Rosengarten zu, über den in etwa drei Metern Höhe ein Seil zwischen zwei bunten Pfosten gespannt war.

»Du willst doch nicht da raufsteigen?«

»Warum denn nicht? Das wollte ich immer schon mal tun.«

»Und wenn du runterfällst, dann breitest du einfach deine Flügel aus, oder was? Juna, wir sind doch nicht zum Vergnügen hier, wir müssen Ben finden.«

»Und das werden wir auch, aber ich möchte auf keinen Fall länger als notwendig in seiner Schuld stehen.« Und zu sich selbst sagte sie: »Arian hätte mir ruhig sagen können, dass die Feen auch ihre Finger im Spiel haben.«

Jedenfalls war es das, was Mila verstand, bevor jemand sagte: »Da seid ihr ja endlich! Ich dachte schon, wir müssten den Auftritt absagen! Ich bin übrigens Tom.« Der Mann war höchstens Mitte zwanzig, trug sein Haar kurz, wie sie es vom Militär kannte, und hatte ein offenes, einnehmendes Lächeln. »Feuer oder Luft?«, fragte er und zeigte auf das Hochseil.

»Luft«, antwortete Juna und verschwand mit einer jungen Frau, die ihr im Weggehen mit atemlos hervorgestoßenen Worten zu erklären begonnen hatte, was sie tun sollte.

»Deine Aufgabe ist einfacher. Du brauchst nur dort auf dem Podest zu stehen und wie ein Engel auszusehen.« Er zeigte auf mehrere langbeinige Geschöpfe, die im Schatten der hohen Bäume schlecht zu erkennen waren. Dennoch war nicht zu übersehen, dass sie weit weniger dezent bekleidet waren als sie selbst.

»Und das sind meine himmlischen Kolleginnen?« Sie sah an sich hinab. »Da passt mein Kostüm aber gar nicht dazu.«

Lachend brachte er sie zu einem der weißen Zelte. »Barbara wird sich um dich kümmern.«

Barbara war die Garderobiere. Sie warf einen Blick auf ihre Figur und nickte. Wenig später trug Mila ein glitzerndes Nichts und schwindelerregend hohe Schuhe. Die Musik verstummte. Barbara schob sie hinaus.

Draußen war die Bühne nun nicht mehr beleuchtet, und kurz darauf verlosch auch die schwache Lampe im Zelt. Nur wenige Fackeln am Weg spendeten etwas Licht. Doch Mila hatte schon immer gut in der Dunkelheit sehen können, und so schaffte sie es, trotz der ungewohnt hohen Schuhe nicht zu stolpern.

»Die Flügel bekommst du von Tom. Beeil dich, wir sind gleich dran.« Barbara zerrte sie hinter sich her. »Schnell, schnell!«

Jemand stülpte ihr etwas Schweres über den Kopf, das unter der Brust mit einem Band gesichert wurde. Kalt lag ihr die merkwürdige Konstruktion auf den Schultern und drückte im Rücken. Doch wenn nicht noch etwas nachkam und sie damit ihre Schuldigkeit getan hatte, wollte sie die Unbequemlichkeit dafür gern in Kauf nehmen. Ihre innere Stimme raunte ihr zu, dass dies ein geringer Preis dafür war, nicht mehr in der Schuld des unangenehmen Elfs zu stehen.

Sie musste unbedingt Lucian fragen, was es damit auf sich hatte. *Lieber Himmel, Lucian!* Ihn hatte sie vor Aufregung beinahe vergessen. Er wäre kaum begeistert, sie so zu sehen. Leider hatte Tom darauf bestanden, dass sie die Maske abnahm. Barbara steckte ihre Hände in seidige Schlaufen, anschließend führte sie Mila durch die Dunkelheit zu einem Podest.

Tom half ihr beim Hinaufsteigen und flüsterte: »Du brauchst einfach nur schön auszusehen, das dürfte dir nicht schwerfallen. Zwischendurch änderst du deine Haltung. Carol steht vorn rechts, an ihr kannst du dich orientieren. Aber pass auf, wenn das Feuerwerk beginnt, breitest du die Arme aus und bewegst dich nicht mehr, okay?«

»Feuerwerk?« Panik stieg in ihr auf. »Wie spät ist es?«

»Halb elf. Keine Sorge, die Show dauert nicht lange.«

Die letzten Worte gingen beinahe in lautem Trommelwirbel unter, Lichter flammten auf, und ein Mann sprang auf die Bühne. In der Hand hielt er ein brennendes Schwert, das bald darauf in seinem Hals verschwand.

Mila wollte überhaupt nicht wissen, wie er das machte. Schon mit Tom hatte sie eine merkwürdige Verbundenheit gespürt, und als sie jetzt ihren Sinnen ein wenig mehr Raum gab, wusste sie, dass der Feuerschlucker ein gefallener Engel war, der über genügend Magie verfügte, um seinen Zuschauern die Illusionen zu schenken, nach denen sie sich offensichtlich sehnten. Der Applaus gab ihm und den folgenden Feuerakrobaten recht.

Aus dem Augenwinkel sah sie Carol, die elegant und verführerisch posierte und versuchte, es ihr gleichzutun. Allmählich fand sie Gefallen an dieser Show und vergaß darüber fast den Grund für ihr Hiersein.

»Tu was! Sie ist verrückt geworden«, zischte er Arian zu, als sie beide fassungslos beobachteten, wie Juna mit weit ausgebreiteten Schwingen hoch über dem Rosengarten auf einem Drahtseil entlangspazierte. »Hast du dein Weib überhaupt nicht im Griff?«

Monsignore, oder vielmehr der Engel, hatte regungslos neben ihm gestanden, nun aber leuchteten seine Augen unter der Maske so unnatürlich blau, dass sie jeden anderen in Schrecken versetzt hätten. »Niemand kann ihre Flügel sehen. Ich würde mir an deiner Stelle mehr Gedanken um mein eigenes *Weib* machen. Juna ist sicherlich nicht allein hier. Verlass dich drauf, sie weiß, was sie tut.«

Mila! Er wusste, dass sie aus dem Schlaf erwacht war, hatte ihre Nachrichten auf seinem Handy aber ignoriert und sie sogar aus seinem Bewusstsein verbannt, um nicht schwach zu werden und zu ihr zu eilen. Es war ohnehin schon schwierig genug, die Balance zwischen seiner Maske als Leonardo Castellucci und einem offenen Radar für dämonische Heimtücke zu halten. Im Cottage wäre sie sicher gewesen, *verdammt!*

Neben ihm sog Arian scharf die Luft ein, er sah nicht mehr zu Juna hinauf.

Lucian folgte seinem Blick und erstarrte.

Auf einer kleinen Bühne hantierte jemand, den er auf den ersten Blick als gefallenen Engel erkannte, mit Feuerbällen. Er wurde dabei von insgesamt vier attraktiven Frauen flankiert, deren einzige Aufgabe es zu sein schien, hübsch auszusehen.

Er hatte nur Augen für eine. Mila. Schön wie eine Göttin, den herrlichen Körper höchst unzureichend mit einem Hauch geschickt platzierter Pailletten bedeckt, mit weit ausgebreiteten Armen. Doch am meisten berührte ihn der Anblick ihrer Flügel, die sie mit einer Anmut trug, als gehörten sie wirklich zu ihr.

Der treibende Rhythmus der Trommeln, dem Lucians Herz unbewusst gefolgt war, erreichte seine Klimax, und plötzlich stand sie in Flammen.

Hätte Arian ihn nicht geistesgegenwärtig zurückgehalten, er wäre ohne zu überlegen losgestürzt, um sie zu retten. Dann aber sah er es auch: Die Feuerschwingen auf ihrem Rücken waren nichts als kunstvoll inszenierte Illusion, die Erfüllung ihrer geheimsten Wünsche.

Schlagartig erkannte er die Wahrheit. Mila war seine Seelengefährtin. Genau so hatte die Illustration der uralten Überlieferung ausgesehen, die er vor langer Zeit einmal gelesen hatte, und mehr noch: Genau so sah auch die Gestalt aus, die ihn zuweilen in einem der äußerst seltenen Träume besuchte. Jede ihrer Heimsuchungen ließ ihn mit einem beunruhigenden Sehnen zurück. Nach dem Aufwachen hatte er meist schlechte Laune. Oft gelang es ihm tagelang nicht, die Erinnerung zu verdrängen, obwohl er sich nie an ihr Gesicht erinnern konnte. Nun war das anders.

Begeisterter Applaus brandete auf und riss ihn abrupt aus seiner merkwürdigen Trance.

Lucian.

Plötzlich gab es nur noch sie beide.

Milotschka!

Wie in drei Teufels Namen hatte sie ihn erkannt?

Trotz allem bemüht, seine wahre Natur nicht zu verraten, näherte er sich betont beiläufig ihrem Podest. Die Flammen waren inzwischen erloschen, doch sein Engel trug seine Flügel immer noch. Eine wie in Stein gemeißelte Silhouette vor dem nachtblauen Himmel. Anmutig und gleichzeitig anrührend in der Zerbrechlichkeit ihrer unsterblichen Seele. Er hätte sie stundenlang betrachten mögen.

Jemand kam und half den Frauen hinunter. Als sich der Fremde schließlich auch Mila zuwandte, war er längst bei ihr. Mit einer Behutsamkeit, die nichts von den widersprüchlichen Gefühlen offenbarte, die in ihm tobten, umfasste er ihre schmale Taille, hob sie zu sich herab und vergrub in einem Augenblick der Schwäche sein Gesicht in ihren Haaren. »Milotschka«, flüsterte er. »Was fange ich nur mit dir an?«

Zu seiner Überraschung versuchte sie, ihn fortzuschieben. »Lass mich los, du hast mir eine Menge zu erklären!« Ihre Stimme klang wütend und aufgeregt. »Aber dafür ist jetzt keine Zeit. Ben …«

»Nicht hier«, sagte er leise und deutete unauffällig auf die Frau, die zuvor bereits den anderen Darstellerinnen die Flügel abgenommen hatte und sich ihnen näherte. Mit geschickten Fingern löste sie die Bänder, und Lucian half ihr, die erstaunlich schweren Flügel von Milas Schultern zu nehmen.

»Komm!« Sie musste fort, bevor ihr etwas geschehen konnte.

Doch anstatt ihm zu folgen, sah sie stirnrunzelnd an sich hinunter. »So? Warte, ich bin gleich wieder da.« Ohne weiter auf ihn zu achten, lief sie zu einem der Zelte.

Lucian wollte ihr hinterhergehen, aber die Garderobiere verwehrte ihm den Zutritt.

»Männer habe hier nichts zu suchen!«, sagte sie streng, und weil er ausschließlich Sterbliche im Inneren spürte, zwang er sich zur Geduld.

Es dauerte zum Glück nicht lange, bis Mila wieder auftauchte. Nun verdeckte immerhin eine seidene Maske ihr Gesicht, und sie war auf den ersten Blick weniger aufreizend gekleidet. Doch was er sah, reichte aus, ihn wünschen zu lassen, er wäre allein mit ihr und nicht auf diesem verfluchten Gartenfest.

»Das solltest du öfter tragen«, sagte er leise, machte aber keine Anstalten, sie zu berühren. Es hätte nicht zu seiner derzeitigen Rolle als Leonardo Castellucci gepasst, ermahnte er sich. Zudem traute er sich selbst nicht genug, um sicher zu sein, dass er sie nicht hier und jetzt geküsst und geliebt hätte, so sehr begehrte er *seinen* Engel.

Seit Anthony am Nachmittag beobachtet hatte, wie sie mit ihren Huren am Pool herumlungerte, statt sich um die Vorbereitungen der Festlichkeiten zu kümmern, wie es abgesprochen war, hatte er Margaret nicht mehr gesehen.

Dankbar für diese kurze Pause lehnte er sich an die violett gestrichene Wand des Musikzimmers. *Wo bist du, Magpie?* Aber natürlich konnte sie ihn nicht hören. Er verstand sich nicht auf Gedankenübertragung, und ein Sukkubus beherrschte diese Kunst erst recht nicht. *Im Grunde*, dachte er, *wäre ich froh, die alte Krähe nie wieder sehen zu müssen.*

Sein *Meister* wäre anderer Meinung gewesen. Durival brauchte die Seelen, die sie so rücksichtslos erntete und die Anthony danach an ihn weiterleiten musste.

Wäre es nach ihm gegangen, hätte sein gruseliger Gebieter bis zum Jüngsten Tag in Luzifers Kerker versauern können. Das war nicht immer so. Anfangs war er sogar stolz darauf gewesen, ihm dienen zu dürfen, und hatte jeden seiner Befehle ausgeführt, ohne darüber nachzudenken. Inzwischen fragte er sich längst, was der Dämon mit dieser Inszenierung auf Stanmore beabsichtigte. Der Erzfeind Lucian, *der Marquis*, wie dieser mächtige Dunkle Engel in der Unterwelt auch genannt wurde, war jedenfalls nicht aufgetaucht, obwohl Durival genau das prophezeit hatte.

Das Amulett, mit dessen Hilfe Anthony nahezu unbemerkt zwischen den Welten wandeln konnte, erschien ihm dagegen Erfolg versprechend.

Sofern man nicht gerade im Hochsicherheitstrakt eines teuflischen Kerkers einsitzt, dachte er gehässig. Ihm bot sich durch Durivals Gefangenschaft immerhin eine echte Chance, im Diesseits Fuß zu fassen. Etwas, das sein Boss für sich selbst geplant hatte.

Höchstwahrscheinlich träumt er von der Weltherrschaft. Anthony zuckte mit den Schultern. Politik hatte ihn noch nie interessiert, und Dämonen, das wusste er inzwischen, planten langfristig. Was sein Boss allerdings nicht bedacht hatte: Je länger er einsaß, desto dünner wurden die Fesseln, die sie verbanden.

Zuerst hatte er die subtilen Anzeichen dafür gar nicht bemerkt. Aber dann begann er, eigene Pläne zu machen, und bei seiner Arbeit in Durivals Bibliothek war er schließlich auf eine alte Schrift gestoßen, in der vor einer Entfremdung zwischen Herrn und Sklave gewarnt wurde. Sogar einige Symptome wurden darin aufgezählt.

Anthonys rätselhafte Zuneigung zu Mila war eines davon. Mit ihrer Hilfe hoffte er, eines Tages ein halbwegs normales Dasein außerhalb der Unterwelt und weit weg von Durivals Zugriff führen zu können. Wohlstand und ein bequemes Leben gehörten zu seinen Zielen. Eine schöne Frau, die ihm das Bett wärmte. Besonders ehrgeizig war er noch nie gewesen, und am liebsten studierte er ohnehin alte Texte oder las einfach nur ein Buch.

Alles war bestens gelaufen, bis zu dem Tag, an dem dieser Journalist erschienen war und allen Weibern den Kopf verdreht hatte. Maggy hatte fast den Verstand verloren, als sich der Kerl nicht von ihr einwickeln lassen wollte. Anthony hätte ihn beinahe dafür mögen können.

Und dann der Schock: Mila war keine Sterbliche. Zuerst hatte er gedacht, es mit einem gefallenen Engel zu tun zu haben. Unglücklicherweise war es Dämonen nicht möglich, die wahre Natur eines Engels zu erkennen, wenn dieser sich ihnen nicht offenbarte, so wie sie es unabsichtlich getan hatte.

Doch später hatte er eins und eins zusammengezählt. Ihre Biografie, das Engelsfeuer. In dem Grimoire, das er aus der Bibliothek gestohlen hatte, stand die Antwort. Sie war das Ergebnis eines der vielen Versuche der Durivals, das *Cratalis* zu erschaffen. Ein legendäres *Gefäß*, in dem eine angeblich so außerordentliche Magie gefangen war. Und noch etwas hatte in dem Grimoire gestanden: eine Anleitung, wie man sich dieser Magie bemächtigte. Cratalis, hatte der Erzdämon eigenhändig notiert, müsse in einem Ritual geöffnet und das Feuer daraus befreit werden, damit es sich mit dem Höllenfeuer verbinden könnte. Wem dies gelänge, so schrieb er weiter, besäße eine Macht, die sogar jemandem wie Luzifer gefährlich werden konnte.

O Mila. Warum ausgerechnet du?

Ein Räuspern riss ihn aus seinen Gedanken. Als er aufsah, stand der Butler in der Tür. Anders als er selbst war der undurchsichtige Jeeves ein geborener Dämon, der nicht zu Durivals Haushalt gehörte.

»Hast du sie gefunden?«

»Nein. Aber ich würde mir keine Sorgen machen. Bestimmt hat Lilith sie zu sich beordert.«

»Glaubst du das wirklich?«

Es wäre zumindest eine Erklärung für ihr plötzliches Verschwinden. Die leichtfertige Art, wie sie mit ihren Opfern umging, war bereits erstaunlich lange unentdeckt geblieben. Und Lilith, das hatte er immer gesagt, wäre nicht begeistert, fände sie heraus, dass Maggy auf eigene Rechnung, beziehungsweise für Durival arbeitete. Anthony wollte nicht in ihrer Haut stecken, und wahrscheinlich war es das Klügste, nicht weiter nach ihr zu suchen.

Jeeves Augen glühten in der Dunkelheit. *Du hast andere Sorgen.* »Durival soll angeblich aus dem Gefängnis verschwunden sein.«

»Das ist ein Witz, oder?« Anthony glaubte, ihm müsste das Blut in den Adern gefrieren.

»Wenn du das sagst.« Mit einem bösen Lächeln drehte sich Jeeves um und sagte über die Schulter: »Ach, und noch etwas: Deine kleine Freundin hat gerade bei den Feuerakrobaten eine ausgesprochen überzeugende Vorstellung als erotischer Engel gegeben. Hätte nicht gedacht, dass sie das in sich hat.«

23

Seine Finger hielten ihr Handgelenk so fest, als hätte er ihr eiserne Fesseln umgelegt, und Mila blieb nichts anderes übrig, als gute Miene zum unguten Spiel zu machen. Mit falschem Lächeln schritt sie neben Lucian her, der nicht er selbst zu sein schien – und dies nicht nur, weil er aussah wie ein italienischer Gigolo.

»Lass mich los!«, zischte sie ärgerlich. Was bildete er sich ein, sie so zu behandeln?

Wehr dich, und ich stecke dich in eine Zelle, bis du zu Verstand gekommen bist, drohte er und nickte dabei einem hochgewachsenen Mann zu, der ihnen entgegenkam. »Monsignore.«

Sie glaubte, ihren Augen nicht trauen zu können. »Ist das Juna, die der Typ da hinter sich herzerrt?«

»Halt den Mund!« Er drückte sie an einen Baum und küsste sie mit einer Vehemenz, die sie sofort alles vergessen ließ. Von einem Augenblick zum anderen schoss heiße Leidenschaft durch ihre Adern, und sie ergab sich bereitwillig Lucians lustvollem Verlangen. Der Kuss war beinahe brutal, seine Hände schienen überall zu sein, und es war offensichtlich, dass er keine Aussprache im Sinn hatte.

Nur zu gern hätte sie ihrem eigenen wachsenden Begehren nachgegeben, aber dafür war jetzt keine Zeit. Entschlossen drehte sie den Kopf beiseite und sagte: »Ben.«

Sofort ließ er von ihr ab. Der Blick, mit dem er sie bedachte, war mörderisch.

Eindringlich fuhr sie fort: »Er will den Tod seines Bruders rächen. Heute, während des Feuerwerks!«

Langsam schien Lucian zu sich zu kommen. »Wer ist Ben?«, fragte er scharf, aber immerhin fragte er überhaupt.

»Ich habe dir von ihm erzählt, erinnerst du dich nicht mehr?«

»Ich erinnere mich sehr gut. Aber woher weißt du, was er vorhat?«

Sie berichtete ihm von dem Anruf, von Bens Racheplänen, seiner Warnung und wie sie anschließend Juna überzeugt hatte, sie zu begleiten.

»Das musst du Arian auch sagen. Bitte. Sie kann nichts dafür, ich wäre auf jeden Fall hergekommen.« Sie stockte. »Du meine Güte, dieser Monsignore, das war doch nicht etwa er?« Juna tat ihr leid. Der Engel schien ebenso wütend gewesen zu sein wie Lucian, der immer noch finster auf sie herabblickte.

»Und was willst du nun von mir?«

Fast beiläufig fuhr er über ihre Brustspitzen und lächelte zufrieden, als sie scharf den Atem einsog. »Außer dem Offensichtlichen, meine ich.«

Nachdem sie einmal tief durchgeatmet hatte, um das Flattern in ihrem Bauch zu beruhigen, gelang es ihr immerhin, mit ruhiger Stimme zu antworten. »Du musst verhindern, dass ein Unglück geschieht.« Ratlos sah sie ihn an. Hatte er nicht verstanden, was Ben vorhatte?

»Mila, Mila. Ich bin nicht für das Glück der Menschen verantwortlich. Sie werden dir gern bestätigen, dass sogar das Gegenteil der Fall ist«, fügte er nicht ohne Selbstironie hinzu.

»Mag sein.« Sie hatte eine Idee und bemühte sich, so gleichgültig wie möglich zu klingen. »Aber der Elf war gar nicht begeistert, als er Juna und mich entdeckt hat. Er hat behauptet, wir seien ihm etwas schuldig. Wohl, weil wir ungefragt auf seiner Veranstaltung aufgetaucht sind. Deshalb blieb uns nichts anderes übrig, als zu tun, was er von uns verlangte.«

»Er hat euch zu diesen Auftritten gezwungen?« Lucians Stimme klang mörderisch.

»Das zu behaupten, wäre übertrieben, aber Juna wollte auf keinen Fall in seiner Schuld stehen.«

»Und recht hat sie damit.«

Was hatte es bloß mit den Feen auf sich, dass niemand gern näher mit ihnen zu tun haben wollte? Die Frage musste warten, Lucian war immer noch ärgerlich. Besser, sie ließ die seltsame Bemerkung des Elfs unerwähnt, die er über ihre vermeintliche Nähe zum Feuer gemacht hatte. Konnten diese Feen mehr sehen als Engel oder Dämonen? Immerhin hatte er ihr unbewusst ein gutes Argument geliefert, um Lucian doch dazu zu bringen, Ben vor einem womöglich tödlichen Fehler zu bewahren. Also sagte sie mit kleiner Stimme: »Stell dir vor, sein Fest würde von einem meiner Bekannten ruiniert werden. Nicht auszudenken, was er dann von mir verlangte!«

»Netter Versuch. Ich weiß genau, was du beabsichtigst.«

Sein Lächeln, das er nur für sie reserviert zu haben schien, ließ ihr den Atem stocken. Wie sehr sie ihn liebte!

Er zog sie an sich, hauchte einen Kuss auf ihren Hals und flüsterte: »Worum auch immer meine Göttin mich bittet,

Ich suche diesen Ben und sorge dafür, dass er seine Pläne nicht umsetzen kann.«

»Du wirst ihn nicht töten?«

»Wenn das dein Wunsch ist, Milotschka.«

»Was muss ich dafür tun?«

Sein heiseres Lachen jagte heiße Schauer über ihre Haut. »Wie gut du mich kennst. Mir wird bestimmt einfallen, womit du dich angemessen revanchieren kannst. Vorerst wirst du einmal tun, was ich von dir verlange, und dich nicht vom Fleck rühren, bis Quaid dich in Sicherheit bringt.«

»Er wird begeistert sein«, sagte sie ironisch.

Vollkommen ernsthaft antwortete Lucian: »*Dankbarkeit* wäre angebracht.«

Sie ahnte, dass er noch mehr Anweisungen geben wollte, doch das Klingeln seines Handys unterbrach ihn.

»Ja?« Seine Stimme war frei von Emotionen, als er kurz darauf erstaunlich leise Befehle gab. »Versiegele alle Portale. Nein, niemand! Sofort!«

So hatte sie ihn noch nie erlebt. Ihr wäre es lieber gewesen, er hätte gebrüllt oder mindestens wütend geklungen. Diese Kälte machte ihr Angst.

Beklommen fragte sie, was passiert sei.

»Mach dir keine Gedanken, Milotschka. Ich werde nach deinem Ben suchen. Du bleibst hier, Quaid ist bald bei dir und wird dich abholen.« Ernst sah er sie an. »Versprichst du mir, nichts Unüberlegtes zu tun?«

»Ja, ich …« Ehe sie mehr sagen konnte, war er verschwunden. Einfach so. Und nicht zum ersten Mal verfluchte sie ihn dafür. Aber immerhin wollte er sich um Ben kümmern. War das nicht Grund genug, das gegebene Versprechen zu halten und auf ihren finsteren Babysitter zu warten?

Als die Turmuhr von Stanmore House zum zweiten Mal schlug und damit anzeigte, dass es nur noch dreißig Minuten bis Mitternacht waren, hatte sich ein kleiner Haufen zerrupfter Blätter zu ihren Füßen angesammelt. Mila hielt die Warterei nicht mehr aus. Quaid hätte längst hier sein müssen. Sie fühlte es in jeder Faser ihres Körpers: Eine Katastrophe bahnte sich an.

Im zweifellos romantischen Teil der Stanmore-Gärten auf Rettung – oder wie sie inzwischen glaubte – auf eine vermeidbare Tragödie zu warten, das war so gar nicht ihr Ding. Egal, was sie Lucian versprochen hatte, sie musste irgendetwas unternehmen.

Zum Glück hatte er sie dieses Mal weder vergiftet noch mit einem Bann belegt, und so war Mila im Nu in den belebteren Teil der Gärten zurückgekehrt, in dem sich das Fest seinem mitternächtlichen Höhepunkt näherte. Kaum jemand beachtete die junge Frau, die sich zielstrebig einen Weg durch die gut gelaunte Menge suchte. Streifte sie doch einmal ein Blick, dann ruhte der auf ihrem freizügig präsentierten Busen oder der schmalen Taille, die ihr Kostüm vorteilhaft zur Geltung brachte. Für das hinter der dunklen, perlenbestickten Augenmaske halb verborgene Gesicht interessierte sich glücklicherweise niemand.

Mila hatte die Absperrung noch nicht ganz erreicht, die verhindern sollte, dass sich ein Gast in die Nähe des Feuerwerks verirrte, da erhielt sie plötzlich einen Stoß, stolperte ins Unterholz und konnte sich soeben noch an einem Baumstamm festhalten, um zu vermeiden, dass sie der Länge nach hinfiel.

»Hey! Was soll das?«

Sie wollte sich umdrehen, doch ein harter Griff in ihr

Genick verhinderte, dass sie sich überhaupt zu bewegen wagte. Der Angreifer hielt sie in der unangenehmen Position direkt an den Baum gepresst, der eben noch ihre Rettung gewesen zu sein schien. Instinktiv öffnete sie den Mund, um zu schreien, da stopfte er ihr etwas zwischen die Lippen, das nach frisch gebügelter Wäsche schmeckte, und befestigte es mit einem Tuch, das er am Hinterkopf zusammenknotete. Dabei verrutschte die Maske. Zu allem Unglück sah sie nun auch nichts mehr. Die Hände wurden ihr grob hinter den Rücken gezogen und an den Gelenken zusammengebunden. Kräftige Arme hoben sie hoch, und sie wurde sich auf äußerst unerfreuliche Weise über eine Schulter geworfen, bevor ihr Entführer mit seiner unwilligen Last weiter ins Dickicht vordrang.

Während ihr Zweige über die Haut kratzten und der Schmerz im Magen, auf den ein ausgesprochen harter Schulterknochen ihres Trägers drückte, stetig zunahm, bemühte sie sich trotz der beunruhigenden Lage, in der sie sich befand, logisch nachzudenken. Der Fähigkeit zu sprechen und vorübergehend des Augenlichts beraubt, erlaubte sie den übrigen Sinnen, sich zu entfalten.

Sofort bestätigte sich, was sie ohnehin wusste: Lucian war es nicht, der sie verschleppte. Quaid hatte weder einen Grund, solch drastische Maßnahmen zu ergreifen, noch hätte er es gewagt. Jedenfalls hoffte sie das.

Dann blieb nur … *Himmel, lass es nicht den Dämon sein!* Wie hatte sie nur ihre Begegnung mit diesem gemeinen Mörder vergessen können? Sie hätte Lucian davon erzählen müssen, aber es war alles so schnell gegangen. Ihn jetzt zu Hilfe zu rufen, kam nicht infrage. Schon bald würde das Feuerwerk beginnen und womöglich ein Blutbad unter den Zuschauern anrichten. Das musste er verhindern. Also unternahm sie einen zweiten Anlauf, um herauszufinden, wer sie hier verschleppte. *Denk nach!* Hätte der Dämon sie nicht einfach an Ort und Stelle getötet, anstatt sich die Mühe zu machen, sie zu verschnüren und durch die Gegend zu tragen?

Beim letzten Mal jedenfalls hätte er sie garantiert ebenso umgebracht wie ihre Mutter, wäre da nicht der Dunkle Engel gewesen. Sein Eingreifen hatte ihr das Leben gerettet, auch wenn er sie danach einfach ihrem Schicksal überlassen hatte. Wenn sie sich doch nur an sein Gesicht erinnern könnte!

Du kennst ihn. Du hast ihn kämpfen sehen, flüsterte ihr Unterbewusstsein, aber Mila weigerte sich zuzuhören.

Konzentrier dich!, ermahnte sie sich und atmete unwillkürlich tiefer durch die Nase ein, weil das Tuch in ihrem Mund inzwischen zu einem harten Knäuel geworden war, das keine Luft mehr hindurchließ. *Brimstone!* Der schwefelige Geruch, der ihr kürzlich in der Nähe der Dämonen aufgefallen war, biss ihr in die Nase und löste einen Niesanfall aus.

Es war nicht lustig, geknebelt und kopfüber über die Schulter eines Mannes zu hängen, der meinte, durch einen dichten Wald rennen zu müssen, wo einem die Zweige wie Peitschenhiebe ins Gesicht schlugen. Niesen machte die Sache nicht angenehmer. Das heftige Beben, das ihren Körper erschütterte, ließ den Entführer beinahe straucheln. Er fluchte.

»Anthony!« Jedenfalls wollte sie das sagen. Heraus kam nur ein atemloses Grunzen. Sie hatte seine Stimme eindeutig erkannt.

Er antwortete nicht. Der Klang seiner Schritte veränderte

sich, als liefe er nun über Schotter. Dann blieb er stehen. Das Zirpen eines Wagenöffners erklang, und kurz darauf lag sie auf der Rückbank seines Autos. Letzteres schloss sie aus dem Geruch des Leders, auf das er ihren Kopf mit dem Befehl gepresst hatte, ihn nicht zu heben. Es war kürzlich gereinigt worden und roch nach Bienenwachs und Orangenschalen. Es blieb ihr nicht viel Zeit, sich in der neuen Position einzurichten. Die Autotür klappte, der Motor röhrte, als Anthony Gas gab, und wenig später rutschte sie hilflos in den Kurven hin und her. Er hatte einen eindeutig wilderen Fahrstil entwickelt. Bis zum Haupttor des Anwesens konnte sie die Fahrtstrecke noch nachvollziehen. Danach verlor sie die Orientierung, und auch das Gefühl für Zeit kam ihr abhanden.

Nachdem sie von der Straße abgebogen und eine kurze Strecke über immer holpriger werdende Feldwege gefahren waren, hielten sie.

Mila wurde aus dem Auto gezerrt. Der Knebel wurde ihr abgenommen und auch die Maske.

»Wenn du schon dabei bist, könntest du mir vielleicht auch die Hände losbinden?«

»Halt den Mund!« Es war wirklich Anthony der sie entführt hatte und nun offenbar durch die Wildnis scheuchen wollte. Er versetzte ihr einen Stoß, sodass sie stürzte.

Hastig tastete Mila den Boden ab und fand auch tatsächlich einen scharfkantigen Stein, den sie in ihrer Faust versteckte, als er sie grob auf die Beine zog und auf einem schmalen Pfad vorwärtsschob. Dieser Weg, erkannte sie im Mondlicht, führte einen flachen Hügel hinauf.

Ihre kühle Art, auf schwierige Situationen zu reagieren, hatte Anthony nie gemocht. Er begriff einfach nicht, dass die selbstironischen Bemerkungen für sie eine Möglichkeit waren, sich weit genug vom Geschehen zu distanzieren, um einen klaren Kopf zu bewahren. Und den brauchte sie jetzt dringender als je zuvor. Dieses Mal würde sie sich nicht von einem Dämon halb totschlagen lassen, wenn es nur den Hauch einer Chance gab, sich ihm zu widersetzen.

Keine Panik, sprach sie sich selbst Mut zu. Ein außer Kontrolle geratenes Vulkanfeuer war nun das Letzte, was sie gebrauchen konnte. Folgsam trottete sie den Hügel hinauf und blieb vor einem oben abgeflachten, riesigen Stein stehen. Ihre Handgelenke taten weh, und die Finger waren längst taub. Mila versuchte, den Schmerz zu ignorieren, und begann stattdessen, mit dem scharfkantigen Stein ihre Fesseln zu bearbeiten. Sie fühlten sich seidig an, und ihre Hoffnung wuchs. Womöglich hatte er sie mit der fehlenden Krawatte gebunden, was eher auf eine spontane Aktion hindeutete. Mila sah auf.

In der Ferne leuchteten die Lichter des Gartenfests, das sie unter so unrühmlichen Umständen verlassen hatte. Nun erkannte sie auch, wo sie waren. Archäologen vermuteten, dass sich hier eine alte heidnische Kultstätte befand, und es gab sogar Ausgrabungspläne. Der National Trust hatte Interesse angemeldet, doch Lord Dorchester, auf dessen Land sie lag, wollte nichts davon wissen. Er befürchtete, nach dem Abzug der Wissenschaftler trampelten bald Horden von Heiden auf seinem besten Weideland herum. Kürzlich hatte ein Artikel in der örtlichen Zeitung darüber gestanden, den sie aufmerksam gelesen hatte.

Wusste Anthony mehr über diesen Ort? Befand sich hier womöglich eines der Portale in die Unterwelt, von deren Existenz sie bisher nur gehört hatte?

»Was hast du vor? Willst du mich in die Hölle verschleppen?«

Der Schlag kam so unerwartet und hart, dass ihr Kopf herumflog und sie beinahe das Gleichgewicht verlor.

Blut lief aus der geplatzten Lippe, das sie schnell fortleckte. *Er hat mich geschlagen.* Fassungslos sagte sie: »Und dich wollte ich sogar heiraten!«

Anthony, der ein schmales Buch aus der Tasche zog, hielt abrupt inne. »Was?«

»Ich dachte, der Ring wäre für mich, und …«

»Du hast in meinen Sachen gewühlt?« Ungläubig sah er sie an.

»Nicht direkt. Ich hatte mir Himbeersoße über die Klamotten gekippt und brauchte etwas Sauberes zum Anziehen. Weil du nicht da warst, habe ich mir ein Hemd ausgeliehen. Dabei ist der Ring aus deiner Jackentasche gefallen. Damals wusste ich ja noch nicht, dass du ein Dämon bist.« Sie verstummte. Das war vielleicht keine so glückliche Themenwahl.

Anthonys Antwort bestätigte ihren Verdacht. Er trat ganz dicht an sie heran, in seinen Augen glaubte sie, ein irres Leuchten zu entdecken. »Aber jetzt weißt du es. Woher?«

Ohne über den Stein zu stürzen, konnte sie ihm nicht ausweichen. Deshalb holte sie tief Luft und sagte: »Brimstone.«

»Was ist damit?«

»Du riechst danach«, sagte sie mit weniger Bravour als erhofft. *Womöglich ist er besessen oder auf Drogen*, dachte sie nun doch einigermaßen verängstigt.

»Und woher weiß ein ordentliches russisches Mädchen von diesem Brimstone?«, fragte er lauernd.

»Englisch. Ich bin hier geboren. Meine Eltern waren nur viel unterwegs ...« Sie merkte selbst, dass sie brabbelte, und verstummte.

»Ich weiß, was du bist.«

»Oh! Wirklich? Da hast du mir definitiv etwas voraus. Was bin ich denn – deiner Meinung nach?«

Lieber Himmel, sie hatte sich also wahrhaftig bei ihrem Streit verraten. Das war nicht gut. *Gar nicht gut.*

»Du, Herzchen, bist nichts weiter als ein Experiment.« Seine Lippen bildeten kaum mehr als eine schmale Linie, nur der rechte Mundwinkel zuckte, als er weitersprach: »Der *Arme*, er hat so lange darauf gewartet, dass es ihm endlich gelingt, Cratalis zu erschaffen, und dann erkennt er es nicht einmal, wenn es vor ihm steht.« Mit einer Hand hielt er ihr Kinn fest. Sein Blick war anzüglich und ließ ihr die Haare zu Berge stehen.

Obwohl ihr Herz wild schlug und das Feuer in ihrem Inneren langsam wärmer wurde, bemühte sie sich, Ruhe zu bewahren. »Ich weiß nicht, was du meinst.«

»Du hast wirklich keine Ahnung, oder? Ich will es dir erklären.« Nun nahm er den schulmeisterlichen Ton an, den sie noch nie gemocht hatte. »Du kennst die Legende vom Heiligen Gral?« Erwartungsvoll sah er sie an.

Als Mila endlich nickte, erleichtert, mehr Zeit zu bekommen, ihre Fesseln zu durchtrennen, sprach er weiter. »Du trägst eine Energie in dir, die demjenigen, der sie besitzt, unvorstellbare Macht verleiht.«

»Mit anderen Worten, du willst dir diese *Macht* aneignen, bevor es dein Chef tut«, erwiderte Mila mit einer Leichtigkeit, die sie nicht fühlte. Anthony war komplett wahnsinnig geworden! Schon wollte sie hinzufügen, dass sie seinen

Chef, der wahrscheinlich einer der garstigen Dämonen war, die Lucian ständig Ärger bereiteten, überhaupt nicht kannte, da traf sie die Erkenntnis wie ein Schlag. »Sieht er etwa aus wie dieser Ian Somerhalder und spaziert im eleganten Anzug zwischen Margarets Gästen herum?«

»Das ist Noth. Du bist nicht die Erste, die die beiden verwechselt. Nein, sein Vater Durival hat die Sache eingefädelt. Und weißt du, was wirklich lustig ist? Es ist nicht nur deine Schuld, dass wir jetzt hier stehen. Du, mein liebes argloses Engelchen, trägst auch die Schuld am Tod deiner Mutter.«

Mila spürte, wie ihr das Blut in den Adern erkaltete. »Wie meinst du das?«

»Er hat sie getötet, weil er glaubte, aus dir wäre nicht das geworden, was er sich erhofft hatte. Wieder einmal.« Anthony lachte und schüttelte den Kopf. »Sag mir: Wie hast du es geschafft, ihn zu täuschen?«

Der Überfall. Der brutale Versuch des Dämons, etwas in ihrem Inneren zu wecken. Seine Wut, als er nicht fand, was er suchte. Mila biss sich auf die Unterlippe. *Mama, verzeih mir!* Wortlos starrte sie ihn an.

»Ironie des Schicksals. Weißt du, wer dich gerettet hat? Ausgerechnet der grausamste aller Höllenfürsten: *der Marquis.*«

Irgendetwas machte ihn plötzlich wütend. »Er hat Durival eingesperrt, und das wird er büßen. Aber der verdammte Engel ist schlau. Ich habe alles getan, um ihn hierherzulocken, damit wir ihm unseren kleinen Komplott in die Schuhe schieben können. Doch er ist nicht gekommen, hat die Pläne meines Meisters durchkreuzt, und der sitzt mir jetzt im Nacken.«

Mila verstand nicht einmal die Hälfte von dem, was er sagte. Anthony war vollkommen verrückt geworden, und so sehr sie sich das Hirn zermarterte, sie wusste nicht, wie sie ihm entkommen sollte. Eingeklemmt zwischen seinem Körper und dem Felsen, mit hinter dem Rücken gefesselten Händen, hatte sie keine Chance, sich zu wehren. Die erste Fessel hatte sie zwar schon durchtrennt, aber noch waren ihre Hände nicht frei. So unauffällig wie möglich arbeitete sie weiter.

Als Anthony ihr nun mit dem Handrücken über die Wange strich, war sie dennoch versucht, ihm mit dem Knie ein paar angemessene Schmerzen zwischen den Beinen zu verschaffen, aber das würde zum jetzigen Zeitpunkt ihre Befreiungsversuche nur unnötig gefährden. Außerdem war er auf der Hut und stand zu nahe, als dass dies ihr einen echten Vorteil verschafft hätte.

Ich muss Zeit gewinnen, sagte sie sich und widerstand der Versuchung, ihm in die Hand zu beißen.

Ahnungslos fuhr er mit den unwillkommenen Liebkosungen fort. »Mila, es hätte so schön sein können. Warum nur hast du dich von mir abgewandt? Dein magisches Feuer und meine Talente, wir hätten gemeinsam die Welt regieren können.«

»Welche? Diese hier oder die Unterwelt?«, fragte sie und versuchte, sich den Berührungen zu entziehen.

»Jede, Herzchen. Jede!« Ein berechnender Ausdruck erschien in seinen Augen. »Wir könnten es noch, wenn du es mir freiwillig gibst.«

»Nicht in diesem Leben!«, fauchte sie. Diplomatie hatte noch nie zu ihren Stärken gehört.

»Das habe ich mir gedacht. Deshalb sind wir hier. Wusstest du, dass sich unter diesem Hügel drei Energielinien treffen? Unsere Vorfahren haben es geahnt. Dies ist ein magischer Ort, Mila. Und er wird das hier«, von irgendwo zog er eine Flasche hervor, in der kleine Lichter wie Glühwürmchen im Zeitraffer hin und her schossen, »mit der Essenz von Cratalis verbinden, sodass sie mir am Ende wie eine reife Frucht in die Hände fällt.«

Sie spürte, wie das Feuer in ihr wuchs, als lockte etwas Unwiderstehliches. *Ruhig!*, warnte sie. *Du bekommst, was du willst, aber lass mich vorher über den Preis verhandeln. Einverstanden?* Geschmolzene Lava schoss durch ihre Adern, und sie fürchtete schon, die Kontrolle verloren zu haben. Doch dann erfüllte sie der zärtliche Hauch einer warmen Sommerbrise, das Feuer hatte sich zurückgezogen. *Enttäusche mich nicht!*, erklang seine lautlose Warnung.

Nicht ahnend, was in ihr vorging, sprach Anthony weiter. »Man muss die Nuss knacken, bevor man sie verspeisen kann.« Er lachte zufrieden, als hätte er soeben eine wertvolle Lebensweisheit kreiert. »Du wirst natürlich sterben. So, wie es dir vorbestimmt war … Nur ein bisschen später als geplant. Sei dankbar.«

»Sind wir nicht alle einmal dran?«, fragte sie tonlos und überlegte, wie sie am besten auf Zeit spielen sollte. Die eigenartige Geschwätzigkeit hielt gewiss nicht ewig an.

Der zweite Knoten lockerte sich, und Mila war bemüht, ihre Anspannung nicht zu zeigen. Schon bald würden ihre Hände frei sein. Vor Aufregung schlug ihr Herz noch schneller.

Ohne Ankündigung begann Anthony, merkwürdige Worte zu murmeln, und zu ihrem Entsetzen erwachte der Vulkan in ihrem Inneren zu neuem Leben. *Er ruft uns!*, raunten die Flammen in ihren Adern, und sie konnte spüren, wie ihr Widerstand schwand.

Blaues Licht umgab den Dämon, dessen Silhouette sich nun übergroß vom Nachthimmel abhob. »Komm her zu mir«, lockte er, und folgsam setzte sie sich auf.

Ihre Konzentration musste sie für einen kostbaren Augenblick verlassen haben, denn das Nächste, was sie spürte, waren seine Lippen auf ihrem Mund.

So süß!, wisperte die Versuchung, doch da war noch eine andere Stimme in ihr.

Milotschka.

Lucian?

Sein warmer Bariton hüllte sie ein, wie es die schwarzen Schwingen taten, wenn sie sich liebten. Die Erinnerung trieb ihr die Tränen in die Augen.

Milotschka, du darfst dem Dämon nicht vertrauen! Du bist Cratalis, das Feuer gehört dir.

Ich bin Cratalis, erwiderte sie verwundert und zuerst ratlos.

Der Vulkan in ihrem Inneren grollte, es drängte ihn danach, dem Lockruf des Dämonenfeuers zu folgen, sich mit ihm zu verbinden, wie es seine Bestimmung war. Glutrote Flammen leckten an der blau züngelnden Versuchung, und dann geschah etwas vollkommen Unerwartetes. Die Welle heißer Energie, die ihr hungriges Haupt einer Seeschlange gleich erhoben hatte, bereit, alles zu verschlingen, mit sich in den Abgrund zu reißen, zog sich langsam zurück.

Wind kam auf und kühlte ihren fieberglühenden Körper, bis Mila zu sich zurückfand.

Anthony war diese Veränderung nicht entgangen. Wütend forderte seine Zunge Einlass, weil er nicht begriff, dass er längst verloren hatte.

Zwar war es ihr gelungen, seine Magie zu bezwingen, doch der Mann konnte ihr immer noch schaden. Sie biss die Zähne so fest zusammen, dass die Kiefergelenke knackten.

»Schlampe!« Er schlug ihr ins Gesicht, packte sie und warf sie auf den Felsen. Mit einem Satz war er bei ihr.

»Anthony, du möchtest mich doch jetzt nicht etwa mitten in deiner Zaubernummer vergewaltigen?«, fragte sie mit klarer Stimme, ohne zu wissen, woher die Kraft stammte, sich ihm auf diese Weise zu widersetzen.

»Halt den Mund!«, drohte er wütend und schlug ihr ins Gesicht.

Einmal. Zweimal. Dreimal …

Der letzte Knoten ihrer Fesseln löste sich. Pfeilschnell zog sie die Knie hoch und trat so fest zu, wie sie konnte.

Überrascht taumelte er zurück, und bevor er sich wieder fing, war sie aufgesprungen und hatte ihm einen weiteren Tritt versetzt. Doch der Kampf war noch nicht beendet. Ein Schwert erschien in seiner Hand. »Wie du willst! Dann schneide ich es eben aus dir heraus«, brüllte er. Seine Halsadern waren geschwollen, und er sah nun ganz und gar wie ein Dämon aus.

Mila spürte Panik in sich aufsteigen, als unerwartet jemand sagte: »Nein, nein, nein. So geht das nicht! Hast du denn gar nichts von mir gelernt?«

Die belustigt klingende Stimme kam aus dem Nichts, ihre Wirkung hätte nicht stärker sein können. Anthony fror buchstäblich ein. Sein Gesicht versteinerte im Ausdruck blanken Entsetzens.

Auch Mila verharrte, als sich ein Mann vor ihr materialisierte.

»Darf ich mich vorstellen?«, fragte er galant und deutete

eine Verbeugung an. »Mein Name ist Durival. Ich nehme an, du hast bereits von mir gehört.« Aufmerksam musterte er sie und ging sogar einmal um sie herum mit einem Blick, wie man eine exotische Statue begutachtete. »Du hast es also doch in dir«, stellte er fest. »Zu bedauerlich, dass ich das damals bei unserer ersten Begegnung übersehen habe.«

»Mörder!«, zischte Mila und wäre ihm nur zu gern an die Gurgel gegangen. Doch dieser Mann, der so lässig die Hand in den Hosentaschen vergrub und in der Tat große Ähnlichkeit mit dem Hollywood-Schauspieler wie auch mit seinem Sohn besaß, dieser Mann war laut Anthony einer der mächtigsten Dämonen der Unterwelt, und ihr Instinkt sagte ihr, dass er nicht übertrieben hatte.

»Was machen wir denn nun mit dir?« Beinahe sanft legte er ihr den ausgestreckten Zeigefinger unters Kinn. »Herausschneiden«, wandte er sich mit dem Ton eines enttäuschten Lehrers an Anthony, »kann man diesem hübschen Engelsbastard höchsten die Eingeweide. Hast du die Aufzeichnungen nicht gelesen, die du aus meiner Bibliothek gestohlen hast?« Ruhig, als störte es ihn nicht weiter, von Anthony hintergangen worden zu sein, sprach er weiter. »Du magst sie, nicht wahr? Aber sie hat dich zurückgewiesen, und das hat dich kopflos gemacht.« Langsam ließ er den Arm sinken. »Du musst wissen, Miljena, dass junge Rekruten wie dieser da noch Spuren von Emotionen in sich haben. Das macht sie unberechenbar, aber für unsereins auch äußerst unterhaltsam. Vielleicht sollte ich dich einfach mal eine Weile mit ihm und ein paar anderen Burschen zusammensperren. Was meinst du, wird passieren? Wird er dich mit ihnen teilen oder vor den anderen beschützen?« Den Kopf schräg gelegt, betrachtete er sie und legte dabei einen Finger über seine Lippen, als müsste er nachdenken. »Aber wenn ich es mir genau überlege, dann werde ich dich erst einmal selbst behalten, bis wir einen Weg gefunden haben, dir dein süßes Geheimnis doch noch zu entlocken.«

Mila hörte ihm nicht weiter zu.

Wenn ich JETZT sage, duckst du dich und läufst dann nach links. Dort wartet Arian auf dich.

Das ist Durival. Er ist gefährlich!

Ich weiß, Liebes. Wirst du tun, was ich dir sage?

Einverstanden.

Jetzt.

Sie ließ sich flach auf den Boden fallen und hatte noch das Vergnügen, Durivals überraschten Gesichtsausdruck zu sehen, bevor ihn ein kalt leuchtendes Geschoss aus Engelsfeuer traf.

In derselben Sekunde stiegen in Stanmore die ersten Raketen auf. Es war Mitternacht, und das Feuerwerk hatte begonnen.

Sofort rollte sie sich zur Seite, sprang auf und rannte los. Anthony, der aus seiner Erstarrung erwacht war, versuchte vergeblich, nach ihr zu greifen, und folgte ihr nun den Hügel hinab, nicht ahnend, dass sie dort bereits erwartet wurde. Er bewegte sich schnell und hatte sie fast eingeholt. Von Arian war nichts zu sehen, deshalb entschied Mila, dass sie sich allein helfen musste. Abrupt blieb sie stehen, drehte sich um und versetzte ihrem Verfolger einen prächtigen Fausthieb.

»Au!« Die Hand schmerzte teuflisch, aber Anthony taumelte zumindest, und das war ihr Lohn genug. Als sie sich wieder umdrehte, prallte sie gegen eine Wand aus Muskeln und glatter Haut.

»Du lässt dir nicht gern helfen, oder?«, fragte Arian, schob sie hinter sich und zauberte ein gefährlich glänzendes Schwert in seine Hand, wie es alle mit Ausnahme von ihr zu besitzen schienen. Ohne viel Federlesen zu machen, stieß er es dem immer noch benommen wirkenden Anthony in die Brust, sodass der auf die Knie fiel. Mit einer rasenden Drehung besiegelte Arian dessen Schicksal.

»Danke!«, flüsterte der Sterbende und … zerfiel zu Staub.

Fassungslos sagte Mila: »Wofür hat er sich bedankt?«

Arian legte ihr schützend den Arm um die Schulter, als wüsste er genau, wie ihr angesichts dieser schnörkellosen Exekution zumute war. »Wer zöge nicht einen schnellen Tod dem Frondienst bei jemandem wie Durival vor? Zumal nachdem er ihn, gelinde gesagt, verärgert hat.«

Das war einzusehen, und doch spürte Mila Mitleid mit Anthony, den sie vor nicht allzu langer Zeit noch für einen Freund gehalten hatte.

»Dann glaubst du nicht, dass Durival das gleiche Schicksal ereilen wird?« Dabei sah sie voller Angst zum Hügel, wo helle Blitze der einzige Hinweis darauf waren, dass dort oben ein mörderischer Kampf stattfand.

Arian folgte ihrem Blick. »Die beiden treiben dieses Spiel schon seit Ewigkeiten. Bisher ist es immer gleich ausgegangen.«

Entschlossen, Lucian nicht allein zu lassen, lief sie los.

Doch im Nu war Arian bei ihr. »Wohin willst du?«

Sich seinem Griff entziehen zu wollen, war ein aussichtsloses Unterfangen. Dennoch schlug sie wild um sich. »Lass mich los!«

»Nein, Mila du mischst dich da nicht ein. Ich habe versprochen, auf dich aufzupassen, und das werde ich auch tun.«

Am liebsten hätte sie mit dem Fuß aufgestampft, so wütend war sie. Das Herz klopfte ihr bis zum Hals, und sie verging fast vor Sorge, dass Lucian etwas geschehen könnte. Dieser vermaldeite Arian stand einfach nur da und beobachtetet den Kampf auf Leben und Tod, als wäre es die Wiederholung einer Unterhaltungsshow?

»Warum hilfst du Lucian nicht?«, versuchte sie es noch einmal. »Bestimmt könntet ihr zu zweit ...«

»Ich bin nicht zuständig.«

Wieder versuchte sie, sich seinem Griff zu entziehen. Vergeblich. »Irgendjemand muss dem Wahnsinn doch ein Ende setzen.«

»Gute Güte, ja. Aber doch nicht du. Nicht jetzt«, fügte er nach einer kaum merklichen Pause hinzu. »Und bevor du fragst, Quaid kann auch nichts tun. Zu seinem Glück ist er klug genug zu wissen, wo seine Grenzen liegen. Deshalb gehört er auch zu Lucians besten Leuten. Versteh doch, es zählt zu seinen Aufgaben, die Dämonen zu bewachen, und Durival ist ausschließlich seine Angelegenheit.«

»Aber das ist der mächtigste Dämon der Unterwelt, hat Anthony gesagt. Wenn es stimmt, warum muss sich dann ausgerechnet Lucian mit ihm herumschlagen? Das müsste doch – was weiß ich – sein Chef, *Meister*, oder wie das sonst heißen mag, tun«, widersprach sie hitzig.

»Luzifer meinst du?« Arian klang überrascht. Doch auf einmal breitete sich Begreifen in seinem Gesicht aus, und er begann zu grinsen. »Du hast keine Ahnung, welchen Job Lucian macht, habe ich recht?«

»Arian!«, warnte Juna, die lautlos neben ihnen landete und ihre Flügel elegant zusammenfaltete, bevor sie weitersprach. »Das wird er ihr selbst erklären. Sieh doch, ich glaube, Durival hat allmählich die Nase voll!«

Unbemerkt hatten die Kontrahenten ihr Schlachtfeld verlegt, und Mila erkannte erleichtert, dass die Bewegungen des Dämons langsamer wurden. Sein Hemd hing in Fetzen herab, und es schien ihm Mühe zu machen, die notwendigen Kräfte für einen weiteren Angriff zu sammeln. Statt das Schwert einzusetzen, formte er nun einen Energieball und schleuderte ihn auf Lucian, der, wiewohl an beiden Flügeln verletzt, geschmeidig auswich und nach einer angedeuteten Finte die eigene Schwertspitze an Durivals Kehle hielt.

»Siehst du«, flüsterte Juna. »Er braucht keine Hilfe.«

Der Dämon erstarrte, warf seinem Gegner einen hasserfüllten Blick zu und löste sich einfach in Luft auf.

»Er ist weg!« Fassungslos sah Mila zu, wie Lucian seine Waffe wegsteckte, die Flügel zusammenfaltete und zu seiner menschlichen Form zurückkehrte, während er langsam auf sie zukam. Nur ein genauer Beobachter konnte das leichte Hinken sehen, das von der tiefen Wunde am rechten Oberschenkel herrührte.

»Lucian, um Himmels willen. Du bist verletzt!«

Ein Lächeln ließ sein blutverschmiertes Gesicht erstrahlen. *Milotschka.*

Mila vergaß alles um sich herum, rannte los und warf sich schluchzend in seine ausgebreiteten Arme.

»Liebes, weißt du eigentlich, welche Sorgen ich mir um dich gemacht habe?«, fragte er sie nach einem langen Kuss.

»Das Gleiche kann ich auch von dir sagen. Bist du wahnsinnig, dich mit diesem gefährlichen Dämon anzulegen? Er hätte dich töten können!« Entgeistert beobachtete sie, wie er den Kopf in den Nacken legte und laut lachte. Ohne auf mögliche Verletzungen zu achten, ballte sie die Hände zu

Fäusten und trommelte auf seine Brust, damit er endlich aufhörte.

»Mila. Au! Das tut weh. Willst du mir den Rest geben?«

Dabei grinste er sie so unverschämt an, dass sie nicht wusste, ob sie ihn küssen oder ohrfeigen sollte.

»Lach mich nicht aus. Ich hatte solche Angst um dich.«

Das Lächeln verschwand, und sein Blick wurde liebevoll und weich. »Ich weiß, Liebes.« Er zog sie in die Arme, verbarg das Gesicht in ihrem Haar und flüsterte: »Komm nach Hause.«

»Ja«, sagte sie leise und spürte, wie die erwartungsvolle Anspannung in seinem Körper nachließ.

Lucian breitete die Flügel aus und nahm sie mit in den Nachthimmel. Von unten winkte ihr Juna zu und machte mit der Hand ein Zeichen, um anzudeuten, dass sie bald telefonieren sollten.

Wolken waren aufgezogen, der Mond gab nur schwaches Licht ab, und Mila konnte kaum etwas von der Landschaft erkennen, doch Lucian flog mit einer Sicherheit der Küste entgegen, als wäre es heller Tag.

Als er sie im nächtlichen Garten des kleinen Cottage behutsam absetzte, sagte sie: »Hier?«

»Nein, Mila. Hier bin ich nur zu Gast. Aber wenn du möchtest, dann mache ich es zu unserem Zuhause.«

Sie dachte an die beinahe jungenhafte Aufregung, mit der er ihr die Etage in dem Londoner Wolkenkratzer gezeigt hatte, und sagte: »Es ist mir ganz gleich, wo ich bin, Hauptsache, du bist bei mir.«

24

Am nächsten Morgen weckten sie Geschirrgeklapper und der Duft von frisch gebrühtem Kaffee. Regen schlug gegen die Scheiben, ein kräftiger Wind trieb die ersten Herbstblätter vorbei. Doch im Kamin prasselte ein Feuer, und unter der Bettdecke war es ohnehin warm und gemütlich. Mila ließ die Erlebnisse der letzten Stunden Revue passieren.

In der Nacht war sie zu müde gewesen, um die Ereignisse zu besprechen. Nach einer schnellen Dusche hatte sie darauf bestanden, Lucians Verletzungen zu inspizieren. Aber von der Wunde am Bein war nur noch eine blasse Narbe zu sehen, und die Schwingen, die er folgsam für sie ausgebreitet hatte, wobei beinahe ein Glas zu Bruch gegangen wäre, sahen auf den ersten Blick so glänzend und vollkommen aus wie eh und je.

Gutmütig hatte er ihr erlaubt, sich genau davon zu überzeugen, dass keine Feder geknickt und auch die muskulösen Schwingen selbst unversehrt waren. Immerhin hatte sie selbst gesehen, dass Durivals Schwert seine Spuren hinterlassen hatte. Das Abtasten hatte sich rasch von einer ernsthaften Untersuchung zum erotischen Spiel entwickelt.

Doch dann entdeckte er die Fesselspuren an ihren Handgelenken, und die heitere Stimmung war verflogen. »Rühr dich nicht von der Stelle!«, hatte er befohlen, war kurz verschwunden und mit einem Topf köstlich duftender Creme zurückgekehrt, die er behutsam zuerst auf die Abschürfungen und schließlich auf jeden Quadratmillimeter ihres Körpers aufgetragen hatte.

Mila war vor Lust beinahe vergangen, und als er den Topf endlich beiseitestellte und sie erlöste, war er unendlich zärtlich gewesen. In Erinnerung daran kuschelte sie sich tiefer ins Bett und umarmte das Kissen.

»Muss ich eifersüchtig werden?« Lächelnd gab er ihr einen Kuss. »Das Frühstück ist fertig. Möchten Madame im Bett speisen?«

Die Versuchung war groß, aber Lucian hatte den Tisch gedeckt. »Lieber nicht. Die Krümel pieken hinterher so sehr.«

Bevor sie ins Bad ging, zog sie frische Wäsche, Jeans und einen flauschigen Pulli aus dem immer noch nicht ausgepackten Koffer und überlegte dabei, wie lange sie wohl hierblieben. Junas Andeutungen ließen ahnen, dass Lucian ein viel beschäftigter Mann – *Herrscher?* – war, der seinen Job wahrscheinlich schon zu lange vernachlässigt hatte, um noch ein paar Urlaubstage dranhängen zu können. Diese und andere Fragen wollte sie ihm heute stellen. Es war höchste Zeit, offen miteinander zu reden.

Nach einem großen Schluck Milchkaffee eröffnete sie das Gespräch. »Machst du immer selbst Frühstück?«

»Schmeckt dir der Kaffee nicht?« Er wirkte ein bisschen verunsichert.

»Nein, ich meine, ja. Er ist lecker.« *Nun frag schon!* »Ich dachte nur, dass jemand wie du … hast du Angestellte? Wie lebst du?« Hilflos hob sie die Hände.

Lucian seufzte und legte die Scheibe Toast beiseite, die er

gerade mit Butter bestrichen hatte. »Du willst wissen, wie ich lebe? Das ist etwas, das ich dir selbst zeigen möchte. Doch vorher ist es höchstwahrscheinlich besser, ich sage dir, welchen Job ich habe.«

Sie beobachtete, wie er einen Schluck aus seiner Tasse nahm, und begriff, dass ihm die Antwort nicht leichtfiel. *Himmel, womöglich ist er eine Art Berufskiller oder Geheimagent und muss mich nach diesem Geständnis töten.* Ein hysterisches Kichern drohte sich in ihrer Kehle zu entwickeln.

»Die meisten sagen, ich sei die rechte Hand des Teufels.« Er zuckte mit der Schulter und fuhr sich mit den Fingern durchs Haar. »Luzifer hört das nicht so gern. Er wird lieber der Lichtbringer genannt. Satan oder Teufel mag er gar nicht. Mephistopheles lässt er sich gefallen.« Er vermied es, sie anzusehen. »Seine *rechte Hand* bin ich auch nicht, das ist Signora Tentazione. Was er ebenfalls nicht gern hört, denn sie ist eine Dämonin, und die gelten allgemein als unzuverlässig. Das stimmt meistens auch …«

Wahrscheinlich merkte er selbst, dass dies zu viele Informationen für die frisch verliebte Engelstochter waren. Jedenfalls schwieg er und sah sie nur an.

»Wahnsinn«, war alles, was ihr zu dieser Enthüllung einfiel. Sie hatte von ihm gehört. *Wer nicht?* Er war, von Luzifer einmal abgesehen, der mächtigste Dunkle Engel, den die Welten kannten. Grausam. Brutal. Eiskalt und rücksichtslos, so lauteten noch die netteren Attribute, die im Zusammenhang mit seinem Namen geflüstert wurden. Kein Wunder, dass Arian gestern so seltsam reagiert hatte, als sie ihn losschicken wollte, um Lucian im Kampf gegen Durival zur Seite zu stehen.

»Das erklärt zumindest, warum praktisch jeder zu tun

scheint, was du willst.« Bemüht um einen leichten Ton fuhr sie fort: »Es erklärt aber nicht, warum du diesem Durival nicht einfach den Kopf abgeschlagen hast.«

Federleicht kam seine Hand auf ihrer zu liegen, und er sah sie forschend an. Schließlich schien er davon überzeugt, dass sie sich ihm nicht entziehen wollte, und sagte: »Entgegen landläufigen Meinungen habe auch ich gewissen Regeln zu folgen, und Durival hat nichts Verbotenes getan.«

»Aber er ist ausgebrochen und in unsere Welt eingedrungen!«

»Stimmt. Doch ich hätte ihn daran hindern müssen.«

»Soll das etwa heißen, du wirst für deine …«, sie suchte nach einem passenden Begriff, »Nachlässigkeit bestraft?«

»Ganz bestimmt. Denn nun wird er sich hier einrichten und so viel Unheil wie möglich anrichten. Mein Job ist es, den Schaden gering zu halten.« Offenbar erkannte er, dass sie ihm nicht folgen konnte, und versuchte zu erklären: »Es ist ein bisschen Sisyphos und eine Spur vom Hasen und dem Igel dabei.«

»Und du siehst dich als Igel?«

Er lachte. »Na gut, vielleicht hinkt dieser Vergleich ein wenig. Fakt ist, dass das schon eine ganz Weile so geht und ziemlich ermüdend sein kann.«

Mila legte den Kopf schief. »Wie lange?«

»Frag lieber nicht. Nur so viel: Die Engel sind nicht angetreten, um die Dämonen auszurotten. Unser Auftrag ist es zu verhindern, dass sie ausschwärmen und andere Welten verwüsten. Kürzlich hat einmal ein recht kluger Mensch gesagt: *Gott würfelt nicht.* Das trifft die Sache ganz gut. Ich glaube, es gibt einen Plan, es weiß nur niemand, wie der aussieht. Und frag mich jetzt bitte nicht nach Gott. Darüber spricht man nicht mal eben bei Kaffee und Gebäck.«

»Da sagst du was ...« Mila tauchte ein Croissant in den Milchkaffee und genoss den himmlischen Geschmack, bevor sie etwas undeutlich weitersprach. »Der *kluge Mensch* war übrigens Einstein und kürzlich ...« Mila verstummte, als ihr bewusst wurde, dass für Lucian die Zeit wahrhaftig einen anderen Stellenwert hatte. »Du *bist* alt. Werde ich auch nur eine kurze Bekanntschaft sein, die du *kürzlich* hattest?«

»Nein.«

Oh, jetzt wechselt er wieder zu der Einwort-Strategie, dachte sie belustigt. »Warum nicht?«

Lucian tat, als hätte er die Frage nicht gehört. »Ich weiß nicht, wie es dir geht, aber ich bekomme bei solchen Gesprächen Hunger. Möchtest du noch eins?«

Sie schüttelte ungeduldig den Kopf.

»Also gut, um auf deine Frage zurückzukommen: Du bist keine *kurze Episode* in meinem Leben.«

»Warum?«, fragte sie noch einmal.

»Himmel, Mila! Du musst alles immer ganz genau wissen, oder?« Erneut fuhr er sich durchs Haar. »Weil du nicht *irgendwer* bist, sondern eine Inkarnation. Und weil ich dich liebe.« Er stand auf, öffnete die Herdklappe und beugte sich vor. »Und das würde ich auch, wenn du Mila Durham aus Posemuckel wärst.«

Das sagte er so einfach nebenbei? »Posemuckel?«

Sein Handy klingelte, und er seufzte. Mit einem entschuldigenden Lächeln zog er es aus der Hosentasche: »Vergiss es. Nein, ich meine nicht dich, Quaid. Ja. Wenn du frühstücken willst, bring dir selbst etwas mit. Wir sind hier ein bisschen knapp.« Irritiert nahm er das Telefon vom Ohr und starrte aufs Display. »Natürlich bin ich es. Was meinst du mit *seltsam*?« Damit war das Gespräch beendet, und Lucian brachte die Croissants an den Tisch. »Höllisch heiß, diese Dinger.« Dabei lachte er spitzbübisch.

Milas Herz schmolz dahin, als wäre es aus Butter geformt. »Lass mich raten: Quaid ist so etwas für dich, wie Samjiel es für den Erzengel Michael war?«

»Woher …? Ach so, du hast Sam ja kennengelernt.« Er fuhr sich erneut durchs Haar. »Im Prinzip stimmt das. Quaid hat allerdings weit größere Freiheiten, als Sam es sich jemals erträumt hätte, und er ist auch noch nicht so lange bei mir.«

Sie hätte gern mehr gehört, aber da klopfte schon jemand an die Tür.

»Komm rein«, rief Lucian.

Quaid betrat das Cottage. In der Hand trug er einen großen Korb voller Lebensmittel. Es war ihm anzusehen, dass er sich in seiner Haut nicht besonders wohlfühlte. »Mylady!« Er verbeugte sich tief und blieb in gebührendem Abstand stehen. »Mylord.«

Wahrscheinlich war diese Ehrerbietung üblich und in den höllisch feudalen Kreisen auch angemessen, aber Mila hatte Quaid immer schon gemocht, und was sie jetzt brauchte, waren Verbündete. Deshalb stand sie auf, ging ihm entgegen und schüttelte dem verblüfften Engel die Hand.

»Schön, dass du uns Gesellschaft leistest. Eine gute Gelegenheit, um mich bei dir zu entschuldigen.« Sie wies zum Tisch, um anzudeuten, dass er sich setzen sollte.

Quaid rührte sich nicht vom Fleck.

Als hätte sie nichts bemerkt, fuhr sie fort: »Ich hätte gestern auf dich warten sollen, wie Lucian es *vorgeschlagen* hat.

Aber meine Sorge um ihn war einfach größer. Ich bin sicher, er wird dich nicht für meine voreiligen Aktionen verantwortlich machen.«

Das breite Grinsen, das den dunklen Seelenhändler und nunmehr ersten General des zweitmächtigsten Herrschers der Unterwelt zu einem ausgesprochen attraktiven jungen Mann machte, war unbezahlbar. »Mylady!«

»Nenn mich Mila, bitte.« Sie ignorierte Lucians Aufstöhnen und setzte sich mit einer einladenden Geste zurück an den Tisch.

Quaid schüttelte den Kopf und ging stattdessen in die offene Küche, um den Kühlschrank zu befüllen.

Hausarbeit, befand sie, *steht ihnen gut und scheint sie irgendwie zu beruhigen.* Bei ihr war genau das Gegenteil der Fall, sie wurde bereits unruhig, wenn sie einen Einkaufszettel schreiben sollte. *Das eröffnet ungeahnte Perspektiven*, dachte sie schmunzelnd.

Quaid bereitete derweil einen neuen Kaffeefilter vor und sagte über die Schulter: »Durival war verschwunden, und ich bin seiner Spur gefolgt. Deshalb hat es länger gedauert als erwartet.«

Lucian hörte sich die Erklärung mit ausdrucksloser Miene an. »Du hast gehört, was Mila gesagt hat. Erzähl uns, was danach geschah.«

Quaids Adamsapfel machte seltsame Kapriolen, schließlich folgte er Milas Beispiel und nahm einen Schluck aus der Tasse, die sie ihm eingeschenkt hatte. »Den Sukkubus haben wir gefesselt und mit Sprengstoff paniert gefunden. Inklusive Zeitzünder. Da hat dieser Sterbliche ganze Arbeit geleistet, alle Achtung. Trotzdem vermutlich besser als Margarets derzeitige Situation.«

Fragend sah sie zu Lucian, der trocken kommentierte: »Lilith ist mehr als explosiv.«

Quaid lachte laut auf, verstummte jedoch sofort, als sich sein Blick mit dem Lucians kreuzte. Er räusperte sich und fuhr fort. »Noth will Dorchester und seine Truppe überwachen.«

Ben hatte es also augenscheinlich geschafft, seinen Plan durchzuführen, und wäre Quaid nicht gewesen, gäbe es nun keine Maggy mehr. Unsicher, ob sie sich freuen sollte, dass der Sukkubus gerettet worden war, fragte sie: »Was ist mit Ben?«

Die beiden Dunklen Engel sahen sich ratlos an. Schließlich sagte Lucian: »Er hat getan, was er tun musste, und ist seiner Wege gegangen.«

»Er wird also nicht bestraft?«

Quaid zumindest schien zu verstehen, was sie meinte. »Nein, My... Mila. Das überlassen wir der irdischen Justiz. Dabei fällt mir ein«, fügte er hinzu, »der Tod der jungen Frau im Apartment dieses Sebastian war nur ein tragisches Unglück. Die Polizei ist übrigens der gleichen Meinung«, sagte er nach einem kaum merklichen Zögern, nahm den Kessel vom Herd und goss heißes Wasser über das Kaffeepulver.

»Das freut mich sehr. Florence wird erleichtert sein. O verdammt, ich muss sie noch anrufen, um zu fragen, wann sie nach London zurückkehrt.«

»Und warum willst du das wissen?«, fragte Lucian auffällig sanft.

»Weil wir am Mittwoch und Freitag Kundentermine zur Vorbesichtigung haben.«

»Du möchtest also weiterhin arbeiten?«

»Natürlich, von irgendwas muss ich ja leben.«

Quaid räusperte sich, und da sie das Thema angesichts der steilen Falte, die sich zwischen Lucians Brauen gebildet hatte, vorerst nicht weiter vertiefen wollte, fragte sie seinen *General* das Erste, was ihr in den Sinn kam: »Hast du eigentlich Samjiels Schuldscheine aus dem Gateway aufgehoben?«

»Die Hoffnung stirbt zuletzt.« Grinsend stellte er den Porzellanfilter in die Spüle, griff die Kanne und kam zum Tisch. »Noch Kaffee?«

»Gern!«

Schweigend hing jeder den eigenen Gedanken nach, bis Lucians Smartphone vibrierte. Er las die Nachricht und fluchte. »Luzifer will uns sehen.«

»Woher weiß er …«

»Gewöhn dich dran, *er* weiß alles.« Lucian erhob sich und reichte ihr die Hand. »Es bleibt uns wenig Zeit, womöglich möchtest du dich noch *nett* machen, bevor wir meinen Boss treffen?«

»Sollte ich?«

»Es würde mir Freude bereiten, ihm die schönste Frau zu präsentieren, die zwischen dem Beginn der Welten und dem Jüngsten Tag jemals ihren Fuß auf diesen Planeten gesetzt hat.«

»Du spinnst!« Mila lachte. »Aber wenn es dir so viel bedeutet, dann besorg mir um Himmels willen etwas zum Anziehen.«

»Auch eine Redewendung, die es zu überdenken gilt«, sagte er und schloss sie in seine Arme.

Ehe Mila die passende Antwort gefunden hatte, fand sie sich in einem Beauty-Salon der Pariser Modewelt wieder.

Fleißige Hände machten sich an ihr zu schaffen. Am Ende war sie von Kopf bis Fuß gepflegt und mit derselben duftenden Creme verwöhnt worden, die Lucian schon am Vorabend verwendet hatte, um ihre Verletzungen zu behandeln, von denen heute zum Glück nichts mehr zu sehen war. Ein riesiger Aufwand, um Mister Höllenfürst – Verzeihung, dem Lichtbringer – vorgeführt zu werden. Alles in ihr sträubte sich dagegen.

Hätte sie nicht gespürt, wie wichtig es Lucian war, sie *angemessen* – was auch immer darunter zu verstehen sein mochte – zu präsentieren, sie hätte sich geweigert, dieses Kleid überhaupt anzuziehen, das sie bei jeder Bewegung wie zahllose Rabenflügel aus Chiffon umflatterte und mehr preisgab, als es verhüllte. Dies galt besonders für ihre Beine, auch Arme und Schultern blieben unbedeckt, und die Träger wirkten, als genügte ein Ruck, um sie zu zerreißen und dem Betrachter Gelegenheit zu geben, ihre sündhaft teure Unterwäsche zu bewundern. Gewalt anzuwenden, wäre dafür nicht einmal notwendig gewesen, denn diese schmalen Spaghettiträger waren nur mit einer handgebundenen Schleife am vorderen Teil des Kleids befestigt.

Ein Stylist hatte ihr in aller Eile das Haar locker hochgesteckt und glücklicherweise ein äußerst leichtes Make-up aufgetragen. Die Ereignisse der letzten Nacht hatten allerdings Spuren hinterlassen, und so blickte ihr trotz all der Mühe, die er sich gegeben hatte, ein zerbrechlich wirkendes Geschöpf entgegen, dessen Beine dank der schwindelerregenden Absätze viel zu lang waren. Sie sah aus wie ein Reh, das angstvoll im Scheinwerfer des herannahenden Autos erstarrte, und so fühlte sie sich auch.

Lucian tauchte hinter ihr auf. Er sah offenbar etwas anderes, denn seine Augen strahlten, als er ihr Schlüsselbein küsste. »Du bist wunderschön!«

Das schwarze Hemd, das seine ansehnlichen Schultern auf vorteilhafteste Weise betonte, und die Hose aus bestem Tuch standen ihm ausgezeichnet. Er wirkte elegant und gleichzeitig verwegen. *Wie macht er das nur?*

»Danke!«, flüsterte er ihr ins Ohr.

Ihre Lippen streiften sich, als Mila sich zu ihm umdrehte. »Dafür nicht …«, hauchte sie mit einer Stimme, die ihr selbst fremd vorkam.

»Komm!«

Lucian führte sie zu einem Aufzug, der, das hätte sie schwören können, eben noch nicht da gewesen war. Die Türen schlossen sich ohne ihr Zutun, und nur das sonderbare Gefühl in ihrem Magen bewies ihr, dass sie sich nach unten bewegten. Hätte sie Lucian nicht ohnehin schon mehr geliebt als ihr Leben, sie hätte während dieser Fahrt ins Ungewisse ihr Herz an ihn verloren. Er wirkte ein winziges bisschen nervös und sah dabei ausgesprochen küssenswert aus.

Das Küssen in einem Aufzug stand ziemlich weit oben auf ihrer Wunschliste der Dinge, die sie mit Lucian anstellen wollte. Aber natürlich ging das schon wegen des Lippenstifts nicht, der ihren Mund zu einer sinnlichen Versuchung machen sollte. Offensichtlich nicht ganz erfolglos, ihr Begleiter zumindest konnte kaum widerstehen. Er sah sie an, als hätte er sie am liebsten verspeist.

Später, Dornröschen.

Was wie eine Drohung klang, ließ den nervösen Schwarm Flattertiere in ihrem Bauch aufsteige. Rasch kontrollierte Mila all ihre mentalen Sicherheitsvorkehrungen. Es machte bestimmt keinen guten Eindruck, wenn sie sich gewissermaßen öffentlich nach Lucian verzehrte, während sie mit dem Lichtbringer plauderte. Viel schneller, als es ihr recht war, öffneten sich die Türen lautlos.

Lucian drückte ihr beruhigend die Hand. Seite an Seite traten sie in eine unbekannte Welt hinaus, die allerdings erst einmal aussah wie die luxuriöse Etage eines beliebigen Bürokomplexes.

»Willkommen!« Der Dunkle Engel tauchte aus dem Nichts auf und verbeugte sich ehrerbietig vor Lucian. Mila warf er einen abschätzenden Blick zu.

»Wir werden erwartet«, sagte *ihr* Dunkler Engel und verstand es mit einer winzigen Bewegung, seinen Unmut über das Verhalten des anderen deutlich zu machen. Niemand starrte eine Frau an, die sich in seiner Gesellschaft befand. Er hätte dies ebenso gut laut sagen können.

Sein Gegenüber senkte sofort den Blick und murmelte eine Entschuldigung. Auch als er ihnen die einzige sichtbare Tür öffnete, sah er nicht auf, sondern meldete sie nur mit klarer Stimme an. »Seine Hoheit, Fürst Luquianus und … äh, Begleitung.«

Mila blieb fast die Spucke weg, und auch Lucian verharrte für den Bruchteil einer Sekunde, als hätte er nicht damit gerechnet, diese Kulisse vorzufinden.

Die überwältigende Pracht königlicher Schlösser kannte sie nur von Ausflügen, die sie mit den Eltern in ihrer frühen Kindheit unternommen hatte. Trotzdem war sie sich sicher, im Spiegelsaal von Versailles zu stehen. Das warme Licht Hunderter Kerzen vervielfachte sich in den hohen Spiegeln und Fenstern und gab dem Raum eine geheimnisvolle Tiefe, die er bei Tageslicht nicht besaß. Über ihnen schwebten riesige Lüster, das kunstvoll bemalte Deckengewölbe verbarg sich in der Dunkelheit. Nun war sie froh, ein elegantes Kleid zu tragen. Wäre sie in Jeans und T-Shirt hierhergekommen, wäre sie vermutlich lieber im Erdboden versunken, als an Lucians Seite auf den Mann zuzugehen, der lässig auf der Kante eines prunkvollen Schreibtischs saß. Auch so schien der Weg durch den Wandelsaal unendlich lang zu sein. Entweder wollte Luzifer sie beeindrucken oder einschüchtern. Mila tippte auf Letzteres.

»Das ist also die Cratalis-Hüterin. Niedlich.« Er machte keine Anstalten aufzustehen oder ihr die Hand zu geben, was Mila beinahe ebenso unmöglich fand wie dieses überhebliche *Niedlich*. Ansonsten war sie wenig beeindruckt.

Mit Hörnern war nicht zu rechnen gewesen, aber wenigstens Flügel hätte sie erwartet. Stattdessen saß da nun jemand auf dem viel zu großen barocken Tisch, etwa in Lucians Alter, mit einer gewissen Ähnlichkeit mit Arian – was ihn, zugegeben, nicht zu dem hässlichsten aller Kerle machte –, aber mit null Ausstrahlung und dem Charme eines Oberamtmannes zu Kaisers Zeiten.

Der Gedanke war noch nicht zu Ende gedacht, da weiteten sich seine Augen, und für die Dauer eines Herzschlags glaubte sie, Überraschung darin zu entdecken. Sein lautes Lachen ließ sie zusammenzucken, und als sie Lucian einen ratlosen Blick zuwarf, war der auffällig blass geworden.

Gedankenlesen, schoss es ihr durch den Kopf. *Verdammt, er kann meine Gedanken lesen!* Allzu selbstgefällig war sie davon ausgegangen, dass ihre Schutzmechanismen ausreichten. *Wie peinlich! Vermutlich sollte ich um Verzeihung bitten, aber dann dreht Lucian durch.* Nur zu gut erinnerte sie sich an seine ständigen Ermahnungen, sich bloß nicht zu entschuldigen und niemandem zu danken, in dessen Schuld sie nicht stehen wollte. Luzifer wollte sie ganz gewiss nichts schuldig sein. *Welch ein Schlamassel!*

Der Lichtbringer überraschte sie erneut, indem er auf einmal viel vitaler wirkte. Die Aura der Macht umgab ihn wie eine unsichtbare Hülle. Das feine Gespinst aus Linien wahrzunehmen, die bei genauem Hinsehen das jung erscheinende Gesicht überzogen, weigerte sie sich einfach.

»Wir sind gleich alt«, sagte er und bestätigte damit ihre Befürchtungen. »Du brauchst nicht um Vergebung bitten. Ich bin froh, dass es mir gelungen ist, deine Ängste ein wenig zu zerstreuen. Die meisten Besucher sind jämmerliche Angsthasen, musst du wissen. Oder noch schlimmer, sie sind Aufschneider. Setzt euch doch.«

Er machte eine einladende Handbewegung, und sie fand sich auf einem eleganten kleinen Sofa wieder. Erleichtert spürte sie Lucian an ihrer Seite. Der Lichtbringer saß ihnen gegenüber. Er schlug ein Bein über, griff nach einer zierlichen Handglocke, die neben ihm auf dem Beistelltisch stand, und läutete.

»Signora, Champagner!«, sagte er zu einem der erotischsten Geschöpfe, das Mila jemals gesehen hatte. »Und bringen Sie ein Glas für sich selbst mit, wir haben etwas zu feiern, wenn ich mich nicht irre.«

»Sehr wohl.« Mit diesen Worten verschwand das fabelhafte Wesen.

So also sehen Dämoninnen aus? Der Geruch von Brimstone war kaum wahrnehmbar, aber ohne Zweifel vorhanden.

»Signora Tentazione ist einzigartig«, sagte Luzifer schmunzelnd. »Aber lasst uns über euch sprechen. Mila, mein Engel, gewiss hast du eine Menge Fragen?«

Da sagte er was. Hunderte Fragen hätte sie ihm stellen können. Eine lag ihr besonders am Herzen, doch das musste sie ihm ja nicht auf die Nase binden. Mila faltete bescheiden die Hände in ihrem Schoß und sagte: »Was hat es mit Cratalis auf sich?«

Er lächelte, und Mila bekam eine Gänsehaut. »Es existiert eine Legende, in der davon gesprochen wird, dass die Erdelementarwesen einen Teil des Schöpfungsfeuers gestohlen und an einem unbekannten Ort versteckt haben. Beweise gab es dafür nie, und irgendwann galt das *Incendio*, sofern überhaupt vorhanden, als verloren. Später war von Drachen die Rede, Alchemie und Allmacht. In Wahrheit enthält Cratalis eine Essenz jener elementaren Energie, die sich heute noch auf der Erde zuweilen als Vulkanausbruch zeigt. Doch niemand glaubt mehr an seine Existenz. Durival schon. Sein rechtmäßiger Erbe scheint das erste Produkt einer langen Reihe vergeblicher Versuche zu sein, Cratalis wiederzuerschaffen. Du, Miljena, und sein Sohn Noth, ihr seid die einzigen Überlebenden.«

»Ich bin jetzt aber nicht mit ihm verwandt?«, platzte es aus ihr heraus. Im selben Augenblick hätte sie sich auf die Zunge beißen können. *Bin ich gerade Luzifer ins Wort gefallen?* Besorgt sah sie Lucian an, der anstelle einer Antwort nur beruhigend lächelte.

Luzifer war dieser Austausch nicht entgangen. Erstaunlicherweise wirkte er erfreut. »Nein, ihr seid nicht verwandt«, sagte er beinahe freundlich. »Diese Aktivitäten sind natürlich nicht unbemerkt geblieben, aber nachdem Durival dich überfallen und für wertlos befunden hat, habe ich mich nicht weiter damit befasst. Ehrlich gesagt, ich hätte dich umgebracht, denn Durivals Experimente brachten meist unberechenbare Abnormitäten hervor, aber ich wurde überstimmt. Immerhin hat Gabriel dich mehr oder weniger ordentlich versiegelt, damit du kein Unheil anrichten konntest.«

Fassungslos sah sie ihn an, aber Lucian drückte warnend ihre Hand, und sie schluckte den bissigen Kommentar herunter, der ihr auf der Zunge lag.

Der Lichtbringer schien es dieses Mal nicht bemerkt zu haben, oder es war ihm gleichgültig, jedenfalls sprach er weiter: »Lucian hat ihn zwar eingesperrt, musste jedoch feststellen, dass der lästige Dämon neue Intrigen schmiedete.«

Als Lucian etwas sagen wollte, winkte er ab. »Es war nicht vorauszusehen, dass er einen Teil des magischen Schlüssels verwenden würde, um die Amulette herzustellen, die seine Dämonen befähigten, weitgehend unbemerkt zwischen den Welten zu wandeln. Man kann über ihn sagen, was man will, langweilig wird es nie mit ihm.«

Mila entschlüpfte ein Laut, der ihre Verständnislosigkeit ausdrückte.

»Das wirst du eines Tages auch begreifen: Ohne Herausforderungen gäbe es keine Erkenntnisse.« An Lucian gewandt sagte er: »Weiß sie, dass sie jetzt mehr oder weniger unsterblich ist?«

»Wir hatten noch keine Gelegenheit, diese Dinge zu besprechen. Gestern gab es einen kleinen Zwischenfall, wie du zweifellos weißt.«

Mila glaubte, ihren Ohren nicht zu trauen. *Einen kleinen Zwischenfall!*

»Ich habe davon gehört«, gab Luzifer zu und griff nach Milas Hand.

Erschrocken ließ sie es geschehen.

»Es ist so: Die Macht, deren Hüterin du bist, gilt als neutral. Ebenso wie das sogenannte Engels- oder Dämonenfeuer, das du ja ebenfalls besitzt. Je nachdem, wem du Zugriff darauf erlaubst, kann es für gute oder üble Zwecke verwendet werden. Wobei natürlich niemand endgültig weiß, was nun *Gut* oder *Böse* ist«, fügte er mit einem diabolischen Lächeln hinzu.

Diesen Moment wählte Signora Tentazione, um mit dem bestellten Champagner zurückzukehren. Formvollendet servierte sie jedem ein Glas, bevor sie sich mit ihrem eigenen auf einen Hocker setzte. Ihr Blick schien sich an Mila festzusaugen, bis sie plötzlich lächelte und Lucian zuzwinkerte.

Der Lichtbringer, der die Dämonin genau beobachtet hatte, hob sein Glas und sagte: »L'Chaim – Auf das Leben!«

Mila trank nur einen winzigen Schluck und stellte ihr Glas dann beiseite. Sie wollte einen klaren Kopf behalten.

»Habe ich das richtig verstanden, man kann mir das Feuer nicht stehlen, ich muss es freiwillig geben?«

»So ist es. Dieser Anthony hat offenbar die falschen Schlüsse aus Durivals Aufzeichnungen gezogen. Vielleicht ist er aber einfach nur in Panik geraten. Wie auch immer, bevor du Incendio akzeptiert und gewissermaßen umarmt hast, hätte man es dir noch entreißen können, was nicht ganz ungefährlich gewesen wäre. Du hättest das natürlich nicht überlebt, aber auch der andere hätte zumindest Federn gelassen, wenn ich das so sagen darf.« Er nahm einen weiteren Schluck und fuhr fort. »Insofern war Lucian eine gute Wahl. Ich bin sehr zufrieden.«

»Und du, Lucian, hast mir auch einen Gefallen getan.« Er blinzelte, und ehe sie etwas dagegen tun konnte, schoss das

Feuer durch ihre Adern, leckte an seiner unsichtbaren Hülle und verlangte, freigelassen zu werden. Dieses Mal war es weitaus hungriger als bei Anthonys Versuch, es zu beschwören, und Mila wusste, dass es nicht lange zu halten war. Voller Angst schrie sie auf, als Incendio sie von innen zu verbrennen begann. Der Schmerz wurde unerträglich, und sie war nicht mehr weit davon entfernt, das Bewusstsein zu verlieren.

Doch dann, so rasch, wie es erwacht war, zog es sich wieder zurück. Schamhaft beinahe, mit einem entschuldigenden Windhauch, der die Verletzungen in ihrem Inneren kühlte. Jemand murmelte beruhigende Worte, und allmählich erkannte sie Lucian, in dessen Armen sie lag. Vorsichtig öffnete sie die Lider und sah in seine vor Wut sprühenden Augen. Der Ärger richtete sich nicht gegen sie, sondern gegen den Lichtbringer.

»Wie konntest du ihr das antun?«

Luzifer zuckte mit der Schulter und sah dabei höchst zufrieden aus. »Den Versuch war's wert. Wäre es dir lieber, ich hätte sie verführt? Denk dran, freiwillig kann sie das Feuer jedem schenken – und natürlich damit auch ihr Leben.« Er lachte anzüglich, doch irgendetwas in Lucians Gesicht brachte ihn kurz zum Schweigen. »Reg dich nicht auf. Ich versichere dir, außer mir bist höchstwahrscheinlich du der Einzige, der eine gewisse Macht über das Incendio hat.«

»Du wirst es gut behüten, nicht wahr?«, wandte er sich an Mila, die kraftlos nickte.

»Mit der Zeit wird sie lernen, es zu beherrschen. Derweil ist es auch deine Verantwortung. Und weil wir Freunde sind, will ich dir noch etwas verraten. Als zusätzliche Motivation, wenn du so willst. Einmal losgelassen, kann es sehr schnell außer Kontrolle geraten und uns alle in den Abgrund stürzen. Mila ist also sicher, solange keine Notwendigkeit für mich besteht, bis zum Äußersten zu gehen. Und weil das so ist, werde ich auch in Zukunft den loyalsten Freund in dir haben, den ich mir wünschen kann, nicht wahr?«

Lucian stand auf und zog sie dabei mit auf die Füße. Sein knappes *Ja, mein Fürst*, klang eher, als wünschte er ihn zur Hölle.

Aber da sind wir ja ohnehin schon, dachte sie und ahnte, dass sie kurz vor einem hysterischen Anfall stand. *Ich muss hier raus!*

Auch der Lichtbringer erhob sich. »Du gefällst mir«, sagte er so freundlich, dass man nicht glauben mochte, dass er sie gerade noch fast umgebracht hätte, ohne auch nur mit der Wimper zu zucken. »Ich werde dir einen deiner sehnlichsten Wünsche erfüllen.«

Es war nur ein kurzer Schmerz in den Schulterblättern, und danach brachte sie die ungewohnte Schwere auf ihrem Rücken erneut beinahe ins Taumeln. Lucian half ihr, das Gleichgewicht wiederzufinden, und sah sie sprachlos an.

»Was ist passiert?«, fragte Mila verwirrt.

Kurzerhand umfasste er ihre Taille und drehte sie herum, bis sie sich in einem der Spiegel erkannte. Hinter ihr öffneten sich feuerrote Schwingen, und es dauerte einige Sekunden, bis sie begriff, dass dies ihre Flügel waren. »Oh!« Mehr konnte sie nicht sagen.

Luzifer schien begeistert von seiner eigenen Magie, und die Signora schenkte ihm ein warmes Lächeln. »Zauberhaft. Dieses Rot habe ich noch nie gesehen. Arian ist schon ein Meisterwerk, aber hier habt Ihr Euch selbst übertroffen, mein Lieber.«

Mila jedoch, aus Erfahrung klüger geworden, fragte: »Und was ist der Preis für dieses großzügige Geschenk, mein Fürst?«

Lucian sog scharf die Luft ein. Die Signora lachte perlend, und der Lichtbringer hatte zum Glück seine gute Laune wiedergefunden. »Ich wusste, dass du die Richtige für ihn bist.« Jovial legte er ihr die Hand auf die Schulter. »Er war in den letzten Jahrhunderten seines Daseins gelegentlich so überdrüssig, dass ich mir manchmal ernsthaft Sorgen gemacht habe. Nimm es als eine Anzahlung auf die zukünftigen Dienste, die du mir zweifellos leisten wirst, sobald er dir das Wichtigste beigebracht hat.«

Kaum waren diese Worte gesprochen, da verloschen die Kerzen, die goldverzierten Wände versanken in Dunkelheit, und sie fand sich im warmen, gemütlichen Cottage an der Küste wieder.

Lucian stand am Kamin, eine Hand hatte er auf den Sims gelegt, in der anderen hielt er ein lackschwarzes Kästchen.

Wahrscheinlich, dachte Mila, *habe ich das alles nur geträumt.* Ein Höllenfürst – nein, *der* Höllenfürst – wohnte doch nicht in Versailles. Die ungewohnte Schwere zwischen ihren Schulterblättern ignorierte sie tapfer.

Doch schließlich siegte ihre Neugier über die Furcht vor dem Unbekannten. »Die Schatulle aus dem Antiquitätenladen in Ivycombe. Also doch! Du hast sie mir vor der Nase weggeschnappt.«

Mit einem entschuldigenden Lächeln reichte Lucian ihr das begehrte Sammlerstück. »Sie passt gut zu den anderen.« Als er sah, wie Mila das Kästchen zwischen den Fingern drehte, sagte er: »Willst du nicht hineinsehen?«

»Soll ich mich von der erotischen Malerei inspirieren lassen? Keine schlechte Idee«, sagte sie und öffnete behutsam den Deckel. Doch es war nicht die zweifellos mit viel Freude am Detail auf der Deckelinnenseite abgebildete Aphrodite, die ihr Herz merkwürdige Sprünge machen ließ, sondern der silberne Reif, der darunter auf schwarzem Samt ruhte. Er glich in Machart und Oberfläche dem, der Lucians Schwinge schmückte. Ein bisschen schmaler war er und zusätzlich mit geschliffenen Edelsteinen geschmückt, die kunstvoll eingelassen erst zu sehen waren, als sie ans Fenster trat, um den Ring genauer zu betrachten.

»Für mich?«, fragte sie vorsichtshalber.

Beinahe verlegen nahm er ihn heraus. »Meiner schien dir zu gefallen.« Das Grün seiner Augen leuchtete intensiver. Offenbar erinnerte er sich daran, wie sie den Reif entdeckt und zum ersten Mal seine Schwingen berührt hatte. »Ich dachte, du würdest auch einen haben wollen, jetzt, da du selbst Flügel besitzt.«

»Hast du vielleicht noch einen anderen Gedanken dabei gehabt?«

Nun wirkte er wirklich verlegen. »Ich glaube, spätestens nach dem Besuch bei Luzifer steht fest, dass wir auf Gedeih und Verderb miteinander verbunden sind. Es kann nicht schaden, dies auch nach außen zu demonstrieren.«

Innerlich musste sie über Lucians unglückliche Wortwahl lachen, aber so leicht wollte sie ihn nicht vom Haken lassen. »Verstehe ich das richtig? Du willst meinen nagelneuen Flügel mit einem Ring versehen, damit jeder, der ihn sieht, gleich weiß, dass ich dir gehöre?«

»Ja. Nein.« Betroffen fuhr er sich mit der freien Hand durchs Haar. »Ich hab's verbockt, oder?«

Lachend schlang sie ihm die Arme um den Nacken. »Falls

es ein gewissermaßen *himmlischer* Heiratsantrag sein sollte, dann war er nicht besonders romantisch, das stimmt. Aber wenn du mich fragst, ob ich diesen Ring als Symbol unserer Liebe und Zusammengehörigkeit tragen möchte …«

Bevor sie den Satz beenden konnte, hatte er sie näher an sich gezogen. »Möchtest du das, Milotschka?«

»Ja!«, hauchte sie und öffnete sich seinem hungrigen Begehren.

Nach einer gefühlten Ewigkeit schob sie ihn von sich. »Wenn ich noch Zweifel gehabt hätte, dann wären die spätestens nach diesem Kuss ausgeräumt.« Nicht ganz ohne Schwierigkeiten gelang es ihr, die ungewohnten Flügel zu öffnen. »Schnell, mach mich zu einer ehrbaren Frau, bevor ich mich dir schamlos an den Hals werfe.«

Lachend öffnete er den Verschluss des Schmuckstücks und befestigte es an ihrer linken Schwinge. In den winzigen Rubinen brachen sich nun die Strahlen der Nachmittagssonne, die sich einen Weg zwischen den dunklen Wolken bis hinein in ihr Cottage gebahnt hatten. Mit einem wundersamen Zauber weckte sie das Feuer der Edelsteine.

Der Anblick ließ Mila den Atem stocken, aber etwas anderes raubte ihr beinahe den Verstand. Kein Wunder, dass er es genoss, wenn sie mit den Fingerspitzen über seine Flügel strich – schon diese kurze Berührung entfachte ihr Begehren auf eine nie gekannte Weise.

»Lucian!«

»Milotschka?«

Er mochte noch so harmlos klingen, sein unverschämtes Lächeln verriet, dass er genau wusste, wie es um sie bestellt war.

»Der Tag war anstrengend. Ich glaube, du musst mich ins Bett tragen«, sagte sie mit einem Augenaufschlag.

Er gehorchte sofort.

Atemlos vom Küssen ließen sie sich schließlich gemeinsam in die Kissen fallen. Milas Kleid würde nie wieder sein, was es einmal gewesen war.

Aber die Unterwäsche ist ja auch recht kleidsam, tröstete sie sich.

Noch, unterbrach Lucian ihre Überlegungen und machte sich am Verschluss des hauchzarten Spitzen-BHs zu schaffen.

Ihre Zukunft würde gewiss nicht unkompliziert werden, aber der Rest dieses Tages gehörte ganz allein ihnen.

Mystery

Düster! Erotisch! Unwiderstehlich!

Diese Ladies haben keine Angst im Dunkeln: Die Mystery-Starautorinnen des Heyne Verlags schicken ihre Heldinnen und Helden ohne zu zögern in die finstere Welt des Zwielichts. Denn dort erwarten sie die gefährlichen, romantischen Verstrickungen der Nacht…

978-3-453-53282-3

J. R. Ward
Mondspur
978-3-453-56511-1

Patricia Briggs
Bann des Blutes
978-3-453-52400-2

978-3-453-53309-7

Christine Feehan
Jägerin der Dunkelheit
978-3-453-53309-7

Kim Harrison
Blutspiel
978-3-453-43304-5

Leseproben unter: **www.heyne.de**

HEYNE